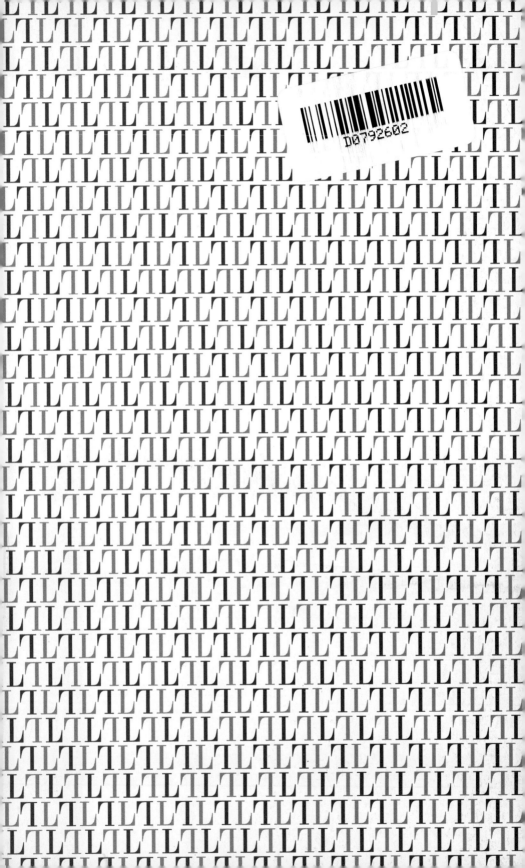

La niña perdida

La niña perdida

Elena Ferrante

Traducción de
Celia Filipetto

Lumen

narrativa

Título original: *Storia della bambina perduta*
Tercera edición con esta portada: noviembre de 2016
Segunda reimpresión: septiembre de 2017

© 2014, Edizioni e/o
Publicado con acuerdo con The Ella Sher Literary Agency
© 2015, de la presente edición en castellano para todo el mundo:
Penguin Random House Grupo Editorial, S. A. U.
Travessera de Gràcia, 47-49. 08021 Barcelona
© 2015, Celia Filipetto Isicato, por la traducción

Printed in Spain – Impreso en España

ISBN: 978-84-264-0215-8
Depósito legal: B-18.797-2015

Compuesto en La Nueva Edimac, S. L.
Impreso en Reinbook
(Barcelona)

H 4 0 2 1 5 B

Penguin
Random House
Grupo Editorial

La niña perdida

Índice de personajes y breve descripción de sus circunstancias

La familia Cerullo (la familia del zapatero):

Fernando Cerullo, zapatero, padre de Lila.

Nunzia Cerullo, madre de Lila.

Raffaella Cerullo, llamada Lina o Lila. Nació en agosto de 1944. Cuando desaparece de Nápoles sin dejar rastro, tiene sesenta y seis años. Se casa muy joven con Stefano Carracci, pero durante unas vacaciones en Ischia se enamora de Nino Sarratore, por el que abandona a su marido. Después del naufragio de la convivencia con Nino y el nacimiento de su hijo Gennaro, Lila abandona definitivamente a Stefano al enterarse de que este espera un hijo de Ada Cappuccio. Junto con Enzo Scanno se muda a San Giovanni a Teduccio y al cabo de unos años, con Enzo y su hijo Gennaro, se traslada otra vez al barrio.

Rino Cerullo, hermano mayor de Lila. Está casado con Pinuccia Carracci, hermana de Stefano, con la que tiene dos hijos. El primogénito de Lila se llama Rino, como él.

Otros hijos.

La familia Greco (la familia del conserje):

Elena Greco, llamada Lenuccia o Lenù. Nacida en agosto de 1944, es la autora de esta larga historia que estamos leyendo. Al terminar la primaria, Elena sigue estudiando con éxito creciente hasta obtener la licenciatura en la Escuela Normal de Pisa, donde conoce a Pietro Airota, con quien se casa unos años más tarde y se traslada a Florencia. Tienen dos hijas, Adele, llamada Dede, y Elsa; pero, decepcionada por su matrimonio, Elena termina por abandonar a sus hijas y a Pietro cuando inicia una relación con Nino Sarratore, al que ama desde que era niña.

Peppe, Gianni y Elisa, hermanos menores de Elena. Pese a la desaprobación de Elena, Elisa se va a vivir con Marcello Solara.

El padre es conserje en el ayuntamiento.

La madre es ama de casa.

La familia Carracci (la familia de don Achille):

Don Achille Carracci, usurero, traficaba en el mercado negro. Murió asesinado.

Maria Carracci, esposa de don Achille, madre de Stefano, Pinuccia y Alfonso. La hija que Stefano tiene con Ada Cappuccio se llama como ella.

Stefano Carracci, hijo del difunto don Achille, comerciante y primer marido de Lila. Insatisfecho por su tormentoso matrimonio con Lila, comienza una relación con Ada Cappuccio, con la que más tarde se va a vivir. Es el padre de Gennaro, que tuvo con Lila, y de Maria, nacida de su relación con Ada.

Pinuccia, hija de don Achille. Se casa con Rino, hermano de Lila, con quien tiene dos hijos.

Alfonso, hijo de don Achille. Se resigna a casarse con Marisa Sarratore tras un largo noviazgo.

La familia Peluso (la familia del carpintero):
Alfredo Peluso, carpintero y comunista, murió en la cárcel.
Giuseppina Peluso, esposa fiel de Alfredo, se suicida al morir su marido.
Pasquale Peluso, hijo mayor de Alfredo y Giuseppina, albañil, militante comunista.
Carmela Peluso, llamada Carmen. Hermana de Pasquale, fue durante mucho tiempo prometida de Enzo Scanno. Acaba casándose con el empleado de la gasolinera de la avenida, con el que tiene dos hijos.
Otros hijos.

La familia Cappuccio (la familia de la viuda loca):
Melina, pariente de Nunzia Cerullo, viuda. Estuvo a punto de enloquecer al terminar su relación con Donato Sarratore, del que fue amante.
El marido de Melina, muerto en extrañas circunstancias.
Ada Cappuccio, hija de Melina. Comprometida durante años con Pasquale Peluso, se convierte en la amante de Stefano Carracci, con el que se va a vivir. De su relación nace una niña, Maria.
Antonio Cappuccio, su hermano, mecánico. Fue novio de Elena.
Otros hijos.

La familia Sarratore (la familia del ferroviario-poeta):
Donato Sarratore, muy mujeriego, fue amante de Melina Cappuccio. De jovencita, también Elena se entrega a él en una playa de Ischia, impulsada por el dolor que le produce la relación de Nino y Lila.
Lidia Sarratore, esposa de Donato.

Nino Sarratore, primogénito de Donato y Lidia, mantiene una larga relación clandestina con Lila. Casado con Eleonora, con quien tuvo a Albertino, inicia una relación con Elena, también casada y con hijas.

Marisa Sarratore, hermana de Nino. Casada con Alfonso Carracci, se hace amante de Michele Solara, con quien tiene dos hijos.

Pino, Clelia y Ciro Sarratore, los hijos más pequeños de Donato y Lidia.

LA FAMILIA SCANNO (LA FAMILIA DEL VERDULERO):

Nicola Scanno, verdulero, murió de pulmonía.

Assunta Scanno, esposa de Nicola, murió de cáncer.

Enzo Scanno, hijo de Nicola y Assunta. Mantuvo un largo noviazgo con Carmen Peluso. Se hace cargo de Lila y de su hijo Gennaro cuando ella abandona definitivamente a Stefano Carracci y se los lleva a vivir a San Giovanni a Teducci.

Otros hijos.

LA FAMILIA SOLARA (LA FAMILIA DEL PROPIETARIO DEL BAR-PASTELERÍA DEL MISMO NOMBRE):

Silvio Solara, dueño del bar-pastelería.

Manuela Solara, esposa de Silvio, usurera. Ya mayor, la asesinan en la puerta de su casa.

Marcello y Michele Solara, hijos de Silvio y Manuela. Rechazado de joven por Lila, al cabo de muchos años Marcello se va a vivir con Elisa, hermana menor de Elena. Michele, casado con Gigliola, hija del pastelero, con la que tiene dos hijos, toma como su amante a Marisa Sarratore, y con ella tiene otros dos hijos. No obstante, sigue obsesionado con Lila.

La familia Spagnuolo (la familia del pastelero):
El señor Spagnuolo, pastelero del bar-pastelería Solara.
Rosa Spagnuolo, esposa del pastelero.
Gigliola Spagnuolo, hija del pastelero, esposa de Michele Solara y madre de sus hijos.
Otros hijos.

La familia Airota:
Guido Airota, profesor de literatura griega.
Adele, su mujer.
Mariarosa Airota, la hija mayor, profesora de historia del arte en Milán.
Pietro Airota, jovencísimo profesor universitario. Marido de Elena y padre de Dede y Elsa.

Los maestros:
Ferraro, maestro y bibliotecario.
La Oliviero, maestra.
Gerace, profesor de bachillerato superior.
La Galiani, profesora del curso preuniversitario.

Otros personajes:
Gino, hijo del farmacéutico, primer novio de Elena. Cabecilla de los fascistas del barrio, muere asesinado delante de su farmacia.
Nella Incardo, prima de la maestra Oliviero.
Armando, médico, hijo de la profesora Galiani. Está casado con Isabella, con la que tiene un hijo llamado Marco.
Nadia, estudiante, hija de la profesora Galiani, fue novia de Nino. Durante su militancia política se une a Pasquale Peluso.

Bruno Soccavo, amigo de Nino Sarratore, heredero del negocio de embutidos de su familia. Es asesinado dentro de su fábrica.

Franco Mari, novio de Elena en los primeros años de universidad, se entrega al activismo político. Pierde un ojo tras un ataque fascista.

Silvia, estudiante universitaria y activista política. Tiene un hijo, Mirko, nacido de una breve relación con Nino Sarratore.

Madurez
La niña perdida

1

Desde octubre de 1976 hasta 1979, cuando regresé a Nápoles para vivir, evité reanudar relaciones estables con Lila. No fue fácil. Casi de inmediato, ella intentó volver a entrar en mi vida por la fuerza y yo la ignoré, la toleré y la soporté. Aunque se comportara como si no desease otra cosa que estar a mi lado en un momento difícil, yo no lograba olvidar el desprecio con el que me había tratado.

Hoy pienso que si lo único que me hubiera hecho daño hubiera sido el insulto —eres una cretina, me gritó por teléfono cuando le conté lo de Nino, y antes nunca había ocurrido, jamás me había hablado de ese modo—, se me habría pasado enseguida. En realidad, más que aquella ofensa pesó la alusión a Dede y Elsa. Piensa en el daño que les haces a tus hijas, me advirtió, y en un primer momento no le hice caso. Pero con el tiempo aquellas palabras cobraron cada vez más peso, pensaba en ellas a menudo. Lila nunca había manifestado el menor interés por Dede y Elsa, con toda probabilidad ni siquiera recordaba sus nombres. Las veces en que le contaba por teléfono alguna ocurrencia inteligente de mis hijas, ella cortaba por lo sano y cambiaba de tema. Y cuando las vio por primera vez en casa de Marcello Solara, se limitó a echarles una mirada distraída y decirles alguna frase de compromiso, ni siquiera dedicó la menor atención a cómo iban bien vestidas, bien peinadas, a lo capaces que eran ambas de expresarse con propiedad pese a ser aún pequeñas. Sin embargo, las había parido yo, las había criado yo, eran parte de mí, su amiga de siempre: debería haber dejado algo de espacio —no digo por afecto, pero al menos por amabilidad— a mi orgullo de madre. Pero no, ni siquiera había echado mano de una pizca de afable ironía, había mostrado indiferencia, nada más. Solo ahora —por celos, seguramente, porque me había quedado con Nino— se acordaba de las niñas y quería subrayar que yo era una pésima madre, y que con tal de ser feliz causaba la infelicidad de mis hijas. Era pensar en ello y ponerme nerviosa. ¿Acaso Lila se había preocupado por Gennaro cuando se separó de Stefano, cuando dejó al niño abandonado en casa de su vecina para ir a trabajar a la fábrica, cuando lo envió a mi casa como para deshacerse de él? De acuerdo, yo tenía mis culpas pero, sin duda, era más madre que ella.

2

En aquellos años, los pensamientos de ese tipo se convirtieron en una costumbre. Fue como si Lila, que al fin y al cabo solo había pronunciado aquella única frase perversa sobre Dede y Elsa, se hubiera convertido en el abogado defensor de sus necesidades de hijas, y yo me sintiese obligada a demostrarle que se equivocaba cada vez que las desatendía para dedicarme a mí misma. Pero era solo una voz inventada por el malhumor, no sé qué pensaba realmente de mi comportamiento como madre. Ella es la única que puede contarlo, si de verdad ha conseguido insertarse en esta larguísima cadena de palabras para modificar mi texto, para introducir deliberadamente eslabones perdidos, para desprender otros sin hacerse notar, para decir de mí más de lo que yo quiero, más de cuanto soy capaz de decir. Deseo esa intromisión suya, la espero desde que empecé a escribir nuestra historia, pero debo llegar al final para someter todas estas páginas a examen. Si lo intentara ahora, desde luego me quedaría bloqueada. Escribo desde hace demasiado tiempo y estoy cansada, cada vez es más difícil mantener tensado el hilo del relato dentro del caos de los años, de los acontecimientos grandes y pequeños, de los humores. Por eso o tiendo a pasar por alto mis cosas para enredarme otra vez con Lila y todas las complicaciones que trae consigo o, algo peor, me dejo llevar por los acontecimientos de mi vida únicamente porque me resulta más fácil escribirlos. Pero debo sustraerme a esta encrucijada. No debo ir por el primer camino a lo largo del cual —dado que la propia naturaleza de nuestra relación impone que sea yo quien llegue a ella solo pasando por mí—, si me hago a un lado, acabaría encontrando cada vez menos rastros de Lila. Tampoco debo ir por el segundo. Precisamente, que yo hable de mi experiencia cada vez más por extenso es justo lo que, sin duda, ella apoyaría. Anda —me diría—, cuéntanos qué rumbo ha tomado tu vida, a quién le importa la mía, confiésalo, ni a ti te interesa. Y concluiría: yo soy un garabato tras otro, del todo inapropiada para uno de tus libros; déjame estar, Lenù, no se habla de una tachadura.

¿Qué hacer, pues? ¿Darle una vez más la razón? ¿Aceptar que ser adultos es dejar de mostrarse, es aprender a ocultarse hasta desaparecer? ¿Admitir que con el paso de los años cada vez sé menos de Lila?

Esta mañana tengo a raya el cansancio y vuelvo a sentarme a mi escritorio. Ahora que me acerco al punto más doloroso de nuestra historia, quiero buscar en la página un equilibrio entre ella y yo que en la vida ni siquiera logré encontrar conmigo misma.

3

De los días de Montpellier me acuerdo de todo menos de la ciudad, es como si nunca hubiera estado. Aparte del hotel, aparte de la monumental aula magna donde se celebraba el congreso académico en el que Nino estaba ocupado, hoy solo veo un otoño ventoso y nubes blancas en un cielo azul. Sin embargo, por muchos motivos, el topónimo Montpellier se me quedó grabado en la memoria como un signo de evasión. Ya había estado fuera de Italia, en París, con Franco, y me había sentido electrizada por mi propia audacia. Pero entonces me parecía que mi mundo era y seguiría siendo siempre el barrio, Nápoles, mientras el resto era como una excursión en cuyo clima excepcional podía imaginarme, como de hecho nunca llegaría a ser. En cambio, Montpellier, pese a ser con diferencia mucho menos emocionante que París, me dio la impresión de que mis barreras se hubiesen roto y de que yo estuviera expandiéndome. El simple hecho de encontrarme en ese lugar constituía para mí la prueba de que el barrio, Nápoles, Pisa, Florencia, Milán, la propia Italia, no eran más que minúsculas astillas de mundo, y que hacía bien en no seguir conformándome con ellas. En Montpellier advertí las limitaciones de mi visión de las cosas, de la lengua en la que me expresaba y en la que escribía. En Montpellier vi con claridad hasta qué punto, a mis treinta y dos años, podía resultar estrecho ser esposa y madre. Y durante esos días repletos de amor por primera vez me sentí liberada de los lazos que había acumulado a lo largo de los años, los debidos a mis orígenes, los que había adquirido con el éxito en los estudios, los que se derivaban de las elecciones que había hecho en la vida, en especial del matrimonio. Allí comprendí también los motivos del placer que en el pasado había sentido al ver mi primer libro traducido a otras lenguas y, al mismo tiempo, los motivos de la pena por haber encontrado pocos lectores fuera de Italia. Era maravilloso superar fronteras, dejarse llevar al interior de otras culturas, descubrir la provisionalidad de aquello que había tenido por definitivo. Si en el pasado yo había juzgado el hecho de que Lila no hubiera salido nunca de Nápoles, e incluso de que le hubiera dado miedo San Giovanni a Teduccio, como una elección discutible por su parte, y que ella como de costumbre sabía volver a su favor, ahora sencillamente me pareció un signo de estrechez mental. Reaccioné como se suele reaccionar ante quien nos insulta, usando la misma fórmula que nos ha ofendido. ¿O sea, que tú te equivocaste conmigo? No, querida mía, soy yo la que se equivocó contigo: seguirás toda tu vida viendo circular camiones por la carretera.

Los días pasaron volando. Los organizadores del congreso habían reservado con mucha antelación una habitación individual en el hotel a nombre de Nino, y como yo decidí acompañarlo en el último momento no hubo manera de convertirla en matrimonial. De modo que estábamos en habitaciones separadas, pero al final del día me duchaba, me preparaba para la noche y después, con el corazón en la boca, iba a su habitación. Dormíamos juntos, bien apretados, como si temiéramos que una fuerza hostil nos separase mientras dormíamos. Por la mañana pedíamos el desayuno en la cama, disfrutábamos de ese lujo que solo había visto en el cine; nos reíamos mucho, éramos felices. Durante el día lo acompañaba a la sala grande del congreso; aunque los ponentes leyeran páginas y páginas con tono aburrido, estar con él me entusiasmaba; me sentaba a su lado pero sin molestarlo. Nino seguía con mucha atención las intervenciones, tomaba notas y de vez en cuando me susurraba al oído comentarios irónicos y palabras de amor. Durante el almuerzo y la cena nos mezclábamos con profesores universitarios de medio mundo, nombres extranjeros, lenguas extranjeras. Claro que los ponentes de más prestigio ocupaban una mesa exclusiva y nosotros estábamos en otra con un grupo de investigadores más jóvenes. Pero me llamó la atención la movilidad de Nino, tanto durante los trabajos como en el restaurante. Qué distinto era del estudiante de otros tiempos, incluso del joven que me había defendido en la librería de Milán casi diez años antes. Había dejado a un lado los tonos polémicos, franqueaba con tacto las barreras académicas, establecía relaciones con gesto serio y a la vez cautivador. Unas veces en inglés (excelente), otras en francés (bueno), conversaba de forma brillante desplegando su antiguo culto a las cifras y la eficiencia. Me enorgullecí mucho de ver cuánto gustaba. En pocas horas le cayó simpático a todos, lo llamaban de aquí y de allá.

Hubo un solo momento en que cambió bruscamente, fue la víspera de su intervención en el congreso. Se volvió arisco y descortés, lo vi deshecho por la angustia. Se puso a criticar el texto que había preparado, repitió en varias ocasiones que escribir no le resultaba tan fácil como a mí, se enfadó porque no había tenido tiempo de trabajar más a fondo. Me sentí culpable —¿acaso nuestra complicada historia lo había distraído?— y traté de ponerle remedio abrazándolo, besándolo, animándolo a que me leyera su trabajo. Me lo leyó, y me enterneció su actitud de colegial asustado. Su ponencia no me pareció menos aburrida que otras que había escuchado en el aula magna, aunque lo alabé mucho y se tranquilizó. A la mañana siguiente se exhibió con estudiado entusiasmo, lo aplaudieron. Por la noche uno de los profesores universitarios de prestigio, un estadounidense, lo invitó a sentarse a su lado. Me quedé sola, pero no me importó. Cuando estaba Nino, yo no hablaba con nadie, mientras que en su ausencia me vi obligada a arreglármelas con mi francés rudimentario e hice amistad con una pareja de París. Me cayeron bien porque no tardé en descubrir que se encontraban en una situación no muy distinta de la nuestra. Ambos consideraban sofocante la institución de la familia, los dos habían dejado dolorosamente atrás a cónyuges e hijos, ambos parecían felices. Él, Augustin, rondaba los cincuenta años, tenía la cara sonrosada, ojos azules muy vivaces y grandes bigotes de un rubio claro. Ella, Colombe, tenía algo más de treinta, como yo, el pelo negro muy corto, ojos y labios marcados con fuerza en una cara pequeña y una elegancia seductora. Hablé sobre todo con Colombe, que era madre de un niño de siete años.

—Faltan unos meses —dije— para que mi hija mayor cumpla siete, pero este año ya cursa segundo, es muy buena alumna.

—El mío es muy despierto y fantasioso.

—¿Cómo se ha tomado la separación?

—Bien.

—¿No ha sufrido ni un poquito?

—Los niños no tienen nuestra rigidez, son elásticos.

Insistió en la elasticidad, que atribuía a la infancia, y me pareció que eso la tranquilizaba. Añadió: en nuestro ambiente es bastante común que los padres se separen, los hijos saben que es posible. Pero mientras yo le decía que no conocía a otras mujeres separadas aparte de mi amiga, ella cambió bruscamente de registro y empezó a quejarse del niño: es aplicado pero lento, exclamó, en la escuela dicen que es desordenado. Me llamó mucho la atención que se pusiera a hablar sin ternura, casi con rencor, como si su hijo se comportara de ese modo para fastidiarla, y eso me angustió. Su compañero debió de notarlo, ya que intervino; presumió de sus dos chicos, de catorce y dieciocho años, bromeó sobre cuánto gustaban los dos a las mujeres jóvenes y a las maduras. Cuando Nino regresó a mi lado, los dos hombres —sobre todo Augustin— empezaron a echar pestes sobre la mayoría de los ponentes. Colombe se entrometió casi de inmediato con una alegría un tanto artificial. Las murmuraciones no tardaron en crear un vínculo; Augustin habló y bebió mucho durante toda la noche, su compañera reía en cuanto Nino lograba abrir la boca. Nos invitaron a ir con ellos a París en su coche.

La conversación sobre los hijos y aquella invitación a la que no dijimos ni sí ni no, hicieron que pusiera otra vez los pies en la tierra. Hasta ese momento, Dede y Elsa me habían venido a la cabeza sin cesar, e incluso Pietro, pero como suspendidos en un universo paralelo, inmóviles alrededor de la mesa de la cocina de Florencia, o delante del televisor, o en sus camas. De golpe, mi mundo y el de ellos se volvieron a comunicar. Me di cuenta de que los días en Montpellier estaban a punto de tocar a su fin, y que, inevitablemente, Nino y yo regresaríamos a nuestras casas y tendríamos que enfrentarnos a nuestras respectivas crisis conyugales, yo en Florencia, él en Nápoles. El cuerpo de las niñas se unió otra vez al mío y noté su contacto con violencia. Llevaba cinco días sin saber nada de mis hijas y al tomar conciencia de ello sentí unas fuertes náuseas; la nostalgia se hizo insoportable. Tuve miedo, no del futuro en general, que ya parecía imprescindiblemente ocupado por Nino, sino de las horas que llegarían, del mañana, del pasado mañana. No pude resistirme y, aunque eran casi las doce de la noche —qué importancia tiene, me dije, Pietro siempre está despierto—, llamé.

Fue algo bastante laborioso, pero al final conseguí línea. Diga. Diga, repetí. Sabía que al otro lado estaba Pietro, lo llamé por su nombre: Pietro, soy Elena, cómo están las niñas. Se cortó la comunicación. Esperé unos minutos, y pedí a la centralita que llamara otra vez. Estaba decidida a insistir toda la noche, aunque en esta ocasión Pietro contestó.

—¿Qué quieres?

—¿Qué tal las niñas?

—Duermen.

—Ya lo sé, pero ¿cómo están?

—Qué te importa.

—Son mis hijas.

—Las has abandonado, ya no quieren ser tus hijas.

—¿Te lo han dicho?

—Se lo han dicho a mi madre.

—¿Has mandado llamar a Adele?

—Sí.

—Diles que vuelvo dentro de unos días.

—No hace falta. Ni yo, ni las niñas, ni mi madre queremos volver a verte.

4

Me eché a llorar, luego me calmé y me reuní con Nino. Quería contarle lo de la conversación telefónica, quería que me consolara. Pero cuando iba a llamar a su habitación, lo oí hablar con alguien. Vacilé. Estaba al teléfono, no entendía qué decía, ni en qué lengua hablaba, pero enseguida pensé que hablaba con su mujer. ¿De modo que eso era lo que ocurría todas las noches? Cuando yo me iba a mi habitación a prepararme para ir a la suya y él se quedaba solo, ¿llamaba a Eleonora? ¿Estarían buscando la manera de separarse sin conflictos? ¿O se estaban reconciliando y una vez concluido el paréntesis de Montpellier ella se lo quedaría otra vez?

Me decidí y llamé. Nino se interrumpió, silencio; luego siguió hablando, pero en voz más baja. Me puse nerviosa, llamé otra vez, no pasó nada. Tuve que llamar por tercera vez y con fuerza para que me abriera. Cuando lo hizo, me enfrenté a él enseguida; le eché en cara que me ocultaba ante su mujer, le grité que había telefoneado a Pietro, que mi marido no quería dejarme ver a mis hijas, que yo estaba cuestionando mi vida entera y él, en cambio, arrullaba a Eleonora por teléfono. Fue una noche de discusiones, nos costó reconciliarnos. Nino trató de calmarme por todos los medios: reía nerviosamente, se enfadaba con Pietro por cómo me había tratado, me besaba, yo lo rechazaba, él murmuraba que estaba loca. Pero por más que le insistiera, nunca reconoció que hablaba con su mujer; al contrario, juró por su hijo que desde el día en que se había marchado de Nápoles no tenía noticias de ella.

—Entonces, ¿con quién hablabas?

—Con un colega que está en este hotel.

—¿A las doce de la noche?

—A las doce de la noche.

—Mentiroso.

—Es la verdad.

Me negué durante un buen rato a hacer el amor, no podía, temía que hubiera dejado de quererme. Después cedí para no tener que pensar que todo había terminado.

A la mañana siguiente, por primera vez después de casi cinco días de convivencia, me desperté malhumorada. Había que regresar, el congreso estaba a punto de concluir. Pero no quería que Montpellier fuese un paréntesis, temía regresar a casa, me daba miedo que Nino regresara a la suya, temía perder para siempre a las niñas. Cuando Augustin y Colombe nos invitaron de nuevo a ir con ellos en coche hasta París y se ofrecieron incluso a alojarnos, se lo pregunté a Nino con la esperanza de que él también quisiera aprovechar la ocasión para prolongar el viaje, demorar el regreso. Pero él negó desolado con la cabeza, dijo: imposible, tenemos que regresar a Italia, y habló de aviones, de billetes, de trenes, de dinero. En mi fragilidad, sentí decepción y rencor. No me equivocaba, pensé, me mintió, la ruptura con su mujer no es definitiva. Había hablado con ella todas las noches, se había comprometido a regresar a casa al terminar el congreso, no podía demorarse ni siquiera un par de días. ¿Y yo?

Me acordé de la editorial de Nanterre y de mi relato breve y sesudo sobre la invención de la mujer por parte del hombre. Hasta ese momento no había hablado de lo mío con nadie, ni siquiera con Nino. Había sido la mujer sonriente, aunque casi siempre muda, que se acostaba con el brillante profesor de Nápoles, la mujer siempre pegada a él, atenta a sus exigencias, a sus pensamientos. Y dije con fingida alegría: Nino tiene que regresar, pero yo tengo un compromiso en Nanterre; está a punto de publicarse —o quizá ya se ha publicado— un trabajo mío, un texto a medio camino entre el ensayo y el relato; casi que aprovecho y me voy con vosotros, así paso por la editorial. Los dos me miraron como si justo en ese momento yo hubiera empezado a existir, y me preguntaron a qué me dedicaba. Les conté, y en la conversación me enteré de que Colombe conocía bien a la señora que gestionaba la editorial pequeña pero, como descubrí en ese momento, prestigiosa. Me dejé llevar, hablé con demasiada intensidad y quizá exageré un poco con mi carrera literaria. Pero no lo hice por los dos franceses, sino por Nino. Quise recordarle que tenía una vida propia llena de satisfacciones, que si había sido capaz de abandonar a mis hijas y a Pietro, también podía prescindir de él, y no al cabo de una semana, ni de diez días: enseguida.

Él se quedó escuchando, y luego dijo serio a Colombe y Augustin: de acuerdo, si para vosotros no es molestia, aceptamos la invitación e iremos con vosotros en el coche. Sin embargo, cuando nos quedamos solos me soltó un discurso nervioso en el tono y apasionado en el contenido, cuya esencia era que debía fiarme de él, que a pesar de que nuestra situación era complicada, la resolveríamos, pero para ello debíamos regresar a casa, no podíamos huir de Montpellier a París y luego a saber a qué otra ciudad; era preciso que nos enfrentáramos a nuestros cónyuges y nos fuéramos a vivir juntos. De golpe lo noté no solo razonable sino sincero. Me quedé confundida, lo abracé, murmuré: de acuerdo. Así y todo nos fuimos igualmente a París; yo quería unos días más.

5

Hicimos un largo viaje, soplaba un viento fuerte, llovía a ratos. El paisaje era de una palidez incrustada de herrumbre, pero el cielo se abría a tramos y todo se volvía brillante, empezando por la lluvia. Me abracé a Nino todo el tiempo, a veces me quedaba dormida sobre su hombro, otra vez, y con deleite, me sentí mucho más allá de mis confines. Me gustaba la lengua extranjera que resonaba en el habitáculo del coche, me gustaba estar yendo hacia un libro que había escrito en italiano y que, gracias a Mariarosa, salía por primera vez a la luz en otro idioma. Qué hecho extraordinario, cuántas cosas asombrosas me pasaban. Sentí aquel librito como una piedra mía lanzada con una trayectoria imprevisible, a una velocidad que no tenía comparación con la de las piedras que de pequeñas Lila y yo lanzábamos contra las bandas de chicos.

Pero el viaje no fue siempre bien, a ratos me entristecía. Además, enseguida tuve la impresión de que Nino le hablaba a Colombe con un tono que no usaba con Augustin, sin contar que le tocaba demasiado a menudo el hombro con la punta de los dedos. Poco a poco mi malhumor fue en aumento, vi que los dos se tomaban muchas confianzas. Cuando llegamos a París ya estaban en óptimas relaciones, los dos charlaban sin parar, ella se reía a menudo arreglándose el pelo con un gesto instintivo.

Augustin vivía en un bonito apartamento en el canal Saint-Martin, al que Colombe se había mudado hacía poco. Ni siquiera después de que nos indicaran nuestra habitación, nos dejaron ir a la cama. Me pareció que temían quedarse solos, sus charlas no terminaban nunca. Estaba cansada y nerviosa; yo había querido ir a París y ahora me parecía absurdo encontrarme en aquella casa, entre extraños, con Nino que apenas me prestaba atención, lejos de mis hijas. Una vez en nuestra habitación le pregunté:

—¿Te gusta Colombe?

—Es simpática.

—Te he preguntado si te gusta.

—¿Quieres pelea?

—No.

—Entonces piensa un poco. ¿Cómo puede gustarme Colombe si es a ti a quien quiero?

Me asustaba cuando adoptaba un tono ligeramente áspero, temía verme en la necesidad de reconocer que algo no funcionaba entre nosotros. Se muestra amable con quien ha sido amable con nosotros, me dije, y me quedé dormida. No obstante, dormí mal. En un momento dado tuve la impresión de estar sola en la cama; intenté despertarme, pero me hundí otra vez en el sueño. Regresé a la superficie no sé cuánto tiempo después. Nino estaba de pie en la oscuridad o eso me pareció. Duerme, dijo. Volví a quedarme dormida.

Al día siguiente nuestros anfitriones nos acompañaron a Nanterre. Durante todo el viaje Nino siguió bromeando con Colombe, hablando con indirectas. Me esforcé por no hacer caso. ¿Cómo podía pensar en irme a vivir con él si tenía que dedicarme a vigilarlo? Cuando llegamos a nuestro destino y también se mostró sociable y seductor con la amiga de Mariarosa, propietaria de la editorial, y su socia —una rondaba los cuarenta y la otra, los sesenta, ambas distaban mucho de tener la gracia de la compañera de Augustin—, suspiré aliviada. No hay malicia, concluí, trata así a todas las mujeres. Y al final volví a sentirme bien.

Las dos señoras me agasajaron mucho y preguntaron por Mariarosa. Supe que mi relato estaba en las librerías desde hacía poco pero ya habían salido un par de reseñas. La señora mayor me las enseñó; ella misma parecía asombrada de lo bien que se hablaba de mí y destacó ese aspecto dirigiéndose a Colombe, Augustin y Nino. Leí los artículos, dos líneas por aquí, cuatro por allá. Los firmaban dos mujeres —nunca las había oído nombrar, pero Colombe y las dos señoras, sí—, y realmente elogiaban el libro sin reservas. Debería haberme sentido satisfecha; el día anterior me había visto obligada a adularme yo sola y ahora ya no necesitaba hacerlo. Sin embargo, descubrí que no lograba entusiasmarme. Desde que amaba a Nino y él me amaba a mí, era como si ese amor convirtiera todo lo bueno que me estaba ocurriendo y que me ocurriría en un mero y agradable efecto secundario. Mostré mi satisfacción con mesura y musité pálidos síes a los planes de promoción de mis editoras. Deberá regresar pronto, exclamó la mujer mayor, o al menos eso esperamos. La más joven añadió: Mariarosa nos ha hablado de su crisis matrimonial, ojalá pueda superarla sin demasiado dolor.

Así descubrí que la noticia de mi ruptura con Pietro no solo había afectado a Adele, sino que había llegado a Milán e incluso a Francia. Mejor así, pensé, eso facilitará que la separación sea definitiva. Y me dije: cogeré lo que me toca, y no debo vivir con miedo de perder a Nino, no debo preocuparme por Dede y Elsa. Soy afortunada, él me amará siempre, mis hijas son mis hijas, todo se arreglará.

6

Regresamos a Roma. Nos despedimos con mil juramentos, no hicimos más que jurar. Después Nino se marchó a Nápoles y yo a Florencia.

Entré en casa casi de puntillas, convencida de que me esperaba una de las pruebas más difíciles de mi vida. Pero las niñas me recibieron con una alegría alarmada y empezaron a seguirme por la casa —no solo Elsa, también Dede—, como si temieran que si me perdían de vista, volviera a desaparecer; Adele fue amable y no mencionó siquiera una vez la situación que la había llevado a mi casa; Pietro, palidísimo, se limitó a entregarme una hoja con la lista de quienes me habían telefoneado (destacaba nada menos que cuatro veces el nombre de Lila), gruñó que tenía un viaje de trabajo, y dos horas más tarde había desaparecido sin despedirse de su madre ni de las niñas.

Hicieron falta unos días para que Adele expresara su opinión con claridad: quería que yo recobrara la razón y regresara con mi marido. En cambio, hicieron falta unas semanas para que ella se convenciera de que yo no tenía la intención de hacer ni lo uno ni lo otro. En ese lapso jamás levantó la voz, jamás perdió la calma, ni una vez ironizó sobre mis frecuentes y largas conversaciones telefónicas con Nino. Se interesó más bien por las llamadas de las dos señoras de Nanterre, que me informaban de los progresos del libro y de un calendario de encuentros que me llevaría a viajar por Francia. No se asombró de las reseñas favorables de los periódicos franceses, apostó a que el texto despertaría el mismo interés en Italia, dijo que en nuestros periódicos ella conseguiría un mayor eco. Sobre todo elogió con insistencia mi inteligencia, mi cultura, mi coraje, y en ningún caso defendió a su hijo al que, por otra parte, no se le vio más el pelo.

Descarté que Pietro tuviese compromisos laborales fuera de Florencia. En cambio, me convencí enseguida, con rabia y una pizca de desprecio, de que había dejado en manos de su madre la resolución de nuestra crisis para encerrarse en alguna parte a trabajar en su libro interminable. En cierta ocasión no supe contenerme y le dije a Adele:

—Ha sido realmente difícil vivir con tu hijo.

—No hay hombre con el que no lo sea.

—Créeme, con él ha sido particularmente difícil.

—¿Piensas que con Nino te irá mejor?

—Sí.

—Me he informado, los rumores que corren sobre él en Milán son muy feos.

—No necesito los rumores de Milán. Lo quiero desde hace veinte años y ya puedes ahorrarte los chismes. Sé de él más que nadie.

—Cómo te gusta decir que lo quieres.

—¿Por qué no debería gustarme?

—Tienes razón, ¿por qué? Me he equivocado. Es inútil querer abrirle los ojos a una persona enamorada.

A partir de ese momento no mencionamos más a Nino. Y cuando le dejé a las niñas para irme corriendo a Nápoles, ni siquiera pestañeó. Tampoco pestañeó cuando a mi regreso de Nápoles le dije que tenía que irme enseguida una semana a Francia. Se limitó a preguntarme con una leve entonación irónica:

—¿Estarás por Navidad? ¿Te quedarás con las niñas?

La pregunta casi me ofendió.

—Claro —contesté.

Llené la maleta sobre todo con ropa interior y trajes elegantes. Ante el anuncio de mi nuevo viaje, Dede y Elsa, que nunca preguntaban por el padre pese a que llevaban bastante sin verlo, reaccionaron fatal. Dede llegó a gritarme palabras que, seguramente, no eran suyas; dijo: está bien, vete, eres fea y antipática. Lancé una mirada a Adele esperando que se afanara por distraerlas y jugar con ellas, pero no hizo nada. Cuando me vieron salir por la puerta se echaron a llorar. Elsa empezó primero, gritó: quiero ir contigo. Dede resistió, se esforzó por mostrarme toda su indiferencia, tal vez incluso su desprecio, pero al final cedió y se desesperó aún más que su hermana. Tuve que arrancarme de su lado, me agarraban del vestido, querían que soltara la maleta. Su llanto me siguió hasta la calle.

El viaje a Nápoles se me hizo interminable. Al aproximarnos a la ciudad, me asomé a la ventanilla. A medida que el tren aminoraba la marcha y entraba en la zona urbana, aumentaba mi agotamiento nervioso. Observé con desagrado el extrarradio, más allá de las vías, sus edificios grises, las torres de alta tensión, las luces de los semáforos, los parapetos de piedra. Cuando el tren entró en la estación me pareció que ahora Nino compendiaba la Nápoles a la que me sentía unida, la Nápoles a la que estaba regresando. Eleonora lo había echado de casa, para él también todo se había vuelto provisional. Desde hacía unas semanas estaba instalado en casa de un colega de la universidad que vivía muy cerca de la catedral. ¿Adónde me llevaría, qué haríamos? Y sobre todo, ¿qué decisiones tomaríamos, dado que no nos habíamos planteado ni una sola hipótesis sobre la solución concreta a nuestra situación? Lo único que tenía claro era que ardía en deseos de volver a verlo. Bajé del tren temiendo que algo le hubiera impedido ir a recogerme al andén. Pero ahí estaba: con su altura destacaba en el flujo de viajeros.

Eso me tranquilizó, y me tranquilizó aún más que hubiera reservado una habitación en un hotelito de Mergellina, con lo que demostraba no tener la menor intención de mantenerme oculta en casa de su amigo. Estábamos locos de amor, el tiempo pasó volando. Por la noche caminamos bien apretados por el paseo marítimo, me rodeaba los hombros con un brazo, de vez en cuando se inclinaba para besarme. Por todos los medios traté de convencerlo para que viajara conmigo a Francia. Se dejó tentar, aunque se echó atrás, se atrincheró en su trabajo de la universidad. No habló de Eleonora ni de Albertino, como si con solo mentarlos pudiera malograr nuestra alegría de estar juntos. En cambio, yo le hablé de la desesperación de las niñas; le dije que necesitaba encontrar una solución lo antes posible. Lo noté nervioso; yo estaba muy sensible a la menor tensión, tenía miedo de que de un momento a otro me dijese: no aguanto más, me vuelvo a mi casa. Pero estaba equivocada. Cuando fuimos a cenar me reveló cuál era el problema. De improviso se puso serio y dijo que tenía una noticia desagradable.

—Cuéntame —murmuré.

—Esta mañana me ha llamado Lina.

—Ah.

—Quiere vernos.

7

La velada se fue al traste. Nino dijo que mi suegra le había contado a Lila que yo estaba en Nápoles. Se expresó con mucha vergüenza, eligiendo cuidadosamente las palabras, subrayando datos como: no tenía mi dirección; le pidió a mi hermana el número de la casa de mi colega; me telefoneó cuando estaba a punto de salir a recogerte a la estación; no te lo he dicho enseguida porque temía que te enfadaras y nos arruináramos el día. Y concluyó desolado:

—Ya sabes cómo es Lina, no pude decirle que no. Tenemos una cita con ella, mañana a las once, nos esperará en la entrada del metro de la piazza Amedeo.

No supe controlarme.

—¿Desde cuándo habéis retomado el contacto? ¿Os habéis visto?

—¿Qué dices? De ninguna manera.

—No te creo.

—Elena, te juro que no he hablado con Lina ni la he visto desde 1963.

—¿Sabías que el niño no era tuyo?

—Me lo ha dicho esta mañana.

—O sea, que habéis hablado largo y tendido y de cosas íntimas.

—Fue ella la que sacó a colación a su hijo.

—¿Y en todo este tiempo a ti nunca te entró la curiosidad por saber más?

—Es un problema mío, no veo la necesidad de hablar de él.

—Ahora tus problemas también son míos. Tenemos muchísimas cosas que decirnos, disponemos de poco tiempo y no he dejado a mis hijas para desperdiciarlo con Lina. ¿Cómo se te ha ocurrido fijar esta cita?

—Pensé que te haría ilusión. De todas maneras, ahí tienes su teléfono: llama a tu amiga y dile que estamos ocupados, que no puedes verla.

Ya estaba, de repente se había exasperado, me callé. Sí, sabía cómo era Lila. Desde mi regreso a Florencia me había telefoneado a menudo, aunque yo tenía otras cosas en que pensar y no solo le había colgado siempre sino que le había rogado a Adele —si llegaba a contestar ella— que le dijera que no estaba en casa. Pero Lila nunca desistía. De modo que era probable que se hubiera enterado por Adele de mi estancia en Nápoles, era probable que hubiera dado por descontado que no iría al barrio, era probable que, con tal de verme, hubiera buscado la manera de ponerse en contacto con Nino. ¿Qué había de malo? Y sobre todo, ¿qué pretendía yo? Sabía desde siempre que él había querido a Lila y que Lila lo había querido a él. ¿Entonces? Aquello había ocurrido hacía mucho tiempo y ponerme celosa estaba fuera de lugar. Le acaricié despacio una mano, y murmuré: de acuerdo, mañana iremos a la piazza Amedeo.

Comimos, fue él quien se explayó hablando de nuestro futuro. Nino me hizo prometer que solicitaría la separación en cuanto regresara de Francia. Entretanto me aseguró que ya se había puesto en contacto con un abogado amigo suyo y que, aunque todo era complicado y seguramente Eleonora y sus padres no le facilitarían las cosas, estaba decidido a llegar hasta el final. Ya sabes, dijo, aquí en Nápoles estas cosas son más difíciles; en cuanto a la mentalidad anticuada y los malos modales, los padres de mi mujer no son muy distintos de los míos o los tuyos, aunque tengan dinero y sean profesionales de alto rango. Y como para explicarse mejor, pasó a hablar bien de mis suegros. Desgraciadamente, exclamó, ni tú ni yo tenemos mucho que ver con gente respetable como los Airota, a los que definió como personas de grandes tradiciones culturales, de admirable educación.

Yo lo escuchaba, pero Lila ya se había instalado entre nosotros, sentada a nuestra mesa, y no conseguí alejarla. Mientras Nino hablaba, me acordé de los líos en los que se había metido para estar con él, sin importarle lo que hubiera podido hacer Stefano, o su hermano, o Michele Solara. Y por una fracción de segundo la mención de sus padres me devolvió a Ischia, a la noche en la playa dei Maronti —Lila con Nino en Forio, yo en la arena húmeda con Donato— y sentí pánico. Este, pensé, es un secreto que jamás podré desvelarle. Cuántas palabras permanecen sin pronunciar incluso en una pareja que se ama, y qué elevado es el riesgo de que otros la destruyan pronunciándolas. Su padre y yo, él y Lila. Me sustraje a la repulsión, hablé de Pietro, de cuánto estaba sufriendo. Nino se enardeció, le tocó a él ponerse celoso, traté de tranquilizarlo. Exigió cortar por lo sano, poner punto final; yo también lo exigí, nos parecía indispensable para iniciar una nueva vida. Hablamos de cuándo y dónde. Inevitablemente, el trabajo ataba a Nino a Nápoles, las niñas me ataban a Florencia.

—Vuelve a instalarte aquí —me dijo de pronto él—, trasládate lo antes posible.

—Imposible, Pietro tiene que ver a las niñas.

—Os turnáis, una vez se las llevas tú, otra viene él.

—No aceptará.

—Aceptará.

Y de ese modo la velada se pasó volando. Cuantas más vueltas le dábamos al tema, más complicado nos parecía; cuanto más imaginábamos nuestra vida juntos —cada día, cada noche—, más nos deseábamos y las dificultades desaparecían. Mientras tanto en el restaurante vacío los camareros cuchicheaban entre ellos, bostezaban. Nino pagó y regresamos al paseo marítimo, todavía muy animado. Por un instante, mientras miraba el agua oscura y notaba el olor, tuve la sensación de que el barrio estaba mucho más lejos que cuando me había marchado a Pisa, a Florencia. De pronto, también Nápoles me pareció muy lejos de Nápoles. Y Lila de Lila. Sentí que a mi lado no la tenía a ella sino a mis propias ansiedades. Cercanos, muy cercanos, solo estábamos Nino y yo. Le murmuré al oído: vámonos a dormir.

8

Al día siguiente me levanté temprano y me encerré en el cuarto de baño. Me di una larga ducha, me sequé el pelo con cuidado; temía que con el secador del hotel, que tenía un chorro de aire muy fuerte, cogiera mala forma. Poco antes de las diez desperté a Nino que, todavía aturdido por el sueño, elogió mucho mi vestido. Intentó echarme a su lado, me solté. Por más que me esforzase en hacer como si nada, me costaba perdonarlo. Había transformado nuestro nuevo día de amor en el día de Lila y ahora el tiempo estaba por completo marcado por ese encuentro inminente.

Lo llevé a desayunar, me siguió sumiso. No se rió, no se burló de mí; rozándome el pelo con la punta de los dedos dijo: estás estupenda. Evidentemente percibía mi alarma. No era para menos, mi temor era que Lila acudiera a la cita con su mejor aspecto.

Yo era como era, ella era elegante por naturaleza. Para colmo, volvía a disponer de dinero; si se lo proponía, podía cuidarse como había hecho de jovencita con el dinero de Stefano. No quería que Nino quedase otra vez cautivado por ella.

Salimos sobre las diez y media, soplaba un viento frío. Fuimos andando sin prisas en dirección a la piazza Amedeo; tiritaba pese a que llevaba un grueso abrigo y a que él me ceñía los hombros. Nunca mencionamos a Lila. Nino me habló de un modo un tanto artificial de cuánto había mejorado Nápoles con el nuevo alcalde comunista y me presionó otra vez para que las niñas y yo nos reuniéramos con él. Me mantuvo apretada durante todo el recorrido y esperé que siguiera haciéndolo hasta la estación del metro. Deseaba que Lila estuviera ya en la entrada y nos viera de lejos, nos encontrara hermosos, se viera obligada a pensar: es una pareja perfecta. Pero a pocos metros del lugar de la cita, me soltó y encendió un cigarrillo. Instintivamente le aferré la mano, se la apreté con fuerza, entramos así en la plaza.

No vi enseguida a Lila, y por un instante abrigué la esperanza de que no acudiera a la cita. Pero oí que me llamaba, me llamaba con su habitual tono imperativo, como si no pudiera considerar siquiera la posibilidad de que yo no la oyera, que no me volviera, que no obedeciera a su voz. Estaba en la entrada del bar frente a la bajada al metro, las manos hundidas en los bolsillos de un feo abrigo marrón, más delgada que de costumbre, un tanto encorvada, el pelo, de un negro reluciente entreverado de mechones de plata, recogido en una cola de caballo. Me pareció la Lila de siempre, la Lila adulta, la marcada por la experiencia en la fábrica: no había hecho nada por arreglarse. Me abrazó con fuerza, un intenso apretón al que correspondí sin energía, luego me besó en las mejillas con dos chasquidos y una alegre carcajada. A Nino le dio la mano distraídamente.

Entramos en el bar y nos sentamos; ella habló casi todo el rato, como si estuviéramos solas. Vio la hostilidad reflejada en mi cara y la encaró enseguida, y riendo me dijo con tono afectuoso: de acuerdo, me he equivocado, te has ofendido, pero ya basta, hay que ver qué quisquillosa te has vuelto, ya sabes que me gusta todo de ti, hagamos las paces.

Me escapé por la tangente con tibias sonrisitas, no dije ni que sí ni que no. Se había sentado frente a Nino, pero en ningún momento le lanzó una mirada, no le dirigió ni media palabra. Estaba ahí por mí; en un momento dado me agarró de la mano y yo la aparté despacio. Quería que nos reconciliáramos, apuntaba a instalarse otra vez en mi vida, pese a que no compartía el rumbo que yo le estaba dando. Me di cuenta por la forma en que me hacía una pregunta tras otra sin prestar atención a las respuestas. Estaba tan deseosa de ocupar otra vez todos mis rincones, que en cuanto tocaba un tema pasaba enseguida al siguiente.

—¿Qué tal con Pietro?

—Mal.

—¿Y tus hijas?

—Están bien.

—¿Te divorciarás?

—Sí.

—¿Y os iréis los dos a vivir juntos?

—Sí.

—¿Dónde, en qué ciudad?

—No lo sé.

—Vuelve a vivir aquí.

—Es complicado.

—Ya te busco yo un apartamento.

—Si fuera necesario, ya te lo diría.

—¿Escribes?

—He publicado un libro.

—¿Otro?

—Sí.

—Nadie ha hablado de él.

—Por ahora solo ha salido en Francia.

—¿En francés?

—Claro.

—¿Una novela?

—Un relato, pero con reflexiones.

—¿De qué habla?

Fui vaga, cambié de tema. Preferí preguntar por Enzo, Gennaro, el barrio, su trabajo. Sobre su hijo puso una cara divertida, me anunció que lo vería dentro de poco, todavía estaba en el colegio pero llegaría con Enzo y había también una bonita sorpresa. Sin embargo, al referirse al barrio adoptó un aire displicente. Aludiendo a la fea muerte de Manuela Solara y al caos que se había desatado dijo: nada del otro mundo, la gente muere asesinada como en todas partes de Italia. A continuación y, sorprendentemente, se refirió a mi madre; elogió su energía y su iniciativa, aunque conocía bien nuestra relación conflictiva. Y, más sorprendente aún, se mostró afectuosa con sus padres; subrayó que estaba ahorrando para comprar la casa donde vivían desde siempre, así estarían tranquilos. Me hace ilusión —comentó como si tuviese que justificarse por aquel arranque de generosidad—, nací ahí, le tengo cariño, y si Enzo y yo nos esforzamos, podemos rescatarla. Trabajaba hasta doce horas al día, y no solo para Michele Solara, sino para otros clientes. Estoy estudiando —me contó— una nueva máquina, el sistema treinta y dos, mucho mejor que el que te enseñé cuando fuiste a Acerra; es como una caja blanca con una pantalla muy muy pequeñita, de seis pulgadas, teclado e impresora incorporada. Habló sin parar de los sistemas más avanzados que llegarían. Estaba muy informada; como de costumbre, se entusiasmaba con las novedades y al cabo de unos días se cansaba de todo. Según ella, la nueva máquina tenía su belleza. Lástima, dijo, que alrededor, más allá de la máquina, solo hay mierda.

Fue entonces cuando intervino Nino, que hizo justo lo contrario a lo que yo había hecho hasta ese momento: empezó a darle información detallada. Habló con fervor de mi libro, dijo que de un momento a otro se publicaría también en Italia, citó el consenso de las reseñas francesas, subrayó que tenía muchos problemas con mi marido y mis hijas, habló de la ruptura con su mujer, recalcó que no había otra solución que vivir en Nápoles, la animó incluso a buscarnos una casa, le planteó un par de preguntas apropiadas sobre su trabajo y el de Enzo.

Yo lo escuchaba, no sin cierta inquietud. Se expresó de un modo distante, para demostrarme que, primero, realmente no había visto antes a Lila; y segundo, que ella ya no tenía ninguna influencia sobre él. Y en ningún momento utilizó el tono seductor que había usado con Colombe y que le salía espontáneamente con las mujeres. No inventó expresiones almibaradas, no la miró a los ojos, no la tocó; su voz cobró algo de calidez solo cuando me elogiaba.

Eso no impidió que me acordara de la playa de Citara, de cómo Lila y él habían utilizado los más variados argumentos para alcanzar una sintonía y excluirme. Pero me pareció que en esa ocasión ocurría lo contrario. Incluso cuando se plantearon preguntas y las respondieron, lo hicieron ignorándose y dirigiéndose a mí como si yo fuera su única interlocutora.

Discutieron de ese modo durante una media hora larga sin ponerse de acuerdo en nada. Me sorprendió en especial el empeño que ponían en destacar sus divergencias sobre Nápoles. Mis conocimientos políticos ya no eran los de antes; el cuidado de las niñas, la investigación para preparar mi libro, su redacción, y sobre todo el terremoto de mi vida privada me habían obligado a aparcar incluso la lectura de la prensa. En cambio, ellos lo sabían todo de todos. Nino enumeró los nombres de comunistas y socialistas napolitanos que conocía bien, de quienes se fiaba. Alabó a la administración por fin honrada, al frente de la cual había un alcalde al que definió como respetable, simpático, ajeno al robo de siempre. Concluyó: ahora, por fin, hay buenos motivos para vivir y trabajar aquí, esta es una gran ocasión, hay que estar presentes. Pero Lila ironizó sobre lo que él decía. Nápoles, dijo, es el mismo asco de siempre y si no se da una buena lección a monárquicos, fascistas y democristianos por todas las porquerías que hicieron, es más, si les echamos tierra como está haciendo la izquierda, se quedarán otra vez con la ciudad los tenderos —soltó una risa estridente tras pronunciar esa palabra—, la burocracia municipal, los abogados, los aparejadores, los bancos y los camorristas. Me di cuenta enseguida de que también me habían puesto en el centro de esa discusión. Los dos querían que regresara a Nápoles, pero ambos tendían abiertamente a sustraerme a la influencia del otro y presionaban para que me trasladase pronto a la ciudad que cada uno de ellos imaginaba; la imaginada por Nino había recuperado la tranquilidad y el buen gobierno; la imaginada por Lila, se vengaba de todos los saqueadores, le importaban un carajo los comunistas y socialistas, y empezaba de cero.

Los observé durante todo el tiempo. Me impresionó el hecho de que cuanto más desembocaba la conversación hacia temas complejos, más tendía Lila a exhibir su italiano secreto, algo de lo que la sabía capaz, pero que en esa ocasión me sorprendió mucho, porque cada frase la mostraba más culta de lo que quería aparentar. Me impactó que Nino, normalmente brillante, muy seguro de sí mismo, eligiera las palabras con cautela, y que a veces pareciera intimidado. Los dos se sienten incómodos, pensé. En el pasado se mostraron el uno a la otra sin velos, y ahora se avergüenzan de haberlo hecho. ¿Qué está pasando en este momento? ¿Me están engañando? ¿Se están batiendo de veras por mí o solo intentan mantener controlada su antigua atracción? No tardé en dar muestras de impaciencia a propósito. Lila se dio cuenta, se levantó y desapareció como si fuera al lavabo. Yo no dije una palabra, temía ser agresiva con Nino; él también guardó silencio. Cuando Lila regresó, exclamó alegre:

—Andando, ya es hora, vamos a ver a Gennaro.

—No podemos —dije—, tenemos un compromiso.

—Mi hijo te tiene mucho cariño, lo sentirá.

—Salúdalo de mi parte, dile que yo también lo quiero.

—Hemos quedado en la piazza dei Martiri, solo serán diez minutos, saludamos a Alfonso y os marcháis.

La miré fijamente, ella entrecerró enseguida los ojos como para ocultarlos. ¿De manera que ese era el plan? ¿Quería arrastrar a Nino a la antigua zapatería de los Solara, quería que regresara al lugar donde se habían amado clandestinamente durante casi un año?

Contesté con media sonrisa: no, lo siento, tenemos que irnos. Y lancé una mirada a Nino, que enseguida le hizo señas al camarero para pagar. Lila dijo: ya he pagado yo, y mientras él protestaba, se dirigió otra vez a mí insistiendo con tono cautivador:

—Gennaro no viene solo, lo trae Enzo. Y con ellos viene otra persona que se muere de ganas de verte, sería muy feo que te fueras sin saludarla.

La persona era Antonio Cappuccio, mi novio de la adolescencia, al que los Solara habían hecho regresar deprisa y corriendo de Alemania después del asesinato de su madre.

9

Lila me contó que Antonio había regresado para el funeral de Manuela, solo, casi irreconocible de tan flaco. A los pocos días había alquilado una casa en el barrio, muy cerca de Melina, que vivía con Stefano y Ada; después mandó llamar a su mujer alemana y a sus tres hijos. De modo que era cierto que se había casado y tenía niños. Fragmentos lejanos de vida se unieron en mi cabeza. Antonio era una parte importante del mundo del que yo provenía, las palabras con las que Lila lo describían atenuaron el peso de aquella mañana, me sentí más ligera. Le murmuré a Nino: nos quedamos poco rato, ¿de acuerdo? Él se encogió de hombros y nos fuimos hacia la piazza dei Martiri.

Durante el trayecto, mientras íbamos por la via dei Mille y la via Filangieri, Lila se adueñó de mí, y mientras Nino nos seguía cabizbajo, con las manos en los bolsillos, seguramente de mal humor, ella me habló con la confianza de siempre. Me dijo que, en

cuanto pudiera, debía conocer a la familia de Antonio. Me hizo
una descripción muy vívida de su mujer y sus hijos. Ella era gua-
písima, más rubia que yo, y los tres niños también eran rubios,
ninguno de los tres había salido al padre, que era de piel oscura
como un sarraceno; cuando los cinco caminaban por la avenida,
la mujer y los niños blanquísimos, con aquellas cabezas resplandecientes, parecían sus prisioneros de guerra a los que paseaba por el
barrio. Se rió, luego me hizo una lista de las personas que, además
de Antonio, me esperaban para saludarme: Carmen —que tenía
que trabajar, se quedaría unos minutos y luego se marcharía con
Enzo—; Alfonso, naturalmente, que seguía al frente de la tienda
de los Solara, y Marisa con sus hijos. Les dedicas unos minutos,
dijo, y así se quedan contentos: te quieren mucho.

Mientras hablaba, pensé que todas esas personas a las que estaba a punto de volver a ver habrían difundido en el barrio la
noticia de mi ruptura matrimonial, que llegaría también a mis
padres, que mi madre se enteraría de que me había convertido en
la amante del hijo de Sarratore. Pero descubrí que eso no me inquietaba, al contrario, me gustaba que mis amigos me vieran con
Nino, que dijeran a mis espaldas: es una mujer que hace lo que le
da la gana, ha dejado al marido y a las hijas, se ha ido con otro.
Noté con sorpresa que deseaba que me asociaran oficialmente con
Nino, deseaba que me vieran con él, deseaba borrar la pareja Ele-
na-Pietro y sustituirla por la pareja Nino-Elena. Y de pronto me
sentí tranquila, casi bien dispuesta a caer en la red dentro de la
cual Lila quería lanzarme.

Ella enhebraba una palabra tras otra sin cesar; en un momento
dado, me cogió del brazo según una vieja costumbre. Ese gesto
me dejó indiferente. Quiere convencerse de que somos las de

siempre, me dije, pero ya es hora de reconocer que nos hemos desgastado mutuamente, este brazo suyo es como un miembro de madera o el residuo fantasmagórico del contacto emocionante de antaño. Como contraste, me acordé del momento en que unos años antes deseé que estuviera enferma de verdad y se muriera. Entonces —pensé— pese a todo la relación seguía viva y era densa, y por tanto, dolorosa. Ahora, en cambio, había un hecho nuevo. Todo el fervor del que yo era capaz —incluso el que había alimentado aquel terrible augurio— se había concentrado en el hombre que amaba desde siempre. Lila creía conservar su antigua fuerza, poder arrastrarme con ella a donde quería. Pero, en el fondo, ¿qué había organizado, la revisitación de amores amargos y pasiones adolescentes? Lo que minutos antes se me había antojado malvado, de repente me pareció inocuo como un museo. Para mí, lo que importaba era otra cosa, le gustara o no a ella. Importábamos Nino y yo, yo y Nino, e incluso causar escándalo en el pequeño mundo del barrio me parecía una confirmación agradable de nuestra pareja. Ya no notaba a Lila, no había sangre en su brazo, era solo tela contra tela.

Llegamos a la piazza dei Martiri. Me volví hacia Nino para avisarle de que en la tienda estaba su hermana con los niños. Él murmuró algo contrariado. Apareció el cartel —Solara—, entramos y aunque todas las miradas cayeron sobre Nino, fui recibida como si estuviese sola. Marisa fue la única en dirigirse a su hermano, y ninguno de los dos se mostró feliz por el encuentro. Ella le reprochó enseguida que nunca llamaba ni se dejaba ver, exclamó: mamá está mal, papá es insoportable y a ti te importa un carajo. Él no le contestó, besó distraído a sus sobrinos y como Marisa seguía agrediéndolo, rezongó: ya tengo bastante con mis problemas, Marì, déjame en paz. Aunque a mí me llevaban de aquí para allá con afecto, no lo perdí de vista, si bien ya no sentía celos, solo temía su incomodidad. No sabía si se acordaba de Antonio, si lo reconocía, yo era la única que estaba al corriente de la paliza que mi ex novio le había dado. Vi que intercambiaban un saludo muy contenido —un movimiento de la cabeza, una leve sonrisa—, parecido al que se dedicaron él y Enzo, él y Alfonso, él y Carmen. Para Nino eran todos extraños, mi mundo y el de Lila con el que él había tenido poco o nada que ver. Después dio vueltas por la tienda fumando y nadie, ni siquiera su hermana, volvió a dirigirle la palabra. Estaba ahí, estaba presente, era el hombre por el que había dejado a mi marido. También Lila —sobre todo ella— tuvo que asimilarlo definitivamente. Ahora que todos lo habían escrutado a fondo, solo quería sacarlo de ahí y llevármelo lo antes posible.

10

En la media hora que estuve en aquel lugar se produjo un caótico choque entre el pasado y el presente: los zapatos diseñados por Lila, su foto vestida de novia, la noche de la inauguración y del aborto, ella misma que por razones propias había transformado la tienda en salón y alcoba; y la trama de hoy, con treinta años cumplidos, nuestras historias tan distintas, las voces manifiestas, las secretas.

Me mostré desenvuelta, adopté un tono alegre. Intercambié besos, abrazos y algunas palabras con Gennaro, que ya era un chico de doce años con sobrepeso y una mancha de vello oscuro en el labio superior, y unos rasgos tan similares a los de Stefano cuando era adolescente que era como si al concebirlo Lila se hubiese eliminado por completo. Me vi en la obligación de mostrarme igual de afectuosa con los niños de Marisa y con Marisa misma, que, contenta de mis atenciones, empezó con frases alusivas, frases de quien sabía el rumbo que estaba tomando mi vida. Dijo: ahora que vendrás más seguido a Nápoles, haz el favor de dejarte ver; ya sabemos que estáis ocupados, sois personas estudiosas y nosotros no, pero tendréis que encontrar un hueco.

Estaba al lado de su marido y sujetaba a los niños dispuestos a salir corriendo a la calle. Busqué inútilmente en su cara las señales de su vínculo de sangre con Nino, pero no tenía nada de su hermano, ni siquiera de su madre. Ahora que había engordado un poco se parecía más bien a Donato; de él había heredado también la locuacidad falsa con la que trataba de darme la impresión de que tenía una hermosa familia y una buena vida. Y para complacerla, Alfonso decía que sí con la cabeza, me sonreía en silencio con dientes muy blancos. Cómo me desorientó su aspecto. Estaba elegantísimo, el pelo negro muy largo atado en una cola de caballo dejaba al descubierto la gracia de sus rasgos, pero había algo en sus gestos, en su cara, que no acababa de entender, un punto inesperado que me inquietó. Era el único en aquel lugar, aparte de mí y de Nino, que había cursado estudios de señorito, estudios que —me pareció— en vez de desvanecerse con el tiempo habían entrado aún más en su cuerpo flexible, en los finos rasgos de su cara. Qué guapo era, qué educado. Marisa lo había querido a toda costa a pesar de que él la evitaba, y ahí estaban ahora: ella, que al envejecer iba asumiendo rasgos masculinos; y él, que combatía la virilidad feminizándose cada vez más, y sus dos niños, de los que se rumoreaba que eran hijos de Michele Solara. Sí, susurró Alfonso, sumándose a la invitación de su mujer, nos alegraremos mucho si venís a cenar un día. Y Marisa: ¿cuándo escribes otro libro, Lenù?, estamos esperando; pero tienes que ponerte al día, parecías cochina pero se ve que no lo suficiente, ¿has visto las cosas pornográficas que escriben hoy en día?

Aunque no mostraban simpatía alguna por Nino, los presentes no intentaron en ningún momento criticarme por ese giro sentimental en mi vida, ni siquiera con una mirada, con una sonrisita. Al contrario, mientras hacía mi ronda de abrazos y charlas, procuraron hacerme notar su afecto y su estima. Enzo me estrechó poniendo en el abrazo toda su fuerza en exceso seria, y aunque se limitara a sonreír, sin decir palabra, me pareció que dijera: decidas lo que decidas, te quiero igual. Carmen, sin embargo, me llevó casi enseguida a un rincón —estaba muy nerviosa, no hacía más que mirar el reloj— y me habló sin parar de su hermano como se hace con una autoridad buena que lo sabe todo, lo puede todo y cuyo halo ningún paso en falso puede empañar. No se refirió en ningún momento a sus hijos, a su marido, a su vida privada o a la mía. Comprendí que había cargado con todo el peso de la fama de terrorista que se había ganado Pasquale, pero solo para cambiarle de signo. En los pocos minutos que hablamos no se limitó a decir que su hermano era perseguido injustamente, sino que quiso reivindicar su valentía y su bondad. En sus ojos ardía la determinación de estar siempre y como fuera de su parte. Dijo que tenía que saber dónde localizarme, quiso mi número de teléfono y mi dirección. Tú eres una persona importante, Lenù —me susurró—, conoces a gente que podrá ayudar a Pasquale, si no me lo matan. Luego señaló a Antonio, que se mantenía apartado, a poca distancia de Enzo. Ven —le dijo con un hilo de voz—, díselo tú también. Y Antonio se acercó cabizbajo, me habló con frases tímidas cuyo sentido era: sé que Pasquale se fía de ti, fue a tu casa antes de tomar la decisión que tomó; así que si lo ves otra vez, avísale: tiene que desaparecer, que no se deje ver más el pelo en Italia; porque, ya se lo he dicho a Carmen, el problema no son los carabineros, el problema son los Solara: están convencidos de que él mató a la señora Manuela y si lo encuentran —ahora, mañana, dentro de unos años— yo no podré ayudarlo. Mientras él soltaba su discursito con tono grave, Carmen lo interrumpía sin cesar para preguntarme: ¿lo has entendido, Lenù?, vigilándome ansiosa con la mirada. Al final me abrazó, me besó, murmuró: Lina y tú sois mis hermanas, y se marchó con Enzo, tenían cosas que hacer.

Y así me quedé a solas con Antonio. Tuve la sensación de encontrarme ante dos personas en un mismo cuerpo y, sin embargo, bien diferenciadas. Era el muchacho que tiempo atrás me había estrechado en los pantanos, que me había idolatrado, cuyo intenso olor se me había quedado grabado en la memoria como un deseo nunca satisfecho de verdad. Y era el hombre de ahora, sin un gramo de grasa, de huesos grandes y piel tensa desde la cara endurecida y sin expresión hasta los pies, embutidos en unos zapatos enormes. Incómoda, dije que no conocía a nadie en condiciones de ayudar a Pasquale, que Carmen me había sobrevalorado. Pero comprendí enseguida que si la hermana de Pasquale tenía una idea exagerada de mi prestigio, la de él era aún más exagerada. Antonio murmuró que yo era modesta, como siempre, que había leído mi libro nada menos que en alemán, que me conocían en todo el mundo. Aunque había vivido mucho tiempo en el extranjero viendo y haciendo seguramente cosas feas por cuenta de los Solara, seguía siendo un chico del barrio y continuaba imaginando —o lo fingió, a saber, quizá para darme el gusto— que yo

tenía poder, el poder de la gente respetable, porque poseía un título, hablaba italiano, escribía libros. Dije riendo: en Alemania
habrás sido el único que compró ese libro. Y le pregunté por su
mujer, por sus hijos. Contestó con monosílabos, y entretanto me
llevó fuera, a la plaza. Allí dijo con amabilidad:

—Ahora debes reconocer que yo tenía razón.

—¿En qué?

—Lo querías a él y a mí solo me contabas mentiras.

—Era una niña.

—No, no eras ninguna niña. Y eras más inteligente que yo.
No sabes el daño que me hiciste al dejar que creyera que estaba
loco.

—Basta ya.

Se calló, me fui otra vez para la tienda. Él me siguió, me retu-
vo en el umbral. Durante unos segundos miró fijamente a Nino,
sentado en un rincón.

—Si te hace daño también a ti, dímelo —murmuró.

—Claro —me reí.

—No te rías, he hablado con Lina. Ella lo conoce bien, dice
que no debes fiarte. Nosotros te respetamos; él, no.

Lila. Mírala, utilizaba a Antonio, lo convertía en su mensajero
de posibles desventuras. ¿Dónde se había metido? La vi apartada,
jugando con los niños de Marisa, pero en realidad nos vigilaba
amusgando los ojos como ranuras. Y a su manera de siempre los
manejaba a todos: Carmen, Alfonso, Marisa, Enzo, Antonio, su
hijo y los hijos de los demás, puede que incluso a los dueños de
aquella tienda. Me repetí otra vez que nunca más ejercería ninguna
autoridad sobre mí, que esa larga etapa había terminado. Me despedí, ella me estrechó con fuerza otra vez, como si quisiera meter-

me en su interior. Mientras saludaba a los presentes de uno en uno, Alfonso volvió a impresionarme, pero esta vez comprendí qué me había turbado desde la primera mirada. Lo poco que lo caracterizaba como hijo de don Achille y Maria, como hermano de Stefano y Pinuccia, había desaparecido de su cara. Ahora, misteriosamente, con el pelo largo recogido en una cola de caballo, se parecía a Lila.

11

Regresé a Florencia, hablé con Pietro de nuestra separación. Tuvimos una violenta discusión mientras Adele trataba de proteger a las niñas y tal vez a sí misma encerrándose con ellas en su dormitorio. En un momento dado nos dimos cuenta no ya de que nos estábamos excediendo, sino de que la presencia de nuestras hijas nos impedía excedernos como sentíamos la urgencia de hacer. Entonces salimos y seguimos riñendo en la calle. Cuando Pietro se fue no sé adónde —estaba furiosa, no quería volver a saber nada de él—, regresé a casa. Las niñas dormían, encontré a Adele leyendo en la cocina.

—¿Te das cuenta de cómo me trata? —le dije.

—¿Y tú?

—¿Yo?

—Sí, tú. ¿Te das cuenta de cómo lo tratas, cómo lo has tratado?

La dejé plantada y me encerré en mi dormitorio dando un portazo. Me sorprendió el desprecio que había puesto en sus palabras, me hirió. Era la primera vez que se ponía en mi contra de forma tan abierta.

Al día siguiente me fui a Francia, cargada de sentimientos de culpa por el llanto de las niñas y por los libros que debía estudiar durante el viaje. Cuanto más me concentraba en la lectura, más se me mezclaban las páginas con Nino, con Pietro, con mis hijas, con la apología de Pasquale que hizo su hermana, con las palabras de Antonio, con la mutación de Alfonso. Llegué a París tras un viaje agotador en tren y más confundida que nunca. Sin embargo, ya en la estación, cuando vi en el andén a la más joven de las dos mujeres de la editorial, me puse contenta, reencontré el placer de abrirme que había saboreado con Nino en Montpellier. En esa ocasión no hubo hoteles y aulas monumentales, todo resultó más modesto. Las dos señoras me llevaron de gira por grandes ciudades y pequeños centros, cada día un viaje, cada noche un debate en alguna librería e incluso en apartamentos privados. En cuanto a las comidas y el descanso, cocina casera, una camita, a veces un sofá.

Me cansé mucho, cuidé cada vez menos mi aspecto, adelgacé. Sin embargo, gusté a mis editoras y al público que iba a verme noche tras noche. Viajando de acá para allá, discutiendo con este y con aquella otra en un idioma que no era el mío pero que aprendí a dominar a toda velocidad; poco a poco redescubrí una aptitud de la que había dado muestra años antes con mi libro anterior: me salía espontáneamente transformar pequeños acontecimientos privados en reflexión pública. Todas las noches improvisaba con éxito partiendo de mi experiencia. Hablaba del mundo del que provenía, de la miseria y la degradación, de las furias masculinas y femeninas, de Carmen, del vínculo con su hermano, de su justificación de actos violentos que, seguramente, ella jamás habría cometido. Hablé de cómo desde que era niña había observado en mi madre y en las otras mujeres los aspectos más humillantes de la vida familiar, de la maternidad, de la sumisión a los varones. Hablé de cómo por amor a un hombre una mujer puede verse obligada a mancharse de todas las formas posibles de infamia hacia las demás mujeres, hacia los hijos. Hablé de la agotadora relación con los grupos femeninos de Florencia y Milán; de ese modo, una experiencia que había subestimado se convirtió de pronto en importante, descubrí en público cuánto había aprendido asistiendo a aquel doloroso esfuerzo de profundización. Hablé de cómo, para imponerme, había tratado siempre de ser varón en la inteligencia —me sentía inventada por los varones, colonizada por su imaginación, empezaba diciendo todas las noches—, y conté cómo había visto hacía poco a un amigo de la infancia tratar por todos los medios de transformarse para extraer una mujer de sí mismo.

Eché mano a menudo de aquella media hora transcurrida en la tienda de los Solara, pero me di cuenta de ello bastante tarde, tal vez porque no me vino a la cabeza Lila. No sé por qué motivo en ningún momento me referí a nuestra amistad. A pesar de haber sido Lila quien me arrastró a la borrasca de sus deseos y los de los amigos de nuestra infancia, quizá pensé que ella no tenía la capacidad de descifrar aquello que me había puesto delante de los ojos. ¿Veía, por ejemplo, lo que yo había visto en un momento en Alfonso? ¿Reflexionaba sobre ello? Lo descarté. Se había hundido en la lucha del barrio, se había conformado con eso. Yo, en cambio, en aquellos días en Francia me sentí en el centro del caos y, no obstante, dotada de instrumentos para reconocer sus leyes. Esta convicción, consolidada por el pequeño éxito de mi librito, me ayudó a sentir menos angustia por el futuro, como si de verdad todo aquello que era capaz de hacer cuadrar con palabras escritas y orales estuviera destinado a cuadrar también en la realidad. Ya ves, me decía, falla la pareja, falla la familia, fallan todas las demás jaulas culturales, fallan todos los demás acuerdos socialdemócratas, y entretanto todo busca asumir con violencia otra forma hasta entonces impensada: Nino y yo, la suma de mis hijos y de los suyos, la hegemonía de la clase obrera, el socialismo y el comunismo, sobre todo el sujeto imprevisto, la mujer, yo. Noche tras noche vagaba reconociéndome en una idea sugerente de desestructuración generalizada y, al mismo tiempo, de nueva composición.

Mientras tanto, siempre con la lengua fuera, telefoneaba a Adele, hablaba con las niñas, que me contestaban con monosílabos o me preguntaban como una cantinela: ¿cuándo vuelves? Al acercarse el regreso a Nápoles traté de despedirme de mis editoras, pero ellas ya se habían tomado a pecho mi destino, no querían dejarme marchar. Habían leído mi primer libro, querían reeditarlo y con ese fin me llevaron a la redacción de la editorial francesa que años antes lo había publicado sin éxito. Me empeñé tímidamente en discusiones y negociaciones con el apoyo de las dos señoras que, comparadas conmigo, eran muy combativas, sabían halagar y amenazar. Al final, gracias también a la mediación de la editorial milanesa, alcanzamos un acuerdo: mi texto se reeditaría al año siguiente con el sello de mis editoras.

Se lo comuniqué a Nino por teléfono, él se mostró entusiasmado. Pero luego, frase tras frase, afloró su descontento.

—A lo mejor es que ya no me necesitas —dijo.

—¿Bromeas? No veo la hora de abrazarte.

—Estás tan enfrascada con tus cosas que para mí ya no queda ni un rinconcito.

—Te equivocas. Gracias a ti escribí este libro y me parece tenerlo todo claro en la cabeza.

—Entonces veámonos en Nápoles, o en Roma, ahora, antes de Navidad.

Pero a esas alturas resultaba imposible un encuentro, los asuntos editoriales me habían llevado tiempo, debía regresar con las niñas. Sin embargo, no pude resistirme, decidimos vernos en Roma, aunque fuera unas horas. Viajé en litera y llegué extenuada a la capital la mañana del 23 de diciembre. Pasé en la estación horas inútiles; Nino no daba señales de vida, estaba preocupada, desolada. Iba a abordar el tren para Florencia cuando apareció completamente sudado pese al frío. Había tenido mil dificultades, había viajado en coche, en tren no habría llegado nunca. Comimos algo a toda prisa, nos fuimos a un hotel de la via Nazionale, cerca de la estación, nos encerramos en la habitación. Yo quería marcharme por la tarde, pero no tuve fuerzas para dejarlo y pospuse el regreso para el día siguiente. Nos despertamos felices de haber dormido juntos; ah, qué maravilla estirar el pie y tras la inconsciencia del sueño descubrir que él estaba ahí, en la cama, a mi lado. Era el día de Nochebuena, salimos para hacernos regalos. Mi partida se fue aplazando de hora en hora; también la suya. Cuando la tarde llegaba a su fin arrastré mi equipaje hasta su coche, no conseguíamos separarnos. Al final puso el motor en marcha, arrancó, el coche desapareció entre el tráfico. Me arrastré trabajosamente desde la piazza della Repubblica hasta la estación; me había retrasado demasiado y perdí el tren por apenas unos minutos. Me desesperé, llegaría a Florencia en plena noche. Pero qué le iba a hacer, me resigné y telefoneé a casa. Contestó Pietro.

—¿Dónde estás?

—En Roma, el tren está parado en la estación y no sé cuándo saldrá.

—Los ferrocarriles son el colmo. ¿Les digo a las niñas que no estarás para la cena?

—Sí, no creo que llegue a tiempo.

Estalló en carcajadas, colgó.

Viajé en un tren completamente vacío, helado, ni siquiera pasó el revisor. Me sentía como si lo hubiera perdido todo y estuviera yendo hacia la nada, presa de una sordidez que acentuaba el sentimiento de culpa. Llegué a Florencia en plena noche, no encontré taxi. Arrastré las maletas en medio del frío, por calles desiertas, incluso los toques de campana navideños se habían apagado hacía rato en la noche. Saqué las llaves para entrar en casa. El apartamento estaba a oscuras, sumido en un silencio angustiante. Me paseé por las habitaciones; ni rastro de las niñas, ni de Adele. Exhausta, aterrada, pero al mismo tiempo exasperada, busqué al menos una nota que me aclarara adónde habían ido. Nada.

La casa estaba en perfecto orden.

12

Me dio por pensar lo peor. Quizá Dede o Elsa o ambas se habían hecho daño y Pietro y su madre las habían llevado al hospital. O quien había acabado en el hospital era mi marido, tras cometer una locura, y Adele estaba ahí con él y las niñas.

Di vueltas por la casa devorada por los nervios, no sabía qué hacer. En un momento dado pensé que, fuera lo que fuese que hubiera ocurrido, era probable que mi suegra hubiese avisado a Mariarosa, y decidí llamarla pese a que eran las tres de la mañana. Mi cuñada contestó al cabo de un rato, me costó sacarla de la cama.

Pero al final me enteré por ella de que Adele había decidido llevarse a las niñas a Génova —se habían ido dos días antes— para que Pietro y yo pudiéramos plantearnos nuestra situación en libertad, y Dede y Elsa pudieran disfrutar de las vacaciones navideñas en un ambiente tranquilo.

Por un lado, la noticia me calmó; por el otro, me enfureció. Pietro me había mentido; cuando hablé con él por teléfono ya sabía que no habría ninguna cena, que las niñas no me esperarían, que se habían ido con su abuela. ¿Y Adele? ¿Cómo se había permitido llevarse a mis hijas? Me desahogué por teléfono con Mariarosa, que me escuchó en silencio. Pregunté: ¿me estoy equivocando en todo, me merezco lo que me está pasando? Ella adoptó un tono serio, pero se mostró alentadora. Dijo que tenía el derecho a tener vida propia y el deber de seguir estudiando y escribiendo. Luego se ofreció a darme alojamiento a mí y a las niñas todas las veces que me encontrara en dificultades.

Sus palabras me calmaron; no obstante, no conseguí pegar ojo. Dentro del pecho le daba vueltas a las angustias, la rabia, el deseo de Nino, la amargura porque, de todos modos, él pasaría las fiestas en familia, con Albertino, mientras que yo me había convertido en una mujer sola, sin afectos, en una casa vacía. A las nueve de la mañana oí que se abría la puerta; era Pietro. Me enfrenté a él enseguida, le grité: ¿por qué has dejado que las niñas se fueran con tu madre sin mi permiso? Estaba despeinado, con la barba crecida, olía a vino, pero no parecía borracho. Me dejó gritar sin reaccionar, se limitó a repetir varias veces, con tono deprimido: tengo trabajo, no me puedo ocupar de ellas, y tú tienes a tu amante, no tienes tiempo para ellas.

Lo obligué a sentarse en la cocina. Traté de calmarme.

—Debemos llegar a un acuerdo —dije.

—Explícate, ¿qué tipo de acuerdo?

—Las niñas vivirán conmigo y las verás los fines de semana.

—Los fines de semana dónde.

—En mi casa.

—¿Y dónde está tu casa?

—No lo sé, ya lo decidiré, aquí, en Milán, en Nápoles.

Bastó esa palabra: Nápoles. Fue oírla y levantarse de un salto, con los ojos como platos, abrió la boca como para morderme, levantó el puño con una mueca tan feroz que me asusté. Fue un instante eterno. El grifo goteaba, el frigorífico zumbaba, alguien gritaba en el patio. Pietro era grande, tenía nudillos enormes y blancos. Ya me había golpeado una vez, supe que ahora me golpearía con tal violencia que me mataría en el acto; instintivamente levanté los brazos para protegerme. Pero él cambió de idea de repente, dio media vuelta y golpeó una, dos, tres veces el mueble de metal donde guardaba las escobas. Habría seguido si no me hubiese colgado de su brazo gritando: para ya, basta, que te haces daño.

La consecuencia de su rabia fue que lo que temía a mi regreso acabó ocurriendo de verdad y terminamos en el hospital. Tuvieron que enyesarlo, y al volver a casa parecía incluso contento. Me acordé de que era Navidad y preparé algo de comer. Nos sentamos a la mesa; de buenas a primeras, dijo:

—Ayer telefoneé a tu madre.

Di un respingo.

—¿Cómo se te ha ocurrido?

—Verás, alguien debía informarla. Le conté lo que me has hecho.

—Me correspondía a mí llamarla.

—¿Por qué? ¿Para contarle mentiras como me las contaste a mí?

Volví a inquietarme, aunque traté de contenerme; temía que otra vez se rompiera los huesos para no rompérmelos a mí. Pero lo vi sonreír con tranquilidad, mirándose el brazo escayolado.

—Así no puedo conducir —masculló.

—¿Adónde tienes que ir?

—A la estación.

Me enteré de que mi madre había tomado el tren el día de Navidad —el día en el que ella se atribuía la mayor relevancia doméstica, la mayor de las responsabilidades— y estaba a punto de llegar.

13

Estuve tentada de huir. Pensé en irme a Nápoles —escaparme a la ciudad de mi madre justo cuando ella estaba llegando a la mía— y encontrar algo de paz al lado de Nino. Pero no me moví. Por más cambiada que me sintiera, seguía siendo la persona disciplinada que jamás había eludido nada. Por lo demás, me pregunté: ¿qué me puede hacer? Soy una mujer, no una niña. Como mucho traerá cosas ricas para comer, como aquella Navidad de hace diez años, cuando enfermé y ella fue a verme a la Escuela Normal.

Fui con Pietro a recoger a mi madre a la estación, conduje yo. Ella se bajó del tren muy tiesa, llevaba ropa nueva, bolso nuevo, zapatos nuevos, incluso las mejillas empolvadas. Te veo muy bien, le dije, estás muy elegante. Ella masculló: no es gracias a ti, y no volvió a dirigirme la palabra. Para compensar se mostró muy afectuosa con Pietro. Preguntó por su escayola y como él fue vago

—dijo que se había chocado contra una puerta—, se puso a renegar en un italiano inseguro: chocado, ya sé yo quién te ha hecho chocar, lo que faltaba, chocado.

Al llegar a casa abandonó su fingida compostura. Me soltó un largo sermón renqueando de aquí para allá por la sala. Alabó a mi marido de una manera exagerada, me ordenó que le pidiera perdón ahí mismo. Al ver que no me decidía, fue ella quien se puso a implorarle que me perdonara y juró por Peppe, Gianni y Elisa que no regresaría a Nápoles hasta que los dos hubiésemos hecho las paces. Al principio, exaltada como estaba, casi tuve la impresión de que se burlaba de mí y de mi marido. La enumeración que hizo de las virtudes de Pietro me pareció infinita, y, debo reconocerlo, no por eso escatimó las mías. Subrayó mil veces que en cuanto a inteligencia y estudios estábamos hechos el uno para el otro. Nos suplicó que pensáramos en el bien de Dede —era su nieta preferida, a Elsa olvidó mencionarla—, la niña lo entendía todo y no era justo hacerla sufrir.

Mientras ella hablaba, mi marido se mostraba de acuerdo, aunque con esa expresión incrédula que solemos adoptar ante una exhibición de desmesura. Ella lo abrazó, lo besó, le dio las gracias por su generosidad, frente a la cual —me gritó— yo no podía hacer otra cosa que arrodillarme. Con rudos manotazos nos empujaba sin cesar a él y a mí, para que nos abrazáramos y nos besáramos. Me aparté de ella, me mostré arisca. Pensaba continuamente: no la soporto, no soporto que en un momento así, ante los ojos de Pietro, también deba tener en cuenta el hecho de que soy hija de esta mujer. Entretanto procuré calmarme y me decía: es su numerito de siempre, dentro de poco se cansará y se irá a dormir. Pero cuando me agarró por enésima vez y me exigió que reconociera que había cometido un tremendo error, no aguanté más, sus manos me ofendieron y me solté. Dije algo así como: basta, ma, es inútil, ya no puedo seguir viviendo con Pietro, quiero a otro.

Fue un error. La conocía, solo esperaba una pequeña provocación. Interrumpió su letanía, las cosas cambiaron en un abrir y cerrar de ojos. Me dio una tremenda bofetada mientras me soltaba esta andanada: calla, zorra, calla, calla, calla. Intentó agarrarme del pelo, chilló que no podía más conmigo, que no era posible que yo, yo me quisiera arruinar la vida corriendo detrás del hijo de Sarratore, un tipo que era peor, mucho peor, que el mierda de su padre. Antes, gritó, creía que era tu amiga Lina la que te llevaba por el mal camino, pero me equivocaba, eres tú, tú, la desvergonzada; sin ti, ella se ha vuelto una persona muy respetable. Ah, qué estúpida he sido por no haberte cortado las alas cuando eras niña. Tienes un marido de oro que te da una vida de señora en esta preciosa ciudad, un marido que te quiere, que te ha dado dos hijas, ¿y así se lo pagas, cabrona? Ven aquí, yo te he dado la vida y yo te la voy a quitar.

Se me echó encima, tuve la sensación de que quería matarme de verdad. En esos instantes comprendí toda la verdad de la decepción que le estaba causando, toda la verdad del amor materno que, desesperado por no poder obligarme a aceptar lo que consideraba mi bien —es decir, eso que ella nunca había tenido y que yo sí tenía, y que hasta el día anterior había hecho de ella la madre más afortunada del barrio—, estaba dispuesto a transformarse en odio y destruirme como castigo por derrochar de aquella manera los dones de Dios. La aparté de un empujón, la aparté gritando más que ella. Fue sin querer, instintivamente, pero con tanta fuerza que perdió el equilibrio y se cayó al suelo.

Pietro se asustó. Se lo noté en la cara, en los ojos; mi mundo chocaba con el suyo. Seguro que jamás en su vida había visto una escena así, con palabras gritadas de ese modo, con reacciones tan desmesuradas. Mi madre había tirado una silla y caído pesadamente. Le costaba incorporarse a causa de la pierna enferma, agitaba un brazo para agarrarse del borde de la mesa y levantarse. Pero no cedía, siguió gritándome amenazas e insultos; ni siquiera se calló cuando Pietro, consternado, la ayudó con el brazo sano a ponerse de pie. Con la voz rota, rabiosa y al mismo tiempo dolida, resolló y con los ojos muy abiertos me dijo: tú ya no eres mi hija, él es mi hijo, él; tu padre ya no te quiere, tus hermanos tampoco; y ojalá que el hijo de Sarratore te pegue unas buenas purgaciones y la sífilis; qué habré hecho yo para llegar a ver un día como este, ay, Dios, Dios, Dios, que me caiga muerta ahora mismo, que me caiga muerta ahora mismo. Estaba tan derrotada por el sufrimiento que, algo inverosímil para mí, rompió a llorar.

Corrí a mi dormitorio y me encerré con llave. No sabía qué hacer, jamás hubiera esperado que mi separación causara semejante tormento. Estaba horrorizada, desolada. ¿De qué negra hondura, de qué presunción de mí misma había salido la determinación de rechazar a mi madre con su misma violencia física? Al cabo de un rato, solo me calmó el hecho de que Pietro se acercara, llamara a la puerta y dijera despacio, con una dulzura inusitada: no abras, no te pido que me dejes entrar, lo único que quiero es decirte que yo no quería esto, es demasiado, ni siquiera tú te lo mereces.

14

Confié en que mi madre se ablandara y que por la mañana, en uno de sus bruscos virajes, encontrara la manera de reafirmar que me quería y que, a pesar de todo, estaba orgullosa de mí. No fue así. La oí cuchichear con Pietro toda la noche. Lo apaciguaba, repetía con resentimiento que yo siempre había sido su cruz, decía suspirando que conmigo había que tener paciencia. Al día siguiente, para evitar que acabáramos enzarzándonos otra vez, me paseé por la casa o intenté leer, pero sin entrometerme en sus conciliábulos. Me sentía muy infeliz. Me avergonzaba del empujón que le había dado, me avergonzaba de ella y de mí, deseaba pedirle perdón, abrazarla, pero temía que me malentendiera y lo interpretara como una rendición por mi parte. Si sostenía que yo era el alma negra de Lila y no al revés, debía de haberle causado una decepción realmente insoportable. Para justificarla me dije: su unidad de medida es el barrio; según ella, allí todo ha mejorado: gracias a Elisa se siente emparentada con los Solara; por fin sus hijos varones trabajan para Marcello, al que llama orgullosamente «mi yerno»; en su ropa nueva lleva la marca del bienestar que le ha caído encima; de modo que es natural que Lila, al servicio de Michele Solara, y que ha formado pareja estable con Enzo, rica hasta el punto de querer recuperar para sus padres el pequeño apartamento donde viven, le parezca mucho más exitosa que yo. Pero este tipo de razonamientos solo sirvieron para aumentar aún más la distancia entre ambas, ya no teníamos puntos de contacto.

Se marchó sin que volviéramos a dirigirnos la palabra. La llevamos en coche hasta la estación, pero hizo como si yo no estuviera al volante. Se limitó a desearle a Pietro todo lo mejor y a recomendarle, hasta un instante antes de que partiera el tren, que la mantuviera informada sobre su brazo roto y las niñas.

En cuanto desapareció me di cuenta con cierta sorpresa de que su irrupción había tenido un efecto inesperado. Ya en el trayecto de regreso a casa, mi marido fue más allá de las pocas frases solidarias susurradas la noche anterior ante mi puerta. Aquel desmesurado enfrentamiento con mi madre debió de revelarle aspectos de mí, de cómo me había criado, mucho más de lo que yo misma le había contado y de lo que él había imaginado. Creo que le di pena. Entró bruscamente en razón, nuestras relaciones volvieron a ser corteses. Días después fuimos a ver a un abogado que tras hablarnos de lo divino y de lo humano nos preguntó:

—¿Están seguros de que no quieren seguir viviendo juntos?

—¿Cómo se hace para vivir con alguien que ya no te quiere? —contestó Pietro.

—¿Y usted, señora, ya no quiere a su marido?

—Eso es asunto mío —dije—. Limítese a iniciar los trámites de separación.

—Eres idéntica a tu madre —comentó Pietro riendo en cuanto salimos a la calle.

—No es cierto.

—Tienes razón, no es cierto: eres como tu madre si hubiera estudiado y se hubiese puesto a escribir novelas.

—¿Qué quieres decir?

—Quiero decir que eres peor que ella.

Me lo tomé un poco a mal pero no tanto; estaba contenta de que, en la medida de lo posible, hubiese recuperado el sentido común. Lancé un suspiro de alivio y me concentré en lo que debía hacer. Durante largas llamadas interurbanas a Nino, le conté todo lo que me había ocurrido desde el momento en que nos separamos, hablamos de mi traslado a Nápoles; por prudencia le oculté que Pietro y yo habíamos vuelto a dormir bajo el mismo techo, aunque en habitaciones separadas. Sobre todo hablé muchas veces con mis hijas, y con explícita hostilidad le anuncié a Adele que iría a recogerlas.

—No te preocupes —intentó tranquilizarme mi suegra—, puedes dejármelas todo el tiempo que necesites.

—Dede tiene que ir al colegio.

—Podemos mandarla a uno de aquí cerca, yo me ocuparía de todo.

—No, deben estar conmigo.

—Piénsalo. Una mujer separada, con dos hijas y tus ambiciones, ha de tener en cuenta la realidad y decidir a qué puede renunciar y a qué no.

No hubo palabra de esta última frase que no me disgustara.

15

Quería viajar de inmediato a Génova, pero llamaron de Francia. La mayor de mis editoras me pidió que escribiera para una revista importante las ideas que me había oído exponer en público. Así, de repente, me vi en el brete de elegir entre recoger a mis hijas o ponerme a trabajar. Pospuse el viaje y me dediqué día y noche a trabajar, angustiada por hacerlo bien. Intentaba darle una forma aceptable al texto cuando Nino me anunció que tenía unos días libres antes de retomar sus clases en la universidad y estaba dispuesto a reunirse conmigo. No pude resistirme y nos fuimos en coche a Monte Argentario. Me aturdí de amor. Pasamos unos días maravillosos entregándonos al mar invernal y, como no me había ocurrido nunca ni con Franco y mucho menos con Pietro, al placer de comer y beber, de la conversación culta, del sexo. Por las mañanas abandonaba la cama al alba y me ponía a escribir.

Una noche, en la cama, Nino me dio unos textos suyos; dijo que valoraba mucho mi opinión. Se trataba de un ensayo complicado sobre la empresa Italsider de Bagnoli. Lo leí apretujada a su lado; de vez en cuando él se desacreditaba murmurando: escribo mal, corrige lo que quieras, eres mejor que yo, lo eras ya en el instituto. Elogié mucho su trabajo, le sugerí algunas correcciones. Pero Nino no se conformó, me animó a que hiciera más retoques. En esa circunstancia, casi para convencerme de la necesidad de mis correcciones, acabó diciéndome que tenía algo desagradable que revelarme. Entre incómodo e irónico, lo definió como su secreto: lo más vergonzoso que he hecho en mi vida. Y me dijo que estaba relacionado con el artículo en el que resumía mi enfrentamiento con el profesor de religión, ese que en el instituto él me había encargado para una revista de estudiantes.

—A ver, ¿qué has hecho ahora? —le pregunté riéndome.

—Te lo cuento, pero no olvides que era un muchacho.

Noté que se avergonzaba de verdad y me alarmé un poco. Dijo que tras haber leído mi artículo le había parecido imposible que se pudiera escribir de un modo tan agradable y tan inteligente. Me alegré del elogio, lo besé y recordé cuánto había trabajado en aquellas páginas con Lila, mientras comentaba de manera autoirónica la decepción, el dolor que sentí cuando la revista las rechazó por falta de espacio.

—¿Eso te dije? —preguntó Nino, incómodo.

—Tal vez, no lo recuerdo.

Hizo una mueca de desconsuelo.

—La verdad es que había espacio de sobra para tu artículo.

—Entonces, ¿por qué no lo publicaron?

—Por envidia.

Estallé en carcajadas.

—¿Los redactores sintieron envidia de mí?

—No, fui yo quien sintió envidia. Leí tus páginas y las tiré a la papelera. No podía tolerar que fueras tan buena.

Me quedé callada un momento. Cuánto había supuesto aquel artículo para mí, cuánto había sufrido. No podía creerlo: ¿acaso era posible que el texto de una chica de bachillerato hubiese despertado tanta envidia en el estudiante de preuniversitario preferido de la profesora Galiani como para impulsarlo a deshacerse de él? Noté que Nino esperaba mi reacción, pero no sabía cómo encajar un acto tan mezquino en el nimbo resplandeciente con el que lo había rodeado de jovencita. Los segundos pasaban y, desorientada, trataba de retener en mi interior aquella acción vil para evitar que fuera a reunirse con la pésima fama que, según Adele, tenía Nino en Milán, o con la invitación a desconfiar de él que había recibido de Lila y Antonio. Después reaccioné, vislumbré la vertiente positiva de aquella confesión, lo abracé. En definitiva, no había ninguna necesidad de que me contara aquel episodio, era una mala acción del pasado. Sin embargo, acababa de hacerlo, y esa necesidad suya de sincerarse más allá de toda conveniencia, incluso a riesgo de salir mal parado, me conmovió. De repente, a partir de ese momento sentí que podía creer siempre en él.

Esa noche nos amamos con más pasión que nunca. Al despertar me di cuenta de que, al admitir esa culpa, Nino había reconocido que para él yo había sido siempre una muchacha fuera de lo común, incluso cuando era novio de Nadia Galiani, incluso cuando se había hecho amante de Lila. Ah, qué emocionante era sentirme no solo amada sino también apreciada. Me encomendó su texto, lo ayudé a darle una forma más brillante. En aquellos días en el Argentario tuve la impresión de haber conseguido ampliar definitivamente mi capacidad de sentir, de entender, de expresarme, algo que —pensaba con orgullo— confirmaba la discreta recepción fuera de Italia del libro que había escrito animada por él, para gustarle. En ese momento lo tenía todo. Al margen solo habían quedado Dede y Elsa.

16

A mi suegra le oculté lo de Nino. En cambio, le conté lo de la revista francesa y me describí enfrascada por completo en el texto que estaba escribiendo. Entretanto, aunque de mala gana, le di las gracias por ocuparse de sus nietas.

Aunque no me fiara de ella, comprendí entonces que Adele había planteado un problema auténtico. ¿Qué podía hacer para mantener unidas mi vida y mis hijas? Contaba, claro está, con irme a vivir pronto con Nino a alguna parte; en tal caso nos ayudaríamos mutuamente. ¿Y mientras tanto? No sería fácil lograr cuadrar la necesidad de vernos, Dede, Elsa, escribir, los compromisos públicos, las presiones a las que Pietro, pese a mostrarse más razonable, me sometería. Sin contar el problema del dinero. Me quedaba poco del mío y aún no sabía cuánto ganaría con el nuevo libro. Al menos en el futuro inmediato quedaba descartado que pudiera pagarme un alquiler, el teléfono, la vida cotidiana de mis hijas y la mía. ¿Y dónde tomaría forma nuestra cotidianidad? De un momento a otro iría a recoger a las niñas, pero ¿para llevarlas adónde? ¿A Florencia, al apartamento en el que habían nacido y donde, al encontrarse con un padre amable y una madre cortés, se convencerían de que, milagrosamente, todo había vuelto a la normalidad? ¿Acaso quería ilusionarlas, sabiendo muy bien que a la primera irrupción de Nino las decepcionaría aún más? ¿Debía pedirle a Pietro que se marchara a pesar de haber sido yo la que había roto con él? ¿O me tocaba a mí irme del apartamento?

Me marché a Génova con mil preguntas y ninguna decisión.

Mis suegros me recibieron con exquisita frialdad. Elsa, con titubeante entusiasmo; Dede, con hostilidad. Conocía poco la casa de Génova, me había quedado grabada apenas una impresión de luz. En realidad, había habitaciones enteras tapizadas de libros, muebles antiguos, arañas de cristal, suelos cubiertos de alfombras de valor, gruesos cortinajes. Solo la sala era deslumbrante, tenía una amplia cristalera que recortaba una franja de luz y de mar y lo exhibía como pieza preciada. Observé que mis hijas se movían por el apartamento con más libertad que en su propia casa: lo tocaban todo, lo cogían todo sin un solo reproche, se dirigían a la criada con el tono cortés pero imperativo aprendido de su abuela. En las primeras horas tras mi llegada me enseñaron su habitación, quisieron que me entusiasmara con los numerosos juguetes que, por ser tan caros, ni su padre ni yo les habríamos regalado jamás; me hablaron de las cosas hermosas que habían hecho y visto. Poco a poco comprendí que Dede se había encariñado mucho con el abuelo; mientras Elsa, pese a haberme abrazado y besado hasta la exageración, acudía a Adele para cualquier cosa que necesitara o, cuando estaba cansada, se agarraba a sus rodillas y desde ahí, con el pulgar en la boca, me lanzaba una mirada melancólica. ¿Era posible que en tan poco tiempo las niñas hubieran aprendido a prescindir de mí, o más bien estaban exhaustas por lo que habían visto y oído en los últimos meses y ahora, angustiadas por la infinidad de desastres que yo evocaba, tenían miedo de volver a aceptarme? No lo sé. Lo cierto es que no me atreví a decir enseguida: preparad vuestras cosas, nos vamos. Me quedé unos días, me dediqué otra vez a ellas. Mis suegros no se entrometieron; al contrario, en cuanto las niñas apelaban a su autoridad en lugar de a la mía, sobre todo Dede, pasaron a un segundo plano y evitaron el conflicto.

En especial Guido ponía atención en hablar de otras cosas; al principio no mencionó siquiera la ruptura entre su hijo y yo. Después de cenar, cuando Dede y Elsa se iban a la cama y él, por cortesía, me dedicaba unos momentos antes de encerrarse a trabajar en su despacho hasta la madrugada (sin duda, Pietro no hacía más que reproducir el modelo de su padre), se lo veía incómodo. Normalmente se refugiaba en los temas políticos: la agudización de la crisis del capitalismo, la panacea de la austeridad, el aumento de la zona de marginación, el terremoto en Friuli como símbolo de una Italia precaria, las grandes dificultades de la izquierda, de los viejos partidos y grupúsculos. Pero lo hacía sin mostrar la menor curiosidad por mis opiniones que, por lo demás, yo ni siquiera me esforzaba en tener. Llegado el caso, si él decidía animarme a que opinara, se replegaba en mi libro, cuya edición italiana vi por primera vez justo en esa casa: era un librito sucinto, poco llamativo, que llegó junto con tantos otros libros y revistas que se amontonaban sin cesar en las mesas a la espera de ser hojeados. Una noche él dejó caer unas preguntas y yo, sabiendo que no lo había leído ni lo leería después, le resumí los temas, le leí unas cuantas líneas. En general escuchó serio, muy atento. Solo en un caso planteó críticas doctas sobre un pasaje de Sófocles que yo había citado de manera inoportuna, y adoptó un tono académico que me avergonzó. Era un hombre que desprendía autoridad, aunque la autoridad es una pátina y a veces basta poco para que, aunque sea por unos minutos, se resquebraje y permita entrever a otra persona menos edificante. Cuando hice referencia al feminismo, Guido perdió de pronto la compostura, afloró en sus ojos una inesperada malicia y se puso a canturrear con sarcasmo, la cara enrojecida —él que en general tenía una tez anémica—, un eslogan que había oído por casualidad: «Sexo, sexo de mis entusiasmos, ¿quién en el reino llega al orgasmo? Ninguna»; y también: «No somos máquinas de reproducción, sino mujeres que luchan por la liberación». Canturreaba y reía, enardecido. Al darse cuenta de que me había sorprendido desagradablemente, se quitó las gafas, las limpió con cuidado y se retiró a estudiar.

En esas pocas veladas Adele casi siempre estaba callada, pero comprendí enseguida que tanto ella como su marido buscaban un modo aséptico de ponerme al descubierto. Como yo no mordía el anzuelo, al final fue mi suegro quien encaró el problema a su manera. Cuando Dede y Elsa nos dieron las buenas noches, él preguntó a sus nietas en una especie de bondadoso ritual:

—¿Cómo se llaman estas dos hermosas señoritas?

—Dede.

—Elsa.

—¿Y qué más? El abuelo quiere oír el nombre completo.

—Dede Airota.

—Elsa Airota.

—¿Airota como quién?

—Como papá.

—¿Y como quién más?

—Como el abuelo.

—¿Y cómo se llama vuestra mamá?

—Elena Greco.

—¿Y vosotras os apellidáis Greco o Airota?

—Airota.

—Así me gusta. Buenas noches, queridas, que tengáis dulces sueños.

En cuanto las niñas salieron de la habitación acompañadas por Adele, como siguiendo un hilo que partía de las respuestas de las dos niñas, dijo: me he enterado de que la ruptura con Pietro se debe a Nino Sarratore. Di un respingo, asentí. Él sonrió, empezó a elogiar a Nino, pero no con el entusiasmo y la entrega del pasado. Lo definió como un muchacho muy inteligente, que sabía lo que se llevaba entre manos, pero —dijo poniendo el acento en la conjunción adversativa— es «undívago», y repitió la palabra como para comprobar si había elegido la adecuada. Luego subrayó: las últimas cosas que escribió Sarratore no me han gustado. Y con un tono súbitamente despreciativo lo metió en el montón de los que consideraban más urgente aprender a mover los engranajes del neocapitalismo que seguir exigiendo la transformación de las relaciones sociales y de producción. Usó ese lenguaje, pero dando a cada palabra la consistencia del insulto.

No lo soporté. Me afané en convencerlo de que se equivocaba y Adele regresó justo cuando yo citaba textos de Nino que me parecían muy radicales, y Guido me escuchaba soltando el sonido sordo al que solía recurrir cuando dudaba entre asentir o disentir. Me callé de repente, más bien agitada. Durante unos minutos mi suegro pareció suavizar su opinión («por lo demás, a todos nos resulta difícil orientarnos en el caos de la crisis italiana, y puedo entender que los jóvenes como él se encuentren en dificultades, sobre todo si tienen ganas de hacer cosas»), y luego se levantó para irse a su despacho. Sin embargo, antes de desaparecer reconsideró el asunto. Se detuvo en el umbral y sentenció hostil: pero hay formas de hacer y formas de hacer, Sarratore es una inteligencia sin tradiciones, le gusta más caer simpático a los que mandan que batirse por una idea, se convertirá en un técnico muy servicial. Y se interrumpió, aunque no sin titubeos, como si tuviera algo mucho más crudo en la punta de la lengua, si bien se limitó a farfullar un buenas noches y se fue a su despacho.

Noté que Adele me miraba. Yo también tengo que retirarme, pensé, he de buscar una excusa, decir que estoy cansada. Pero esperé a que Adele encontrara una fórmula conciliadora capaz de calmarme, y por eso pregunté:

—¿Qué significa que Nino es una inteligencia sin tradiciones? Ella me miró irónica.

—Que no es nadie. Y que para el que no es nadie convertirse en alguien es más importante que cualquier otra cosa. La consecuencia es que el señor Sarratore es una persona de poco fiar.

—Yo también soy una inteligencia sin tradiciones.

Sonrió.

—Sí, tú también, y por eso no eres de fiar.

Silencio. Adele hablaba con tranquilidad, como si las palabras no tuviesen carga emotiva alguna y se limitaran a registrar hechos concretos. Igualmente me sentí ofendida.

—¿Qué quieres decir?

—Que te he confiado un hijo y no lo has tratado con honestidad. Si querías a otro, ¿para qué te casaste con él?

—No sabía que quería a otro.

—Mientes.

Dudé y reconocí:

—Sí, miento, pero porque me obligas a darte una explicación lineal, y las explicaciones lineales casi siempre son mentira. Tú también me hablaste mal de Pietro, es más, me apoyaste poniéndote en contra de él. ¿Mentías?

—No. Estaba realmente de tu parte, aunque en el marco de un pacto que deberías haber respetado.

—¿Qué pacto?

—Quedarte con tu marido y con las niñas. Eras una Airota, tus hijas eran Airota. No quería que te sintieras inadecuada e infeliz, traté de ayudarte a ser una buena madre y una buena esposa. Pero si el pacto se ha roto, todo cambia. De ahora en adelante ya no recibirás nada ni de mí ni de mi marido; es más, te quitaré todo lo que te he dado.

Inspiré muy hondo, traté de mantener el tono sereno, como por lo demás hacía ella.

—Adele —dije—, yo soy Elena Greco y mis hijas son mías. Vosotros, los Airota, me importáis una mierda.

Asintió en silencio, pálida, ahora con expresión severa.

—Se nota que eres Elena Greco, a estas alturas es demasiado evidente. Pero las niñas son hijas de mi hijo y no te permitiremos que las arruines.

Me dejó plantada y se fue a dormir.

17

Aquel fue el primer enfrentamiento con mis suegros. Siguieron otros que, sin embargo, nunca llegaron a un desprecio tan explícito. Después se limitaron a demostrarme por todos los medios que, si yo insistía en ocuparme sobre todo de mí, debía encomendarles a Dede y a Elsa.

Me opuse, naturalmente, no había día en que no me irritara y no decidiera llevarme enseguida a mis hijas a Florencia, a Milán, a Nápoles, a cualquier lugar con tal de no dejarlas ni un minuto más en aquella casa. Pero no tardaba en ceder, posponía mi partida, siempre pasaba algo contrario a mis propósitos. Por ejemplo, telefoneaba Nino y no sabía resistirme, corría a verlo a donde él quería. Además, también en Italia había comenzado a distribuirse el libro nuevo que, aunque pasó inadvertido a los reseñadores de los grandes periódicos, poco a poco encontraba su público. Así que, con frecuencia, a las citas con mis lectores sumaba las que tenía con mi amante, y eso prolongaba el tiempo que permanecía lejos de las niñas.

Me separaba de ellas a la fuerza. Sentía sus miradas acusadoras, sufría. Sin embargo, una vez en el tren, mientras estudiaba, mientras me preparaba para algún debate público, mientras imaginaba cómo sería el encuentro con Nino, disfrutaba de la descarada alegría que comenzaba a bullirme por dentro. No tardé en descubrir que me estaba acostumbrando a sentirme feliz e infeliz a la vez, como si ese fuera el inevitable nuevo estado de mi vida. Cuando regresaba a Génova, me sentía culpable —Dede y Elsa ya se sentían cómodas, tenían el colegio, los compañeros de juegos, todo lo que pedían, con independencia de mí—, pero en cuanto volvía a marcharme la culpa se convertía en un estorbo molesto, se debilitaba. Naturalmente, me daba cuenta, y aquella oscilación hacía que me sintiera mezquina. Era humillante tener que admitir que un poco de notoriedad y el amor por Nino consiguieran eclipsar a Dede y a Elsa. Sin embargo, así era. El eco de la frase de Lila: «Piensa en el daño que les haces a tus hijas», se convirtió en aquella época en una especie de epígrafe permanente que anunciaba la infelicidad. Viajaba, cambiaba a menudo de cama, a menudo no conseguía dormir. Me volvían a la cabeza las maldiciones de mi madre, se mezclaban con las palabras de Lila. Mi amiga y ella, que para mí siempre habían sido la una lo opuesto de la otra, con frecuencia acababan coincidiendo en aquellas noches infinitas. Las percibía hostiles, extrañas a mi nueva vida; por un lado, eso me parecía la prueba de que por fin me había convertido en una persona autónoma y, por el otro, hacía que me sintiera sola, a merced de mis dificultades.

Traté de reanudar las relaciones con mi cuñada. Como siempre, se mostró disponible; organizó un encuentro con motivo de mi libro en una librería de Milán. Asistieron sobre todo mujeres y fui muy criticada y muy elogiada por grupos opuestos. Al principio me asusté, pero Mariarosa intervino con autoridad y descubrí en mí una insospechada capacidad para tirar de los hilos del acuerdo y el desacuerdo, y entretanto elegir un papel de mediadora (se me daba bien decir con convicción: «Eso no era exactamente lo que quería decir»). Al final todas me agasajaron, en especial ella.

Después cené y dormí en su casa. Allí encontré a Franco y a Silvia con su hijo Mirko. Durante todo el tiempo no hice más que espiar al niño —calculé que tendría unos ocho años— y grabé en mi mente los parecidos físicos e incluso de carácter que segura-

mente tenía con Nino. No le había dicho que conocía la existencia de ese niño y decidí que nunca lo haría. Pero a lo largo de la
velada no hice más que hablarle, mimarlo, jugar con él, sentarlo
en mi regazo. En qué desorden vivíamos, cuántos fragmentos de
nosotros mismos salían volando como si vivir fuese estallar en es-
quirlas. En Milán estaba este niño; en Génova, mis hijas; en Nápoles, Albertino. No pude resistirme, llegué a hablar de aquella
dispersión con Silvia, con Mariarosa, con Franco, haciéndome la
analizadora desencantada. En realidad, esperaba que, como solía
hacer, mi ex novio se apropiara del discurso, lo organizara todo
con su habilísima dialéctica y así, al acomodar el presente y presa-
giar el futuro, nos tranquilizara. Pero fue él la auténtica sorpresa
de la velada. Habló del fin inminente de una época que había sido
objetivamente —utilizó el adverbio con sarcasmo— revoluciona-
ria, pero que ahora, en su declive —dijo—, estaba arrasando con
todas las categorías que habían servido de brújula.

—No lo veo así —objeté, solo para provocarlo—, en Italia la
situación es muy combativa y animada.

—No lo ves así porque estás contenta contigo misma.

—Al contrario, estoy deprimida.

—Los deprimidos no escriben libros. Los escriben las personas contentas, que viajan, que están enamoradas y que hablan, y
hablan con la convicción de que de un modo u otro las palabras
acaben siempre en el lugar correcto.

—¿Por qué, no es así?

—No, rara vez las palabras acaban en el lugar correcto, y solo
durante un tiempo muy breve. Por lo demás, sirven para hablar
sin ton ni son como hacemos ahora. O para fingir que todo está
bajo control.

—¿Fingir? ¿Tú que siempre lo has tenido todo bajo control fingías?

—¿Por qué no? Fingir es un poco fisiológico. Nosotros, que queríamos hacer la revolución, hemos sido los que incluso en medio del caos nos inventamos siempre un orden y fingíamos saber exactamente cómo marchaban las cosas.

—¿Te estás autodenunciando?

—Pues sí. Buena gramática, buena sintaxis. Para todo una explicación preparada. Y mucho arte de la consecuencialidad: esto deriva de esto y lleva necesariamente a esto otro. Se acabó lo que se daba.

—¿Ya no funciona?

—Claro que funciona, a la perfección. Es tan cómodo no perderse nunca delante de nada. Ni una sola llaga que se infecte, ni una sola herida que no tenga sus puntos de sutura, ni un solo cuarto oscuro que te dé miedo. La cuestión es que llega un momento en que el truco ya no funciona.

—¿Perdón?

—Blablablá, Lena, blablablá. Las palabras están perdiendo su significado.

Y eso no fue todo. Ironizó un buen rato sobre sus propias frases, burlándose de él y de mí. Luego murmuró: cuántas tonterías digo, luego se pasó el resto del tiempo escuchándonos a las tres.

Me sorprendió que, si en Silvia parecían haberse desvanecido las huellas terribles de la violencia sufrida, en él, poco a poco, la paliza a la que lo habían sometido unos años antes puso al descubierto otro cuerpo y otro espíritu. Se levantó muchas veces para ir al cuarto de baño, cojeaba de una forma no demasiado llamativa; la órbita morada, que el ojo de cristal no rellenaba bien, parecía más combativa que el otro ojo que, pese a estar vivo, se veía opacado por la depresión. Pero sobre todo habían desaparecido el Franco agradablemente enérgico de otros tiempos y el huraño de la convalecencia. Me pareció una persona dulcemente melancólica, capaz de un cinismo afectuoso. Si Silvia dedicó unas palabras para que yo fuera a buscar a mis hijas, si Mariarosa dijo que, hasta que yo no encontrara un alojamiento definitivo, Dede y Elsa estaban mejor con sus abuelos, Franco se dedicó a alabar mis capacidades definidas con ironía como masculinas e insistió para que continuara afinándolas sin malgastar mi tiempo en obligaciones femeninas.

Cuando me retiré a mi habitación, me costó conciliar el sueño. ¿Qué haría daño a mis hijas, qué les haría bien? ¿En qué consistían el daño y el bien para mí, coincidían o se alejaban del daño y el bien de las niñas? Esa noche Nino acabó pasando a segundo plano y resurgió Lila. Solo Lila, sin apoyo de mi madre. Sentí la necesidad de pelearme con ella, de gritarle: no te limites a criticarme, asume la responsabilidad de sugerirme qué debo hacer. Al final me adormilé. Al día siguiente regresé a Génova y, en presencia de mis suegros, de buenas a primeras les dije a Dede y Elsa:

—Niñas, en estos momentos tengo mucho trabajo. Dentro de unos días tengo que marcharme y después me esperan más viajes. ¿Queréis venir conmigo o queréis quedaros con los abuelos?

Todavía hoy, mientras escribo, me avergüenzo de esa pregunta.

Primero Dede, y después Elsa, contestaron:

—Con los abuelos. Pero cuando puedas, tú vuelve y tráenos regalos.

18

Fueron necesarios más de dos años llenos de alegrías, tormentos, sorpresas desagradables y mediaciones soportadas para que consiguiera poner un poco de orden en mi vida. Entretanto, pese a vivir dolorosos desgarros privados, en público seguía teniendo suerte. El escaso centenar de páginas que había escrito más que nada para quedar bien con Nino no tardaron en ser traducidas al alemán y al inglés. Mi libro publicado diez años antes reapareció en Francia e Italia, y volví a escribir en periódicos y revistas. Poco a poco, mi nombre y mi persona adquirieron de nuevo cierta notoriedad; como había ocurrido en el pasado, los días se llenaron otra vez, me gané la curiosidad y, en ocasiones, también la estima de personas que por entonces estaban muy presentes en la escena pública. Pero lo que me ayudó a sentirme más segura de mí misma fue un cotilleo del director de la editorial de Milán, al que desde el principio yo le había caído bien. Una noche, mientras cenaba con él para hablar de mi futuro editorial, pero también —debo decir— para proponerle una colección de ensayos de Nino, me reveló que poco antes de la Navidad pasada Adele había presionado para que pararan la publicación de mi librito.

—Los Airota —dijo bromeando— en el desayuno acostumbran a ingeniárselas para imponer un subsecretario y en la cena, para destituir a un ministro, pero con tu libro no lo consiguieron. El texto ya estaba listo y lo enviamos a imprenta.

Según él, el escaso número de reseñas en la prensa italiana también se debía a mi suegra. En consecuencia, si el libro se había afirmado a pesar de todo, el mérito no debía atribuirse a un amable cambio de idea de la licenciada Airota, sino a la fuerza de mi escritura. Así supe que esta vez no le debía nada a Adele, algo en lo que ella insistía las veces que iba a Génova. Eso me dio confianza, me enorgullecí, acabé por convencerme de que el tiempo de mis dependencias había tocado a su fin.

Lila no advirtió nada de esto. Desde el fondo del barrio, desde aquella zona que a mí ya se me antojaba del tamaño de un salivazo, ella siguió considerándome un apéndice suyo. Le pidió a Pietro mi número de teléfono de Génova y empezó a usarlo sin preocuparse si molestaba a mis suegros. Las veces que conseguía localizarme, fingía no notar mi laconismo y hablaba por las dos, sin pausa. Me hablaba de Enzo, el trabajo, su hijo, que era aplicado en el colegio, de Carmen y Antonio. Cuando no me localizaba, insistía en telefonear, lo hacía con perseverancia neurótica, dando así pie a que Adele —que apuntaba en un cuaderno las llamadas para mí indicando, no sé, día tal del mes tal, Sarratore (tres llamadas), Cerullo (nueve llamadas)— rezongara por las molestias que yo causaba. Traté de convencer a Lila de que si le decían que no estaba no tenía sentido que insistiera, la casa de Génova no era mi casa, me ponía en un compromiso. Fue inútil. Llegó incluso a telefonear a Nino. Fue difícil decir cómo habían sido en realidad las cosas; él se mostró incómodo, le restó importancia, temía hacer algún comentario que me enfadara. En un primer momento me contó que Lila había llamado varias veces a casa de Eleonora y la había irritado, después me pareció entender que ella había tratado de localizarlo directamente en el teléfono de la via Duomo; por último, que él mismo se había adelantado a dar con ella para evitar que telefoneara sin parar a su mujer. Sea como fuere, el hecho innegable era que Lila lo había obligado a concertar una cita. Pero no a solas: Nino se apresuró a aclarar que ella había acudido acompañada de Carmen, puesto que era Carmen —sobre todo Carmen— quien tenía la urgente necesidad de ponerse en contacto conmigo.

Escuché el informe sobre la cita sin emoción alguna. De entrada, Lila quiso saber con pelos y señales cómo me comportaba en público cuando hablaba de mis libros: qué trajes me ponía, cómo me peinaba y me maquillaba, si era tímida, si era divertida, si leía, si improvisaba. Después se quedó callada, le dejó el campo libre a Carmen. De ese modo se descubrió que el empeño por hablar conmigo estaba relacionado con Pasquale. Por sus propios conductos, Carmen se había enterado de que Nadia Galiani estaba a salvo en el extranjero; por eso quería pedirme otra vez que le hiciera el favor de ponerme en contacto con mi profesora de preuniversitario para preguntarle si también Pasquale se encontraba a salvo. Carmen exclamó un par de veces: no quiero que los hijos de los señoritos se vayan de rositas y los que son como mi hermano, no. Después le suplicó a Nino que me dejara bien claro —como si ella misma considerara que su preocupación por Pasquale era un delito perseguible y, por tanto, una culpa que podía implicarme a mí también— que si yo quería ayudarla no debía usar el teléfono para ponerme en contacto con la profesora y tampoco para ponerme en contacto con ella. Nino concluyó: tanto Carmen como Lina son bastante insensatas, es mejor que las dejes correr, pueden meterte en líos.

Pensé que hasta hacía unos meses un encuentro entre Nino y Lila, aunque fuese en presencia de Carmen, me habría alarmado. Ahora, en cambio, descubría con alivio que me dejaba indiferente. Sin duda, estaba ya tan segura del amor de Nino que, pese a no descartar que ella quisiera quitármelo, me parecía imposible que lo consiguiera. Le acaricié una mejilla y le dije divertida: el que no tiene que meterse en líos eres tú, por favor, ¿cómo es que nunca tienes un momento libre y para esto sí que lo has encontrado?

19

Por aquella época me sorprendió por primera vez la rigidez del perímetro que Lila se había asignado. Se comprometía cada vez menos con lo que ocurría fuera del barrio. Si se apasionaba por algo que tuviera una dimensión no solo local, era porque guardaba relación con las personas que conocía desde la infancia. Incluso su trabajo, por lo que yo sabía, le interesaba solo dentro de un ámbito muy reducido. Era sabido que en ocasiones Enzo había tenido que trasladarse por un tiempo a Milán, a Turín. Lila no, nunca se movía, y su encierro empezó a llamarme de veras la atención solo cuando noté cada vez más el gusto por viajar.

Por aquella época aprovechaba la menor ocasión para salir de Italia, en especial si podía hacerlo con Nino. Por ejemplo, cuando la pequeña editorial alemana que había publicado mi librito organizó una gira de promoción por Alemania occidental y Austria, él anuló todos sus compromisos y me hizo de chófer alegre y obediente. Viajamos a lo largo y a lo ancho durante unos quince días, pasando de un paisaje a otro como por pinturas de colores deslumbrantes. Cada montaña, lago, ciudad o monumento entraba en nuestra vida de pareja únicamente para convertirse en parte del placer de estar allí en ese momento, y siempre nos parecía una perfecta contribución a nuestra felicidad. Incluso cuando la cruda realidad nos alcanzaba y nos asustaba porque coincidía con las palabras más negras que yo pronunciaba noche tras noche ante un público muy radical, después nos contábamos el susto como una agradable aventura.

Una noche regresábamos en coche al hotel cuando nos paró la policía. En la oscuridad, el alemán en boca de unos hombres vestidos de uniforme y empuñando un arma sonó de un modo siniestro, tanto a mis oídos como a los de Nino. Los agentes tiraron de nosotros para obligarnos a bajar del coche y nos separaron; yo terminé en un automóvil gritando, Nino en otro. Nos encontramos en un cuartito, al principio abandonados a nuestra suerte, luego brutalmente apremiados: documentos, motivo de nuestra permanencia, ocupación. En una pared había un mosaico de fotos, caras amenazantes, en su mayoría hombres barbudos, alguna mujer de pelo corto. Me sorprendí buscando con ansiedad los rostros de Pasquale y Nadia, no los encontré. Nos soltaron al amanecer, nos devolvieron a la explanada donde nos habían obligado a abandonar nuestro coche. Nadie se disculpó con nosotros: llevábamos una matrícula italiana, éramos italianos, se trataba de un control obligatorio.

Me sorprendió mi reacción instintiva de buscar en Alemania, entre las fotos de criminales de medio mundo, la de la persona que en ese momento era importante para Lila. Esa noche, Pasquale Peluso me pareció una especie de cohete lanzado desde el interior del exiguo espacio en el que ella se había encerrado para señalarme, en mi espacio mucho más amplio, su presencia en el torbellino de los acontecimientos planetarios. Por unos segundos el hermano de Carmen se convirtió en el punto de contacto entre su mundo, cada vez más pequeño, y el mío, cada vez más grande.

Durante las veladas en las que hablaba de mi libro, en ciudades extranjeras de las que no sabía nada, al final surgían preguntas sobre la dureza del clima político y yo salía del paso con frases genéricas que, en esencia, giraban en torno a la palabra «reprimir». En cuanto narradora, sentía el deber de ser imaginativa. No hay espacios que se salven, decía. Una apisonadora está pasando de oeste a este, de territorio en territorio, para poner en orden el planeta entero: los trabajadores a trabajar, los desempleados a consumirse, los hambrientos a deteriorarse, los intelectuales a hablar sin ton ni son, los negros a hacer de negros, las mujeres a hacer de hembras. Pero a veces sentía la necesidad de decir algo más auténtico, más sincero, más mío, y contaba las peripecias de Pasquale en todas sus trágicas etapas, desde la infancia hasta su elección de la clandestinidad. No sabía hacer discursos más concretos, el léxico era ese del que me había apropiado diez años antes, y esas palabras las sentía cargadas de sentido solo cuando las combinaba con algunos hechos del barrio. Por lo demás, no eran otra cosa que material comprobado y de efecto seguro. Con la diferencia de que si en la época de mi primer libro tarde o temprano terminaba por apelar a la revolución, como parecía que era el sentimiento común, ahora evitaba esa palabra; Nino había empezado a encontrarla ingenua, yo estaba aprendiendo de él la complejidad de la política y me mostraba más cauta. Solía echar mano de la fórmula «es justo rebelarse», y enseguida añadía que era necesario ampliar el consenso, que el Estado duraría mucho más tiempo de lo que habíamos imaginado, que era urgente que aprendiéramos a gobernar. No siempre salía de aquellas veladas contenta conmigo misma. En algunos casos tenía la impresión de suavizar el tono simplemente para contentar a Nino, que me escuchaba sentado en salitas llenas de humo, entre hermosas extranjeras de mi edad o más jóvenes que yo. A menudo no podía resistirme y me excedía siguiendo la antigua y oscura pulsión que en el pasado me había impulsado a reñir con Pietro. Me ocurría especialmente cuando me encontraba ante un público de mujeres que habían leído mi libro y esperaban frases tajantes. Cuidado con transformarnos en policías de nosotras mismas, decía entonces, la lucha es a muerte y solo terminará cuando consigamos la victoria. Después Nino me tomaba el pelo, decía que yo siempre tenía que exagerar y nos reíamos.

Algunas noches me acurrucaba a su lado e intentaba aclararme. Confesaba que me gustaban las palabras subversivas, las que denunciaban los compromisos de los partidos y las violencias del Estado. La política —decía—, la política como la piensas tú, como seguramente es, me aburre, te la dejo a ti, no estoy hecha para este tipo de compromiso. Pero después le daba vueltas y añadía que tampoco me sentía hecha para el otro compromiso al que me había obligado en el pasado, arrastrando conmigo a las niñas. Los gritos amenazantes de las manifestaciones me asustaban, y el mismo efecto me producían las minorías agresivas, las bandas armadas, los muertos en la calle, el odio revolucionario hacia todo. Debo hablar en público, confesaba, y no sé qué soy, no sé hasta qué punto pienso seriamente lo que digo.

Ahora, con Nino, me parecía que podía expresar con palabras los sentimientos más secretos, incluso los que me ocultaba a mí misma, incluso las incoherencias, las cobardías. Él estaba seguro de sí mismo, era sólido, tenía opiniones detalladas sobre todo. Me sentía como si a la rebeldía caótica de la infancia le hubiese colgado cartelitos esmerados con las frases adecuadas para quedar bien. Aquella vez en que asistimos a un congreso en Bolonia —formábamos parte de un éxodo aguerrido que se dirigía a la ciudad de la vida libre— nos topamos con controles policiales continuos, nos detuvieron nada menos que en cinco ocasiones. Armas en mano, fuera del coche, documentos, ahí contra la pared. En esa ocasión me asusté mucho más que en Alemania: era mi tierra, era mi lengua, me puse nerviosa, quería callar, obedecer, pero empecé a gritar, pasé al dialecto sin darme cuenta, descargué una lluvia de insultos sobre los policías por cómo me empujaban sin educación. En mí se mezclaban el miedo y la rabia, y a menudo no conseguía dominar ni lo uno ni la otra. En cambio, Nino se lo tomó con calma, bromeó con los agentes, los aplacó, me tranquilizó. Para él solo contábamos nosotros dos. Recuerda que estamos aquí, ahora, juntos, me dijo, lo demás es un telón de fondo y cambiará.

20

En esos años nos mantuvimos siempre en movimiento. Queríamos estar presentes, observar, estudiar, entender, razonar, atestiguar, y sobre todas las cosas, amarnos. Las sirenas desplegadas de los policías, los puestos de control, el chasquido de las palas de los helicópteros, los muertos asesinados eran placas en las que anotábamos el tiempo de nuestra relación, las semanas, los meses, el primer año y después el año y medio, siempre a partir de aquella noche en la casa de Florencia, cuando yo había ido a ver a Nino a su habitación. Nuestra vida —nos decíamos— había comenzado entonces. Y lo que llamábamos «la verdadera vida» era esa impresión de fulgor milagroso que no nos abandonaba ni siquiera cuando se representaban los horrores cotidianos.

Estábamos en Roma en los días siguientes al secuestro de Aldo Moro. Me había reunido con Nino, que debía presentar el libro de uno de sus colegas napolitanos sobre la geografía y la política en el sur de Italia. Del libro se habló poco o nada, mientras que se debatió mucho sobre el presidente de la Democracia Cristiana. Me asusté cuando una parte del público se sublevó al oír a Nino decir que quien había cubierto de barro al Estado, quien había enseñado su peor cara, quien había creado las condiciones para el nacimiento de las Brigadas Rojas había sido precisamente Moro al ocultar verdades incómodas sobre su partido de corruptos, identificándolo además con el propio Estado para sustraerlo de toda acusación y de todo castigo. Y cuando concluyó que defender las instituciones suponía no ocultar sus fechorías sino hacerlas transparentes, eficientes, sin omisiones, capaces de justicia en cada uno de sus ganglios, los ánimos no se calmaron, arreciaron los insultos. Vi a Nino ponerse cada vez más pálido; en cuanto pude, lo saqué de ahí. Nos refugiamos en nosotros mismos como bajo una coraza resplandeciente.

Los tiempos seguían esa evolución. Una noche, en Ferrara, a mí también me fue mal. Hacía poco más de un mes que habían hallado el cadáver de Moro cuando, sin querer, se me ocurrió llamar asesinos a sus secuestradores. Siempre era difícil manejar las palabras, mi público me exigía que supiera calibrarlas según los usos corrientes de la extrema izquierda, y yo ponía muchísima atención. Pero con frecuencia terminaba por encenderme y entonces pronunciaba frases sin filtro. «Asesinos» no gustó a ninguno de los presentes («asesinos son los fascistas»), y fui atacada, criticada, escarnecida. Enmudecí. Cuánto sufría en los casos en que de pronto me veía despojada del consenso: perdía la confianza en mí misma, me sentía arrastrada al fondo de mis orígenes, me sentía políticamente incapaz, me sentía una mujer a la que le hubiera convenido no meter baza, y durante un tiempo huía de las ocasiones de confrontación pública. Si se mata a alguien, ¿no se es asesino? La velada acabó mal; Nino estuvo a punto de llegar a las manos con un tipo del fondo de la salita. Pero también en ese caso lo único que contó fue que regresáramos a nosotros dos. Era así: si estábamos juntos, no había crítica que nos afectara realmente, al contrario, nos volvíamos soberbios, nada tenía sentido más que nuestras opiniones. Nos íbamos a cenar corriendo, disfrutábamos de la buena comida, del vino, del sexo. Solo queríamos fundirnos en un abrazo y quedarnos así.

21

El primer jarro de agua fría llegó a finales de 1978; de Lila, naturalmente. Fue el punto culminante de una serie de acontecimientos desagradables que comenzaron a mediados de octubre cuando, al regresar de la universidad, Pietro fue agredido por un par de muchachos —rojos, negros, no hubo manera de saberlo—, a cara descubierta y armados con palos. Corrí al hospital, convencida de que lo encontraría más deprimido que nunca. Sin embargo, a pesar de la cabeza vendada y del ojo morado, lo vi contento. Me recibió con tono conciliador, luego se olvidó de mí y charló todo el tiempo con algunos de sus alumnos, entre los que destacaba una muchacha muy guapa. Cuando la mayoría de ellos se marcharon, ella se le sentó al lado, en el borde de la cama, y le cogió una mano. Llevaba una camiseta blanca con cuello cisne y una minifalda azul y el pelo moreno le llegaba hasta la cintura. Fui amable, le pregunté por sus estudios. Dijo que le faltaban dos asignaturas para obtener la licenciatura, pero ya estaba trabajando en la tesis sobre Catulo. Es brillante, la elogió Pietro. Se llamaba Doriana y mientras permanecí en la sala le soltó la mano únicamente para acomodarle un poco las almohadas.

Por la noche, en la casa de Florencia, apareció mi suegra con Dede y Elsa. Le hablé de aquella chica, ella sonrió satisfecha, estaba al tanto de la relación de su hijo. Dijo: lo dejaste, qué esperabas. Al día siguiente fuimos todas juntas al hospital. Con sus collares y pulseras, Doriana sedujo de inmediato a Dede y Elsa. Nos prestaron muy poca atención tanto a mí como a su padre, se pasaron el tiempo en el patio jugando con ella y la abuela. Ha comenzado una nueva etapa, me dije, y sondeé con cautela el terreno con Pietro. Antes de la paliza ya había espaciado mucho las visitas a sus hijas, y ahora entendía por qué. Le pregunté por la chica. Me habló de ella como sabía hacerlo él, con devoción. ¿Se irá a vivir contigo?, le pregunté. Dijo que era demasiado pronto, no lo sabía, pero sí, tal vez sí. Tenemos que hablar de las niñas, dejé caer. Se manifestó de acuerdo.

En cuanto pude, afronté la nueva situación con Adele. Ella debió de creer que mi intención era quejarme, pero le comenté que no estaba en absoluto disgustada, mi problema eran las niñas.

—¿Qué quieres decir? —preguntó, alarmada.

—Hasta ahora las he dejado contigo por necesidad y porque pensé que a Pietro le convenía reasentarse, pero ahora que él tiene su vida, las cosas cambian. Yo también tengo derecho a un poco de estabilidad.

—¿Y entonces?

—Buscaré una casa en Nápoles y me mudaré con mis hijas.

Tuvimos una discusión muy violenta. A ella le importaban mucho las niñas y no se fiaba de dejármelas. Me acusó de estar demasiado enfrascada en mí misma para ocuparme de ellas como era debido. Insinuó que meter en casa a un extraño —se refería a Nino— cuando se tienen dos hijas era una grave imprudencia. Por último, juró que jamás permitiría que sus nietas se criaran en una ciudad desordenada como Nápoles.

Nos insultamos a base de bien. Sacó a relucir a mi madre, su hijo debió de hablarle de la desagradable escena de Florencia.

—Cuando tengas que irte de viaje, ¿con quién las dejarás, con ella?

—Las dejaré con quien me dé la gana.

—No quiero que Dede y Elsa entren en contacto con personas que no se saben controlar.

—En todos estos años —le respondí— he creído que tú eras la figura materna que siempre había echado en falta. Estaba equivocada, mi madre es mejor que tú.

22

Más tarde volví a plantearle el tema a Pietro y resultó evidente que, pese a las protestas, estaba dispuesto a llegar a cualquier acuerdo que le permitiera pasar el mayor tiempo posible con Doriana. Así las cosas, fui a Nápoles a hablar con Nino, no quería tratar un asunto tan delicado por teléfono. Me alojó en el apartamento de la via Duomo, como ocurría a menudo. Sabía que seguía viviendo ahí, era su casa, y aunque algunas veces tenía la impresión de provisionalidad y me fastidiaban las sábanas demasiado usadas, me sentía feliz de verlo e iba con mucho gusto. Cuando le anuncié que estaba dispuesta a trasladarme con mis hijas, tuvo una auténtica explosión de alegría. Lo celebramos, se comprometió a encontrar un apartamento para nosotros lo antes posible, quiso ocuparse de las inevitables dificultades.

Sentí alivio. Después de tanto correr, viajar, sufrir y disfrutar, ya era hora de que nos asentáramos. Ahora disponía de algo de dinero, recibiría algo más de Pietro para la manutención de las niñas, y estaba a punto de firmar un contrato ventajoso por un nuevo libro. Además, me sentía por fin adulta, con un prestigio creciente, en una condición en la que regresar a Nápoles podía ser una apuesta ilusionante y muy fructífera para mi trabajo. Pero, sobre todo, deseaba vivir con Nino. Qué bonito era pasear con él, ver a sus amigos, discutir, trasnochar. Quería alquilar una casa muy luminosa desde la que se viera el mar. Mis hijas no debían echar de menos las comodidades de Génova.

Evité telefonear a Lila y anunciarle mi decisión. Daba por descontado que se entrometería en mis asuntos a la fuerza, y no me daba la gana. Pero llamé a Carmen, con la que en el último año había entablado una buena relación. Para contentarla me había visto con el hermano de Nadia, Armando, que —según descubrí—, además de médico, ahora era un miembro destacado de Democracia Proletaria. Me trató con gran respeto. Elogió mi último libro, me propuso que fuera a hablar de él a algún lugar de la ciudad, me arrastró a una radio con muchos seguidores fundada por él mismo, y ahí, en el más miserable de los desórdenes, me entrevistó. Pero en relación con la que él había denominado con ironía mi curiosidad recurrente por su hermana, se mostró evasivo. Me contó que Nadia estaba bien, que se había marchado para hacer un largo viaje con su madre, y nada más. En cambio, de Pasquale no sabía nada ni le interesaba tener noticias suyas; la gente como él —subrayó— había sido la ruina de una formidable época política.

Obviamente, a Carmen le ofrecí una síntesis edulcorada de aquel encuentro, pero ella se disgustó de todos modos. Un disgusto contenido que al final me había obligado a verla de vez en cuando siempre que iba a Nápoles. Notaba en ella una angustia que comprendía. Pasquale era nuestro Pasquale. Las dos lo queríamos, pese a lo que había hecho o a lo que hiciera. Yo guardaba de él un recuerdo fragmentado, errante: cuando fuimos juntos a la biblioteca del barrio, cuando dio aquella paliza en la piazza dei Martiri, cuando fue a recogerme en coche para acompañarme a casa de Lila, cuando se presentó en mi casa de Florencia con Nadia. En cambio, a Carmen la sentía más compacta. Su dolor de niña —tenía grabada en la cabeza la detención de su padre— se sumó al dolor por su hermano, a la constancia con la que trataba de velar por su suerte. Si en otros tiempos solo había sido la amiga de la infancia que había terminado de dependienta en la charcutería nueva de los Carracci gracias a Lila, ahora era una persona a la que veía de buen grado y a la que le tenía cariño.

Nos encontramos en un bar de la via Duomo. El local estaba a oscuras, nos sentamos cerca de la puerta que daba a la calle. Le conté con detalle mis planes, sabía que hablaría de ellos con Lila y pensaba: es justo que sea así. Vestida de negro, con cara fúnebre, Carmen me escuchó con mucha atención y sin interrumpir. Me sentí frívola con mi traje elegante, las charlas sobre Nino y las ganas de vivir en una casa bonita. En un momento dado miró el reloj y me anunció:

—Lina estará a punto de llegar.

Me irrité, tenía una cita con ella, no con Lila. Yo también miré el reloj.

—Tengo que irme —dije.

—Espera cinco minutos, enseguida llega.

Se puso a hablarme de nuestra amiga con afecto y gratitud. Lila cuidaba de sus amigos. Lila se ocupaba de todos: de sus padres, de su hermano, incluso de Stefano. Lila había ayudado a Antonio a buscar casa y se había hecho muy amiga de la alemana con la que se había casado. Lila planeaba ponerse a trabajar por su cuenta en eso de los ordenadores. Lila era sincera, era rica, era generosa, si te encontrabas en un apuro, echaba mano de la cartera. Lila estaba dispuesta a ayudar a Pasquale como fuera. Ah, dijo, Lenù, qué suerte habéis tenido de estar tan unidas desde siempre, cuánto os he envidiado. Me pareció notar en su voz, reconocer en algún movimiento de la mano, los tonos y los gestos de nuestra amiga. Me vino otra vez a la cabeza Alfonso, me acordé de cuando tuve la impresión de que él, varón, se parecía a Lila hasta en los rasgos. ¿Acaso el barrio estaba afianzándose en ella, estaba encontrando una orientación?

—Me voy —dije.

—Espera un poquito más, Lila tiene algo importante que decirte.

—Dímelo tú.

—No, le corresponde a ella.

Esperé, siempre más a disgusto. Al fin llegó Lila. Esta vez había cuidado su aspecto mucho más que cuando nos habíamos visto en la piazza Amedeo y tuve que reconocer que, si quería, aún sabía ser muy hermosa.

—Entonces ya te has decidido, vuelves a Nápoles —exclamó.

—Sí.

—¿Y se lo cuentas a Carmen y a mí no?

—Iba a decírtelo.

—¿Lo saben tus padres?

—No.

—¿Y Elisa?

—Tampoco.

—Tu madre no se encuentra bien.

—¿Qué tiene?

—Tos, pero no quiere ir al médico.

Me moví en el asiento, eché otro vistazo al reloj.

—Me dice Carmen que tienes algo importante que decirme.

—No es algo agradable.

—Habla.

—Le pedí a Antonio que siguiera a Nino.

Di un respingo.

—¿Que lo siguiera en qué sentido?

—Que viera lo que hace.

—¿Y por qué?

—Lo hice por tu bien.

—Ya me ocupo yo de mi bien.

Lila lanzó una mirada a Carmen como para contar con su apoyo, luego se dirigió otra vez a mí.

—Si te pones así, me callo. No quiero que te ofendas otra vez.

—No me ofendo, pero date prisa.

Me miró a los ojos y me reveló con frases secas, en italiano, que Nino nunca había dejado a su mujer, que seguía viviendo con ella y con su hijo, que como premio lo habían puesto a dirigir, justo en esos días, un importante instituto de investigación financiado por el banco donde trabajaba su suegro.

—¿Lo sabías? —concluyó, seria.

Negué con la cabeza.

—No.

—Si no me crees lo vamos a ver y se lo repito todo a la cara, palabra por palabra, tal como acabo de hacer contigo.

Agité una mano para darle a entender que no era necesario.

—Te creo —murmuré, pero para evitar sus ojos miré más allá de la puerta, hacia la calle.

Entretanto me llegó de muy lejos la voz de Carmen, que decía: si vais a ver a Nino, voy con vosotras, entre las tres le damos una lección, le cortamos los huevos. Noté que me tocaba ligeramente un brazo para que le prestara atención. De niñas habíamos leído fotonovelas en los jardincillos al costado de la iglesia y habíamos sentido el mismo impulso de prestar ayuda a la heroína cuando se encontraba en dificultades. Tal vez ahora bullía en su pecho el mismo sentimiento de solidaridad de entonces pero con la seriedad de hoy, y era un sentimiento auténtico, inducido por un agravio que ya no era de ficción sino real. En cambio, Lila siempre había despreciado esas lecturas nuestras, y en ese momento seguramente estaba sentada frente a mí con otras motivaciones. Imaginé que se sentía satisfecha, como debía de haberse sentido también Antonio al descubrir la falsedad de Nino. Vi que ella y Carmen intercambiaban una mirada, una especie de muda consulta como para tomar una decisión. Fueron unos momentos eternos. No, leí en los labios de Carmen, y fue un soplo acompañado de una imperceptible negación con la cabeza.

¿No a qué?

Lila volvió a mirarme fijamente con la boca entreabierta. Como siempre, se estaba atribuyendo el deber de clavarme una aguja en el corazón, no para que se detuviera, sino para que me latiera con más fuerza. Amusgaba los ojos, fruncía la frente amplia. Esperaba mi reacción. Quería que gritara, que llorara, que me encomendara a ella.

—Tengo que irme —dije en voz baja.

23

Excluí a Lila de todo lo que siguió.

Estaba herida, no porque me hubiese revelado que Nino llevaba más de dos años contándome mentiras sobre la situación de su matrimonio, sino porque había conseguido demostrarme lo que, de hecho, me había advertido desde el primer momento: que me había equivocado en mi elección, que era estúpida.

Unas horas más tarde me encontré con Nino, pero hice como si nada, me limité a evitar sus abrazos. Estaba embargada por el rencor. Me pasé toda la noche con los ojos abiertos, el deseo de apretarme a aquel largo cuerpo de varón se había echado a perder. Al día siguiente él quiso llevarme a ver un apartamento en la via Tasso, y acepté que me dijera: si te gusta, no te preocupes por el alquiler, ya me ocupo yo, están a punto de encomendarme un trabajo que resolverá todos nuestros problemas económicos. Pero por la noche no aguanté más y estallé. Estábamos en la casa de la via Duomo; su amigo, como de costumbre, no se encontraba ahí.

—Mañana quiero ver a Eleonora —le anuncié.

—Me miró perplejo.

—¿Por qué?

—Tengo que hablar con ella. Quiero saber cuánto sabe de nosotros, cuándo te fuiste de casa, desde cuándo no dormís juntos. Quiero saber si habéis solicitado la separación legal. Quiero que me diga si su padre y su madre saben que vuestro matrimonio ha terminado.

Mantuvo la calma.

—Pregúntame a mí, si hay algo que no tengas claro, te lo explico.

—No, solo me fío de ella, tú eres un mentiroso.

Entonces me puse a gritar, pasé al dialecto. Cedió enseguida, lo admitió todo; yo no tenía dudas de que Lila me hubiese dicho la verdad. Lo golpeé en el pecho con los puños y mientras lo hacía sentí como si en mi interior llevara a otra que se había despegado de mí y quería hacerle aún más daño; quería abofetearlo, escupirle a la cara como había visto hacer de pequeña en las peleas del barrio, gritarle hombre de mierda, arañarlo, arrancarle los ojos. Me quedé pasmada, me asusté. ¿Sigo siendo yo esta otra tan enfurecida, yo aquí, en Nápoles, en esta casa mugrienta, yo la que si pudiera mataría a este hombre, le clavaría un cuchillo en el corazón con todas mis fuerzas? ¿Debo retener a esta sombra —a mi madre, a todas nuestras antepasadas— o debo soltarla? Gritaba, lo golpeaba. Al principio, él esquivó los golpes fingiendo divertirse, después de repente se ensombreció, se desplomó en un sillón, dejó de defenderse.

Me detuve, el corazón estaba a punto de estallarme.

—Siéntate —murmuró.

—No.

—Dame al menos la oportunidad de explicártelo.

Me desmoroné en una silla lo más lejos posible, lo dejé hablar. Sabes muy bien —empezó con la voz entrecortada— que antes de Montpellier se lo conté todo a Eleonora y que la ruptura no tenía vuelta de hoja. Pero a mi regreso, murmuró, las cosas se complicaron. Su mujer se había vuelto loca, hasta el punto de que tuvo la impresión de que la vida de Albertino corría peligro. Por eso, para poder seguir adelante se vio obligado a decirle que habíamos dejado de vernos. La mentira funcionó durante un tiempo. Pero como las explicaciones que le daba a Eleonora por todas sus ausencias eran cada vez más inverosímiles, se reanudaron los escándalos. En una ocasión su mujer empuñó un cuchillo e intentó rajarse el vientre. Otra vez abrió el balcón de par en par con la intención de saltar. Y otro día se fue de casa llevándose al niño. Esa vez estuvo todo el día desaparecida y él sintió pánico. Cuando por fin consiguió localizarla en casa de una tía a la que estaba muy unida, se dio cuenta de que Eleonora había cambiado. Comenzó a tratarlo sin rabia, apenas con un punto de desprecio. Una mañana —dijo Nino, sin aliento— me preguntó si te había dejado. Le dije que sí. Y ella se limitó a decir: de acuerdo, te creo. Lo dijo así, con esas palabras, y a partir de entonces empezó a fingir que me creía, a fingir. Ahora vivimos dentro de esa ficción y todo va bien. De hecho, como ves, estoy aquí contigo, duermo contigo, si quiero me voy contigo de viaje. Y ella lo sabe todo, pero se comporta como si no supiera nada.

Entonces recobró el aliento, carraspeó, trató de cerciorarse de si lo escuchaba o me estaba reconcomiendo. Seguí sin decir palabra, miré hacia otro lado. Debió de pensar que me estaba rindiendo y siguió explicándose con mayor determinación. Habló y habló como sabía hacer él, se empleó a fondo. Se mostró persuasivo, autoirónico, afligido, desesperado. Pero cuando trató de acercarse lo rechacé a gritos. Entonces no aguantó más y se echó a llorar. Gesticulaba, inclinaba el busto en mi dirección, murmuraba entre lágrimas: no quiero que me justifiques, solo quiero que me entiendas. Lo interrumpí más furiosa que nunca, aullé: le mentiste a ella y me mentiste a mí, y no lo hiciste por amor a ninguna de las dos, lo hiciste por ti, porque no tienes el valor de defender tus decisiones, porque eres un cobarde. Entonces comencé a usar palabras repugnantes en dialecto y él se dejó insultar, apenas balbuceó alguna frase de amargura. No tardé en sentir que me ahogaba, agité los brazos, callé, y eso le permitió volver a la carga. Trató de demostrarme que mentirme había sido el único modo de evitar una tragedia. Cuando creyó haberlo conseguido, cuando me susurró que ahora, gracias a la docilidad de Eleonora, podíamos tratar de vivir juntos sin problemas, le dije con calma que lo nuestro se había terminado. Me marché, regresé a Génova.

24

El ambiente en casa de mis suegros se hizo cada vez más tenso. Nino telefoneaba sin parar, y yo o le colgaba el teléfono sin más o me peleaba con él a voz en grito. En un par de ocasiones llamó Lila, quería saber cómo iba. Le dije: bien, estupendamente, cómo quieres que me vaya, y le colgué. Me volví intratable, les gritaba a Dede y a Elsa con cualquier pretexto. Pero sobre todo empecé a tomarla con Adele. Una mañana le eché en cara lo que había hecho para impedir la publicación de mi texto. Ella no lo negó, al contrario, me dijo: es un opúsculo, no tiene la categoría de un libro. Yo escribiré opúsculos, repliqué, pero tú en toda tu vida has sido capaz de escribir ni siquiera eso, y no se entiende de dónde te viene tanta autoridad. Se ofendió, masculló: tú no sabes nada de mí. Ah, no, sabía cosas que ella ni se imaginaba. En esa ocasión conseguí morderme la lengua, pero a los pocos días tuve una discusión muy violenta con Nino en dialecto, y como mi suegra me lo reprochó con tono despectivo, reaccioné diciendo:

—Déjame en paz, piensa en ti.

—¿Qué quieres decir?

—Ya lo sabes.

—No sé nada.

—Pietro me contó que tuviste amantes.

—¿Yo?

—Sí, tú, no te hagas la sorprendida. Yo he asumido mis responsabilidades frente a todos, incluso frente a Dede y Elsa, y pago las consecuencias de mis actos. Tú, en cambio, que te das tantos aires, no eres más que una burguesita hipócrita que oculta sus porquerías bajo la alfombra.

Adele palideció, se quedó sin palabras. Rígida, la cara tensa, se levantó y cerró la puerta de la sala. Después me dijo en voz baja, casi susurrando, que yo era una mujer malvada, que no podía entender qué significaba amar de verdad y renunciar a la persona amada, que detrás de mi simpatía y mi docilidad ocultaba un deseo tan vulgar de arramblar con todo que ni los estudios ni los libros domesticarían nunca. Y concluyó: mañana te vas de aquí, y te llevas a tus hijas; solo lamenté que si las niñas se hubiesen criado ahí habrían tratado de no ser como yo.

No contesté, sabía que me había pasado de la raya. Sentí la tentación de disculparme, pero no lo hice. A la mañana siguiente

Adele le ordenó a la criada que me ayudara a hacer las maletas. Me las arreglo sola, exclamé, y sin despedirme de Guido, que estaba en su despacho, haciendo como si nada, me encontré en la estación cargada de maletas, con las dos niñas que me vigilaban con la mirada tratando de comprender cuáles eran mis intenciones.

Recuerdo el agotamiento, el estruendo en el vestíbulo de la estación, de la sala de espera. Dede me reprochaba que la arrastrara de acá para allá: no me empujes, no me grites, que no estoy sorda. Elsa preguntaba: ¿vamos a casa de papá? Las dos se alegraban porque no había clases, pero sentía que no se fiaban de mí y me preguntaban con cautela, dispuestas a callar si me enfadaba: qué hacemos, cuándo regresamos a casa de los abuelos, adónde vamos a comer, dónde dormimos esta noche.

En un primer momento, estaba tan desesperada que pensé en ir a Nápoles y presentarme con las niñas, sin aviso previo, en casa de Nino y Eleonora. Me decía: sí, es lo que debo hacer, mis hijas y yo nos encontramos en esta situación también por su culpa, nos la va a pagar. Quería que mi desorden lo arrollara y lo aplastara como me estaba aplastando cada vez más a mí. Me había engañado. Se había quedado con su familia y, como distracción, también conmigo. Yo había elegido para siempre, él no. Yo había dejado a Pietro, él se había quedado con Eleonora. De modo que me asistía la razón. Tenía derecho a invadir su vida y decirle: y bien, querido mío, nosotras estamos aquí; si te has preocupado por tu mujer porque cometía locuras, ahora que las cometo yo, a ver qué haces.

Pero mientras me preparaba para un viaje largo e insoportable a Nápoles, cambié de idea en un santiamén —bastó un anuncio por el altavoz— y me fui a Milán. En mi nueva situación necesitaba el dinero más que nunca; me dije que antes de nada debía ir a la editorial a mendigar trabajos. En el tren me di cuenta del motivo de aquel brusco cambio de meta. Pese a todo, el amor se retorcía dentro de mí con ferocidad y me repugnaba la mera idea de hacerle daño a Nino. Por más que escribiera y razonara a fondo sobre la autonomía femenina, no sabía prescindir de su cuerpo, de su voz, de su inteligencia. Fue terrible confesármelo, pero lo seguía queriendo, lo amaba más que a mis propias hijas. La sola idea de perjudicarlo, de no verlo más me deshojaba dolorosamente; la mujer libre y culta perdía pétalos, se separaba de la mujer-madre, la mujer-madre tomaba distancia de la mujer-amante, la mujer-amante de la arrabalera enfurecida, y todas parecíamos a punto de salir volando en distintas direcciones. Cuanto más me acercaba a Milán, más descubría que, aparcada Lila, no sabía darme cohesión sin tener a Nino de modelo. Era incapaz de ser el modelo de mí misma. Sin él ya no tenía un núcleo a partir del cual extenderme fuera del barrio y por el mundo, era un cúmulo de escombros.

Llegué a casa de Mariarosa aterrada y exhausta.

25

¿Cuánto tiempo me quedé? Algunos meses, y fue una convivencia por momentos difícil. Mi cuñada ya se había enterado de mi enfrentamiento con Adele y me dijo con su franqueza habitual: sabes que te quiero, pero te has equivocado al tratar así a mi madre.

—Se ha comportado muy mal.

—Ahora. Pero siempre te ha ayudado.

—Sí, únicamente para que su hijo no hiciera un mal papel.

—Eres injusta.

—No, soy clara.

Me miró con un fastidio inusitado en ella. Después, como si enunciara una regla cuya violación no toleraría, dijo:

—Yo también quiero ser clara. Mi madre es mi madre. Di lo que te dé la gana de mi padre y de mi hermano, pero a ella la dejas en paz.

Por lo demás fue amable. Nos acogió en su casa a su manera desenvuelta, nos asignó una habitación grande con tres catrecitos, nos dio toallas, y después nos abandonó a nuestra suerte, como hacía con todas sus invitadas que aparecían y desaparecían del apartamento. Como siempre, me impresionó su mirada vivaz, su organismo entero parecía colgar de los ojos como una bata raída. No hice mucho caso a su inusitada palidez, a su cuerpo enflaquecido. Estaba embargada por mí misma, por mi dolor, y pronto acabé por no prestarle más atención.

Traté de ordenar un poco la habitación polvorienta, sucia, repleta de cosas. Hice mi camita y las de las niñas. Preparé la lista de todo lo que nos hacía falta a mí y a ellas. Pero aquel esfuerzo organizativo duró poco. Tenía la cabeza en otra parte, no sabía qué decisiones tomar, los primeros días los pasé colgada del teléfono. Echaba de menos a Nino hasta tal punto que lo llamé enseguida. Él consiguió el número de Mariarosa y a partir de ese momento no paró de telefonearme, aunque cada llamada acababa en pelea. Al principio oía su voz y me alegraba, a veces estuve a punto de rendirme a él. Me decía: yo también le oculté que Pietro había regresado a casa y dormíamos bajo el mismo techo. Después me enfadaba conmigo misma, me daba cuenta de que no era lo mismo: yo no había vuelto a acostarme con Pietro, él se acostaba con Eleonora; yo había iniciado los trámites de separación, él había consolidado su vínculo matrimonial. Y así volvíamos a discutir, le gritaba que no llamara nunca más. Pero el teléfono sonaba día y noche con regularidad. Me decía que no podía estar sin mí, me suplicaba que fuera a Nápoles. Un día me anunció que había alquilado el apartamento de la via Tasso y que todo estaba listo para recibirme a mí y a mis hijas. Decía, anunciaba, prometía, parecía dispuesto a todo, pero no se decidía a pronunciar las palabras más importantes: «Lo mío con Eleonora se terminó de verdad». Por eso siempre llegaba un momento en que, sin importarme las niñas ni quien trajinara por la casa, me ponía a chillarle que dejara de atormentarme y le colgaba más amargada que nunca.

26

Viví aquellos días despreciándome, no conseguía quitarme a Nino de la cabeza. Llevaba a cabo mis trabajos con desgana, viajaba por obligación, regresaba por obligación, me desesperaba, me abatía. Y sentía que los hechos daban la razón a Lila: me estaba olvidando de mis hijas, las dejaba sin colegio, sin cuidados.

Dede y Elsa estaban encantadas con su nueva situación. Conocían poco o nada a su tía, pero adoraban la sensación de libertad absoluta que ella difundía a su alrededor. La casa de Sant'Ambrogio seguía siendo un puerto de mar, Mariarosa acogía a todos con tonos de hermana o tal vez de monja sin prejuicios, sin reparar en la suciedad, los trastornos mentales, los delitos, las drogas. Las niñas no tenían obligaciones, se paseaban con curiosidad por los cuartos hasta altas horas de la noche. Escuchaban conversaciones y jergas de todo tipo, se divertían cuando se tocaba algún instrumento, se cantaba y se bailaba. Su tía salía por la mañana para ir a la universidad y regresaba a última hora de la tarde. Nunca estaba nerviosa, las hacía reír, las perseguía por las habitaciones, jugaba al escondite o a la gallina ciega. Si se quedaba en casa, se entregaba a limpiezas a fondo, las hacía participar a ellas, a mí, a sus invitadas vagabundas. Pero más que de los cuerpos se ocupaba de nuestra inteligencia. Había organizado unos cursos vespertinos, invitaba a sus colegas de la universidad, a veces era ella quien daba unas clases divertidísimas y cargadas de información, mientras mantenía cerca a sus sobrinas, se dirigía a ellas, las hacía partícipes. En esas ocasiones el apartamento se abarrotaba con sus amigos y amigas que venían expresamente a escucharla.

Una noche, durante una de esas clases, llamaron a la puerta y corrió a abrir Dede, a la que le encantaba recibir a la gente. La niña regresó a la sala y anunció con tono muy emocionado: es la policía. Entre el público se oyó un murmullo airado, casi amenazante. Mariarosa se levantó con calma, fue a hablar con los agentes. Eran dos, dijeron que los vecinos habían protestado o algo por el estilo. Ella los trató con cordialidad, insistió en que entraran, casi los obligó a sentarse con nosotros en la sala y siguió dando su clase. Dede nunca había visto de cerca a un policía, pegó la hebra con el más joven apoyando el codo en su rodilla. Recuerdo su frase introductoria con la que quiso explicar que Mariarosa era una persona respetable:

—En realidad —dijo—, mi tía es profesora.

—En realidad —murmuró el policía con una sonrisa insegura.

—Sí.

—Qué bien hablas.

—Gracias. En realidad, se llama Mariarosa Airota y enseña historia del arte.

El muchacho le dijo algo al oído a su compañero, mayor que él. Quedaron atrapados durante unos diez minutos y luego se marcharon. Dede los acompañó a la puerta.

Poco después me encargaron a mí también una de esas iniciativas didácticas y a mi velada asistió más gente que de costumbre. Mis hijas se sentaron en unos cojines en primera fila, en la sala espaciosa, y me escucharon disciplinadamente. A partir de ese momento Dede se puso a analizarme con curiosidad. Tenía en gran estima a su padre, a su abuelo y ahora a Mariarosa. De mí no sabía nada, y no quería saber nada. Yo era su madre, la que se lo prohibía todo, no me soportaba. Debió de sorprenderse que me escucharan con una atención que ella, por principio, jamás me habría prestado. Tal vez le gustó también la calma con la que refuté las críticas que, por sorpresa, me llegaron esa noche de Mariarosa. Mi cuñada fue la única de las mujeres presentes que manifestó no compartir ni una sola palabra de cuanto estaba diciendo; ella, a pesar de que tiempo atrás me había animado a estudiar, a escribir, a publicar. Sin pedirme permiso, describió el enfrentamiento que había tenido con mi madre en Florencia y demostró conocerlo al detalle. Teorizó «recurriendo a muchas citas eruditas» que la mujer que no ama sus orígenes estaba perdida.

27

Las veces en que debía marcharme dejaba a las niñas con mi cuñada, pero no tardé en comprobar que era Franco quien se ocupaba realmente de ellas. En general, él se quedaba en su habitación, no asistía a las clases, no hacía caso del continuo trajín. Pero se encariñó con mis hijas. Cuando era necesario cocinaba para ellas, inventaba juegos, a su manera las instruía. Dede aprendió de él a poner en tela de juicio la parábola inconsistente de Menenio Agripa, que le habían enseñado en la nueva escuela donde me había decidido a inscribirla. Reía y decía: mamá, el patricio Menenio Agripa aturdió a los plebeyos con sus charlas, pero no consiguió demostrar que los miembros de un hombre se nutren cuando se llena la barriga de otro. Ja, ja, ja. De él también aprendió en un gran mapamundi la geografía del bienestar desproporcionado y de la miseria insoportable. No hacía más que repetir: es la más grande de las injusticias.

Una noche en que Mariarosa no estaba, mi novio de la época de Pisa me dijo serio, con cierto pesar, aludiendo a las niñas que se perseguían por la casa con prolongados chillidos: imagínate, podrían haber sido nuestras. Lo corregí: hoy tendrían unos cuantos años más. Asintió con la cabeza. Lo escudriñé unos segundos mientras se miraba la punta de los zapatos. Mentalmente lo comparé con el estudiante rico y culto de hacía quince años: era él y sin embargo no era él. Ya no leía, no escribía, desde hacía casi un año había reducido al mínimo sus intervenciones en asambleas, debates, manifestaciones. Hablaba de política —su único interés verdadero— sin la convicción ni la pasión de otros tiempos, es más, había acentuado su tendencia a burlarse de su costumbre de profetizar sombrías desventuras. Con tono exagerado me enumeraba los desastres que, según él, estaban al caer: uno, el ocaso del sujeto revolucionario por excelencia, la clase obrera; dos, la dispersión definitiva del patrimonio político de socialistas y comunistas, un tanto desvirtuados ya por disputarse a diario el papel de báculo del capital; tres, el fin de toda hipótesis de cambio; había lo que había y tendríamos que adaptarnos. Yo preguntaba escéptica: ¿crees realmente que acabará así? Claro —se reía—, pero ya sabes lo hábil que soy para la charla; si quieres, a fuerza de tesis y antítesis, te demuestro exactamente lo contrario: el comunismo es inevitable, la dictadura del proletariado es la forma más elevada de democracia, la Unión Soviética, China, Corea del Norte y Tailandia son mucho mejores que Estados Unidos; en ciertos casos, derramar regueros o ríos de sangre es un crimen, mientras que en otros es de justicia. ¿Prefieres que lo haga así?

Solo en dos circunstancias lo vi como había sido de jovencito. Una mañana apareció Pietro, sin Doriana, con la actitud de quien pasaba revista para comprobar en qué condiciones vivían sus hijas, en qué colegio las había metido, si estaban contentas. Fue un momento de gran tensión. Tal vez las niñas le contaron demasiado sobre cómo vivían y con el gusto infantil de la exageración fantástica. Por eso se puso a discutir acaloradamente primero con su hermana y luego conmigo; nos dijo a ambas que éramos unas irresponsables. Yo perdí los estribos, le grité: tienes razón, llévatelas, ocupaos de ellas tú y Doriana. Al llegar a ese punto, Franco salió de su habitación, se entrometió, exhibió su antiguo arte de la palabra que en el pasado le había permitido dirigir asambleas muy violentas. Pietro y él terminaron discutiendo en términos eruditos sobre la pareja, la familia, el cuidado de la prole, incluso sobre Platón, olvidándose de mí y de Mariarosa. Mi marido se fue con la cara encendida, los ojos brillantes, nervioso y, sin embargo, contento de haber encontrado un interlocutor con el que discutir de un modo inteligente y civilizado.

Más borrascoso —y muy terrible para mí— fue el día en que
Nino se presentó sin avisar. Estaba cansado del largo viaje en coche, con aspecto dejado, muy tenso. En un primer momento pensé que había venido para decidir de oficio sobre mi destino y el de
las niñas. Esperé que dijera: se acabó, he aclarado mi situación
matrimonial y nos vamos a vivir a Nápoles. Me sentí dispuesta a
ceder sin poner más reparos, estaba harta de tanta provisionalidad. Sin embargo, las cosas no fueron así. Nos encerramos en una
habitación y él, entre mil incertidumbres, restregándose las manos, frotándose la cara, alborotándose el pelo, y en contra de todas mis expectativas, me confirmó que le resultaba imposible separarse de su mujer. Se agitó, trató de abrazarme, se afanó en
explicarme que solo quedándose con Eleonora le sería posible
no renunciar a mí y a nuestra vida en común. En otro momento
me habría dado pena, pues sin duda su sufrimiento era sincero.
Pero entonces no reparé ni por un instante en cuánto sufría, lo
miré estupefacta.

—¿Qué me estás diciendo?

—Que no puedo dejar a Eleonora pero que no puedo vivir sin ti.

—O sea, que lo he entendido bien: me estás proponiendo,
como si fuese una solución razonable, que abandone el papel de
amante y acepte el de esposa paralela.

—Qué dices, no es así.

Lo ataqué, claro que es así, y le señalé la puerta: estaba harta
de sus trucos, de sus ocurrencias, de sus palabras miserables. Entonces él, con la voz rota, a duras penas audible, pero con el aire
de quien está enunciando de forma definitiva los motivos incon-
trovertibles de su comportamiento me confesó algo que —gritó—
no quería que me llegara a través de terceros, y por eso había ve-

nido a contármelo personalmente: Eleonora estaba embarazada de siete meses.

28

Hoy, con la vida a mis espaldas, sé que reaccioné a esa noticia de un modo exagerado, y mientras escribo noto que sonrío para mis adentros. Conozco a muchos hombres y muchas mujeres que pueden contar experiencias no muy distintas: el amor, el sexo son irrazonables y brutales. Pero entonces no lo soporté. El hecho innegable («Eleonora está embarazada de siete meses») me pareció el agravio más insoportable que Nino pudiera ocasionarme. Me acordé de Lila, del momento de incertidumbre en el que ella y Carmen se habían consultado con la mirada, como si tuvieran algo más que contarme. ¿Entonces Antonio había averiguado también lo de ese embarazo? ¿Lo sabían? ¿Y por qué Lila había renunciado a decírmelo? ¿Se había arrogado el derecho a dosificarme el dolor? Algo se rompió dentro de mi pecho y mi vientre. Mientras Nino sofocaba la ansiedad y se afanaba en justificarse murmurando que si, por una parte, ese embarazo había servido para calmar a su mujer, por la otra, le había puesto más difícil abandonarla, yo me doblé en dos por el sufrimiento, crucé los brazos, me dolía todo el cuerpo, no conseguía hablar, gritar. Después me incorporé impulsivamente. En ese momento en casa solo estaba Franco. Nada de mujeres lunáticas, desoladas, cantarinas, enfermas. Mariarosa se había llevado de paseo a las niñas para que Nino y yo tuviéramos tiempo de enfrentarnos. Abrí la puerta de la habitación y llamé a mi ex novio de Pisa con voz débil. Él llegó de inmediato y le señalé a Nino. Con una especie de estertor le dije: échalo.

No lo echó, pero le indicó por señas que se callara. Evitó preguntar qué había pasado; me agarró de las muñecas, me sujetó con firmeza, esperó a que recuperase el dominio de mí misma. Después me llevó a la cocina, hizo que me sentara. Nino nos siguió. Agitaba los brazos, me desesperaba con sonidos entrecortados. Échalo, repetí cuando Nino intentó acercarse a mí. Él lo alejó y dijo tranquilo: déjala en paz, fuera. Nino lo obedeció; se lo conté todo a Franco de la manera más confusa. Me escuchó sin interrumpirme, hasta que vio que me había quedado sin energías. Solo entonces, con su estilo cultísimo, me dijo que, por norma, es mejor no pretender vete a saber qué y disfrutar de lo posible. Me enojé también con él: esos son comentarios típicos de los hombres, le grité, a quién carajo le importa lo posible, no digas tonterías. No se ofendió, quiso que examinara la situación tal como era. De acuerdo, dijo, este señor te mintió durante dos años y medio, te dijo que había dejado a su mujer, te dijo que ya no tenía relaciones con ella, y ahora descubres que hace siete meses la dejó preñada. Tienes razón, es horrible, Nino es un ser abyecto. Pero una vez descubierto —me hizo notar—, habría podido desaparecer, no ocuparse más de ti. ¿Por qué entonces ha venido en coche desde Nápoles a Milán, por qué ha viajado toda la noche, por qué se ha humillado y se ha denunciado, por qué te ha suplicado que no lo dejes? Todo esto debe de significar algo. Significa, le grité, que es un mentiroso, que es una persona superficial, que es incapaz de elegir. Y él asintió todo el rato, estaba de acuerdo. Sin embargo, después me preguntó: ¿y si te amara de veras y supiera que no puede amarte de otro modo?

No me dio tiempo a gritarle que esa era exactamente la tesis de Nino. Se abrió la puerta de casa, apareció Mariarosa. Las niñas reconocieron a Nino con melindrosa timidez, y ante la idea de recibir sus atenciones, olvidaron de golpe que durante días, durante meses, ese nombre había sonado en boca de su padre como una blasfemia. Él se dedicó enseguida a ellas, Mariarosa y Franco se ocuparon de mí. Qué difícil era todo. Dede y Elsa hablaban ahora en voz alta, se reían, mis dos anfitriones se dirigían a mí con argumentos serios. Querían ayudarme a razonar, pero con sentimientos de fondo que ni siquiera ellos controlaban. Franco manifestó una sorprendente tendencia a dejar un hueco para la mediación afectuosa en lugar de cortar por lo sano como solía hacer en otros tiempos. Mi cuñada se mostró al principio muy comprensiva conmigo, luego trató de entender también las motivaciones de Nino, y sobre todo el drama de Eleonora, con lo que terminó por herirme, tal vez sin querer, tal vez de un modo calculado. No te enfades, dijo, intenta reflexionar: ¿qué siente una mujer concienciada como tú ante la idea de que su felicidad pase por la ruina de otra?

Y así seguimos discutiendo. Franco me impulsaba a que aprovechara lo que podía dentro de los límites impuestos por la situación, Mariarosa me describía a Eleonora abandonada, con un hijo pequeño y otro en camino, y me aconsejaba: establece una relación con ella, reflejaos la una en la otra. Tonterías de quien no sabe, pensaba yo al límite de mis fuerzas, de quien no puede entender. Lila saldría de esta como hizo siempre, Lila me aconsejaría: ya has cometido bastantes errores, escupe a la cara a todo el mundo y lárgate; es el resultado que ella presagió siempre. Pero yo estaba asustada, me sentía aún más confundida por las charlas de Franco y Mariarosa, ya no les prestaba atención. Me dediqué a espiar a Nino. Qué apuesto, mientras reconquistaba la simpatía de mis hijas. Míralo, entraba con ellas en la habitación, hacía como si nada, las alababa dirigiéndose a Mariarosa —¿has visto, tía, qué señoritas tan excepcionales?— y ya le salía espontáneo su tono envolvente, el roce leve de los dedos en la rodilla desnuda de mi cuñada. Lo saqué de casa y lo obligué a dar un largo paseo por Sant'Ambrogio.

Recuerdo que hacía calor. Nos deslizamos por una mancha de color rojo ladrillo, en el aire volaban un montón de pelusas que se desprendían de los plátanos. Le dije que debía acostumbrarme a prescindir de él, pero que por ahora no podía, que necesitaba tiempo. Contestó que él, en cambio, jamás podría vivir sin mí. Repliqué que él nunca estaba en condiciones de separarse de nada y de nadie. Insistió en que no era cierto, que la culpa la tenían las circunstancias, que para tenerme estaba obligado a quedarse con todo. Comprendí que era inútil forzarlo a ir más allá, solo veía ante él un abismo y estaba asustado. Lo acompañé al coche, le dije que se fuera. Hasta un momento antes de partir me preguntó: qué piensas hacer. No le contesté, ni siquiera yo lo sabía.

29

Decidió por mí algo que ocurrió unas semanas más tarde. Mariarosa estaba de viaje, tenía no sé qué compromiso en Burdeos. Antes de marcharse me llevó aparte y me soltó un discurso confuso sobre Franco, sobre la necesidad de que estuviera cerca de él durante su ausencia. Dijo que estaba muy deprimido y de pronto comprendí lo que hasta ese momento había intuido solo a ratos, y que luego me había perdido por distracción: con Franco ella no jugaba a la buena samaritana como hacía con todos; lo amaba de veras, se había convertido para él en madre-hermana-amante, y ese aire sufrido, ese cuerpo enjuto se debían a la ansiedad permanente por él, a la certeza de que se había vuelto demasiado frágil, y de que de un momento a otro podía romperse.

Estuvo fuera ocho días. Con alguna dificultad —tenía otras cosas en la cabeza— fui cordial con Franco, me entretenía todas las noches charlando con él hasta tarde. Aprecié que en lugar de hablarme de política prefiriese contarse a sí mismo más que a mí lo bien que lo habíamos pasado juntos: nuestras caminatas por Pisa en primavera, lo mal que olía el paseo a orillas del Arno, las veces en que me había confiado hechos jamás contados a nadie sobre su infancia, sus padres, sus abuelos. Sobre todo me gustó que me dejara hablar de mis angustias, del nuevo contrato que había firmado con la editorial, de la necesidad de escribir un nuevo libro, del posible regreso a Nápoles, de Nino. No intentó generalizar ni hacer filigranas con las palabras. Al contrario, fue rotundo, casi vulgar. Si él te importa más que tú misma —me dijo una noche en que lo vi como aturdido—, te conviene aceptarlo tal como viene: con mujer, hijos, esa tendencia permanente a follarse a otras mujeres, las canalladas de las que es y será capaz. Lena, Lenuccia, murmuró con afecto negando con la cabeza. Y después se echó a reír, se levantó del sillón, dijo misteriosamente que, en su opinión, el amor terminaba solo cuando era posible regresar sin temor o disgusto a sí mismos, y salió de la habitación arrastrando los pies, como si quisiera asegurarse de la materialidad del suelo. No sé por qué, esa noche me acordé de Pasquale, una persona muy alejada de él por extracción social, cultura, elecciones políticas. Sin embargo, por un instante imaginé que si mi amigo del barrio hubiese sido capaz de salir vivo de la oscuridad que se lo había tragado, habría tenido la misma manera de caminar.

Franco estuvo un día entero metido en su habitación. Por la noche yo tenía un compromiso de trabajo, llamé a su puerta, le pregunté si podía darle la cena a Dede y Elsa. Prometió hacerlo. Regresé tarde; contrariamente a su costumbre había dejado la cocina patas arriba, recogí, fregué los platos. No dormí mucho, a las seis ya estaba despierta. Para ir al cuarto de baño pasé delante de su cuarto y me llamó la atención una hoja arrancada de un cuaderno y clavada en la puerta con una chincheta. Decía: «Lena, no dejes entrar a las niñas». Pensé que quizá esos días Dede y Elsa lo habían molestado, o que la noche anterior lo habían hecho enfadar, y me fui a desayunar con la intención de reprenderlas. Después reflexioné. Franco tenía una magnífica relación con mis hijas, descarté que se hubiera enfadado con ellas por algún motivo. Sobre las ocho llamé a su puerta con discreción. No contestó. Llamé con más fuerza, abrí la puerta con cautela, la habitación estaba a oscuras. Lo llamé, silencio, encendí la luz.

En la almohada y en la sábana había sangre, una gran mancha negruzca que se extendía hasta los pies. Qué repulsiva es la muerte. Aquí solo digo que cuando vi aquel cuerpo sin vida, aquel cuerpo que conocía íntimamente, que había sido feliz y activo, que había leído tantos libros y se había expuesto a tantas experiencias, sentí repugnancia y piedad al mismo tiempo. Franco había sido una materia viva impregnada de cultura política, de propósitos generosos y esperanzas, de buenos modales. Ahora ofrecía un horrible espectáculo de sí mismo. Se había desembarazado de un modo tan feroz de la memoria, el lenguaje, la capacidad de atribuir sentido, que me resultó evidente el odio a sí mismo, a su propia epidermis, a los humores, a los pensamientos y las palabras, al mal cariz que había tomado el mundo que lo había envuelto.

En los días siguientes me vino a la cabeza Giuseppina, la madre de Pasquale y Carmen. Ella también había dejado de tolerarse y de tolerar el segmento de vida que le había quedado. Pero Giuseppina venía de un tiempo anterior al mío; en cambio, Franco era mi tiempo, y esa forma violenta de quitarse de en medio no solo me impresionó sino que me trastornó. Pensé mucho en su nota, la única que dejó. Se dirigía a mí y, en esencia, me decía: no dejes entrar a las niñas, no quiero que me vean; pero tú puedes entrar, tú debes verme. Todavía hoy pienso en ese doble imperativo, uno explícito, el otro implícito. Después del funeral, al que asistió una multitud de militantes con el puño débilmente cerrado (por aquella época Franco seguía siendo muy conocido y apreciado), traté de recobrar el contacto con Mariarosa. Quería estar a su lado, quería hablar de él, pero no me lo permitió. Su aspecto agotado se acentuó, adquirió los rasgos de un desaliento enfermizo que acabó por apagar también la vivacidad de sus ojos. La casa se fue vaciando poco a poco. Dejó de tener conmigo actitudes de hermana, se volvió cada vez más hostil. Se quedaba todo el tiempo en la universidad o, si estaba en casa, se encerraba en su habitación y no quería que la molestaran. Se enfadaba si las niñas hacían ruido al jugar, se enfadaba todavía más si yo las reprendía por sus juegos bulliciosos. Hice las maletas, me fui a Nápoles con Dede y Elsa.

30

Nino había sido sincero, había alquilado el apartamento de la via Tasso. Me instalé allí enseguida, aunque estuviese infestado de hormigas y el mobiliario se redujera a una cama de matrimonio sin cabecero, las camitas de las niñas, una mesa y unas cuantas sillas. No hablé de amor, no aludí al futuro.

Le dije que mi decisión se debía en gran parte a Franco y me limité a darle una noticia buena y otra mala. La buena era que mi editorial había aceptado publicar su colección de ensayos, con la condición de que hiciera una nueva redacción algo menos árida; la mala era que no quería que me tocara. Recibió con alegría la primera noticia, se desesperó por la segunda. Luego resultó que nos pasamos todas las noches sentados uno al lado de la otra reescribiendo sus textos y esa proximidad me impidió mantener viva la rabia. Eleonora seguía embarazada cuando volvimos a amarnos. Y cuando ella dio a luz una niña, a la que llamaron Lidia, Nino y yo fuimos otra vez una pareja de amantes con nuestras costumbres, una bonita casa, dos niñas, una vida privada y pública más bien intensa.

—No pienses —le dije desde el principio— que estoy a tus órdenes, ahora no soy capaz de dejarte, pero tarde o temprano ocurrirá.

—No ocurrirá, no tendrás motivos.

—Ya los tengo de sobra.

—Pronto todo cambiará.

—Veremos.

Pero era una farsa, me vendía a mí misma como razonable lo

que en realidad era irrazonable y humillante. Me quedo con lo que ahora me resulta indispensable —decía adaptando las palabras de Franco—, y en cuanto haya consumido su cara, sus palabras, todo deseo, lo echaré de mi lado. Por ello, cuando me pasaba días esperándolo inútilmente, me convencía de que era mejor así, que tenía cosas que hacer, que él estaba demasiado encima de mí. Y cuando sentía las punzadas de los celos trataba de calmarme susurrándome: yo soy la mujer que ama. Y si pensaba en sus hijos me decía: pasa más tiempo con Dede y Elsa que con Albertino y Lidia. Naturalmente, todo era verdadero y falso a la vez. Sí, la fuerza de atracción de Nino se agotaría. Sí, tenía un montón de cosas que hacer. Sí, Nino me amaba, amaba a Dede y a Elsa. Pero también existían otros síes que fingía ignorar. Sí, me sentía atraída por él más que nunca. Sí, estaba dispuesta a abandonar todo y a todos si él me necesitaba. Sí, el vínculo con Eleonora, Albertino y la recién nacida Lidia era al menos tan fuerte como el vínculo conmigo y con mis hijas. Sobre estos síes corría tupidos velos, y si en algunos casos se producía una excepción que ponía en evidencia el estado de las cosas, recurría a toda prisa a la grandilocuencia sobre el mundo en el futuro: todo cambia, estamos inventando nuevas formas de convivencia, y otros discursos entre los muchos que yo misma soltaba por ahí o escribía cada vez que se me presentaba la ocasión.

Pero las dificultades me atormentaban a diario, abrían brechas sin cesar. La ciudad no había mejorado ni siquiera un poco, me agotó enseguida con su malestar. La via Tasso resultó incómoda. Nino me consiguió un coche de segunda mano, un Renault 4 blanco al que me aficioné enseguida, pero en los primeros tiempos renuncié a usarlo, pues acababa atrapada en los embotellamientos. Me costaba un triunfo ocuparme de los mil detalles de la vida cotidiana mucho más de lo que me había costado en Florencia, en Génova, en Milán. Desde el primer día de colegio, Dede detestó a la maestra y a sus compañeros. Elsa, que cursaba ya primero de primaria, regresaba siempre triste, con los ojos enrojecidos, y se negaba a contarme qué le había pasado. Empecé a reprenderlas a las dos. Les decía que no sabían reaccionar a las adversidades, no sabían imponerse, no sabían adaptarse, y debían aprender. En consecuencia, las dos hermanas se unieron contra mí: pasaron a hablar de la abuela Adele y de la tía Mariarosa como de divinidades que habían organizado un mundo feliz a su medida, las echaban de menos de forma cada vez más explícita. Cuando para reconquistarlas las atraía hacia mí, las mimaba, me abrazaban ariscas, a veces me rechazaban. ¿Y mi trabajo? Resultaba cada vez más evidente que, sobre todo en esa fase favorable, hubiera sido mejor que me quedara en Milán y me colocara en la editorial. O incluso que me fuera a Roma, dado que en mis viajes de promoción había conocido a personas que se habían ofrecido a ayudarme. ¿Qué hacíamos en Nápoles mis hijas y yo? ¿Estábamos ahí solo para darle el gusto a Nino? ¿Me mentía cuando me imaginaba libre y autónoma? ¿Mentía a mi público cuando interpretaba el papel de quien con sus dos libritos había tratado de contribuir a que todas las mujeres se confesaran aquello que no sabían decirse? ¿No eran más que fórmulas en las que me convenía creer, aunque de hecho no me diferenciara de mis coetáneas más tradicionales? ¿Pese a tanta argumentación me dejaba inventar por un hombre hasta el extremo de que sus necesidades se imponían a las mías y a las de mis hijas?

Aprendí a evitarme. Bastaba con que Nino llamara a la puerta para que se esfumara mi amargura. Me decía: ahora la vida es esta y no puede ser otra. Mientras tanto procuraba imponerme una disciplina, no me resignaba, trataba de ser combativa, a veces conseguía incluso sentirme feliz. La casa resplandecía de luz. Desde mi balcón veía Nápoles extenderse hasta el borde de la reverberación amarillo azulada del mar. Había sacado a mis hijas de la provisionalidad de Génova y Milán, y el aire, los colores, los sonidos del dialecto en las calles, la gente culta que Nino me traía incluso en plena noche me daban seguridad y alegría. Llevaba a las niñas a Florencia, a la casa de Pietro, y me mostraba contenta cuando él venía a verlas a Nápoles. Lo alojaba en mi casa, luchando con las protestas de Nino. Le preparaba la cama en la habitación de las niñas, que mostraban por él un afecto ostentoso, como si quisieran retenerlo con la representación de cuánto lo querían. Procurábamos mantener una relación desenvuelta, le preguntaba por Doriana, por su libro, que siempre estaba a punto de ser publicado pero luego surgían nuevos detalles que profundizar. Cuando las niñas se abrazaban a su padre y me ignoraban, aprovechaba para distraerme un poco. Bajaba por Arco Mirelli y me paseaba por la via Caracciolo, junto al mar. O subía hasta la via Aniello Falcone y e iba a la villa Floridiana. Elegía un banco donde sentarme, leía.

31

Desde la via Tasso el barrio era una pálida cantera muy lejana, escombros urbanos indistinguibles a los pies del Vesubio. Quería que siguiera siendo así: ahora yo era otra persona, haría lo posible para que no me reconquistara. Pero también en ese caso tendía a hacerme un propósito que era frágil. Cedí ya a los tres o cuatro días de mi primera y angustiada instalación en el apartamento. Vestí con cuidado a las niñas, me emperifollé con todo detalle y dije: ahora vamos a ver a la abuela Immacolata, al abuelo Vittorio y a los tíos.

Salimos por la mañana temprano, en la piazza Amedeo cogimos el metro, las niñas se entusiasmaron con el viento fortísimo causado por la llegada del tren, que alborotaba el pelo, pegaba los vestidos al cuerpo, cortaba el aliento. No había vuelto a ver a mi madre ni a hablar con ella desde el escándalo que me había montado en Florencia. Temía que se negara a recibirme y quizá por eso no telefoneé para anunciar mi visita. Pero tengo que ser sincera, hubo también otra razón más secreta. Era reacia a decirme: estoy aquí por este y por este otro motivo, quiero ir por aquí y quiero ir por allá. El barrio para mí, incluso antes que mis parientes, era Lila; programar aquella visita hubiera supuesto además preguntarme qué actitud quería adoptar con ella. Y aún no tenía respuestas definitivas, así que lo mejor era la casualidad. De todos modos, dado que podía llegar a cruzarme con ella, había dedicado la máxima atención a mi aspecto y al de las niñas. Quería que, llegado el caso, se diera cuenta de que yo era una señora distinguida y que mis hijas no sufrían, no eran unas inadaptadas, estaban muy bien.

De aquello resultó un día emotivamente denso. Pasé por el túnel, evité el surtidor de gasolina donde trabajaban Carmen y Roberto, su marido, y crucé el patio. Con el corazón en la boca subí las escaleras desportilladas del viejo edificio donde había nacido. Dede y Elsa se mostraron entusiasmadísimas, como si estuvieran emprendiendo a saber qué aventura; las puse delante de mí, toqué el timbre. Se oyó el andar renqueante de mi madre, abrió la puerta, entrecerró los ojos como si fuéramos tres fantasmas. Muy a mi pesar, yo también me mostré asombrada. Se produjo un desprendimiento entre la persona que yo esperaba ver y la que, de hecho, me encontré delante. Mi madre estaba muy cambiada. Por una fracción de segundo me recordó a una prima suya a la que había visto en pocas ocasiones cuando era niña y que se le parecía aunque tenía seis o siete años más que ella. Estaba mucho más delgada, los huesos de la cara, la nariz y las orejas parecían enormes.

Intenté abrazarla y se apartó. Mi padre no estaba en casa, tampoco Peppe y Gianni. Fue imposible saber nada de ellos, durante una hora larga no me dirigió la palabra, aunque con las niñas se mostró afectuosa. Las alabó mucho y luego, tras haberlas cubierto con enormes delantales para que no se ensuciaran, preparó con ellas caramelos de azúcar. Para mí el tiempo pasó con gran incomodidad, pues hizo como si yo no estuviera. Cuando intenté decirles a las niñas que no comieran tantos caramelos, Dede le preguntó enseguida a su abuela:

—¿Podemos comer más?

—Comed cuanto queráis —contestó mi madre sin mirarme.

Se repitió la misma escena cuando les dijo a sus nietas que podían salir al patio a jugar. En Florencia, en Génova, en Milán nunca las había dejado salir solas de casa.

—No, niñas, no podéis, quedaos aquí —dije.

—¿Podemos salir, abuela? —preguntaron mis hijas casi al unísono.

—Ya os he dicho que sí.

Nos quedamos solas.

—Me he mudado. He alquilado una casa en la via Tasso —le dije nerviosa, como si aún fuese niña.

—Muy bien.

—Hace tres días.

—Muy bien.

—He escrito otro libro.

—¿Y a mí qué?

Me callé. Con una mueca de disgusto, cortó en dos un limón y exprimió el zumo en un vaso.

—¿Por qué te tomas una limonada? —le pregunté.

—Porque verte me revuelve el estómago.

Añadió agua al limón, le echó un poco de bicarbonato, y se lo bebió de un trago en medio de un murmullo espumoso.

—¿Te sientes mal?

—Me siento muy bien.

—No es cierto. ¿Has ido al médico?

—Lo que me faltaba, tirar el dinero en médicos y medicamentos.

—¿Sabe Elisa que no te encuentras bien?

—Elisa está embarazada.

—¿Por qué no me habéis dicho nada?

No me contestó. Dejó el vaso en el fregadero con un largo suspiro fatigado, se limpió la boca con el dorso de la mano.

—Te llevaré al médico. ¿Qué más notas? —le dije.

—Todas las cosas que me has causado tú. Por tu culpa se me ha roto una vena en el vientre.

—¿Qué dices?

—Sí, me has hecho explotar por dentro.

—Yo te quiero, mamá.

—Yo no. ¿Has venido a Nápoles a vivir con las niñas?

—Sí.

—¿Y tu marido no viene?

—No.

—Entonces no vuelvas a poner los pies en esta casa.

—Ma, ahora no es como antes. Aunque dejes a tu marido puedes ser una persona respetable. ¿Por qué te lo tomas tan a mal conmigo y a Elisa, que está embarazada y no se ha casado, no le dices nada?

—Porque tú no eres Elisa. ¿Ha estudiado Elisa como has estudiado tú? ¿Esperaba yo de Elisa lo que esperaba de ti?

—Estoy haciendo cosas de las que debes sentirte satisfecha. Greco se está convirtiendo en un nombre importante. Ahora me conocen un poco en el extranjero.

—No vengas a darte aires conmigo, no eres nadie. Para la gente normal, lo que tú crees ser no es nada. Yo aquí soy respetada no por haberte parido a ti, sino por haber parido a Elisa. Ella, que no estudió, que ni siquiera se sacó el título de bachillerato elemental, se ha convertido en una señora. ¿Y dónde has acabado tú con tu licenciatura? Lo lamento solo por las niñas, que son tan hermosas y hablan tan bien. ¿No has pensado en ellas? Con ese padre se estaban criando como los niños de la televisión, ¿y qué haces tú, las traes a vivir a Nápoles?

—Yo soy quien las ha educado, ma, no su padre. Y donde sea que las lleve seguirán criándose así.

—Eres una presuntuosa. Virgen santa, cuántos errores cometí contigo. Y yo que creía que la presuntuosa era Lina, y resulta que eres tú. Tu amiga le ha comprado la casa a sus padres, ¿qué has hecho tú? Tu amiga los tiene a todos marcando el paso, incluso a Michele Solara, ¿a quién tienes tú marcando el paso, al mierda ese del hijo de Sarratore?

Pasó entonces a poner por las nubes a Lila: ah, qué guapa es Lina, qué generosa, ahora tiene nada más ni nada menos que una empresa toda suya, ella y Enzo sí que han sabido hacer bien las cosas. Comprendí definitivamente que la culpa más grande que me atribuía era tener que reconocer sin subterfugios que yo valía menos que Lila. Cuando dijo que quería cocinar algo para Dede y Elsa, excluyéndome a propósito, me di cuenta de que le pesaba invitarme a comer y me marché amargada.

32

Al llegar a la verja vacilé: ¿qué hacer, esperar en la verja que regresara mi padre para saludarlo, dar una vuelta por las calles y buscar a mis hermanos, comprobar si mi hermana estaba en casa? Busqué una cabina, telefoneé a Elisa, arrastré a las niñas hasta su apartamento espacioso desde el que se veía el Vesubio. A mi hermana no se le notaba aún el embarazo, sin embargo, la encontré muy cambiada. El mero hecho de quedarse preñada debió de hacerla crecer de golpe, pero distorsionándola. Era como si se hubiese vulgarizado en el cuerpo, en las palabras, en los tonos. Lucía un color térreo y estaba tan envenenada por el malhumor que nos recibió con desgana; ni por un instante encontré el afecto, la estima un tanto infantil que siempre había sentido por mí. Y cuando le hablé de la salud de nuestra madre, adoptó un tono agresivo del que jamás la había creído capaz, al menos conmigo.

—Lenù —exclamó—, el médico ha dicho que está muy bien, que es el alma la que sufre. Mamá está sanísima, tiene salud, no hay nada que curar aparte del disgusto. Si no le hubieses causado una decepción tan grande, no estaría como está.

—Pero qué tonterías dices.

Se exasperó aún más.

—¿Tonterías? Solo te digo una cosa: yo estoy peor de salud que mamá. De todos modos, ahora que te has venido a vivir a Nápoles y sabes más de médicos, ocúpate un poco de ella, no eches todo el trabajo sobre mis espaldas. Basta con que le des un poco de cuerda y se pondrá como una rosa.

Procuré contenerme, no quería discutir. ¿Por qué me hablaba de ese modo? ¿Acaso yo también había ido a peor como ella? ¿Nuestra buena época como hermanas se había terminado, o acaso Elisa, la más joven de la familia, era la prueba evidente de que la vida del barrio echaba a perder a las personas todavía más que en el pasado? Les dije a las niñas, que se habían sentado muy compuestas, calladitas pero decepcionadas porque la tía no les hacía el menor caso, que podían terminar de comerse los caramelos de azúcar de la abuela. Luego le pregunté a mi hermana:

—¿Cómo te va con Marcello?

—Muy bien, ¿cómo quieres que me vaya? Si no fuera por todas las preocupaciones que tiene desde que murió su madre, estaríamos realmente contentos.

—¿Qué preocupaciones?

—Preocupaciones, Lenù, preocupaciones. Tú piensa en los libros, la vida es otra cosa.

—¿Qué tal Peppe y Gianni?

—Trabajan.

—Nunca consigo encontrarlos.

—Tú tienes la culpa, como no vienes nunca.

—Ahora vendré más seguido.

—Muy bien. Entonces trata de hablar un poco con tu amiga Lina.

—¿Qué pasa?

—Nada. Pero entre las muchas preocupaciones de Marcello también está ella.

—¿Qué quieres decir?

—Pregúntaselo a Lina, y si te lo cuenta, dile que haría bien en meterse en sus cosas.

Reconocí la reticencia amenazante de los Solara y comprendí que nunca más recuperaríamos la confianza de antes. Le dije que las relaciones con Lila se habían enfriado, pero que acababa de enterarme por nuestra madre de que ya no trabajaba con Michele y que se había independizado. Elisa estalló:

—¡Claro que se ha independizado, con nuestro dinero!

—Cuéntamelo.

—¿Qué quieres que te cuente, Lenù? Esa engatusó a Michele como le dio la gana. Pero con mi Marcello no va a poder.

33

Elisa tampoco nos invitó a comer. Solo cuando nos acompañó a la puerta pareció darse cuenta de la descortesía y le dijo a Elsa: ven con la tía. Desaparecieron unos minutos, haciendo sufrir a Dede, que me agarró de la mano para no sentirse abandonada. Cuando reaparecieron, Elsa venía con cara seria pero mirada alegre. Mi hermana, que daba la sensación de apenas tenerse en pie, cerró la puerta de su casa en cuanto enfilamos el primer tramo de escaleras.

Una vez en la calle, la pequeña nos enseñó el regalo secreto de su tía: veinte mil liras. Elisa le había regalado dinero como hacían algunos parientes algo más ricos cuando éramos pequeñas. No obstante, en aquella época para nosotros el dinero era un regalo solo en apariencia, porque de hecho estábamos obligados a dárselo a mi madre, que lo usaba para ir tirando. Evidentemente, Elisa también había querido darme el dinero a mí más que a Elsa, pero con otro fin. Con esas veinte mil liras —el equivalente de nada menos que tres libros con una buena presentación editorial— se había empeñado en demostrarme que Marcello la quería y le ofrecía una vida llena de comodidades.

Calmé a las niñas, que ya estaban tirándose de los pelos. Hubo que someter a Elsa a un interrogatorio a fondo para que reconociera que, según la voluntad de su tía, había que repartir el dinero, diez mil para ella y diez mil para Dede. Seguían peleándose y tironeándose cuando oí que me llamaban. Era Carmen, embutida en la bata azul de la gasolinera. Con la distracción se me había olvidado evitar el surtidor. Me estaba saludando por señas, el pelo rizado y negrísimo, la cara ancha.

Fue difícil resistirme. Carmen cerró el surtidor, quiso llevarme a comer a su casa. Llegó su marido, al que no conocía. Había ido corriendo a recoger a sus hijos al parvulario, dos niños, uno de la edad de Elsa, el otro un año menor. Resultó ser una persona apacible, muy cordial. Puso la mesa con la ayuda de los niños, la recogió, fregó los platos. Hasta ese momento nunca había visto una pareja de mi generación tan unida, tan visiblemente contenta de vivir juntos. Por fin me sentí bien recibida, comprobé que mis hijas también estaban cómodas: comieron con apetito, se dedicaron a los dos varoncitos con actitud maternal. En una palabra, me tranquilicé, disfruté de un par de horas de calma. Después Roberto corrió a abrir el surtidor y Carmen y yo nos quedamos solas.

Fue discreta, no me preguntó por Nino ni si me había trasladado a Nápoles para vivir con él, aunque tenía el aire de saberlo todo. Me habló de su marido, muy trabajador, apegado a la familia. Lenù, dijo, entre tanto dolor él y mis hijos son el único consuelo. Y rememoró el pasado: la desagradable experiencia de su padre, los sacrificios de su madre y su muerte, la época en que había trabajado en la charcutería de Stefano Carracci, cuando Ada había sustituido a Lila y la había atormentado. Incluso nos reímos un poco de los tiempos en que había estado de novia con Enzo: qué tontería, dijo. No citó a Pasquale ni una sola vez, fui yo quien preguntó por él. Pero ella clavó la vista en el suelo, negó con la cabeza, se levantó de un salto como para alejar algo que no quería o no podía decirme.

—Voy a telefonear a Lina —dijo—, si se entera de que nos hemos visto y no la he avisado, no volverá a dirigirme la palabra.

—Déjala, estará ocupada.

—¡Qué va! Ahora que ella es la dueña, hace lo que le viene en gana.

Intenté frenarla para que siguiera conversando, le pregunté con cautela sobre las relaciones de Lila con los Solara. Pero se incomodó, contestó que sabía poco o nada, y se fue a telefonear de todos modos. Oí que anunciaba con entusiasmo mi presencia y la de mis hijas en su casa. Cuando regresó dijo:

—Se ha alegrado mucho, ahora viene.

A partir de ese momento me puse cada vez más nerviosa. Sin embargo, me sentía bien dispuesta, en aquella casa decorosa se estaba a gusto, los cuatro niños jugaban en la habitación contigua. Sonó el timbre, Carmen fue a abrir, se oyó la voz de Lila.

34

Al principio no me fijé en Gennaro, y tampoco vi a Enzo. Se hicieron visibles tras una larga serie de segundos en los que solo veía a Lila y me embargaba un inesperado sentimiento de culpa. Tal vez me pareció equivocado que una vez más fuera ella quien acudiera a verme, mientras yo insistía en mantenerla fuera de mi vida. O tal vez me pareció un desaire que ella siguiera sintiendo curiosidad por mí, y en cambio yo, con los silencios, las ausencias, procurara hacerle ver que ya no me interesaba. No lo sé. Lo cierto es que mientras me abrazaba pensé: si no me agrede con palabras malvadas refiriéndose a Nino, si finge no saber nada de su nueva paternidad, si se muestra amable con mis hijas, seré cordial, luego ya veremos.

Y nos sentamos. No nos veíamos desde nuestra cita en el bar de la via Duomo. Lila fue la primera en hablar. Empujó hacia mí a Gennaro —un adolescente gordo, con la cara estropeada por el acné— y de inmediato empezó a lamentarse de su rendimiento escolar. Dijo con tono afectuoso: en primaria era buen alumno, en el bachillerato elemental, también, pero este año me lo suspenden, no puede con el latín y el griego. Le di una palmadita en la cara al chico, lo consolé: tienes que practicar, Gennà, ven a mi casa, te doy clases de repaso. Y en un arrebato decidí tomar la iniciativa, encaré yo el tema que para mí era más candente, dije: me he mudado a Nápoles hace unos días, con Nino se han aclarado las cosas dentro del límite de lo posible, todo va bien. Luego llamé a mis hijas con voz tranquila, y cuando asomaron exclamé: aquí tienes a las niñas, qué tal las encuentras, has visto cómo han crecido. Siguió un alboroto. Dede reconoció a Gennaro y, feliz, se lo llevó con gesto seductor, ella nueve años, él casi quince; Elsa también tiró de él para no ser menos que su hermana. Las miré con orgullo de madre y me alegré cuando Lila dijo: has hecho bien en regresar a Nápoles, una debe hacer lo que se siente con ánimo de hacer, las niñas están realmente bien, qué guapas son.

En ese momento me sentí aliviada; por darme conversación Enzo me preguntó por el trabajo. Presumí un poco del buen éxito del último libro, pero comprendí enseguida que si en su día en el barrio habían oído hablar del primero de ellos y alguien lo había leído, del segundo Enzo y Carmen no se habían enterado, y tampoco Lila. De modo que con tono autoirónico di unas cuantas vueltas al tema y luego pregunté por su empresa, dejé caer riendo: sé que habéis pasado de proletarios a patrones. Lila hizo una mueca para quitarle importancia al asunto, miró a Enzo, y Enzo trató de explicármelo con frases breves. Dijo que en los últimos años los ordenadores habían evolucionado, que IBM había lanzado al mercado unas máquinas completamente distintas de las anteriores. Como de costumbre, se enredó en detalles técnicos que me aburrieron. Citó siglas, el sistema 34, el 5120, y explicó que ya no existían ni las fichas perforadas ni las máquinas perforadoras y verificadoras, sino un lenguaje de programación distinto, el BASIC, y máquinas cada vez más pequeñas, con poca potencia de cálculo y almacenamiento de datos pero con un costo muy moderado. Al final solo entendí que esa nueva tecnología había sido decisiva para ellos, se habían puesto a estudiar y habían decidido que podían continuar solos. Y así fue como fundaron su propia sociedad, Basic Sight —en inglés, porque, si no, no te toman en serio—, y de esa sociedad, cuya sede estaba en las tres habitaciones de su casa —de patrones, nada—, él, Enzo, era el socio mayoritario y administrador, pero el alma, el alma verdadera — Enzo me la señaló con un gesto orgulloso— era Lila. Fíjate en esta marca, dijo, la ha diseñado ella.

Examiné el logotipo, un garabato alrededor de una línea vertical. Lo miré fijamente con una súbita emoción; era una manifestación ulterior de su cabeza ingobernable, a saber cuántas otras me había perdido. Me entró nostalgia de los hermosos momentos de nuestro pasado. Lila aprendía, almacenaba, aprendía. Era incapaz de detenerse, jamás se echaba atrás: el 34, el 5120, el BASIC, la sociedad Basic Sight, el logotipo. Bonito, dije, y me sentí como no me había sentido con mi madre y mi hermana. Todos parecían felices de tenerme de nuevo entre ellos, me incluían con generosidad en sus vidas. Para demostrarme que sus ideas no habían cambiado a pesar de los buenos negocios, Enzo se puso a contar con su estilo seco las cosas que veía cuando visitaba las fábricas: la gente trabajaba por unas pocas liras en condiciones terribles, y él a veces se avergonzaba de tener que transformar la suciedad de la explotación en la limpieza de la programación. Por su parte, Lila dijo que para conseguir esa pulcritud los patrones estaban obligados a mostrarles de cerca todas sus inmundicias y habló con sarcasmo de la falsedad, de las estafas, de los chanchullos ocultos tras la fachada de las cuentas en orden. Carmen no se quedó atrás, habló de la gasolina, exclamó: ahí también hay mierda por todas partes. Y solo en ese momento citó a su hermano, aludiendo a los motivos justos que lo habían llevado a hacer cosas equivocadas. Recordó el barrio de nuestra infancia y adolescencia. Habló —algo que nunca había ocurrido antes— de la época en que ella y Pasquale eran niños y su padre enumeraba punto por punto lo que le habían hecho los fascistas liderados por don Achille: de la vez en que le habían dado una tremenda paliza justamente a la entrada del túnel; de la vez en que lo habían obligado a besar la foto de Mussolini pero él había escupido sobre ella, y si no lo mataron, si no había desaparecido como muchos otros compañeros (no existe la historia de aquellos a los que los fascistas asesinaron y luego hicieron desaparecer), había sido porque tenía la carpintería y era muy conocido en el barrio; si lo hubieran eliminado de la faz de la tierra todo el mundo se habría percatado.

El tiempo pasó así. En un momento dado hubo tanta sintonía que decidieron darme una gran prueba de amistad. Carmen consultó con la mirada a Enzo y Lila, luego dijo cauta: podemos fiarnos de Lenuccia. Cuando vio que estaban de acuerdo me reveló que hacía poco habían visto a Pasquale. Él se había presentado de noche en casa de Carmen y ella había llamado a Lila, y Enzo y Lila habían ido corriendo. Pasquale estaba bien: muy pulcro, sin un pelo fuera de lugar, elegantísimo, parecía un cirujano. Sin embargo, lo habían encontrado triste. Sus ideas eran las mismas, pero él estaba triste, triste, muy triste. Dijo que jamás se rendiría, que tendrían que matarlo. Antes de marcharse se asomó para ver a sus sobrinos mientras dormían, ni siquiera sabía sus nombres. Carmen se echó a llorar, pero en silencio, para evitar que acudieran sus hijos. Nos dijimos, ella la primera, ella más que yo y que Lila (Lila fue lacónica, Enzo se limitó a asentir con la cabeza), que las elecciones de Pasquale no nos gustaban, que nos horrorizaba el sangriento desorden de Italia y el mundo, si bien él sabía las mismas cosas esenciales que nosotros, y aunque quién sabe qué feos actos —de todos los que se leían en los diarios— había cometido, aunque nosotros nos habíamos acomodado con nuestras vidas dentro de la informática, el latín y el griego, los libros, la gasolina, nunca habríamos renegado de él. Ninguna de las personas que lo querían lo habría hecho.

El día terminó ahí. Hubo una última pregunta que le hice a Lila y Enzo, porque me sentía cómoda y me rondaba por la cabeza lo poco que me había dicho antes Elisa. Pregunté: ¿y los Solara? Enzo clavó la vista en el suelo. Lila se encogió de hombros, dijo: la misma mierda de siempre. Después contó con ironía que Michele se había vuelto loco: al morir su madre había dejado a Gigliola, había echado a su mujer y a sus hijos de la casa de Posillipo, y si se presentaban allí los molía a palos. Los Solara —dijo con un matiz de complacencia— están acabados: imagínate que Marcello va diciendo por ahí que si su hermano se comporta de ese modo es por mi culpa. Y a continuación entrecerró los ojos e hizo una mueca de satisfacción, como si el de Marcello fuera un cumplido. Luego concluyó: en tu ausencia han cambiado muchas cosas, Lenù; ahora debes pasar más tiempo con nosotros; dame tu número de teléfono, tenemos que vernos todas las veces que podamos; además, quiero mandarte a Gennaro, a ver si lo puedes ayudar.

Cogió el bolígrafo, se dispuso a escribir. Yo le dicté enseguida las dos primeras cifras, luego me confundí, había aprendido el número hacía apenas unos días y no lo recordaba bien. Pero cuando me vino a la cabeza con precisión, dudé otra vez, tuve miedo de que Lila volviera a instalarse en mi vida; le dicté las dos cifras en correcto orden, en las demás me equivoqué adrede.

Hice bien. Justo cuando me disponía a marcharme con las niñas, Lila me preguntó delante de todos, incluso delante de Dede y Elsa:

—¿Y con Nino vas a tener hijos?

35

Claro que no, respondí, y solté una risita incómoda. Pero una vez en la calle tuve que explicarle sobre todo a Elsa —Dede callaba ceñuda— que no tendría más hijos, que mis niñas eran ellas, y punto. Y luego estuve un par de días con dolor de cabeza y sin pegar ojo. Unas cuantas palabras dichas así, con arte, y Lila había sembrado la confusión en un encuentro que me había parecido hermoso. Me dije: no hay nada que hacer, es incorregible, siempre sabe cómo complicarme la existencia. Y no me refería únicamente a la angustia que había desencadenado en Dede y Elsa. Lila había acertado con precisión en un punto de mí que yo ocultaba con celo, y que tenía que ver con la urgencia de la maternidad, advertida por primera vez una docena de años antes, cuando tuve en brazos al pequeño Mirko en casa de Mariarosa. Había sido un impulso por completo irrazonable, una especie de mandato del amor que en aquella época me había arrollado. Ya por entonces intuí que no era el deseo puro y simple de tener un hijo, quería un hijo determinado, un hijo como Mirko, un hijo de Nino. De hecho, ese afán no se había visto colmado por Pietro ni por la concepción de Dede y Elsa. Es más, hacía poco había vuelto a surgir cada vez que veía al niño de Silvia, y sobre todo cuando Nino me dijo que Eleonora estaba embarazada. Ahora ese deseo se me removía por dentro con más frecuencia y Lila, con su habitual mirada aguda, lo había visto. Es su juego preferido —me dije—, hace lo mismo con Enzo, con Carmen, con Antonio, con Alfonso. Seguramente se ha comportado igual con Michele Solara, con Gigliola. Finge ser una persona amable y afectuosa, pero después, con un toquecito te desplaza apenas y te echa a perder. Quiere volver a obrar de este modo también conmigo, también con Nino. Ya había conseguido poner de manifiesto una turbación secreta que, en general, yo trababa de pasar por alto como se pasa por alto un parpadeo.

Durante días, en la casa de la via Tasso, sola y acompañada, me sentí aguijoneada sin cesar por aquella pregunta: ¿y con Nino vas a tener hijos? Pero ya no era Lila quien preguntaba, sino que me lo preguntaba yo misma.

36

Después volví con frecuencia al barrio, en especial cuando Pietro venía a quedarse con sus hijas. Bajaba andando a la piazza Amedeo y tomaba el metro. A veces me detenía en el puente del ferrocarril y miraba la avenida, allá abajo; a veces me limitaba a cruzar el túnel y a dar un paseo hasta la iglesia. Pero con más frecuencia iba a pelearme con mi madre para que fuera al médico, y en esa batalla involucraba a mi padre, a Peppe, a Gianni. Era una mujer tozuda, se enojaba con su marido y sus hijos en cuanto yo mencionaba sus problemas de salud. A mí me gritaba infaliblemente: calla, eres tú la que me está matando, y me echaba, o se encerraba en el retrete.

Lila sí tenía aptitudes, todos lo sabían; Michele, por ejemplo, se había dado cuenta hacía tiempo. De modo que la aversión que le tenía Elisa no se debía únicamente a algún roce con Marcello, sino al hecho de que Lila se había librado una vez más de los Solara y, tras haberlos utilizado, se imponía. La empresa Basic Sight le estaba dando cada vez más el prestigio de la novedad y las ganancias. Ya no se trataba de la persona caprichosa que desde niña tenía la capacidad de quitarte el desorden de la cabeza y el pecho y devolvértelo bien organizado o, si no te toleraba, de confundirte las ideas y dejarte desanimada. Ahora encarnaba también la posibilidad de aprender un trabajo nuevo, un trabajo del que nadie sabía nada pero era rentable. Los negocios iban tan bien —se decía— que Enzo estaba buscando un local donde montar una oficina adecuada y no la improvisada que había instalado entre la cocina y el dormitorio de su casa. Pero por más despierto que fuera, ¿quién era Enzo? Un mero subordinado de Lila. Era ella la que movía los hilos, la que hacía y deshacía. De manera que, exagerando un poco, daba la impresión de que en poco tiempo la situación del barrio había pasado a ser la siguiente: o se aprendía a ser como Marcello y Michele, o como Lila.

Sin duda, puede que se tratara de una obsesión mía, pero al menos en aquella época me parecía ver a Lila cada vez más en todas las personas que habían estado o estaban a su lado. Una vez, por ejemplo, me crucé con Stefano Carracci, bastante más gordo, amarillento, mal vestido. Ya no conservaba absolutamente nada del joven comerciante con el que Lila se había casado, y mucho menos el dinero. Sin embargo, por la breve charla que mantuvimos me pareció que utilizaba muchas fórmulas de su mujer. Incluso Ada, que por aquella época apreciaba de verdad a Lila y hablaba muy bien de ella gracias al dinero que le pasaba a Stefano, me pareció que imitaba sus gestos, puede incluso que su forma de criticar.

Parientes y amigos revoloteaban a su alrededor en busca de un trabajo, esforzándose por mostrarse adecuados. La propia Ada fue contratada de buenas a primeras en Basic Sight; debía empezar contestando el teléfono, en todo caso después ya aprendería algo más. Incluso Rino —que un mal día había discutido con Marcello y dejado el supermercado— se metió sin siquiera pedir permiso en el negocio de su hermana, jactándose de poder aprender en un dos por tres cuanto había que aprender. Pero para mí la noticia más inesperada —me la dio una noche Nino, que se había enterado por Marisa— fue que incluso Alfonso recaló en Basic Sight. Michele Solara, que seguía haciendo locuras, había cerrado la tienda de la piazza dei Martiri de buenas a primeras, y Alfonso se había quedado sin empleo. En consecuencia, ahora él también se estaba reciclando, y con éxito, gracias a Lila.

Hubiera podido enterarme de más, y quizá incluso me habría gustado, bastaba con que la llamara por teléfono o que fuera a verla. Pero nunca lo hice. En una sola ocasión me crucé con ella en la calle y se detuvo de mala gana. Tal vez se sintió ofendida porque le había dado un número de teléfono equivocado, porque me había ofrecido a ayudar a su hijo con clases de repaso y en cambio había desaparecido, porque ella había hecho de todo para reconciliarnos y yo no había estado por la labor. Dijo que tenía prisa, preguntó en dialecto:

—¿Sigues viviendo en la via Tasso?

—Sí.

—Cae a trasmano.

—Se ve el mar.

—¿Y qué es el mar desde ahí arriba? Un poco de color. Más te valdría estar cerca, así te darías cuenta de que es todo basura, barro, meados, agua apestosa. Pero a los que leéis y escribís libros os gusta contaros mentiras y no la verdad.

Fui al grano.

—Ya estoy instalada —dije.

Ella fue más al grano que yo.

—Siempre se puede cambiar. ¿Cuántas veces decimos una cosa y luego hacemos otra? Búscate una casa aquí.

Negué con la cabeza, me despedí. ¿Eso quería? ¿Llevarme de vuelta al barrio?

37

Luego ocurrió que en mi vida, de por sí complicada, se produjeron al mismo tiempo dos hechos del todo inesperados. El instituto de investigación que dirigía Nino fue invitado a ir a Nueva York no sé para qué trabajo importante y una minúscula editorial de Boston publicó mi librito. Esos dos hechos se convirtieron en la posibilidad de viajar a Estados Unidos.

Después de mil vacilaciones, mil discusiones y alguna pelea, decidimos tomarnos esas vacaciones. Pero debía dejar a Dede y a Elsa durante dos semanas. Normalmente me costaba lo mío colocarlas: escribía para alguna revista, hacía traducciones, participaba en debates en centros grandes y pequeños, acumulaba apuntes para un nuevo libro, y siempre resultaba dificilísimo hacer cuadrar a las niñas en todo ese jaleo. En general, recurría a Mirella, una alumna de Nino muy de fiar y sin demasiadas pretensiones; cuando ella no estaba disponible se las dejaba a Antonella, una vecina de unos cincuenta años, madre eficiente con hijos mayores. En esa ocasión intenté dejárselas a Pietro, pero me dijo que en ese momento le resultaba imposible quedárselas durante tanto tiempo. Analicé la situación (con Adele ya no tenía relaciones, Mariarosa se había ido de viaje y no se sabía adónde, mi madre estaba débil a causa de su malestar esquivo, Elisa se mostraba cada vez más hostil), no me pareció que hubiera salidas aceptables. Al final fue Pietro quien me dijo: pregúntale a Lina, en el pasado ella te dejó a su hijo durante meses, te debe el favor. Me costó decidirme. Mi parte más superficial imaginaba que aunque ella se mostrara disponible pese a sus compromisos de trabajo, trataría a mis hijas como muñequitas remilgadas y llenas de pretensiones, las atormentaría, las dejaría con Gennaro; mientras que una parte más oculta, la que quizá me irritaba aún más que la primera, la consideraba la única persona de las que conocía que se emplearía a fondo para que mis hijas estuviesen cómodas. Fue la urgencia de dar con una solución lo que me impulsó a llamarla. A mi petición plagada de pausas y circunloquios ella contestó sin vacilación, sorprendiéndome como siempre.

—Tus niñas son para mí como unas hijas, tráemelas cuando quieras y tómate todo el tiempo que quieras para tus cosas.

Aunque le había dicho que me iba con Nino, no lo citó en ningún momento, ni siquiera cuando con mil recomendaciones fui a entregarle a las niñas. Así, en mayo de 1980, devorada por los escrúpulos y sin embargo entusiasmada, me marché a Estados Unidos. El viaje fue para mí una experiencia fuera de lo común. Me sentí de nuevo sin límites, capaz de volar sobre los océanos, capaz de desplegarme a mí misma por el mundo entero. Un delirio apasionante. Por supuesto, fueron dos semanas muy agotadoras y caras. Las mujeres que me habían publicado no disponían de dinero y aunque se prodigaron, de todos modos gasté mucho. En cuanto a Nino, le costó conseguir que le reembolsaran el billete de avión. No obstante, fuimos felices. Al menos yo, nunca volví a sentirme tan bien como en aquellos días.

Al regreso tuve la certeza de que estaba embarazada. Ya antes de viajar a Estados Unidos había tenido algunas sospechas sobre mi estado, pero no lo hablé con Nino, y durante todas las vacaciones, con un placer temerario, saboreé en secreto esa posibilidad. Pero cuando fui a recoger a mis hijas ya no tenía dudas y me sentía literalmente tan llena de vida que estuve tentada de franquearme con Lila. Como de costumbre, renuncié a hacerlo; pensé: diría algo desagradable, me echaría en cara que había negado querer otro hijo. Sin embargo, yo estaba radiante y, como si mi felicidad la hubiese contagiado, Lila me recibió con un aire no menos contento y exclamó: qué guapa estás. Le entregué los regalos que había comprado para ella, para Enzo y Gennaro. Le hablé con detalle de las ciudades que había visto, de las reuniones a las que había asistido. Desde al avión, dije, a través de un agujero en las nubes vi un pedazo del océano Atlántico. La gente es muy sociable, no es reservada como en Alemania ni presuntuosa como en Francia. Aunque hables mal el inglés, te escuchan con atención y se esfuerzan por entenderte. En los restaurantes todo el mundo grita, más que en Nápoles. Si comparas el rascacielos del corso Novara con los de Boston o Nueva York, te das cuenta de que no es un rascacielos. Las calles están numeradas, no tienen nombres de personas que ya nadie sabe quiénes son. Nunca cité a Nino, no le conté nada de él ni de su trabajo, hice como si hubiese viajado sola. Ella me escuchó con mucha atención, me hizo preguntas a las que no supe responder, y luego elogió a mis hijas con sinceridad, dijo que se había encontrado muy a gusto con ellas. Para mí fue un placer, de nuevo estuve a punto de decirle que esperaba un hijo. Pero Lila ni siquiera me dio tiempo, murmuró seria: menos mal que has vuelto, Lenù, acabo de recibir una buena noticia y me alegro de que seas la primera en enterarte. Ella también estaba embarazada.

38

Lila se había dedicado a las niñas en cuerpo y alma. Y no debió de ser una empresa fácil despertarlas a tiempo por la mañana, obligarlas a lavarse, a vestirse, conseguir que tomaran un desayuno abundante y lo hicieran deprisa, acompañarlas al colegio de la via Tasso en el caos matutino de la ciudad, ir a recogerlas con puntualidad dentro del mismo desorden, llevarlas de regreso al barrio, alimentarlas, controlarlas mientras hacían los deberes, y al mismo tiempo ocuparse de su trabajo, de las necesidades domésticas. Pero como me resultó claro cuando interrogué a fondo a Dede y Elsa, se las había arreglado de maravilla. Y ahora más que nunca yo era para ellas una madre inadecuada. No sabía preparar la pasta con salsa de tomate como la tía Lina, no sabía secarles el pelo y peinarlas con la habilidad y la dulzura con que lo hacía ella, no sabía emprender nada que la tía Lina no afrontara con una sensibilidad superior, excepto quizá cantar ciertas canciones que ellas adoraban y que Lina había admitido no conocer. A eso había que añadir que, en especial a ojos de Dede, esa mujer maravillosa a la que, de forma culpable, yo veía demasiado poco («Mamá, ¿por qué no vamos a visitar a la tía Lina, por qué no nos dejas dormir en su casa más seguido, no tienes ningún otro viaje?»), tenía una peculiaridad que la hacía inigualable: era la madre de Gennaro, al que mi hija mayor solía llamar Rino, y que le parecía la persona del sexo masculino más lograda del mundo.

En un primer momento aquello me sentó fatal. Mis relaciones con las niñas no eran idílicas y esa idealización de Lila acabó por empeorarlas. Una vez, a la enésima crítica que me hicieron, perdí la paciencia y grité: basta ya, id al mercado de madres y os compráis otra. Ese mercado era un juego nuestro que, en general, servía para apaciguar conflictos y reconciliarnos. Yo decía: si no os convenzo, vendedme en el mercado de madres; y ellas contestaban: no, mamá, no queremos venderte, nos gustas así. Pero en aquel caso, tal vez debido a la aspereza de mi tono, Dede contestó: sí, ahora mismo vamos, te vendemos a ti y nos compramos a la tía Lina.

La situación era más o menos esa. Evidentemente no se trataba del momento más adecuado para anunciarles a mis hijas que les había contado una mentira. Me encontraba en unas condiciones emotivas muy complicadas: desvergonzada, púdica, feliz, ansiosa, inocente, culpable. Y no sabía cómo empezar, el tema era difícil: niñas, pensaba que no quería tener otro hijo, pero resulta que sí quería y estoy embarazada, tendréis un hermanito o quizá otra hermanita, y el padre no es vuestro padre, sino Nino, que ya tiene una esposa y dos hijos, y no sé cómo se lo tomará. Le daba vueltas y más vueltas y lo iba posponiendo.

Y de buenas a primeras surgió una conversación que me sorprendió. Dede, en presencia de Elsa que escuchaba un tanto alarmada, dijo con el tono que asumía cuando quería aclarar un problema plagado de trampas:

—¿Sabías que la tía Lina duerme con Enzo y no están casados?

—¿Quién te lo ha dicho?

—Rino. Enzo no es su padre.

—¿Eso también te lo ha dicho Rino?

—Sí. Entonces se lo pregunté a la tía Lina y ella me lo explicó.

—¿Qué te explicó?

Estaba tensa. Me escrutó para deducir si me estaba irritando.

—¿Te lo digo?

—Sí.

—La tía Lina tiene un marido como tú, y ese marido es el padre de Rino, y se llama Stefano Carracci. Después tiene a Enzo, Enzo Scanno, que duerme con ella. Es lo mismo que te pasa a ti: tienes a papá, que se llama Airota, pero duermes con Nino, que se llama Sarratore.

Le sonreí para tranquilizarla.

—¿Cómo has hecho para aprenderte todos esos apellidos?

—La tía Lina nos habló de ellos, dijo que son estúpidos. Rino salió de su barriga, vive con ella, pero se llama Carracci como su padre. Nosotras salimos de tu barriga, estamos mucho más contigo que con papá, pero nos llamamos Airota.

—¿Y entonces?

—Mamá, si una tiene que hablar de la barriga de la tía Lina no dice esta es la barriga de Stefano Carracci, dice esta es la barriga de Lina Cerullo. Lo mismo pasa contigo: tu barriga es la barriga de Elena Greco, no la barriga de Pietro Airota.

—¿Y eso qué quiere decir?

—Que sería más justo que Rino se llamara Rino Cerullo y nosotras Dede y Elsa Greco.

—¿Es idea tuya?

—No, de la tía Lina.

—¿Y tú qué opinas?

—Opino lo mismo.

—¿Sí?

—Sí, seguro.

Y dado que el ambiente parecía favorable, Elsa me tironeó e intervino:

—No es cierto, mamá. Ella dijo que cuando se case se llamará Dede Carracci.

—Tú te callas, eres una mentirosa —exclamó Dede, furiosa.

—¿Por qué Dede Carracci? —le pregunté a Elsa.

—Porque quiere casarse con Rino.

—¿Quieres a Rino? —le pregunté a Dede.

—Sí —contestó ella, agresiva—, y aunque no nos casemos, lo mismo duermo con él.

—¿Con Rino?

—Sí. Como la tía Lina con Enzo. Y como tú con Nino.

—¿Puede hacerlo, mamá? —preguntó Elsa, dubitativa.

No contesté, me escabullí. Pero aquel intercambio de frases mejoró mi humor y dio paso a un nuevo período. De hecho, me bastó poco para tomar nota de que con esas y otras conversaciones sobre los padres verdaderos y postizos, sobre los apellidos antiguos y nuevos, Lila había conseguido que a ojos de Dede y Elsa fuera no solo aceptable sino hasta interesante la condición en la que las había empujado a vivir. Y así, como por milagro, mis hijas dejaron de añorar a Adele y a Mariarosa; dejaron de regresar de Florencia diciendo que querían irse a vivir para siempre con su padre y Doriana; dejaron de crear problemas con Mirella, la canguro, y de tratarla como si fuera su peor enemiga; dejaron de rechazar Nápoles, el colegio, los maestros, los compañeros y, sobre todo, el hecho de que Nino durmiera en mi cama. En una palabra, parecían más tranquilas. Registré esos cambios con alivio. Por más molesto que pudiera ser que Lila hubiese entrado también en la vida de mis hijas atándolas a ella, de lo último que podía acusarla era de no haberles dado el mayor de los afectos, la máxima ayuda, de no haber contribuido a atenuar sus miedos. Esa era, en realidad, la Lila a la que yo le tenía cariño. Sabía asomar de repente del interior de su propia maldad para sorprenderme. Se desvanecieron de golpe todas las ofensas («es pérfida, siempre lo ha sido, pero también es muchas otras cosas, hay que soportarla»), y reconocí que me estaba ayudando a hacerle menos daño a mis hijas.

Una mañana, al despertarme, por primera vez en mucho tiempo pensé en ella sin hostilidad. Me acordé de cuando se había casado, de su primer embarazo: tenía dieciséis años, apenas siete u ocho más que Dede. Mi hija no tardaría en alcanzar la edad de nuestros fantasmas de muchachitas. Me pareció inconcebible que en un lapso relativamente exiguo a mi hija pudiera ocurrirle, como le había ocurrido a Lila, llevar el traje de novia, acabar forzada en la cama de un hombre y encerrarse en el papel de señora de Carracci; me pareció inconcebible que pudiera ocurrirle, como me había ocurrido a mí, yacer por pura revancha bajo el cuerpo pesado de un señor maduro una noche en la playa dei Maronti, sucia de arena oscura y de humores. Me acordé de las mil cosas odiosas por las que habíamos pasado y dejé que la solidaridad recobrara fuerza. Qué derroche sería, me dije, dañar nuestra historia dejando demasiado espacio a los malos sentimientos; los malos sentimientos son inevitables, lo esencial es contenerlos. Volví a acercarme a Lila con la excusa de que a las niñas les gustaba verla.

Nuestros embarazos hicieron el resto.

39

Pero fuimos dos mujeres embarazadas muy distintas. Mi cuerpo reaccionó con una fuerte adhesión; el suyo, con renuencia. Sin embargo, desde el principio insistió en que había querido ese embarazo, decía riendo: lo he programado. No obstante, había algo en su organismo que se rebelaba. De ahí que mientras yo me sentí enseguida como si dentro de mí centelleara una especie de luz rosada, ella se puso verdosa, con el blanco del ojo amarillento, le daban asco todos los olores, vomitaba sin parar. Qué quieres que haga, decía, yo estoy contenta, pero el trasto que llevo en la barriga, no, es más, la tiene tomada conmigo. Enzo negaba, decía: qué va, él es el más contento de todos. Y según Lila, que le tomaba el pelo, Enzo quería darle a entender: fui yo quien lo metió ahí dentro, confía en mí, he visto que es bueno y no tienes que preocuparte.

Las veces que me encontraba con Enzo sentí por él más simpatía, más admiración que de costumbre. Era como si a su antiguo orgullo se hubiese sumado otro nuevo que se manifestaba a través de unas ganas centuplicadas de trabajar, y al mismo tiempo a través de una vigilancia en casa, en la oficina, por las calles, enfocada a defender a su compañera de peligros físicos y metafísicos y a colmar todos sus deseos. Él se encargó de darle la noticia a Stefano, que ni pestañeó; hizo una especie de mueca y se marchó, quizá porque la antigua charcutería apenas le daba para vivir y los subsidios que le pasaba su ex mujer eran esenciales, quizá porque todo vínculo entre Lila y él debía de parecerle una historia antiquísima, qué le importaba si estaba preñada, tenía otros problemas, otras aspiraciones.

Pero sobre todo Enzo se encargó de contárselo a Gennaro. De hecho, frente a su hijo Lila sentía una vergüenza no muy distinta de la mía frente a Dede y a Elsa, aunque sin duda más justificada. Gennaro ya no era un niño y con él no se podían usar tonos y palabras infantiles. Se trataba de un chico en plena crisis adolescente que todavía no conseguía encontrar un equilibrio. Suspendido dos veces seguidas en el bachillerato elemental, se había vuelto hipersensible, incapaz de contener las lágrimas, no lograba superar la humillación. Se pasaba los días vagando por las calles o en la charcutería de su padre, sentado en un rincón, apretándose los granos que cubrían su cara ancha, y observando los gestos o muecas de Stefano, sin decir una palabra.

Se lo tomará muy mal, se preocupaba Lila, pero mientras tanto temía que se enterara por otros, por Stefano, por ejemplo. Y así, una noche Enzo lo llevó aparte y le contó lo del embarazo. Gennaro se quedó impasible, Enzo lo animó: ve a abrazar a tu madre, demuéstrale que la quieres. El chico obedeció. Pero días más tarde, Elsa me preguntó a escondidas de su hermana:

—Mamá, ¿qué es una golfa?

—Una niña granuja.

—¿Seguro?

—Sí.

—Rino le ha dicho a Dede que la tía Lina es una golfa.

En fin, problemas. No lo comenté con Lila, me pareció inútil. Además, yo también tenía mis dificultades: no me atrevía a contárselo a Pietro, no me atrevía a contárselo a las niñas, sobre todo no me atrevía a contárselo a Nino. Estaba segura de que, aunque Pietro tuviera a Doriana, cuando se enterara de mi embarazo volvería a avinagrarse, recurriría a sus padres, induciría a su madre a ponerme las cosas más difíciles. Estaba segura de que Dede y Elsa volverían a mostrarse hostiles conmigo. Pero mi verdadero problema era Nino. Esperaba que el nacimiento del niño lo atara a mí definitivamente. Esperaba que, al enterarse de esa nueva paternidad, Eleonora lo dejara. Pero era una débil esperanza, casi siempre se imponía el miedo. Nino había sido muy claro conmigo: prefería esa doble vida —que nos causaba todo tipo de malestares, ansiedades, tensiones— al trauma de una ruptura definitiva con su mujer. En consecuencia, temía que me pidiera que abortase. Y así a diario estaba a punto de anunciarle mi estado y a diario me decía: hoy no, mejor mañana.

Sin embargo, todo empezó a encarrilarse. Una noche telefoneé a Pietro y le dije: estoy embarazada. Siguió un largo silencio, carraspeó, murmuró que se lo esperaba.

—¿Se lo has dicho a las niñas? —preguntó.

—No.

—¿Quieres que se lo diga yo?

—No.

—Cuídate.

—De acuerdo.

Eso fue todo. A partir de ese día telefoneaba más a menudo. Empleaba un tono afectuoso, se preocupaba por cómo habían reaccionado sus hijas, se ofrecía siempre a hablar con ellas. Pero ninguno de los dos les dio la noticia. Fue Lila quien, a pesar de haberse negado a hablar con su hijo, convenció a Dede y Elsa de que cuando llegara el momento sería maravilloso ocuparse del divertido muñequito vivo que yo había hecho con Nino y no con el padre de ellas. Se lo tomaron bien. Como la tía Lina lo había llamado muñequito, ellas empezaron a llamarlo igual. Todas las mañanas se interesaban por mi barriga; en cuanto se despertaban, preguntaban: mamá, ¿cómo está el muñequito?

Entre el anuncio a Pietro y a las niñas, hablé por fin con Nino. Así fueron las cosas. Una tarde en que me sentía particularmente ansiosa fui a visitar a Lila para desahogarme y le pregunté:

—¿Y si quiere que aborte?

—En ese caso —dijo ella—, todo queda claro.

—¿Qué queda claro?

—Que primero están su mujer y sus hijos, y después tú.

Directa, brutal. Lila me ocultaba muchas cosas, pero no su aversión por esa unión mía. No me disgusté, al contrario, advertí que me hacía bien hablar de esa forma explícita. En el fondo me había dicho lo que yo no me atrevía a decirme: que la reacción de Nino sería una prueba de la consistencia de nuestra relación. Mascullé frases como: es posible, veremos qué pasa. Poco después, cuando llegaron Carmen y sus niños, y Lila la hizo partícipe de nuestra conversación, la tarde fue casi como las de nuestra adolescencia. Nos sinceramos, conspiramos, maquinamos. Carmen se enfadó, dijo que si Nino oponía resistencia, ella estaba dispuesta a ir personalmente a decirle cuatro cosas. Y añadió: no entiendo cómo es posible, Lenù, que alguien con tu nivel se deje pisotear de esa manera. Traté de justificarme y de justificar a mi compañero. Dije que sus suegros lo habían ayudado y lo seguían ayudando, que todo lo que Nino y yo nos permitíamos era posible porque gracias a la familia de su mujer él ganaba mucho. Con lo que saco de los libros y nos da Pietro a las niñas y a mí, reconocí, nos costaría salir adelante con dignidad. Y añadí: pero no os hagáis una idea equivocada, Nino es muy afectuoso, se queda a dormir en mi casa al menos cuatro veces por semana, siempre me ha ahorrado todo tipo de humillaciones, cuando puede, se ocupa de Dede y de Elsa como si fueran suyas. Pero en cuanto dejé de hablar Lila casi me ordenó:

—Entonces díselo esta misma noche.

Obedecí. Regresé a casa y cuando él apareció, cenamos, acosté a las niñas y al fin le anuncié que estaba embarazada. Siguió una pausa larguísima, después me abrazó, me besó, estaba muy contento. Murmuré aliviada: lo sé desde hace tiempo, pero tenía miedo de que te enfadaras. Me lo reprochó, dijo algo que me dejó boquiabierta: tenemos que ir con Dede y Elsa a ver a mis padres para darles también esta buena noticia, mi madre se pondrá contenta. Quería ratificar así nuestra unión, deseaba hacer oficial su nueva paternidad. Asentí con una tibia mueca, luego murmuré:

—¿Se lo dirás a Eleonora?

—No es asunto de ella.

—Sigues siendo su marido.

—Es pura forma.

—Deberás darle tu apellido a nuestro hijo.

—Lo haré.

Me inquieté.

—No, Nino, no lo harás, harás como si nada, como has hecho hasta ahora.

—¿No estás bien conmigo?

—Estoy muy bien.

—¿Te desatiendo?

—No. Pero yo he dejado a mi marido, yo me he venido a vivir a Nápoles, yo he cambiado mi vida de arriba abajo. Tú, en cambio, sigues teniendo la tuya, y está intacta.

—Mi vida eres tú, tus hijas, este niño que va a nacer. El resto es un telón de fondo necesario.

—¿Necesario para quién? ¿Para ti? Está claro que para mí no.

Me estrechó con fuerza.

—Confía en mí —susurró.

Al día siguiente llamé a Lila y le dije: todo bien, Nino se ha alegrado mucho.

40

Siguieron unas semanas complicadas, a menudo pensé que si mi organismo no hubiera reaccionado al embarazo con tan alegre naturalidad, si me hubiese encontrado en un estado de continuo padecimiento físico como Lila, no habría aguantado. Después de muchas resistencias, mi editorial publicó por fin la colección de ensayos de Nino y yo, que seguía imitando a Adele a pesar de nuestras pésimas relaciones, asumí la tarea de perseguir a las pocas personas de cierto prestigio que conocía para que se ocuparan del libro en los periódicos, así como a las muchas, muchísimas que conocía él, pero a las que por soberbia se negaba a telefonear. Precisamente por aquel entonces se publicó también el libro de Pietro y me lo trajo él mismo en cuanto vino a Nápoles a ver a sus hijas. Esperó nervioso a que leyese la dedicatoria (embarazosa: «A Elena, que me enseñó a amar con dolor»), nos emocionamos los dos, me invitó a una fiesta en su honor en Florencia. Tuve que ir, aunque solo fuera para llevarle a las niñas. Pero en esa ocasión me vi obligada a afrontar no solo la abierta hostilidad de mis suegros, sino también, antes y después, los nervios de Nino, celoso de mis contactos con Pietro, enfadado por la dedicatoria, torvo porque le había dicho que el libro de mi ex marido era excelente y se hablaba de él con gran respeto tanto dentro como fuera del mundo académico, descontento porque sus ensayos estaban pasando sin pena ni gloria.

Cuánto me agotaba nuestra relación, y cuántas insidias se escondían en cada gesto, en cada frase que pronunciaba yo, que pronunciaba él. No quería ni oír el nombre de Pietro, se ensombrecía si yo recordaba a Franco, se ponía celoso si me reía demasiado con algún amigo suyo, pero encontraba del todo normal repartirse entre su mujer y yo. En un par de ocasiones me lo crucé por la via Filangieri con Eleonora y sus dos hijos; la primera vez fingieron no verme, pasaron de largo; la segunda, me planté con jovialidad delante de los dos, intercambié algunos comentarios, aludí a mi embarazo aunque no se me notara, y me alejé con el corazón en la boca y muerta de rabia. Y como después él me reprochó por lo que definió como comportamientos inútilmente provocativos, reñimos («No le dije que tú eras el padre, le dije que estoy embarazada») y lo eché de casa, aunque volví a acogerlo.

En esos momentos me vi de pronto tal como era: sometida, dispuesta a hacer siempre lo que él quería, atenta a no pasarme para no meterlo en líos, para no desagradarle. Malgastaba mi tiempo en cocinar para él, en lavar la ropa sucia que dejaba en casa, en prestar oídos a sus dificultades en la universidad y a los muchos encargos que iba acumulando gracias al clima de simpatía que lo rodeaba y a los pequeños poderes de su suegro; lo recibía siempre con alegría, quería que en mi casa estuviese mejor que en la otra, quería que descansara, que se franqueara conmigo, me producía ternura porque se sentía continuamente superado por las responsabilidades; llegué incluso a preguntarme si por casualidad Eleonora no lo amaría más que yo, dado que aceptaba cualquier afrenta con tal de sentirlo todavía suyo. Pero a veces no aguantaba más y le gritaba, con el riesgo de que las niñas me oyeran: qué soy yo para ti, explícame por qué estoy en esta ciudad, por qué te espero todas las noches, por qué tolero esta situación.

En esos momentos se asustaba y me suplicaba que me calmara. Quizá para demostrarme que yo —solamente yo— era su mujer, y Eleonora no tenía ningún peso en su vida, un domingo quiso llevarme a comer con sus padres, a la casa de la via Nazionale. No supe negarme. El día pasó lento y en un clima afectuoso. Lidia, la madre de Nino, era ya una mujer mayor, consumida por el agotamiento; sus ojos parecían aterrorizados no por el mundo externo sino por una amenaza que sentía dentro del pecho. En cuanto a Pino, Clelia y Ciro, a los que había conocido de niños, eran adultos, estudiaban, trabajaban, Clelia incluso se había casado hacía poco. Llegaron temprano también Marisa y Alfonso con sus hijos y empezamos a comer. Se sirvieron numerosos platos, la comida se prolongó de las dos a las seis de la tarde en un ambiente de forzada alegría, pero también de afecto sincero. Lidia sobre todo me trató como si fuese su verdadera nuera, quiso que me sentara a su lado, elogió mucho a mis hijas y se congratuló del niño que llevaba en el vientre.

Naturalmente, la única fuente de tensión fue Donato. Volver a verlo después de veinte años me causó una gran impresión. Llevaba un batín azul oscuro y calzaba pantuflas marrones. Daba la impresión de que se había encogido y ensanchado, agitaba sin cesar las manos toscas cubiertas de manchas oscuras de la vejez,

con una capa de mugre negra bajo las uñas. La cara le iba grande
sobre los huesos, tenía la mirada opaca. Se cubría la calva con sus
escasos cabellos teñidos de un color tirando a rojo, y sonreía ense-
ñando los huecos de los dientes que le faltaban. Al principio trató
de adoptar su antiguo tono de hombre de mundo, en varias ocasiones me miró los pechos y pronunció frases alusivas. Después
empezó a lamentarse: ya nadie está en su sitio, se han abolido los
diez mandamientos, no hay quien ate cortas a las mujeres, todo es
un desastre. Pero sus hijos lo mandaron cerrar la boca, le dieron
de lado, y se calló. Después de comer llevó aparte a Alfonso, tan
fino, tan delicado, a mis ojos tanto o más guapo que Lila, para
dar rienda suelta con él a su afán de protagonismo. De vez en
cuando miraba incrédula a aquel anciano y pensaba: no es posible que yo, yo de jovencita, me acostara con este hombre repugnante en la playa dei Maronti, no pudo ocurrir de verdad. Ay,
Dios mío, míralo: calvo, desaliñado, esas miradas obscenas, al lado
del que fue mi compañero de pupitre en el bachillerato elemental, ahora deliberadamente femenino, una joven mujer vestida
de hombre. Y yo en la misma habitación que él, muy distinta de
la que fui en Ischia. Qué tiempos los de ahora, qué tiempos los
de entonces.

En un momento dado Donato me llamó, dijo cortés: Lenù.
Y también Alfonso insistió con el gesto, con la mirada, para que
me uniera a ellos. Fui de mala gana hacia el rincón donde estaban.
Donato me elogió en voz alta, como si se dirigiera a un público
numeroso: esta mujer es una gran estudiosa, una escritora como
no hay otra igual en el mundo entero; estoy orgulloso de haberla
conocido cuando era jovencita; en Ischia, cuando estuvo de vacaciones con nosotros y era una niña, descubrió la literatura a través

de mis pobres versos, leía mi libro antes de dormirse, ¿no es así, Lenù?

Me miró inseguro, de pronto suplicante. Me rogaba con la mirada que confirmara el papel de sus palabras en mi vocación literaria. Dije: sí, es cierto, de jovencita no podía creer que conociera en persona a alguien que había escrito un libro de poemas y que publicaba sus pensamientos nada menos que en los periódicos. Le agradecí la reseña que una decena de años antes había dedicado al libro con el que debuté, dije que me había ayudado mucho. Y Donato se puso rojo de alegría, se fue animando, empezó a darse bombo y a quejarse al mismo tiempo porque las envidias de los mediocres le habían impedido darse a conocer como se hubiera merecido. Tuvo que intervenir Nino, y con rudeza. Me llevó de nuevo al lado de su madre.

Cuando regresábamos a casa me reprochó, dijo: ya sabes cómo es mi padre, no hay que darle cuerda. Yo asentí, y entretanto lo espiaba con el rabillo del ojo. ¿Se le caerá el pelo a Nino? ¿Engordará? ¿Pronunciará palabras amargas contra los más afortunados que él? Con lo apuesto que era ahora, no quería ni pensarlo. Me estaba hablando de su padre: no se resigna, con los años está cada vez peor.

41

Por esa misma época, entre mil jaleos y angustias, mi hermana dio a luz un niño al que llamó Silvio, como el padre de Marcello. Y como nuestra madre seguía sin encontrarse del todo bien, traté de ser yo quien ayudara a Elisa. Estaba pálida por el agotamiento y aterrorizada por el recién nacido. Ver a su hijo cubierto de sangre y secreciones le dio la impresión de un cuerpecito agonizante y sintió asco. Pero Silvio era incluso demasiado vivo, se desesperaba con los puños apretados. Ella no sabía cómo cogerlo en brazos, cómo bañarlo, cómo curarle la herida del cordón umbilical, cómo cortarle las uñas. Le repugnaba incluso que fuera varón. Traté de enseñarle, pero la cosa duró poco. Marcello, siempre algo torpe, me trató enseguida con un empacho bajo el cual se notaba cierto fastidio, como si mi presencia en su casa le complicara el día. Y también Elisa, en lugar de agradecérmelo, se mostraba molesta por todo lo que le comentaba, por mi buena disposición. Todos los días me decía: basta, tengo mil cosas que hacer, mañana no vendré. Pero seguí ayudándola y fueron los hechos los que decidieron por mí.

Unos hechos desagradables. Una mañana me encontraba en casa de mi hermana —hacía mucho calor y el barrio dormitaba bajo el polvo ardiente, y unos días antes la estación de Bolonia había saltado por los aires—, cuando telefoneó Peppe: nuestra madre se había desmayado en el baño. Corrí a su casa; mi madre tenía sudores fríos, insoportables dolores de estómago, temblaba. Por fin conseguí obligarla a que viera a un médico. Le hicieron una serie de pruebas y al cabo de poco tiempo le diagnosticaron una penosa enfermedad, frase ambigua que no tardé en utilizar yo misma. El barrio recurría a ella cuando se trataba de un cáncer y los médicos no le fueron a la zaga. Tradujeron su diagnóstico a una fórmula afín, aunque quizá algo más culta: la enfermedad, más que penosa, era «implacable».

Ante aquella noticia mi padre se vino abajo enseguida, demostró no estar en condiciones de afrontar la situación, se deprimió.

Mis hermanos, la mirada vagamente alucinada, la tez amarillenta, se inquietaron un tiempo con aire servicial y luego, absorbidos día y noche por sus trabajos indefinidos, desaparecieron después de dejar dinero que, por lo demás, hacía falta para pagar médicos y medicamentos. En cuanto a mi hermana, se quedó en su casa asustada, desaliñada, en camisón, dispuesta a meterle un pezón en la boca a Silvio en cuanto soltaba un gemido. Así, en mi cuarto mes de embarazo, el peso de la enfermedad de mi madre cayó por completo sobre mí.

No me lamenté, y a pesar de que siempre me había atormentado, quería que mi madre comprendiera que la quería. Me volví muy activa: impliqué tanto a Nino como a Pietro para que me recomendaran a los médicos más famosos; la acompañé a ver a varias eminencias; estuve a su lado en el hospital cuando la operaron de urgencia, cuando le dieron el alta; la asistí en todo cuando la llevé otra vez a su casa.

Hacía un calor insoportable, yo andaba siempre preocupada. Mientras la barriga empezaba a asomar alegre y dentro de mí crecía un corazón distinto del que llevaba en el pecho, fui asistiendo a diario, dolorosamente, al deterioro de mi madre. Me emocionó que se aferrara a mí para no perderse, como de pequeña me aferraba yo a su mano. Cuanto más frágil y miedosa se volvía ella, más orgullosa me sentía yo de mantenerla con vida.

Al principio fue arisca, como de costumbre. A todo lo que yo le decía se negaba con grosería, no había nada que no insistiera en ser capaz de hacer sin mi ayuda. ¿El médico? Quería ir a verlo sola. ¿El hospital? Quería ir sola. ¿Los tratamientos? Quería ocuparse sola. No necesito nada, rezongaba, vete, no haces más que incordiarme. Sin embargo, se enojaba en cuanto me retrasaba un minuto («Si tenías otras cosas que hacer, para qué me dijiste que vendrías»); me insultaba si no le llevaba enseguida lo que me pedía, es más, echaba a andar con su paso renqueante para demostrarme que yo era peor que la bella durmiente, y ella mucho más enérgica que yo («Ahí, ahí, en qué estás pensado, dónde tienes la cabeza, Lenù, si espero a que tú me ayudes, estoy lista»); me criticaba ferozmente por mis buenos modales con médicos y enfermeros, bisbiseaba: «A estos mierdas, si no les escupes a la cara, se burlan de ti, solo corren a asistir a quienes les meten miedo». Pero mientras tanto algo dentro de ella iba cambiando. Con frecuencia se asustaba de su propia agitación. Se movía como si temiera que el suelo pudiera abrirse bajo sus pies. En cierta ocasión en que la sorprendí delante del espejo —se miraba a menudo, con una curiosidad que nunca había tenido—, me preguntó incómoda: ¿tú te acuerdas de cómo era yo de joven? Y después, como si hubiese algún nexo, con sus antiguos modales violentos, me obligó a jurarle que nunca más la ingresaría en el hospital, que no permitiría que se muriera sola en una de esas salas. Se le llenaron los ojos de lágrimas.

Me preocupó sobre todo que se emocionara con tanta facilidad, nunca le había pasado. Se conmovía si le hablaba de Dede, si sospechaba que mi padre se había quedado sin calcetines limpios, si hablaba de Elisa abrumada con su niño, si me miraba la barriga incipiente, si se acordaba del barrio cuando los edificios estaban rodeados de campo. En fin, que con la enfermedad la invadió una fragilidad que hasta ese momento nunca había tenido, y esa fragilidad le atenuó la neurastenia, se la transformó en un padecimiento caprichoso que, cada vez con mayor frecuencia, le empañaba los ojos. Una tarde estalló en llanto solo porque se había acordado de la maestra Oliviero, a la que siempre había detestado. ¿Te acuerdas, dijo, cuánto insistió para que hicieras el examen de admisión a la enseñanza media? Y venga llorar sin poder contenerse. Vamos, le dije, cálmate, ma, ¿por qué lloras? Me impresionó verla tan desesperada por nada, no estaba acostumbrada. Ella también negó con la cabeza, incrédula, reía y lloraba, reía para demostrarme que no sabía qué motivos había para llorar.

42

Fue ese debilitamiento suyo el que nos abrió poco a poco el camino hacia una intimidad que nunca habíamos tenido. Al principio le daba vergüenza estar enferma. Si al desmayarse se encontraban presentes mi padre, mis hermanos, o Elisa con Silvio, ella se escondía en el baño y cuando ellos la apremiaban con discreción (ma, cómo te encuentras, abre), no abría e inevitablemente contestaba: me encuentro la mar de bien, qué queréis, dejadme en paz al menos cuando estoy en el retrete. En cambio, se abandonó a mí de buenas a primeras, decidió desplegar ante mí sus sufrimientos sin ningún pudor.

Empezó una mañana, en su casa, cuando me contó por qué era coja. Lo hizo por su propia voluntad, sin preámbulos. El ángel de la muerte, dijo con orgullo, me rozó ya de pequeña dejándome el mismo mal que ahora, pero yo lo engañé, pese a ser una niña. Ya verás como lo engaño otra vez, porque sé cómo sufrir —aprendí con diez años, desde entonces nunca he dejado de hacerlo—, y si sabes cómo sufrir, el ángel te respeta, y pasado un tiempo se va. Mientras hablaba se subió el vestido, me enseñó la pierna dañada como la reliquia de una antigua batalla. Se la manoteó espiándome con una risita prendida a los labios y los ojos aterrorizados.

A partir de ese momento disminuyeron los momentos en que callaba rencorosa y aumentaron los que dedicaba a confiarse sin inhibiciones. A veces decía cosas embarazosas. Me reveló que nunca había estado con otro hombre que no fuera mi padre. Me reveló con vulgares obscenidades que mi padre era expeditivo, ella no recordaba si en realidad le había gustado abrazarse a él. Me reveló que siempre lo había querido y que seguía queriéndolo, pero como a un hermano. Me reveló que lo único hermoso de su vida había sido el momento en que yo había salido de su vientre, yo, su primera hija. Me reveló que la peor culpa en la que había incurrido —una culpa por la que iría al infierno— era que nunca se había sentido unida a sus otros hijos, que los había considerado un castigo, y los seguía considerando así. Por último, me reveló sin rodeos que yo era su única hija de verdad. Cuando me lo reveló —recuerdo que estábamos en una consulta del hospital—, fue tal el disgusto, que lloró más que de costumbre. Murmuró: solo me preocupé por ti, siempre, para mí los demás eran hijastros; por eso me merezco la decepción que me has dado, qué puñalada, Lenù, qué puñalada, no debiste dejar a Pietro, no debiste juntarte con el hijo de Sarratore, es peor que su padre; un hombre decente, casado y con dos hijos, no va y le quita la mujer a otro.

Defendí a Nino. Intenté tranquilizarla, le dije que ahora existía el divorcio, que los dos nos divorciaríamos y luego nos casaríamos. Me escuchó sin interrumpirme. Había consumido casi por completo la fuerza con la que en otros tiempos se rebelaba y siempre quería tener la razón, ahora se limitaba a negar con la cabeza.

Era piel y huesos, estaba pálida, si me contradecía lo hacía con la voz débil del desaliento.

—¿Cuándo? ¿Dónde? ¿Debo ver con estos ojos cómo te vuelves peor que yo?

—No, ma, no te preocupes, saldré adelante.

—No me lo creo, Lenù, te has detenido.

—Verás como te contentaré, te contentaremos todos, mis hermanos y yo.

—A tus hermanos los he abandonado y me avergüenzo.

—No es verdad. A Elisa no le falta de nada, y Peppe y Gianni trabajan, ganan dinero, ¿qué más quieres?

—Arreglar las cosas. A los tres se los he dado a Marcello y me he equivocado.

Así, en voz baja. Estaba inconsolable, describió un panorama que me sorprendió. Marcello es más delincuente que Michele, dijo, ha arrastrado a mis hijos por el fango, parece el más bueno de los dos, pero no es así. Le había cambiado a Elisa, que ahora se sentía más Solara que Greco y estaba de parte de él en todo. Me hablaba en susurros, como si no lleváramos horas esperando nuestro turno en la sala asquerosa y abarrotada de gente de uno de los hospitales más conocidos de la ciudad, sino en algún lugar donde Marcello se encontraba a pocos pasos de nosotras. Traté de restarle importancia para tranquilizarla, la enfermedad y la vejez la impulsaban a exagerar. Te preocupas demasiado, le dije. Contestó: me preocupo porque yo sé y tú no, si no me crees, pregúntaselo a Lina.

Y así, animada por palabras melancólicas que describían cómo el barrio había ido a peor (se estaba mejor cuando mandaba don Achille Carracci), me habló de Lila con un consenso aún más marcado que otras veces. Lila era la única capaz de arreglar las cosas en el barrio. Lila era capaz de conseguirlo por las buenas y todavía más por las malas. Lila lo sabía todo, incluso las acciones más feas, pero nunca te condenaba, comprendía que todos nos equivocamos, ella la primera, y por eso te ayudaba. Lila le parecía una especie de santa guerrera que desprendía un fulgor vengativo por la avenida, en los jardincillos, entre los edificios viejos y los nuevos.

Mientras la escuchaba tuve la sensación de que para ella yo contaba solo por estar en buenas relaciones con aquella nueva autoridad del barrio. Definió la amistad entre Lila y yo como una amistad útil, que debía cultivar por siempre, y enseguida supe por qué.

—Hazme un favor —me rogó—, habla con ella y con Enzo, y pregúntales si me pueden sacar a tus hermanos de la calle, pregúntales si me los pueden poner a trabajar con ellos.

Le sonreí, le arreglé un mechón de pelo gris. Sostenía que no se había ocupado de sus otros hijos, pero entretanto, encorvada, con las manos temblorosas, las uñas blancas en las manos apretadas a mi brazo, se preocupaba sobre todo por ellos. Quería quitárselos a los Solara para dárselos a Lila. Era su manera de enmendar un error de cálculo en la guerra entre la voluntad de hacer el mal y la de hacer el bien en la que se había entrenado desde siempre. Comprobé que Lila le parecía la encarnación de las ganas de hacer el bien.

—Mamá —dije—, haré lo que me pidas, pero aunque Lina contratara a Peppe y Gianni, y lo dudo porque para eso hay que estudiar, nunca irían a trabajar para ella por un puñado de liras, con los Solara ganan más.

Asintió, sombría, pero insistió:

—Tú inténtalo de todos modos. Has vivido fuera y estás poco informada, pero aquí todo el mundo sabe cómo ha doblegado Lina a Michele. Y ahora que está preñada, ya lo verás, será más fuerte. El día que se decida, le rompe las piernas a los dos Solara.

43

Los meses del embarazo pasaron raudos para mí, pese a las preocupaciones, y muy lentos para Lila. Comprobamos que teníamos un sentimiento de la espera por completo divergente. Yo decía frases como esta: ya estoy en el cuarto mes; ella decía frases como esta otra: apenas estoy en el cuarto mes. Claro, Lila enseguida tuvo mejor color, se le suavizaron los rasgos. Pero pese a estar sometidos al mismo proceso de reproducción de la vida, nuestros organismos continuaron padeciendo sus fases de forma distinta: el mío con solícita colaboración; el suyo con resignación desganada. Y hasta la gente con la que nos relacionábamos se sorprendía al ver cómo mi tiempo corría y el de ella avanzaba a trompicones.

Recuerdo que un domingo, cuando paseábamos por la via Toledo con las niñas, nos cruzamos con Gigliola. Aquel encuentro fue importante, me turbó mucho y me demostró que Lila tenía realmente algo que ver en el comportamiento enloquecido de Michele Solara. Gigliola iba muy maquillada, aunque vestía con desaliño, estaba despeinada, exhibía pechos y caderas desbordantes, nalgas cada vez más amplias. Pareció contenta de vernos, y no nos dejó marchar. Le hizo muchas fiestas a Dede y a Elsa, nos arrastró al Gambrinus, pidió un montón de cosas y comió con avidez de todo, dulce y salado. De mis hijas se olvidó enseguida, y las niñas hicieron otro tanto; cuando nos describió con todo lujo de detalles y en voz muy alta los agravios que le había causado Michele, se aburrieron y se dedicaron a una exploración intrigada del local.

Gigliola no lograba aceptar cómo había sido tratada. Es una bestia, dijo. Michele había llegado a gritarle: no me vengas con amenazas, mátate de una vez, tírate por el balcón, muérete. O bien, como si ella no tuviera sensibilidad, creía arreglarlo todo metiéndole en el pecho y en el bolsillo centenares de miles de liras. Estaba furiosa, desesperada. Dirigiéndose solo a mí, que había vivido fuera tanto tiempo y no estaba al corriente, me contó que su marido la había echado a patadas y puñetazos de la casa de Posillipo, y la había mandado con sus hijos a vivir otra vez al barrio en dos habitaciones oscuras. Pero en cuanto empezó a augurarle a Michele las más horrendas enfermedades que le venían a la cabeza y una de las muertes más terribles, cambió de interlocutora y se dirigió exclusivamente a Lila. Me sorprendió mucho, le habló como si Lila pudiera ayudarla a hacer realidad sus maldiciones, la consideraba su aliada. Has hecho bien, se entusiasmó, en conseguir que te pagara un dineral para después dejarlo plantado. Y te diré más, si le afanaste algún dinero, mejor que mejor. Dichosa tú que sabes cómo tratarlo, sigue así hasta hacerlo sangrar. Gritó: lo que él no soporta es tu indiferencia, no puede aceptar que cuanto menos lo ves, mejor estás, bravo, bravo, bravo, debes conseguir que pierda la chaveta del todo, que tenga una muerte infernal.

Entonces lanzó un suspiro de fingido alivio. Se acordó de nuestros vientres preñados, quiso tocárnoslos. A mí me apoyó la mano ancha casi en el pubis, me preguntó en qué mes estaba. En cuanto le dije que en el cuarto, exclamó: nada menos que en el cuarto. En cambio, a Lila le dijo mostrándose de repente huraña: hay mujeres que no paren nunca, quieren tener al hijo dentro para siempre, tú eres de esas. Fue inútil recordarle que estábamos en el mismo mes, que las dos saldríamos de cuentas en enero del año siguiente. Meneó la cabeza y le dijo a Lila: imagínate que estaba segura de que ya habías parido, y con una pizca de pena incoherente añadió: cuanto más te vea Michele con ese bombo, más sufrirá; haz que te dure, tú sabes cómo, ponle la barriga debajo de las narices, y a ver si el muy desgraciado revienta de una vez. Después anunció que tenía cosas urgentísimas que hacer, pero entretanto repitió dos o tres veces que debíamos vernos más (volvamos a formar el grupo de cuando éramos muchachitas, ah, qué bonito era, deberíamos haber pasado de esos mierdas y pensar solo en nosotras). De las niñas, que ahora jugaban fuera, ni siquiera se despidió con un gesto, y se alejó después de haberle soltado al camarero unas frases obscenas entre risas.

—Será imbécil —dijo Lila enfurruñada—, ¿qué tiene de malo mi vientre?

—Nada.

—¿Y yo?

—Nada, no te preocupes.

44

Era cierto, Lila no tenía nada: nada nuevo. Continuaba siendo la misma criatura inquieta con una irresistible fuerza de atracción, y esa fuerza la hacía especial. Sus circunstancias, para bien y para mal (cómo reaccionaba al embarazo, lo que le había hecho a Michele y cómo lo había doblegado, cómo se estaba imponiendo al barrio), se nos seguían antojando más densas que las nuestras, y por ese motivo su tiempo parecía más lento. La veía cada vez con más frecuencia, sobre todo porque la enfermedad de mi madre me llevó de vuelta al barrio. Aunque con un nuevo equilibrio. Quizá debido a mi faceta pública, tal vez por mis problemas personales, me sentía más madura que Lila, y estaba cada vez más convencida de poder acogerla de nuevo en mi vida y reconocer su fascinación sin sufrir.

En esos meses corría de un lado a otro muy angustiada, pero los días pasaban volando; paradójicamente, me sentía ligera aunque tuviese que cruzar la ciudad para llevar a mi madre al hospital con el fin de que la visitaran los médicos. Si no sabía cómo arreglármelas con las niñas, le pedía ayuda a Carmen, a veces recurría incluso a Alfonso, que me había telefoneado en varias ocasiones para decirme que contara con él. Pero, naturalmente, era Lila la persona que me inspiraba más confianza y sobre todo con quien Dede y Elsa se sentían más a gusto; pero ella estaba siempre cargada de trabajo y fatigada por el embarazo. Las diferencias entre mi vientre y el suyo aumentaron. Yo lo tenía grueso y ancho, expandiéndose hacia los lados más que hacia delante; ella lo tenía pequeño, ceñido entre las caderas estrechas, prominente como una pelota a punto de salir rodando de su pelvis.

En cuanto le comuniqué mi estado, Nino me acompañó enseguida a ver a una ginecóloga casada con un colega suyo, y como la doctora me cayó bien —muy experta, muy disponible, muy alejada en las formas e incluso en su competencia de los médicos ariscos de Florencia—, le hablé de ella con entusiasmo a Lila, la animé a que me acompañara a verla al menos para probar. Y así acabamos yendo juntas a las revisiones, nos pusimos de acuerdo para que nos recibieran a la vez; cuando me tocaba a mí, ella se quedaba en silencio, en un rincón, y cuando le tocaba a ella, yo le sostenía una mano porque los médicos seguían poniéndola nerviosa. El momento perfecto era cuando estábamos en la sala de espera. Durante un rato dejaba de lado el calvario de mi madre y volvíamos a ser dos muchachitas. Nos encantaba sentarnos una al lado de la otra, yo rubia, ella morena, yo tranquila, ella nerviosa, yo simpática, ella perversa, nosotras dos opuestas y de acuerdo, nosotras dos distantes de las otras mujeres embarazadas a las que espiábamos con ironía.

Era una rara hora de júbilo. Una vez, pensando en aquellos seres minúsculos que se iban definiendo dentro de nuestros cuerpos, me vino a la cabeza cuando —sentadas una al lado de la otra en el patio, como ahora en la sala de espera— jugábamos a las mamás con nuestras muñecas. La mía se llamaba Tina; la suya, Nu. Ella había tirado a Tina a la oscuridad del sótano, y yo, para fastidiarla, había hecho otro tanto con Nu. Te acuerdas, le pregunté. Ella se mostró perpleja, tenía la sonrisita tibia de a quien le cuesta atrapar un recuerdo. Después, cuando le conté al oído, divertida, el miedo y la valentía con que habíamos subido hasta la puerta del terrible don Achille Carracci, el padre de su futuro marido, atribuyéndole el robo de nuestras muñecas, empezó a divertirse, nos reímos como dos tontas molestando los vientres habitados de las otras pacientes más comedidas que nosotras.

No nos callamos hasta que la enfermera nos llamó: Cerullo y Greco, las dos habíamos dado nuestros apellidos de solteras. Era una mujerona jovial, todas las veces sin falta le tocaba la barriga a Lila y decía: aquí dentro llevas un varoncito; y a mí: aquí dentro llevas una niña. Después nos acompañaba y yo le susurraba a Lila: ya tengo dos niñas, si el tuyo llega a ser de veras un varón, ¿me lo das? Y ella contestaba: sí, los intercambiamos sin problemas.

La doctora nos encontró en forma, los análisis perfectos, todo marchaba bien. Es más, como nos controlaba especialmente el peso, y Lila se mantenía como siempre muy delgada, mientras yo tendía a engordar, en cada visita juzgaba que ella estaba mejor que yo. En una palabra, a pesar de que las dos teníamos mil preocupaciones, en aquellas ocasiones nos sentíamos casi siempre felices de haber recuperado a los treinta y seis años el camino del afecto, muy alejadas en todo pero muy íntimas.

Pero cuando yo regresaba a la via Tasso y ella corría al barrio, la distancia que poníamos entre nosotras hacía que me saltaran a la vista otras distancias. La nueva sintonía era sin duda real. Nos gustaba estar juntas, aligeraba la vida. Sin embargo, había un dato inequívoco: yo le contaba casi todo de mí y ella, poco o nada. Mientras que por mi parte no podía dejar de hablarle de mi madre, o de un artículo que estaba escribiendo o de los problemas con Dede y Elsa, o incluso de mi situación de amante-esposa (bastaba con no especificar amante-esposa de quién, convenía no pronunciar demasiado el nombre de Nino, por lo demás podía hablar sin tapujos), ella cuando hablaba de sí misma, de sus padres, de sus hermanos, de Rino, de las preocupaciones que le causaba Gennaro, de nuestros amigos y conocidos, de Enzo, de Michele y Marcello Solara, del barrio entero, se mostraba vaga, parecía no acabar de fiarse. Evidentemente yo seguía siendo la que se había marchado y que, aunque hubiera regresado, ya tenía otra mirada, vivía en la parte alta de Nápoles, no podía ser readmitida del todo.

45

Era cierto que tenía una especie de doble identidad. Nino llevaba a la via Tasso a sus amigos cultos, que me trataban con respeto, les gustaba sobre todo mi segundo libro y querían que echara un vistazo a los textos en los que estaban trabajando. Debatíamos hasta bien entrada la noche con el aire de quien se las sabe todas. Nos preguntábamos si el proletariado seguía o no existiendo, aludíamos con benevolencia a la izquierda socialista y con acritud a los comunistas (son más policías que los policías y los curas), discutíamos acaloradamente sobre la gobernabilidad de un país cada vez más agotado, algunos de ellos se enorgullecían de tomar drogas, ironizábamos sobre una nueva enfermedad que a todos se nos antojaba un montaje del papa Wojtyła para frenar la libre manifestación de la sexualidad en todas sus posibles prácticas.

Pero no me limitaba a la via Tasso, me movía mucho, no quería quedarme presa en Nápoles. Con frecuencia viajaba a Florencia con las niñas. Pietro, que desde hacía tiempo estaba en lucha incluso política con su padre, era ya abiertamente comunista, a diferencia de Nino, cada vez más próximo a los socialistas. Me quedaba unas horas, lo escuchaba en silencio. Elogiaba la honestidad competente de su partido, me exponía los problemas de la universidad, me informaba de la aceptación con que su libro era recibido entre los profesores universitarios, sobre todo anglosajones. Después me ponía otra vez en camino. Le dejaba las niñas a él y a Doriana, me iba a Milán, a la editorial, en especial para oponerme a la campaña de denigración en la que Adele seguía perseverando. Mi suegra —el director me lo había contado una noche en que me había invitado a cenar— no perdía ocasión para hablar mal de mí y colgarme la etiqueta de persona inconstante y de poco fiar. En consecuencia, me esforzaba por mostrarme cautivadora con cuantos me cruzaba en la editorial. Mantenía conversaciones cultas, atendía solícita todas las peticiones de la oficina de prensa, le insistía al director en que mi nuevo libro estaba en buen punto pese a que ni lo había empezado. Y me ponía otra vez en camino, iba a recoger a las niñas y bajaba de nuevo a Nápoles; me amoldaba al tráfico caótico, a eternas transacciones por todo aquello que me correspondía por derecho, a colas extenuantes y pendencieras, a la fatiga de hacerme valer, a la angustia permanente cuando iba con mi madre a los médicos, hospitales, laboratorios de análisis. El resultado era que en la via Tasso y en Italia me sentía una señora con su pequeña aura; en cambio, al bajar a Nápoles y sobre todo al barrio perdía el refinamiento, allí nadie se había enterado de mi segundo libro, si los atropellos me enfurecían, pasaba al dialecto y a los insultos más soeces.

Me parecía que el único vínculo entre arriba y abajo era la sangre. Se mataba cada vez más, en Véneto, en Lombardía, en Emilia, en el Lacio, en Campania. Por la mañana echaba un vistazo al periódico, y a veces el barrio se me antojaba más tranquilo que el resto de Italia. No era así, claro, la violencia era la de siempre. Peleas entre hombres, palizas entre mujeres, alguien acababa asesinado por motivos oscuros. A veces, incluso entre personas a las que quería, subía la tensión, los tonos se volvían amenazantes. Pero a mí me trataban con deferencia. Tenían conmigo la benevolencia que se suele mostrar con el invitado cuya presencia es grata con tal de que no meta baza en asuntos que desconoce. De hecho, me sentía una observadora externa y con información insuficiente. Constantemente tenía la impresión de que Carmen o Enzo u otros sabían mucho más que yo, que Lila les contaba secretos que a mí no me revelaba.

Una tarde estaba con las niñas en la oficina de Basic Sight —tres habitaciones desde cuyas ventanas se veía la entrada de nuestra escuela primaria— y, como sabía que me encontraba en el barrio, Carmen hizo una escapada. Mencioné a Pasquale por simpatía, por afecto, aunque ya me lo imaginaba como un combatiente a la deriva cada vez más implicado en crímenes infames. Quería saber si había novedades y tuve la impresión de que tanto Carmen como Lila se ponían tiesas, como si yo acabara de cometer una indiscreción. No escurrieron el bulto, al contrario, hablamos de ello a fondo, o mejor dicho, dejamos que Carmen se desahogara a sus anchas. Pero me quedó la impresión de que por algún motivo habían decidido que conmigo no se podía decir más.

En dos o tres ocasiones me crucé también con Antonio. Una vez iba con Lila, en otra, creo que con Lila, Carmen y Enzo. Me impactó cómo la amistad entre ellos se había reforzado y me pareció sorprendente que él, esbirro de los Solara, se comportara como si hubiese cambiado de patrón, parecía al servicio de Lila y Enzo. Sin duda, nos conocíamos desde niños, pero sentí que no se trataba de antiguas costumbres. Al verme, los cuatro se comportaron como si acabaran de encontrarse por casualidad, y no era así, percibí una especie de pacto secreto del que no tenían la intención de hacerme partícipe. ¿Estaba relacionado con Pasquale? ¿Con la actividad de la empresa? ¿Con los Solara? No lo sé. En una de esas ocasiones Antonio se limitó a decirme distraídamente: estás muy guapa con barriga. O al menos esa es la única frase que recuerdo.

¿Era desconfianza? Lo dudo. A veces creía que, debido a mi identidad respetable, había perdido la capacidad de entender, sobre todo a ojos de Lila, y que por eso quería protegerme de situaciones en las que podía errar por ignorancia.

46

De todos modos había algo que no acababa de cuadrar. Era una sensación de vaguedad, la advertía incluso cuando todo daba la impresión de ser explícito y parecía solo una de las antiguas diversiones infantiles de Lila: orquestar situaciones en las que daba a entender que bajo la evidencia había algo más.

Una mañana —siempre en las oficinas de Basic Sight— charlé un poco con Rino, al que no veía desde hacía muchos años. Estaba irreconocible. Lo vi desmejorado, tenía la mirada perdida, me recibió con un afecto excesivo, llegó a palparme como si fuera de goma. Habló sin ton ni son de ordenadores, del gran volumen de negocios que gestionaba. Luego cambió de repente, le dio una especie de ataque de asma, y sin motivo aparente se puso a despotricar en voz baja contra su hermana. Le dije: cálmate, y quise ir a buscarle un vaso de agua, pero me dejó plantada delante de la puerta cerrada del despacho de Lila y desapareció como si temiera su regañina.

Llamé, entré. Le pregunté con cautela si su hermano se encontraba mal. Hizo una mueca de fastidio, dijo: ya sabes cómo es. Asentí, pensé en Elisa, murmuré que con los hermanos no siempre todo es lineal. Me acordé entonces de Peppe y Gianni, y dejé caer que mi madre estaba preocupada por ellos, deseaba librarlos de Marcello Solara y me había pedido que le preguntara si tenía alguna posibilidad de darles un empleo. Pero esas frases —librarlos de Marcello Solara, darles un empleo— le hicieron entrecerrar los ojos, me miró como si quisiera comprender hasta qué punto conocía el sentido de las palabras que acababa de pronunciar. Y como debió de convencerse de que yo no conocía a fondo ese sentido, dijo brusca: no puedo tenerlos aquí dentro, Lenù; con Rino ya me sobra, por no hablar de los riesgos que corre Gennaro. En un primer momento no supe qué contestarle. Gennaro, mis hermanos, el suyo, Marcello Solara. Insistí, pero ella se mostró esquiva, cambió de tema.

Escurrió otra vez el bulto poco después en relación con Alfonso. Él ya trabajaba para Lila y Enzo, aunque no como Rino, que iba por ahí de holgazán sin ninguna tarea fija. Alfonso había aprendido, lo llevaban a las empresas a recopilar datos. Pero enseguida tuve la impresión de que el vínculo entre él y Lila iba más allá de cualquier relación laboral. No era la atracción-repulsión que Alfonso me había confesado en el pasado, ahora era algo más. Por parte de él había una necesidad —no sé cómo decirlo— de no perderla nunca de vista. Era una relación singular, como fundada en un flujo secreto que partía de ella para remodelarlo a él. No tardé en convencerme de que el cierre de la tienda de la piazza dei Martiri y el posterior despido de Alfonso tenían que ver con ese flujo. Pero si intentaba preguntar —qué pasó con Michele, cómo has conseguido desembarazarte de él, por qué despidió a Alfonso—, Lila soltaba una risita y decía: qué quieres que te diga, Michele ya no sabe qué quiere, cierra, abre, hace, rompe, y después se cabrea con los demás.

La risita no era de burla, de alegría, ni de satisfacción. La risita le servía para prohibirme que insistiera. Una tarde nos fuimos de compras a la via dei Mille y como durante años esa zona había sido el reino de Alfonso, él se ofreció a acompañarnos; un amigo suyo tenía una tienda que nos venía que ni pintada. Su homosexualidad ya era conocida. Alfonso seguía viviendo formalmente con Marisa, pero Carmen me había confirmado que sus hijos eran de Michele, y además me susurró: ahora Marisa es la amante de Stefano, sí, Stefano, el hermano de Alfonso, ex marido de Lila, ese era el nuevo rumor que corría por ahí. Sin embargo —añadió con abierta simpatía—, a Alfonso le importa un cuerno, él y su mujer hacen vidas separadas y siguen adelante. De manera que no me extrañó que su amigo de la tienda fuera un maricón —tal como nos lo describió Alfonso mismo muy divertido—. Lo que sí me extrañó fue el juego al que lo indujo Lila.

Nos estábamos probando vestidos premamá. Salíamos de los probadores, nos mirábamos en el espejo y Alfonso y su amigo nos admiraban, nos aconsejaban, nos desaconsejaban en un entorno a fin de cuentas agradable. Después Lila empezó a rabiar sin motivo, el ceño fruncido. No se gustaba, se tocaba el vientre puntiagudo, estaba cansada, le decía a Alfonso frases del estilo: ¿cómo me ves?, no me aconsejes mal, ¿tú te pondrías un color así?

Percibí en lo que ocurría a mi alrededor la acostumbrada oscilación entre lo visible y lo oculto. En un momento dado Lila eligió un bonito traje oscuro y como si el espejo de la tienda se hubiese partido, le dijo a su ex cuñado: déjame ver cómo me queda. Dijo aquellas palabras incongruentes como si se tratara de una petición habitual, hasta tal punto que Alfonso no se hizo rogar, aferró el traje y se encerró en el probador durante un rato muy largo.

Yo seguí probándome ropa. Lila me miraba distraída, el dueño de la tienda me cubría de elogios a cada vestido que me probaba, mientras yo esperaba perpleja a que Alfonso apareciera. Cuando lo hizo me quedé boquiabierta. Mi antiguo compañero de pupitre, con el pelo suelto, el traje elegante, era la copia de Lila. Su tendencia a parecérsele, que había notado hacía tiempo, se había definido de repente, y tal vez en ese momento era también más guapo, más guapa que ella, un hombre-mujer como los que había descrito en mi libro, dispuesto, dispuesta a encaminarse por la calle que lleva a la Virgen negra de Montevergine.

Le preguntó a Lila con inquietud: ¿te gustas así? Y el dueño de la tienda aplaudió con entusiasmo y dijo pícaro: ya me sé yo a quién le gustarías, estás divina. Alusiones. Cosas que yo no sabía y ellos sí. Lila esbozó una sonrisa pérfida, masculló: quiero regalártelo. Nada más. Alfonso aceptó con alegría, pero no hubo otras frases, como si Lila les hubiese ordenado sin palabras a él y a su amigo que ya era suficiente, que yo ya había visto y oído bastante.

47

Ese oscilar suyo con arte entre lo evidente y lo opaco me impresionó de forma particularmente dolorosa cierta vez —la única— en que durante una de nuestras citas con la ginecóloga las cosas se pusieron feas. Era noviembre y sin embargo la ciudad emanaba calor como si el verano no hubiese tocado a su fin. Lila se sintió mal por el camino, nos sentamos un momento en un bar y luego nos fuimos un tanto alarmadas a la consulta de la doctora. Lila le comentó con tono autoirónico que el trasto ya grande que llevaba dentro le tiraba, la empujaba, la frenaba, le molestaba, la debilitaba. La ginecóloga la escuchó divertida, la tranquilizó y le dijo: tendrá un hijo como usted, muy inquieto, muy fantasioso. De modo que bien, muy bien. Pero antes de marcharnos quise insistir:

—¿Seguro que todo está en orden?

—Segurísimo.

—Entonces, ¿qué tengo? —protestó Lila.

—Nada relacionado con su embarazo.

—¿Y con qué está relacionado?

—Con su cabeza.

—¿Qué sabe usted de mi cabeza?

—Su amigo Nino la ha elogiado mucho.

¿Nino? ¿Amigo? Silencio.

A la salida me costó un triunfo convencer a Lila para que no cambiara de médico. Antes de marcharse me dijo con su tono más feroz: seguramente tu amante no es mi amigo, pero para mí que tampoco es amigo tuyo.

Así pues, me vi lanzada con fuerza hacia el centro mismo de mis problemas: Nino no era digno de confianza. En el pasado Lila me había demostrado que sabía cosas de él que yo ignoraba. ¿Me estaba sugiriendo ahora que había otros hechos que ella conocía y yo no? Fue inútil pedirle que se explicara mejor, se marchó cortando toda conversación.

48

Después me peleé con Nino por su falta de delicadeza, por las confidencias que, aunque él lo negara con tono indignado, seguramente debió de hacerle a la mujer de su colega, por todo lo que llevaba guardado dentro de mí y que en esa ocasión también reprimí.

No le dije: Lila te considera un traidor y un mentiroso. Era inútil, se habría echado a reír. Pero me quedó la sospecha de que aquella referencia a que no era digno de confianza aludiera a algo concreto. Era una sospecha lenta, desganada, yo misma no tenía ninguna intención de transformarla en insoportable certeza. Sin embargo, persistía. Por eso un domingo de noviembre fui primero a ver a mi madre, y sobre las seis de la tarde pasé por la casa de Lila. Mis hijas estaban con su padre en Florencia, Nino tenía un compromiso, celebraba el cumpleaños de su suegro con su familia (ya la llamaba así: tu familia). En cuanto a Lila, sabía que estaba sola, ya que Enzo había ido a ver a unos parientes de Avellino y se había llevado a Gennaro.

La criatura que llevaba dentro estaba nerviosa, lo achaqué al bochorno. Lila también se quejó de que el niño se movía demasiado, dijo que le provocaba en el vientre una marejada continua. Para calmarlo quería dar un paseo, pero había llevado pasteles y preparé yo misma el café; me proponía mantener una conversación cara a cara, en la intimidad de aquella casa desnuda cuyas ventanas daban a la avenida.

Fingí tener ganas de charlar. Me referí a los temas que, en definitiva, me interesaban menos —por qué Marcello dice que eres la ruina de su hermano, qué le has hecho a Michele— y adopté un tono medio divertido, como si esos asuntos sirvieran únicamente para reírnos un poco. Contaba con llegar poco a poco, en confianza, a la pregunta que para mí era realmente importante: qué sabes de Nino que yo no sé.

Lila me contestó sin ganas. Se sentaba, se levantaba, decía que notaba la barriga como si hubiese tomado litros de bebidas gaseosas, se quejaba del olor de los *cannoli*, que solían gustarle y ahora se le antojaban pasados. Ya sabes cómo es Marcello, dijo, no se olvida de lo que le hice a su hermano cuando era jovencita, y como es un cobarde no dice las cosas a la cara, finge ser una buena persona, inocua, y después va por ahí contando chismes. Luego, con el tono que solía adoptar siempre en aquella época, afectuoso y burlón al mismo tiempo, dijo: pero tú eres una señora, olvídate de mis problemas, cuéntame qué tal se encuentra tu madre. Como siempre, quería que hablara de mí, pero no me di por vencida. Partiendo de mi madre, de sus preocupaciones por Elisa y mis hermanos, volví a la carga con los Solara. Ella resopló, dijo con sarcasmo que los hombres daban una enorme importancia a follar, y especificó riendo: no me refiero a Marcello —aunque él no se anda con bromas—, sino a Michele, que se ha vuelto loco, hace mucho tiempo que está obsesionado conmigo y hasta corre detrás de la sombra de mi sombra. Enfatizó intencionadamente esa expresión, «la sombra de mi sombra», dijo que por eso Marcello la tenía tomada con ella y la amenazaba, no soportaba que hubiese atado corto al hermano y lo llevara por caminos según él humillantes. Se rió otra vez, y rezongó: Marcello se cree que me da miedo, solo faltaba, la única persona que sabía dar miedo de verdad era su madre y ya sabes cómo acabó.

Hablaba y se tocaba la frente, se quejaba del calor, del ligero dolor de cabeza que tenía desde la mañana. Comprendí que quería tranquilizarme pero también, de forma contradictoria, mostrarme un poco de lo que había allí donde vivía y trabajaba a diario, tras la fachada de las casas, por las calles del barrio nuevo y del viejo. De modo que, por una parte, negó en varias ocasiones el peligro; y por la otra, me pintó un panorama de delincuencia extendida, chantajes, agresiones, robos, usura, venganzas seguidas de otras venganzas. El libro rojo secreto que Manuela llevaba en orden y que a su muerte había pasado a Michele, ahora lo controlaba Marcello que, por desconfianza, también le estaba quitando al hermano toda la gestión de las operaciones legales e ilegales, de las amistades políticas. Dijo de repente: hace unos años Marcello trajo la droga al barrio y quiero ver adónde iremos a parar. Una frase tal cual. Estaba muy pálida, se abanicaba con el extremo de la falda.

De todas sus alusiones me sorprendió la de la droga, sobre todo por su tono de asqueada condena. En aquella época, para mí la droga representaba la casa de Mariarosa, también la casa de la via Tasso en ciertas veladas. Yo nunca la había probado, aparte de un poco de chocolate por curiosidad, pero no me escandalizaba si otros la consumían, pues en los ambientes que había frecuentado y frecuentaba nadie se escandalizaba. De modo que para mantener viva la conversación, me pronuncié refiriéndome a los tiempos de Milán, a Mariarosa, para quien drogarse era uno de los tantos caminos hacia el bienestar individual, un medio para liberarse de tabúes, una forma culta de desenfreno. Sin embargo, Lila movió la cabeza contrariada: pero qué desenfreno, Lenù, hace dos semanas murió el hijo de la señora Palmieri, lo encontraron en los jardincillos. Y advertí el fastidio que le había causado aquella palabra, «desenfreno», mi modo de pronunciarla dándole un valor muy positivo. Me quedé de piedra, aventuré: estaría enfermo del corazón. Ella contestó: estaba enfermo de heroína. Y se apresuró a añadir: y ahora basta, estoy harta, no quiero pasarme el domingo hablando de las indecencias de los Solara.

Aun así ya lo había hecho, y más que otras veces. Transcurrió un largo instante. Por inquietud, por cansancio, por elección —no lo sé—, Lila había ampliado la trama de sus charlas, y me di cuenta de que, pese a haber dicho poco, me había llenado la cabeza de imágenes nuevas. Desde hacía tiempo yo sabía que Michele la quería —la quería de esa forma abstracta y obsesiva que lo perjudicaba—, y estaba claro que ella se había aprovechado para ponerlo de rodillas. Pero ahora había evocado «la sombra de su sombra» y con esa expresión había puesto ante mí a Alfonso, el Alfonso que se hacía pasar por el reflejo de ella con un vestido premamá en la tienda de la via dei Mille, y había visto a Michele, un Michele deslumbrado, que le subía la falda, lo estrechaba entre sus brazos. En cuanto a Marcello, en un abrir y cerrar de ojos la droga había dejado de ser eso que yo creía que era, un juego liberador para gente adinerada, y se trasladaba al marco viscoso de los jardincillos, al lado de la iglesia; se había convertido en una víbora, un veneno que serpenteaba en la sangre de mis hermanos, de Rino, tal vez de Gennaro, y mataba, y llenaba de dinero el libro rojo en otros tiempos custodiado por Manuela Solara y ahora, tras pasar de Michele a Marcello, por mi hermana, en su casa. Sentí toda la fascinación de su manera de controlar y descontrolar a placer, con poquísimas palabras, la imaginación ajena: ese decir, detenerse, dejar correr imágenes y emociones sin añadir nada más. Me equivoco, me dije confusamente, al escribir como he hecho hasta ahora, registrando todo lo que sé. Debería escribir como habla ella, dejar vorágines, construir puentes y no terminarlos, obligar al lector a mirar fijamente la corriente: Marcello Solara que fluye y se aleja veloz con mi hermana Elisa, Silvio, Peppe, Gianni, Rino, Gennaro, Michele enredado a la sombra de la sombra de Lila; sugerir que fluyen todos en las venas del hijo de la señora Palmieri, un muchacho al que ni siquiera conozco y que ahora me causa dolor; venas bien alejadas de las de las personas que Nino lleva a la via Tasso, de las de Mariarosa, de las de una amiga suya que —ahora me acuerdo— enfermó, tuvo que ir a desintoxicarse, y también mi cuñada, a saber dónde estará, hace tiempo que no sé de ella, hay quienes se salvan siempre y quienes perecen.

Me esforcé por ahuyentar imágenes de penetraciones voluptuosas entre hombres y de jeringuillas clavadas en las venas y de deseo y muerte. Traté de retomar la conversación, pero había algo que no acababa de funcionar, notaba en la garganta el calor de finales de aquella tarde, recuerdo la pesadez de las piernas y el sudor en el cuello. Miré el reloj de la pared de la cocina, eran apenas las siete y media pasadas. Descubrí que ya no tenía ganas de referirme a Nino, de preguntarle a Lila, sentada frente a mí bajo una luz amarillenta de pocos vatios, qué sabes de él que yo no sé. Sabía mucho, demasiado, habría podido hacer que imaginara lo que se le antojara y yo ya nunca habría podido borrarme las imágenes de la cabeza. Habían dormido juntos, habían estudiado juntos, ella lo había ayudado a escribir sus artículos como había hecho yo con los ensayos. Por un instante volvieron los celos, la envidia. Me hicieron daño, los rechacé.

O probablemente lo que los rechazó fue una especie de trueno debajo del edificio, debajo de la avenida, como si uno de los camiones que pasaban sin cesar hubiese encontrado la manera de desviarse en nuestra dirección, hundirse veloz bajo tierra con el motor al máximo de revoluciones y correr entre nuestros cimientos embistiéndolo y rompiéndolo todo.

49

Me quedé sin aliento, por una fracción de segundo no entendí qué estaba pasando. La taza de café tembló en el platito, la pata de la mesa me golpeó una rodilla. Me levanté de un salto, me di cuenta de que Lila también se alarmaba, intentaba ponerse de pie. La silla se inclinó a su espalda, ella trató de agarrarla, pero lo hizo despacio, doblada, una mano tendida ante sí en mi dirección, la otra que se alargaba hacia el respaldo, los ojos entrecerrados como cuando se concentraba antes de reaccionar. Entretanto el trueno seguía corriendo por debajo del edificio, un viento subterráneo levantaba contra el suelo olas de un mar secreto. Miré el techo, la bombilla se balanceaba junto con la lámpara de cristal rosado.

Un terremoto, grité. La tierra se movía, una tempestad invisible estallaba bajo mis pies, sacudía la habitación con un griterío de bosque doblegado por ráfagas de viento. Las paredes crujían, parecían hinchadas, se despegaban y se volvían a pegar a las esquinas. Del techo descendía una niebla polvorienta a la que se sumaba la niebla que se salía de las paredes. Me abalancé hacia la puerta gritando otra vez: un terremoto. Pero el movimiento era solo una intención, no lograba dar un solo paso. Los pies me pesaban, todo me pesaba, la cabeza, el pecho, y sobre todo la barriga. La tierra sobre la que quería apoyarme se encogía, por una fracción de segundos estaba e inmediatamente después dejaba de estar.

Mi pensamiento volvió a Lila, la busqué con la mirada. La silla había caído al fin, los muebles —en especial la vieja vitrina con sus pequeños objetos, vasos, cubiertos, baratijas— vibraban junto con los cristales de las ventanas como hierbajos en una cornisa cuando hay viento. Lila estaba de pie en el centro de la habitación, doblada, la cabeza gacha, los ojos amusgados, la frente arrugada, las manos sostenían la barriga como si temiera que saliera brincando y se perdiera en la nube de polvo del revoque. Pasaron los segundos pero nada daba muestras de querer recuperar el orden, la llamé. No reaccionó, me pareció compacta, la única entre todas las formas presentes no sujeta a temblores, a estremecimientos. Parecía haber borrado todo sentimiento; las orejas no oían, la garganta no inspiraba aire, la boca estaba apretada, los párpados borraban la mirada. Era un organismo inmóvil, rígido, solo tenían vida las manos que con los dedos desplegados apretaban la barriga.

Lila, grité. Me moví para agarrarla, sacarla a rastras, era lo más urgente. Pero mi parte sumisa, esa que creía debilitada pero no, estaba ahí resurgiendo, y me sugirió: quizá deberías hacer como ella, quedarte quieta, doblarte y proteger a tu hijo, no salir corriendo. Me costó decidirme. Era difícil acercarme a ella, sin embargo, se trataba de un solo paso. La agarré por fin del brazo, la sacudí, ella abrió los ojos que parecían blancos. El ruido era insoportable, la ciudad entera hacía ruido, el Vesubio, las calles, el mar, las casas viejas de la via dei Tribunali, de los Quartieri Spagnoli, las nuevas de Posillipo. Lila se soltó, gritó: no me toques. Fue un alarido rabioso, se me quedó grabado más que los larguísimos segundos que duró el terremoto. Comprendí que me había equivocado; ella siempre al mando de todo, en ese momento no estaba al mando de nada. Inmovilizada por el horror, temía que si la rozaba se rompería.

50

La arrastré al aire libre con violentos tirones, empellones, súplicas. Tenía miedo de que al temblor que nos había paralizado siguiera otro más terrible, definitivo, y que todo se nos cayera encima. La recriminé, le supliqué, le recordé que debíamos poner a salvo a las criaturas. Y así nos lanzamos dentro de la estela de gritos aterrorizados, un clamor creciente asociado a movimientos injustificados; era como si el corazón del barrio y de la ciudad estuviese a punto de partirse. En cuanto llegamos al patio Lila vomitó, yo luché contra la náusea que me encogía el estómago.

El terremoto —el terremoto del 23 de noviembre de 1980 con su destrucción infinita— se nos metió en los huesos. Alejó la costumbre de la estabilidad y la solidez, la certeza de que cada instante sería idéntico al siguiente, la familiaridad de los sonidos y los gestos, su segura identificación. En su lugar se estableció la sospecha hacia toda garantía, la tendencia a creernos todas las profecías de desgracias, una atención angustiada a los signos de la friabilidad del mundo, y fue arduo recuperar el control. Segundos y más segundos sin fin.

Fuera de casa era peor que dentro, todo era movimiento y gritos, nos asaltaron las habladurías que multiplicaron el terror. Se habían visto destellos rojos en dirección al ferrocarril. El Vesubio se había despertado. El mar se había abatido sobre Mergellina, la Villa Comunale, el Chiatamone. En la zona de Ponti Rossi había derrumbamientos, el cementerio del Pianto se había hundido con sus muertos, la cárcel de Poggioreale se había venido abajo. Los presos habían muerto bajo los escombros o escapado y ahora mataban a la gente por gusto. El túnel que llevaba a la Marina se había desplomado, sepultando a medio barrio en fuga. Y las fantasías se nutrían entre sí; comprobé que Lila se lo creía todo, temblaba apretada a mi brazo. La ciudad es un peligro, me susurró, debemos irnos, las casas se resquebrajan, se nos cae todo encima, las cloacas saltan por los aires derramando su contenido, mira cómo huyen las ratas. Como la gente corría a los coches y las calles se estaban bloqueando, ella empezó a tirar de mí, murmuraba: todos se van al campo, allá es más seguro. Quería correr a su coche, quería llegar a un espacio abierto donde solo el cielo, que parecía ligero, podía caernos encima. Yo no lograba calmarla.

Llegamos al coche, pero Lila no tenía las llaves. Habíamos salido corriendo sin coger nada, habíamos cerrado la puerta a nuestra espalda y, aun suponiendo que hubiésemos reunido el valor de hacerlo, no podíamos volver a entrar en casa. Aferré una manija con todas mis fuerzas, tiré de ella, la sacudí, pero Lila chilló, se tapó los oídos con las manos como si ese forcejeo mío produjera un sonido y vibraciones insoportables. Miré a mi alrededor, localicé una piedra grande que se había desprendido de un murete, rompí la ventanilla. Después haré que te la arreglen, dije, ahora quedémonos aquí, ya pasará. Nos acomodamos en el coche; pero no pasó nada, constantemente teníamos la impresión de que la tierra se estremecía. A través del parabrisas polvoriento vigilábamos a la gente del barrio que cuchicheaba, reunida en apretados corrillos. Y cuando todo parecía al fin haberse calmado, alguien pasaba corriendo y chillando, lo que provocaba una desbandada general y choques violentos contra nuestro automóvil que me paralizaban el corazón.

51

Tenía miedo, ah, sí, estaba asustadísima. Sin embargo, para mi asombro no estaba tan asustada como Lila. En esos segundos de terremoto ella se desprendió de golpe de la mujer que había sido hasta un minuto antes —la que sabía calibrar con precisión pensamientos, palabras, gestos, tácticas, estrategias—, como si en esas circunstancias la considerara una armadura inútil. Ahora era otra. Era la persona que había visto la noche de fin de año de 1958, cuando estalló la guerra de fuegos artificiales entre los Carracci y los Solara; o aquella que me mandó llamar para que fuera a San Giovanni a Teduccio, cuando trabajaba en la fábrica de Bruno Soccavo y creía estar enferma del corazón y quería dejarme a Gennaro porque estaba segura de que se moriría. Pero si en el pasado se mantenían los puntos de contacto entre las dos Lilas, ahora esa otra mujer daba la impresión de haber surgido directamente de las vísceras de la tierra, no se parecía en nada a la amiga que minutos antes yo envidiaba por su arte al seleccionar las palabras, no se le parecía ni siquiera en los rasgos, deformados por la angustia.

Yo jamás habría podido sufrir una metamorfosis tan brusca, mi autodisciplina era estable, el mundo seguía a mi alrededor con naturalidad incluso en los momentos más terribles. Sentía que Dede y Elsa estaban con su padre en Florencia, y Florencia era un lugar fuera de peligro, algo que en sí mismo me tranquilizaba. Esperaba que lo peor hubiera pasado, que no se hubiese derrumbado ninguna casa del barrio, que Nino, mi madre, mi padre, Elisa, mis hermanos se hubiesen asustado como nosotras, pero que, como nosotras, estuviesen vivos. En cambio, ella no, no conseguía pensar de ese modo. Se retorcía, temblaba, se acariciaba la barriga, era como si ya no creyera en nexos estables. Para ella, Gennaro y Enzo habían perdido toda conexión entre sí y con nosotras, se habían disuelto. Emitía una especie de estertor, con los ojos de par en par, se abrazaba a sí misma, se estrechaba con fuerza. Y repetía obsesivamente adjetivos y sustantivos por completo incongruentes con la situación en las que nos encontrábamos, articulaba frases carentes de sentido y, sin embargo, las pronunciaba con convicción, tirando de mí.

Durante mucho rato fue inútil que le mostrara a personas conocidas, que abriera la portezuela, me desgañitara, las llamara para anclarla a los nombres, a voces que pudieran contar su versión de esa misma mala experiencia y así devolverla a un discurso ordenado. Le señalé a Carmen con su marido y los niños, que se tapaban cómicamente la cabeza con almohadas, y a un hombre, quizá su cuñado, que llevaba a la espalda nada menos que un colchón, y junto con otros caminaban deprisa hacia la estación y cargaban con objetos insensatos; una mujer llevaba una sartén en la mano. Le indiqué a Antonio con su mujer y sus hijos, me quedé boquiabierta al ver lo hermosos que eran todos, como personajes de una película, mientras se acomodaban con calma en una furgoneta verde que después se alejó. Le indiqué a la familia Carracci y parientes, maridos, mujeres, madres, parejas, amantes —es decir, Stefano, Ada, Melina, Maria, Pinuccia, Rino, Alfonso, Marisa, todos sus hijos— que aparecían y desaparecían entre la multitud, se llamaban sin cesar por miedo a perderse. Le indiqué el coche de lujo de Marcello Solara que, atronando, procuraba salir del embotellamiento de vehículos; a su lado iban mi hermana Elisa con el niño y en los asientos posteriores, las sombras pálidas de mi madre y mi padre. Grité nombres con la portezuela abierta, traté de animar a Lila a hacer lo mismo; pero ella no se movió. Entonces caí en la cuenta de que las personas —especialmente las que conocíamos bien— la asustaban aún más, sobre todo si estaban agitadas, si daban voces, si corrían. Me apretó la mano con fuerza y cerró los ojos cuando el coche de Marcello se subió a la acera dando bocinazos y se alejó veloz entre la gente que se había detenido a charlar. Exclamó «Virgen santa», expresión que jamás le había oído usar. Qué pasa, le pregunté. Gritó entre jadeos que el coche se había desbordado, y que también Marcello, al volante, se estaba desbordando, el objeto y la persona manaban de sí mismos mezclando metal líquido y carne.

Usó precisamente «desbordar». Fue en esa ocasión cuando recurrió por primera vez a ese verbo, se afanó por explicitar su sentido, quería que entendiera bien qué era el desbordamiento y cuánto la aterrorizaba. Me apretó la mano con más fuerza aún, gesticulando. Dijo que el contorno de los objetos y las personas eran delicados, que se rompían como el hilo del algodón. Murmuró que para ella siempre había sido así, un objeto se desbordaba y llovía sobre otro, en un disolverse de materias heterogéneas, un confundirse y mezclarse. Exclamó que siempre había tenido que luchar para convencerse de que la vida tenía bordes sólidos, porque desde niña sabía que no era así —de ninguna manera era así—, y por ello no conseguía fiarse de su resistencia a golpes y empujones. Al contrario de lo que había hecho hasta un momento antes, le dio por pronunciar frases excitadas en abundancia, a veces amasándolas con un léxico dialectal, a veces tomándolas de las mil lecturas hechas de jovencita. Murmuró que no debía distraerse nunca; si se distraía, las cosas verdaderas que la aterrorizaban con sus contorsiones violentas y dolorosas tomaban la delantera y se imponían a las falsas que, con su decoro físico y moral la calmaban, y ella se hundía en una realidad emborronada, gomosa, y ya no conseguía dotar a las sensaciones de contornos nítidos. Una emoción táctil se disolvía en una visual, una visual se disolvía en una olfativa, ah, qué es el mundo verdadero, Lenù, lo hemos visto ahora, nada nada nada de lo que pueda decirse definitivamente: es así. Por eso, si ella no estaba atenta, si no vigilaba los bordes, todo se escapaba en grumos sanguinolentos de menstruación, en pólipos sarcomatosos, en fragmentos de fibra amarillenta.

52

Habló largo y tendido. Fue la primera y la última vez que trató de explicarme el sentimiento del mundo en el que se movía. Hasta hoy, dijo —y aquí resumo en mis propias palabras de ahora—, creí que se trataba de feos momentos que llegaban y se iban, como una enfermedad del crecimiento. ¿Te acuerdas de cuando te conté que se había roto la olla de cobre? ¿Y del fin de año de 1958, cuando los Solara nos dispararon, te acuerdas? Los disparos fueron lo que menos miedo me dio. En cambio, me espantaba que los colores de los fuegos artificiales cortaran —el verde y el violeta sobre todo eran muy afilados—, que pudiesen descuartizarnos, que las estelas de los petardos se restregaran contra mi hermano Rino como limas, como escofinas, y le destrozaran la carne, y que consiguieran que de él saliera goteando otro hermano mío repulsivo al cual o volvía a meter enseguida dentro —dentro de su forma de siempre—, o se habría vuelto contra mí para hacerme daño. Durante toda mi vida, Lenù, no he hecho mas que contener momentos como esos. Me daba miedo Marcello y me protegía con Stefano. Me daba miedo Stefano y me protegía con Michele. Me daba miedo Michele y me protegía con Nino. Me daba miedo Nino y me protegía con Enzo. Pero qué significa proteger, solo es una palabra. Ahora debería hacerte una lista detallada de todas las defensas grandes y pequeñas que me he construido para ocultarme y no me han servido. ¿Te acuerdas el espanto que me producía el cielo nocturno en Ischia? Vosotros decíais que era hermoso, pero yo no podía con él. Notaba un sabor a huevo podrido con su yema amarillo verdosa encerrada en su clara y su cáscara, un huevo duro que se rompe. Tenía en la boca estrellas-huevo envenenadas, su luz era de una consistencia blanca, gomosa, se pegaban a los dientes junto con la negrura gelatinosa del cielo, las trituraba con asco, notaba un crujido de gránulos. ¿Me explico? ¿Me estoy explicando? Y, sin embargo, en Ischia estaba contenta, llena de amor. De nada servía, la cabeza siempre encuentra una rendija por donde espiar más allá —arriba, abajo, de lado—, donde está el espanto. En la fábrica de Bruno, por ejemplo, se me partían los huesos de los animales entre los dedos con solo rozarlos, y de ellos salía un tuétano rancio, sentía una repulsión tan grande que creí estar enferma. ¿Acaso estaba enferma, tenía realmente un soplo cardíaco? No. El único problema ha sido siempre la agitación de la cabeza. No puedo detenerla, siempre tengo que hacer, rehacer, cubrir, descubrir, reforzar, y luego, de repente, deshacer, romper. Fíjate en Alfonso, por ejemplo, me ha angustiado desde que era muchachito; yo sentía que el hilo de algodón que lo mantenía entero estaba a punto de romperse. ¿Y Michele? Michele se lo tenía muy creído, pero bastó con que encontrara la línea del contorno y tirara, ja, ja, ja, lo rompí, rompí su hilo de algodón y lo enredé con el de Alfonso, materia de varón con materia de varón, la tela que tejes de día se deshace de noche, la cabeza encuentra el modo. Sin embargo, de poco sirve, el terror permanece, se queda siempre en la rendija entre una cosa normal y la otra. Ahí se queda esperando, siempre lo he sospechado, y desde esta noche lo sé con certeza: no hay nada que aguante, Lenù, también aquí en mi barriga parece que la criatura va a durar, pero no. ¿Te acuerdas de cuando me casé con Stefano y quería rehacer el barrio partiendo de cero, solo con cosas bonitas, y lo feo de antes debía desaparecer? ¿Cuánto duró? Los buenos sentimientos son frágiles, conmigo el amor no resiste. No resiste el amor por un hombre, ni siquiera resiste el amor por los hijos, no tarda en agujerearse. Miras por el agujero y ves la nebulosa de las buenas intenciones que se confunde con las malas. Gennaro hace que me sienta culpable, este trasto que llevo aquí dentro es una responsabilidad que me corta, me araña. Querer bien va de la mano del querer mal, y yo no consigo, no consigo concentrarme alrededor de ninguna buena voluntad. La maestra Oliviero tenía razón, soy mala. Ni siquiera sé mantener viva la amistad. Tú eres amable, Lenù, has tenido mucha paciencia conmigo. Pero esta noche lo he comprendido de un modo definitivo: siempre hay un solvente que actuando despacio, con un calor dulce, lo deshace todo, incluso cuando no hay terremoto. Por eso, por favor, si te ofendo, si te digo cosas feas, tú tápate los oídos, no quiero hacerlo y pese a todo lo hago. Por favor, por favor, ahora no me dejes, que, si no, me vengo abajo.

53

Sí, sí, de acuerdo —dije a menudo—, pero ahora descansa. La estreché contra mí, al final se durmió. Me quedé despierta, mirándola, como me había pedido aquella vez. De vez en cuando notaba pequeños temblores, en el interior de los coches alguien gritaba de miedo. Ahora la avenida estaba vacía. La criatura se me movía en el vientre como un chapoteo, le toqué la barriga a Lila, la suya también se movía. Todo se movía: el mar de fuego bajo la corteza terrestre, y los hornos de las estrellas y los planetas, y los universos, y la luz dentro de las tinieblas, y el silencio en el hielo. Pero incluso ahora, al reflexionar animada por las palabras trastornadas de Lila, sentía que el espanto no conseguía arraigar en mí; y hasta la lava, toda la materia fundida que imaginaba en su ígneo fluir dentro del globo terrestre, el miedo que me inspiraba, se acomodaban en mi mente en frases ordenadas, en imágenes armónicas, se convertían en un empedrado de adoquines negros como las calles de Nápoles, un empedrado del que yo era siempre y en cualquier circunstancia el centro. En fin, me daba importancia, sabía dármela a pesar de lo que pasara. Todo aquello que me afectaba —los estudios, los libros, Franco, Pietro, las niñas, Nino, el terremoto— pasaría y yo —cualquiera de los yoes entre los que había acumulado—, yo me mantendría firme, era la punta del compás que permanece fija mientras la mina da vueltas alrededor trazando círculos. En cambio, Lila —ahora me resultaba claro, y eso me ensoberbeció, me calmó, me enterneció— luchaba por sentirse estable. No lo conseguía, no creía en ello. Por más que siempre nos hubiese dominado a todos y a todos hubiese impuesto e impusiera una forma de ser, bajo pena de sufrir su resentimiento y su furia, ella se veía a sí misma como una colada y, en resumidas cuentas, todos sus esfuerzos iban dirigidos únicamente a contenerse. Cuando, a pesar de su ingeniería preventiva sobre las personas y los objetos prevalecía la colada, Lila perdía a Lila, el caos parecía la única verdad, y ella —tan activa, tan valiente— se anulaba llena de pavor, se convertía en nada.

54

El barrio se vació, la avenida quedó en calma, empezó a helar. En los edificios, transformados en piedras sombrías, no había una sola bombilla encendida, un solo resplandor coloreado de los televisores. Yo también me quedé dormida. Luego me desperté sobresaltada, aún estaba oscuro. Lila se había ido del coche, la portezuela de su lado estaba entornada. Abrí la mía, busqué a mi alrededor. En todos los coches aparcados había gente, unos tosían, otros se quejaban en sueños. Lila no estaba, me inquieté, fui hacia el túnel. La encontré cerca del surtidor de gasolina de Carmen. Se movía entre fragmentos de cornisas y demás escombros, miraba hacia arriba, hacia las ventanas de su casa. Al verme se sintió avergonzada. No me sentía bien, dijo, perdona, te llené la cabeza de cháchara, menos mal que estábamos juntas. Esbozó una sonrisa de incomodidad, dijo una de las tantas frases casi incomprensibles de aquella noche —«menos mal» es una nube de perfume que sale cuando aprietas el pulverizador—, se estremeció. Seguía sin estar bien, la convencí para que regresara al coche. Al cabo de unos minutos volvió a quedarse dormida.

En cuanto amaneció, la desperté. Estaba tranquila, quería justificarse. Para restarle importancia, murmuró: ya sabes que soy así, de vez en cuando me agarra algo aquí, en el pecho. Dije: no es nada, hay épocas de cansancio, te ocupas de demasiadas cosas, en cualquier caso, ha sido terrible para todos, no se terminaba nunca. Negó con la cabeza: ya sé yo cómo estoy hecha.

Nos organizamos, buscamos la manera de entrar en su casa. Hicimos muchas llamadas telefónicas pero o no conseguíamos línea o el teléfono sonaba inútilmente. No contestaban los padres de Lila, no contestaban los parientes de Avellino que hubieran podido darnos noticias de Enzo y Gennaro, no contestaba nadie en el número de Nino, no contestaban sus amigos. Conseguí localizar a Pietro, acababa de enterarse del terremoto. Le dije que se quedara a las niñas unos días, el tiempo necesario para asegurarme de que ya no había peligro. Sin embargo, con el paso de las horas la dimensión del desastre fue en aumento. No nos habíamos asustado por poca cosa. Lila murmuró como para justificarse: has visto, la tierra estuvo a punto de partirse en dos.

Estábamos aturdidas por las emociones y el cansancio, pero igualmente vagamos a pie por el barrio y por una ciudad luctuosa, a ratos muda, a ratos recorrida por el estridente sonido de las sirenas. Hablamos mucho para calmar nuestras angustias: dónde estaba Nino, dónde estaba Enzo, dónde estaba Gennaro, cómo se encontraba mi madre, adónde la había llevado Marcello Solara, dónde estaban los padres de Lila. Noté que ella tenía necesidad de regresar a los instantes del terremoto no tanto para contar su efecto traumático, sino para sentirlos como un corazón nuevo en torno al cual reorganizar la sensibilidad. La animaba cada vez que lo hacía y tuve la impresión de que cuanto más recuperaba ella el control de sí misma, más evidentes se hacían la destrucción y la muerte de pueblos enteros del sur. No tardó en ponerse a hablar del terror sin avergonzarse y me tranquilicé. Pero algo indefinible quedó atrapado en ella: el paso más cauto, un velo de aprensión en la voz. El recuerdo del terremoto duraba, Nápoles lo retenía. El calor era lo único que se estaba yendo, como un respiro neblinoso que se desprendía del cuerpo de la ciudad y de su vida lenta y ronca.

Llegamos a la casa de Nino y Eleonora. Aporreé la puerta, llamé, nadie contestó. Lila me miraba a cien metros de distancia, la barriga tensa, puntiaguda, con cara enfurruñada. Hablé con un hombre que salía por el portón con dos maletas, dijo que en el edificio no quedaba nadie. Esperé un rato más, no me decidía a marcharme. Espié la silueta diminuta de Lila. Recordé lo que me había dicho y sugerido poco antes del terremoto, tuve la impresión de que la asediara una legión de demonios. Usaba a Enzo, usaba a Pasquale, usaba a Antonio. Moldeaba de nuevo a Alfonso. Doblegaba a Michele Solara arrastrándolo al amor loco por ella, por él. Y Michele se retorcía para soltarse, despedía a Alfonso, cerraba la tienda de la piazza dei Martiri, pero era inútil. Lila lo humillaba, seguía humillándolo, avasallándolo. A saber cuántas cosas sabía ya de los chanchullos de los dos hermanos. Había metido las narices en sus negocios cuando reunía datos para el ordenador; incluso estaba al corriente del dinero de la droga. Por eso Marcello la odiaba, por eso la odiaba mi hermana Elisa. Lila lo sabía todo. Lo sabía todo por puro y simple miedo a todas las cosas vivas o muertas. Quién sabe cuántas malas acciones de Nino conocía. Parecía decirme de lejos: déjalo estar, tú y yo sabemos que se ha ido con la familia a un lugar seguro y que tú se la traes floja.

55

Aquello resultó sustancialmente cierto. Enzo y Gennaro regresaron al barrio a última hora de la tarde, desfigurados, con aspecto de veteranos de una guerra atroz y con una única preocupación: cómo estaba Lila. En cambio, Nino reapareció varios días después, como si llegara de disfrutar unas vacaciones. Era tal la confusión, me dijo, que cogí a mis hijos y salí corriendo.

Sus hijos. Qué padre tan responsable. ¿Y el que yo llevaba en el vientre?

Con su habitual tono desenvuelto, contó que se había refugiado en Minturno con los niños, Eleonora y sus suegros, en un chalet de la familia. Me puse de mal humor. Lo mantuve a distancia durante unos días, me negué a verlo, me preocupé por mis padres. Cuando Marcello regresó solo al barrio, me enteré por él de que los había llevado a un sitio seguro, con Elisa y Silvio, a una propiedad que tenía en Gaeta. Otro salvador de su familia.

Entretanto volví sola a la casa de la via Tasso. Ahora hacía muchísimo frío, el apartamento estaba helado. Una a una revisé las paredes, no me pareció ver grietas. Pero por la noche tenía miedo de dormirme, temía que hubiera réplicas del terremoto y me alegré de que Pietro y Doriana hubiesen aceptado quedarse un tiempo más con las niñas.

Llegó la Navidad, no lo soporté y me reconcilié con Nino. Fui a Florencia a recoger a Dede y Elsa. La vida continuaba, pero como una convalecencia cuyo final no vislumbraba. Ahora, cada vez que veía a Lila notaba en ella un humor vacilante, sobre todo cuando adoptaba un tono agresivo. Me miraba como diciendo: tú sabes qué hay debajo de cada una de mis palabras.

¿De veras lo sabía? Cruzaba calles valladas o pasaba al lado de miles de edificios inhabitables, apuntalados con gruesos postes. Con frecuencia acababa atrapada entre las ruinas de la ineficiencia más infame y cómplice. Y pensaba en Lila, en cómo se había puesto de inmediato a trabajar, manipular, disuadir, ridiculizar, agredir. Me volvía a la cabeza el terror que en unos segundos la había aniquilado, veía el rastro de ese terror en su gesto ahora mecánico de colocar las manos con los dedos abiertos alrededor de la barriga. Y me preguntaba con aprensión: ¿quién es ahora, en qué puede convertirse, qué reacciones puede llegar a tener? Para confirmar que el mal momento había pasado le dije una vez:

—El mundo ha vuelto a su sitio.

—¿A qué sitio? —contestó ella con sorna.

56

En el último mes de embarazo todo se hizo muy fatigoso. Nino se prodigaba poco, tenía que trabajar, y eso me exasperaba. Las raras veces en que aparecía me mostraba hosca con él, pensaba: estoy horrible, ya no me desea. Y era cierto, yo misma no lograba mirarme al espejo sin sentir fastidio. Tenía las mejillas hinchadas y la nariz enorme. Los pechos, la barriga parecían haber devorado el resto de mi cuerpo, me veía sin cuello, con piernas cortas y tobillos gruesos. Me había vuelto como mi madre, pero no la de ahora, que era una viejecita delgada, aterrorizada; me parecía más bien a la figura resentida que siempre había temido y que ahora solo existía en mi memoria.

Esa madre persecutoria se desató. Comenzó a actuar a través de mí desahogándose por las fatigas, las angustias, la pena que me estaba causando la madre moribunda con sus fragilidades, con la mirada de quien está a punto de ahogarse. Me volví intratable, el menor contratiempo se convertía para mí en una conjura, con frecuencia terminaba dando gritos. En los momentos de mayor insatisfacción, tenía la impresión de que las ruinas de Nápoles se habían instalado también en mi cuerpo, que estaba perdiendo la capacidad de ser simpática y cautivadora. Me llamaba Pietro para hablar con las niñas y me mostraba arisca. Me telefoneaban de la editorial o de algún periódico y protestaba, decía: estoy en el noveno mes, me falta el aire, dejadme en paz.

Empeoré también con mis hijas. No tanto con Dede, a cuya mezcla de inteligencia, afecto y acuciante lógica estaba acostumbrada, puesto que se parecía al padre. Fue Elsa quien empezó a ponerme de los nervios porque, con sus modales de dócil muñequita, se estaba convirtiendo en un ser de rasgos desenfocados, de la que la maestra no hacía más que quejarse, definiéndola como astuta y violenta; mientras yo misma, en casa o en la calle, la reprendía sin parar por cómo buscaba camorra, se apropiaba de las cosas ajenas, y cuando tenía que devolverlas, las rompía. Vaya trío de mujeres, me decía, no me extraña que Nino huya de nosotras, que prefiera a Eleonora, Albertino y Lidia. Cuando por las noches no lograba dormir por cómo se agitaba la criatura en mi vientre, como si estuviera hecha de burbujas de aire en movimiento, esperaba que contra todo pronóstico ese nuevo hijo fuera varón, que se le pareciera, que le gustara, que lo amara más que a sus otros hijos.

Pese a mis esfuerzos por regresar a la imagen que más me gustaba de mí misma —siempre había querido ser una persona equilibrada que encauzaba con sabiduría los sentimientos mezquinos e incluso violentos—, en los últimos días del embarazo no conseguía estabilizarme. Le echaba la culpa al terremoto que, en un primer momento, parecía no haberme turbado demasiado pero que quizá me había llegado a lo más hondo, hasta instalárseme en la barriga. Si cruzaba en coche el túnel de Capodimonte me entraba el pánico, temía que un nuevo temblor lo derrumbara. Si pasaba por el viaducto del corso Malta, que ya vibraba lo suyo, aceleraba para huir del temblor que, de un momento a otro, podía partirlo. En aquella época dejé incluso de luchar contra las hormigas, que con frecuencia y mucho gusto aparecían en el cuarto de baño de casa; prefería dejar que vivieran y observarlas de vez en cuando; Alfonso sostenía que presentían con antelación la catástrofe.

Las secuelas del terremoto no fueron lo único que me alteraron, también contribuyeron las medias palabras imaginativas de Lila. Ahora, cuando iba por la calle, miraba si había jeringas como las que había notado distraídamente en mis tiempos en Milán. Y si llegaba a descubrirlas en los jardincillos del barrio, una neblina pendenciera se alzaba a mi alrededor, quería ir y emprenderla a golpes con Marcello y con mis hermanos, aunque no tuviera claro qué argumentos habría utilizado. Y así acabé diciendo y haciendo cosas odiosas. A mi madre, que me acosaba con preguntas para saber si ya había hablado con Lila de Peppe y Gianni, un día le contesté de malas maneras: ma, Lina no puede darles trabajo, ya tiene a su hermano que se droga, además está preocupada por Gennaro, no la carguéis con todos los problemas que no sabéis resolver solos. Me miró estupefacta, ella jamás había mencionado la droga, yo había dicho una palabra que no debía pronunciarse. Pero si en otra época se hubiese puesto a chillar en defensa de mis hermanos y como protesta por mi insensibilidad, ahora se encerró en un rincón oscuro de la cocina y no abrió más la boca, hasta el punto de que fui yo quien murmuró arrepentida: no te preocupes, anda, ya encontraremos una solución.

¿Qué solución? Compliqué aún más las cosas. Localicé a Peppe en los jardincillos —a saber dónde andaba Gianni— y le solté una parrafada sobre lo feo que estaba sacar partido de los vicios ajenos. Le dije: búscate otro trabajo, el que sea, pero no este, será tu ruina y matarás a disgustos a nuestra madre. Él me escuchó con los ojos gachos, cohibido, limpiándose todo el rato las uñas de la mano derecha con la uña del pulgar de la izquierda. Era tres años menor que yo y se sentía como el hermano pequeño frente a la hermana mayor, una persona importante. Pero, al final, eso no le impidió decirme con una risa socarrona: sin mi dinero mamá ya estaría muerta. Se marchó saludándome desganado con la mano.

Esa respuesta me puso aún más nerviosa. Dejé pasar un día o dos y me presenté en casa de Elisa esperando encontrar también a Marcello. Hacía muchísimo frío, las calles del barrio nuevo estaban dañadas y sucias, tanto como las del barrio viejo. Marcello no estaba, la casa era un puro desorden, me irritó el desaliño de mi hermana: no se había aseado ni vestido, solo se ocupaba del niño. Le dije casi a gritos: dile a tu marido —y enfaticé la palabra «marido» aunque no estuvieran casados— que está arruinando a nuestros hermanos; si quiere vender droga, que lo haga él personalmente. Me expresé tal cual, en italiano; ella palideció, dijo: Lenù, sal ahora mismo de mi casa, ¿con quién te crees que estás hablando, con los señores que conoces tú? Fuera de aquí, eres una presuntuosa, siempre lo has sido. En cuanto traté de responder, chilló: nunca más vuelvas a venir aquí a hacerte la profesora con mi Marcello, que es una buena persona, a él se lo debemos todo; si quiero te compro a ti, a la puta de Lina y a todos esos cabrones que tanto aprecias.

57

Me metí cada vez más en el barrio que Lila me había hecho entrever y me di cuenta tarde de que iba removiendo asuntos difíciles de arreglar, violando, entre otras, una norma que me había impuesto al regresar a Nápoles: no dejarme engullir por el lugar donde había nacido. Una tarde en que había dejado a las niñas con Mirella, pasé primero a ver a mi madre, y después, no sé si para calmar o para desahogar la agitación que llevaba dentro, fui a la oficina de Lila. Me abrió Ada, alegre. Lila estaba encerrada en su cuarto, discutía en voz alta con un cliente, Enzo había ido a no sé qué empresa con Rino, y ella se sintió en la obligación de hacerme compañía. Me entretuvo hablándome de Maria, su hija, de lo grande que estaba, de lo bien que le iba en la escuela. Después sonó el teléfono, corrió a atender, y llamó a Alfonso: Lenuccia está aquí, ven. Con cierta incomodidad mi ex compañero del colegio, más femenino que nunca en los gestos, el peinado, los colores de la ropa, me hizo pasar a una salita desnuda. Fue una sorpresa encontrarme allí a Michele Solara.

Llevaba mucho tiempo sin verlo, los tres nos sentimos incómodos. Michele me pareció muy cambiado. Había echado canas y la cara parecía marcada, aunque el cuerpo seguía siendo joven y atlético. Pero sobre todo se mostró —algo por completo anómalo— incómodo en mi presencia y muy alejado de su conducta habitual. En primer lugar, cuando entré se levantó. Además, fue cortés pero habló muy poco, se le había eclipsado la locuacidad burlona que lo caracterizaba hasta entonces. Miraba con frecuencia a Alfonso en busca de ayuda, si bien desviando enseguida la mirada, como si el mero hecho de mirarlo resultara comprometedor. Alfonso no se sentía menos incómodo. Se atusaba continuamente el hermoso pelo largo, chasqueaba los labios en busca de algo que decir, y la conversación no tardó en languidecer. Los instantes me parecieron frágiles. Me puse nerviosa, pero no sabía por qué. Tal vez me molestaba que se ocultasen, de mí, además, como si yo fuera incapaz de entender, de mí, que había frecuentado y frecuentaba ambientes mucho más evolucionados que aquel cuarto de barrio, que había escrito un libro sobre la fragilidad de las identidades sexuales, alabado incluso en el extranjero. Noté en la punta de la lengua las ganas de exclamar: si no he entendido mal, sois amantes; no lo hice solo por miedo a haber malinterpretado las alusiones de Lila. Lo cierto era que no soporté el silencio y hablé mucho apuntando en esa dirección.

—Me ha dicho Gigliola que os habéis separado —le comenté a Michele.

—Sí.

—Yo también me he separado.

—Lo sé, y también sé con quién te has juntado.

—Nino nunca te gustó.

—No. Pero la gente debe hacer lo que le apetece, si no, enferma.

—¿Sigues viviendo en Posillipo?

Alfonso se entrometió, entusiasmado.

—Sí, y hay una vista preciosa.

Michele lo miró, molesto.

—Allí estoy a gusto.

—Solo nunca se está bien —repliqué.

—Mejor solo que mal acompañado —contestó él.

Alfonso debió de percibir que yo buscaba la ocasión de decirle a Michele algo desagradable y trató de concentrar mi atención en sí mismo.

—¡Yo también estoy a punto de separarme de Marisa! —exclamó.

Y pasó a contar con pelos y señales ciertas peleas con su mujer por cuestiones de dinero. En ningún momento habló de amor, de sexo, ni siquiera de las traiciones de ella. Siguió un rato insistiendo en el dinero, habló confusamente de Stefano y solo aludió al hecho de que Marisa había desbancado a Ada («las mujeres le quitan el marido a otras mujeres sin el menor escrúpulo, te diría más, con gran satisfacción»). Por su forma de hablar, era como si su mujer fuera una mera conocida de cuyas vicisitudes se podía hablar con ironía. Imagínate qué baile —dijo riendo—, Ada le quitó Stefano a Lila y ahora Marisa se lo está quitando a Ada, ja, ja, ja.

Me quedé escuchando, y poco a poco redescubrí —como si lo sacara de un pozo profundo— la antigua proximidad solidaria de los tiempos en que nos sentábamos en el mismo pupitre. Solo entonces comprendí que pese a que nunca había sido consciente de su diversidad, me había encariñado con él justamente porque no era como los demás varones, justamente por aquel extrañamiento anómalo de las conductas viriles del barrio. Y ahora, mientras hablaba, descubrí que aquel vínculo aún duraba. Michele, en cambio, me exasperó cada vez más también en esa ocasión. Soltó alguna vulgaridad sobre Marisa, se impacientó por el cotorreo de Alfonso, en un momento dado lo interrumpió casi con rabia en medio de una frase (¿me dejas decirle dos palabras a Lenuccia?) y me preguntó por mi madre, pues sabía que estaba enferma. Alfonso se calló enseguida, sonrojándose; yo hablé de mi madre y a propósito del tema destaqué su gran preocupación por mis hermanos.

—No le gusta que Peppe y Gianni trabajen para tu hermano —dije.

—¿Qué no le gusta de Marcello?

—No lo sé, dímelo tú. Me he enterado de que ya no os lleváis bien.

Él me miró casi avergonzado.

—Pues te has enterado mal. De todos modos, si a tu madre no le gusta el dinero de Marcello, puede mandarlos a trabajar bajo el mando de otro.

Estuve a punto de echarle en cara ese «bajo el mando»; mis hermanos bajo el mando de Marcello, bajo su mando, bajo el mando de otros; mis hermanos, a los que no había ayudado a estudiar y ahora, por mi culpa, estaban bajo el mando de otros. ¿Bajo el mando? Ningún ser humano debía estar bajo el mando de nadie, mucho menos de los Solara. Me sentí aún más insatisfecha y con ganas de bronca. Pero se asomó Lila.

—Vaya, cuánta gente —dijo y se dirigió a Michele—: ¿Tienes que hablar conmigo?

—Sí.

—¿Es algo largo?

—Sí.

—Entonces primero hablo con Lenuccia.

Él asintió con timidez. Me levanté y le dije a Michele, pero tocándole el brazo a Alfonso como para empujarlo hacia él:

—Invitadme un día de estos a Posillipo, siempre estoy sola. En todo caso, cocino yo.

Michele abrió la boca de par en par, aunque no emitió sonido alguno; Alfonso intervino, inquieto:

—No hace falta, yo cocino bien. Si Michele nos invita, me ocupo de todo.

Lila me sacó de ahí.

Se entretuvo conmigo en su cuarto durante un buen rato, hablamos de todo un poco. Ella también estaba a punto de salir de cuentas, pero parecía que el embarazo ya no le pesara. Me dijo divertida, apoyando debajo de la barriga la mano ahuecada: por fin me he acostumbrado, me siento bien, casi casi que me quedo con el niño dentro para siempre. Con una vanidad que rara vez había mostrado, se puso de perfil para que la admirara. Era alta, su figura delgada tenía bonitas curvas: la de los pechos pequeños, la de la barriga, la de la espalda y los tobillos. A Enzo, comentó riendo con una pizca de vulgaridad, así preñada le gusto todavía más, qué aburrimiento los calendarios. Pensé: el terremoto le pareció tan terrible que ahora para ella cada instante es una incógnita y querría que todo se detuviera, incluido el embarazo. De vez en cuando yo echaba un vistazo al reloj, pero a ella no le preocupaba que Michele estuviera esperando; al contrario, parecía que perdía el tiempo conmigo adrede.

—No ha venido por trabajo —dijo cuando le recordé que él esperaba—, disimula, busca excusas.

—¿Excusas para qué?

—Excusas. Tú mantente al margen: o te ocupas de tus cosas y punto, o son temas que debes tomarte en serio. Incluso lo de la cena en Posillipo, hubiera sido mejor que no se lo dijeras.

Me avergoncé. Murmuré que pasaba por una época de continuas tensiones, le hablé de mi discusión con Elisa y Peppe, le dije que tenía la intención de enfrentarme a Marcello. Negó con la cabeza, insistió.

—Esos tampoco son asuntos en los que puedas meter baza y luego irte a la via Tasso.

—No quiero que mi madre cierre los ojos con la preocupación por sus hijos.

—Tranquilízala.

—¿Cómo?

Sonrió.

—Con mentiras. Las mentiras son el mejor tranquilizante.

58

En aquellos días de malhumor ni siquiera era capaz de mentir con buena intención. Solo porque Elisa fue a contarle a nuestra madre que yo la había ofendido y que no quería saber nada más de mí; solo porque Peppe y Gianni le gritaron que nunca más se atreviera a enviarme a verlos con discursos de policía, al final me decidí a contarle una mentira. Le dije que había hablado con Lila, y que Lila había prometido ocuparse de Peppe y Gianni. Pero ella percibió que no estaba muy convencida y me dijo amenazante: pues qué bien, anda, anda, vete a casa que tienes a las niñas. Me enfadé conmigo misma; en los días siguientes la vi aún más inquieta, rezongaba que quería morirse pronto. Pero en una ocasión en que la arrastré al hospital se mostró más confiada.

—Me ha telefoneado —dijo con su voz ronca y apenada.

—¿Quién?

—Lina.

Me quedé boquiabierta por la sorpresa.

—¿Qué te ha dicho?

—Que me puedo quedar tranquila, que ella se ocupa de Peppe y Gianni.

—¿En qué sentido?

—No lo sé, pero si me lo ha prometido es porque alguna solución encontrará.

—Eso seguro.

—De ella me fío, sabe cómo actuar.

—Sí.

—¿Has visto qué guapa está?

—Sí.

—Me ha dicho que si es niña la llamará Nunzia, como su madre.

—Tendrá un varón.

—Pero si es niña la llama Nunzia —repitió, y mientras hablaba no se fijaba en mí sino en las caras dolientes en la sala de espera.

—Seguramente tendré una niña —dije—, basta con ver la barriga que tengo.

—¿Y entonces?

—Entonces le pondré tu nombre, no te preocupes —me obligué a prometerle.

—El hijo de Sarratore querrá llamarla como su madre —refunfuñó.

59

Negué que Nino tuviera voz y voto en el asunto, pues en aquella época la sola mención de su nombre me irritaba. Había desaparecido, siempre estaba ocupado. Pero justo el día en que le hice a mi madre esa promesa, por la noche, mientras cenaba con las niñas, se presentó por sorpresa. Se mostró alegre, fingió no notar que estaba amargada. Cenó con nosotras entre bromas y cuentos; él mismo se encargó de acostar a Dede y a Elsa, y esperó a que se durmieran. Su superficialidad desenvuelta me puso todavía de peor humor. Ahora había hecho una escapada, después desaparecería de nuevo, a saber por cuánto tiempo. ¿Qué temía, que me dieran las contracciones mientras estaba en casa, mientras dormía conmigo? ¿Verse en la necesidad de acompañarme a la clínica y decirle a Eleonora: tengo que quedarme con Elena porque está a punto de traer al mundo a mi hijo?

Las niñas se durmieron, regresó a la sala. Me hizo muchas carantoñas, se arrodilló frente a mí, me besó la barriga. En un destello me acordé de Mirko: qué edad tendría ahora, quizá unos doce años.

—¿Qué sabes de tu hijo? —le pregunté sin rodeos.

No entendió, por supuesto, pensó que le hablaba de la criatura que llevaba en mi seno, y sonrió desorientado. Entonces se lo aclaré, faltando con placer a la promesa que tiempo atrás me había hecho a mí misma:

—Me refiero a Mirko, el hijo de Silvia. Lo vi, es idéntico a ti. ¿Y tú qué? ¿Lo has reconocido? ¿Alguna vez te has ocupado de él?

Se ensombreció, se puso de pie.

—A veces no sé qué hacer contigo —murmuró.

—¿Hacer qué? Explícate.

—Eres una mujer inteligente, pero de vez en cuando te conviertes en otra persona.

—¿En otra cómo? ¿Irrazonable? ¿Estúpida?

Soltó una risita e hizo un gesto como para ahuyentar un insecto molesto.

—Le haces demasiado caso a Lina.

—¿Qué tiene que ver Lina?

—Te mete cosas en la cabeza, te estropea los sentimientos, todo.

Aquellas palabras me hicieron perder definitivamente la calma.

—Esta noche quiero dormir sola —le dije.

No opuso resistencia. Con el aire de quien se somete a una injusticia grave por vivir tranquilo, cerró la puerta despacio a su espalda.

Dos horas más tarde, mientras daba vueltas por la casa sin ganas de dormir, noté pequeñas contracciones, sentí como si tuviera dolores menstruales. Telefoneé a Pietro, sabía que todavía se pasaba las noches estudiando. Le dije: estoy a punto de parir, mañana ven a recoger a Dede y a Elsa. No me dio tiempo a colgar cuando noté que un líquido caliente me bajaba por las piernas. Cogí un bolso que tenía preparado desde hacía tiempo con lo esencial, después pulsé el timbre de los vecinos sin soltarlo hasta que me abrieron. Con Antonella ya tenía un acuerdo general y aunque ella estaba medio dormida no se sorprendió.

—Ha llegado el momento —dije—, le dejo a mis hijas.

De golpe se me pasaron la rabia y todas las ansiedades.

60

Era el 22 de enero de 1981, el día de mi tercer parto. De las dos primeras experiencias no guardaba un recuerdo especialmente doloroso, pero sin lugar a dudas aquella fue la menos dura, hasta tal punto de que la consideré una feliz liberación. La ginecóloga me elogió por mi autocontrol, estaba contenta de que no le hubiese dado problemas. Ojalá todas fuesen como tú, me dijo, estás hecha expresamente para traer hijos al mundo. Me susurró al oído: Nino está esperando fuera, le he avisado yo.

La noticia me complació, pero lo que me alegró todavía más fue descubrirme de golpe sin rencores. Al parir, también eché fuera la aspereza del último mes y me alegré, me sentí otra vez capaz de una bondad minimizante. Recibí con ternura a la recién llegada, una niña de tres kilos doscientos gramos, morada, calva. Cuando le permití entrar en la habitación después de arreglarme un poco para ocultar las señales del esfuerzo, le dije a Nino: ahora somos cuatro mujeres; si me dejas, lo entenderé. No mencioné en ningún momento la pelea que habíamos tenido. Él me abrazó, me besó, juró que no podía estar sin mí. Me regaló un collarcito de oro con un colgante. Lo encontré hermoso.

En cuanto me sentí mejor, telefoneé a mi vecina. Supe que Pietro, diligente como de costumbre, había llegado. Hablé con él, quería ir a la clínica con las niñas. Le pedí que me las pasara; las noté distraídas por el gusto de estar con su padre, porque las dos contestaron con monosílabos. Le dije a mi ex marido que prefería que se las llevase unos días a Florencia. Él se mostró muy afectuoso, hubiera querido agradecerle su preocupación, decirle que lo quería. Pero notaba la mirada indagatoria de Nino y renuncié a hacerlo.

Poco después telefoneé a mis padres. Mi padre se quedó frío, quizá por timidez, quizá porque mi vida le parecía un desastre, quizá porque compartía con mis hermanos la hostilidad por mi reciente tendencia a meterme en sus cosas cuando yo nunca les había permitido que se metieran en las mías. Mi madre dijo que quería ver a la niña enseguida y me costó tranquilizarla. Después marqué el número de Lila, que comentó divertida: a ti siempre te va todo como la seda, a mí todavía no se me mueve nada. Tal vez porque estaba agobiada con el trabajo fue expeditiva, no mencionó siquiera una visita a la clínica. Todo dentro de la normalidad, pensé de buen humor, y me dormí.

Al despertar di por supuesto que Nino habría desaparecido, pero no, seguía allí. Habló mucho rato con su amiga, la ginecóloga, se informó sobre los trámites para reconocer la paternidad, no mostró preocupación alguna por las posibles reacciones de Eleonora. Cuando le dije que quería ponerle a la niña el nombre de mi madre, se puso muy contento. Y en cuanto me recuperé, nos presentamos ante un empleado del ayuntamiento para ratificar que la criatura salida de mi barriga se llamaba Immacolata Sarratore.

En esa ocasión Nino tampoco se mostró incómodo. Fui yo quien se confundió; acabé diciendo que estaba casada con Giovanni Sarratore, me corregí, murmuré «separada» de Pietro Airota, acumulé desordenadamente nombres, apellidos, datos inexactos. Pero en ese momento me pareció bonito y volví a creer que para poner orden en mi vida privada bastaba con tener un poco de paciencia.

En esos primeros días, Nino desatendió sus mil compromisos y me demostró de todas las formas posibles cuánto me tenía en cuenta. Solo se mostró contrariado al enterarse de que yo no quería bautizar a la niña.

—Hay que bautizar a los niños —dijo.

—¿Albertino y Lidia están bautizados?

—Claro.

Y así fue como me enteré de que, pese al anticlericalismo del que a menudo hacía gala, el bautismo le parecía necesario. Hubo momentos de apuro. Desde que cursamos el preuniversitario, yo siempre había creído que Nino no era creyente; y él, por su parte, me dijo que precisamente a causa de la polémica con mi profesor de religión del bachillerato superior se había convencido de que yo lo era.

—De todos modos —dijo, perplejo—, creyente o no, a los niños hay que bautizarlos.

—¿Qué razonamiento es ese?

—No es un razonamiento, es un sentimiento.

Adopté un tono jocoso.

—Permítame que sea coherente —dije—, no bauticé a Dede ni a Elsa, tampoco voy a bautizar a Immacolata. Ya decidirán ellas cuando sean mayores.

Lo pensó un momento y se echó a reír.

—¡Está bien, qué más da! Era por hacer una fiesta.

—Hagámosla igualmente.

Le prometí que organizaría algo para todos sus amigos. En aquellas primeras horas de vida de nuestra hija observé todos sus gestos, sus muecas de contrariedad y las de consenso. Me sentí contenta y desorientada a la vez. ¿Era él? ¿Era el hombre que siempre había amado, o un desconocido al que estaba obligando a asumir una fisonomía clara y definitiva?

61

Por la clínica no apareció ninguno de mis parientes, ninguno de los amigos del barrio. A lo mejor —pensé una vez en casa— debo dar una pequeña fiesta para ellos. Había mantenido mis orígenes tan separados de mí que, pese a pasar bastante tiempo en el barrio, nunca había invitado al apartamento de la via Tasso a una sola persona que tuviera que ver con mi infancia y mi adolescencia. Lo lamenté, sentí esa separación neta como un residuo de épocas más frágiles de mi vida, casi un signo de inmadurez. Ese pensamiento seguía rondándome por la cabeza cuando sonó el teléfono. Era Lila.

—Estamos a punto de llegar.

—¿Quiénes?

—Tu madre y yo.

Era una tarde gélida, la cima del Vesubio tenía una capa de nieve, aquella visita me pareció inoportuna.

—¿Con este frío? Le hará mal salir.

—Se lo he dicho, pero no hace caso.

—Dentro de unos días daré una fiesta, os invitaré a todos, dile que entonces verá a la niña.

—Díselo tú.

Renuncié a discutir, pero se me pasaron las ganas de festejos, sentí aquella visita como una irrupción. Había regresado a casa hacía poco. Entre dar de mamar a la niña, bañarla y algún punto de sutura que me molestaba, me sentía cansada. Y, sobre todo, Nino estaba en casa. No quería que mi madre se llevara un disgusto, y me incomodaba que él y Lila se vieran en un momento en que yo aún no estaba en buena forma. Traté de quitarme a Nino de encima, pero él no se dio por aludido, es más, se alegró de la visita de mi madre y se quedó.

Corrí al cuarto de baño a arreglarme un poco. Cuando llamaron, me apresuré a abrir. No veía a mi madre desde hacía unos diez días. Me pareció muy violento el contraste entre Lila, todavía cargada con dos vidas, hermosa y enérgica, y ella agarrada a su brazo como a un salvavidas durante una marejada, más encogida que nunca, hasta el extremo de sus fuerzas, a punto de hundirse. Hice que se apoyara en mí, la llevé hasta un sillón y la senté delante del ventanal. Susurró: qué bonito es el golfo. Y clavó la vista más allá del balcón, quizá para no mirar a Nino. Pero él se acercó a ella, y con su estilo seductor empezó a describirle los perfiles brumosos entre mar y cielo: eso de ahí es Ischia, allá está Capri, venga, desde aquí se ve mejor, apóyese en mí. No se dirigió a Lila en ningún momento, ni siquiera la saludó. Fui yo quien se ocupó de ella.

—Te has recuperado rápido —dijo.

—Estoy un poco cansada, por lo demás me siento bien.

—Insistes en vivir aquí arriba, es complicado llegar.

—Pero es bonito.

—Ya.

—Ven, vamos a buscar a la niña.

La acompañé a la habitación de Immacolata.

—Vuelves a tener tu cara —me alabó—, qué bonito pelo. ¿Y ese collar?

—Me lo ha regalado Nino.

Levanté a la niña de la cuna. Lila la olió, hundió la nariz en su cuello, dijo que se notaba su olor nada más entrar en la casa.

—¿Qué olor?

—A talco, a leche, a desinfectante, a nuevo.

—¿Te gusta?

—Sí.

—Esperaba que pesara más. Evidentemente la única gorda era yo.

—A saber cómo será el mío.

Hablaba ya siempre en masculino.

—Será muy guapo y bueno.

Asintió con la cabeza, pero como si no me hubiese oído, miraba a la niña con atención. Le pasó el índice por la frente, por una oreja. Repitió el pacto que habíamos hecho en broma:

—Si acaso los intercambiamos.

Me reí, le llevé la niña a mi madre, la encontré apoyada en el brazo de Nino, al lado de la ventana. Ahora lo miraba de arriba abajo con simpatía, le sonreía, era como si se hubiese olvidado de sí misma y se imaginara joven.

—Aquí está Immacolata —le dije.

Ella miró a Nino.

—Es un nombre muy bonito —se apresuró a exclamar él.

—De bonito no tiene nada. Pero la podéis llamar Imma, que es más moderno —murmuró mi madre.

Soltó el brazo de Nino, me hizo señas para que le entregara a su nieta. Se la pasé, aunque con el temor de que no tuviera fuerzas para sostenerla.

—Virgen santa, qué bonita eres —le susurró, y se dirigió a Lila—: ¿Te gusta?

Lila estaba distraída, miraba fijamente los pies de mi madre.

—Sí —contestó sin apartar la vista—, pero siéntese.

Miré yo también hacia donde miraba Lila. Mi madre goteaba sangre debajo del vestido negro.

62

Cogí enseguida a la niña con un impulso instintivo. Mi madre se dio cuenta de lo que le estaba pasando y vi en su cara el disgusto por sí misma y la vergüenza. Nino la agarró un momento antes de que se desmayara. Mamá, mamá, la llamé mientras él le daba unos golpecitos en la mejilla con la punta de los dedos. Me asusté, no volvía en sí; mientras tanto la niña empezó a gemir. Se morirá, pensé aterrorizada, ha resistido hasta ver a Immacolata y después se ha abandonado. Seguí repitiendo «mamá» en voz cada vez más alta.

—Pide una ambulancia —dijo Lila.

Fui al teléfono, me detuve desorientada, quería pasarle la pequeña a Nino. Sin embargo, él me esquivó, se dirigió a Lila y no a mí, dijo que iríamos más deprisa si la llevábamos al hospital en coche. Sentía el corazón en la boca, la niña lloraba, mi madre recuperó el conocimiento y empezó a quejarse. Llorando murmuró que no quería volver a poner los pies en el hospital, me recordó tirándome de la falda que ya la habían ingresado una vez y que no quería morir en ese abandono. Temblaba, dijo: quiero ver crecer a la niña.

Así las cosas, Nino adoptó el tono firme que ya tenía cuando era estudiante y había que enfrentarse a situaciones difíciles. Vamos, dijo, y levantó a mi madre en brazos. Como ella protestaba débilmente, la tranquilizó, le dijo que él se ocuparía de solucionarlo todo. Lila me miró perpleja; yo pensé: el profesor que atiende a mi madre en el hospital es amigo de la familia de Eleonora, en este momento Nino es indispensable, menos mal que está. Lila dijo: déjame a la niña, ve tú. Accedí, hice ademán de entregarle a Immacolata aunque con un gesto inseguro; estaba atada a mi pequeña como si aún la llevara dentro. De todos modos, ahora no podía separarme de ella, tenía que darle el pecho, bañarla. Pero también me sentía unida a mi madre como nunca, temblaba, qué era esa sangre, qué significaba.

—Venga —le dijo Nino a Lila, exasperado—, démonos prisa.

—Sí —murmuré—, id vosotros y llamadme en cuanto sepáis algo.

Solo cuando la puerta se cerró noté la herida de aquella situación: Lila y Nino juntos se llevaban a mi madre, los dos se ocupaban de ella cuando debería haberlo hecho yo.

Me noté débil y confusa. Me senté en el sofá, le di el pecho a Immacolata para calmarla. No lograba apartar la vista de la sangre del suelo y mientras me imaginaba el coche corriendo por las calles heladas de la ciudad, la ventanilla entreabierta y el pañuelo ondeando al viento para indicar la urgencia, el dedo pulsando sin parar la bocina, mi madre agonizante en el asiento posterior. El coche era de Lila, ¿conducía ella o él se había puesto al volante? Debo mantener la calma, me dije.

Dejé a la pequeña en la cuna, me decidí a telefonear a Elisa. Resté importancia a lo sucedido, no dije una palabra de Nino, mencioné a Lila. Mi hermana enseguida perdió la calma, se echó a llorar, me insultó. Me gritó que había dejado a nuestra madre con una extraña que la llevaría quién sabe dónde, que debería haber llamado una ambulancia, que solo pensaba en mis cosas y en mi comodidad, que si mi madre moría yo sería la responsable. Luego la oí llamar varias veces a Marcello con un tono de mando para mí desconocido, gritos rabiosos y angustiados a la vez. Le dije: qué quieres decir con eso de quién sabe dónde, Lina la ha llevado al hospital, por qué hablas así. Me colgó sin más.

De todos modos, Elisa tenía razón. Yo había perdido la cabeza, debería haber llamado una ambulancia. O separarme de la pequeña y dejársela a Lila. Me había sometido a la autoridad de Nino, a ese afán de los hombres de quedar bien mostrándose decididos y salvadores. Esperé junto al teléfono a que me llamaran.

Pasó una hora, una hora y media, el teléfono sonó al fin. Lila dijo con calma:

—La han ingresado. Nino conoce bien a los que la atienden, le han dicho que todo está bajo control. Quédate tranquila.

—¿Está sola? —pregunté.

—Sí, no dejan entrar a nadie.

—No quiere morir sola.

—No morirá.

—Pasará miedo, Lila, haz algo, ya no es la de antes.

—El hospital funciona así.

—¿Ha preguntado por mí?

—Ha dicho que tienes que traerle a la niña.

—¿Qué hacéis ahora?

—Nino se queda un poco más con los médicos, yo me voy.

—Sí, sí, vete, gracias, no te canses.

—Él te llamará en cuanto pueda.

—De acuerdo.

—No te pongas nerviosa, si no, se te irá la leche.

Ese comentario sobre la leche me hizo bien. Me senté al lado de la cuna de Immacolata como si su proximidad pudiera mantenerme los pechos hinchados. Cómo era el cuerpo de una mujer, había nutrido a mi hija en mi vientre, ahora que había salido se alimentaba de mi pecho. Pensé que también hubo un momento en que yo estuve en el vientre de mi madre y luego mamé de sus pechos. Unos pechos grandes como los míos, o incluso más. Hasta poco antes de que enfermara, mi padre aludía a menudo a ellos obscenamente. Yo jamás la había visto sin sujetador en ninguna época de su vida. Siempre se había ocultado, no se fiaba de su cuerpo a causa de la pierna. Sin embargo, en cuanto tomaba una copa de vino respondía rauda a las obscenidades de mi padre usando palabras no menos vulgares con las que se jactaba de sus bellezas, una exhibición de descaro que era pura comedia. Sonó de nuevo el teléfono, corrí a contestar. Era otra vez Lila, ahora tenía un tono brusco.

—Aquí hay problemas, Lenù.

—¿Se ha agravado?

—No, los médicos están tranquilos. Pero ha llegado Marcello y está haciendo el loco.

—¿Marcello? ¿Qué pinta Marcello?

—No lo sé.

—Pásamelo.

—Espera, que se está peleando con Nino.

Reconocí en el fondo la voz de Marcello, gruesa, cargada de dialecto, y la de Nino en buen italiano pero estridente, como le ocurría cuando perdía la calma.

—Dile a Nino que lo deje estar; no, mejor dile que se marche —dije angustiada.

Lila no me contestó, la oí entrar en una discusión de la que yo lo ignoraba todo, y luego chillar de pronto en dialecto: qué carajo dices, Marcè, anda y que te den por saco. Luego me gritó a mí: habla con este cabronazo, por favor, poneos de acuerdo entre vosotros, yo no quiero meterme. Voces distantes. Al cabo de unos segundos llegó Marcello. Esforzándose por emplear un tono cortés, me dijo que Elisa le había rogado que no dejáramos a nuestra madre en el hospital, y que él estaba ahí expresamente para recogerla y llevársela a una buena clínica de Capodimonte. Como si en realidad buscara mi consentimiento, me preguntó:

—¿Hago bien? Dime si hago bien.

—Tranquilízate.

—Estoy tranquilo, Lenù. Pero tú pariste en una clínica, Elisa parió en una clínica, ¿por qué tu madre tiene que morirse aquí dentro?

—Los médicos que la atienden trabajan ahí —respondí incómoda.

Se puso agresivo como nunca se había mostrado conmigo.

—Los médicos trabajan donde hay dinero. ¿Quién manda aquí, tú, Lina o ese cabrón?

—No se trata de mandar.

—Claro que se trata de mandar. O le dices a tus amigos que me la puedo llevar a Capodimonte o le parto la cara a alguien y me la llevo igualmente.

—Pásame con Lina —le pedí.

Me costaba tenerme en pie, me latían las sienes. Dije: pregúntale a Nino si a mi madre se la puede trasladar, que hable con los médicos y luego me llamas. Colgué, me retorcía las manos, no sabía qué hacer.

Pasaron unos minutos y el teléfono sonó otra vez. Era Nino.

—Lenù, o paras a esa bestia o llamo a la policía.

—¿Has preguntado a los médicos si a mi madre se la puede trasladar?

—No, no se la puede trasladar.

—Nino, ¿has preguntado o no? Ella no quiere estar en el hospital.

—Las clínicas privadas dan aún más asco.

—Lo sé, pero ahora tranquilízate.

—Estoy tranquilísimo.

—De acuerdo, pero vuelve pronto a casa.

—¿Y quién se queda aquí?

—Ya se ocupa Lina.

—No puedo dejar a Lina con ese.

—Lina sabe cuidarse sola. No me tengo en pie, la niña está llorando, tengo que bañarla. Te he dicho que vuelvas a casa inmediatamente —le dije levantando la voz.

Colgué.

63

Fueron horas muy duras. Nino regresó a casa descompuesto, hablaba en dialecto, estaba nerviosísimo, y repetía: a ver ahora quién se sale con la suya. Me di cuenta de que la hospitalización de mi madre se había convertido para él en una cuestión de principios. Temía que Solara consiguiera llevársela a algún centro inadecuado, de esos concebidos únicamente para desplumar a los pacientes. En el hospital, exclamó volviendo al italiano, tu madre tiene a su disposición especialistas de gran nivel, profesores que, pese a lo avanzado de la enfermedad, hasta ahora la han mantenido viva en unas condiciones dignas.

Compartí sus temores y él se tomó la cuestión cada vez más a pecho. Aunque era la hora de cenar, telefoneó a personas de relieve, nombres archiconocidos en Nápoles, no sé si para desahogarse o para contar con apoyos en una posible batalla contra la prepotencia de Marcello Solara. Pero oí que, en cuanto pronunciaba el apellido Solara, la conversación se complicaba, él guardaba silencio y escuchaba. Se tranquilizó a eso de las diez. Yo estaba muy angustiada, aunque trataba de que no se me notara para evitar que decidiese regresar al hospital. Le contagié mi angustia a Immacolata. Gemía, la amamantaba, se tranquilizaba, gemía.

No pegué ojo. A las seis de la mañana, el teléfono volvió a sonar, corrí a contestar con la esperanza de que la niña y Nino no se despertaran. Era Lila, que había pasado la noche en el hospital. Me dio un informe de la situación con voz cansada. Al parecer, Marcello se había dado por vencido, se había marchado sin siquiera despedirse. Ella se escabulló por pasillos y escaleras, buscó la sala donde tenían a mi madre. Era una sala de agonizantes donde se encontraban otras cinco mujeres dolientes que gemían, gritaban, todas abandonadas a su sufrimiento. Se encontró a mi madre inmóvil, con los ojos abiertos de par en par, susurraba mirando el techo: Virgen santa, haz que muera enseguida, y temblaba de pies a cabeza por el esfuerzo de soportar el dolor. Lila se acuclilló a su lado, la tranquilizó. Y ahora había tenido que salir de allí porque era de día y empezaban a asomar las enfermeras. Parecía divertida por haberse saltado todas las normas, siempre encontraba placer en la insubordinación. Pero en esa circunstancia tuve la impresión de que fingía para que yo no notara el peso del esfuerzo al que se había sometido por mí. Estaba a punto de parir, me la imaginé exhausta, atormentada por sus necesidades. Me preocupé por ella tanto como me había preocupado por mi madre.

—¿Cómo te encuentras?

—Bien.

—¿Segura?

—Segurísima.

—Vete a descansar.

—En cuanto llegue Marcello con tu hermana.

—¿Estás segura de que volverán?

—Esos no renuncian a montar un follón.

Mientras estaba al teléfono apareció Nino somnoliento. Se quedó escuchando un rato y luego dijo:

—Déjame hablar con ella.

No se la pasé, y mascullé: ha colgado. Él se quejó, dijo que había movilizado a una serie de personas para que mi madre recibiera la mejor asistencia posible y quería saber si ya se había visto algún fruto de su interés. Por ahora no, le contesté. Quedamos en que me acompañaría al hospital con la niña, a pesar de que soplaba un viento fuerte y helado. Él se quedaría en el coche con Immacolata y yo subiría a ver a mi madre entre una toma y otra de la niña. Se mostró de acuerdo y me enterneció que fuera tan servicial, aunque luego me disgusté porque se había preocupado de todo menos de algo tan práctico como apuntar el horario de visita. Me informé por teléfono, abrigamos bien a la pequeña y salimos. Lila no había vuelto a llamar y me convencí de que la encontraríamos en el hospital. Sin embargo, cuando llegamos nos enteramos no solo de que ella ya no estaba, sino que tampoco estaba mi madre. Le habían dado el alta.

64

Supe por mi hermana cómo había acabado la cosa. Me lo contó con el tono de quien dice: os dais un montón de aires, pero sin nosotros sois unos pelagatos. A las nueve en punto Marcello se presentó en el hospital acompañado de no sé qué director médico que él mismo se había ocupado de pasar a recoger en coche por su casa. A nuestra madre la trasladaron de inmediato en ambulancia a la clínica de Capodimonte. Allí, dijo Elisa, está como una reina, los parientes podemos quedarnos todo el tiempo que queramos, hay una cama para papá, que le hará compañía por la noche. Y especificó con desprecio: no te preocupes, nosotros nos encargaremos de todos los gastos. Lo que siguió fue explícitamente amenazante. A lo mejor ese amigo tuyo profesor, dijo, no ha entendido con quién está tratando, más vale que se lo expliques. Y dile a esa desgraciada de Lina que será todo lo inteligente que tú quieras, pero Marcello ha cambiado, Marcello ya no es su noviecito de otros tiempos, y tampoco es como Michele, al que ella maneja a su antojo, Marcello ha dicho que si vuelve a levantarme otra vez la voz, si me ofende como hizo delante de todos en el hospital, la mata.

No le conté nada a Lila y tampoco quise saber en qué términos se había enfrentado con mi hermana. Pero en los días siguientes me mostré más afectuosa, la llamé a menudo para que comprendiera que estaba en deuda con ella, que la quería y que no veía la hora de que ella también diera a luz.

—¿Va todo bien? —preguntaba.

—Sí.

—¿No se mueve nada?

—¡Qué va! ¿Hoy necesitas ayuda?

—No, mañana, si puedes.

Fueron días intensos, los vínculos antiguos y los nuevos se fueron sumando de un modo complicado. Todo mi cuerpo seguía en simbiosis con el minúsculo organismo de Imma, no conseguía despegarme de ella. No obstante, también echaba de menos a Dede y a Elsa, hasta el punto de que telefoneé a Pietro y al final me las trajo. Elsa simuló enseguida querer muchísimo a su nueva hermanita, pero no le duró mucho; al cabo de unas horas se puso a hacerle muecas de asco, me decía: qué fea te ha salido. Dede, en cambio, quiso demostrarme enseguida que podía ser una madre mucho más capaz que yo y continuamente estaba a punto de dejarla caer o de ahogarla durante el baño.

Hubiera necesitado mucha ayuda, al menos en esos primeros días, y debo decir que Pietro me la ofreció. Él, que como marido siempre se había prodigado muy poco para aliviar mis dificultades, ahora que estábamos oficialmente separados no se atrevía a dejarme sola con tres niñas, una de ellas recién nacida, y se ofreció a quedarse unos días. Pero tuve que pedirle que se fuera, y no porque no quisiera su apoyo, sino porque en las pocas horas que estuvo en la via Tasso, Nino me atormentó, no hizo más que telefonear para saber si se había ido y si podía venir «a su casa» sin verse obligado a cruzarse con él. Naturalmente, cuando mi ex marido se marchó, a Nino se le juntaron todos los compromisos laborales y políticos, y me quedé sola; para hacer la compra, para llevar a las niñas al colegio, para recogerlas, para hojear algún libro o escribir un par de líneas debía dejar a Imma con mi vecina.

Pero eso fue lo de menos. Lo más complicado fue organizarme para ir a la clínica a ver a mi madre. No me fiaba de Mirella, dos niñas y una recién nacida me parecían demasiado para ella. Así que me decidí a llevar a Imma conmigo. La abrigaba bien, pedía un taxi y me hacía llevar a Capodimonte aprovechando las horas de clase de Dede y Elsa.

Mi madre se había recuperado. Estaba débil, claro; si no veía a sus hijos aparecer todos los días, temía desgracias y se echaba a llorar. Además no se levantaba de la cama, mientras que antes, aunque con dificultad, se movía, salía. Sin embargo, me pareció indiscutible que los lujos de la clínica le sentaban bien. Ser tratada como una gran señora se convirtió enseguida en un juego que la distraía de la enfermedad y que, ayudada por alguna sustancia que mitigaba sus dolores, hacía que tuviera momentos de euforia. Le gustaba la habitación grande y luminosa, encontraba el colchón muy cómodo, estaba orgullosa de disponer de un cuarto de baño para ella sola, y nada menos que en la misma habitación. Un cuarto de baño —subrayaba—, no un retrete, y quería levantarse para enseñármelo. Sin contar que estaba la nueva nieta. Cuando yo iba a verla con Imma, la tenía a su lado, le hablaba con frases aniñadas, se entusiasmaba sosteniendo —algo muy improbable— que le había sonreído.

Pero, en general, la atención por la recién nacida no duraba mucho. Se ponía a hablar de su infancia, de la adolescencia. Regresaba a cuando tenía cinco años, después saltaba a los doce, luego a los catorce, y me contaba cosas suyas y de sus compañeras de entonces que les habían ocurrido cuando tenían esas edades. Una mañana me dijo en dialecto: de pequeña sabía que nos moríamos, siempre lo he sabido, pero nunca pensé que fuera a pasarme a mí, y ahora tampoco termino de creérmelo. En otra ocasión se echó a reír siguiendo sus propios pensamientos y murmuró: haces bien en no bautizar a la niña, son tonterías, ahora que me estoy muriendo, sé que me convertiré en mil pedacitos. Pero sobre todo fue en esas horas lentas cuando me sentí de veras su hija preferida. Cuando me abrazaba antes de marcharme, parecía que lo hiciera para deslizarse dentro de mí y quedarse, como antes yo había estado dentro de ella. El contacto con su cuerpo, que cuando ella estaba sana me molestaba, ahora me gustaba.

65

Resultó curioso ver cómo la clínica pronto se convirtió en el lugar de encuentro de los viejos y los jóvenes del barrio.

Mi padre dormía con mi madre; las veces en que me cruzaba con él por las mañanas tenía la barba larga y los ojos asustados. Apenas nos saludábamos, pero a mí me parecía anormal. Con él siempre había tenido pocos contactos, a veces afectuosos, a menudo distraídos, en algún caso me había apoyado contra mi madre. Pero casi todos eran contactos superficiales. Mi madre le había dado y quitado protagonismo según le convenía, y en especial cuando se trataba de mí —solo ella tenía derecho a hacer y deshacer mi vida—, lo había dejado en segundo plano. Ahora que su mujer había perdido casi todas las energías, él no sabía cómo hablarme y yo tampoco. Lo saludaba, él me devolvía el saludo, luego agregaba: mientras tú le haces compañía, voy a fumarme un cigarrillo. A veces me preguntaba cómo él, tan mediocre, había conseguido sobrevivir en el mundo feroz en el que se había movido, en Nápoles, en el trabajo, en el barrio, incluso en casa.

Cuando llegaba Elisa con su niño comprobaba que entre ella

y nuestro padre había más confianza. Elisa lo trataba con afectuosa autoridad. A menudo se pasaba todo el día en la clínica, y en ocasiones, para que él se fuera a casa a dormir en su cama, se quedaba también de noche. En cuanto llegaba, mi hermana debía criticarlo todo, el polvo, los cristales de la ventana, la comida. Criticaba para hacerse respetar, quería que quedase claro que ella era quien mandaba. Y Peppe y Gianni no se quedaban atrás. Cuando notaban a mi madre más dolorida, los dos se alarmaban, pulsaban el timbre sin soltarlo, llamaban a la enfermera. Si la enfermera tardaba, mis hermanos le echaban la bronca con dureza y después, por contradictorio que fuese, le daban cuantiosas propinas. Sobre todo Gianni, antes de irse le metía algo de dinero en el bolsillo diciendo: tú te pones delante de la puerta y entras pitando en cuanto mi madre te llame, el café te lo tomas cuando terminas el turno, ¿está claro? Después, para dar a entender que nuestra madre era una persona de nivel, soltaba tres o cuatro veces el nombre de los Solara. La señora Greco —decía— es asunto de los Solara.

Asunto de los Solara. Al oír esas palabras, me irritaba, me avergonzaba. Sin embargo, al mismo tiempo pensaba: o es esto o es el hospital; y me decía: pero después (qué entendía yo por «después» no me lo confesaba ni a mí misma) tendré que aclarar muchas cosas con mis hermanos y con Marcello. Por ahora me gustaba llegar a la habitación y encontrar a mi madre acompañada de sus amigas del barrio, todas de su edad, ante las que se jactaba débilmente con frases como: mis hijos lo han dispuesto así; o bien, señalándome: Elena es una escritora famosa, tiene una casa en la via Tasso desde donde se ve el mar, fijaos qué niña más bonita ha tenido, se llama Immacolata como yo. Cuando sus conocidas se marchaban murmurando: duerme, yo entraba enseguida a controlarlo todo, después regresaba con Imma al pasillo, donde el aire parecía más limpio. Dejaba abierta la puerta de la habitación para vigilar la respiración pesada de mi madre que, tras la fatiga de las visitas, con frecuencia se quedaba dormida y se quejaba en sueños.

De vez en cuando el día se me simplificaba un poco. Por ejemplo, con la excusa de que quería saludar a mi madre, a veces Carmen pasaba a recogerme en el coche. Y lo mismo hacía Alfonso. Por supuesto, era una prueba de afecto hacia mí. Se dirigían a mi madre con palabras respetuosas, como mucho la contentaban un poco alabando la comodidad de la habitación y a su nieta; el resto del tiempo lo pasaban charlando conmigo en el pasillo o esperando abajo en el coche para llevarme a tiempo a la escuela de las niñas. Las mañanas con mis hijas siempre eran plenas y creaban un efecto curioso: comparaban el barrio de mi madre, ya próximo a su fin, con el que se estaba construyendo por influencia de Lila.

Le conté a Carmen lo que nuestra amiga había hecho por mi madre. Ella dijo satisfecha: ya se sabe que Lina no se rinde ante nadie, y habló de ella con un tono que parecía atribuirle poderes mágicos. Lo que más me marcó fue un cuarto de hora que pasé con Alfonso en el pasillo aseado de la clínica, mientras el médico atendía a mi madre. Como de costumbre, él también se mostró agradecido y cubrió a Lila de alabanzas, aunque lo que me sorprendió fue que por primera vez me habló abiertamente de él. Dijo: Lina me ha enseñado un trabajo con mucho futuro. Exclamó: sin ella qué hubiera sido yo, nada, un trozo de carne viva sin plenitud propia. Comparó el comportamiento de Lila con el de su mujer: siempre le di a Marisa la libertad de ponerme todos los cuernos que quisiera, le di mi apellido a sus hijos, pero ella, no hay manera, la tiene tomada conmigo, me ha atormentado y me atormenta, me ha escupido mil veces a la cara, dice que la engañé. Se defendió: pero qué engaño, Lenù, tú eres una intelectual y me puedes entender, el más engañado era yo, engañado por mí mismo, y si Lina no me hubiese ayudado, me habría muerto en el engaño. Se le humedecieron los ojos: lo más hermoso que hizo ella por mí fue imponerme claridad, enseñarme a decir: si rozo el pie desnudo de esta mujer no siento nada, pero me muero de deseo por rozarle el pie a ese hombre de ahí, sí, ese mismo, y acariciarle las manos, cortarle las uñas con las tijeritas, quitarle los puntos negros, estar con él en una sala de baile y decirle: si sabes bailar el vals llévame tú, enséñame lo bien que me sabes llevar. Rememoró hechos muy lejanos: te acuerdas cuando Lina y tú vinisteis a mi casa a pedirle a mi padre que os devolviera las muñecas y él me llamó y me preguntó con sorna: Alfò, ¿las has cogido tú? Porque yo era la vergüenza de la familia, jugaba con las muñecas de mi hermana y me ponía los collares de mi madre. Como si yo ya lo supiera todo y solo le sirviera para hablar de su verdadera naturaleza, me explicó: desde chico no solo sabía que no era lo que los demás creían, sino tampoco lo que yo mismo creía ser. Me decía: soy otra cosa, una cosa que permanece oculta en mis venas, no tiene nombre y espera. Pero no sabía qué era esa cosa y, sobre todo, no sabía cómo podía ser yo; hasta que Lila me obligó —no sé cómo decirlo— a tomar algo de ella; tú ya la conoces, dijo: empieza por aquí y observa qué pasa; y así fue como nos mezclamos, fue muy divertido, y ahora no soy el que era y tampoco soy Lila, sino otra persona que poquito a poco se va definiendo.

Se alegró de hacerme esas confidencias y yo también me alegré de que me las hiciera. En esas ocasiones nació entre nosotros una nueva confianza, distinta de la que había cuando salíamos del colegio y volvíamos a casa andando. Y también con Carmen me pareció que la relación se estaba haciendo más fiel. Después comprobé que ambos me pedían más, aunque de formas distintas. Ocurrió en dos circunstancias, las dos ligadas a la presencia de Marcello en la clínica.

Un hombre mayor, llamado Domenico, solía acompañar en coche a mi hermana Elisa y su niño. Domenico los dejaba en la clínica y se llevaba a nuestro padre de vuelta al barrio. Pero a veces era el propio Marcello quien llevaba a Elisa y Silvio. Una mañana en que apareció él en persona, Carmen estaba conmigo. Yo tenía la certeza de que entre ellos habría tensiones, pero intercambiaron un saludo nada entusiasta, aunque tampoco conflictivo, y ella estuvo dando vueltas a su alrededor como un animal dispuesto a acercarse a la menor muestra de simpatía. Cuando nos quedamos solas me confesó en voz baja, muy nerviosa, que aunque los Solara la detestaran, ella se esforzaba por mostrarse amistosa y lo hacía por amor a Pasquale. Pero yo —exclamó— no aguanto más, Lenù, los odio, si pudiera, los reventaba, lo hago por pura necesidad. Y me preguntó: ¿tú en mi lugar cómo te comportarías?

Algo similar pasó también con Alfonso. Una mañana me acompañó a ver a mi madre; en un momento dado apareció Marcello y Alfonso se asustó nada más verlo. Sin embargo, Solara se comportó según su costumbre: me saludó con una amabilidad cohibida, a él le hizo un gesto y fingió no ver la mano que le había tendido mecánicamente. Para evitar roces, me llevé a mi amigo al pasillo con la excusa de que tenía que darle el pecho a Imma. En cuanto salió de la habitación, Alfonso murmuró: si un día aparezco muerto, habrá sido Marcello, que no se te olvide. Le dije: no exageres. Pero estaba tenso, se puso a enumerar con sarcasmo a las personas del barrio que gustosamente lo hubieran matado, gente que yo no conocía y gente que conocía. En la lista incluyó también a su hermano Stefano (se rió: se folla a mi mujer solo para demostrar que en la familia no todos somos maricas), y también a Rino (se rió: desde que se ha dado cuenta de que soy capaz de parecerme a su hermana, me haría a mí lo que no le puede hacer a ella). Pero como primero de la lista puso a Marcello; según él, era quien más lo odiaba. Dijo con satisfacción y angustia a la vez: cree que Michele se ha vuelto loco por mi culpa. Y añadió riendo socarrón: Lila me ha animado a que me pareciera a ella, le gusta el esfuerzo que hago, le gusta ver cómo la deformo, le encanta el efecto que esta deformación tiene en Michele, y a mí también me encanta. Luego se contuvo, me preguntó: ¿tú qué piensas?

Lo escuchaba, y mientras amamantaba a la niña. Él y Carmen no se conformaban con que residiera en Nápoles, con que nos viéramos de vez en cuando, querían reincorporarme al barrio a título pleno, me pedían que pusiera a Lila de su parte en calidad de protectora, presionaban para que actuáramos como divinidades a veces de acuerdo, a veces en liza, pero en cualquier caso atentas a los problemas de ellos. Aquella petición de mayor implicación en sus asuntos, que a su manera solía hacerme Lila y que, en general, me parecía una presión inoportuna, en esa circunstancia me conmovió, sentí que se unía a la voz fatigada de mi madre cuando me señalaba con orgullo a sus conocidas del barrio como una parte importante de sí misma. Apreté a Imma contra mi pecho y la envolví mejor en la mantita para protegerla de las corrientes.

66

Nino y Lila fueron los únicos que nunca pasaron por la clínica. Nino fue explícito: no tengo ningunas ganas de encontrarme con ese camorrista, dijo, lo lamento por tu madre, dale saludos de mi parte, pero no te puedo acompañar. A veces me convencía de que era una excusa para justificar sus desapariciones, aunque con más frecuencia lo veía realmente amargado porque se había empleado a fondo para ayudar a mi madre y al final mi familia y yo acabamos haciendo caso a los Solara. Le dije que se trataba de un engranaje complicado, le dije: Marcello no pinta nada, solo hemos aceptado lo que hace feliz a nuestra madre. Pero él rezongó: así Nápoles no cambiará nunca.

En cuanto a Lila, no se pronunció sobre aquel traslado a la clínica. Me siguió ayudando a pesar de que de un momento a otro podía ponerse de parto. Yo me sentía culpable, decía: no te preocupes por mí, debes cuidarte. Déjate de historias —me contestaba, señalándose la barriga con una expresión entre irónica y preocupada—, este se retrasa, yo no tengo ganas y él tampoco. Y en cuanto yo necesitaba algo, acudía corriendo. Es verdad que nunca se ofreció a acompañarme en coche a Capodimonte como hacían Carmen y Alfonso. Pero si las niñas tenían unas décimas de fiebre y no podía enviarlas al colegio —como ocurrió alguna vez en las primeras semanas de vida de Immacolata, que fueron frías y lluviosas—, ella se mostraba disponible, le dejaba el trabajo a Enzo y a Alfonso, subía hasta la via Tasso y se ocupaba de las tres.

Yo estaba encantada, el tiempo que Dede y Elsa pasaban con Lila siempre resultaba provechoso. Ella sabía cómo acercar a las dos hermanas a la tercera, sabía responsabilizar a Dede, sabía controlar a Elsa, sabía calmar a Imma sin meterle el chupete en la boca como hacía Mirella. El único problema era Nino. Aunque siempre tenía mil compromisos cuando yo estaba sola, temía descubrir que, milagrosamente, conseguía sacar tiempo para acudir en ayuda de Lila cuando ella se quedaba con las niñas. Por eso, en lo más profundo de mi ser, nunca estaba realmente tranquila. Lila llegaba, yo le hacía mil recomendaciones, le apuntaba en un papel el número de la clínica, avisaba a mi vecina por cualquier eventualidad, corría a Capodimonte. Me quedaba con mi madre no más de una hora, luego regresaba corriendo y llegaba a tiempo para darle el pecho a la pequeña y cocinar. A veces, en el trayecto de vuelta, de pronto me imaginaba que entraba en casa y encontraba a Nino y a Lila juntos, hablando de todo como hacían en Ischia. Por supuesto, tendía a imaginarme fantasías más insoportables, pero las rechazaba enseguida, horrorizada. El temor más persistente era otro, y mientras iba en el coche me parecía el más fundado. Suponía que mientras Nino estaba allí, ella se ponía de parto y él se veía obligado a llevarla a la clínica con urgencia, dejando a Dede asustada, interpretando el papel de mujer juiciosa, a Elsa hurgando en el bolso de Lila para robarle algo, a Imma en la cuna gimiendo atormentada por el hambre y las irritaciones a causa del pañal.

Ocurrió algo por el estilo pero sin que Nino tuviera nada que ver. Regresé a casa una mañana, puntual, antes de mediodía, y descubrí que Lila no estaba, se había puesto de parto. Me entró una angustia insoportable. Por encima de todo ella temía el sacudirse y combarse de la materia, odiaba el malestar en todas sus formas, detestaba la oquedad de las palabras cuando se vaciaban de todo sentido posible. Por eso rogué por que aguantara.

67

Sé de su parto a través de dos fuentes, ella y nuestra ginecóloga. Expongo a continuación los relatos y resumo la situación en mis propias palabras. Llovía. Yo había dado a luz hacía unos veinte días. Mi madre llevaba en la clínica un par de semanas, y si no me veía aparecer lloraba como una niña angustiada. Dede tenía un poco de fiebre, Elsa se negaba a ir al colegio con el pretexto de que quería cuidar a su hermana. Carmen no estaba disponible, Alfonso tampoco. Telefoneé a Lila con las condiciones de siempre: si no te encuentras bien, si tienes trabajo, déjalo estar, busco otra solución. Ella replicó con su tono burlón que se encontraba a la perfección y que los jefes delegan el trabajo y se toman todo el tiempo libre que quieren. Amaba a las dos niñas, pero sobre todo le gustaba ocuparse de Imma con ellas, era un juego que le hacía bien a las cuatro. Enseguida salgo para allá, dijo. Calculé que llegaría como máximo al cabo de una hora, pero se retrasó. Esperé un poco, aunque como sabía que si prometía algo, lo cumplía, le dije a la vecina: es cosa de unos minutos, y le dejé a las niñas para correr a ver a mi madre.

Sin embargo, Lila se retrasaba por una especie de presagio del cuerpo. Aunque no tenía contracciones, se notaba mal dispuesta y al final, por precaución, le pidió a Enzo que la llevara a mi casa. En cuanto entró por la puerta, notó los primeros dolores. Telefoneó enseguida a Carmen y la conminó a que fuera a echarle una mano a mi vecina; luego Enzo la llevó a la clínica donde trabajaba nuestra ginecóloga. Las contracciones se hicieron enseguida muy fuertes pero no resolutivas, los dolores de parto duraron dieciséis horas.

La síntesis que me hizo Lila fue casi divertida. No es cierto, dijo, que solo se pasa mal con el primer hijo y que con los demás todo es más fácil, se pasa mal siempre. Y expuso argumentos tan siniestros como irónicos. Le parecía insensato custodiar a la criatura en el vientre y al mismo tiempo querer echarla fuera. Es ridículo, dijo, que esta hospitalidad exquisita de nueve meses vaya acompañada del deseo de expulsar al huésped de la forma más violenta. Movía la cabeza indignada por la incoherencia del mecanismo. Cosa de locos, exclamó recurriendo al italiano, es tu propio organismo que la tiene tomada contigo y que además se rebela contra ti hasta convertirse en el peor enemigo de sí mismo, hasta el punto de provocarse el dolor más terrible que existe. Durante horas y horas ella advirtió en el bajo vientre frías llamas afiladas, un flujo insoportable de dolor que la embestía brutalmente en el fondo del vientre y luego subía otra vez destrozándole los riñones. Anda, anda, eres una mentirosa, dónde está la hermosa experiencia. Y juró —esta vez seria— que nunca más volvería a quedarse embarazada.

Pero según la ginecóloga, a la que Nino invitó una noche a cenar con su marido, el parto había sido normal, otra mujer hubiera parido sin tantas historias. Lo único que lo había complicado era la cabeza demasiado atestada de Lila. La doctora se puso muy nerviosa. Haces lo contrario de lo que debes hacer, le reprochó, te contraes cuando hay que empujar, venga, ánimo, empuja. Según ella —que ya le tenía a su paciente una manifiesta inquina y durante la cena en mi casa no la ocultó sino que, al contrario, la mostró de un modo cómplice sobre todo con Nino—, Lila había hecho de todo para no traer al mundo a la criatura. La retenía con todas sus fuerzas y mientras tanto boqueaba: córtame la barriga, hazla salir tú, yo no puedo más. Y como la doctora seguía animándola, Lila le gritaba insultos vulgarísimos. Estaba empapada en sudor, nos contó la ginecóloga, bajo la frente enorme tenía los ojos enrojecidos, y le chillaba: tú hablas, das órdenes, pero por qué no vienes tú aquí, cabrona, saca tú al niño si eres capaz, me está matando.

Yo me molesté y le dije a la doctora: no deberías contarnos estas cosas. Ella se irritó todavía más, y exclamó: las cuento porque estamos entre amigos. Pero después, tocada en la herida, adoptó su tono de médico y dijo con una gravedad artificiosa que si queríamos a Lila (se refería a Nino y a mí, naturalmente), debíamos ayudarla a concentrarse en algo que le diera auténtica satisfacción; de lo contrario, con su cerebro golondrino (usó esa misma palabra) sería un problema para ella misma y para cuantos la rodeaban. Por último, recalcó que había visto en el paritorio una lucha contra natura, un enfrentamiento horrendo entre una madre y su criatura. Ha sido, dijo, una experiencia francamente desagradable.

La criatura era niña, niña y no varón como habían profetizado todos. Cuando pude ir a la clínica, Lila, aunque exhausta, me enseñó a su hija con orgullo.

—¿Cuánto pesó Imma? —preguntó.

—Tres kilos doscientos.

—Nunzia pesa casi cuatro kilos; la barriga era pequeña pero ella es grande.

Le puso de veras el nombre de su madre. Y para no disgustar a Fernando, su padre, que al envejecer se había vuelto aún más irascible que de joven, ni a los parientes de Enzo, la bautizó poco después en la iglesia del barrio y dio una gran fiesta en la sede de Basic Sight.

68

Las niñas se convirtieron enseguida en un motivo para que pasáramos más tiempo juntas. Lila y yo nos llamábamos por teléfono, quedábamos para sacar a pasear a las recién nacidas, hablábamos sin parar de ellas en lugar de nosotras, o al menos eso nos parecía. En realidad, la nueva riqueza y complejidad de la relación comenzó a manifestarse a través de una atención recíproca a nuestras dos hijas. Las comparábamos en todos los detalles para asegurarnos de que el bienestar o el malestar de una fuera el reflejo nítido del bienestar o el malestar de la otra, y en consecuencia pudiéramos intervenir con celeridad para consolidar el primero y sofocar el segundo. Nos contábamos todo lo que nos parecía bueno y útil para un crecimiento sano, empeñándonos en una especie de competición virtuosa para ver quién descubría la mejor nutrición, el pañal más cómodo, la pomada más eficaz contra las irritaciones del pañal. No había prenda graciosa que comprara para Nunzia —a la que ya llamaba Tina, diminutivo de Nunziatina— que Lila no comprara también para Imma, y yo, dentro de mis posibilidades económicas, hacía lo mismo. A Tina le quedaba bien este pelele, así que también le he comprado uno igual a Imma —decía—, a Tina le quedaban bien estos zapatitos y también le he comprado unos iguales a Imma.

—¿Sabías que le has puesto el nombre de mi muñeca? —le pregunté un día, divertida.

—¿Qué muñeca?

—Tina, ¿no te acuerdas?

Se tocó la frente como si tuviera jaqueca y dijo:

—Es verdad, pero no lo he hecho adrede.

—Era una muñeca hermosa, le tenía cariño.

—Mi hija es más hermosa.

Entretanto las semanas iban pasando, ya resplandecían los perfumes de la primavera. Mi madre empeoró una mañana, hubo un momento de pánico. Como a esas alturas a mis hermanos tampoco les parecía que los médicos de la clínica estuviesen a la altura, se barajó la posibilidad de llevarla de vuelta al hospital. Hablé con Nino para saber si, a través de los profesores amigos de sus suegros que se habían ocupado de mi madre con anterioridad, se podía evitar la sala común y conseguir una habitación privada. Pero Nino dijo que era contrario a las recomendaciones y las súplicas, que en un servicio público el trato debía ser igual para todos, y acabó mascullando malhumorado: en este país hay que dejar de pensar que hasta para conseguir cama en un hospital hace falta estar inscritos en una logia o ponerse en manos de la camorra. La tenía tomada con Marcello, naturalmente, no conmigo, pero de todos modos me sentí mortificada. Por otra parte, estoy segura de que al final me habría ayudado si mi madre, pese a sufrir dolores atroces, no nos hubiese dado a entender de todas las formas posibles que prefería morir en medio de las comodidades que regresar aunque fuera durante unas horas a la sala de un hospital. Y así, una mañana, Marcello nos sorprendió otra vez cuando acompañó a la clínica a uno de los especialistas que habían tratado a nuestra madre. El profesor, que en el hospital era bastante huraño, se mostró extremadamente cordial y regresó después con frecuencia, para ser recibido con deferencia por los médicos del centro privado. Las cosas mejoraron.

Pero el cuadro clínico no tardó en volver a complicarse. Entonces mi madre se armó de todas sus energías e hizo dos cosas contradictorias pero que para ella tenían la misma importancia. Como justo en esos días Lila había encontrado el modo de colocar a Peppe y Gianni en la empresa de uno de sus clientes de Baiano, pero mis hermanos no habían hecho caso de la oferta, bendiciendo mil veces a mi amiga por su generosidad, mi madre convocó a sus dos hijos varones; en el curso de un largo encuentro, volvió a ser al menos durante unos minutos la misma que había sido en el pasado. Con ojos enfurecidos amenazó con perseguirlos desde el reino de los muertos si no aceptaban ese trabajo; en una palabra, los hizo llorar, los convirtió en corderitos, no los soltó hasta estar segura de haberlos doblegado. Encaró luego una iniciativa de signo opuesto. Convocó a Marcello, a quien acababa de arrancarle a Peppe y Gianni, y le hizo jurar solemnemente que se casaría con su hija menor antes de que ella cerrara los ojos para siempre. Marcello la tranquilizó, le dijo que él y Elisa habían aplazado la boda solo porque esperaban que ella se curara, y ahora que la curación estaba cercana, se pondría enseguida a tramitar los papeles. Así las cosas, mi madre se serenó. No hacía ninguna distinción entre el poder que le atribuía a Lila y el que le atribuía a Marcello. Había hecho presión tanto en uno como en el otro y se sentía pletórica por haber conseguido el bien de sus hijos a través de las personas más importantes del barrio, y, según ella, del mundo.

Durante un par de días gozó de una dichosa placidez. Le llevé a Dede, a la que ella tanto quería, y la dejé tener en brazos a Imma. Consiguió demostrarle afecto incluso a Elsa, por la que jamás había sentido simpatía. La observé, era una viejecita gris y arrugada aunque no tenía cien años sino sesenta. Por primera vez noté la embestida del tiempo, la fuerza que me empujaba hacia los cuarenta, la velocidad a la que se consumía la vida, la tangibilidad de la exposición a la muerte; si le está pasando a ella, pensé, no hay escapatoria, me pasará a mí también.

Una mañana, cuando Imma tenía poco más de un par de meses, mi madre me dijo débilmente: Lenù, ahora estoy de veras contenta, solo me quedas tú, que todavía me preocupas, pero tú eres tú y siempre has sabido poner las cosas en orden como a ti te gusta, por eso me fío. Después se durmió y entró en coma. Resistió aún unos días, no quería morir. Recuerdo que estaba en su habitación con Imma y el estertor de la agonía no cesaba nunca, había pasado a formar parte de los ruidos de la clínica. Mi padre, que ya no soportaba oírla, esa noche se quedó en casa llorando. Elisa había sacado a Silvio al patio a tomar el aire, mis hermanos fumaban en un cuartito a pocos pasos de allí. Me quedé mirando aquel relieve inconsistente bajo la sábana. Mi madre se había quedado en casi nada; y pensar que había sido realmente imponente, había pesado sobre mí haciendo que me sintiera como un gusano debajo de una piedra, protegida y aplastada. Le deseé que el estertor se detuviera enseguida, en ese momento, y, para mi sorpresa, así ocurrió. De repente la habitación se quedó en silencio. Esperé, no encontraba la fuerza para levantarme y acercarme a ella. Entonces Imma chasqueó la lengua y el silencio se rompió. Abandoné la silla, me acerqué a la cama. Dentro de aquel espacio de enfermedad, nosotras dos, la pequeña y yo, que en el sueño buscaba con avidez el pezón para seguir sintiéndose parte de mí, éramos lo único vivo y sano que aún quedaba de mi madre.

Ese día, no sé por qué, llevaba puesto el brazalete que ella me había regalado hacía más de veinte años. Hacía tiempo que no lo usaba, en general me ponía las joyas elegantes que me había aconsejado Adele. A partir de entonces lo llevé a menudo.

69

Me costó aceptar la muerte de mi madre. Aunque no derramé una sola lágrima, sentí un dolor que duró mucho tiempo y que quizá nunca se ha ido del todo. La había considerado una mujer insensible y vulgar, la temía y la evitaba. Inmediatamente después del funeral me sentí como cuando de pronto se pone a llover con fuerza, miras a tu alrededor y no encuentras un sitio donde resguardarte. Durante semanas no hice más que verla y sentirla en todas partes, de noche y de día. Era un vapor que en mi imaginación seguía ardiendo sin mecha. Añoraba ese modo diferente de estar juntas que habíamos descubierto durante su enfermedad; lo prolongué recuperando recuerdos positivos de cuando yo era pequeña y ella joven. Mi sentimiento de culpa quería obligarla a durar. Guardaba en mis cajones una horquilla suya, un pañuelo, unas tijeras, pero me parecían todos objetos insuficientes, incluso el brazalete me sabía a poco. Tal vez por ese motivo cuando durante el embarazo me reapareció el dolor de cadera y después del parto no se me fue, decidí no consultar a los médicos. Cultivé aquella molestia como un legado conservado por mi propio cuerpo.

También las palabras que me había dicho casi al final («tú eres tú, me fío») me acompañaron durante bastante tiempo. Había muerto convencida de que por cómo yo era, por los recursos que había acumulado, no me dejaría arrastrar por nada. Esta idea fue bullendo dentro de mí y terminó por ayudarme. Decidí confirmarle que no se había equivocado. Con disciplina, empecé a ocuparme otra vez de mí. Aprovechaba cada momento libre para leer y escribir. Dejé de interesarme aún más por la política corriente

—no había manera de que me apasionara por las intrigas de los cinco partidos en el gobierno y sus disputas con los comunistas, en las que Nino participaba activamente—, si bien continué siguiendo con atención la deriva corrupta y violenta del país. Acumulé lecturas feministas y, aprovechando el impulso del pequeño éxito de mi último libro, propuse artículos a las nuevas revistas dirigidas a la mujer. Pero, debo reconocerlo, gran parte de mis energías se concentraron sobre todo en convencer a mi editorial de que mi nueva novela estaba bastante adelantada.

Un par de años antes me habían pagado la mitad de un sustancioso anticipo pero desde entonces había hecho muy poco, avanzaba con tropiezos, todavía estaba buscando una historia. El director editorial, responsable de aquella generosa cantidad, nunca me había presionado, se informaba con discreción, y si me escaqueaba me lo permitía. Poco después se produjo un hecho desagradable. En el *Corriere della Sera* apareció un artículo medio irónico en el que, tras algunos elogios a una primera novela de discreto éxito, se refería a las promesas incumplidas de la joven literatura italiana y se mencionaba mi nombre. A los pocos días pasó por Nápoles el director —debía participar en un fastuoso congreso— y me pidió que nos viéramos.

Enseguida me preocupó su tono serio. En casi quince años nunca me había hecho pesar su papel, me había defendido contra Adele y siempre me había tratado con cordialidad. Con fingida alegría lo invité a cenar a la casa de la via Tasso, lo que me costó nervios y fatigas, pero lo hice también porque Nino quería proponerle una nueva colección de ensayos.

El director se mostró cortés, aunque no afectuoso. Me dio el pésame por la muerte de mi madre, elogió a Imma, les regaló a

Dede y a Elsa un par de libros con muchas ilustraciones, esperó paciente a que me ocupara de la cena y las niñas dejando que Nino lo entretuviera con su posible libro. Cuando llegamos al postre, pasó a hablar del verdadero motivo del encuentro, quiso saber si podía programar la publicación de mi novela para el otoño siguiente. Me sonrojé.

—¿El otoño de 1982?

—El otoño de 1982.

—Puede que sí, pero lo sabré seguro más adelante.

—Tendrías que saberlo ya mismo.

—Todavía me falta mucho para el final.

—Podrías dejarme leer algo.

—No me siento preparada.

Se hizo un silencio. Bebió un sorbo de vino.

—Elena, hasta ahora has tenido mucha suerte —dijo con tono grave—. El último libro se vendió especialmente bien, eres valorada, has conseguido un discreto número de lectores. Pero a los lectores hay que cuidarlos. Si los pierdes, pierdes la posibilidad de publicar otros libros.

Me supo mal. Comprendí que de tanto insistir y remachar, Adele había abierto una brecha en aquel hombre cultísimo y cortés. Me imaginé las palabras de la madre de Pietro, su elección de los términos («es una meridional de poco fiar, tras su apariencia simpática es capaz de orquestar pérfidos engaños») y me detesté porque estaba confirmándole a ese hombre que era exactamente así. A los postres, con unas pocas frases bruscas, el director liquidó la propuesta de Nino, dijo que el ensayo pasaba por un momento difícil. Aumentó la incomodidad, nadie sabía qué más decir, hablé de Imma hasta el momento en que el invitado miró el reloj y murmuró que debía marcharse. Así las cosas no aguanté más y dije:

—De acuerdo, te daré el libro a tiempo para que salga en otoño.

70

Mi promesa calmó al director. Se quedó una hora más, habló de todo un poco, se esforzó por mostrarse más disponible con Nino. Al final me abrazó diciéndome al oído: estoy seguro de que estás escribiendo una historia magnífica, y se marchó.

En cuanto cerré la puerta exclamé: Adele sigue haciéndome la guerra, estoy metida en un lío. Pero Nino no estuvo de acuerdo. La posibilidad aunque fuera remota de que publicaran su libro lo había tranquilizado. Además, hacía poco había asistido al congreso del Partido Socialista en Palermo, donde había visto a Guido y a Adele, y el profesor había manifestado su aprecio por algunos de sus recientes trabajos. Por eso dejó caer, conciliador:

—No exageres con las conjuras de los Airota. Ha sido prometerle que te pondrás a trabajar ¿y has visto cómo han cambiado las cosas?

Discutimos. Acababa de prometer un libro, sí, pero ¿cómo, cuándo podría escribirlo con la concentración y la continuidad necesarias? ¿Se daba cuenta de qué había sido, y qué seguía siendo mi vida? Le enumeré al azar la enfermedad y la muerte de mi madre, el cuidado de Dede y Elsa, las tareas domésticas, el embarazo, el nacimiento de Imma, su desinterés por la niña, ese continuo ir de congreso en congreso casi siempre sin mí, y el asco, sí, el asco de tener que compartirlo con Eleonora. Soy yo, le grité, la que está a punto de divorciarse de Pietro; en cambio, tú ni siquiera has querido separarte. ¿Acaso podía trabajar entre tantas tensiones, sola, sin siquiera una ayuda por su parte?

El escándalo resultó inútil, Nino reaccionó como siempre. Adoptó un aire compungido, murmuró: no entiendes, no puedes entender, eres injusta, y con tono sombrío juró que me amaba y que no podía prescindir de Imma, de las niñas, de mí. Al final se ofreció a pagarme una mujer de la limpieza.

En otras ocasiones Nino me había animado a buscar una persona que se ocupara de la casa, de la compra, de cocinar, de las niñas, pero, con tal de no darle la impresión de que tenía excesivas pretensiones, siempre le había contestado que no era mi intención ser para él una carga económica más allá de lo necesario. En general, tendía a darle importancia a las cosas que él pudiera apreciar, no a las que me beneficiaban a mí. Además, me negaba a aceptar que en nuestra relación surgieran los problemas que había experimentado con Pietro. Sin embargo, en esa ocasión, lo sorprendí y dije enseguida: sí, de acuerdo, búscame una mujer de la limpieza lo antes posible. Tuve la sensación de hablar con la voz de mi madre, no la débil de los últimos tiempos sino la pendenciera. A quién demonios le importa la compra, debía ocuparme de mi futuro. Y mi futuro era pergeñar una novela en pocos meses. Y esa novela debía ser muy buena. Y nada, ni siquiera Nino, debía impedir que hiciera bien mi trabajo.

71

Hice balance de la situación. Los dos libros anteriores, que durante años habían dado algo de dinero gracias incluso a las traducciones, llevaban un tiempo estancados. El anticipo que había cobrado por mi nuevo texto, y que todavía no me había ganado, estaba a punto de agotarse. Los artículos que escribía trabajando hasta bien entrada la madrugada o daban muy poco o ni siquiera me los pagaban. En fin, que vivía con el dinero que Pietro me pasaba puntualmente todos los meses y que Nino completaba haciéndose cargo del alquiler de la casa, las facturas y, tengo que reconocerlo, regalándonos a menudo a mí y a las niñas ropa para vestirnos. Mientras tuve que hacer frente a todos los cambios, los inconvenientes y dolores tras mi regreso a Nápoles, me había parecido justo que fuera así. Pero ahora, después de aquella noche, decidí que me urgía ser lo más independiente posible. Debía escribir y publicar con regularidad, debía consolidar mi fisonomía de autora, debía ganar dinero. Y la razón no era la vocación literaria, la razón tenía que ver con el futuro: ¿de veras pensaba que Nino se ocuparía siempre de mí y de mis hijas?

Fue entonces cuando comenzó a definirse una parte de mí, solo una parte, que de manera consciente y sin un sufrimiento especial reconocía que con él se podía contar bien poco. No se trataba solo del viejo temor a que me dejara, sino que me pareció un brusco estrechamiento de las perspectivas. Dejé de mirar lejos, empecé a pensar que de momento no podía esperar de Nino más de lo que ya me daba, y que debía decidir si me bastaba.

Seguí amándolo, naturalmente. Me gustaba su cuerpo largo y estilizado, su inteligencia metódica. Sentía una gran admiración por su trabajo. Su antigua habilidad para recoger datos e interpretarlos se había convertido en una competencia muy solicitada. Acababa de publicar un trabajo muy valorado —quizá se trataba de ese que tanto había gustado a Guido— sobre la crisis económica y los movimientos fluctuantes de los capitales que, con unos orígenes aún por explorar, se habían ido desplazando hacia la construcción, las finanzas, las televisiones privadas. Sin embargo, algo en él empezaba a disgustarme. Por ejemplo, me hizo daño la alegría con que había reaccionado al caerle de nuevo en gracia a mi ex suegro. Tampoco me gustó cómo había vuelto a diferenciar a Pietro («un profesorcito falto de imaginación, muy alabado solo por su apellido y por su obtusa militancia en el Partido Comunista») de su padre, el auténtico profesor Airota, al que elogiaba sin medias tintas como autor de obras fundamentales sobre helenismo y como combativo y destacado exponente de la izquierda socialista. Además, me hirió su renovada simpatía por Adele, a la que con frecuencia definía como gran señora, extraordinaria para las relaciones públicas. En fin, que lo veía sensible al beneplácito de quienes tenían autoridad y dispuesto a desplazar, a veces a humillar por envidia, a quien no la tenía en medida suficiente y carecía por completo de ella pero podría llegar a tenerla. Eso deslucía la imagen que yo le había atribuido siempre y que él mismo solía atribuirse.

Eso no fue todo. El clima político y cultural estaba cambiando, se iban imponiendo otras lecturas. Todos habíamos dejado de pronunciar discursos extremos y yo también me sorprendía mostrándome de acuerdo con posturas que años antes había combatido en Pietro por ganas de contradecirlo, por necesidad de pelear. Pero Nino se pasaba, y ahora encontraba ridícula no solo toda afirmación subversiva, sino también toda declaración ética, toda exhibición de pureza. Tomándome el pelo, me decía:

—Hay demasiados pazguatos sueltos.

—¿Pazguatos?

—Gente que se escandaliza, como si no se supiera que o los partidos hacen su trabajo o surgen las bandas armadas y las logias masónicas.

—¿Qué quieres decir?

—Quiero decir que un partido solo puede ser distribuidor de favores a cambio de consenso, los ideales forman parte del decorado.

—Muy bien, entonces yo soy una pazguata.

—Eso ya lo sé.

Comencé a encontrar desagradable su afán por mostrarse políticamente sorprendente. Cuando organizaba cenas en mi casa incomodaba a sus propios invitados defendiendo desde la izquierda posturas de derecha. Los fascistas, sostenía, no siempre dicen cosas equivocadas y hay que aprender a dialogar con ellos. O bien: acabemos con la denuncia pura y simple, hace falta ensuciarse las manos si se quiere cambiar las cosas. O incluso: es preciso que la justicia se someta lo antes posible a las razones de quien tiene la tarea de gobernar, si no se quiere que los jueces se conviertan en peligrosas bombas de relojería para el mantenimiento del sistema democrático. O incluso: es necesario congelar los salarios, el mecanismo de la escala móvil es una ruina para Italia. Si alguien intervenía para llevarle la contraria, se volvía despreciativo, reía socarrón, insinuaba que no valía la pena discutir con personas que llevaban anteojeras y tenían la cabeza llena de viejos eslóganes.

Con tal de no ponerme en contra de él, me vi obligada a mantener un silencio incómodo. Nino adoraba las arenas movedizas del presente, para él el futuro se decidía ahí. Conocía a fondo cuanto ocurría en los partidos y en el Parlamento, los movimientos internos del capital y de las organizaciones del trabajo. Yo, en cambio, leía con empeño solo lo referido a las tramas negras, los secuestros y los sangrientos coletazos de las formaciones armadas rojas, el debate sobre el ocaso de la relevancia obrera, la identificación de nuevos sujetos antagonistas. En consecuencia, me reconocía más en el lenguaje de los demás comensales que en el suyo. Una noche discutió con un amigo que enseñaba en la facultad de arquitectura. Se apasionó, estaba todo despeinado, guapísimo.

—Sois incapaces de diferenciar entre un paso adelante, un paso atrás y quedarse quietos.

—¿Qué es para ti un paso adelante? —preguntó su amigo.

—Un presidente del consejo que no sea el democristiano de turno.

—¿Y quedarse quietos?

—Una manifestación de los metalúrgicos.

—¿Y un paso atrás?

—Preguntarse si son más limpios los socialistas o los comunistas.

—Te estás volviendo cínico.

—Tú, en cambio, siempre has sido un capullo.

No, Nino ya no me convencía como antes. Se expresaba, no sé cómo decirlo, de una forma provocativa y al mismo tiempo opaca, como si precisamente él que enaltecía la precaución solo pudiera vigilar las jugadas y contrajugadas cotidianas de una gestión que a mí y a sus propios amigos nos parecía podrida hasta los cimientos. Basta, insistía, acabemos con la aversión infantil por el poder, hay que estar dentro de los lugares donde nacen y mueren las cosas: los partidos, los bancos, la televisión. Yo lo escuchaba, pero cuando se dirigía a mí bajaba la vista. Ya no me ocultaba a mí misma que, en parte, su conversación me aburría, y, en parte, me parecía desvelar una friabilidad que lo arrastraba hacia abajo.

En cierta ocasión Nino le estaba soltando uno de sus discursos a Dede, que tenía que hacer no sé qué complicada investigación para su profesora. Para mitigar su pragmatismo dije:

—Verás, Dede, los pueblos siempre tienen la posibilidad de lanzarlo todo por los aires.

—A mamá —contestó él, afable— le gusta inventar historias, que es un trabajo precioso. Pero sabe poco de cómo funciona el mundo en que vivimos; por eso, cuando hay algo que no le gusta recurre a unas palabritas mágicas: lanzarlo todo por los aires. Tú dile a tu profesora que hay que hacer funcionar el mundo que tenemos.

—¿Cómo? —pregunté.

—Con leyes.

—Pero si dices que a los jueces hay que controlarlos.

Negó con la cabeza, descontento conmigo, precisamente como en otros tiempos hacía Pietro.

—Anda, vete a escribir tu libro —dijo—; si no, después te quejas de que por nuestra culpa no consigues trabajar.

Y allí mismo le dio a Dede una lección sobre la división de poderes, que escuché en silencio y compartí de la a a la zeta.

72

Cuando estaba en casa Nino representaba con Dede y Elsa un ritual irónico. Me arrastraban al cuartito donde tenía mi escritorio, me ordenaban taxativamente que me pusiera a trabajar, salían, cerraban la puerta y me gritaban a coro si me atrevía a abrirla.

En general, si tenía tiempo, se mostraba muy dispuesto con

las niñas. Lo era con Dede, a la que juzgaba de una gran inteligencia pero demasiado rígida, y con Elsa, que lo divertía por su fingida sumisión tras la que anidaban la malicia y la astucia. Sin embargo, lo que había ansiado que ocurriera no sucedió nunca: no se encariñó con la pequeña Imma. Jugaba con ella, sí, y a veces parecía divertirse de veras. Por ejemplo, con Dede y Elsa ladraban alrededor de la niña para animarla a pronunciar la palabra «perro». Los oía aullar por la casa mientras trataba inútilmente de tomar algunas notas; y si Imma, por pura casualidad, extraía del fondo de su garganta un sonido confuso que sonaba a «pe», Nino chillaba con las niñas al unísono: lo ha dicho, qué bien, qué bien, pe. Pero nada más. En realidad, se servía de la pequeña como de un muñeco para entretener a Dede y a Elsa. Las ocasiones cada vez más raras en que pasaba un domingo con nosotras y hacía buen tiempo, iba con ellas y con Imma a la Floridiana, las animaba a empujar el cochecito de la hermana por los senderos de la Villa. Cuando regresaban a casa los cuatro estaban satisfechos. Pero unos cuantos comentarios me bastaban para intuir que Nino había dejado a Dede y a Elsa jugando a hacer de mamás de Imma, y él se había dedicado a conversar con las madres reales del Vomero que llevaban a sus hijos a tomar el sol y el aire.

Con el tiempo me había acostumbrado a su irreflexiva tendencia a la seducción, la consideraba una especie de tic. Me había acostumbrado sobre todo a cómo enseguida gustaba a las mujeres. Pero llegó un momento en que algo se torció también en ese aspecto. Comenzó a saltarme a la vista el impresionante número de sus amigas y que todas ellas se sentían como iluminadas en su presencia. Conocía bien esa luz, no me sorprendía. Estar a su lado te daba la impresión de ser visible sobre todo para ti misma, y eso te alegraba. Era natural que todas esas muchachas e incluso las señoras maduras le tomaran cariño, y aunque yo no excluía el deseo sexual, no lo consideraba un motivo necesario. Seguía perpleja al borde de la frase pronunciada hacía un tiempo por Lila: «Para mí que tampoco es amigo tuyo», y procuraba conmutarla lo menos posible por la pregunta: ¿estas mujeres serán sus amantes? Por ello lo que me turbó no fue la posibilidad de que me traicionara, sino otra cosa. Me convencí de que Nino alentaba en esas personas una especie de impulso maternal, a hacer en la medida de lo posible aquello que podía resultarle útil.

Al poco tiempo de nacer Imma las cosas comenzaron a irle cada vez mejor. Cuando aparecía me hablaba con orgullo de sus éxitos y yo no tardé en registrar que así como en el pasado su carrera había experimentado un despegue espectacular gracias a la familia de su mujer, del mismo modo, detrás de cada nuevo encargo que recibía, estaba la mediación de una mujer. Una le había conseguido una columnita quincenal en *Il Mattino*. Otra lo había recomendado para dar la charla inaugural en un importante congreso en Ferrara. Una lo había colocado en el comité directivo de una revista turinesa. Otra, originaria de Filadelfia y casada con un oficial de la OTAN destacado en Nápoles, hacía poco había mencionado su nombre para que figurara entre los asesores de una fundación estadounidense. La lista de favores no paraba de aumentar. Por lo demás, ¿acaso no lo había ayudado yo misma a publicar un libro en una editorial importante? ¿Y no intentaba que le publicaran otro? Y, pensándolo bien, ¿acaso en el origen de su prestigio como estudiante del preuniversitario no había estado la profesora Galiani?

Empecé a observarlo mientras se dedicaba a su trabajo de seducción. Nino invitaba a menudo a mujeres jóvenes y menos jóvenes a cenar en mi casa, solas o con sus respectivos maridos o parejas. En esas ocasiones yo me fijaba, no sin cierta ansiedad, en cómo les daba protagonismo; ignoraba casi por completo a los demás invitados de sexo masculino, colocaba a las mujeres en el centro de atención; a veces, potenciaba a una en particular. Durante muchas veladas asistí a conversaciones que, pese a producirse en presencia de otras personas, él sabía conducir como si estuviera solo, cara a cara, con la única mujer que en ese momento parecía interesarle. No decía nada alusivo, nada comprometedor, se limitaba a preguntar.

—¿Y después qué pasó?

—Me fui de casa. Dejé Lecce con dieciocho años y Nápoles no ha sido una ciudad fácil.

—¿Dónde vivías?

—Compartía con otras dos chicas un apartamento en ruinas por la via dei Tribunali. No disponía de un lugar tranquilo donde estudiar.

—¿Y los hombres?

—¿Qué hombres?

—Alguno habrá habido.

—Para mi desgracia, hubo uno con el que me casé y está aquí presente.

Aunque la mujer hubiese sacado a colación al marido casi para incluirlo en la conversación, él lo ignoraba y seguía hablándole a la mujer con su voz cálida. Nino sentía una curiosidad por el mundo femenino que era genuina. Pero, y eso yo ya lo sabía muy bien, no se parecía en nada a los hombres que en aquellos años hacían alarde de haber cedido al menos algunos de sus privilegios.

Pensaba no solo en los profesores, arquitectos y artistas que frecuentaban nuestra casa y mostraban una especie de feminización de su comportamiento, sentimientos, opiniones, sino también en Roberto, el marido de Carmen, que era sumamente servicial, y en Enzo, que sin vacilar hubiera sacrificado todo su tiempo a las necesidades de Lila. Nino se entusiasmaba sinceramente por la forma en que las mujeres se buscaban a sí mismas. No había cena en la que no repitiera que pensar junto con ellas ya era el único camino para una manera de pensar auténtica. Ahora bien, se aferraba con fuerza a sus espacios y a sus numerosísimas actividades, se ponía siempre en primer lugar en todas las circunstancias, no cedía un instante de su tiempo.

En una ocasión traté de llevarle la contraria delante de todos con ironía afectuosa.

—No os creáis lo que dice. Al principio me ayudaba a quitar la mesa y a fregar los platos, hoy no recoge ni los calcetines del suelo.

—No es cierto —se rebeló.

—Es tal como os lo cuento. Quiere liberar a las mujeres de los demás, pero no a la suya.

—Bueno, tu liberación no tiene por qué suponer forzosamente la pérdida de mi libertad.

Hasta en frases como esa, dichas en broma, no tardé en reconocer con incomodidad ecos de los conflictos con Pietro. ¿Por qué con mi ex marido me lo había tomado tan a mal mientras que con Nino lo dejaba correr? Pensaba: tal vez cada relación con los hombres se limita a reproducir las mismas contradicciones, y en ciertos ambientes incluso las mismas respuestas complacientes. Pero después me decía: no debo exagerar, hay alguna diferencia, con Nino seguramente las cosas van mejor.

Pero ¿era en realidad así? Lo tenía cada vez menos claro. Recordé cómo me había apoyado contra Pietro cuando era nuestro invitado en Florencia, reviví con placer cuánto me había animado para que escribiera. Pero ¿y ahora? Ahora que urgía que me pusiera a trabajar de veras, me parecía que ya no estaba en condiciones de infundirme la confianza de antes. Con los años las cosas habían cambiado. Nino siempre tenía sus urgencias y aunque hubiera querido no podía dedicarse a mí. Para calmarme, a través de su madre se había apresurado a buscarme a una tal Silvana, una mujer maciza de unos cincuenta años y con tres hijos, siempre alegre, muy activa y eficiente con las tres niñas. Había pasado por alto generosamente cuánto le pagaba, y al cabo de una semana me preguntó: ¿todo en orden, funciona? Pero estaba claro que consideraba el gasto como una autorización para no preocuparse por mí. Sin duda, era atento y se informaba con puntualidad: ¿estás escribiendo? Pero luego nada más. La relevancia que había tenido mi esfuerzo por escribir al comienzo de nuestra relación se había desvanecido. Y eso no era todo. Yo misma, con cierta incomodidad, ya no le reconocía la autoridad de entonces. Es decir, descubrí que esa parte de mí que se confesaba poder contar poco o nada con Nino, al final llegaba además a dejar de ver alrededor de cada una de sus palabras la aureola llameante que desde jovencita me había parecido vislumbrar. Le daba a leer algún apunte todavía informe y él exclamaba: perfecto. Le exponía un resumen de la trama y de los personajes que estaba esbozando y él decía: estupendo, muy inteligente. Pero no me convencía, no me lo creía, expresaba opiniones apasionadas sobre el trabajo de demasiadas mujeres. Su frase recurrente tras una velada con otras parejas era casi siempre: qué hombre tan aburrido, seguro que ella es mejor que él. Todas sus amigas, por el mero hecho de serlo, eran siempre juzgadas como extraordinarias. Y el juicio sobre las mujeres en general era, a grandes rasgos, acomodaticio. Nino era capaz de justificar hasta la torpeza sádica de las empleadas de correos, la cicatería inculta de las maestras de Dede y Elsa. En una palabra, ya no me sentía única, sino un modelo que valía por todas. Pero si para él no era única, ¿de qué me servía su opinión, cómo podía sacar de ella la energía para hacer bien las cosas?

Una noche, exasperada por los elogios que en mi presencia le había hecho a una amiga suya bióloga, le pregunté:

—¿Será posible que no exista una mujer estúpida?

—No he dicho eso, he dicho que, a grandes rasgos, sois mejores que nosotros.

—¿Yo soy mejor que tú?

—Sí, sin lugar a dudas, y lo sé desde hace mucho tiempo.

—De acuerdo, te creo, pero al menos una vez en tu vida te habrás encontrado con alguna cabrona, ¿no?

—Sí.

—Dime cómo se llama.

Sabía de antemano la respuesta, sin embargo, insistí confiando en que dijera Eleonora. Esperé, se puso serio:

—No puedo.

—Dímelo.

—Si te lo digo, te enfadarás.

—No me enfadaré.

—Lina.

73

Si en el pasado había creído un poco en su hostilidad recurrente hacia Lila, ahora me convencía cada vez menos, incluso porque iba ligada a momentos no infrecuentes en los que, como había ocurrido unas noches antes, demostraba todo lo contrario. Nino intentaba terminar un ensayo sobre el trabajo y la robotización en la Fiat, pero lo vi en apuros («¿qué es exactamente un microprocesador, qué es un chip, cómo funciona esto en la práctica?»). Le dije: habla con Enzo Scanno, él conoce el tema. Me preguntó distraído: ¿quién es Enzo Scanno? El compañero de Lina, le contesté. Y con media sonrisa comentó: entonces prefiero hablar con Lina, seguro que ella sabe más. Y como si hubiese recuperado la memoria, añadió no sin cierta antipatía: ¿Scanno no era el hijo tonto de la verdulera?

Se me quedó grabado ese tono. Enzo era el fundador de una pequeña empresa innovadora, todo un milagro si se pensaba que la sede se encontraba en el corazón del barrio viejo. Precisamente en su calidad de estudioso Nino debería haber mostrado interés y admiración por Enzo. Sin embargo, al utilizar ese pretérito imperfecto, «era», lo había devuelto a los años de la escuela primaria, a la época en que debía ayudar a su madre en la tienda o acompañar a su padre por las calles empujando el carrito y, como no tenía tiempo de estudiar, no destacaba. Con fastidio le había quitado a Enzo todos los méritos para atribuírselos a Lila. Así fue como me di cuenta de que si lo hubiese obligado a hurgar en su interior, habría resultado que el máximo ejemplo de inteligencia femenina —tal vez su propio culto a aquella inteligencia, incluso algunos discursos que colocaban en la cima de todos los derroches—, el derroche de recursos intelectuales de las mujeres, tenía que ver con Lila, y que si nuestra época amorosa empezaba a oscurecer, para él la época de Ischia siempre sería radiante. El hombre por el que abandoné a Pietro, pensé, es lo que es porque su encuentro con Lila lo ha remodelado así.

74

Esa idea me vino a la cabeza una mañana helada de otoño, mientras llevaba al colegio a Dede y a Elsa. Conducía distraída; la idea arraigó. Distinguí entre el amor por el jovencito del barrio, por el estudiante de preuniversitario —un sentimiento que tenía por objeto un fantasma mío, concebido antes de Ischia— y la pasión que me había conmocionado por el joven de la librería en Milán, por la persona que se presentó en mi casa de Florencia. Siempre había establecido un nexo entre esos dos bloques emotivos; sin embargo, esa mañana me pareció que ese nexo no existía, que la continuidad era un truco de la razón. En el medio, pensé, se había producido la fractura del amor por Lila, esa fractura que debería haber borrado a Nino para siempre de mi vida, y que, no obstante, no quise tener en cuenta. ¿A quién me había unido, pues, y a quién amaba todavía hoy?

Normalmente, Silvana se encargaba de llevar a las niñas al colegio. Mientras Nino seguía durmiendo, yo me ocupaba de Imma. Pero en esa ocasión me había organizado para estar fuera toda la mañana; quería ir a la Biblioteca Nacional a ver si encontraba un antiguo libro de Roberto Bracco titulado *En el mundo de las mujeres*. Mientras tanto, avanzaba despacio en el tráfico matutino con ese pensamiento en la cabeza. Conducía, respondía a las preguntas de las niñas, volvía a un Nino compuesto por dos partes, una que me pertenecía, la otra que me resultaba ajena. Cuando con mil recomendaciones dejé a Dede y a Elsa delante de sus respectivos colegios, el pensamiento se había convertido en imagen y, como me ocurría a menudo en esa época, se había transformado en el núcleo de un posible relato. Podría ser, me dije mientras bajaba en dirección al paseo marítimo, una novela en la que una mujer se casa con el hombre del que está enamorada desde niña, pero la noche de bodas se da cuenta de que mientras una parte del cuerpo de él le pertenece, la otra está físicamente habitada por una amiga de la infancia. Después, en un instante, todo acabó barrido por una especie de timbre doméstico de alarma: me había olvidado de comprar pañales para Imma.

Ocurría con frecuencia que la cotidianidad irrumpía como una bofetada, convirtiendo en irrelevante, cuando no ridículo, todo fantaseo tortuoso. Me detuve, irritada conmigo misma. Estaba tan cansada que, aunque apuntara con sumo cuidado en una libreta las cosas urgentes que comprar, al final me olvidaba de la propia lista. Resoplé, nunca lograba organizarme como debía. Nino tenía una importante cita de trabajo, tal vez ya había salido de casa; de todos modos, con él no se podía contar. A Silvana no podía mandarla a la farmacia, porque habría tenido que dejar a la niña sola en casa. Por tanto no quedaban pañales, a Imma no se la podía cambiar y ya llevaba días con irritaciones a causa del pañal. Regresé a la via Tasso. Corrí a la farmacia, compré los pañales, llegué a casa con la lengua fuera. Tuve la certeza de oír los gritos de Imma ya en el rellano; en cambio, abrí la puerta con la llave y entré en un apartamento silencioso.

Entreví a la niña en la sala, estaba sentada en el parque, sin pañal, jugueteaba con un muñequito. Seguí de largo sin que me viera, se habría puesto a alborotar para que la levantara en brazos y yo quería entregarle enseguida el paquete a Silvana e intentar ir otra vez a la biblioteca. Como me llegó una leve agitación desde el baño grande (teníamos un bañito al que, en general, iba Nino, y un cuarto de baño que usábamos las niñas y yo), pensé que Silvana lo estaría ordenando. Fui hacia ahí, la puerta estaba entornada, la empujé. En la ventana luminosa del espejo largo primero vi la cabeza de Silvana inclinada hacia delante y me llamó la atención la franja de la raya al medio, las dos crenchas de pelo negro surcadas por muchas canas. Después noté los ojos cerrados de Nino, la boca abierta. Y entonces, en un destello, la imagen reflejada y los cuerpos reales se complementaron. Nino estaba en camiseta y desnudo de cintura para abajo, las piernas largas y flacas separadas, descalzo. Silvana, doblada hacia delante, con ambas manos apoyadas en el lavabo, tenía las bragas enormes en las rodillas y la bata oscura subida hasta la cintura. Él le restregaba el sexo sujetándole con el brazo la barriga pesada, le apretaba un pecho enorme que sobresalía de la bata y del sujetador, y mientras tanto golpeaba el vientre plano contra sus nalgas anchas, blanquísimas.

Tiré hacia mí con fuerza la puerta justo cuando Nino abría los ojos y Silvana levantaba de golpe la cabeza lanzándome una mirada aterrorizada. Corrí a recoger a Imma del parque, y mientras Nino gritaba: Elena, espera, yo ya estaba fuera de casa; ni siquiera llamé el ascensor, corrí escaleras abajo con la niña en brazos.

75

Me refugié en el coche, puse el motor en marcha y con Imma sentada en mi regazo, arranqué. La niña parecía feliz, quería tocar el claxon como le había enseñado Elsa; decía sus palabritas incomprensibles alternándolas con gritos de júbilo por mi proximidad. Conduje sin rumbo, solo quería alejarme lo más posible de casa. Al final me encontré debajo del Castel Sant'Elmo. Aparqué, apagué el motor y descubrí que no tenía lágrimas, no estaba sufriendo, solo estaba paralizada por el horror.

No me lo podía creer. ¿Cómo era posible que ese Nino al que había descubierto mientras embestía con su sexo tieso dentro del sexo de una mujer madura —una mujer que me ordenaba la casa, me hacía la compra, cocinaba, se ocupaba de mis hijas, una mujer marcada por la fatiga de la supervivencia, gorda, destrozada, por completo alejada de las señoras cultas y elegantes que él me traía a cenar— fuera el muchacho de mi adolescencia? Durante todo el tiempo que estuve conduciendo a ciegas, tal vez sin notar siquiera el peso de Imma semidesnuda que aporreaba inútilmente el claxon y me llamaba, dichosa, no fui capaz de darle una identidad estable. Me sentí como si, al entrar en casa, hubiese descubierto de golpe en mi cuarto de baño a un ser extraño que se mantenía oculto dentro de los despojos del padre de mi tercera hija. El desconocido tenía los rasgos de Nino, pero no era él. ¿Era el otro, el que había nacido después de Ischia? Pero ¿cuál? ¿El que había dejado preñada a Silvia? ¿El amante de Mariarosa? ¿El marido de Eleonora, infiel y sin embargo tan atado a ella? ¿El hombre casado que me había dicho a mí, mujer casada, que me amaba, que me quería a toda costa?

Durante el trayecto que me llevó hasta el Vomero traté de aferrarme al Nino del barrio y del preuniversitario, al Nino de las ternuras y del amor, para sustraerme a la repulsión. Solo cuando me detuve debajo de Sant'Elmo me vinieron a la cabeza el cuarto de baño y el momento en que él abrió los ojos y me vio en el espejo, detenida en el umbral. Entonces todo me pareció más claro. No había escisión alguna entre ese hombre surgido después de Lila y el muchacho del que, antes que Lila, me había enamorado cuando era niña. Nino era uno solo y lo demostraba la expresión de su cara mientras estaba dentro de Silvana. Era la expresión adoptada por Donato, su padre, no cuando me había desvirgado en la playa dei Maronti, sino cuando me había tocado entre las piernas debajo de la sábana, en la cocina de Nella.

Nada de extraño, pues, pero mucho de repugnante. Nino era aquello que no hubiera querido ser y que, sin embargo, siempre había sido. Cuando golpeaba rítmicamente contra las nalgas de Silvana y al mismo tiempo se preocupaba por darle placer con delicadeza, no mentía, del mismo modo que no mentía cuando era injusto conmigo y luego se amargaba, se excusaba, me suplicaba que lo perdonase, juraba amarme. Él es así, me dije. Pero eso no me sirvió de consuelo. Al contrario, sentí que el horror, en lugar de disiparse, encontraba en esa comprobación un refugio más sólido. Después una líquida tibieza se expandió hasta llegarme a las rodillas. Di un respingo: Imma estaba desnuda, acababa de hacerse pis en mi regazo.

76

Me pareció impensable regresar a casa, aunque hiciera frío e Imma corriera el riesgo de enfermar. La envolví en mi abrigo como si jugáramos, compré otro paquete de pañales y le puse uno después de limpiarla con toallitas húmedas. Debía decidir qué iba a hacer. Dede y Elsa no tardarían en salir del colegio, malhumoradas, con mucho apetito, e Imma ya tenía hambre. Yo, con los vaqueros mojados, sin abrigo, los nervios de punta, me estremecía de frío. Busqué un teléfono, llamé a Lila, le pregunté:

—¿Puedo ir con las niñas a comer a tu casa?

—Claro.

—¿Enzo no se molestará?

—Sabes que se alegra.

Oí la vocecita alegre de Tina, Lila le dijo: calla. Después, con una cautela que normalmente no tenía, me preguntó:

—¿Hay algún problema?

—Sí.

—¿Qué ha pasado?

—Lo que tú habías previsto.

—¿Te has peleado con Nino?

—Después te lo cuento, ahora tengo que colgar.

Llegué al colegio con antelación. Imma había perdido todo interés en mí, en el volante, en el claxon, estaba nerviosa, gritaba. La obligué una vez más a quedarse envuelta en el abrigo y fuimos a comprar unas galletas. Creía que actuaba con calma —por dentro me sentía tranquila, no prevalecía la furia sino el asco, una repulsión no distinta de la que hubiera sentido de haber presenciado el acoplamiento de dos lagartijas—, pero noté que los viandantes me miraban con curiosidad, con alarma, mientras corría por la calle con los pantalones mojados, hablándole en voz alta a la niña que, ceñida con fuerza en el abrigo, se retorcía y lloraba.

Imma se tranquilizó con la primera galleta y su calma liberó mi ansiedad. Nino debía de haber aplazado su cita, probablemente me estaría buscando, me exponía a encontrármelo delante de la escuela. Como Elsa salía antes que Dede, que estaba en segundo de bachillerato elemental, me quedé en un rincón desde donde podía ver el portón de la escuela primaria sin ser vista. Me castañeteaban los dientes de frío; Imma me estaba embadurnando el abrigo con migas de galleta empapadas en saliva. Vigilé la zona, alarmada, pero Nino no dio señales de vida. Y tampoco apareció delante del portón del instituto, por el que no tardó en salir Dede en un flujo de empujones, gritos e insultos en dialecto.

Las niñas me hicieron poco caso, se interesaron mucho en la novedad de que había ido a recogerlas con Imma.

—¿Por qué la llevas envuelta en tu abrigo? —preguntó Dede.

—Porque tiene frío.

—¿Has visto que te lo está dejando perdido?

—No importa.

—Aquella vez cuando te lo ensucié yo me diste un bofetón —se quejó Elsa.

—No es cierto.

—Es requetecierto.

—¿Cómo es que solo lleva camiseta y pañal? —indagó Dede.

—Porque está bien así.

—¿Ha pasado algo?

—No. Ahora vamos a comer a casa de la tía Lina.

Recibieron la noticia con el entusiasmo habitual, luego se acomodaron en el coche y, mientras la pequeña hablaba con sus hermanas en su lengua indescifrable, encantada de ser el centro de su atención, las dos mayores empezaron a disputarse el derecho a tenerla en brazos. Les impuse que la cogieran juntas, sin tironearla de acá para allá; que no es de goma, grité. A Elsa no le gustó esa solución y le soltó a Dede una palabrota en dialecto. Traté de darle una bofetada, y mirándola fijamente por el retrovisor le dije:

¿qué has dicho, repítelo, qué has dicho? No lloró, dejó a Imma con Dede, murmuró que ocuparse de la hermanita la aburría. Después, cuando la pequeña alargaba las manos para jugar, la rechazaba de malos modos. Y la pequeña gritaba crispándome los nervios. Imma, basta, que me molestas, me estás ensuciando. Y a mí: mamá, dile que pare. No pude más, lancé un grito que las dejó a las tres de piedra. Cruzamos la ciudad en un estado de tensión únicamente roto por el cuchicheo de Dede y Elsa, que se consultaban para entender si en sus vidas estaba a punto de ocurrir otra vez algo irreparable.

Tampoco toleré ese conciliábulo. Ya no toleraba nada: su infancia, mi papel de madre, los balbuceos de Imma. Además, la presencia de mis hijas en el habitáculo desentonaba con las imágenes del coito a las que me asomaba sin cesar, con el olor a sexo que aún notaba en la nariz, con la rabia que comenzaba a abrirse paso junto con el dialecto más vulgar. Nino se había follado a la criada y después se había ido a su cita, mi hija y yo se la traíamos floja. Ah, qué pedazo de mierda, no hacía más que equivocarme. ¿Era como su padre? No, demasiado simple. Nino era muy inteligente, Nino era extraordinariamente culto. Su inclinación a follar no provenía de una grosera e ingenua exhibición de virilidad fundada en lugares comunes medio fascistas, medio meridionales. Lo que me había hecho, lo que me estaba haciendo, estaba filtrado por una conciencia muy refinada. Él manejaba conceptos complejos, sabía que de ese modo me ofendería hasta destruirme. Pero aun así lo había hecho. Había pensado: no puedo renunciar a mi placer solo porque esta cretina puede tocarme los huevos. Así, tal cual. Y seguramente consideraba filistea —el adjetivo todavía estaba bastante difundido en nuestro ambiente— mi posible reacción. Filistea, filistea. Conocía incluso la mueca de la que echaría mano para justificarse con elegancia: qué tiene de malo, la carne es débil y he leído todos los libros. Esas palabras exactas, maldito hijo de puta. La furia se había abierto paso en el horror. Le grité a Imma, también a Imma, que se callara. Cuando llegué delante de la casa de Lila ya odiaba a Nino como no había odiado a nadie hasta entonces.

77

Lila había preparado la comida. Sabía que a Dede y a Elsa les encantaban las *orecchiette* con salsa de tomate y les anunció el menú suscitando una ruidosa puesta en escena del entusiasmo. No fue todo. Me quitó a Imma de los brazos y se ocupó de ella y de Tina como si de pronto su hija se hubiese desdoblado. Las cambió a las dos, las lavó, las vistió con la misma ropa, las mimó con una extraordinaria exhibición de cuidados maternales. Después, como las dos pequeñas se habían reconocido enseguida y se pusieron a jugar, las dejó a ambas gateando y balbuceando sobre una vieja alfombra. Qué distintas eran. Comparé con amargura a esa hija mía y de Nino con la hija de Lila y Enzo. Tina me pareció más guapa, más sana que Imma, era el dulcísimo fruto de una relación sólida.

Entretanto Enzo regresó del trabajo, cordialmente lacónico como de costumbre. En la mesa ni él ni Lila me preguntaron por qué no probaba bocado. Solo Dede intervino, como para apartarme de sus malos pensamientos y los de los demás. Dijo: mi mamá siempre come poco porque no quiere engordar, y yo hago lo mismo. Exclamé amenazante: tú me dejas ese plato limpio y te comes hasta la última *orecchietta*. Y Enzo, tal vez para proteger a mis hijas de mí, las retó a una carrera cómica para ver quién comía más y acababa antes. Además, contestó con amabilidad a la catarata de preguntas que Dede le hizo sobre Rino —mi hija había esperado verlo al menos durante la comida—; le aclaró que el muchacho había empezado a trabajar en un taller y estaba fuera todo el día. Después, cuando terminaron de comer, en medio del mayor de los secretos, se llevó a las dos hermanas a la habitación de Gennaro para enseñarles todos los tesoros que había allí. Al cabo de unos minutos estalló una música atronadora y ya no regresaron.

Me quedé sola con Lila. Entre sarcasmos y sufrimiento, le conté hasta el último detalle. Ella me escuchó sin interrumpirme. Me di cuenta de que cuanto más verbalizaba lo que me había ocurrido, más ridícula me parecía la escena de sexo entre aquella mujer gorda y Nino tan flaco. Se despertó —en un momento dado me salió el dialecto—, encontró a Silvana en el retrete e incluso antes de mear le subió la bata y se la metió. Solté una risotada vulgar y Lila me miró incómoda. Esas expresiones las usaba ella, de mí no se las esperaba. Tienes que calmarte, dijo, y como Imma estaba llorando, nos fuimos a la otra habitación a ver qué pasaba.

Mi hija, rubita, la cara enrojecida, derramaba gruesos lagrimones con la boca abierta de par en par; en cuanto me vio, tendió los brazos para que la levantara. Tina, morena, pálida, la miraba desconcertada y cuando apareció su madre no se movió, la llamó como para que la ayudara a entender, dijo «mamá» con nitidez. Lila levantó a las dos niñas, las acomodó una en cada brazo, a la mía le secó las lágrimas a besos, le habló, la tranquilizó.

Yo estaba asombrada. Pensé: Tina dice «mamá» con claridad, con todas las sílabas, Imma todavía no sabe decirlo y tiene casi un mes más. Me sentí perdida y triste. El año 1981 estaba tocando a su fin. Echaría a Silvana. No sabía qué escribir, los meses pasarían volando, no podría entregar mi libro, perdería terreno y entidad laboral. Me quedaría sin futuro, dependiente del dinero de Pietro, sola con tres hijas, sin Nino. Nino perdido, Nino acabado. Volvió a manifestarse la parte de mí que seguía amándolo, no como en Florencia sino más bien como lo había amado la niña de primaria, cuando lo veía salir de la escuela. Busqué confusamente un pretexto para perdonarlo pese a la humillación, no soportaba echarlo de mi vida. ¿Dónde estaba? ¿Cómo era posible que ni siquiera hubiese intentado buscarme? Até cabos; Enzo se había ocupado enseguida de las dos niñas, y Lila se había hecho cargo de mis obligaciones para escucharme y dejarme todo el espacio que quería. Comprendí al fin que ya estaban al tanto de todo incluso antes de que yo llegara al barrio.

—¿Ha llamado Nino? —le pregunté.

—Sí.

—¿Qué ha dicho?

—Que ha sido una estupidez, que debo estar a tu lado, que debo ayudarte a entender, que hoy se vive así. Palabrería.

—¿Y tú?

—Le colgué, sin más.

—Pero ¿volverá a llamar?

—¿Cómo no va a llamar ese?

Me sentí desalentada.

—Lila, no sé vivir sin él. Todo ha durado tan poco. Rompí mi matrimonio, me vine a vivir aquí con las niñas, he tenido otra. ¿Por qué?

—Porque te has equivocado.

La frase no me gustó, sonó como el eco de una antigua ofensa. Me estaba echando en cara que me había equivocado a pesar de que ella había tratado de apartarme del error. Me estaba diciendo que yo había querido equivocarme, y que por tanto ella se había equivocado, yo no era inteligente, era una mujer estúpida.

—Tengo que hablar con él, tengo que hacerle frente —le dije.

—De acuerdo, pero déjame a las niñas.

—No puedes con todo, son cuatro.

—Son cinco, también está Gennaro. Y él es el que me da más trabajo de todos.

—¿Lo ves? Me las llevo.

—Ni hablar.

Reconocí que necesitaba su ayuda.

—Te las dejo hasta mañana, necesito tiempo para resolver la situación —le dije.

—¿Resolverla cómo?

—No lo sé.

—¿Quieres seguir con Nino?

La noté contrariada y casi le grité:

—¿Y qué puedo hacer?

—La única salida posible: dejarlo.

Para ella era la solución adecuada, siempre había querido que acabara de ese modo, nunca me lo había ocultado.

—Lo pensaré —le dije.

—No, no lo pensarás. Ya has decidido hacer la vista gorda y seguir adelante.

Evité responderle y ella me apremió, dijo que no debía desperdiciar mi vida, que tenía otro destino, que si seguía así me echaría a perder cada vez más. Me di cuenta de que se ponía áspera, sentí que para retenerme estaba a punto de decirme lo que desde hacía tiempo yo quería saber y que ella me ocultaba. Tuve miedo, pero ¿acaso en varias ocasiones no había tratado yo misma de aclarar las cosas? ¿Y acaso ahora no había corrido también a su casa para que desembuchara?

—Si tienes algo que decirme —murmuré—, habla.

Y ella se decidió, buscó mis ojos, yo bajé la mirada. Dijo que Nino la había perseguido con frecuencia. Dijo que le había pedido volver con ella, tanto antes de unirse a mí como después. Cuando acompañaron a mi madre al hospital, dijo que había sido particularmente insistente. Dijo que mientras los médicos atendían a mi madre y ellos aguardaban noticias en la sala de espera, le había jurado que si estaba conmigo era únicamente para sentirse más cerca de ella.

—Mírame —murmuró—, sé que soy mala contándote estas cosas, pero él es mucho peor que yo. Tiene la peor de las maldades, la de la superficialidad.

78

Regresé a la via Tasso decidida a romper toda relación con Nino. Encontré la casa vacía y en perfecto orden, me senté al lado de la puerta ventana que daba al balcón. La vida en ese apartamento se había terminado, en un par de años se habían agotado las razones de mi propia presencia en Nápoles.

Esperé con creciente ansiedad que él diera señales de vida. Pasaron unas horas, me dormí, me desperté sobresaltada en la oscuridad. El teléfono estaba sonando.

Corrí a contestar, segura de que era Nino, pero era Antonio. Telefoneaba desde un bar cercano, me preguntó si quería reunirme con él. Le dije: sube. Noté que vacilaba, después aceptó. No tuve ninguna duda de que me lo había enviado Lila; por lo demás, él lo reconoció enseguida.

—No quiere que hagas una tontería —dijo esforzándose por hablar en italiano.

—¿Tú me lo vas a impedir?

—Sí.

—¿Cómo?

Se sentó en la sala después de rechazar el café que quería prepararle, y, sosegadamente, con el tono de quien está acostumbrado a ofrecer informes minuciosos, me enumeró todas las amantes de Nino: nombres, apellidos, profesiones, vínculos de parentesco. A algunas no las conocía, eran relaciones que venían de lejos. A otras las había llevado a cenar a mi casa y las recordaba afectuosas conmigo y con las niñas. Mirella, que había cuidado de Dede, de Elsa y también de Imma, llevaba con él tres años. Y todavía más larga era la relación con la ginecóloga que nos había asistido en el parto tanto a Lila como a mí. Reunió un considerable número de féminas —las llamó así— con las que en distintas épocas Nino había utilizado el mismo esquema: un período de intensos encuentros, luego visitas esporádicas, en ningún caso una interrupción definitiva. Se encariña, dijo Antonio con sarcasmo, nunca interrumpe realmente las relaciones: ahora va a la casa de esa, ahora va a la casa de aquella otra.

—¿Lina lo sabe?

—Sí.

—¿Desde cuándo?

—Desde hace poco.

—¿Por qué no me lo habéis dicho enseguida?

—Yo quería decírtelo enseguida.

—¿Y Lina?

—Dijo que esperáramos.

—Y tú la obedeciste. Habéis dejado que cocinara y pusiera la mesa para personas con las que él me había traicionado el día antes o me traicionaría al día siguiente. He comido con gente a la que él le tocaba el pie o la rodilla u otra cosa bajo la mesa. He confiado mis hijas a una muchacha a la que se le echaba encima en cuanto yo volvía la espalda.

Antonio se encogió de hombros, se miró las manos, las entrelazó y las dejó entre las rodillas.

—Si me ordenan hacer algo, lo hago —dijo en dialecto.

Pero se ruborizó. Lo hago casi siempre, dijo, y trató de justificarse: a veces obedezco al dinero, a veces al aprecio, a veces a mí mismo. Estas traiciones, murmuró, si no llegas a saberlas en el momento adecuado, no sirven, cuando estás enamorado lo perdonas todo. Para que las traiciones tengan su peso efectivo, antes debe madurar un poco el desamor. Y siguió así, acumulando frases arduas sobre la ceguera de quien ama. Casi a modo de ejemplo, volvió a hablarme de aquella vez cuando años atrás, por cuenta de los Solara, había espiado a Nino y a Lila. En aquel caso, dijo con orgullo, no hice lo que me habían encargado. No se vio con ánimos de entregar a Lila a Michele, por eso había llamado a Enzo para que la sacara del apuro. Mencionó otra vez la paliza que le había dado a Nino. Lo hice, masculló, en primer lugar porque tú lo querías a él y no a mí, y después porque si ese cabronazo volvía con Lina, ella se hubiera quedado agarrada a él y se habría arruinado del todo. Ya lo ves, concluyó, en aquel caso tampoco era cuestión de dar la charla, Lina no me hubiera hecho caso, el amor no solo no tiene ojos, sino que también le faltan los oídos.

—¿En todos estos años nunca le has dicho a Lina que aquella noche Nino estaba volviendo a su casa? —le pregunté asombrada.

—No.

—Deberías habérselo dicho.

—¿Y por qué? Cuando la cabeza me dice: es mejor que hagas las cosas así, las hago y no lo pienso más. Si te pones a rumiarlas, la fastidias y nada más.

Se había vuelto muy sabio. En esas circunstancias supe que la historia de Nino y Lila habría durado un tiempo más si Antonio no la hubiera interrumpido a palos. Pero descarté enseguida la posibilidad de que se hubieran amado toda la vida y que tanto él como ella se hubiesen convertido en unas personas diferentes; además de improbable, me parecía insoportable. En cambio, suspiré con impaciencia. Por motivos que solo él conocía, Antonio había decidido salvar a Lila y ahora Lila lo había mandado a salvarme a mí. Lo miré, con manifiesto sarcasmo dije algo sobre su papel de protector de mujeres. Debería haber aparecido en Florencia, pensé, cuando estaba en vilo, cuando no sabía qué hacer, y entonces decidir por mí con sus manos nudosas igual que años antes había decidido por Lila. Le pregunté con sorna:

—¿Y ahora qué te han ordenado?

—Antes de mandarme para aquí, Lina me prohibió que le partiera la cara a ese cabronazo. Pero yo ya lo hice una vez y quiero volver a hacerlo.

—No eres digno de confianza.

—Sí y no.

—¿Qué quieres decir?

—Es una situación complicada, Lenù, mantente al margen. Tú solo dime que el hijo de Sarratore tiene que arrepentirse de haber nacido y yo hago que se arrepienta.

No me contuve más, me eché a reír por aquella seriedad afectada con la que se expresaba. Era el tono que había aprendido en el barrio de jovencito, el tono reservado del macho de una sola pieza, él que en realidad había sido tímido y sentido muchos miedos. Qué esfuerzo debía de haber supuesto, pero ahora ese era su tono, no hubiera sabido usar otro. La única diferencia en relación con el pasado era que en esa circunstancia se esforzaba por hablar italiano y la lengua hostil le salía con acento extranjero.

Se ensombreció por mi carcajada, miró los cristales negros de la ventana, murmuró: no te rías. Vi que empezaba a brillarle la frente a pesar del frío, sudaba por la vergüenza de haberme parecido ridículo. Dijo: ya sé que no me expreso bien, sé mejor el alemán que el italiano. Noté su olor, el mismo que el de las emociones en los tiempos de los pantanos. Me río por la situación, me disculpé, por ti que quieres matar a Nino desde siempre y por mí que si entrara ahora por esa puerta, te diría: sí, mátalo; me río por la desesperación, porque nunca me habían ofendido tanto, porque me siento humillada de un modo que no sé si puedes imaginar, porque en este momento me siento tan mal que tengo la sensación de que voy a desmayarme.

De hecho me sentía débil y muerta por dentro. Por ello, de pronto le agradecí a Lila haber tenido la sensibilidad de mandarme justamente a Antonio; en ese momento él era la única persona de cuyo afecto no dudaba. Además, su cuerpo descarnado, sus huesos grandes, sus cejas tupidas, la cara sin delicadeza me seguían resultando familiares, no me disgustaban, no los temía. En los pantanos, dije, hacía frío y no lo sentíamos, estoy temblando, ¿puedo ponerme a tu lado?

Me miró inseguro, pero no esperé su consentimiento. Me levanté, me senté en sus rodillas. Él se quedó inmóvil, abrió los brazos por temor a tocarme y los dejó caer a los costados del sillón. Me abandoné contra él, apoyé la cara entre su cuello y el hombro, creo que me dormí durante unos segundos.

—Lenù.

—¿Sí?

—¿Te sientes mal?

—Abrázame, tengo que calentarme.

—No.

—¿Por qué?

—No estoy seguro de que me quieras.

—Te quiero ahora, solo esta vez, es algo que me debes y que yo te debo.

—No te debo nada. Yo te quiero y tú, en cambio, siempre quisiste a ese.

—Sí, pero como te deseé a ti no he deseado a nadie, ni siquiera a él.

Hablé mucho rato. Le dije la verdad, la verdad de ese momento y la verdad de la época lejana de los pantanos. Él era el descubrimiento de la excitación, era el fondo del vientre que se enardecía, que se abría, que se fundía liberando una candente languidez. Franco, Pietro, Nino habían tropezado con aquella espera, pero no habían conseguido satisfacerla, porque era una espera sin objeto definido, era la esperanza del placer, la más difícil de colmar. El sabor de la boca de Antonio, el perfume de su deseo, las manos, el sexo tieso entre los muslos, constituían un antes inigualable. El después nunca había estado realmente a la altura de nuestras tardes ocultas tras las ruinas de la fábrica de conservas, pese a estar hechas de amor sin penetración y a menudo sin orgasmo.

Le hablé en un italiano que me salió complejo. Lo hice más para explicarme a mí misma lo que estaba haciendo que para aclarárselo a él, y eso debió de parecerle un acto de confianza, lo puso contento. Me abrazó, me besó en un hombro, en el cuello y después en la boca. No creo haber tenido otras relaciones sexuales como aquella, que unió bruscamente los pantanos de veinte años antes con el cuarto de la via Tasso, el sillón, el suelo, la cama, barriendo de golpe con todo aquello que había en medio y nos separaba, lo que yo era, lo era él. Antonio fue delicado, fue brutal, y yo no fui menos. Reclamó cosas y reclamé cosas con una furia, con un ansia, con una necesidad de transgresión que no creía albergar en mí. Al final él se quedó aniquilado por el estupor y yo también.

—¿Qué ha pasado? —pregunté aturdida, como si la memoria de aquella absoluta intimidad nuestra hubiese ya desaparecido.

—No lo sé —dijo él—, pero menos mal que ha pasado.

Sonreí.

—Eres como todos, has traicionado a tu mujer.

Quería bromear pero él me tomó en serio.

—No he traicionado a nadie —dijo en dialecto—. Mi mujer, antes de ahora, todavía no existe.

Formulación oscura, pero comprendí. Se esforzaba por decirme que estaba de acuerdo conmigo y trataba de comunicarme a su vez un sentido del tiempo fuera de la cronología corriente. Quería decir que acabábamos de vivir un pequeño fragmento de un día que pertenecía a veinte años antes. Lo besé, murmuré: gracias, y le dije que le estaba agradecida porque había decidido pasar por alto las razones siniestras de esas relaciones sexuales —las mías y las suyas—, y ver únicamente la necesidad de saldar nuestras cuentas.

Después sonó el teléfono, fui a contestar, podía ser Lila que me llamaba por las niñas. Era Nino.

—Menos mal que estás en casa —dijo jadeante—, voy para allá enseguida.

—No.

—¿Cuándo entonces?

—Mañana.

—Déjame que te explique, es necesario, es urgente.

—No.

—¿Por qué?

Se lo dije y colgué.

79

La separación de Nino fue difícil, requirió meses. Creo que nunca he sufrido tanto por un hombre, me atormentaba tanto alejarme de él como aceptarlo de nuevo. No quiso admitir que le había hecho a Lila propuestas sentimentales y sexuales. La insultó, la ridiculizó, la acusó de querer destruir nuestra relación. Pero mentía. En los primeros días mintió siempre, trató incluso de convencerme de que lo que vi en el baño había sido un deslumbramiento producto del cansancio y los celos. Después empezó a ceder. Confesó alguna relación, si bien las retrotrajo a épocas anteriores; de otras incuestionablemente recientes dijo que habían sido insignificantes, juró que con esas mujeres había amistad, no amor. Discutimos durante todas las navidades, durante todo el invierno. A veces lo mandaba callar extenuada por su habilidad para acusarse, defenderse y pretender el perdón; a veces cedía frente a su desesperación, que parecía auténtica —llegaba a menudo borracho—; a veces lo echaba porque por honestidad, por soberbia, incluso por dignidad, nunca prometió que no vería más a las que llamaba sus amigas, tampoco quiso asegurarme que dejaría de aumentar la lista.

Sobre ese tema emprendió a menudo largos y cultísimos monólogos con los que trató de convencerme que no era culpa suya, sino de la naturaleza, de la materia astral, de los cuerpos esponjosos y de su excesiva irrigación, de sus riñones especialmente calientes, en fin, de su virilidad desbordante. Por más que sume todos los libros que he leído —murmuraba con palabras sinceras, sufridas y, sin embargo, vanidosas hasta la ridiculez—, por más que sume los idiomas que he aprendido, las matemáticas, las ciencias, la literatura, y, más que todo mi amor por ti —sí, el amor y la necesidad que tengo de ti, el pavor a no tenerte más—, créeme, te suplico, créeme, no hay nada que hacer, no puedo, no puedo, no puedo, prevalece el deseo ocasional, el más estúpido, el más obtuso.

A veces me conmovía, con más frecuencia me irritaba, en general reaccionaba con sarcasmo. Y él se callaba, se alborotaba nervioso el pelo, y vuelta a empezar. Pero cuando una mañana le dije gélida que su necesidad de mujeres tal vez fuera el síntoma de una heterosexualidad inestable que para resistir necesitaba de continuas confirmaciones, se ofendió, me apremió durante días y días, quería saber si con Antonio me había sentido mejor que con él. Como ya me tenía harta con toda su palabrería angustiada, le grité que sí. Y en vista de que en aquella época de peleas tormentosas alguno de sus amigos había tratado de meterse en mi cama y yo, por aburrimiento, por venganza, alguna vez había accedido, le solté el nombre de unas cuantas personas a las que les tenía aprecio, y para herirlo le dije que habían estado mejor que él.

Desapareció. Había dicho que no podía prescindir de Dede y Elsa, había dicho que amaba a Imma más que a sus otros hijos, había dicho que se ocuparía de las tres niñas aunque yo no quisiera volver más con él. En realidad, no solo se olvidó de nosotras de la noche a la mañana, sino que dejó de pagar el alquiler de la via Tasso, las facturas de la luz, el gas y el teléfono.

Busqué una casa más barata por la misma zona, fue inútil; a menudo, por apartamentos más feos y más pequeños pedían alquileres aún más caros. Después Lila me dijo que encima de su casa habían quedado libres tres habitaciones con cocina. Costaba muy poco y desde las ventanas se veían tanto la avenida como el patio. Me lo dijo a su manera, con el tono de quien señala: me limito a darte la información, tú haz lo que te parezca. Estaba deprimida, estaba asustada. Hacía poco, durante una pelea, Elisa me había gritado: papá está solo, vete a vivir con él, estoy harta de ser la única que se ocupa de él. Por supuesto, me negué; en mi situación no podía ocuparme de mi padre, cuando ya era esclava de mis hijas: Imma no paraba de enfermar; en cuanto Dede se recuperaba de una gripe, se la contagiaba a Elsa; esta última no hacía los deberes si no me sentaba a su lado; Dede se enfadaba y decía: entonces me tienes que ayudar a mí también. Estaba agotada, tenía los nervios destrozados. Además, en el gran desorden en el que me había hundido ni siquiera disponía de esa pequeña parcela de vida activa que me había garantizado hasta ese momento. Rechazaba invitaciones, colaboraciones y viajes, no me atrevía a contestar el teléfono por miedo a que la editorial me exigiera el libro. Había caído en un torbellino que me arrastraba cada vez más hacia abajo, y un hipotético regreso al barrio habría sido la prueba de que había tocado fondo. Sumergirme otra vez con mis hijas en esa mentalidad, dejarme absorber por Lila, por Carmen, por Alfonso, por todos, justo como de hecho querían. No, no, me juré que iría a vivir a la via dei Tribunali, a la Duchesca, a Lavinaio, a la Forcella, entre las tuberías inocentes que señalaban las ruinas del terremoto, antes que regresar al barrio. En ese clima llamó el director editorial.

—¿Cómo tienes el libro?

Fue un instante, una chispa que se me encendió en la cabeza y me la iluminó como si fuera de día. Supe lo que debía decir y hacer.

—Mira, justamente ayer lo terminé.

—¿En serio? Envíamelo hoy mismo.

—Mañana por la mañana voy a la oficina de correos.

—Gracias. En cuanto llegue el libro, lo leo y te cuento.

—Tómatelo con calma.

Colgué. Fui a una caja grande que guardaba en el armario del dormitorio, saqué el texto mecanografiado que años atrás no había gustado ni a Adele ni a Lila, ni siquiera traté de releerlo. A la mañana siguiente llevé a las niñas al colegio y me fui con Imma a despachar el paquete. Sabía que era una maniobra arriesgada, pero me pareció la única posible para salvar mi reputación. Había prometido entregar un libro y ahí estaba. ¿Que era una novela malograda, decididamente mala? Paciencia, no se publicaría. Pero había trabajado con ahínco, no había engañado a nadie, pronto escribiría algo mejor.

En correos la cola fue extenuante, tuve que protestar a menudo contra quienes no la respetaban. En ese trance me resultó evidente mi desastre. «Por qué estoy aquí, por qué malgasto el tiempo de esta manera. Mis hijas y Nápoles me han comido viva. No estudio, no escribo, he perdido toda disciplina.» Me había conquistado una vida muy alejada de la que me hubiera correspondido, y fíjate cómo había acabado. Me sentí exasperada, culpable conmigo misma y sobre todo con mi madre. Para colmo, desde hacía un tiempo Imma me tenía preocupada, cada vez que la comparaba con Tina me convencía de que padecía un retraso en el desarrollo. La hija de Lila, que tenía tres semanas menos, era muy despierta, daba la impresión de tener más de un año, mientras que mi hija parecía poco reactiva, tenía un aire alelado. De manera que la vigilaba obsesivamente, la acuciaba con pruebas que me inventaba sobre la marcha. Pensaba: sería terrible que Nino no solo me hubiera arruinado la vida, sino que además me hubiese hecho traer al mundo una hija con problemas. Sin embargo, por la calle me paraban por lo rechoncha que estaba, por lo rubia que era. Incluso ahí, en correos, las mujeres de la cola la elogiaban, pero qué regordeta. Y la niña ni una sonrisa. Alguien le dio un caramelo; Imma alargó la mano con desgana, lo cogió, se le cayó. Ay, estaba constantemente angustiada, todos los días una nueva preocupación se sumaba a la anterior. Cuando salí de la oficina de correos y ya había despachado el paquete y no había manera de detenerlo, me acordé de mi suegra. Dios mío, pero qué había hecho. ¿Cómo era posible que no hubiese tenido en cuenta que la editorial daría a leer mi manuscrito también a Adele? A fin de cuentas, había sido ella quien había propuesto la publicación tanto de mi primer libro como del segundo; se lo enviarían aunque solo fuera por amabilidad. Y ella diría: Greco os está engañando, este no es un texto nuevo, yo lo leí hace años y es pésimo.

Me entraron sudores fríos, me sentí débil. Tapaba un agujero abriendo otro; ni siquiera estaba en condiciones de controlar en la medida de lo posible la cadena de mis actos.

80

Para complicar las cosas, justo en esos días Nino volvió a la carga. No me había devuelto las llaves, pese a que yo había insistido mucho, de modo que se presentó en casa sin telefonear, sin llamar a la puerta. Le pedí que se fuera, era mi casa, él ni siquiera pagaba el alquiler y no me daba un céntimo para Imma. Juró que, destrozado como estaba por el dolor de nuestra separación, se había olvidado. Me pareció sincero, tenía una expresión trastornada y había adelgazado mucho. Con una seriedad involuntariamente cómica prometió que reanudaría los pagos a partir del mes siguiente, me habló con voz compungida de su afecto por Imma. Después, en apariencia con tono bondadoso, empezó a indagar otra vez sobre mi encuentro con Antonio, sobre cómo habían ido las cosas, primero en general y después en el plano sexual. De Antonio pasó a sus amigos. Trató de hacerme admitir que había cedido («ceder» le pareció el verbo adecuado) a este o a aquel otro no por verdadera atracción sino por venganza. Me alarmé cuando empezó a acariciarme un hombro, la rodilla, una mejilla. No tardé en comprender —por sus ojos y sus palabras— que lo que le desesperaba no era haber perdido mi amor, sino que me hubiese acostado con esos otros hombres y que, tarde o temprano, estaría con otros más y los preferiría a él. Esa mañana había dado señales de vida pura y simplemente para meterse de nuevo en mi cama.

Exigía que menospreciara a mis recientes amantes demostrándole que mi único deseo era volver a ser penetrada por él. En una palabra, quería reafirmar su primacía, después sin duda desaparecería otra vez. Conseguí que me devolviera las llaves y lo eché. Entonces me di cuenta con sorpresa de que ya no sentía nada por él. El largo tiempo en que lo había amado se esfumó definitivamente esa mañana.

A partir del día siguiente, empecé a averiguar qué debía hacer para conseguir un trabajo o al menos alguna suplencia en la enseñanza media. No tardé en comprender que no sería fácil y que, de todos modos, había que esperar el nuevo curso académico. Como daba por supuesta la ruptura con la editorial, a la cual en mi imaginación seguía luego un ruinoso derrumbe de mi identidad de escritora, me entró el pánico. Desde su nacimiento las niñas estaban acostumbradas a una vida de comodidades, yo misma —desde que me casé con Pietro— no lograba imaginarme otra vez sin libros, revistas, diarios, discos, cine, teatro. Debía pensar enseguida en trabajos provisionales; puse anuncios en las tiendas de la zona para ofrecerme a dar clases particulares.

Una mañana de junio telefoneó el director. Había recibido mi manuscrito, lo había leído.

—¿Ya? —dije con fingida desenvoltura.

—Sí. Y es un libro que nunca me hubiese esperado de ti, pero que tú, por sorpresa, has escrito.

—¿Estás diciendo que es malo?

—De la primera a la última línea es puro placer de contar.

El corazón se me desbocó en el pecho.

—¿Es bueno o no?

—Es extraordinario.

81

Me enorgullecí. En pocos segundos no solo recobré la confianza en mí misma, sino que me mostré desenvuelta y me lancé a hablar de mi obra con un entusiasmo infantil; no paré de reírme, interrogué a fondo a mi interlocutor para obtener una aprobación más articulada. No tardé en comprender que había leído mis páginas como una especie de autobiografía, una organización en forma de novela de la experiencia que yo tenía de la Nápoles más pobre y violenta. Dijo que había temido los efectos negativos del regreso a mi ciudad, pero que ahora debía reconocer que ese regreso me había beneficiado. Le oculté que había escrito el libro años antes en Florencia. Es una novela dura, subrayó, diría que masculina, pero al mismo tiempo contradictoriamente delicada; en fin, un gran paso adelante. Después habló de aspectos de organización. Quiso aplazar la publicación a la primavera de 1983 para dedicarse él mismo a una edición minuciosa y a preparar bien el lanzamiento. Concluyó con un punto de sarcasmo:

—Lo comenté con tu ex suegra, me dijo que había leído una antigua versión que no le había gustado; pero es evidente que o su gusto ha envejecido o vuestras cuestiones personales le han impedido ofrecer una valoración desapasionada.

Me apresuré a aclarar que hacía tiempo había dado a leer a Adele un primer borrador. Él dijo: se nota que el aire de Nápoles ha dado rienda suelta definitivamente a tu talento. Cuando colgó me sentí muy reconfortada. Cambié, me volví especialmente afectuosa con mis hijas. La editorial me pagó el resto del anticipo y mi situación económica mejoró. De pronto empecé a ver la ciudad y sobre todo el barrio como una parte importante de mi vida de la que no solo no debía prescindir, sino que era esencial para el buen resultado de mi trabajo. Fue un salto brusco, pasé del desaliento a una dichosa sensación de mí misma. Aquello que había sentido como un precipicio no solo adquirió nobleza literaria, sino que me pareció una elección definitiva de tipo cultural y político. Contaba con la aprobación autorizada del director editorial cuando dijo: para ti regresar al punto de partida ha sido otro paso adelante. Claro que no le había dicho que ese libro lo había escrito en Florencia, que el regreso a Nápoles no había tenido influencia alguna en el texto. Pero la materia narrativa, el espesor humano de los personajes provenían del barrio, y a buen seguro el punto de inflexión estaba ahí. Adele no había tenido la sensibilidad para entenderlo, por eso había perdido. Todos los Airota habían perdido. También había perdido Nino, que en esencia me había considerado parte de su lista de mujeres, sin distinguirme de las otras. Y, cosa para mí aún más significativa, Lila había perdido. A ella no le había gustado mi libro, había sido dura, le había dado una de las raras lloreras de su vida cuando tuvo que herirme con su juicio negativo. Pero no le guardé rencor, al contrario, me alegraba de que se hubiese equivocado. Desde la niñez le había atribuido un peso excesivo y ahora me sentía liberada. Por fin quedaba claro que lo que era yo no era ella y viceversa. Su autoridad ya no me resultaba necesaria, tenía la mía. Me sentí fuerte, no más víctima de mis orígenes, capaz de dominarlos, de darles una forma, de rescatarlos para mí, para Lila, para todos. Aquello que antes tiraba de mí hacia abajo, ahora era la materia para llegar a lo más alto. Una mañana de julio de 1982 la llamé por teléfono y le dije:

—De acuerdo, alquilo el apartamento encima del tuyo, regreso al barrio.

82

Me cambié de casa en pleno verano, de la mudanza se ocupó Antonio. Movilizó a unos cuantos hombres forzudos que vaciaron el apartamento de la via Tasso y lo instalaron todo en el del barrio. La nueva casa era oscura y pintar las habitaciones no sirvió para reavivarla. Pero, contrariamente a lo que había pensado desde el momento en que regresé a Nápoles, a mí eso no me molestó, todo lo contrario, porque la luz polvorienta que desde siempre se filtraba con dificultad por las ventanas de los edificios tuvo en mí el efecto de un conmovedor recuerdo infantil. Sin embargo, Dede y Elsa protestaron mucho. Ellas se habían criado en Florencia, en Génova, en el fulgor de la via Tasso, y detestaron enseguida los suelos de baldosas sueltas, el baño pequeño y oscuro, el barullo de la avenida. Se resignaron únicamente porque ahora podían disfrutar de ventajas nada despreciables: ver a diario a la tía Lina, levantarse más tarde porque el colegio estaba a cuatro pasos y podían ir solas, pasar mucho tiempo en la calle y en el patio.

Me entró enseguida el afán de apropiarme de nuevo del barrio. Inscribí a Elsa en la escuela primaria a la que yo había ido, y a Dede en mi instituto. Retomé el contacto con todo aquel, viejo o joven, que se acordara de mí. Celebré mi decisión con Carmen y su familia, con Alfonso, con Ada, con Pinuccia. Naturalmente, sentía cierta perplejidad y Pietro, muy descontento con mi decisión, acabó por acentuarla.

—¿En qué criterio te has basado para querer que nuestras hijas se críen en un lugar del que te escapaste? —me dijo por teléfono.

—No se criarán aquí.

—Pero has alquilado un piso y las has apuntado en el colegio sin pensar que se merecen otra cosa.

—Tengo que terminar un libro y solo puedo hacerlo bien aquí.

—Yo habría podido quedarme con ellas.

—¿Y también con Imma? Las tres son hijas mías y no quiero que la tercera se separe de las dos primeras.

Se tranquilizó. Se alegraba de que hubiese dejado a Nino y no tardó en perdonarme esa mudanza. Ocúpate de tu trabajo, dijo, me fío, sabes lo que haces. Esperé que fuera cierto. Yo observaba los camiones que pasaban ruidosos por la avenida levantando polvo. Paseaba por los jardincillos llenos de jeringas. Entraba en la iglesia abandonada y desierta. Me entristecía frente al cine parroquial que estaba cerrado, delante de las secciones de los partidos que parecían guaridas vacías. En los apartamentos oía los gritos de hombres, mujeres, niños, sobre todo por la noche. Me espantaban las venganzas entre familias, las hostilidades entre vecinos, la facilidad con que se llegaba a las manos, las guerras entre bandas de niños. Cuando iba a la farmacia me acordaba de Gino, me estremecía al ver el lugar donde lo habían matado, lo evitaba con cautela, me dirigía con pena a sus padres, que seguían detrás del mostrador de antigua madera oscura, pero más encorvados, blancos en sus batas blancas, siempre amables. De pequeña padecí todo esto, pensaba, a ver si ahora sé gobernarlo.

—¿Cómo es que te decidiste? —me preguntó Lila poco tiempo después de mudarme. Quizá quería una respuesta afectuosa, o quizá una especie de reconocimiento de la validez de sus decisiones, palabras como: hiciste bien al quedarte, marcharse a ver mundo no sirve, ahora lo he comprendido. Pero le contesté:

—Es un experimento.

—¿Qué experimento?

Nos encontrábamos en su despacho, Tina no se separaba de ella, Imma estaba entretenida en sus cosas.

—Un experimento de recomposición —le dije—. Tú has conseguido tener toda tu vida aquí; yo no, y me siento dividida en trocitos sueltos.

Puso cara de desaprobación.

—Déjate de experimentos, Lenù, o acabarás decepcionada y te irás otra vez. Yo también soy toda trocitos. Entre la zapatería de mi padre y esta oficina hay pocos metros, pero es como si estuvieran una en el polo norte y la otra en el polo sur.

—No me desanimes —dije fingiéndome divertida—. Por mi trabajo me veo obligada a usar las palabras para pegar un hecho con otro, y al final todo debe parecer coherente aunque no lo sea.

—Pero si la coherencia no existe, ¿para qué fingir?

—Para poner orden. ¿Te acuerdas de la novela que te pasé para que la leyeras y no te gustó? En ella traté de encajar lo que sé de Nápoles en lo que después aprendí en Pisa, en Florencia, en Milán. La he enviado a la editorial y les ha parecido bien. Me la van a publicar.

Ella entrecerró los ojos.

—Ya te dije que yo no entiendo nada —dijo en voz baja.

Sentí que la había herido. Era como si le hubiese echado en cara: si tú no logras juntar tu historia de los zapatos con tu historia de los ordenadores, eso no significa que no se pueda hacer, sino que no tienes los instrumentos para hacerlo. Me apresuré a aclarar: ya verás como nadie compra el libro y al final tendrás razón. Pasé a enumerarle al azar todos los defectos que yo misma le encontraba a mi texto y lo que quería conseguir o cambiar antes de publicarlo. Sin embargo, ella escurrió el bulto, fue como si quisiera recuperar altura, se puso a hablar de los ordenadores y lo hizo como para subrayar: tú tienes tus cosas; yo, las mías. Les preguntó a las niñas: ¿queréis ver una máquina nueva que ha comprado Enzo?

Nos llevó a un cuartito. Les dijo a Dede y a Elsa: esta máquina se llama ordenador personal, cuesta un montón de dinero, pero se pueden hacer cosas muy bonitas, mirad cómo funciona. Se sentó en un taburete y en primer lugar se acomodó a Tina en el regazo; luego, con paciencia, explicó cada elemento dirigiéndose a Dede, a Elsa, a la pequeña, en ningún momento a mí.

Observé todo el tiempo a Tina. Hablaba con su madre, preguntaba señalando: esto qué es, y si su madre no le prestaba atención, tiraba del dobladillo de su camisa, la agarraba de la barbilla, insistía: mamá, esto qué es. Lila se lo explicaba como si fuera adulta. Mientras tanto Imma daba vueltas por la habitación, arrastraba un carrito con ruedas, a veces se sentaba desorientada en el suelo. Ven, Imma, le dije varias veces, escucha lo que dice la tía Lina. Pero ella siguió jugando con el carrito.

Mi hija no tenía las cualidades de la hija de Lila. Hacía unos días se me había pasado la angustia de que sufriera un retraso en el crecimiento. La había llevado a un buen pediatra; la niña no presentaba retrasos de ningún tipo y yo estaba más tranquila. Sin embargo, al comparar a Imma con Tina seguía sintiendo un ligero disgusto. Qué despierta era Tina; verla, oírla hablar era una alegría. Y cómo me conmovían la madre y la hija juntas. Mientras

Lila hablaba del ordenador las observé a ambas con admiración. En ese momento me sentía feliz, satisfecha de mí misma, y por ello sentí también de forma muy nítida que quería a mi amiga por cómo era, por sus cualidades y defectos, por todo, incluso por esa criatura que había traído al mundo. La niña era muy curiosa, lo aprendía todo en un santiamén, tenía un gran vocabulario y una destreza manual sorprendente. Me dije: tiene poco de Enzo, es idéntica a Lila, fíjate cómo abre los ojos, fíjate cómo los entrecierra, fíjate las orejas sin lóbulo. Aún no me atrevía a reconocer que Tina me atraía más que mi hija, pero cuando terminó aquella manifestación de competencia, me entusiasmé con el ordenador, elogié mucho a la pequeña aunque sabía que Imma podía sufrir («qué lista eres, qué guapa eres, qué bien hablas, cuántas cosas aprendes»), felicité mucho a Lila sobre todo para atenuar la incomodidad que le había causado al anunciarle la publicación de mi libro, y al final esbocé un panorama optimista del futuro que les esperaba a mis tres hijas y a la suya. Estudiarán, dije, viajarán por el mundo, a saber qué llegarán a ser. Pero después de besuquear mucho a Tina («sí, es muy lista»), Lila replicó áspera: Gennaro también era avispado, hablaba bien, leía, le iba estupendamente en la escuela, y fíjate en lo que se ha convertido.

83

Una noche en que Lila hablaba mal de Gennaro, Dede se armó de valor y lo defendió. Se puso lívida, dijo: es inteligentísimo. Lila la miró con interés, le sonrió, replicó: eres muy amable, soy su madre y lo que has dicho me alegra mucho.

A partir de ese momento Dede se sintió autorizada a defender a Gennaro en cuanto se le presentaba la ocasión, incluso cuando Lila estaba muy enfadada con él. Gennaro ya era un muchacho de dieciocho años, con una cara hermosa como la de su padre cuando era joven, aunque físicamente más achaparrado y sobre todo con un carácter huraño. A Dede, que tenía doce años, no le prestaba la menor atención, tenía otras cosas en la cabeza. Sin embargo, ella lo consideraba el ejemplar humano más asombroso que jamás había pisado la faz de la tierra, y en cuanto podía lo cubría de elogios. A veces Lila estaba de mal humor y no le contestaba. Pero en otras ocasiones reía, exclamaba: qué va, es un delincuente, tú y tus dos hermanas sí que sois listas, llegaréis a ser mejor que vuestra madre. Y Dede, aunque contenta del elogio (cuando podía considerarse mejor que yo era feliz), pasaba enseguida a quitarse méritos con tal de ensalzar a Gennaro.

Lo adoraba. Con frecuencia se asomaba a la ventana para verlo regresar del taller y en cuanto aparecía le gritaba: hola, Rino. Si él le decía «hola» (normalmente no era así), ella salía corriendo al rellano para verlo subir las escaleras y trataba de entablar una conversación así: estás cansado, qué te has hecho en la mano, no tienes calor con ese mono, o cosas por el estilo. Unas pocas palabras de él la galvanizaban. Si por casualidad recibía más atención de la normal, con tal de prolongar el contacto, levantaba a Imma en brazos y decía: me la llevo a casa de la tía Lina, así juega con Tina. No me daba tiempo a darle permiso cuando ella ya había salido.

Nunca me había separado de Lila tan poco espacio, ni siquiera cuando éramos niñas. Mi suelo era su techo. Bajando dos tramos de escaleras yo estaba en su casa, subiendo dos ella venía a la mía. Por la mañana, por la noche, oía sus voces: los sonidos imperceptibles de las conversaciones, los trinos de Tina a los que Lila contestaba como si ella también trinara, los tonos gruesos de Enzo que, pese a ser tan callado, hablaba mucho con su hija y a menudo le cantaba canciones. Suponía que a Lila también le llegaban señales de mi presencia. Cuando estaba en el trabajo, cuando mis hijas mayores estaban en el colegio, cuando en el apartamento solo estaban Imma y Tina, que con frecuencia se quedaba en mi casa, incluso a dormir, notaba un vacío abajo, esperaba oír los pasos de Lila y Enzo que regresaban.

Las cosas no tardaron en tomar el rumbo adecuado. Dede y Elsa se ocupaban mucho de Imma, se la llevaban con ellas al patio o a casa de Lila. Si yo tenía que viajar, Lila se ocupaba de las tres. Eran años en los que no disponía de mucho tiempo. Leía, revisaba mi libro, me sentía a gusto sin Nino y sin la angustia de perderlo. La relación con Pietro mejoró. Venía más a menudo a Nápoles a ver a sus hijas, acabó acostumbrándose a la pobreza gris del apartamento y al acento napolitano, sobre todo de Elsa, se quedaba con frecuencia a dormir. En aquellas circunstancias era amable con Enzo, charlaba mucho con Lila. Aunque en el pasado Pietro había emitido juicios decididamente negativos sobre ella, me pareció evidente que pasaba algo de tiempo en su compañía de buena gana. En cuanto Pietro se marchaba, Lila me hablaba de él con un entusiasmo que no solía demostrar por nadie. ¿Cuántos libros habrá estudiado, se preguntaba seria, cincuenta mil, cien mil? Creo que veía en mi ex marido la encarnación de sus fantasías infantiles sobre las personas que leen y escriben para saber, no por oficio.

—Tú eres muy buena —me dijo una noche—, pero él tiene una forma de hablar que de veras me gusta, pone la escritura en la voz, aunque no habla como un libro impreso.

—¿Y yo sí? —le pregunté en broma.

—Un poco.

—¿Todavía ahora?

—Sí.

—De no haber aprendido a hablar de ese modo, nunca me habrían tenido en consideración fuera de aquí.

—Él es como tú, pero más natural. Cuando Gennaro era pequeño, aunque entonces yo no conocía a Pietro, pensaba que tenía que conseguir que fuera exactamente así.

Me hablaba con frecuencia de su hijo. Decía que debería haberle dado más, pero que no había tenido ni el tiempo, ni la constancia, ni la capacidad. Se acusó de haberle enseñado primero lo poco que podía, y después de perder confianza y dejarlo abandonado. Una noche pasó del primer hijo a la segunda sin solución de continuidad. Temía que a medida que fuera creciendo Tina también se echara a perder. Yo alabé mucho a la pequeña, con sinceridad, y me dijo seria:

—Ahora que estás aquí me tienes que ayudar a que sea como tus hijas. A Enzo también le gustaría, me ha dicho que te lo pidiera.

—De acuerdo.

—Tú me ayudas a mí, y yo te ayudo a ti. La escuela no es suficiente, acuérdate de la Oliviero, conmigo no fue suficiente.

—Eran otros tiempos.

—No lo sé. A Gennaro le di todo lo que pude, pero me salió mal.

—La culpa la tiene el barrio.

Me miró seria y dijo:

—Lo dudo, pero dado que has decidido quedarte aquí, nosotros vamos a cambiar el barrio.

84

En pocos meses nuestras relaciones se hicieron muy estrechas. Tomamos la costumbre de ir juntas a la compra, y el domingo, en lugar de pasar el tiempo paseando por la avenida entre los tenderetes de siempre, nos obligábamos a ir al centro con Enzo y a que nuestras hijas tomaran el sol y el aire del mar. Paseábamos por la via Caracciolo o por el parque de la Villa Comunale. Él llevaba a Tina a caballito, la mimaba mucho, quizá demasiado. Pero nunca se olvidaba de mis hijas, les compraba globos, golosinas, jugaba con ellas. Lila y yo nos rezagábamos a propósito. Hablábamos de todo, pero no como cuando éramos adolescentes, esos tiempos no volverían más. Ella me preguntaba sobre cosas que había visto en la televisión y yo le contestaba sin freno. Le hablaba, no sé, del posmodernismo, de los problemas del mundo editorial, de las últimas novedades del feminismo, de cuanto me pasaba por la cabeza; y Lila me escuchaba con atención, la mirada un punto irónica, intervenía solo para pedir más explicaciones, nunca para dar su opinión. Me gustaba hablarle. Me gustaba la actitud admirada que adoptaba, me gustaban frases suyas como: cuántas cosas sabes, cuántas cosas sabes pensar, incluso cuando notaba cierta sorna en su tono. Si la animaba a que me diera su parecer, se echaba atrás, mascullaba: no, no me hagas decir tonterías, habla tú. A menudo me preguntaba por personas famosas para saber si las conocía y cuando le decía que no, se sentía fatal. Debo decir que también se sentía fatal cuando reducía a dimensiones comunes a personas conocidas con las que había tenido alguna relación.

—O sea que —concluyó una mañana— estas personas no son lo que parecen.

—De ninguna manera, a menudo son muy buenas en su trabajo. Pero, por lo demás, son ávidas, disfrutan haciéndote daño, están del lado de los fuertes, se ensañan con los débiles, forman bandas para pelear con otras bandas, tratan a las mujeres como perritas falderas, en cuanto pueden, te dicen obscenidades y te toquetean exactamente como en los autobuses de aquí.

—Estás exagerando.

—No, para producir ideas no hace falta ser unos santos. De todos modos, son muy pocos los auténticos intelectuales. La masa de los cultos se pasa la vida comentando perezosamente las ideas ajenas. Sus mejores energías las emplean en ejercicios de sadismo contra todo posible rival.

—Entonces, ¿por qué estás con ellos?

Contesté: no estoy con ellos, estoy aquí. Quería que me sintiera parte del mundo elevado pero a la vez distinta. Ella misma me empujaba en esa dirección. Se divertía si me mostraba sarcástica con mis colegas, pero quería que de todos modos siguieran siendo mis colegas. A veces tenía la impresión de que insistía para que le confirmara que yo formaba realmente parte de aquellos que le decían a la gente cómo eran las cosas y cómo había que pensar. La decisión de vivir en el barrio para ella era sensata solo si yo seguía colocándome entre quienes escribían libros, colaboraban en revistas y periódicos, salían alguna vez en la televisión. Me quería amiga suya, vecina suya, con la condición de que tuviera ese halo. Y yo la complacía. Su aprobación me daba confianza. Paseaba a su lado por la Villa Comunale, con nuestras hijas, y, sin embargo, era decididamente distinta, tenía una vida de amplio alcance. En comparación con ella, me ilusionaba sentirme una mujer de gran experiencia, y sentía que ella también estaba contenta por cómo yo era. Le hablaba de Francia, de Alemania y Austria, de Estados Unidos, de los debates en los que había participado aquí y allá, de los hombres que había conocido después de Nino. Ella prestaba atención a cada palabra con media sonrisa, aunque sin opinar nunca; ni siquiera el relato de mis relaciones ocasionales despertó en ella la necesitad de sincerarse.

—¿Estás bien con Enzo? —le pregunté una mañana.

—Bastante.

—¿Y nunca sientes interés por ningún otro?

—No.

—¿Lo quieres mucho?

—Bastante.

No había manera de sacarle nada más, era yo la que hablaba de sexo, con frecuencia de forma explícita. Parrafadas mías, silencios suyos. Con todo y con eso, fuera cual fuese el tema que sacáramos durante aquellos paseos, había algo que irradiaba su propio cuerpo y me cautivaba, me estimulaba el cerebro como había ocurrido siempre, y me ayudaba a reflexionar.

Tal vez por eso buscaba siempre su compañía. Lila seguía emanando una energía que daba bienestar, que consolidaba un propósito, que de forma espontánea sugería soluciones. Era una fuerza que me invadía no solo a mí. A veces me invitaba a cenar con las niñas, con más frecuencia era yo quien los invitaba a ella, a Enzo y a Tina. A Gennaro no, no había nada que hacer, a menudo se iba por ahí y regresaba de madrugada. No tardé en darme cuenta de que Enzo estaba preocupado por el muchacho; en cambio, Lila decía: es mayor, que haga lo que quiera. Pero yo notaba que hablaba así para calmar el nerviosismo de su compañero. Y el tono era idéntico al de nuestras conversaciones: Enzo asentía, algo se transmitía de ella a él como un fluido tonificante.

Por las calles del barrio ocurría otro tanto. Ir con ella a la compra no dejaba nunca de asombrarme, se había convertido en una autoridad. La paraban continuamente, la llevaban aparte con una familiaridad respetuosa, le hablaban al oído y ella escuchaba sin reaccionar. ¿La tratarían así por la suerte que había tenido en su nuevo trabajo? ¿Porque daba la impresión de ser alguien que todo lo podía? ¿O porque esa energía que siempre había irradiado, ahora que estaba próxima a los cuarenta años, le daba un aire de maga que embrujaba y asustaba? No lo sé. Sin duda, me impresionaba que le hicieran más caso a ella que a mí. Yo era una escritora conocida y la editorial se ocupaba de que, con vistas a la publicación de mi nuevo libro, se hablara a menudo de mí en los diarios: en *La Repubblica* había salido una foto mía de notables dimensiones para ilustrar un breve artículo sobre libros de próxima aparición en el que en un momento dado se decía: «La nueva novela de Elena Greco, una historia ambientada en una Nápoles inédita de tonos rojo sangre, es muy esperada». Sin embargo, al lado de ella, ahí, en el lugar donde habíamos nacido, yo solo era una decoración que dejaba constancia de los méritos de Lila. Quienes nos conocían desde el nacimiento le atribuían a ella, a su fuerza de atracción, el hecho de que el barrio pudiera tener en sus calles a una persona de prestigio como yo.

85

Creo que fueron muchos quienes se preguntaron por qué yo, que en los periódicos parecía rica y famosa, me había ido a vivir a un

apartamento miserable, situado en una zona en creciente degradación. Quizá las primeras en no entenderlo eran mis hijas. Una
mañana Dede regresó disgustada del colegio.

—Me he encontrado a un viejo haciendo pis en nuestro zaguán.

Y en otra ocasión Elsa llegó a casa asustadísima.

—Hoy han acuchillado a un hombre en los jardincillos.

En esos casos me acobardaba, la parte de mí que hacía tiempo
había logrado salir del barrio se indignaba, se preocupaba por las
niñas, decía basta. En casa, Dede y Elsa hablaban un buen italiano, pero a veces las oía desde la ventana o mientras subían las escaleras y notaba que sobre todo Elsa utilizaba un dialecto muy
agresivo, en ocasiones obsceno. La recriminaba, ella fingía arrepentirse. Pero sabía que hacía falta mucha autodisciplina para sus-
traerse al hechizo de la mala educación y de muchas otras tenta-
ciones. ¿Era posible que mientras yo me ocupaba de hacer
literatura ellas se perdieran? Me tranquilizaba confirmando que
nuestra permanencia en el barrio tenía un límite: tras la publicación de mi libro, me marcharía definitivamente de Nápoles. Me
lo decía y me lo repetía: solo necesitaba terminar de pulir definitivamente la novela.

No cabía duda de que el libro se estaba beneficiando de cuanto venía del barrio. Pero el trabajo avanzaba tan bien sobre todo
porque me fijaba en Lila, que se había quedado por completo
atrapada en ese ambiente. Su voz, su mirada, sus gestos, su maldad y su generosidad, el propio dialecto estaban íntimamente li-
gados a nuestro lugar de nacimiento. Hasta su empresa Basic
Sight, a pesar del nombre exótico (la gente la llamaba «basisit»),
no parecía una especie de meteorito caído del espacio, sino un
efecto imprevisto de la miseria, la violencia y la degradación. De

manera que inspirarme en ella para dar veracidad a mi relato me parecía algo indispensable. Después me iría para siempre, contaba con trasladarme a Milán.

Me bastaba estar un rato en su oficina para darme cuenta de las profundidades en las que Lila se movía. Observaba a su hermano, que ya estaba claramente consumido por la droga. Observaba a Ada, que cada día era más cruel, enemiga jurada de Marisa que le había quitado definitivamente a Stefano. Observaba a Alfonso —en cuyo rostro, en cuyos modales, lo femenino y lo masculino rompían sin cesar los márgenes con efectos que un día me repugnaban, un día me conmovían y siempre me alarmaban—, que a menudo tenía un ojo morado o el labio partido por las palizas que le daban a saber dónde, a saber cuándo. Observaba a Carmen que, embutida en su bata azul de la gasolinera, llevaba a Lila aparte y la interrogaba como a un oráculo. Observaba a Antonio, que giraba a su alrededor con medias frases o guardaba un educado silencio las veces que llevaba a la oficina, como en una visita de cortesía, a su guapa esposa alemana, a sus hijos. Entretanto oía rumores sin fin. Stefano Carracci está a punto de cerrar la charcutería, no le queda ni una lira, quiere dinero. Fue Pasquale Peluso quien secuestró a Menganito, y si no fue él, algo tuvo que ver, seguro. El incendio de la fábrica de camisas de Afragola lo provocó el propio Zutanito para joder a los del seguro. Ojo con Dede, que van repartiendo caramelos con droga a los adolescentes. Por la escuela primaria anda merodeando un mariquita que se lleva a los niños. Los Solara van a abrir un *night club* en el barrio nuevo, mujeres y droga, pondrán la música tan alta que ya nadie podrá dormir. De noche, por la avenida pasan unos camiones enormes que transportan material que nos puede destruir más que una bomba atómica.

Gennaro anda en malas compañías, y yo, si sigue así, no dejaré siquiera que vaya a trabajar. La persona que encontraron muerta en el túnel parecía una mujer pero era un hombre: tenía tanta sangre en el cuerpo que el charco llegó hasta el surtidor de gasolina.

Observaba, escuchaba asomándome desde aquello que Lila y yo habíamos imaginado en convertirnos desde niñas y que yo había llegado a ser de verdad: la autora del libro voluminoso que estaba limando —y a veces reescribiendo— y que no tardaría en ver la luz. En la primera versión, me decía, puse demasiado dialecto. Y borraba, redactaba otra vez. Después me parecía que había puesto demasiado poco y añadía. Me encontraba en el barrio y, no obstante, estaba segura dentro de ese papel, de su puesta en escena. La actividad ambiciosa justificaba mi presencia en ese lugar, y mientras me dedicaba a ella daba sentido a la luz enferma de los cuartos, a las voces chabacanas de la calle, a los riesgos que corrían las niñas, al tráfico de la avenida que levantaba polvaredas cuando hacía buen tiempo y salpicaba agua y barro cuando llovía, al enjambre de clientes de Lila y Enzo, pequeños emprendedores de la provincia, grandes coches de lujo, trajes de una riqueza vulgar, cuerpos pesados que se movían ya con modales prepotentes, ya con modales rastreros.

En cierta ocasión que esperaba a Lila en la oficina de Basic Sight junto con Imma y Tina todo me quedó muy claro: Lila hacía un trabajo nuevo pero inmersa por completo en nuestro viejo mundo. La oí gritar de la forma más vulgar con un cliente por un tema de dinero. Me quedé turbada, ¿adónde había ido a parar así de repente la mujer que irradiaba autoridad con cortesía? Acudió Enzo y el hombre —un tipo de unos sesenta años, bajito pero con una barriga enorme— se marchó maldiciendo. Después le pregunté a Lila:

—¿Quién eres realmente?

—¿En qué sentido?

—Si no quieres hablar, olvídalo.

—No, hablemos, pero explícate.

—Quiero decir, ¿cómo te comportas en un ambiente como este, con la gente con la que tienes que tratar?

—Tengo cuidado, como todos.

—¿Y ya está?

—Bueno, tengo cuidado y muevo las cosas para que vayan como yo quiero. Siempre nos hemos comportado así, ¿no?

—Sí, pero ahora tenemos responsabilidades, hacia nosotras mismas y hacia nuestros hijos. ¿No habías dicho que tenemos que cambiar el barrio?

—¿Y según tú qué hay que hacer para cambiarlo?

—Recurrir a la ley.

Yo misma me sorprendí de lo que estaba diciendo. Solté un discurso en el que, maravillada, me vi aún más legalista que mi ex marido y, en muchos aspectos, más que Nino. Lila dijo con sorna:

—La ley está bien cuando tienes que tratar con gente que en cuanto pronuncias la palabra «ley» se pone firmes. Pero aquí ya sabes cómo funciona.

—¿Y entonces?

—Entonces, si las personas no temen a la ley, les tienes que dar miedo tú. Para ese cabronazo que acabas de ver salir trabajamos no mucho, muchísimo, y ahora no nos quiere pagar, dice que no tiene dinero. Lo he amenazado, le he dicho: te llevo a juicio. Y me ha contestado: llévame a juicio, me importa un carajo.

—Pero lo vas a llevar a juicio.

—Así nunca voy a recuperar mi dinero —se rió—. Hace tiempo un contable nos robó varios millones. Lo despedimos y lo denunciamos. Pero la justicia no movió un dedo.

—¿Y?

—Me cansé de esperar. Se lo comenté a Antonio. Y el dinero apareció enseguida. Y también va a aparecer esta vez, sin juicio, sin abogados y sin jueces.

86

De modo que Antonio hacía ese tipo de trabajos para Lila. Sin cobrar, solo por amistad, por aprecio personal. O qué sé yo, quizá ella se lo pedía prestado a Michele, de quien dependía Antonio, y Michele, que accedía a cuanto Lila le pedía, se lo dejaba.

Pero ¿de veras Michele satisfacía todas sus peticiones? Si antes de que yo me mudara al barrio eso era seguramente así, ahora ya no estaba tan claro. Primero noté algunas señales incongruentes: Lila ya no pronunciaba el nombre de Michele con suficiencia, sino con fastidio o con abierta preocupación; y sobre todo aparecía cada vez menos por las oficinas de Basic Sight.

La primera vez que me di cuenta de que algo había cambiado fue en el banquete de boda de Marcello y Elisa, una fiesta por todo lo alto. Durante el tiempo que duró la recepción, Marcello mantuvo a su lado al hermano, le hablaba con frecuencia al oído, se reían juntos, le pasaba el brazo por los hombros. En cuanto a Michele, parecía resucitado. Retomó sus discursos de otros tiempos, largos, altisonantes, mientras a su lado, sentados disciplinadamente y como si hubiesen echado tierra encima a los malos tratos recibidos, estaban Gigliola, entonces extraordinariamente gorda, y sus hijos. Me sorprendió que la vulgaridad ya popular en tiempos de la boda de Lila se hubiese adaptado a los tiempos modernos. Era ahora una vulgaridad metropolitana, y la propia Lila se había adecuado en las formas, en el lenguaje, en la ropa. En una palabra, no había nada llamativo, excepto mis hijas y yo, que con nuestra sobriedad estábamos por completo fuera de lugar en aquel triunfo de colores excesivos, carcajadas excesivas, lujos excesivos.

Tal vez por ese motivo resultó particularmente alarmante el arrebato de rabia que tuvo Michele. Hacía el elogio de los novios, y en ese momento la pequeña Tina quería algo que Imma le había quitado y chillaba en el centro del salón. Él hablaba, Tina gritaba. Entonces Michele se calló de pronto, aulló con ojos de loco: ¡me cago en todo, Lina, haz callar a la cría, leche! Tal cual, con esas mismas palabras. Lila lo miró fijamente durante un largo segundo. No dijo una palabra, no se movió. Se limitó a poner despacio una mano en la mano de Enzo, sentado a su lado. Yo dejé a toda prisa mi mesa y salí con las dos niñas.

El episodio movilizó a la novia, es decir, a mi hermana Elisa. Al terminar el discurso, cuando oí la lluvia de aplausos, ella apareció con su lujosísimo vestido blanco y se reunió conmigo. Dijo alegre: mi cuñado vuelve a ser el de antes. Luego añadió: pero no debe tratar así a los niños. Levantó en brazos a Imma y Tina y riendo y bromeando regresó al salón con las dos niñas. La seguí perpleja.

Durante un tiempo pensé que había vuelto a ser la de antes. De hecho, después de la boda Elisa cambió mucho, como si hasta ese momento la falta de vínculo matrimonial hubiese sido la causa de su empeoramiento. Pasó a ser una madre tranquila, una esposa apacible y firme a la vez, cesó toda hostilidad contra mí. Ahora, cuando iba a su casa con mis hijos, y a menudo también con Tina, me recibía con cortesía y era afectuosa con las niñas. Incluso Marcello, las veces que me lo cruzaba, era amable. Me llamaba la cuñadita que escribe novelas («¿qué tal está la cuñadita que escribe novelas?»). Dejaba caer unas palabras cordiales y desaparecía. Ahora la casa siempre estaba en perfecto orden y Elisa y Silvio nos recibían vestidos como para ir de fiesta. Pero pronto me di cuenta de que mi hermana pequeña había desaparecido definitivamente. La boda había dado paso a una señora Solara por completo falsa, ni una sola palabra íntima, solo un tono afable y una sonrisa en los labios calcada a la de su marido. Yo me esforzaba por mostrarme afectuosa con ella, y en especial con mi sobrinito. Pero Silvio no me caía bien, se parecía demasiado a Marcello, y Elisa debió de notarlo. Una tarde volvió a mostrarse hostil durante unos minutos. Me dijo: quieres más a la hija de Lina que al mío. Le juré que no, abracé al niño, le di muchos besos. Pero ella movió la cabeza, y dijo apretando los dientes: por otra parte te fuiste a vivir cerca de Lina y no cerca de mí o de papá. En una palabra, seguía ofendida conmigo y ahora también con nuestros hermanos. Creo que los culpaba por ser unos ingratos. Vivían y trabajaban en Baiano y no habían vuelto a dar señales de vida, ni siquiera con Marcello, que tan generoso había sido con ellos. Una cree, dijo Elisa, que los vínculos familiares son fuertes, pero no es así. Habló como si enunciara un principio universal, luego añadió: para que no se rompan hace falta voluntad, como ha hecho mi marido; Michele estaba tonto perdido, pero Marcello le ha devuelto la misma cabeza que tenía antes, ¿te fijaste qué bonito discurso dio en mi boda?

87

La vuelta a la sensatez de Michele no solo quedó marcada por la recuperación de su locuacidad florida, sino también por la ausencia entre los invitados de una persona que en su época de crisis había permanecido a su lado: Alfonso. El hecho de que no lo invitaran fue para mi ex compañero de pupitre una pena inmensa. Durante días no hizo más que lamentarlo, se preguntaba en voz muy alta en qué había ofendido a los Solara. Trabajé para ellos muchos años, decía, y no me invitaron. Después ocurrió algo que causó sensación. Una noche vino a casa a cenar con Lila y Enzo, estaba muy deprimido. Pero él, que jamás se había vestido de mujer en mi presencia, salvo aquella vez en que se había probado el vestido premamá en la tienda de la via Chiaia, llegó con ropa femenina y dejó boquiabiertas sobre todo a Dede y Elsa. Estuvo molesto toda la velada, bebió mucho. Le preguntaba obsesivamente a Lila: estoy engordando, me estoy afeando, ¿ya no me parezco a ti? Y a Enzo: ¿quién es más guapa, ella o yo? En un momento dado se quejó de que tenía el intestino taponado, que notaba un dolor atroz en lo que, dirigiéndose a las niñas, llamó «el culito». Y pasó a exigir que yo le echara un vistazo para comprobar qué tenía. Mírame el culito, decía riendo de un modo chabacano, y Dede lo miraba perpleja, Elsa trataba de reprimir la risa. Enzo y Lila tuvieron que llevárselo deprisa y corriendo.

Pero Alfonso no se calmó. Al día siguiente, sin maquillar, con ropa masculina, los ojos enrojecidos por el llanto, salió de Basic Sight diciendo que iba a tomar un café al bar Solara. Al entrar se cruzó con Michele, nunca se supo qué se dijeron. Al cabo de unos

minutos, Michele empezó a darle patadas y puñetazos, luego agarró el palo que usaban para subir el cierre metálico y lo apaleó
con método, largo rato. Alfonso regresó a la oficina muy maltrecho, pero no hacía más que repetir: yo tengo la culpa, no supe
controlarme. Controlarse en qué es algo que no logramos entender. Lo cierto es que a partir de entonces fue de mal en peor y me
pareció que Lila estaba preocupada. Durante días trató sin éxito
de calmar a Enzo, que no soportaba la violencia de los fuertes
sobre los débiles y quería ir a ver a Michele para comprobar si
tenía el valor de apalizarlo a él como había hecho con Alfonso.
Desde mi apartamento oía que Lila le decía: calla de una vez,
asustas a Tina.

88

Después llegó enero, mi libro ya estaba bien adobado con los ecos
de infinidad de minúsculos detalles del barrio. Me entró una angustia tremenda. Cuando estaba repasando las últimas galeradas
le pregunté tímidamente a Lila si tendría la paciencia de releerla
(«está muy cambiada»), pero ella se negó en redondo. Ni siquiera
he leído el último que publicaste, dijo, es algo para lo que no tengo conocimientos. Me sentí sola, en poder de mis propias páginas, incluso estuve tentada de telefonear a Nino para pedirle si me
hacía el favor de leer mi novela. Después me di cuenta de que,
aunque sabía dónde vivía y tenía mi número de teléfono, nunca
había dado señales de vida, en todos esos meses no se había acordado de mí ni de su hija. Y desistí. El texto dejó atrás la última
fase de la provisionalidad y desapareció. Separarme de él me asus-

tó, ya no volvería a verlo hasta que adquiriese su aspecto definitivo y cada palabra ya no tuviera remedio.

Telefonearon del departamento de prensa. Gina me dijo: los de *Panorama* han leído las galeradas y están muy interesados, te mandarán un fotógrafo. De repente eché de menos la casa de la via Tasso, era un apartamento señorial. Pensé: no quiero que me fotografíen otra vez a la entrada del túnel, y tampoco en este apartamento cochambroso, ni en los jardincillos, entre las jeringas de los drogadictos; ya no soy la chica de hace quince años, este es mi tercer libro, quiero ser tratada como corresponde. Pero Gina insistió, había que promocionar el libro. Le dije: dale mi número de teléfono al fotógrafo, al menos quería que me avisaran con antelación, cuidar mi aspecto, aplazar la entrevista si no me sentía en forma.

En esos días me esforcé por tener la casa ordenada, pero no telefoneó nadie. Concluí que ya había en circulación unas cuantas fotos mías y que *Panorama* había renunciado al reportaje. Pero una mañana, cuando Dede y Elsa estaban en el colegio y yo, desgreñada, en vaqueros y con un jersey gastado, jugaba sentada en el suelo con Imma y Tina, llamaron a la puerta. Las dos niñas juntaban piezas sueltas para construir un castillo y yo las estaba ayudando. Desde hacía unos meses me parecía que la distancia entre mi hija y la hija de Lila se había acortado definitivamente: colaboraban en la construcción con precisión en los gestos, y si Tina demostraba más inspiración y me hacía frecuentes preguntas en un italiano claro, siempre bien pronunciado, Imma era más decidida, quizá más disciplinada, y su única desventaja era el habla limitada; a menudo para descifrarla recurríamos todos a su amiguita. Como me demoré para terminar de contestar a una pregunta de Tina, llamaron al timbre con más insistencia. Fui a abrir y me encontré ante una hermosa mujer de unos treinta años, toda rizos rubios, con un largo impermeable azul. Era la fotógrafa.

Resultó ser de Milán, una muchacha muy expansiva. Nada de lo que llevaba puesto era barato. He perdido tu número, dijo, pero mejor así, cuanto menos esperas que te fotografíen, mejor salen las fotos. Miró a su alrededor. Me ha costado llegar hasta aquí, vaya sitio, pero nos viene de perlas: ¿estas niñas son tus hijas? Tina le sonrió, Imma no, aunque era evidente que ambas la consideraban una especie de hada. Se las presenté: Imma es mi hija y Tina es hija de una amiga. Y mientras hablaba, la fotógrafa se puso a dar vueltas a mi alrededor sacándome fotos sin parar con distintas cámaras y todo su instrumental. Tengo que arreglarme un poco, intenté decir. No hay nada que arreglar, estás bien así.

Me llevó por todos los rincones de la casa: a la cocina, al cuarto de las niñas, a mi dormitorio, incluso delante del espejo del baño.

—¿Tienes tu libro?

—No, todavía no ha salido.

—¿Y un ejemplar del último que escribiste?

—Sí.

—Tráelo y ponte aquí, como si estuvieras leyendo.

Obedecí aturdida. Tina también buscó un libro, imitó mis poses y le dijo a Imma: sácame una foto. Aquello le hizo gracia a la fotógrafa, dijo: siéntate en el suelo con las niñas. Nos sacó muchas fotos, Tina e Imma estaban encantadas. La mujer exclamó: ahora hagamos una solo con tu hija. Hice ademán de acercarme a Imma, pero la mujer dijo: no, con la otra, tiene una carita extraordinaria. Me empujó al lado de Tina, nos sacó infinidad de fotos, Imma se puso triste. Yo también, dijo. Alargué los brazos, le grité, sí, ven con mamá.

La mañana pasó volando. La mujer del impermeable azul nos sacó de casa, pero se mostró un poco tensa. Preguntó varias veces: ¿no me irán a robar el equipo? Después se exaltó, quiso fotografiar hasta el último rincón miserable del barrio, me sentó en un banco desvencijado, contra una pared desconchada, al lado de un antiguo mingitorio. Yo les decía a Imma y a Tina: quietas ahí, por favor, no os mováis que pasan coches. Ellas se agarraban de la mano, una rubia y la otra morena, la misma estatura, y esperaban.

Lila regresó del trabajo a la hora de la cena y subió a mi casa a recoger a su hija. Tina no le dio tiempo a entrar y se lo contó todo.

—Ha venido una señora muy guapa.

—¿Más guapa que yo?

—Sí.

—¿Y más guapa que la tía Lenuccia?

—No.

—Así que la más guapa de todas es la tía Lenuccia.

—No, soy yo.

—¿Tú? ¡Qué tonterías dices!

—Es verdad, mamá.

—¿Y qué ha hecho esa señora?

—Fotos.

—¿A quién?

—A mí.

—¿Solo a ti?

—Sí.

—Mentirosa. Imma, ven aquí, cuéntame tú lo que habéis hecho.

89

Esperé que saliera *Panorama*. Ahora estaba contenta, el departamento de prensa hacía un trabajo estupendo, y me sentía orgullosa de ser objeto de un reportaje fotográfico completo. Pero pasó una semana y el reportaje no aparecía. Pasaron quince días y tampoco. Era finales de marzo, el libro ya estaba en las librerías, y todavía nada. Estuve muy atareada con otras cosas: una entrevista radiofónica, otra en el *Mattino*. Llegó un momento en que tuve que viajar a Milán para asistir a la presentación del libro. La hice en la misma librería de quince años antes, habló el mismo profesor de entonces. Adele no apareció, tampoco Mariarosa, aunque asistió más público que en el pasado. El profesor se refirió al libro sin demasiado entusiasmo pero positivamente y algunos de los presentes —la mayoría mujeres— intervinieron para expresar su entusiasmo por la compleja humanidad de la protagonista. Un ritual que ya conocía de sobra. Me marché a la mañana siguiente y llegué a Nápoles cansadísima.

Recuerdo que iba para mi casa arrastrando la maleta cuando un coche se me acercó por la avenida. Al volante iba Michele, sentado a su lado estaba Marcello. Recordé cuando los dos Solara habían intentado meterme en su coche —lo habían hecho también con Ada—, y Lila salió en mi defensa. Como entonces, llevaba el brazalete de mi madre, y, pese a que por su naturaleza los objetos son impasibles, retrocedí de golpe para protegerlo. Marcello clavó la vista al frente y no me saludó, ni siquiera me dijo con su habitual tono afable: aquí está la cuñadita que escribe novelas. Habló Michele, estaba furioso.

—Lenù, ¿qué carajo has escrito en ese libro? ¿Infamias sobre el lugar donde naciste? ¿Infamias sobre mi familia? ¿Infamias sobre los que te han visto crecer y te admiran y te quieren? ¿Infamias sobre nuestra hermosa ciudad?

Se volvió y del asiento posterior sacó un ejemplar de *Panorama* recién salido de imprenta y me lo tendió por la ventanilla.

—¿Te gusta contar tonterías?

Lo miré. El semanario estaba abierto en la página referida a mí. Había una gran fotografía en color en la que aparecíamos Tina y yo sentadas en el suelo de mi casa. Enseguida me llamó la atención el pie de foto, decía: Elena Greco con su hija Tina. En un primer momento pensé que el problema era ese pie de foto y no entendí por qué Michele se lo tomaba tan a pecho.

—Se han equivocado —dije perpleja.

Pero él gritó una frase aún más incomprensible:

—Los que se han equivocado no son ellos, sois vosotras dos.

Entonces intervino Marcello.

—Déjala estar, Michè, Lina la manipula y ella ni siquiera se da cuenta —dijo contrariado.

Arrancó haciendo chirriar los neumáticos, me dejó en la acera con la revista en la mano.

90

Me quedé pasmada, la maleta a mi lado. Leí el artículo, cuatro páginas con fotos de los lugares más feos del barrio; yo figuraba en una sola, en la que salía con Tina, una imagen preciosa; el fondo miserable del apartamento daba a nuestras dos figuras una finura especial. El autor del artículo no reseñaba mi libro ni hablaba de él como de una novela, sino que lo utilizaba para describir aquello que llamaba «el feudo de los hermanos Solara», un territorio que definía como fronterizo, tal vez vinculado a la Nueva Camorra Organizada, tal vez no. De Marcello no decían mucho, se aludía sobre todo a Michele, al que atribuían iniciativa, falta de escrúpulos, disposición a saltar de una facción política a otra siguiendo la lógica de los negocios. ¿Qué negocios? *Panorama* ofrecía una lista en la que mezclaba los legales y los ilegales: el bar-pastelería, las marroquinerías, las zapaterías, los autoservicios, los *night clubs*, la usura, el antiguo contrabando de tabaco, su actividad de peristas, la droga, las intromisiones en las obras después del terremoto.

Me entraron sudores fríos.

Qué había hecho, cómo había sido tan imprudente.

En Florencia había inventado una trama inspirándome en hechos de mi infancia y adolescencia con la temeridad que me daba la distancia. Vista desde ahí, Nápoles era casi un lugar producto de la imaginación, una ciudad como las de las películas, en las que aunque las calles y los edificios son auténticos solo sirven como telón de fondo para tramas negras o rosa. Después, desde que me había mudado y veía a Lila a diario, me había entrado un afán de realidad y, a pesar de que evité nombrarlo, había narrado el barrio. Pero quizá exageré y la relación entre verdad y ficción debió de desequilibrarse; ahora cada calle, cada edificio se había vuelto reconocible, incluso las personas, incluso los actos violentos. Las fotos eran la prueba de lo que contenían en realidad mis páginas, identificaban la zona de forma definitiva, y el barrio dejaba de ser una invención, como había sido para mí mientras escribía. El autor del artículo ofrecía su historia, mencionaba incluso el asesinato de don

Achille Carracci y el de Manuela Solara; sobre todo se extendía en este último, y suponía que había sido o bien la punta visible de un conflicto entre familias camorristas o una ejecución, obra del «peligroso terrorista Pasquale Peluso, nacido y criado en el barrio, ex albañil, ex secretario de la sección local del Partido Comunista». Sin embargo, yo no había contado nada de Pasquale, no había contado nada de don Achille ni de Manuela. Los Carracci y los Solara solo eran para mí perfiles, voces capaces de nutrir con su acento dialectal la gestualidad y el tono a veces violento, un mecanismo completamente fantástico. No quería intervenir en sus asuntos reales, qué tenía que ver «el feudo de los hermanos Solara».

Yo había escrito una novela.

91

Fui a casa de Lila en un estado de gran nerviosismo; las niñas estaban con ella. Ya has vuelto, dijo Elsa, que se sentía más libre cuando yo no estaba. Y Dede me saludó distraídamente murmurando con fingida sensatez: dame un minuto, mamá, termino los deberes y te abrazo. La única entusiasmada fue Imma, pegó los labios a mi mejilla y me besó largo rato sin separarse. Tina quiso hacer lo mismo. Pero yo tenía otras cosas en la cabeza, me dediqué muy poco a ellas, enseguida le enseñé a Lila la revista *Panorama*. Le conté lo ocurrido con los Solara reprimiendo la inquietud, le dije: se han enojado. Lila leyó con calma el artículo e hizo un único comentario: bonitas fotos.

—Enviaré una carta, me quejaré —exclamé—. Si quieren hacer un reportaje sobre Nápoles, que lo hagan, yo qué sé, sobre el secuestro de Cirillo, sobre los asesinatos de la Camorra, sobre lo que les dé la gana, pero no tienen por qué usar mi libro al buen tuntún.

—¿Y por qué?

—Porque es literatura, no he narrado hechos reales.

—Por lo que yo recuerdo sí.

La miré insegura.

—¿Qué quieres decir?

—No nombrabas a nadie, pero había muchas cosas reconocibles.

—¿Por qué no me lo dijiste?

—Te dije que el libro no me gustaba. Las cosas se cuentan o no se cuentan, tú te quedabas a medias.

—Era una novela.

—En parte sí, en parte no.

No contesté, aumentó mi inquietud. Ahora no sabía si estaba más disgustada por la reacción de los Solara o porque ella, así tan tranquila, acababa de confirmar su opinión negativa de años antes. Miré casi sin verlas a Dede y Elsa, que se habían apoderado de la revista.

—Tina, ven a ver, sales en la revista —exclamó Elsa.

Tina se acercó, se miró con ojos grandes de asombro y una sonrisa satisfecha. Imma le preguntó a Elsa.

—¿Yo dónde estoy?

—Tú no estás, porque Tina es guapa y tú eres fea —contestó su hermana.

Imma se dirigió a Dede para saber si era cierto. Y Dede, después de leer dos veces en voz alta el pie de foto de *Panorama*, trató de convencerla de que, como se apellidaba Sarratore, y no Airota, no era realmente hija mía. En ese momento no aguanté más, estaba agotada, exasperada, grité: basta, vámonos a casa. Las tres se opusieron, apoyadas por Tina y, sobre todo, por Lila, que insistió en que nos quedáramos a cenar.

Me quedé. Lila intentó tranquilizarme, incluso trató de que me olvidara de que otra vez me había hablado mal de mi libro. Empezó en dialecto y luego pasó a su italiano de las grandes ocasiones que nunca dejaba de sorprenderme. Citó la experiencia del terremoto; en más de dos años no lo había hecho nunca sino para quejarse de cómo había empeorado la ciudad. Dijo que desde entonces procuraba no olvidar nunca que somos seres muy abarrotados, repletos de física, astrofísica, biología, religión, alma, burguesía, proletariado, capital, trabajo, beneficios, política, montones de frases armónicas, montones de frases disonantes, caos dentro y caos fuera. De manera que cálmate, exclamó riendo, en comparación, ¿qué son los Solara? Tu novela ya ha salido: la escribiste, la reescribiste, evidentemente estar aquí te sirvió para darle más autenticidad, pero ahora anda ahí fuera y no puedes recuperarla. ¿Que los Solara se han enojado? Paciencia. ¿Que Michele te amenaza? A quién cuernos le importa. De un momento a otro puede haber otro terremoto, y mucho más fuerte. O puede venirse abajo el universo entero. ¿Qué es entonces Michele Solara? Nada. Y Marcello, lo mismo. Nada. Esos dos no son más que trozos de carne que van por ahí pidiendo dinero y soltando amenazas. Suspiró, dijo en voz baja: los Solara serán siempre bestias peligrosas, Lenù, no hay nada que hacer; a uno lo había domesticado, pero su hermano ha conseguido que vuelva a ser feroz. ¿Has visto la de palos que le ha dado Michele a Alfonso? Son palos que quiere darme a mí y no tiene valor. Y también esta rabia por tu libro, por el artículo de *Panorama*, por las fotos, es toda rabia contra mí. De modo que mándalos a la mierda como hago yo. Has conseguido que salgan en la revista y eso es algo que los Solara no pueden tolerar, es malo para los negocios y para sus enredos. A nosotras, en cambio, nos encanta, ¿no? ¿De qué tenemos que preocuparnos?

La escuchaba. Cuando hablaba así, con frases pretenciosas, siempre sospechaba que continuaba devorando libros como cuando era jovencita, pero que por razones incomprensibles me lo ocultaba. En su casa no se veía un solo libro, salvo los fascículos hipertécnicos relacionados con su trabajo. Quería presentarse como una persona sin instrucción alguna; sin embargo, ahí la tenías de pronto, hablando de biología, de psicología, de lo complicados que son los seres humanos. ¿Por qué me hacía eso? No lo sabía, si bien como necesitaba apoyo me confié de todos modos. En una palabra, Lila consiguió calmarme. Releí el artículo y me gustó. Examiné las fotos: el barrio era feo pero Tina y yo estábamos preciosas. Nos pusimos a cocinar, los preparativos me ayudaron a reflexionar. Llegué a la conclusión de que el artículo y las fotos beneficiarían al libro y que el texto de Florencia, enriquecido en Nápoles en el apartamento encima del de Lila, había mejorado de veras. Sí, le dije, a la mierda los Solara. Y me relajé, fui otra vez amable con las niñas.

Antes de cenar, a saber después de cuántos conciliábulos, se me acercó Imma seguida de cerca por Tina. Preguntó en su idioma formado por palabras bien pronunciadas y palabras al límite de lo comprensible:

—Mamá, Tina quiere saber si tu hija soy yo o es ella.

—¿Y tú lo quieres saber? —pregunté.

Se le humedecieron los ojos.

—Sí.

—Somos las mamás de las dos —dijo Lila—, y os queremos a las dos.

Cuando Enzo regresó del trabajo se entusiasmó con la foto donde aparecía su hija. Al día siguiente compró dos ejemplares de *Panorama* y en su despacho pegó tanto la imagen entera como el recorte que aislaba a su hija. Naturalmente, eliminó el pie de foto erróneo.

92

Hoy, mientras escribo, me avergüenzo por cómo la suerte me ha favorecido siempre. El libro despertó enseguida interés. Algunos se entusiasmaban por el placer que sentían al leerlo. Otros elogiaban la habilidad con la que había sido ideada la protagonista. Algunos hablaban de un realismo brutal, otros exaltaban mi imaginación barroca, algunos admiraban el estilo femenino, suave y acogedor. En una palabra, llovieron comentarios positivos, pero con frecuencia todos ellos en neto contraste, como si los críticos no hubieran leído la novela que estaba en las librerías, sino que cada uno de ellos hubiese evocado un libro-fantasma construido con sus propios prejuicios. Después del artículo de *Panorama*, todos coincidieron en una cosa: la novela era completamente ajena a la forma habitual de narrar Nápoles.

Cuando me llegaron los ejemplares que me correspondían por contrato, me puse tan contenta que decidí darle uno a Lila. Nunca lo había hecho con los libros anteriores, y daba por descontado que, al menos por el momento, ella ni lo habría hojeado. Pero la sentía próxima, la única persona con la que podía contar de verdad, y quería demostrarle mi gratitud. No reaccionó bien. Evidentemente, ese día estaba muy ocupada, y con su talante pendenciero de siempre se hallaba inmersa en los conflictos del barrio por las próximas elecciones del 26 de junio. O algo la había contrariado, no lo sé. La cuestión es que le tendí el libro y ella ni lo tocó, dijo que no debía malgastar mis ejemplares.

Aquello me sentó mal, fue Enzo quien me sacó del apuro. Dámelo a mí, murmuró, nunca he tenido la pasión de leer, pero lo guardaré para Tina, así cuando sea mayor lo leerá. Y quiso que se lo dedicara a la niña. Recuerdo que escribí un tanto incómoda: para Tina, que lo hará mejor que todos nosotros. Después leí la dedicatoria en voz alta y Lila exclamó: hace falta bien poco para hacerlo mejor que yo, espero que haga mucho más. Palabras inútiles, sin motivo: yo había escrito «mejor que todos nosotros» y ella lo había reducido a «mejor que yo». Enzo y yo dejamos ahí la cosa. Él colocó el libro en un estante, entre los manuales de informática, y hablamos de las invitaciones que me estaban llegando, de los viajes que debería hacer.

93

Esos momentos de hostilidad eran en general evidentes, aunque a veces se agazapaban tras una apariencia de disponibilidad y afecto. Lila, por ejemplo, se siguió mostrando feliz de ocuparse de mis hijas; sin embargo, bastaba una inflexión de la voz para que hiciera que me sintiera en deuda con ella, como si dijera: lo que eres, lo que llegas a ser, depende de lo que yo con mis sacrificios permito que seas y llegues a ser. Si percibía apenas ese tono me ensombrecía y le proponía buscarme una canguro. Pero tanto ella como Enzo casi se ofendían, no querían saber nada del asunto. Una mañana en que necesitaba su ayuda, se refirió, molesta, a problemas que la acuciaban y yo le dije con frialdad que podía buscar otras soluciones. Se puso agresiva: ¿te he dicho yo que no puedo hacerlo? Si es necesario, me organizo; ¿se han quejado tus hijas, las he descuidado? Entonces lo vi claro, solo deseaba una especie de declaración de que me resultaba indispensable y reconocí con sincera gratitud que mi vida pública habría sido imposible si me hubiese faltado su apoyo. Después me entregué a mis obligaciones sin más escrúpulos.

Gracias a la eficiencia del departamento de prensa, salía a diario en un periódico distinto, y un par de veces también en la televisión. Estaba entusiasmada y muy nerviosa, me gustaba la atención que crecía a mi alrededor, si bien temía pronunciar frases erradas. En los momentos de mayor tensión no sabía a quién dirigirme y recurría a Lila en busca de consejo.

—¿Y si me preguntan por los Solara?

—Di lo que piensas.

—¿Y si los Solara se enfadan?

—En este momento tú eres más peligrosa para ellos que ellos para ti.

—Estoy preocupada, me parece que Michele está cada vez más loco.

—Los libros se escriben para hacerse oír, no para quedarse callados.

En realidad siempre traté de ser cauta. Nos encontrábamos de lleno en medio de una encendida campaña electoral, en las entrevistas procuraba no meterme nunca en política, no mencionar a los Solara que —se sabía— estaban empeñados en conseguir votos para los cinco partidos del gobierno. Pero hablaba mucho de las condiciones de vida en el barrio, del mayor deterioro tras el terremoto, de la miseria y de los negocios de dudosa legalidad, de las connivencias institucionales. Y después, según las preguntas y la inspiración del momento, hablaba de mí, de mi formación, del esfuerzo que había hecho para estudiar, de la misoginia de la Escuela Normal, de mi madre, de mis hijas, del pensamiento femenino. Eran momentos complicados para el mercado del libro, a los escritores de mi edad, indecisos entre los vanguardismos y el relato tradicional, les costaba dotarse de carácter propio y afirmarse. Pero yo les llevaba ventaja. Mi primer libro se había publicado a finales de los años sesenta; con el segundo había demostrado una cultura sólida e intereses de amplio alcance, me encontraba entre los pocos que contaban con una pequeña historia editorial a sus espaldas e incluso con algo de público. De modo que el teléfono comenzó a sonar cada vez con mayor frecuencia. Sin embargo, todo hay que decirlo, raramente los periodistas querían opiniones o intervenciones sobre temas literarios; me pedían sobre todo observaciones sociológicas y comentarios sobre la actualidad napolitana. Me comprometí de buen grado. Y no tardé en colaborar con *Il Mattino* sobre los temas más variados, acepté una columna en *Noi Donne*, presenté el libro dondequiera que me invitaran, adaptándolo a las exigencias del público con el que me encontraba. Ni yo misma creía en lo que me estaba pasando. Los libros anteriores habían funcionado bien, pero no de esa manera tan vertiginosa. Me telefonearon un par de escritores de renombre que no había tenido ocasión de conocer. Un director de cine muy famoso quiso verme, tenía intención de convertir mi novela en una película. A diario me enteraba de que esta o aquella editorial extranjera había pedido leer mi libro. En fin, que me sentía cada vez más contenta.

No obstante, lo que me causó especial satisfacción fueron dos llamadas telefónicas inesperadas. La primera vino de Adele. Me habló con mucha cordialidad, me preguntó por sus nietas, dijo que lo sabía todo de ellas por Pietro, que las había visto en fotos y que estaban guapísimas. La escuché, me limité a unas cuantas frases convencionales. Del libro dijo: lo he vuelto a leer, te felicito, lo has mejorado mucho. Y al despedirse me hizo prometer que si iba a presentarlo a Génova la llamaría, le llevaría a las niñas, se las dejaría unos días. Se lo prometí, pero descarté que fuera a cumplir la promesa.

A los pocos días telefoneó Nino. Dijo que mi novela era extraordinaria («una calidad de escritura inimaginable en Italia»), me pidió ver a las tres niñas. Lo invité a comer, se ocupó mucho de Dede, de Elsa, de Imma, y después, naturalmente, habló mucho de sí mismo. Ahora pasaba muy poco tiempo en Nápoles, estaba siempre en Roma, trabajaba mucho con mi ex suegro, recibía encargos importantes. Repitió a menudo: las cosas van bien, por fin Italia está enfilando el camino de la modernidad. Después exclamó de pronto, mirándome a los ojos: volvamos a vivir juntos. Me eché a reír: cuando quieras ver a Imma basta una llamada telefónica; pero nosotros dos ya no tenemos nada que decirnos, tengo la impresión de haber concebido a la niña con un fantasma, seguro que tú no estabas en la cama. Se marchó enfurruñado y no volvió a dar señales de vida. Se olvidó de nosotras —de Dede, de Elsa, de Imma y de mí— durante mucho tiempo. Seguramente nos olvidó en cuanto cerré la puerta a sus espaldas.

94

Así las cosas, ¿qué más podía pedir? Mi nombre, el nombre de nadie, se estaba convirtiendo definitivamente en el de alguien. Por ese motivo Adele Airota me había telefoneado a modo de disculpa; por ese motivo Nino Sarratore había tratado de buscar mi perdón y de meterse otra vez en mi cama; por ese motivo me invitaban a ir a todas partes. Sin duda, resultaba difícil separarse de las niñas, y, aunque fuera por unos días, dejar de ser su madre. Pero también esa ruptura se convirtió en una práctica habitual. El sentimiento de culpa enseguida daba paso a la necesidad de hacer un buen papel en público. La cabeza se llenaba de mil cosas, Nápoles y el barrio perdían consistencia. Se imponían otros paisajes, llegaba a ciudades hermosísimas desconocidas para mí, tenía la sensación de que me hubiera gustado vivir en ellas. Conocía a hombres que me atraían, que hacían que me sintiera importante, que me daban alegría. En pocas horas se abría ante mí un abanico de posibilidades seductoras. Y los vínculos de madre se debilitaban, a veces me olvidaba de telefonear a Lila, de desearle buenas noches a las niñas. Solo cuando notaba que habría sido capaz de vivir sin ellas, volvía en mí, me arrepentía.

Hubo un momento particularmente desagradable. Me marché al sur en una larga gira promocional. Estaría fuera de casa una semana, aunque Imma no se sentía bien, estaba resfriada y un poco decaída. Yo tenía la culpa, no podía enfadarme con Lila, pues era muy atenta pero tenía mil cosas que hacer; no podía estar pendiente de los niños cuando se desenfrenan y sudan, de las corrientes de aire. Antes de marcharme le pedí a los del departamento de prensa que me pasaran los teléfonos de los hoteles en los que iba a alojarme y se los dejé a Lila por si surgía un imprevisto. Si hay problemas, le pedí, llámame por teléfono y regreso de inmediato.

Me marché. Al principio no hice más que pensar en Imma y en su malestar, telefoneaba siempre que podía. Después me olvidé. Llegaba a un lugar, me recibían con gran amabilidad, me tenían preparado un programa apretadísimo, intentaba mostrarme a la altura, al final me agasajaban con cenas interminables. El tiempo pasó volando. En una ocasión traté de llamar, pero el teléfono sonó en vano y lo dejé estar; otra vez contestó Enzo que en su estilo lacónico dijo: haz lo que tengas que hacer, no te preocupes; una vez hablé con Dede que exclamó con voz adulta: estamos bien, mamá, adiós, que te diviertas. Sin embargo, cuando regresé a casa me enteré de que Imma llevaba tres días en el hospital. La pequeña tenía pulmonía y tuvieron que ingresarla. Lila estaba con ella, había dejado todas sus obligaciones, incluso a Tina, se había encerrado con mi hija en el hospital. Me desesperé, protesté porque me lo habían ocultado. Pero ella nunca quiso ceder terreno ni siquiera cuando regresé, y continuó sintiéndose responsable de la niña. Vete, decía, has estado viajando sin parar, descansa.

Estaba realmente cansada, si bien sobre todo estaba aturdida. Lamentaba no haber estado al lado de la niña, haberla privado de mi presencia justo cuando más me necesitaba. De modo que ahora no sabía nada de cuánto y cómo había sufrido. En cambio, Lila tenía en la cabeza todas las fases de la enfermedad de mi hija, la dificultad al respirar, la angustia, la carrera al hospital. La observé, en el pasillo del hospital, y parecía más agotada que yo. Le había ofrecido a Imma el contacto permanente y afectuoso de su cuerpo. Llevaba días sin ir a su casa, dormía poco o nada, tenía la mirada oscura del cansancio. Muy a mi pesar, por dentro, y tal vez también por fuera, me sentía luminosa. Incluso ahora que acababa de enterarme de la enfermedad de mi hija, no lograba desprenderme de la satisfacción por lo que había conseguido, el gusto de sentirme libre viajando por Italia, el placer de disponer de mí como si no tuviera un pasado y todo estuviera empezando en ese instante.

En cuanto le dieron de alta a la niña, le confesé a Lila ese estado de ánimo. Quería encontrar un orden en la confusa mezcla de culpa y orgullo que bullía dentro de mí, quería hablarle de mi gratitud pero también que me contara con todo detalle lo que Imma —dado que yo no estaba para dárselo— había tomado de ella. Sin embargo, Lila respondió casi con fastidio: Lenù, déjalo estar, ya ha pasado, tu hija está bien, ahora hay problemas más gordos. Por un segundo pensé que se trataba de sus problemas de trabajo, pero no era así, los problemas me concernían. Poco antes de la enfermedad de Imma se había enterado de que me llegaría la notificación de una querella. Carmen se había querellado contra mí.

95

Me asusté, me sentí dolida. ¿Carmen? ¿Carmen me había hecho algo así?

En ese momento terminó la fase emocionante del éxito. En unos segundos la culpa de haber desatendido a Imma se sumó al temor de que me lo quitaran todo por la vía legal, alegría, prestigio, dinero. Me avergoncé de mí misma, de mis aspiraciones. Le dije a Lila que quería ir de inmediato a hablar con Carmen, y ella me lo desaconsejó. No obstante, tuve la impresión de que sabía más de lo que me había contado, y de todos modos fui a buscarla.

Primero pasé por el surtidor de gasolina, pero Carmen no estaba. Roberto se mostró cohibido conmigo. No dijo una palabra de la querella, comentó que su mujer había ido con los niños a Giugliano a casa de unos parientes, y que se quedaría una temporada. Lo dejé plantado, corrí a su casa para comprobar si me había dicho la verdad. Pero Carmen o de veras se había marchado a Giugliano o no me quiso abrir. Hacía mucho calor. Paseé un poco para tranquilizarme, después busqué a Antonio, no me cabía duda de que sabía algo. Pensé que me costaría localizarlo, siempre andaba por ahí. Su mujer me dijo que había ido al barbero y ahí lo encontré. Le pregunté si había oído hablar de demandas judiciales contra mí y en lugar de contestarme empezó a hablar mal de la escuela, dijo que los profesores le tenían manía a sus hijos, se quejaban de que hablaban en alemán o en dialecto, pero que entretanto no les enseñaban italiano. Después, de buenas a primeras, casi susurró:

—Aprovecho para despedirme.

—¿Adónde vas?

—Me vuelvo a Alemania.

—¿Cuándo?

—No lo sé todavía.

—¿Y por qué te despides ahora?

—No estás nunca, nos vemos poco.

—Es que tú nunca me buscas.

—Tú tampoco a mí.

—¿Por qué te vas?

—Mi familia no se encuentra a gusto aquí.

—¿Es Michele el que te echa?

—Él manda y yo obedezco.

—De modo que es él quien ya no te quiere en el barrio.

Se miró las manos, las examinó a fondo.

—De vez en cuando me vuelve el agotamiento nervioso —dijo, y se puso a hablarme de Melina, su madre, que no tenía la cabeza en su sitio.

—¿La vas a dejar con Ada?

—Me la llevo conmigo —masculló—. Ada ya tiene bastantes problemas. Además, yo tengo su misma constitución, quiero vigilarla de cerca para ver en qué me convertiré.

—Ha vivido siempre aquí, en Alemania sufrirá.

—Se sufre en todas partes. ¿Quieres un consejo?

Comprendí por cómo me miraba que había decidido ir al grano.

—Dime.

—Vete tú también.

—¿Por qué?

—Porque Lina cree que las dos juntas sois invencibles pero no es así. Y yo ya no os puedo ayudar.

—¿Ayudarnos en qué?

Negó con la cabeza, descontento.

—Los Solara están cabreados. ¿Has visto cómo ha votado la gente del barrio?

—No.

—Resulta que ellos ya no controlan los votos que controlaban antes.

—¿Y?

—Lina consiguió que muchos fueran a parar a los comunistas.

—¿Y yo qué tengo que ver?

—Marcello y Michele creen que Lina está detrás de todo, especialmente detrás de ti. Lo de la querella es cierto y los abogados de Carmen son los de ellos.

96

Regresé a casa, no busqué a Lila. Descarté que no supiera nada de elecciones, de votos, de los Solara enfurecidos, agazapados detrás de Carmen. Me decía las cosas a cuentagotas por cuestiones suyas. Telefoneé a la editorial, le conté al director lo de la querella y lo que Antonio me había comentado. Por ahora es solo un rumor, le dije, no hay nada seguro, pero estoy muy preocupada. Él intentó tranquilizarme, prometió pedirle al departamento jurídico que investigara y en cuanto supiera algo me telefonearía. Concluyó: por qué estás tan nerviosa, esto beneficia al libro. A mí no, pensé, me he equivocado en todo, no debí volver a vivir en el barrio.

Pasaron los días, no tuve noticias de la editorial pero como una puñalada me llegó a casa la notificación de la querella. La leí y me quedé boquiabierta. Carmen nos pedía a mí y a la editorial la retirada del libro y un resarcimiento desproporcionado por haber dañado la memoria de Giuseppina, su madre. Nunca había visto un documento que sintetizara en sí mismo, en el membrete, en la calidad de la escritura, en el adorno de los sellos y los timbres, la potencia de la ley. Descubrí que aquello que de adolescente, incluso de joven, nunca me había impresionado, ahora me aterraba. Esta vez corrí a ver a Lila. Cuando le dije de qué se trataba, se puso burlona:

—¿No querías la ley? Ahí la tienes.

—¿Qué hago?

—Armarla.

—¿Cómo?

—Cuenta a los periódicos lo que te está pasando.

—Estás loca. Antonio me ha dicho que detrás de Carmen están los abogados de los Solara, y no me digas que no lo sabes.

—Claro que lo sé.

—Entonces, ¿por qué no me lo dijiste?

—¿Porque no ves lo nerviosa que estás? Pero no debes preocuparte. Tú tienes miedo de la ley y los Solara le tienen miedo a tu libro.

—Les tengo miedo porque con todo su dinero pueden arruinarme.

—El dinero es justamente lo que les tienes que tocar. Escribe. Cuanto más escribas de sus chanchullos, más les arruinarás los negocios.

Me deprimí. ¿Eso pensaba Lila? ¿Ese era su proyecto? Solo entonces comprendí con claridad que me atribuía la fuerza que de niñas le habíamos atribuido a la autora de *Mujercitas*. ¿Por eso había querido a toda costa que regresara al barrio? Me retiré sin decir nada. Fui a mi casa, llamé otra vez a la editorial. Confié en que el director se estuviera ocupando de algún modo del asunto, quería noticias que me tranquilizaran, pero no conseguí localizarlo. Al día siguiente fue él quien me llamó. Me anunció con tono alegre que el *Corriere della Sera* publicaba un artículo suyo —suyo, de puño y letra— en el que hablaba de la querella. Corre a comprarlo, me dijo, y dime qué opinas.

97

Fui al quiosco más angustiada que nunca. Vi otra vez mi foto con Tina, esta vez en blanco y negro. La querella se anunciaba ya en el titular, se la consideraba un intento de amordazar a una de las poquísimas narradoras valientes etcétera, etcétera. No se mencionaba el nombre del barrio, no se aludía a los Solara. El artículo, de forma bastante hábil, colocaba el episodio en el corazón de un conflicto existente en todas partes «entre los restos medievales que impiden la modernización del país y el imparable avance, también en el sur, de la renovación política y cultural». Era un texto breve, pero que defendía eficazmente, sobre todo al final, los argumentos de la literatura separándolos de las que se denominaban «las tristísimas disputas locales».

Me tranquilicé, tuve la sensación de estar bien protegida. Telefoneé al director, elogié mucho el artículo, luego fui a enseñarle el diario a Lila. Esperaba que se alborozara. Me parecía que eso era lo que quería, un despliegue del poder que ella me atribuía.

—¿Por qué le has hecho escribir el artículo a ese tipo? —se limitó a decir, huraña.

—¿Qué problema hay? La editorial se ha puesto de mi parte, ella se ocupa de este alboroto, me parece un punto positivo.

—Son cháchara, Lenù, a ese tipo lo único que le interesa es vender el libro.

—¿Y no te parece bien?

—Me parece bien, pero el artículo tenías que escribirlo tú.

Me puse nerviosa, no lograba comprender qué tenía en mente.

—¿Por qué?

—Porque eres buena y conoces bien la situación. ¿Te acuerdas cuando escribiste contra Bruno Soccavo?

En lugar de alegrarme, esa referencia me molestó. Bruno había muerto y no me gustaba recordar lo que yo había escrito. Era un muchacho con poca cabeza, que había terminado en las redes de los Solara y a saber en cuántas otras más, dado que lo habían asesinado. No estaba contenta de haberla tomado con él.

—Lila —dije—, el artículo no era contra Bruno, era un artículo sobre el trabajo en la fábrica.

—Lo sé, ¿y qué? Se la hiciste pagar, y ahora que eres una persona todavía más importante puedes hacerlo mejor. Los Solara no tienen que esconderse detrás de Carmen. Tienes que poner al descubierto los chanchullos de los Solara para que no manden más.

Comprendí por qué había despreciado el texto del director. No le importaba siquiera un poco la libertad de expresión y la batalla entre retraso y modernización. Lo único que le interesaba a ella eran las tristísimas disputas locales. Quería que ahí y ahora yo contribuyera a la confrontación con gente concreta que sabíamos bien de qué pasta estaba hecha desde la infancia.

—Lila, al *Corriere* le importa un bledo que Carmen se haya vendido a los Solara y que ellos la hayan comprado. Para que un artículo salga en un gran periódico debe tener un sentido general, si no, no lo publican —dije.

Le mudó el semblante.

—Carmen no se ha vendido —dijo—, siempre ha sido amiga tuya y te ha puesto la querella por un único motivo: la han obligado.

—No entiendo, explícate.

Me sonrió burlona, estaba muy enojada.

—No te explico nada, los libros los escribes tú, eres tú la que tienes que explicar. Lo único que sé es que aquí nosotros no tenemos una editorial de Milán que nos proteja, nadie que escriba artículos en los periódicos por nosotros. Nosotros solo somos una cuestión local y nos apañamos como podemos; si tú nos quieres echar una mano, bien, y si no, nos arreglamos solos.

98

Regresé a ver a Roberto y lo atormenté hasta que me dio la dirección de los parientes de Giugliano, después me subí al coche con Imma y me fui a buscar a Carmen.

El calor era sofocante. Me costó encontrar la dirección, porque los parientes vivían en las afueras. Me abrió una mujerona que me dijo con modales bruscos que Carmen se había vuelto para Nápoles. No muy contenta me marché con Imma que protestaba porque, aunque apenas habíamos recorrido a pie un centenar de metros, decía que estaba cansada. Pero en cuanto doblé la esquina para regresar al coche me topé con Carmen que llegaba cargada con bolsas de la compra. Fue un instante, me vio, y se echó a llorar. La abracé, Imma también quiso abrazarla. Luego buscamos un bar con una mesita en la sombra y después de obligar a la niña a que jugara en silencio con sus muñecas, le pedí que me explicara la situación. Ella confirmó lo que me había dicho Lila: la habían obligado a querellarse contra mí. Y me dijo el motivo: Marcello le había hecho creer que sabía dónde se escondía Pasquale.

—¿En serio?

—En serio.

—¿Y tú sabes dónde se esconde?

Tras vacilar, asintió.

—Dijeron que cuando quieran, me lo matan.

Traté de calmarla. Le dije que si los Solara hubiesen sabido realmente dónde estaba la persona a la que atribuían el homicidio de su madre, habrían ido a buscarla hacía tiempo.

—Entonces, ¿tú crees que no lo saben?

—No lo saben. A estas alturas, por el bien de tu hermano, solo te queda una cosa por hacer.

—¿Qué?

Le dije que si quería salvar a Pasquale debía entregarlo a los carabineros.

No conseguí un buen efecto. Ella se puso a la defensiva, me esforcé por explicarle que era la única manera de protegerlo de los Solara. Fue inútil, me di cuenta de que mi solución le sonaba como la peor de las traiciones, algo mucho más grave que su traición a mí.

—Así estás en sus manos —dije—, te pidieron que te querellaras contra mí, pueden pedirte cualquier otra cosa.

—Soy su hermana —exclamó.

—No es cuestión de amor de hermana —dije—, en este caso, tu amor de hermana me ha hecho daño a mí, seguramente no lo salva a él y corre el riesgo de perjudicarte también a ti.

Pero no hubo manera de convencerla, al contrario, cuanto más discutíamos, más me confundía yo. Y Carmen no tardó en echarse a llorar otra vez; a ratos se lamentaba por lo que me había hecho y me pedía perdón, a ratos se lamentaba de lo que podían hacerle a su hermano y se desesperaba. Me acordé de cómo era de jovencita, en la época en que no me hubiera imaginado nunca que fuera capaz de una fidelidad tan obstinada. La dejé porque no estaba en condiciones de consolarla, porque Imma estaba muy sudada y temía que volviera a enfermarse, porque tenía cada vez menos claro qué pretendía de ella. ¿Quería que interrumpiera la larga complicidad con Pasquale? ¿Porque creía que era lo correcto? ¿Quería que optara por el Estado más que por su hermano? ¿Por qué? ¿Para liberarla de los Solara y hacerle retirar la querella? ¿Contaba eso más que su angustia?

—Haz como mejor te parezca, pero no olvides que no te guardo rencor —le dije.

Tras mi comentario, vi en los ojos de Carmen un imprevisible destello de ira.

—¿Y por qué ibas a guardarme rencor? ¿Tú qué pierdes? Sales en los diarios, te haces publicidad, vendes más. No, Lenù, no deberías habérmelo dicho, me has aconsejado que entregue a Pasquale a los carabineros, te has equivocado.

Me fui de ahí amargada y en el viaje de regreso dudé de haber hecho bien en querer verla. Me imaginé que ahora iría en persona a ver a los Solara para hablarles de mi visita, y que, después del artículo del director en el *Corriere*, la obligarían a emprender otras acciones contra mí.

99

Durante días esperé nuevos desastres, pero no pasó nada. El artículo tuvo cierto clamor, los diarios napolitanos se hicieron eco de él y lo ampliaron, recibí llamadas telefónicas y cartas de apoyo.

Pasaron las semanas, me hice a la idea de haber recibido una querella, descubrí que era algo que les pasaba a muchos de mi oficio y algunos estaban mucho más expuestos que yo. Se impuso la cotidianidad. Durante un tiempo evité a Lila, puse atención en no dejarme inmiscuir en jugadas erróneas.

El libro se seguía vendiendo. En agosto me fui de vacaciones a Santa Maria di Castellabate y parecía que Lila y Enzo también alquilarían una casa en la playa, aunque después prevaleció el trabajo y me confiaron con naturalidad a Tina. Entre las mil preocupaciones y fatigas de esa época (llama a esta, pégale un grito a la otra, resuelve una pelea, haz la compra, cocina), el único placer fue espiar a un par de lectores que leían mi libro debajo de la sombrilla.

En otoño las cosas mejoraron aún más, porque gané un premio de cierta importancia dotado con una cantidad considerable y sentí que lo hacía bien, que era hábil en las relaciones públicas, que tenía perspectivas económicas cada vez más satisfactorias. Pero ya no experimenté más la dicha, el estupor de las primeras semanas de éxito. Sentía los días como si la luz se hubiese vuelto opaca y percibía a mi alrededor un malestar difuso. Desde hacía un tiempo no había noche en que Enzo no le gritara a Gennaro, algo muy raro antes. Las veces que pasaba por Basic Sight encontraba a Lila confabulando con Alfonso, y si intentaba acercarme ella me indicaba que esperara un momento con un gesto distraído. Se comportaba del mismo modo si hablaba con Carmen, que había regresado al barrio, y con Antonio, que por oscuros motivos había aplazado su partida por tiempo indefinido.

Era evidente que alrededor de Lila las cosas estaban empeorando, pero ella me mantenía al margen y yo prefería mantenerme al margen. Después se produjeron dos circunstancias muy desagradables, una después de la otra. Lila descubrió por casualidad que Gennaro tenía los brazos llenos de pinchazos. La oí gritar como nunca. Azuzó a Enzo, lo impulsó a moler a palos a su hijo, eran dos hombres robustos y se cascaron de lo lindo. Al día siguiente echó a su hermano Rino de Basic Sight, aunque Gennaro le suplicara que no despidiera a su tío, juraba que él no lo había iniciado en la heroína. Aquella tragedia afectó mucho a las niñas, especialmente a Dede.

—¿Por qué la tía Lina trata así a su hijo?

—Porque ha hecho algo que no debía.

—Él ya es mayor, puede hacer lo que quiera.

—No si es algo que puede matarlo.

—¿Y por qué? Es su vida, tiene derecho a hacer con ella lo que le parezca. No sabéis lo que es la libertad, la tía Lina tampoco.

Ella, Elsa y también Imma estaban aturdidas por ese estallido de gritos y maldiciones de su queridísima tía Lina. Gennaro se quedó encerrado en casa y se pasaba el día gritando. Su tío Rino desapareció de Basic Sight tras haber roto una máquina muy cara, y sus maldiciones se oyeron en todo el barrio. Una noche fue Pinuccia con sus hijos a suplicarle a Lila que readmitiera a su marido y acudió acompañada de su suegra. Lila trató fatal tanto a su madre como a su cuñada; los gritos y los insultos llegaron muy nítidos a mi casa. Así nos entregas a los Solara atados de pies y manos, gritaba Pinuccia, desesperada. Y Lila rebatía: os lo merecéis, estoy hasta el coño de deslomarme por vosotros sin recibir siquiera una pizca de gratitud.

Eso no fue nada comparado con lo que pasó al cabo de unas semanas. Las aguas acababan de volver a su cauce cuando Lila empezó a pelearse con Alfonso, que se había hecho indispensable para la marcha de Basic Sight y no obstante se comportaba de un modo cada vez menos fiable. Faltaba a citas importantes de trabajo, si se presentaba, adoptaba actitudes bochornosas, iba todo pintado, hablaba de sí mismo en femenino. Sin embargo, Lila ya había desaparecido por completo de sus facciones y la masculinidad, a pesar de sus esfuerzos, volvía a apoderarse de él. Ahora afloraba en la nariz, en la frente, en los ojos, algo de su padre, don Achille, hasta el punto de que él mismo se daba asco. En consecuencia, parecía empeñado en una fuga constante de su propio cuerpo, que iba haciéndose más pesado, y a veces, pasaban días sin que se supiera nada de él. Cuando reaparecía traía casi siempre marcas de golpes. Retomaba el trabajo pero con desgana.

Y un buen día desapareció para siempre; Lila y Enzo lo buscaron por todas partes sin éxito. Su cuerpo fue hallado días más tarde en la playa de Coroglio. Lo habían matado a palos quién sabe dónde y luego lo habían lanzado al mar. En un primer momento no me lo creí. Pero cuando me di cuenta de que todo era brutalmente cierto, sentí un dolor que no se me pasaba. Volví a verlo como era en la época del bachillerato superior, amable, atento con los demás, muy querido por Marisa, atormentado por Gino, el hijo del farmacéutico. A veces me atreví incluso a evocarlo detrás del mostrador de la charcutería en las vacaciones de verano, cuando lo obligaban a hacer un trabajo que detestaba. Pero prescindí del resto de su vida, la conocía poco, la sentía confusa. No lograba pensar en el Alfonso en que se había convertido, se desdibujaron nuestros encuentros recientes, me olvidé también de la época en que se ocupaba de la tienda de zapatos de la piazza dei Martiri. Por culpa de Lila, pensé en caliente: con su afán de forzar a los demás mezclándolo todo, lo trastornó. Se había servido de él por oscuros motivos y después lo había dejado estar.

Pero cambié de opinión casi de inmediato. Lila se había enterado de la noticia hacía pocas horas. Sabía que Alfonso estaba muerto, pero no conseguía librarse de la rabia que desde hacía días sentía hacia él e insistía de un modo grosero en la informalidad de Alfonso. Después, en mitad de una parrafada de esas, se desplomó en mi casa, evidentemente por el dolor insoportable. A partir de ese momento tuve la impresión de que ella lo había querido más que yo, incluso más que Marisa y, como por otra parte me había contado a menudo Alfonso, lo había ayudado más que nadie. En las horas siguientes se mostró desganada, dejó de trabajar, se desinteresó por Gennaro, me dejó a Tina. Entre Alfonso y ella debió de existir una relación más completa de la que yo había imaginado. Debió de asomarse a él como a un espejo para reflejarse y extraer de su cuerpo una parte de sí misma. Todo lo contrario, pensé avergonzada, de lo que yo había contado en mi segundo libro. A Alfonso debió de gustarle mucho ese esfuerzo de Lila, él se le había ofrecido como una materia viva y ella lo había esbozado. O al menos eso me pareció en el tiempo breve en que traté de poner orden en aquella experiencia y calmarme. Pero, en resumidas cuentas, no fue más que una sugestión mía. En realidad, ni entonces ni después ella me habló de su vínculo. Se quedó aturdida por el sufrimiento, anidando a saber qué sentimientos, hasta el día del funeral.

100

Muy pocos asistimos a las exequias. No vino ninguno de sus amigos de la piazza dei Martiri, ni de sus parientes. Me sorprendió sobre todo la ausencia de Maria, su madre, aunque tampoco estaban sus hermanos, Pinuccia y Stefano, ni Marisa con los chicos, que tal vez eran hijos suyos, o tal vez no. Lo sorprendente fue que asistieran los Solara. Michele estaba muy delgado, se mostró torvo, miraba sin cesar a su alrededor con ojos de loco. Todo lo contrario de Marcello, que estaba casi compungido, actitud que contrastaba con el lujo de cada una de las prendas que vestía. No se limitaron a participar en el cortejo fúnebre; fueron en coche hasta el cementerio, estuvieron presentes en la inhumación. Durante todo el tiempo me pregunté por qué se exponían al rito y traté de captar la mirada de Lila. Ella no me miró en ningún momento, se concentró en ellos, se limitó a clavarles la vista provocativamente. Al final, cuando vio que se marchaban, me agarró del brazo, estaba furiosa.

—Acompáñame.

—¿Adónde?

—A hablar con esos dos.

—Tengo a las niñas.

—Se encargará Enzo.

Titubeé, traté de resistirme, le dije:

—Déjalo estar.

—Entonces voy sola.

Resoplé, siempre había sido así: si me negaba a seguirla, me dejaba plantada. Le hice una seña a Enzo para que se ocupara de las niñas —él parecía no haber hecho ningún caso a los Solara— y con el mismo espíritu con el que la había seguido escaleras arriba hasta la casa de don Achille o en las batallas con piedras contra los varones, la seguí a través de la geometría de edificios blancuzcos, repletos de nichos.

Lila no le prestó atención a Marcello, se plantó delante de Michele.

—¿Cómo es que has venido? ¿Tienes remordimientos?

—No me fastidies, Lina.

—Los dos estáis acabados, tendréis que marcharos del barrio.

—Será mejor que te vayas tú mientras puedas.

—¿Me estás amenazando?

—Sí.

—Ni se te ocurra tocar a Gennaro, y no me toques a Enzo. ¿Me has oído, Michè? Que no se te olvide que sé lo suficiente para arruinarte, a ti y a esa otra bestia.

—No sabes nada, no tienes nada en tu poder, y sobre todo no tienes idea de nada. ¿Es posible que siendo tan inteligente todavía no te hayas dado cuenta de que me importas una mierda?

Marcello lo agarró de un brazo, y dijo en dialecto:

—Vámonos, Michè, aquí estamos perdiendo el tiempo.

Michele se soltó el brazo con fuerza y se dirigió a Lila:

—¿Te crees que me das miedo porque Lenuccia sale siempre en los diarios? ¿Eso crees? ¿Que le tengo miedo a una tía que escribe novelas? Ella no es nadie. En cambio, tú sí que eres alguien, hasta tu sombra es mejor que cualquier persona de carne y hueso. Pero nunca has querido entenderlo, peor para ti. Te quitaré todo lo que tienes.

Pronunció esa última frase como si de pronto le hubiese entrado dolor de estómago, y después, casi como reacción al dolor físico, antes de que su hermano pudiera detenerlo, le dio a Lila un violento puñetazo en toda la cara que la dejó tendida en el suelo.

101

Me quedé paralizada por aquel gesto del todo inesperado. Ni siquiera Lila hubiera podido imaginárselo, ya estábamos acostumbradas a la idea de que Michele no solo no la tocaría nunca, sino que mataría a quien lo hiciera. Por eso no conseguí gritar, ni siquiera me salió un sonido ahogado.

Marcello se llevó a su hermano, pero entretanto, mientras tiraba de él y lo empujaba, mientras Lila escupía palabras en dialecto y sangre («te mato, como que hay Dios, los dos sois hombres muertos»), me dijo con ironía afectuosa: esto lo puedes poner en tu próxima novela, Lenù, y dile a Lina, por si no lo ha entendido, que mi hermano y yo hemos dejado realmente de quererla.

Fue difícil convencer a Enzo de que la cara tumefacta de Lila se debía a la aparatosa caída que sufrió, como le dijimos, a raíz de una súbita pérdida del conocimiento. Es más, estoy casi segura de que él no se lo creyó, primero, porque mi versión —con lo nerviosa que estaba— debió de parecerle del todo menos admisible; y segundo, porque Lila no hizo el menor esfuerzo por ser persuasiva. Sin embargo, cuando Enzo trató de poner objeciones, ella le dijo con sequedad que las cosas habían sido exactamente así y él dejó de discutir. La relación de ambos se basaba en la idea de que una mentira manifiesta de Lila era la única verdad pronunciable.

Me fui a casa con mis hijas. Dede estaba asustada, Elsa incrédula, Imma hacía preguntas como: ¿dentro de la nariz hay sangre? Yo estaba desorientada, furiosa. De vez en cuando bajaba a ver cómo se encontraba Lila y a tratar de llevarme a Tina, pero la niña estaba alarmada por el estado de su madre y entusiasmada ante la idea de poder cuidar de ella. Por ambos motivos no tenía la menor intención de abandonarla un solo minuto, y le untaba una pomada con mucha delicadeza, le ponía pequeños objetos de metal en la frente para refrescársela y aliviarle el dolor de cabeza. Cuando bajé con mis hijas como cebo para ver si conseguía que Tina subiera a mi casa, terminé por complicar la situación. Imma trató por todos los medios de meterse en el juego de los cuidados, Tina no quiso cederle el sitio ni un instante y chilló con desesperación cuando Dede y Elsa quisieron desautorizarla. La mamá enferma era suya y no quería cedérsela a nadie. Al final Lila nos echó a todas, a mí incluida, y con tal energía que me pareció que se encontraba mejor.

De hecho, se recuperó enseguida. Yo no. La furia se convirtió primero en rabia, luego se transformó en desprecio por mí misma. No lograba perdonarme por haberme quedado paralizada frente a la violencia. Me decía: en qué te has convertido; por qué has vuelto a vivir aquí, si no has sido capaz de reaccionar contra esos dos cabrones; eres demasiado respetable, te las das de señora democrática que se mezcla con la plebe, te gusta decir en los periódicos: vivo donde he nacido, no quiero perder el contacto con mi realidad; pero eres ridícula: el contacto lo perdiste hace tiempo, te desmayas si notas olor a mugre, a vómito, a sangre. Pensaba todo esto y mientras tanto me venían a la cabeza imágenes en las que arremetía con crueldad contra Michele. Lo golpeaba, lo arañaba, lo mordía, el corazón me latía con fuerza. Después el ansia destructora se adormeció y me dije: Lila tiene razón, no se escribe por escribir, se escribe para hacer daño a quien se quiere hacer daño. Un daño de palabras contra un daño de puñetazos, patadas e instrumentos de muerte. No mucho, pero suficiente. Claro, ella todavía tenía en mente nuestros sueños de la infancia. Creía que si con la escritura conseguías fama, dinero y poder, te convertías en una persona cuyas frases eran rayos. Pero desde hacía tiempo yo sabía que todo era más mediocre. Un libro, un artículo podían hacer ruido, pero el ruido también se elevaba de los antiguos guerreros antes de la batalla y si no iba acompañado de una fuerza real y de una violencia desmedida, era solo teatro. Sin embargo, quería redimirme, el ruido sí hacía algo de daño. Una mañana fui al piso de abajo, le pregunté a Lila: qué sabes que pueda asustar a los Solara.

Me miró intrigada, le dio vueltas un rato, sin muchas ganas, contestó: cuando trabajé para Michele vi muchos documentos, los estudié a fondo, algunos me los dio él mismo. Tenía la cara morada, hizo una mueca de dolor, añadió en el dialecto más chabacano: si un hombre quiere un chocho y lo quiere tanto que no consigue siquiera decir lo quiero, aunque le pidas que meta la picha en aceite hirviendo, él va y la mete. Después se agarró la cabeza con las manos, la sacudió con fuerza como si fuese un vaso de estaño con dados dentro, y me di cuenta de que en ese momento ella también se despreciaba. No le gustaba cómo se veía obligada a tratar a Gennaro, cómo había insultado a Alfonso, cómo había echado a su hermano. Tampoco le gustaba ni una sola de esas palabras tan procaces que salían de su boca. No se soportaba, no soportaba nada. Pero en un momento dado debió de notar que estábamos del mismo humor y me preguntó:

—Si te doy cosas, ¿las escribirás?

—Sí.

—¿Y después lo harás publicar?

—Tal vez, no lo sé.

—¿De qué depende?

—Tengo que estar segura de que hará daño a los Solara pero no a mí ni a mis hijas.

Me miró sin lograr decidirse. Después dijo: quédate diez minutos con Tina, y salió de casa. Regresó al cabo de media hora con una bolsa de tela floreada repleta de documentos.

Nos sentamos a la mesa de la cocina, mientras Tina e Imma parloteaban en voz baja moviendo por el suelo muñecas, carruajes y caballos. Lila sacó muchos papeles, apuntes suyos, incluso dos cuadernos con tapas rojas llenas de manchas. Enseguida hojeé con curiosidad estos últimos: hojas cuadriculadas escritas con una caligrafía de antigua escuela primaria, una contabilidad minuciosamente glosada en una lengua repleta de errores gramaticales, rematada al final de cada página con la sigla M. S. Comprendí que formaban parte de lo que en el barrio siempre habían llamado el libro rojo de Manuela Solara. Qué resonancia sugestiva, si bien amenazadora —quizá justamente por ser amenazadora—, había tenido en nuestra infancia y adolescencia la expresión «libro rojo». Cualquier otra palabra que utilizáramos al hablar de él, registro, por ejemplo, y aunque modificáramos su color, el libro de Manuela Solara nos emocionaba como un documento ultrasecreto, núcleo de aventuras sangrientas. Y ahí estaba. Era un conjunto de a saber cuántos cuadernos escolares como los dos que tenía a la vista: cuadernos del todo banales, mugrientos, con el borde inferior izquierdo levantando en onda. En un instante comprendí que la memoria ya era literatura y que quizá Lila tuviera razón: mi libro, pese a tener mucho éxito, era realmente feo, y lo era porque estaba bien organizado, escrito con un cuidado obsesivo, porque yo no había sabido imitar la banalidad descoordinada, antiestética, ilógica y deformada de las cosas.

Mientras las niñas jugaban —en cuanto amagaban con pelearse, les lanzábamos chillidos nerviosos para calmarlas—, Lila me puso delante todo el material en su poder, me explicó su sentido. Lo organizamos y sintetizamos. Cuánto hacía que no nos empeñábamos en algo juntas. Ella parecía contenta, comprendí que eso era lo que quería y esperaba de mí. Al final del día desapareció otra vez con su bolsa y yo me volví a mi apartamento a analizar los apuntes. En los días siguientes quiso que nos reuniéramos en Basic Sight. Nos encerramos en su cuarto y se puso delante del ordenador, una especie de televisor con un teclado, muy distinto del que me había enseñado hacía un tiempo a mí y a las niñas. Pulsó el botón de encendido y metió unos rectángulos negros dentro de unas ranuras grises. Esperé perpleja. En la pantalla aparecieron unos parpadeos luminosos. Lila empezó a escribir en el teclado y me quedé boquiabierta. Nada que ver con una máquina de escribir, ni siquiera eléctrica. Ella acariciaba las teclas grises con las yemas de los dedos y la escritura nacía en la pantalla, en silencio, verde como la hierba recién brotada. Lo que había en su cabeza, agarrado a saber a qué corteza cerebral, parecía volcarse hacia fuera por puro milagro y plasmarse en la nada de la pantalla. Era potencia que, aun pasando por el acto, seguía siendo potencia, un estímulo electroquímico que se transformaba de inmediato en luz. Me pareció la escritura de Dios como debió de ser en el monte Sinaí en los tiempos de los mandamientos, impalpable y tremenda, pero con un efecto concreto de pureza. Magnífico, dije.

Te enseño, dijo ella. Y me enseñó, y empezaron a alargarse unos segmentos deslumbrantes, hipnóticos, frases que decía yo, frases que decía ella, nuestras discusiones volátiles que se imprimían en el charco oscuro de la pantalla como estelas sin espuma. Lila escribía, yo lo pensaba mejor. Entonces ella borraba con una tecla, con otras hacía desaparecer un bloque entero de luz, y en un segundo lo hacía reaparecer más arriba o más abajo. E inmediatamente después era Lila quien cambiaba de idea, y todo se modificaba de nuevo, en un abrir y cerrar de ojos, movimientos fantasmagóricos, lo que ahora está aquí o está allá o ya no está. Sin necesidad de bolígrafo ni de lápiz, sin necesidad de cambiar la hoja de papel ni de poner otra en el rodillo. La página es la pantalla, única, ni rastros de los cambios de idea, parece siempre la misma. Y la escritura es incorruptible, las líneas están todas perfectamente alineadas, irradian una sensación de limpieza incluso ahora que sumamos las canalladas de los Solara a las canalladas de media Campania.

Trabajamos durante días. El texto cayó del cielo a la tierra a través del estrépito de la impresora, se concretó en puntitos negros depositados sobre el papel. Lila lo encontró inadecuado, volvimos a los bolígrafos, nos costó corregirlo. Estaba rabiosa, esperaba más de mí, creía que yo sabría responder a todas sus preguntas, se enojaba porque estaba convencida de que yo era un pozo de sabiduría. En cambio, a cada línea se daba cuenta de que desconocía la geografía local, las argucias de las administraciones, el funcionamiento de los consejos municipales, las jerarquías de un banco, los delitos y las penas. Sin embargo, por contradictorio que pudiera parecer, hacía tiempo que no la notaba tan orgullosa de mí y de nuestra amistad. «Tenemos que destruirlos, Lenù, y si con esto no basta, voy y los mato.» Nuestras cabezas chocaron —ahora que lo pienso, por última vez— la una contra la otra largo tiempo, y se fundieron hasta convertirse en una sola. Al final tuvimos que resignarnos a aceptar que todo había terminado, se inauguró el tiempo mortecino de lo hecho, hecho está. Ella hizo la enésima impresión, yo metí nuestras páginas en un sobre, se las envié al director de la editorial y le pedí que le enseñara el material a los abogados. Necesito saber, le comenté por teléfono, si es suficiente para mandar a la cárcel a los Solara.

102

Pasó una semana, pasaron dos. El director me telefoneó una mañana y se deshizo en elogios.

—Estás en un período espléndido —dijo.

—He trabajado con una amiga mía.

—Pero se nota tu mano en su mejor expresión, es un texto extraordinario. Hazme un favor, enséñaselo al profesor Sarratore, así sabrá cómo se puede transformar cualquier cosa en una lectura apasionante.

—A Nino ya no lo veo.

—Tal vez por eso estás tan en forma.

No me reí, tenía urgencia por saber qué habían dicho los abogados. La respuesta me decepcionó. No había material suficiente, dijo el director, ni para un día entre rejas. Podrás darte alguna satisfacción, pero esos Solara tuyos no pisarán la cárcel, sobre todo si, como los describes, están metidos en la política local y tienen dinero para comprar a cuantos quieran. Me sentí débil, las piernas flojas, perdí convicción, pensé: Lila se pondrá furiosa. Dije desanimada: son mucho peores de como los describo. El director se percató de mi decepción, trató de darme ánimos, de nuevo elogió la pasión que había puesto en esas páginas. Pero la conclusión siguió siendo la misma: con estas cosas que salen en tu texto no consigues arruinarlos. Después me sorprendió al insistir en que no me guardara el texto y lo publicara. Llamo yo a *L'Espresso*, me propuso, en este momento, si sales con un artículo de ese tipo, haces un gesto importante para ti, para tu público, para todos, muestras que la Italia en la que vivimos es mucho peor de lo que nos contamos. Y me pidió permiso para someter una vez más mis páginas a los abogados para que le dijeran a qué riesgos jurídicos me exponía, qué había que borrar y qué se podía conservar. Pensé en lo fácil que había sido todo cuando se trató de darle un susto a Bruno Soccavo y me negué en redondo. Dije: me caería otra querella, me metería inútilmente en un mar de problemas y me vería obligada —cosa que no quiero hacer, por amor a mis hijas— a pensar que las leyes funcionan con quien las teme, pero no con quien las viola.

Esperé un poco, luego me armé de valor y se lo conté todo a Lila, palabra por palabra. No perdió la calma. Encendió el ordenador, repasó el texto, pero creo que no lo releyó, miraba la pantalla con fijeza y entretanto reflexionaba. Después me preguntó con un tono de nuevo hostil:

—¿Te fías de ese director?

—Sí, es una buena persona.

—Entonces, ¿por qué no quieres publicar el artículo?

—¿Para qué serviría?

—Para aclarar las cosas.

—Ya está todo claro.

—¿Para quién? ¿Para ti, para mí, para el director?

Negó con la cabeza insatisfecha, y me dijo gélida que tenía que trabajar.

—Espera —dije.

—Tengo prisa. Sin Alfonso el trabajo se ha complicado. Vete, por favor, vete.

—¿Por qué te enfadas conmigo?

—Vete.

Dejamos de vernos durante un tiempo. Por la mañana me mandaba a Tina, por la noche o venía Enzo a recogerla o ella gritaba desde el rellano: Tina, ven con mamá. Pasaron un par de semanas, creo, y el director me telefoneó muy entusiasmado.

—Muy bien, me alegro de que te hayas decidido.

No lo entendía y me dijo que un amigo suyo de *L'Espresso* lo había llamado, le urgía conseguir mi dirección. Por él se había enterado de que el texto sobre los Solara se publicaría con algunos cortes en el número de esa semana. Podías haber avisado de que habías cambiado de idea, dijo.

Me entraron sudores fríos, no sabía qué decir, hice como si tal cosa. Tardé un instante en comprender que Lila se había encargado de enviar nuestras páginas a la revista. Corrí a su casa para protestar, estaba indignada, pero la encontré especialmente afectuosa, y sobre todo alegre.

—Como no te decidías, lo decidí yo.

—Yo había decidido no publicarlo.

—Yo no.

—Entonces fírmalo tú.

—¿Qué dices? Tú eres la que escribe.

Fue imposible transmitirle mi desaprobación y mi angustia,

todas mis frases críticas se desinflaron al chocar con su buen humor. El artículo salió con gran relieve, seis páginas densas, y, naturalmente, con una sola firma, la mía.

Cuando me di cuenta, nos peleamos.

—No entiendo por qué te comportas así —le dije crispada.

—Yo sí lo entiendo —contestó.

· En la cara aún tenía las marcas del puñetazo de Michele, pero seguramente el miedo no fue lo que le impidió firmar. La aterraba otra cosa y yo lo sabía, los Solara le importaban un bledo. Sin embargo, estaba tan resentida que de todas formas se lo eché en cara; «no has puesto tu firma porque te gusta permanecer oculta, porque es cómodo lanzar la piedra y esconder la mano, estoy harta de tus maquinaciones», y ella se echó a reír, le pareció una acusación insensata. No me gusta que pienses así, dijo. Asumió una actitud enfurruñada, dijo entre dientes que había enviado el artículo a *L'Espresso* solo con mi firma porque la suya no valía nada, porque yo era la que había estudiado, porque yo era famosa, porque ya podía darle una paliza a quien fuera sin temor. En esas palabras hallé la confirmación de que sobrevaloraba ingenuamente mi función y se lo dije. Pero ella se hartó, respondió que quien se subestimaba era yo, por eso quería que me empleara más a fondo y mejor, que a mi alrededor aumentara aún más la aceptación, su único deseo era que se reconocieran cada vez más mis méritos. Ya verás, exclamó, lo que les pasará a los Solara.

Me fui a mi casa con la moral por los suelos. No logré ahuyentar la sospecha de que me estaba utilizando, tal como había dicho Marcello. Me había llevado al matadero y ella contaba con ese poco de notoriedad que yo tenía para ganar su guerra, para llevar a cabo sus venganzas, para acallar sentimientos de culpa solo suyos.

103

En realidad, firmar aquel artículo supuso otro salto de calidad. Gracias a su difusión muchos de mis fragmentos fueron encajando. Demostré que no solo tenía una vocación de narradora, sino que así como en el pasado me había ocupado de luchas sindicales y me había comprometido con la crítica de la condición femenina, del mismo modo me batía contra la degradación de mi ciudad. El pequeño público que había logrado conquistar a finales de los años sesenta se unió al que, entre altibajos, había cultivado en los años setenta y al nuevo, más numeroso, de ahora. Eso benefició a mis dos primeros libros, que se reimprimieron, y al tercero, que siguió vendiéndose muy bien, mientras se concretaba la idea de hacer una película.

Obviamente, esas páginas me causaron bastantes problemas. Me citaron los carabineros. Me tomó declaración la policía fiscal. Me denigraron los periódicos locales de derecha, que me etiquetaban de divorciada, feminista, comunista, partidaria de terroristas. Recibí llamadas telefónicas anónimas en las que me amenazaron a mí y a mis hijas en un dialecto cargado de obscenidades. Pero, aunque vivía angustiada —la angustia ya me parecía connatural a la escritura—, en definitiva acabé por inquietarme mucho menos que en la época del artículo de *Panorama* y de la querella de Carmen. Era mi trabajo, estaba aprendiendo a hacerlo cada vez mejor. Además, me sentía protegida por el apoyo jurídico de la editorial, por la aceptación que tenía en los periódicos de izquierda, por la asistencia cada vez más numerosa de público y por la idea de que tenía razón.

Sin embargo, para ser sincera, no fue solo eso. Me tranquilicé sobre todo cuando resultó evidente que los Solara no harían absolutamente nada contra mí. Mi visibilidad los empujó a ser lo más invisibles posible. Marcello y Michele no solo no se plantearon una segunda querella, sino que se callaron por completo; incluso cuando me los encontré delante de los defensores del orden, los dos se limitaron a unos saludos fríos pero respetuosos. Y así las aguas volvieron a su cauce. Lo único concreto fue que se abrieron varias investigaciones y se incoaron otros tantos expedientes. No obstante, tal como había previsto el bufete de abogados de la editorial, las primeras no tardaron en estancarse y los segundos, me imagino, acabaron sepultados debajo de miles de otros expedientes, y los Solara quedaron libres mientras los trámites seguían su curso. El único daño que causó el artículo fue de naturaleza afectiva: mi hermana, mi sobrino Silvio, mi propio padre me apartaron de su vida, no con palabras sino con hechos. Solo Marcello siguió mostrándose cordial. Una tarde lo encontré por la avenida, miré hacia otro lado. Pero él se me plantó delante, y dijo: Lenù, sé que si hubieras podido, no lo habrías hecho, no tengo nada contra ti, tú no tienes la culpa; por eso, recuerda que mi casa está siempre abierta. Repliqué: ayer mismo Elisa me colgó el teléfono. Sonrió: tu hermana es la jefa, ¿yo qué puedo hacer?

104

Sin embargo, ese éxito en esencia conciliador deprimió a Lila. No ocultó la decepción, si bien no la expresó con palabras. Siguió adelante como si nada: pasaba por casa, me dejaba a Tina e iba a encerrarse a su despacho. Aunque a veces también se quedaba todo el día en cama, decía que le estallaba la cabeza y dormitaba.

Me cuidé de no echarle en cara que la decisión de publicar nuestras páginas había sido suya. No le dije: te advertí de que los Solara saldrían de esto indemnes, ya me lo dijeron en la editorial. Pero asimismo se le grabó en la cara la amargura de haber errado en su valoración. En esas semanas se sintió humillada por haber vivido atribuyendo poder a cosas que en las jerarquías corrientes contaban poco: el alfabeto, la escritura, los libros. Hoy pienso que ella, que parecía tan desencantada, tan adulta, puso fin a su infancia justo en esos días.

Dejó de ser para mí una ayuda. Con más frecuencia dejó a su hija a mi cargo y a veces, raramente, también a Gennaro, obligado a quedarse holgazaneando en mi casa. Por otro lado, mi vida era cada vez más complicada y no sabía cómo arreglármelas. Una mañana hablé con ella para dejarle a las niñas y me contestó molesta: llama a mi madre, que te ayude ella. Era una novedad, me retiré avergonzada, la obedecí. Y así llegó a mi casa Nunzia, muy envejecida y sumisa, con cara de sentirse incómoda, pero eficiente como cuando se ocupaba de la casa en la época de Ischia.

Mis hijas mayores la trataron de inmediato con ofensiva arrogancia, especialmente Dede, que en pleno cambio había perdido toda delicadeza. Se le había inflamado el cutis, una turgencia la estaba deformando, borraba a diario la imagen a la que estaba acostumbrada, y ella se sentía fea, se volvía malvada. Empezaron las discusiones como esta:

—¿Por qué tenemos que quedarnos con esta vieja? Me da asco que cocine ella, tienes que cocinar tú.

—Basta ya.

—Cuando habla escupe, ¿has visto que no tiene dientes?

—No quiero oír una sola palabra más, basta.

—Además de tener que vivir en esta pocilga, ¿ahora hay que aguantar a esa en casa? No quiero que duerma con nosotras cuando tú no estás.

—Dede, te he dicho basta.

Elsa no le iba a la zaga, pero, con su estilo propio: se mantenía muy seria, recurría a tonos que parecían apoyarme, en cambio eran perversos.

—A mí me gusta, mamá, has hecho bien en pedirle que viniera. Suelta un rico olor a cadáver.

—A que te doy una bofetada. ¿No ves que te puede oír?

La única que se encariñó enseguida con la madre de Lila fue Imma; estaba sometida a Tina y la imitaba en todo, hasta en los afectos. Las dos la seguían por todo el apartamento mientras Nunzia hacía su trabajo, la llamaban abuela. Pero la abuela era brusca, sobre todo con Imma. Acariciaba a su nieta verdadera, a veces se enternecía porque era charlatana y afectuosa, si bien trabajaba en silencio cuando la nietecita postiza buscaba atención. Y descubrí que mientras tanto Nunzia se reconcomía. Al final de la primera semana de servicio me dijo bajando la vista: Lenù, no hemos hablado de cuánto me vas a dar. Me sentó fatal; creí estúpidamente que venía porque se lo había pedido su hija; de haber sabido que tenía que pagarle, habría elegido a una persona joven, que agradara a mis hijas y a la que le habría exigido cuanto me hacía falta. Pero me mordí la lengua, hablamos de dinero y fijamos una compensación. Solo entonces Nunzia se apaciguó un poco. Concluida la negociación sintió la necesidad de justificarse: mi marido está enfermo, dijo, ya no trabaja y Lila está loca, despidió a Rino, no tenemos una lira. Murmuré que lo entendía, le pedí que fuera más amable con Imma. Obedeció. A partir de ese momento, pese a consentírselo todo a Tina, se esforzó por tratar con amabilidad también a mi hija.

Sin embargo, con Lila no cambió de actitud. Tanto cuando llegaba como cuando se marchaba, Nunzia jamás sintió la necesidad de pasar por casa de su hija, que, al fin y al cabo, le había conseguido ese trabajo. Si se cruzaban en la escalera ni se saludaban. Era una vieja que había perdido la prudente afabilidad de antaño. Pero todo hay que decirlo, Lila también se mostraba cada vez más intratable, empeoraba a ojos vistas.

105

Conmigo adoptaba continuamente y sin venir a cuento un tono resentido. Me irritó sobre todo que me tratara como si a mí se me pasara por alto cuanto le ocurría a mis hijas.

—A Dede le ha venido la regla.

—¿Te lo ha dicho ella?

—Sí, tú no estás nunca.

—¿Con las niñas has usado esa palabra?

—¿Qué otra iba a usar?

—Una menos vulgar.

—¿Tú sabes cómo hablan entre ellas tus hijas? ¿Alguna vez has oído las cosas que dicen de mi madre?

No me gustaban esos tonos. Ella, que en el pasado se había mostrado tan cariñosa con Dede, con Elsa e Imma, me parecía cada vez más decidida a menospreciarlas, y aprovechaba la menor ocasión para demostrarme que, a causa de mis continuos viajes por toda Italia, las descuidaba con graves consecuencias para su educación. Me inquieté en especial cuando empezó a acusarme de no ver los problemas de Imma.

—¿Qué tiene? —le pregunté.

—Un tic en el ojo.

—Le ocurre rara vez.

—Yo se lo he notado mucho.

—¿Según tú a qué se debe?

—No lo sé. Yo solo sé que se siente huérfana de padre y que ni siquiera está segura de tener una madre.

Procuré no prestarle atención, pero era difícil. Imma, le dije, siempre me había preocupado, e incluso cuando respondía bien a la vivacidad de Tina, tenía la impresión de que le faltaba algo. Además, desde hacía un tiempo le reconocía ciertos rasgos míos que no me gustaban. Era dócil, cedía enseguida en todo por temor a no gustar, se ponía triste por haber cedido. Hubiera preferido que heredara la descarada capacidad de seducción de Nino, su despreocupada vitalidad, pero no era así. Imma era de una condescendencia insatisfecha, lo quería todo y fingía no querer nada. Los hijos, decía yo, son fruto del azar, ella no había heredado nada de su padre. Pero en eso Lila no estaba de acuerdo, al contrario, siempre encontraba la manera de destacar el parecido de la pequeña con Nino; aunque no le veía nada positivo, hablaba de él como de un vicio orgánico. Y después me repetía sin cesar: te digo estas cosas porque la quiero y me preocupo.

Traté de buscar una explicación a su repentino ensañamiento con mis hijas. Pensé que, al haberla decepcionado, se apartaba de mí alejándose ante todo de ellas. Pensé que como el éxito de mi libro era cada vez mayor y eso ratificaba mi autonomía de ella y de su juicio, intentaba subestimarme subestimando a las hijas que yo había traído al mundo y mi capacidad de ser una buena madre. Ninguna de las dos hipótesis me tranquilizó y se abrió paso una tercera: Lila veía lo que yo como madre no sabía o no quería ver, y como se mostraba crítica sobre todo con Imma, más me valía descifrar si sus observaciones tenían fundamento.

Y así empecé a vigilar a la niña y no tardé en convencerme de que sufría de verdad. Estaba sometida a la alegre efusividad de Tina, a su elevada capacidad de expresarse, a cómo sabía despertar ternura, admiración, afecto en cualquiera, sobre todo en mí. Mi hija, aunque graciosa e inteligente, se volvía gris al lado de Tina, sus cualidades desaparecían, y sufría. Un día presencié un desacuerdo entre ambas en un bonito italiano, el de Tina muy cuidado en la pronunciación, el de Imma todavía con alguna sílaba de menos. Estaban pintando con lápices de pastel los perfiles de unos animales y Tina había decidido utilizar el verde para un rinoceronte, Imma mezclaba colores al buen tuntún para un gato.

—Hazlo de color gris o negro —dijo Tina.

—No me tienes que ordenar el color.

—No es una orden, es una sugerencia.

Imma la miró alarmada. No conocía la diferencia entre una orden y una sugerencia.

—Tampoco quiero hacer la sugerencia —dijo Imma.

—Pues no la hagas.

A Imma le tembló el labio inferior y dijo:

—Está bien, la hago, pero no me gusta.

Intenté ocuparme más de ella. Para empezar, evité entusiasmarme con cada ocurrencia de Tina, potencié las capacidades de

Imma, empecé a elogiarla hasta por las cosas más nimias. Pero pronto me di cuenta de que no bastaba. Las dos niñas se querían, desafiarse las ayudaba a crecer, algún elogio artificial de más no servía para evitar que Imma, al reflejarse en Tina, viera algo que la hería y de lo cual su amiga no era de ningún modo la causa.

Entonces comencé a darle vueltas a las palabras de Lila: «es huérfana de padre, ni siquiera está segura de tener una madre». Me acordé del pie de foto equivocado de *Panorama*. Ese pie de foto potenciado por las bromas malvadas de Dede y Elsa («tú no eres de esta familia: te apellidas Sarratore y no Airota»), debía de haber provocado ciertos daños. Pero ¿era realmente ese el núcleo del problema? Lo descarté. La ausencia del padre me pareció algo mucho más grave y me convencí de que el sufrimiento venía de ahí.

Una vez enfilé ese camino, empecé a observar cómo Imma buscaba la atención de Pietro. Las veces que él telefoneaba a sus hijas, ella se ponía en un rincón y escuchaba la conversación. Si las hermanas se divertían, ella también fingía divertirse, y cuando la conversación terminaba y ellas se despedían del padre por turnos, Imma gritaba: adiós. A menudo Pietro la oía y le decía a Dede: pásame con Imma y así la saludo. Pero en esos casos a ella le entraba la timidez y salía corriendo o se ponía al teléfono y se quedaba muda. Su comportamiento cuando él venía a Nápoles no era muy distinto. Pietro no se olvidaba nunca de comprarle un regalito, e Imma daba vueltas a su alrededor, jugaba a ser su hija, se ponía contenta si él le hacía un elogio, la levantaba en brazos. Cierta vez en que mi ex marido vino al barrio para llevarse a Dede y a Elsa, debió de parecerle evidente el malestar de la niña, y al despedirse me dijo: hazle unos mimos, está disgustada porque sus hermanas se van y ella se queda.

Ese comentario de Pietro aumentó mi preocupación, me dije que debía hacer algo, pensé en hablar con Enzo y pedirle que estuviera más presente en la vida de Imma. Pero él ya era muy atento. Si llevaba a caballito a su hija, en un momento dado la dejaba en el suelo y luego se subía a los hombros también a mi hija; si compraba un regalo para Tina, compraba otro idéntico para Imma; si se alegraba hasta la emoción por las preguntas inteligentes que planteaba su pequeña, conseguía acordarse de mostrar entusiasmo ante los porqués algo más prosaicos de la mía. De todos modos hablé con él, y en alguna ocasión Enzo llegó incluso a regañar a Tina si ella monopolizaba la atención y no dejaba espacio a Imma. Eso me disgustó, la niña no tenía la culpa. En esos casos Tina se quedaba aturdida, el freno que de repente imponían a su efervescencia le pareció un castigo inmerecido. No entendía por qué se había roto el encanto, se afanaba por recuperar el favor de su padre. Entonces fui yo quien atrajo su atención y jugó con ella.

En una palabra, las cosas no iban bien. Una mañana me encontraba en el despacho con Lila, quería que me enseñara a escribir con el ordenador. Imma jugaba con Tina debajo del escritorio, y Tina describía en palabras lugares y personajes imaginarios con su habilidad de siempre. Unas criaturas monstruosas perseguían a sus muñecas, unos príncipes valientes estaban a punto de salvarlas. Pero oí que mi hija exclamaba con rabia repentina:

—Yo no.

—¿Tú no?

—Yo no me salvo.

—No te tienes que salvar tú, te salva el príncipe.

—No tengo príncipe.

—Entonces le digo al mío que te salve.

—He dicho que no.

Me dolió ese salto brusco con el que Imma había pasado de la muñeca a sí misma, a pesar de que Tina tratara de mantenerla en el juego. Lila se irritó porque me distraía.

—Niñas, si no habláis en voz baja os vais a jugar fuera.

106

Ese día le escribí una larga carta a Nino. Le enumeré los problemas que, en mi opinión, complicaban la vida de nuestra hija: sus hermanas tenían un padre que se ocupaba de ellas, ella no; su compañera de juegos, la hija de Lila, tenía un padre muy cariñoso y ella no; yo estaba siempre de viaje por mi trabajo y me veía obligada a dejarla a menudo; en una palabra, Imma corría el riesgo de criarse con la continua sensación de estar en desventaja. Despaché la carta y esperé a tener noticias de él. No las hubo y entonces me decidí a telefonear a su casa. Contestó Eleonora.

—No está —dijo apática—, está en Roma.

—¿Le puedes decir, por favor, que mi hija lo necesita?

A ella se le quebró la voz. Recobró la compostura y dijo:

—Hace al menos seis meses que los míos tampoco ven a su padre.

—¿Te ha dejado?

—No, él nunca deja a nadie. O tienes la fuerza de dejarlo tú, y en eso has sido valiente y te admiro, o él va, viene, desaparece, reaparece a su antojo.

—¿Le dirás que he telefoneado y que si no viene a ver lo antes posible a su hija, lo localizo yo y se la llevo dondequiera que esté?

Colgué.

Pasó un tiempo antes de que Nino se decidiera a llamar por teléfono, pero al final lo hizo. Como de costumbre, se comportó como si lleváramos apenas unas horas sin vernos. Empleó tonos enérgicos, alegres, me colmó de elogios. Fui al grano, le pregunté:

—¿Has recibido mi carta?

—Sí.

—¿Y por qué no me has contestado?

—Porque no tengo tiempo para nada.

—Pues encuentra tiempo lo antes posible, Imma no está bien.

Me dijo de mala gana que regresaría a Nápoles el fin de semana, le exigí que viniera a comer el domingo. Insistí para que en esa ocasión no charlara conmigo, no bromeara con Dede o con Elsa, sino que se concentrara todo el día en Imma. Esta visita tuya, dije, debe convertirse en una costumbre; sería bueno que vinieras una vez por semana, aunque no voy a pedírtelo, no espero nada de ti; pero una vez al mes es necesario. Contestó con tono grave que vendría todas las semanas, lo prometió, y en ese momento seguramente era sincero.

No recuerdo el día de la llamada telefónica, pero el día en que, a las diez de la mañana, muy elegante, Nino se presentó en el barrio al volante de un flamante y lujoso coche nuevo, no se me olvidará nunca. Era el 16 de septiembre de 1984. Lila y yo acabábamos de cumplir cuarenta años, Tina e Imma estaban cerca de los cuatro.

107

Avisé a Lila de que Nino vendría a comer a mi casa. Le dije: lo he obligado, quiero que pase todo el día con Imma. Esperé que comprendiera que al menos ese día no debía mandarme a Tina, pero o no lo entendió o no lo quiso entender. En cambio, se mostró servicial, exclamó: le digo a mi madre que cocine, y si acaso comemos todos en mi casa que hay más espacio. Me sorprendí, me puse nerviosa. Ella detestaba a Nino, a qué venía esa intromisión. Me negué, dije: cocino yo, y recalqué que el día estaba dedicado a Imma, no había ocasión ni tiempo para más. Pero al día siguiente, a las nueve en punto, Tina subió las escaleras con sus juguetes y llamó a mi puerta. Iba muy pulcra, las trencitas muy negras, los ojos relucientes de simpatía.

La hice pasar y enseguida discutí con Imma, que seguía en pijama, adormilada, no había desayunado, y pese a todo se empeñaba en ponerse a jugar enseguida. Como se negaba a obedecerme y hacía muecas y se reía con su amiga, me enojé, encerré a Tina —estupefacta por mi tono— en una habitación para que jugara sola, y luego obligué a Imma a asearse. No quiero, gritó durante todo el rato. Le dije: tienes que vestirte, ahora viene papá. Hacía días que se lo había adelantado, pero ella, al oír aquella palabra, se rebeló aún más. Yo misma, al usarla para señalar la inminencia de esa llegada, me puse más nerviosa. La niña se retorcía, gritaba: yo no quiero papá, como si papá fuera un medicamento repulsivo. Descarté que se acordara de Nino, no manifestaba un rechazo hacia esa persona en concreto. Pensé: quizá me haya equivocado al hacerlo venir; cuando Imma dice que ella no quiere papá, se refiere a que no quiere uno cualquiera, sino que quiere a Enzo, a Pietro, quiere lo que tienen sus hermanas y Tina.

Entonces me acordé de la otra niña. No había protestado, no había asomado la nariz. Me avergoncé de mi comportamiento, Tina no tenía la culpa de las tensiones de ese día. La llamé con dulzura, ella apareció muy contenta y se subió a un taburete en un rincón del baño para darme consejos sobre cómo hacerle a Imma unas trencitas idénticas a las suyas. Mi hija se apaciguó, se dejó acicalar sin protestar. Al final se marcharon corriendo a jugar y yo fui a sacar de la cama a Dede y a Elsa.

Elsa se levantó muy alegre, feliz de volver a ver a Nino y estuvo lista enseguida. Pero Dede tardó una eternidad en lavarse y salió del baño solo porque me puse a gritar. No conseguía aceptar su cambio. Estoy asquerosa, dijo con los ojos llenos de lágrimas. Se encerró en su dormitorio gritando que no quería ver a nadie.

Me dediqué a arreglarme deprisa y corriendo. Nino no me importaba en absoluto, pero no quería que me viera desaliñada y envejecida. Temía, además, que viniera Lila y sabía bien que, si se lo proponía, era capaz de atraer por completo la mirada de un hombre. Yo estaba inquieta y desganada al mismo tiempo.

108

Nino llegó con una puntualidad excepcional, subió las escaleras cargado de regalos. Elsa corrió a esperarlo en el rellano, seguida de cerca por Tina y luego, con cautela, por Imma. Noté que le aparecía el tic en el ojo derecho. Ahí viene papá, le dije, y ella, desganada, negó con la cabeza.

Pero Nino se comportó bien enseguida. Mientras subía las escaleras se puso a canturrear: dónde está mi pequeña Imma, tengo que darle tres besos y un mordisquito. Cuando llegó al rellano saludó a Elsa, tiró distraídamente de una trencita a Tina y estrechó a su hija, la besuqueó, le dijo que nunca había visto un pelo tan bonito, le elogió el vestidito, los zapatos, todo. Entró en casa y ni siquiera me saludó. Se sentó en el suelo, hizo sentar a Imma sobre sus piernas cruzadas y solo entonces le dio algo más de cuerda a Elsa, saludó con entusiasmo a Dede («Dios mío cómo has crecido, estás magnífica») que se le había acercado con una sonrisa tímida.

Vi que Tina estaba perpleja. Los extraños, todos, se quedaban deslumbrados con ella y la mimaban nada más verla: pero Nino comenzó a distribuir los regalos y no le hacía caso. Entonces ella se dirigió a él con su vocecita acariciante, trató de encontrar un hueco en sus piernas, al lado de Imma, aunque no lo consiguió y se le recostó en un brazo, le apoyó la cabeza en el hombro con aire lánguido. Nada, Nino le dio a Dede y a Elsa un libro a cada una, luego se concentró en su hija. Le había comprado de todo. Esperaba que ella desenvolviera un regalo y enseguida le daba otro. Imma me pareció halagada, conmovida. Miraba a ese hombre como si fuera un mago que hubiese venido a hacer sus encantamientos solo para ella y cuando Tina trataba de apoderarse de un regalito le chillaba: es mío. Tina se apartó enseguida, le temblaba el labio inferior, yo la levanté en brazos, le dije: ven con la tía. Solo entonces Nino pareció caer en la cuenta de que se estaba pasando, se hurgó el bolsillo, sacó una pluma con pinta de cara y dijo: esta es para ti. Dejé a la niña en el suelo, ella aceptó la pluma susurrando un «gracias» y él hizo como que la veía realmente por primera vez. Lo oí murmurar estupefacto:

—Eres idéntica a tu madre.

—¿Te escribo mi nombre? —le preguntó Tina, seria.

—¿Ya sabes escribirlo?

—Sí.

Nino sacó del bolsillo un papel doblado, ella lo apoyó en el suelo y escribió: Tina. Muy bien, la elogió. Sin embargo, un instante después buscó mi mirada, temiendo un reproche, y para remediarlo se dirigió a su hija: seguro que tú también sabes escribir. Imma quiso demostrárselo, le quitó la pluma a su amiga, garabateó en el papel, muy concentrada. Él la alabó mucho, aunque Elsa ya estaba atormentando a su hermanita («no se entiende nada, no sabes escribir») y Tina trataba inútilmente de recuperar la pluma diciendo: también sé escribir otras palabras. Al final, para zanjar el asunto, Nino se incorporó con su hija y dijo: y ahora vamos a ver el coche más hermoso del mundo, y se las llevó a todas; Imma en brazos, Tina intentando que la agarrara de la mano, Dede apartándola y poniéndola a su lado, Elsa apoderándose de la pluma costosa con un gesto rapaz.

109

La puerta se cerró a sus espaldas. Oí la voz gruesa de Nino en las escaleras —prometía comprar golosinas, dar una vuelta en el coche— y Dede, Elsa y las dos pequeñas gritaban entusiasmadas. Me imaginé a Lila en el piso de abajo, encerrada en su apartamento, en silencio, mientras esas mismas voces que me llegaban a mí le llegaban también a ella. Solo nos separaba la capa del suelo; sin embargo, ella sabía acortar más la distancia o aumentarla según el humor, la conveniencia y los vaivenes de su cabeza, alborotada como el mar cuando la luna lo aferra todo y lo levanta. Ordené la casa, cociné, pensé que Lila, en el piso de abajo, estaría haciendo lo mismo. Las dos esperábamos volver a oír las voces de nuestras hijas, los pasos del hombre que habíamos amado. Y entonces pensé que a saber cuántas veces debió de reconocer en Imma los rasgos de Nino, como él acababa de reconocer en Tina los rasgos de ella. ¿Siempre, en todos esos años había sentido aversión, o acaso esa afectuosa preocupación suya por mi hija dependía también de ese parecido? ¿Acaso Nino seguía gustándole en secreto? ¿Lo estaría espiando por la ventana? Tina había conseguido que Nino la aferrara de la mano y Lila miraba a su hija al lado de ese hombre delgado y muy alto pensando: ¿si las cosas hubiesen ido de otro modo podría ser hija suya? ¿Qué estaría tramando? ¿Subiría a mi casa, dentro de poco para hacerme daño con un comentario perverso, o abriría la puerta de su casa justo cuando él pasara, al regresar con las cuatro niñas, y lo invitaría a entrar y luego me llamaría desde abajo y yo me vería obligada a invitarlos a comer a ella y a Enzo?

El apartamento estaba sumido en un gran silencio, pero fuera se mezclaban los sonidos del día festivo: el repique de las campanas de mediodía, los gritos de los vendedores de los tenderetes, el paso de los trenes por la estación de maniobras, el tráfico de camiones hacia las obras, donde se trabajaba todos los días de la semana. Seguramente, Nino dejaría que las niñas se atiborraran de golosinas, sin pensar que después no probarían la comida. Lo conocía bien: atendía toda petición, compraba de todo sin parpadear, exageraba. En cuanto la comida estuvo lista y la mesa puesta, me asomé a la ventana que daba a la avenida. Quería llamarlos para decirles que era hora de regresar. Pero los tenderetes me impedían ver, solo atisbé a Marcello, que paseaba con mi hermana a un lado y Silvio al otro. La imagen de la avenida desde lo alto me llenó de una sensación de angustia. Los días festivos siempre me habían parecido un barniz que oculta el deterioro, pero esa vez la impresión se fortaleció. Qué hacía yo en ese sitio, por qué seguía viviendo ahí cuando disponía de dinero suficiente para irme a cualquier parte. Le había dado demasiada cuerda a Lila, había dejado que volviera a entrelazar demasiados nudos, yo misma había creído que si reasumía en público mis orígenes escribiría mejor. Todo me pareció más feo, noté una fuerte repugnancia por la comida que yo misma acababa de preparar. Después reaccioné, me cepillé el pelo, comprobé que mi aspecto estuviera en orden y salí. Pasé casi de puntillas delante de la puerta de Lila, no quería que me oyera y decidiera venir conmigo.

Fuera flotaba en el aire un fuerte olor a almendras tostadas, miré a mi alrededor. Primero vi a Dede y Elsa, comían algodón de azúcar y miraban un tenderete lleno de baratijas: pulseras, pendientes, collares, pasadores para el pelo. A poca distancia localicé a Nino, estaba parado en una esquina. Apenas una fracción de segundo más tarde descubrí que se dirigía a Lila, hermosa como cuando quería ser hermosa, y a Enzo, serio, ceñudo. Ella tenía en brazos a Imma, que le retorcía una oreja, como solía hacer con la mía cuando se sentía abandonada. Lila dejaba que la niña se la maltratara sin apartarse, así de concentrada estaba mientras Nino le hablaba con su estilo satisfecho, sonriendo, gesticulando con los brazos largos, las manos largas.

Me enojé. Por eso Nino había salido y ya no lo había vuelto a ver. Fíjate cómo se ocupaba de su hija. Lo llamé, no me oyó. Quien se volvió fue Dede, que se rió de mi voz demasiado fina junto con Elsa, solían hacerlo cuando yo gritaba. Volví a llamarlo. Quería que Nino se despidiera enseguida, que regresara a casa solo, solo con mis hijas. Pero se oía el silbido ensordecedor del vendedor de cacahuetes y el estruendo de un camión que pasaba haciendo vibrar hasta la última de sus piezas y levantando una polvareda. Resoplé, los alcancé. ¿Por qué Lila tenía en brazos a mi hija, qué necesidad había? ¿Y por qué Imma no estaba jugando con Tina? No saludé, le dije a Imma: qué haces en brazos, eres mayor, bájate, y se la quité a Lila, la puse en el suelo. Después me dirigí a Nino: las niñas tienen que comer, está todo listo. Entretanto me di cuenta de que mi hija se había quedado agarrada a mi falda, no me había dejado para correr a reunirse con su amiga. Miré a mi alrededor, le pregunté a Lila: ¿dónde está Tina?

Ella todavía tenía en la cara la expresión de amable consenso con que hasta un minuto antes había estado escuchando a Nino. Estará con Dede y Elsa, dijo. Le contesté: no está. Y quería que se ocupara de su hija junto con Enzo, en lugar de entrometerse entre la mía y su padre en el único día en que él se había mostrado disponible. Mientras Enzo miraba a su alrededor en busca de Tina, Lila siguió hablando con Nino. Le contó las veces que había desaparecido Gennaro. Se rió, luego dijo: una mañana, el niño no aparecía por ninguna parte, habían salido todos del colegio y él no estaba; me llevé un susto de muerte, imaginé las cosas más horribles, y después lo encontramos tan tranquilo en los jardincillos. Y precisamente al recordar aquel episodio palideció. Los ojos se le vaciaron, preguntó a Enzo con voz alterada:

—¿La has encontrado, dónde está?

110

Buscamos a Tina por la avenida, después por todo el barrio, después otra vez por la avenida. Se sumaron a nosotros muchos más.

Llegó Antonio, llegó Carmen, llegó Roberto, el marido de Carmen, e incluso Marcello Solara movilizó a unos cuantos de sus hombres, recorriendo personalmente las calles hasta bien entrada la noche. Lila ahora se parecía a Melina, corría de un lado a otro sin una lógica. Pero Enzo parecía más loco que ella. Gritaba, se enfurecía con los vendedores ambulantes, profería horribles amenazas, quería revisar sus coches, sus camionetas, sus carretas. Tuvieron que intervenir los carabineros para calmarlo.

A cada momento parecía que Tina había aparecido y se lanzaba un suspiro de alivio. Todo el mundo conocía a la niña, no había una sola persona que no jurara haberla visto hacía un minuto junto a ese tenderete de ahí o en aquella esquina o en el patio o en los jardincillos o en dirección al túnel con un hombre alto, con uno bajo. Pero todos los avistamientos resultaron ilusorios, la gente perdió confianza y buena voluntad.

Por la noche fue afianzándose el rumor que luego prevaleció. La niña había dejado la acera para ir detrás de una pelota azul, en el preciso instante en que se acercaba un camión. El camión era una masa color barro, avanzaba a velocidad sostenida traqueteando y dando tumbos por los baches de la avenida. Nadie había visto nada más, pero se había oído el golpe, el golpe que pasó directamente del relato a la memoria de todo aquel que escuchara. El camión no había frenado, ni un solo amago, y había desaparecido al fondo de la avenida junto con el cuerpo de Tina y las trencitas. En el asfalto no había quedado ni una gota de sangre, nada, nada, nada. En esa nada se perdió el vehículo, se perdió para siempre la niña.

Vejez

Historia de la mala sangre

1

Me fui definitivamente de Nápoles en 1995, cuando todos decían que la ciudad estaba resurgiendo. Pero yo ya no creía demasiado en las resurrecciones. A lo largo de los años había visto el advenimiento de la nueva estación de tren, el elevarse cansino del rascacielos de la via Novara, los edificios navegantes de Scampia, la proliferación de construcciones altísimas y resplandecientes sobre los pedriscos grises de la zona de Arenaccia, de la via Taddeo da Sessa, de la piazza Nazionale. Aquellos edificios, imaginados en Francia o en Japón, y surgidos entre Ponticelli y Poggioreale con la deteriorada lentitud de siempre, de inmediato, a velocidad constante, habían perdido todo fulgor para transformarse en guaridas de desesperados. ¿De qué resurrección me hablaban? Solo eran cosméticos de la modernidad aplicados sin ton ni son, con fanfarronería, en la cara corrupta de la ciudad.

Siempre sucedía lo mismo. El maquillaje del renacer nutría esperanzas para después romperse y convertirse en costra sobre viejas costras. Por ello, precisamente mientras imperaba la obligación de quedarse en la ciudad y apoyar el saneamiento bajo la guía del ex Partido Comunista, yo decidí irme a Turín, atraída por la posibilidad de dirigir una editorial que esa época estaba llena de ambiciones. A partir de los cuarenta años el tiempo había empezado a correr, y ya no conseguía seguirle el ritmo. El calendario real había sido sustituido por el de los vencimientos contractuales, los años saltaban de una publicación a otra, poner una fecha a los acontecimientos referidos a mí, a mis hijas, me costaba un esfuerzo, los engarzaba en la escritura, que me llevaba cada vez más tiempo. ¿Cuándo había pasado aquello, cuándo aquello otro? De forma casi irreflexiva me orientaba por las fechas de publicación de mis libros.

Ya llevaba muchos libros a mis espaldas, y me habían proporcionado algo de autoridad, una buena fama, una vida desahogada. Con el tiempo, el peso de mis hijas se atenuó bastante. Dede y Elsa —primero una y luego la otra— se fueron a estudiar a Boston, animadas por Pietro que desde hacía siete u ocho años era catedrático de Harvard. Se encontraban a gusto con su padre. Si excluíamos las cartas en las que se quejaban del rigor del clima y de la pedantería de los bostonianos, estaban satisfechas consigo mismas y de haberse librado de las decisiones a las que en el pasado yo las había sometido. A esas alturas, como Imma se moría de ganas de seguir a sus hermanas, ¿qué hacía yo en el barrio? Si al principio me había favorecido la fisonomía de la escritora que pese a poder vivir en otra parte se había quedado en un extrarradio peligroso para seguir alimentándose de realidad, ahora eran muchos los intelectuales que se adornaban con el mismo lugar común. Además, mis libros habían tomado otros caminos, la materia del barrio había acabado en un rincón. ¿No era acaso una hipocresía contar con cierta notoriedad, estar cargada de privilegios y, sin embargo, autolimitarme, residir en un espacio donde solo podía registrar con incomodidad el empeoramiento de la vida de mis hermanos, de mis amigas, de sus hijos y nietos, tal vez incluso de mi última hija?

Por entonces Imma era una chica de catorce años, yo no la privaba de nada, era muy estudiosa. Pero cuando era necesario hablaba un dialecto duro, en el colegio tenía unos compañeros que no me gustaban, si salía después de cenar, me preocupaba tanto que con frecuencia ella decidía quedarse en casa. Cuando estaba en la ciudad, yo también llevaba una vida limitada. Veía a mis amigos de la Nápoles culta, me dejaba cortejar, entablaba relaciones poco duraderas. Hasta los hombres más brillantes tarde o temprano resultaban tipos decepcionados, enfadados con la mala suerte, divertidos y, sin embargo, sutilmente malévolos. A veces tenía la impresión de que solo me querían para darme a leer sus manuscritos, para preguntarme por la televisión o el cine, en algunos casos para conseguir dinero prestado que después nunca me devolvían. Ponía al mal tiempo, buena cara, me esforzaba por tener una vida social y sentimental. Pero salir de casa por la noche vestida con cierta elegancia no era una diversión, me angustiaba. En una ocasión, no me dio tiempo a cerrar el portón a mis espaldas, cuando dos chicos, que no tendrían más de trece años, me atracaron y me dieron una paliza. El taxista, que esperaba a dos pasos de ahí, ni siquiera se asomó a la ventanilla. Así que, adiós, el verano de 1995 me fui de Nápoles con Imma.

Alquilé una casa sobre el Po, cerca de Ponte Isabella, y mi vida y la de mi tercera hija mejoraron enseguida. Desde ahí resultó más sencillo reflexionar sobre Nápoles, escribir y hacer escribir acerca de ella con lucidez. Amaba mi ciudad, pero desterré de mi pecho su defensa de oficio. Es más, me convencí de que el desaliento en el que tarde o temprano desembocaba el amor era una lente para ver todo Occidente. Nápoles era la gran metrópoli europea donde con mayor claridad y antelación la confianza en las técnicas, en la ciencia, en el desarrollo económico, en la bondad de la naturaleza, en la historia que conduce necesariamente hacia lo mejor, en la democracia se había revelado por completo carente de fundamento. Haber nacido en esta ciudad —llegué a escribir una vez, no pensando en mí, sino en el pesimismo de Lila— sirve para una sola cosa: saber desde siempre, casi por instinto, lo que hoy, entre mil salvedades, todos comienzan a sostener: el sueño de progreso sin límites es, en realidad, una pesadilla llena de ferocidad y muerte.

En 2000 me quedé sola, Imma se fue a estudiar a París. Traté de convencerla de que no era necesario, pero como muchas de sus amigas de la misma clase social habían tomado esa decisión, ella no quiso ser menos. Al principio la cosa no me pesó demasiado, llevaba una vida llena de compromisos. No obstante, al cabo de un par de años empecé a notar la vejez, era como si estuviera desapareciendo junto con el mundo dentro del cual me había afirmado. A pesar de haber ganado en épocas distintas y con obras distintas un par de premios prestigiosos, vendía muy poco: en 2003, por poner un ejemplo, las trece novelas y los dos libros de ensayos que llevaba a mis espaldas me dieron en total unos ingresos de dos mil trescientos veintitrés euros brutos. Entonces tuve que reconocer que mi público no esperaba nada más de mí y que los lectores más jóvenes —sería más exacto decir las lectoras, desde el principio me habían leído sobre todo mujeres— tenían otros gustos, otros intereses. Los periódicos tampoco eran ya una fuente de ingresos. Su interés por mí era escaso o nulo, me llamaban cada vez menos para colaborar o bien pagaban cuatro cuartos o no pagaban nada. En cuanto a la televisión, después de alguna experiencia satisfactoria en los años noventa, había tratado de hacer un programa por las tardes dedicado a los clásicos de la literatura griega y latina, una idea que había colado únicamente gracias a la estima de unos cuantos amigos, entre ellos Armando Galiani, que tenía un programa propio en Canal 5 y buenas relaciones con la televisión pública. Aquello acabó en un fracaso indiscutible y desde entonces ya no tuve otras oportunidades de trabajo. Un viento desfavorable comenzó a soplar también en la editorial que había dirigido durante años. En el otoño de 2004 fui sustituida por un muchacho muy despierto, de poco más de treinta años, y a mí me dejaron como asesora externa. Tenía entonces sesenta años, me sentía al final de mi recorrido. En Turín los inviernos eran demasiado fríos, los veranos demasiado calurosos, las clases cultas escasamente acogedoras. Estaba nerviosa, apenas dormía. Me había vuelto invisible para los hombres. Asomada al balcón miraba el Po, los piragüistas, la colina, y me aburría.

Empecé a viajar con más frecuencia a Nápoles, aunque ya no tenía ganas de ver a los parientes y amigos, y los parientes y amigos ya no tenían ganas de verme a mí. Visitaba únicamente a Lila, pero a menudo y por decisión propia no lo hacía. Me sentía incómoda. En los últimos años se había apasionado por la ciudad con un provincianismo que me parecía zafio; por eso prefería salir a caminar sola por la via Caracciolo, o subir al Vomero, o pasear por la via dei Tribunali. Así fue como en la primavera de 2006, encerrada en un viejo hotel del corso Vittorio Emanuele por culpa de una lluvia que no paraba nunca, para matar el tiempo, escribí en pocos días un relato sobre Tina de no más de ochenta páginas ambientado en el barrio. Lo escribí a toda velocidad para no darme tiempo a inventar. Salieron unas páginas secas, firmes. La historia tomaba un vuelo fantasioso solo al final.

Publiqué el relato en el otoño de 2007 con el título *Una amistad*. El libro fue recibido con gran aprobación, todavía hoy se sigue vendiendo muy bien, y los maestros lo aconsejan a las alumnas como lectura de verano.

Yo lo detesto.

Solo dos años antes, cuando habían encontrado el cuerpo de Gigliola en los jardincillos —una muerte por infarto, en soledad, terrible en su sordidez—, Lila me hizo prometer que jamás escribiría sobre ella. Sin embargo, lo hice, lo hice de la forma más directa. Durante unos meses creí que había escrito mi libro más hermoso, mi fama de autora experimentó un nuevo repunte, hacía mucho que no veía a mi alrededor tanta aprobación. No obstante, a finales de 2007, cuando en pleno ambiente navideño fui a la Feltrinelli de la piazza dei Martiri para presentar *Una amistad*, sentí una vergüenza repentina y temí ver a Lila entre el público, tal vez en primera fila, dispuesta a intervenir para ponerme en apuros. Pero la velada salió estupendamente, me agasajaron mucho. Al regresar al hotel, algo más confiada, traté de llamarla, primero al fijo, luego al móvil, luego otra vez al fijo. No me contestó, nunca más me ha contestado.

2

No sé narrar el dolor de Lila. Lo que le tocó en suerte, y que quizá permanecía agazapado en su vida desde siempre, no fue la muerte de una hija por enfermedad, por accidente, por un acto de violencia, sino su desaparición imprevista. El dolor no cuajó alrededor de nada. No le quedó un cuerpo inerte al que aferrarse con desesperación, no celebró las exequias de nadie, no pudo detenerse frente a un cadáver que momentos antes caminaba, corría, hablaba, la abrazaba, para convertirse luego en una cosa podrida. Creo que Lila sintió como si un miembro que hasta un minuto antes formaba parte de su cuerpo hubiese perdido forma y sustancia sin haber sufrido traumas. Pero no conozco lo suficiente ni logro imaginarme el sufrimiento que de ello se derivó.

En los diez años que siguieron a la pérdida de Tina, pese a seguir viviendo en el mismo edificio, pese a cruzarme con ella a diario, no la vi llorar nunca, no presencié jamás crisis de desesperación. En un primer momento, después de ir corriendo por el barrio día y noche en la búsqueda inconexa de su hija, lo dejó estar, como si se hubiese cansado en exceso. Se sentó al lado de la ventana de la cocina y no se movió durante una larga temporada, aunque desde ahí apenas se veían las vías de refilón y algo de cielo. Después se levantó y retomó su vida normal, pero sin resignación alguna. Los años le pasaron por encima, el mal carácter le empeoró aún más, a su alrededor sembró miedo y malestar, envejeció chillando, peleando. Al principio hablaba de Tina a la menor ocasión y con cualquiera, se aferraba al nombre de la pequeña casi como si pronunciarlo sirviera para recuperarla. Sin embargo, más tarde resultó imposible mencionar aquella pérdida en su presencia, e incluso si lo hacía yo al cabo de unos segundos se libraba de mí de malos modos. Demostró aprecio solo por una carta de Pietro, sobre todo, creo, porque consiguió escribirle de un modo afectuoso sin mencionar a Tina. Ya en 1995, antes de que me marchara y salvo en raras ocasiones, Lila hacía como si nada hubiera pasado. En una ocasión Pinuccia habló de la niña como de un angelito que velaba por todos nosotros. Lila le dijo: vete.

3

En el barrio nadie dio crédito a las fuerzas del orden y a los periodistas. Hombres, mujeres, incluso grupos de chicos, buscaron a Tina durante días y semanas haciendo caso omiso de la policía y la televisión. Se movilizaron todos los parientes, todos los amigos. El único que dio señales de vida apenas en un par de ocasiones —y por teléfono, con frases genéricas que servían para confirmar: yo no tengo responsabilidad alguna, acababa de entregar a la niña a Lina y a Enzo— fue Nino. Pero no me sorprendió, era uno de esos adultos que cuando juegan con un niño y el niño se cae y se despelleja una rodilla, ellos también parecen niños, temen que alguien les diga: tú lo hiciste caer. Por lo demás, a Nino nadie le dio importancia, nos olvidamos de él al cabo de unas horas. Enzo y Lila se encomendaron sobre todo a Antonio, que aplazó otra vez su partida para Alemania con el único propósito de buscar a Tina. Lo hizo por amistad, pero también, como él mismo aclaró sorprendiéndonos, porque se lo había ordenado Michele Solara.

Los Solara se emplearon más a fondo que nadie en el asunto de la desaparición de la niña, y debo decir que dieron una gran visibilidad a esa labor. Aún sabiendo que serían tratados de forma hostil, se presentaron una noche en casa de Lila con el tono de quien habla en nombre de la comunidad y juraron que harían lo imposible para que Tina regresara sana y salva con sus padres. Lila los miró fijamente durante todo el tiempo como si los viera pero no los oyera. Enzo, muy pálido, escuchó unos minutos y luego gritó que ellos le habían quitado a su hija. Lo dijo entonces y en muchas otras ocasiones, lo gritó por doquier: los Solara le habían quitado a Tina porque él y Lila se habían negado siempre a darles una parte de los beneficios de la empresa Basic Sight. Quería que alguien objetara algo para poder matarlo. Pero nadie objetó nada en su presencia. Esa noche ni siquiera los dos hermanos objetaron nada.

—Comprendemos tu dolor —dijo Marcello—, si me hubiesen quitado a Silvio habría hecho locuras como tú ahora.

Esperaron que alguien calmase a Enzo y se marcharon. Al día siguiente enviaron en visita de cortesía a sus esposas, Gigliola y Elisa, que fueron recibidas sin entusiasmo pero con más gentileza. Después se multiplicaron sus iniciativas. Probablemente fueron los Solara quienes organizaron una especie de rastreo tanto entre los vendedores ambulantes que acostumbraban a estar presentes en las fiestas del barrio, como entre los gitanos de los alrededores. Y fueron ellos, sin duda, quienes encabezaron un auténtico movimiento de indignación popular contra la policía cuando llegó a llevarse con las sirenas puestas primero a Stefano, que por entonces tuvo su primer ataque de corazón y terminó en el hospital; luego a Rino, al que soltaron al cabo de unos días, y por último a Gennaro, que lloró durante horas jurando que amaba a su hermanita más que a nadie en el mundo y que jamás le habría hecho daño. Tampoco hay que descartar que se debieron a los Solara los turnos de vigilancia frente a la escuela primaria, gracias a los cuales se puso cara durante una media hora larga al maricón seductor de niños que hasta ese momento solo era una fantasía popular. Un hombre enclenque de unos treinta años que, pese a no tener hijos a los que llevar al colegio y recoger a la salida se presentaba a la entrada de la escuela, fue golpeado, consiguió escapar, fue perseguido hasta los jardincillos por una turba enfurecida. Y seguramente lo habrían matado ahí mismo de no haber conseguido aclarar que no era lo que se pensaba, sino un aprendiz del *Mattino* en busca de noticias.

Tras ese episodio el barrio empezó a calmarse, poco a poco la gente se fue retirando a la vida diaria. Dado que de Tina no se encontró ni un solo rastro, se hizo cada vez más admisible el rumor del atropello del camión. Se lo tomaron en serio tanto quienes se habían cansado de buscar como policías y periodistas. La atención se desplazó hacia las obras de la zona y ahí permaneció durante mucho tiempo.

Fue por entonces cuando volví a ver a Armando Galiani, el hijo de mi profesora de preuniversitario. Había dejado de trabajar de médico, no había conseguido entrar en el Parlamento en las elecciones de 1983 y ahora, gracias a un canal privado de televisión de tres al cuarto, estaba experimentando con un periodismo muy agresivo. Supe que su padre había muerto hacía poco más de un año y que su madre vivía en Francia, pero que no gozaba de buena salud. Me pidió que lo acompañara a casa de Lila, le dije que Lila estaba muy mal. Él insistió, yo telefoneé. A Lila le costó acordarse de Armando, si bien cuando le vino a la cabeza, ella —que hasta ese momento jamás había hablado con ningún periodista— consintió en verlo. Armando dijo que estaba haciendo una investigación sobre lo ocurrido tras el terremoto y que, recorriendo las obras, había oído hablar de un camión desguazado a toda prisa a raíz de algo malo en lo que había estado metido. Lila lo dejó hablar, luego dijo:

—Te lo estás inventando todo.

—Estoy diciendo lo que sé.

—A ti no te importa para nada el camión, las obras, ni mi hija.

—Me estás ofendiendo.

—No, te voy a ofender ahora. Dabas asco como médico, dabas asco como revolucionario y ahora das asco como periodista. Fuera de mi casa.

Armando frunció el ceño, saludó con la mano a Enzo y se fue. Una vez en la calle se mostró muy disgustado. Murmuró: ni siquiera este gran dolor la ha cambiado, dile que quería ayudarla. Después me hizo una larga entrevista y nos despedimos. Me impresionaron sus formas amables, el cuidado con que elegía las palabras. Debió de pasar malos momentos, tanto por las decisiones de Nadia como en la época en que se separó de su mujer. Pero ahora estaba en forma. Había cambiado la antigua actitud de quien lo sabe todo en la justa línea anticapitalista por un cinismo dolido.

—Italia se ha convertido en un pozo negro —dijo con tono afligido—, y nosotros acabamos todos dentro. Si vas por ahí, te das cuenta de que la gente respetable lo ha entendido. Qué pena, Elena, qué pena. Los partidos obreros están llenos de personas honradas a las que han dejado sin esperanzas.

—¿Por qué te has puesto a hacer este trabajo?

—Por el mismo motivo que tú haces el tuyo.

—¿Y cuál sería?

—Desde que no me puedo esconder detrás de nada, he descubierto que soy vanidoso.

—¿De dónde sacas que yo también soy vanidosa?

—De la comparación, tu amiga no lo es. Pero lo lamento por

ella, la vanidad es un recurso. Si eres vanidoso, estás atento a ti mismo y a tus cosas. Lina carece de vanidad, por eso perdió a su hija.

Seguí durante un tiempo su trabajo, me pareció bueno. Fue él quien localizó la carrocería medio quemada de un viejo vehículo por la zona de Ponti Rossi, y fue él quien la relacionó con la desaparición de Tina. El asunto produjo cierta sensación, la noticia saltó a los periódicos nacionales, en los que permaneció unos días. Más tarde se comprobó que no había ningún nexo posible entre el vehículo quemado y la desaparición de la niña.

—Tina está viva, no quiero volver a ver nunca más a ese cabrón de mierda —dijo Lila.

4

No sé durante cuánto tiempo creyó que su hija seguía viva. Cuanto más se desesperaba Enzo, consumido por las lágrimas y la furia, más insistía Lila: verás como nos la devuelven. Seguramente nunca creyó en el camión pirata, dijo que enseguida lo habría notado, que habría oído el golpe antes que nadie, o al menos un grito. Tampoco me pareció que diera crédito a la tesis de Enzo, jamás aludió a una participación de los Solara. Sin embargo, durante una larga temporada pensó que quien le había quitado a Tina era uno de sus clientes, uno que sabía cuánto ganaba Basic Sight y que quería dinero a cambio de devolver a la niña. Esa era también la tesis de Antonio, aunque resulta difícil decir en qué elementos concretos se basaba. La policía seguramente se interesó en esa posibilidad, pero como nunca hubo llamadas telefónicas para pedir un rescate al final la dejaron correr.

El barrio no tardó en dividirse en una mayoría que creía que Tina estaba muerta y en una minoría que pensaba que seguía viva, prisionera en alguna parte. Nosotros, que queríamos a Lila, formábamos parte de esa minoría. Carmen estaba tan convencida de esa idea que la repetía de forma insistente a todo el mundo, y, si con el paso del tiempo alguien se convencía de que Tina estaba muerta, se convertía en su enemiga. En una ocasión la oí susurrar a Enzo: dile a Lina que Pasquale también está con vosotros; según él, la niña aparecerá. No obstante, se impuso la mayoría y quien seguía empeñándose en buscar a Tina era considerado por casi todos o estúpido o hipócrita. Y de Lila también se empezó a pensar que la cabeza no la ayudaba.

Carmen fue la primera en intuir que el consenso que hubo en torno a nuestra amiga antes de la desaparición de Tina y la solidaridad que hubo después eran ambas superficiales, que por debajo anidaba una antigua aversión hacia ella. Mira, me dijo, en otros tiempos la trataban como si fuera la Virgen, pero ahora pasan de largo sin mirarla siquiera. Empecé a fijarme y me di cuenta de que era exactamente así. En el fondo, la gente pensaba: lamentamos que hayas perdido a Tina, pero eso significa que si en verdad hubieras sido lo que querías hacernos creer, nada ni nadie la habría tocado. Cuando íbamos juntas por la calle comenzaron a saludarme a mí y a ella no. Preocupaba su aire inquieto y el halo de desventura que veían a su alrededor. En una palabra, la parte del barrio que se había acostumbrado a considerar a Lila como alternativa a los Solara se retiró decepcionada.

Eso no fue todo. Se impuso una iniciativa que en los primeros días pareció afectuosa pero que luego se volvió perversa. En el portón de casa, en la puerta de Basic Sight, las primeras semanas aparecieron flores, notas conmovedoras dirigidas a Lila o directamente a Tina, incluso poemas copiados de libros escolares. Después siguieron con juguetes viejos llevados por madres, abuelas y niños. Luego llegaron pinzas para el pelo, lacitos de colores, zapatitos usados. Luego aparecieron muñecas de trapo cosidas a mano con muecas horribles, manchadas de rojo, y animales muertos envueltos en trapos mugrientos. Como Lila lo recogía todo con calma y lo tiraba a la basura, pero de repente se ponía a gritar terribles maldiciones contra todo aquel que pasara por allí, de madre que inspiraba pena pasó a ser considerada una loca que causaba terror. Cuando enfermó de gravedad una chica con la que Lila se había enfadado porque la había pescado escribiendo con tiza en el portón: «A Tina se la comen los muertos», los viejos rumores se sumaron a los nuevos y a Lila comenzaron a evitarla cada vez más, como si el mero hecho de verla trajera mala suerte.

Sin embargo, ella no pareció percatarse. La certeza de que Tina seguía viva la absorbió por completo y eso fue, a mi modo de ver, lo que la empujó hacia Imma. En los primeros meses había tratado de reducir el contacto de mi hija menor con Lila, pues temía que al verla sufriera todavía más. Pero Lila demostró enseguida que quería tenerla continuamente a su lado y yo dejé que se la quedara incluso a dormir. Una mañana fui a buscar a mi hija, la puerta del apartamento estaba entornada y entré. La niña estaba preguntando por Tina. Después de aquel domingo, yo había tratado de tranquilizarla diciéndole que se había marchado durante un tiempo a casa de los parientes de Enzo en Avellino, si bien ella insistía a menudo en saber cuándo regresaría. Ahora se lo preguntaba directamente a Lila, aunque ella parecía no oír la voz de Imma, y en lugar de responderle le contaba de cuando Tina había nacido, de su primer juguete, de cómo se le prendía al pecho y no lo soltaba e infinidad de detalles por el estilo. Me detuve en el umbral unos segundos, oí que Imma la interrumpía con impaciencia:

—Pero ¿cuándo vuelve?

—¿Te sientes sola?

—No sé con quién jugar.

—Yo tampoco.

—¿Entonces cuándo vuelve?

Lila se quedó callada un buen rato, después le reprochó:

—No es asunto tuyo, a ver si te callas.

Esas palabras pronunciadas en dialecto fueron tan bruscas, tan severas, tan inadecuadas que me alarmé. Hablé con ella de un par de nimiedades y me llevé a mi hija a casa.

Siempre le había perdonado a Lila sus excesos y en esas circunstancias estaba dispuesta a hacerlo aún más que en el pasado. Con frecuencia se había excedido, y dentro de lo posible había tratado de hacerla razonar. Cuando los policías interrogaron a Stefano y ella se convenció enseguida de que él le había quitado a Tina —hasta el punto de que durante un tiempo se negó incluso a ir a verlo al hospital después del infarto—, la tranquilicé y fuimos juntas a visitarlo. Y fue mérito mío que no se pusiera en contra de su hermano cuando la policía lo investigó. Me prodigué mucho incluso el día terrible en que a Gennaro lo citaron de la jefatura de policía, y, al regresar a casa tras sentirse acusado, hubo una pelea y acabó marchándose a vivir con su padre y gritándole a Lila que no solo había perdido para siempre a Tina sino también a él. En fin, que la situación estaba muy mal y podía comprender que ella la tomara con todo el mundo, incluso conmigo. Pero con

Imma no, no iba a consentírselo. A partir de ese momento, cuando Lila se llevaba a la niña, me inquietaba, reflexionaba, buscaba soluciones.

Sin embargo, no hubo nada que hacer; los hilos de su dolor estaban muy enredados y durante un tiempo Imma formó parte de ese enredo. En el desorden general en el que habíamos acabado todos, pese a su agotamiento, Lila siguió señalándome hasta el más mínimo malestar de mi hija, como había hecho hasta que decidí hacer que Nino viniera a casa. Noté cierto ensañamiento, me disgusté, pero me esforcé por ver también en su actitud un aspecto positivo; pensé que poco a poco estaba desplazando hacia Imma su amor materno, que me estaba diciendo: como eres afortunada y todavía tienes a tu hija, debes aprovechar esa circunstancia, debes ocuparte de ella, darle todos los cuidados que no le has dado.

No obstante, solo eran apariencias. No tardé en suponer que en lo más profundo Imma —su cuerpo— debía de parecerle el signo de una culpa. Analicé a menudo la situación en que se había perdido la niña. Nino se la había entregado a Lila, pero Lila no se había ocupado de ella. Le había dicho a su hija: espérate aquí, y a mi hija, ven con la tía. Tal vez lo había hecho para poner a Imma bajo la mirada de su padre, para elogiarla, para estimular su afecto, a saber. Pero Tina era revoltosa, o sencillamente se había sentido abandonada, se había ofendido y se había alejado. En consecuencia, el dolor se había instalado en el peso del cuerpo de Imma entre sus brazos, en el contacto, en el calor vivo que aún despedía. Pero mi hija era frágil, lenta, por completo distinta de Tina, que era luminosa, movida. De ningún modo podía Imma convertirse en una sustituta, solo era un freno contra el tiempo.

En fin, me imaginé que Lila la tenía a su lado para permanecer dentro de aquel domingo terrible mientras pensaba: Tina está aquí, no tardará en tirarme de la falda, me llamará y entonces la levantaré a ella en brazos, y todo volverá a su sitio. Por eso no quería que la niña lo desarreglara todo. Cuando la pequeña insistía en que reapareciera su amiga, cuando se limitaba a recordarle a Lila que, de hecho, Tina no estaba, la trataba con la misma dureza con que nos trataba a los adultos. Pero eso no podía aceptarlo. En cuanto venía a llevarse a Imma, le mandaba a Dede o a Elsa con cualquier pretexto para que la vigilaran. Si había utilizado ese tono en mi presencia, ¿qué no ocurriría cuando se la llevaba durante horas?

5

De vez en cuando me evadía del apartamento, del tramo de escaleras entre mi casa y la suya, de los jardincillos, de la avenida y viajaba por trabajo. Eran momentos en los que lanzaba un suspiro de alivio; me ponía guapa, vestía trajes elegantes, incluso la leve cojera que me había quedado del embarazo me parecía una especie de agradable rasgo distintivo. A pesar de que ironizaba de buena gana sobre los comportamientos biliosos de literatos y artistas, por aquel entonces todo lo relacionado con el mundo editorial, el cine, la televisión y cualquier tipo de manifestación estética me parecía aún un paisaje de fantasía al que era maravilloso asomarse. Incluso cuando se montaba el caos derrochón y juerguista de los grandes congresos, de los grandes simposios, de las grandes escenografías, de las grandes muestras, de las grandes películas, de las grandes óperas me gustaba formar parte de ellos, y me halagaba cuando en alguna ocasión me tocaba un asiento en las primeras filas, de esos reservados, desde donde podía ver el espectáculo de los poderes grandes y pequeños, sentada entre gente muy conocida. En cambio, Lila permaneció siempre en el centro de su horror, sin una sola distracción. Cierta vez en que me invitaron a no sé qué ópera en el San Carlo —un lugar maravilloso donde jamás había entrado— e insistí en llevarla conmigo, ella no quiso venir, convenció a Carmen para que me acompañara. Solo se dejaba distraer, si es que se puede decir así, por otro motivo de sufrimiento. Un dolor nuevo obraba en ella como una especie de antídoto. Se volvía combativa, decidida, era como alguien que sabe que se ahogará pero, pese a todo, mueve las piernas y los brazos para mantenerse a flote.

Una noche se enteró de que su hijo había vuelto a pincharse. Sin decir una palabra, sin avisar siquiera a Enzo, fue a buscarlo a casa de Stefano, al apartamento del barrio nuevo donde varias décadas antes había vivido tras casarse. Pero no lo encontró: Gennaro se había peleado con su padre y desde hacía unos días se había ido a casa de su tío Rino. Fue recibida con abierta hostilidad por Stefano y Marisa, que ya vivían juntos. El que en otros tiempos había sido un hombre apuesto era ahora piel y huesos, estaba muy pálido, la ropa que llevaba parecía dos tallas más grande. El infarto lo había destrozado, estaba aterrorizado, apenas comía, ya no bebía ni fumaba, no debía inquietarse a causa del corazón maltrecho. Pero en esa ocasión se inquietó muchísimo, motivos no le faltaban. Había cerrado definitivamente la charcutería por culpa de su enfermedad. Ada le exigía dinero para ella y su hija. También se lo exigía su hermana Pinuccia y su madre Maria. Se lo exigía Marisa para ella y sus hijos. Lila comprendió enseguida que Stefano quería sacarle a ella ese dinero y que la excusa para pedírselo era Gennaro. En efecto, pese a que hacía unos días había echado de casa a su hijo, lo defendió, y, apoyado por Marisa, dijo que para que Gennaro se recuperara hacía falta muchísimo dinero. Y como Lila le contestó que no volvería a darle un solo céntimo a nadie más, que le importaban una mierda los parientes, los amigos y todo el barrio, el altercado fue violento. Stefano le enumeró con lágrimas en los ojos, gritando, todo lo que había perdido a lo largo de los años —las charcuterías y la propia casa—, y de ese derroche responsabilizó de un modo incomprensible a Lila. Pero lo peor vino de Marisa, que le gritó: Alfonso se arruinó por tu culpa, nos arruinó a todos, eres peor que los Solara, hizo bien quien te robó a la niña.

Solo entonces Lila enmudeció, miró a su alrededor buscando una silla para sentarse. No la encontró y apoyó la espalda contra la pared de la sala de estar, que décadas antes había sido su sala de estar, una habitación entonces blanca, con muebles flamantes, cuando todavía nada se había estropeado a causa de los estragos de los niños que más tarde crecerían en ella, a causa del abandono de los adultos. Vamos, le dijo Stefano, que quizá se había dado cuenta de que Marisa se había pasado, vamos a buscar a Gennaro. Y salieron juntos, la llevó del brazo, se dirigieron a casa de Rino.

Una vez al aire libre Lila se recuperó, se soltó. Recorrieron a pie el trayecto, ella dos pasos por delante, él, dos por detrás. El hermano de Lila vivía en la vieja casa de los Carracci con su suegra, Pinuccia y los hijos. Gennaro estaba ahí y en cuanto se encontró frente a sus padres el muchacho se puso a gritar. Así estalló otro altercado, primero entre padre e hijo, luego entre madre e hijo. Al principio Rino se quedó callado; luego, con la mirada apagada, comenzó un lamento sobre el daño que su hermana le había hecho desde que eran niños. Cuando Stefano intervino la tomó también con él, lo insultó, le dijo que todos los problemas habían empezado porque se lo tenía muy creído y al final se había dejado mangar primero por Lila y después por los Solara. Estuvieron a punto de llegar a las manos y Pinuccia tuvo que frenar a su marido, le murmuró: tienes razón, pero cálmate, no es el momento, mientras la vieja señora Maria tuvo que frenar a Stefano, jadeando: basta, hijo mío, haz como si no lo hubieras oído, Rino está más enfermo que tú. Así las cosas, Lila agarró enérgicamente a su hijo de un brazo y lo sacó de allí.

Sin embargo, Rino los alcanzó en la calle, lo oyeron afanarse a sus espaldas. Quería dinero, lo quería a toda costa, enseguida. Dijo: me matarás si me dejas así. Lila siguió caminando mientras él la empujaba, reía, gemía, la retenía del brazo. Entonces Gennaro se echó a llorar, le gritó: tienes dinero, anda, dáselo. Pero Lila echó a su hermano y se llevó a su hijo murmurando entre dientes: ¿tú quieres ser como él, quieres acabar como tu tío?

6

Con el regreso de Gennaro el apartamento de abajo fue un infierno aún peor; a veces me veía obligada a bajar corriendo porque temía que se mataran. En esos casos, Lila me abría, decía gélida: qué quieres. Contestaba igual de gélida: os estáis pasando, Dede llora, quiere llamar a la policía, y Elsa está asustada. Ella contestaba: vete a tu casa y a tus hijas, si no quieren oír, les tapas los oídos.

En aquella época mostraba cada vez menos interés por las dos muchachas, las llamaba con abierto sarcasmo «las señoritas». Pero mis hijas también cambiaron de actitud con ella. Dede sobre todo dejó de sentirse atraída por Lila, era como si también tuviera la sensación de que la desaparición de Tina la había despojado de autoridad. Una noche me preguntó:

—Si la tía Lina no quería otro hijo, ¿para qué lo tuvo?

—¿Tú cómo sabes que no lo quería?

—Se lo ha dicho a Imma.

—¿A Imma?

—Sí, la he oído con estas orejitas. Le habla como si no fuera pequeña, para mí que está loca.

—No es locura, Dede, es dolor.

—No derramó ni una lágrima.

—Las lágrimas no son el dolor.

—Sí, pero sin las lágrimas, ¿quién te asegura que el dolor existe?

—Existe y con frecuencia es un dolor mucho más grande.

—No es su caso. ¿Quieres saber qué pienso?

—A ver.

—Ella perdió a Tina a propósito. Y ahora también quiere perder a Gennaro. Por no hablar de Enzo, ¿has visto cómo lo trata? La tía Lina es clavadita a Elsa, no quiere a nadie.

Dede era así, le gustaba ser alguien que ve más allá que el resto y le encantaba pronunciar juicios inapelables. Le prohibí repetir en presencia de Lila esas palabras terribles y traté de explicarle que no todos los seres humanos reaccionan de la misma manera, Lila y Elsa tenían estrategias afectivas distintas de las suyas.

—Tu hermana, por ejemplo —dije—, no aborda los problemas de frente como haces tú y considera ridículos los sentimientos demasiado vocingleros, siempre se mantiene a un paso de distancia.

—A fuerza de mantenerse a un paso de distancia ha perdido la sensibilidad.

—¿Por qué te metes tanto con Elsa?

—Porque es idéntica a la tía Lina.

Un círculo vicioso: Lila se equivocaba porque era como Elsa, Elsa se equivocaba porque era como Lila. En realidad, en el centro de aquel juicio negativo estaba Gennaro. Según Dede, justamente en ese caso muy significativo, Elsa y Lila cometían el mismo error de cálculo y presentaban el mismo trastorno afectivo. Justo como le ocurría a Lila, también para Elsa Gennaro era peor que una bestia. Su hermana —me contó Dede— le decía a menudo, como ofensa, que Lila y Enzo hacían bien en molerlo a palos en cuanto trataba de pisar la calle. Solo una estúpida como tú —le reprochaba—, que no sabe nada de los hombres, puede dejarse encandilar por una masa de carne mal lavada, sin una pizca de inteligencia. Y Dede le replicaba: solo una cabrona como tú puede definir así a un ser humano.

Como las dos leían muchísimo, se peleaban en la lengua de los libros, hasta el punto de que, si de repente no pasaban al dialecto más brutal para insultarse, yo escuchaba sus agarradas casi con admiración. El lado positivo de aquel conflicto fue que Dede redujo cada vez más la inquina que me tenía, pero el negativo me pesó mucho: su hermana y Lila se convirtieron en objeto de toda su malevolencia. Dede me revelaba sin cesar las vilezas de Elsa: era odiada por sus compañeros porque se consideraba la mejor en todo y los humillaba continuamente; se jactaba de haber tenido relaciones con hombres mayores; faltaba a clase y falsificaba mi firma en los justificantes. Y de Lila me decía: es una fascista, ¿cómo puedes ser amiga suya? Y tomaba partido por Gennaro sin medias tintas. Según ella, la droga era la rebelión de las personas sensibles contra las fuerzas de la represión. Juraba que tarde o temprano encontraría el modo de conseguir que Rino escapara —lo llamaba siempre así, acostumbrándonos por tanto a que lo llamáramos del mismo modo— de la cárcel en la que lo tenía encerrado su madre.

Yo siempre intentaba poner paz, reprendía a Elsa, defendía a Lila. Pero a veces me costaba tomar partido por Lila. Me asustaban los picos de su dolor resentido. Por otra parte, temía que, como ya había ocurrido en el pasado, su organismo no aguantara y por ello, pese a que me gustaba la agresividad de Dede, lúcida y apasionada a un tiempo, pese a que me divertía la fantasiosa desfachatez de Elsa, procuraba que mis hijas no le provocaran crisis con palabras irreflexivas (sabía que Dede habría sido muy capaz de decir: «Tía Lina, cuenta las cosas como son, tú quisiste perder a Tina, no ocurrió por casualidad»). A diario temía lo peor. Las señoritas, como decía Lila, aunque inmersas en la realidad del barrio, tenían una fuerte percepción de su diversidad. En especial cuando regresaban de Florencia se sentían de una calidad superior y hacían lo imposible para demostrárselo a quien fuera. En el bachillerato Dede era muy buena, y cuando su profesor —un hombre de poco más de cuarenta años, muy culto, cautivado por el apellido Airota— le preguntaba la lección, parecía más preocupado por equivocarse en las preguntas que ella por equivocarse en las respuestas. En los estudios Elsa era menos brillante; en general, a mitad de año sus boletines de calificaciones eran pésimos, pero lo que la hacía insoportable era la desenvoltura con la que al final descabalaba la baraja y acababa entre los mejores. Yo conocía las inseguridades y los miedos de ambas, las sentía como chicas atemorizadas, y por eso no me creía demasiado su prepotencia. Pero los demás no, y vistas desde fuera debían de parecer sin duda odiosas. Elsa, por ejemplo, con una ligereza infantil aplicaba apodos ofensivos en clase y fuera, no tenía respeto por nadie. A Enzo lo llamaba el hortera mudo; a Lila la llamaba la falena venenosa; a Gennaro lo llamaba cocodrilo ridens. Pero a quien le tenía más manía era a Antonio, que iba a ver a Lila casi a diario, a la oficina o a su casa, y en cuanto llegaba se los llevaba a Enzo y a ella a una habitación para confabular. Después de la desaparición de Tina, Antonio se había vuelto arisco. Si yo estaba presente me despachaban de un modo más o menos explícito; si estaban ellas, mis hijas, al cabo de un minuto las dejaba fuera cerrando la puerta. Elsa, que conocía bien a Poe, lo llamaba la máscara de la muerte amarilla, porque por naturaleza, Antonio tenía la tez ictérica. Era obvio, pues, que yo temiera que cometiesen alguna ofensa, cosa que acabó ocurriendo.

Cierta vez que yo me encontraba en Milán, Lila salió precipitadamente al patio donde Dede leía, Elsa charlaba con unas amigas, Imma jugaba. Ya no eran niñas. Dede tenía dieciséis años, Elsa casi trece, solo Imma era pequeña, tenía cinco. Pero Lila las trató a las tres como si no tuvieran autonomía alguna. Las arrastró dentro de casa sin explicaciones (ellas estaban acostumbradas a exigir siempre explicaciones), se limitó a gritar que estar fuera era peligroso. Mi hija mayor consideró insoportable ese comportamiento y gritó:

—Mamá me ha dejado a cargo de mis hermanas, soy yo quien decide si volvemos a casa o no.

—Cuando vuestra madre no está, vuestra madre soy yo.

—Una madre de mierda —le contestó Dede pasando al dialecto—, perdiste a Tina y ni siquiera lloraste.

Lila le dio una bofetada que la dejó de piedra. Elsa salió en defensa de su hermana y se ganó otra bofetada, Imma se echó a llorar. No se sale de casa, insistió mi amiga jadeando, ahí fuera hay peligro, ahí fuera te mueres. Las obligó a quedarse en casa durante días, hasta que yo volviera.

A mi regreso, Dede me contó todo el episodio, y como era honesta por principio, me refirió también su réplica. Quise hacerle entender que había dicho unas palabras terribles, la regañé con dureza: te advertí que no debías hacerlo. Elsa tomó partido por su hermana, me dijo que la tía Lina estaba mal de la cabeza, vivía convencida de que para evitar los peligros había que atrincherarse en casa. Fue difícil convencer a mis hijas de que la culpa no la tenía Lila sino el Imperio soviético. En un lugar llamado Chernóbil, a raíz de un accidente en una central nuclear, se habían liberado radiaciones peligrosas que, como el planeta era pequeño, podían alcanzar a cualquiera y metérsele en las venas. La tía Lina os protegió, dije. Pero Elsa gritó: no es cierto, nos pegó, lo único bueno que hizo fue darnos de comer solo a base de congelados. Imma: yo lloré mucho, los congelados no me gustan. Y Dede: nos trató peor de lo que trata a Gennaro. Murmuré: la tía Lina también se hubiera comportado igual con Tina, pensad qué tormento para ella, protegeros a vosotras mientras imagina que en alguna parte está su hija y nadie cuida de ella. Pero fue un error expresarme de ese modo delante de Imma. Mientras Dede y Elsa hicieron muecas de escepticismo, ella se desconcertó, se fue corriendo a jugar.

Unos días más tarde Lila me encaró con su estilo directo:

—¿Tú les dices a tus hijas que perdí a Tina y que nunca lloré?

—¡Basta ya! ¿A ti te parece que sería capaz de decir algo así?

—Dede me llamó madre de mierda.

—Es una chiquilla.

—Es una chiquilla maleducada.

Entonces cometí errores no menos graves que los de mis hijas.

—Cálmate. Sé cuánto querías a Tina. Trata de no quedarte con todo dentro, deberías desahogarte, deberías hablar de todo lo que te pasa por la cabeza. Es cierto, el parto fue difícil, pero no debes fantasear sobre ello.

Me equivoqué en todo: el imperfecto «querías», la referencia al parto, el tono banal. Contestó con brusquedad: no te metas donde no te llaman. Y después gritó, como si Imma fuera adulta: enséñale a tu hija que cuando alguien dice una cosa, no debe ir a contársela a todo el mundo.

7

Las cosas empeoraron aún más cuando una mañana —creo que era un día de junio de 1986— hubo otra desaparición. Llegó Nunzia más sombría que de costumbre, y dijo que la víspera Rino no había vuelto a dormir a casa y Pinuccia lo estaba buscando por todo el barrio. Me dio aquella noticia sin mirarme a la cara, como hacía cuando lo que me decía era en realidad un recado para Lila.

Bajé a transmitir el mensaje. Lila llamó enseguida a Gennaro, daba por descontado que él sabía dónde se encontraba su tío. El muchacho opuso mucha resistencia, no quería desvelar nada que pudiera llevar a su madre a ser aún más dura. Pero cuando pasó todo el día y Rino seguía sin aparecer, decidió colaborar. A la mañana siguiente se negó a que Enzo y Lila lo acompañaran en la búsqueda, si bien se resignó a que lo hiciera su padre. Stefano llegó jadeante y nervioso por la enésima molestia que le causaba su cuñado, angustiado por su situación, porque no se sentía con fuerzas, se tocaba sin cesar la garganta, decía mortecino: me falta el aliento. Al final, padre e hijo —el muchacho rechoncho, el hombre como un alambre pero cubierto de ropa en exceso holgada— se dirigieron hacia las vías del tren.

Cruzaron la explanada de la estación de maniobras y enfilaron por las viejas vías donde estaban los vagones en desuso. En uno de ellos encontraron a Rino. Estaba sentado, con los ojos abiertos. La nariz parecía enorme, la barba larga y todavía negra le subía por la cara hasta los pómulos, como una mala hierba.

Al ver a su cuñado, Stefano se olvidó de su estado de salud y tuvo un auténtico ataque de rabia. Gritó insultos al cadáver, quería agarrarlo a patadas. Mamón eras de chico —aulló— y mamón te quedaste: te mereces morir así, como un mamonazo. La tenía tomada con él porque había arruinado a su hermana Pinuccia, porque había arruinado a sus sobrinos y porque había arruinado a su hijo. Mira, le dijo a Gennaro, mira lo que te espera. Gennaro lo agarró de los hombros, lo apretó con fuerza para retenerlo mientras intentaba soltarse y pateaba.

Era temprano por la mañana pero ya empezaba a hacer calor. El vagón olía a mierda y a meados, los asientos estaban desfondados y los cristales tan sucios que no se veía fuera. Como Stefano seguía retorciéndose y vociferando, el muchacho perdió la calma y le dijo cosas feas a su padre. Le gritó que sentía asco de ser hijo suyo, que las únicas personas de todo el barrio a las que respetaba eran su madre y Enzo. Entonces Stefano se echó a llorar. Se quedaron un rato juntos al lado del cuerpo de Rino, no para velarlo, sino para calmarse. Regresaron para dar la noticia.

8

Nunzia y Fernando fueron los únicos en notar la pérdida de Rino. Pinuccia lloró a su marido lo mínimo indispensable y luego pareció renacer. A las dos semanas se presentó en mi casa para preguntarme si podía sustituir a su suegra, que estaba destrozada por el dolor y ya no se sentía con ánimo de trabajar: se ocuparía de las tareas de la casa, cocinaría y cuidaría de mis hijas en mi ausencia exactamente por la misma cantidad. Resultó menos eficiente que Nunzia, pero más charlatana y sobre todo le cayó más simpática a Dede, Elsa e Imma. Elogiaba mucho a las tres, y también a mí sin cesar. Qué bien estás, decía, eres una señora; he visto que en el armario tienes unos trajes preciosos y muchos zapatos, se nota que eres importante y que tratas con gente de nivel; ¿es cierto que con tu libro harán una película?

Después de los primeros tiempos en que hizo el papel de viuda, pasó a pedirme si tenía vestidos que ya no usara, pese a que estaba gorda y no le entraban. Me los ensancho, decía, y yo le elegí algunos. Se los arreglaba de veras, con mucha mano, y luego venía a trabajar vestida como para ir de fiesta, desfilaba de una punta a otra del pasillo para que mis hijas y yo le diéramos nuestro parecer. Me estaba muy agradecida, a veces se ponía tan contenta que quería charlar en vez de trabajar, se ponía a hablar de la época de Ischia. Mencionaba a menudo a Bruno Soccavo y se conmovía, murmuraba: qué mal terminó. En un par de ocasiones dijo una frase que debía de gustarle mucho: me quedé viuda dos veces. Una mañana me confesó que Rino había sido un verdadero marido apenas unos años, y que después se había comportado siempre como un chico; incluso en la cama, un minuto y a otra cosa, en algún caso ni a un minuto llegaba. Ah, sí, no tenía ni pizca de madurez, era fanfarrón, mentiroso y encima presuntuoso, presuntuoso como Lina. Es una característica de la familia Cerullo —se enfadó—, son unos faroleros, sin sentimientos. Y se puso a echar pestes de Lila, dijo que se había apropiado de cuanto era fruto de la inteligencia y el trabajo del hermano. Repliqué: no es verdad, Lina quiso mucho a Rino, fue él quien la explotó a ella por todos los medios. Pinuccia me miró con resentimiento, de buenas a primeras se puso a alabar a su marido. Los zapatos Cerullo, resaltó, los inventó él, pero después Lina se aprovechó de eso, enredó a Stefano, lo obligó a casarse con ella, le robó un montón de dinero —papá nos había dejado millones—, y después se puso de acuerdo con Michele Solara, nos arruinó a todos. Añadió: no la defiendas, lo sabes muy bien.

No era cierto, naturalmente, yo tenía otra versión, Pinuccia hablaba así por antiguos rencores. Sin embargo, la única reacción auténtica de Lila a la muerte de su hermano fue que ella misma abonó no pocas de esas mentiras. Desde hacía tiempo yo había comprobado que cada cual se organiza el recuerdo como le conviene, a veces me sorprendo haciéndolo. Pero lo que me sorprendió fue que se pudiera llegar a dar a los hechos un orden que iba contra los propios intereses. Lila empezó casi enseguida a atribuir a Rino todos los méritos de la historia de los zapatos. Dijo que su hermano había tenido desde niño una imaginación y una competencia extraordinarias, y que si no se hubieran entrometido los Solara habría llegado a ser mejor que Ferragamo. Se empeñó en bloquear el flujo de la vida de Rino en el momento exacto en que la tienda de su padre se transformó en una pequeña empresa y le restó peso a lo demás, a todo aquello que había hecho y le había hecho. Mantuvo viva y compacta únicamente la figura del muchacho que la había defendido frente a un padre violento, que la había apoyado en sus afanes de jovencita que buscaba salidas a su propia inteligencia.

Ese debió de parecerle un buen remedio contra el dolor, porque por aquella misma época se reanimó, y también empezó a hacer lo mismo con Tina. Ya no pasó sus días como si la pequeña fuera a regresar de un momento a otro, sino que trató de llenar el vacío en la casa y en su fuero interno con una figurita luminosa, como si fuera el efecto de un programa de ordenador. Tina se convirtió en una especie de holograma, estaba y no estaba. Más que recordarla la evocaba. Me mostraba las fotos en las que mejor había salido o me hacía escuchar su vocecita tal como Enzo la había grabado en una grabadora con un año, con dos, con tres, o citaba sus graciosas preguntitas, sus respuestas extraordinarias, procurando hablar de ella siempre en presente: Tina tiene, Tina hace, Tina dice.

Eso no la apaciguaba, naturalmente, al contrario, chillaba más que antes. Chillaba con su hijo, con los clientes, conmigo, con Pinuccia, con Dede y Elsa, a veces con Imma. Chillaba sobre todo con Enzo si él se echaba a llorar mientras trabajaba. Pero en ocasiones se quedaba sentada, como hacía en los primeros tiempos, y le hablaba a Imma de Rino y de la niña como si por algún motivo se hubiesen marchado juntos. Y si la pequeña preguntaba: cuándo vuelven, contestaba sin enfadarse: cuando les dé la gana. Pero eso también se hizo menos frecuente. Después de nuestro enfrentamiento a propósito de mis hijas, parecía no tener más necesidad de Imma. De hecho, poco a poco, se fue quedando con ella cada vez con menor frecuencia y, aunque de un modo más afectuoso, empezó a tratarla igual que a las hermanas. Una noche en que acabábamos de entrar en el vestíbulo sórdido de nuestro edificio —y Elsa se quejaba porque había visto una cucaracha, Dede se disgustaba de solo pensarlo e Imma quería que la levantara en brazos—, Lila les dijo a las tres, como si yo no estuviera presente: sois hijas de señoras, qué hacéis aquí, convenced a vuestra madre para que os saque de aquí.

9

En apariencia, pues, tras la muerte de Rino experimentó una mejoría. Dejó de estar alarmada, con los ojos como rendijas. La piel de la cara, que parecía una blanquísima vela de lona bien estirada a causa de un fuerte viento, se ablandó. No obstante, fue una mejoría momentánea. Pronto le salieron arrugas desordenadas en la frente, en la comisura de los ojos, también en las mejillas, donde semejaban falsos pliegues. Y un poco todo el cuerpo empezó a envejecer, la espalda se le arqueó, la barriga se le hinchó.

Un día Carmen usó una de sus expresiones, dijo preocupada: Tina se le enquistó dentro, tenemos que quitársela. Y tenía razón, había que encontrar la manera de conseguir que la historia de la niña fluyera. Pero Lila se negaba, todo lo referente a su hija estaba detenido. Creo que algo se movía, pero con gran dolor, solo con Antonio y Enzo, aunque por necesidad, en secreto. Ahora bien, cuando Antonio se marchó de repente —sin despedirse de nadie, con toda su familia rubia y con la trastornada Melina ya vieja—

a Lila ni siquiera le quedaron los informes misteriosos que él le hacía. Se quedó sola, dedicada a ensañarse con Enzo y Gennaro, a menudo azuzando a uno contra otro. O distraída, sumida en sus pensamientos, en actitud de espera.

Iba a verla a diario, incluso cuando la escritura me apremiaba con sus fechas de entrega, y hacía de todo para reavivar la confianza entre nosotras. Al verla cada día más desganada, una vez le pregunté:

—¿Todavía te gusta tu trabajo?

—Nunca me ha gustado.

—Qué mentirosa eres, recuerdo que te gustaba.

—No, no te acuerdas de nada, le gustaba a Enzo, así que me obligué a que me gustara.

—Búscate alguna otra ocupación entonces.

—Estoy bien así. Enzo anda con la cabeza en otra parte y si no lo ayudo, cerramos.

—Los dos debéis salir del dolor.

—Qué dolor, Lenù, debemos salir de la rabia.

—Salid entonces de la rabia.

—Lo estamos intentando.

—Intentadlo con más convicción, Tina no se lo merece.

—A Tina déjala en paz, piensa en tus hijas.

—Ya pienso.

—No lo suficiente.

En esos años encontró siempre resquicios para invertir la situación y obligarme a ver los defectos de Dede, de Elsa, de Imma. Las desatiendes, decía. Yo aceptaba las críticas, algunas eran fundadas, con demasiada frecuencia me dedicaba a mi vida y desatendía la de ellas. No obstante, siempre buscaba la ocasión para desviar la conversación hacia ella y Tina. A partir de cierto momento me dediqué a acuciarla por su tez grisácea.

—Estás muy pálida.

—Y tú demasiado sonrosada, fíjate, estás morada.

—Estoy hablando de ti, ¿qué te pasa?

—Tengo anemia.

—Qué anemia.

—La regla me viene cuando le da la gana y luego no se me va más.

—¿Desde cuándo?

—Desde siempre.

—Di la verdad, Lila.

—Es la verdad.

La apremiaba, con frecuencia la provocaba, y ella reaccionaba pero sin llegar nunca al punto de perder el control y liberarse.

Me vino a la cabeza que quizá fuera una cuestión lingüística. Ella recurría al italiano como a una barrera, yo trataba de empujarla hacia el dialecto, nuestra lengua de la franqueza. Pero mientras su italiano era traducido del dialecto, mi dialecto era cada vez más traducido del italiano, y las dos hablábamos en una lengua artificial. Era necesario que estallara, que las palabras se volvieran incontroladas. Quería que dijera en el napolitano sincero de nuestra infancia: qué carajo quieres, Lenù, estoy así porque perdí a mi hija, y quizá esté viva, quizá esté muerta, pero no logro soportar ninguna de las dos posibilidades; porque si está viva, está viva lejos de mí, en un lugar donde le ocurren cosas horribles, que yo, yo veo nítidamente, las veo todos los días y todas las noches como si ocurrieran ante mis propios ojos; pero si está muerta, yo también estoy muerta, muerta aquí dentro, una muerte más insoportable que la muerte verdadera, que es muerte sin sentimiento, mientras que esta muerte te obliga a diario a sentirlo todo, a despertarte, a asearte, a vestirte, a comer y beber, a trabajar, a hablar contigo que no entiendes o no quieres entender, contigo que, de solo verte, toda arreglada, recién salida de la peluquería, con tus hijas a las que les va bien en la escuela, que siempre lo hacen todo de un modo perfecto, que ni siquiera este lugar de mierda las echa a perder, al contrario, parece que las favorece —las hace aún más seguras de sí mismas, aún más presuntuosas, aún más convencidas de arramblar con todo— y eso me amarga la vida todavía más de lo que ya me la he amargado, así que anda, vete ya, déjame tranquila, Tina debía ser mejor que todos vosotros, pero se la llevaron, y yo ya no aguanto más.

Me hubiera gustado inducirla a un discurso de este tipo, confuso, intoxicado. Sentía que de haberse decidido, habría extraído de la madeja enredada de su cerebro palabras como estas. Pero no ocurrió. Es más, si lo pienso, durante esa fase fue menos agresiva que en otras épocas de nuestra historia. Quizá el desahogo que yo esperaba se componía de sentimientos solo míos, que por eso mismo me impedían ver la situación con claridad y me transformaban a Lila en algo aún más huidizo. A veces me asaltaba la duda de que tuviera en la cabeza algo impronunciable que yo no alcanzaba a imaginar siquiera.

10

Lo peor eran los domingos. Lila se quedaba en casa, no trabajaba y de fuera llegaban las voces de la fiesta. Bajaba a su apartamento, decía: salgamos, vayamos a dar un paseo por el centro, vayamos a ver el mar. Se negaba; se enojaba si insistía demasiado. Así, para remediar los malos modos, Enzo decía: os acompaño, vamos. Ella se ponía a chillar enseguida: sí, marchaos, dejadme en paz, me doy un baño y me lavo el pelo, dejadme respirar.

Salíamos, mis hijas venían con nosotros y a veces también Gennaro, al que tras la muerte de su tío todos llamábamos Rino. En esas horas de paseo Enzo se franqueaba conmigo a su manera, con pocas palabras a veces oscuras. Decía que sin Tina ya no sabía para qué le servía ganar dinero. Decía que robar a los niños para hacer sufrir a sus padres era un signo de los tiempos asquerosos que estaban llegando. Decía que tras el nacimiento de su hija era como si dentro de la cabeza se le hubiese encendido una bombilla y que ahora esa bombilla se había apagado. Decía: ¿te acuerdas cuando justamente aquí, por esta calle, la llevaba a caballito? Decía: gracias, Lenù, por tu ayuda, no te enojes con Lina, es una época llena de desgracias, pero tú la conoces mejor que yo, tarde o temprano se recuperará.

Lo escuchaba, le preguntaba: la veo muy pálida, ¿cómo se encuentra físicamente? Quería decir: ya sé que está destrozada por el dolor, pero dime, ¿cómo anda de salud, has notado síntomas por los que tengamos que preocuparnos? Pero ante ese «físicamente» Enzo se sentía incómodo. Del cuerpo de Lila no sabía casi nada, la adoraba como se adora a los ídolos, con prudencia y respeto. Y contestaba sin convicción: bien. Luego se ponía nervioso, tenía prisa por regresar a casa, decía: tratemos de convencerla de que salga al menos a dar un paseo por el barrio.

Inútil, solo en muy raras ocasiones algún domingo conseguí arrastrar a Lila fuera de casa. No fue una buena idea. Ella caminaba a paso ligero, mal vestida, con el pelo suelto y alborotado, lanzando a su alrededor miradas pendencieras. Mis hijas y yo nos afanábamos por seguirla, serviciales, y parecíamos siervas más hermosas, más ricamente adornadas que la señora. Todos la conocían, incluso los vendedores ambulantes, que se acordaban bien de los problemas que habían tenido a causa de la desaparición de Tina y temían pasar por otros, la esquivaban. Para todos era la mujer tremenda que, afectada por una gran desgracia, llevaba encima su poder y lo difundía a su alrededor. Lila avanzaba con su mirada feroz por la avenida, en dirección a los jardincillos, y la gente bajaba la vista, miraba hacia otro lado. Y si alguien la saludaba, ella no hacía caso, no contestaba. Por su modo de caminar daba la impresión de que tuviera una meta que alcanzar con urgencia. En realidad solo huía del recuerdo del domingo de dos años antes.

Las veces que salíamos juntas era inevitable cruzarnos con los Solara. Desde hacía un tiempo no se alejaban del barrio; en Nápoles se había producido una larguísima lista de muertes violentas y ellos, al menos el domingo, preferían pasarlo en paz por esas calles de la infancia que eran seguras, por lo que a ellos respectaba, como las de una fortaleza. Las dos familias siempre hacían las mismas cosas. Iban a misa, paseaban entre los tenderetes, llevaban a sus hijos a la biblioteca del barrio que, según una larga tradición, desde que Lila y yo éramos niñas, abría en días festivos. Yo creía que eran Elisa o Gigliola quienes imponían ese ritual culto, pero cierta vez que debí de pararme a intercambiar unas palabras descubrí que era Michele quien lo quería. Señalándome a sus hijos —que ya eran mayores pero que lo obedecían evidentemente por miedo, mientras que por la madre no mostraban el menor respeto—, me dijo:

—Estos ya saben que si no leen por lo menos un libro al mes, desde la primera a la última página, no les doy una sola lira más. ¿Hago bien, Lenù?

No sé si de veras sacaban libros en préstamo, tenían dinero para comprarse la Biblioteca Nacional entera. Aunque lo hicieran por una necesidad auténtica o fingida, ya tenían la costumbre: subían las escaleras, empujaban la puerta de cristales, la misma desde los años cuarenta, entraban, allí permanecían no más de diez minutos y salían.

Cuando yo estaba sola con mis hijas, Marcello, Michele, Gigliola y también los chicos se mostraban cordiales, solo mi hermana adoptaba una actitud fría hacia nosotras. En cambio, con Lila las cosas se complicaban, y yo temía que la tensión subiera peligrosamente. Pero en esas raras ocasiones de paseo dominical ella siempre hacía como que no existían. Y los Solara se comportaban de igual modo, pues si iba con Lila preferían ignorarme a mí también. Sin embargo, un domingo por la mañana, Elsa no quiso someterse a esa regla no escrita y saludó con sus aires de reina de corazones a los hijos de Michele y Gigliola, que contestaron incómodos. En consecuencia, pese a que hacía mucho frío, todos nos vimos obligados a detenernos unos minutos. Los dos Solara fingieron tener cosas urgentes que decirse, yo hablé con Gigliola, mis hijas con los chicos, Imma analizó con atención a su primo Silvio, al que veíamos cada vez más raramente. Nadie le dirigió la palabra a Lila y Lila por su parte calló. Solo Michele, cuando interrumpió la charla con su hermano y me habló con su sorna habitual, la citó sin mirarla. Dijo:

—Ahora, Lenù, nos damos una vuelta por la biblioteca y luego vamos a comer. ¿Quieres acompañarnos?

—No, gracias —contesté—, tenemos que irnos, tal vez en otra ocasión.

—Muy bien, así les dices a los chicos qué deben y qué no deben leer. Tú para nosotros eres un ejemplo, tú y tus hijas. Cuando os vemos pasar por la calle nos decimos siempre: antes Lenuccia era como nosotros, fijaos cómo es ahora. No sabe lo que es la soberbia, es democrática, vive aquí con nosotros, igual que nosotros, aunque es una persona importante. Ah, sí, el que estudia se vuelve bueno. Hoy todo el mundo va a la escuela, todos con la cabeza hundida en los libros, y por eso en el futuro tendremos tanta bondad que nos saldrá por las orejas. Pero si no se lee y no se estudia, como le ha pasado a Lina, como nos ha pasado a todos nosotros, seguimos siendo malos, y la maldad es fea. ¿No es así, Lenù?

Me agarró de la muñeca, le brillaban los ojos. Repitió: ¿no es así?, con sarcasmo, y yo asentí con la cabeza, pero me solté con demasiada fuerza, se le quedó en la mano el brazalete de mi madre.

—Oh —exclamó él, y esta vez buscó la mirada de Lila, pero no la encontró. Dijo con fingida pena—: Perdona, te lo mandaré a arreglar.

—No te preocupes.

—De ninguna manera, es mi deber. Te lo devolveré como nuevo. Marcè, ¿te pasas tú por la joyería?

Marcello asintió con la cabeza.

Entretanto, la gente pasaba con la vista baja, era casi la hora de comer. Cuando conseguimos liberarnos de los dos hermanos, Lila me dijo:

—Te defiendes mucho peor que antes, despídete del brazalete, no lo verás más.

11

Me convencí de que iba a darle una de sus crisis. La veía debilitada y la notaba llena de angustia, como si esperase que algo ingobernable partiera en dos el edificio, el apartamento, a ella misma. Durante unos días no supe nada de ella, anduve medio atontada por la gripe. Dede también tenía tos y fiebre, daba por descontado que el virus no tardaría en afectar a Elsa y a Imma. Para colmo tenía que entregar un trabajo con urgencia (debía inventarme algo para una revista que dedicaba un número entero al cuerpo femenino) y no me sentía con ganas ni con fuerzas para escribir.

Fuera soplaba un viento frío que hacía estremecer los cristales de las ventanas, la carpintería no cerraba bien, por las rendijas se colaban cuchillas de frío. El viernes Enzo vino a decirme que tenía que irse a Avellino porque una de sus tías estaba enferma. En cuanto a Rino, pasaría el sábado y el domingo en casa de Stefano; le había pedido que lo ayudara a desmontar los muebles de la charcutería para llevárselos a un tipo dispuesto a comprarlos. De modo que Lila se quedaría sola, Enzo dijo que estaba un poco deprimida y me rogó que le hiciera compañía. Pero yo estaba cansada, en cuanto conseguía hilvanar un pensamiento, Dede me llamaba, Imma pedía por mí, Elsa protestaba, y el pensamiento desaparecía. Cuando Pinuccia se presentó para ordenar la casa, le pedí que cocinara en abundancia para el sábado y el domingo, luego me encerré en mi dormitorio, donde tenía una mesita de trabajo.

Al día siguiente, en vista de que Lila no había dado señales de vida, fui a invitarla a comer. Me abrió desgreñada, en pantuflas, con una vieja bata verde oscura encima del pijama. Para mi estupor tenía los ojos y la boca muy maquillados. La casa estaba en completo desorden, había un olor desagradable. Dijo: si el viento sopla más fuerte todavía, saldrá volando todo el barrio. No era más que una hipérbole manida, sin embargo, me alarmé; se había expresado como si estuviese convencida de que el barrio pudiera de verdad ser arrancado de sus cimientos para acabar hecho añicos por la zona de Ponti Rossi. En cuanto se dio cuenta de que había notado lo anómalo de su tono, sonrió de un modo forzado, murmuró: lo he dicho en broma. Asentí, le enumeré las cosas ricas que había para comer. Se entusiasmó de un modo exagerado, pero al cabo de un instante cambió bruscamente de humor, dijo: tráeme la comida, no quiero ir a tu casa, tus hijas me ponen nerviosa.

Le llevé el almuerzo y también la cena. Las escaleras estaban heladas, no me sentía bien y no quería subir y bajar para tener que oír cosas desagradables. Pero esta vez la encontré sorprendentemente cordial; dijo: espera, quédate un rato conmigo. Me llevó al baño, se cepilló el pelo con mucha atención, y entretanto habló de mis hijas con ternura, con admiración, como para convencerme de que no pensaba en serio lo que me había dicho minutos antes.

—Al principio —dijo, separándose el pelo en dos crenchas y empezando a trenzárselo sin perder de vista su imagen en el espejo—, Dede se parecía a ti, pero ahora se está volviendo más como su padre. Y a Elsa le está pasando justo al revés, parecía idéntica a su padre y ahora empieza a parecerse a ti. Todo se mueve. Un capricho, una fantasía fluyen más veloces que la sangre.

—No te entiendo.

—¿Te acuerdas cuando creía que Gennaro era de Nino?

—Sí.

—Eso me parecía, el niño era idéntico a él, calcado.

—¿Quieres decir que un deseo puede ser tan fuerte como para dar la impresión de que ya se ha hecho realidad?

—No, quiero decir que durante unos años Gennaro fue realmente el hijo de Nino.

—No exageres.

Me miró un instante con malicia, se paseó por el baño renqueando, se echó a reír de un modo un tanto artificial.

—¿Y así te parece que exagero?

Comprendí con fastidio que imitaba mi manera de andar.

—No me tomes el pelo, me duele la cadera.

—No te duele nada, Lenù. Te has inventado que tienes que renquear para que tu madre no se muera del todo, y ahora renqueas de veras, y yo te analizo, veo que te hace bien. Los Solara te quitaron el brazalete y tú no dijiste ni mu, no lo lamentaste, no te preocupaste. En un primer momento pensé que era porque no sabes rebelarte, pero ahora he comprendido que no es así. Estás envejeciendo como es debido. Te sientes fuerte, has dejado de ser hija, te has convertido realmente en madre.

Me sentí incómoda.

—Solo siento un poco de dolor —repetí.

—A ti hasta los dolores te hacen bien. Te bastó con renquear un poquito y ahora tu madre se está quietecita dentro de ti. Su pierna está contenta de que renquees y por eso tú también estás contenta. ¿No es así?

—No.

Ella hizo una mueca irónica para dejar constancia de que no me creía y se dirigió a mí amusgando los ojos pintados.

—¿Tú crees que cuando Tina tenga cuarenta y dos años será así?

La miré fijamente. Tenía una expresión provocativa, con las manos se apretaba las trenzas.

—Es probable, sí, tal vez sí —dije.

12

Mis hijas tuvieron que arreglárselas solas, me quedé a comer con Lila pese a que notaba el frío en los huesos. Hablamos durante todo el rato de los parecidos físicos, traté de comprender qué tenía en la cabeza. Pero le mencioné también el trabajo que estaba haciendo. Hablar contigo me ayuda, dije para infundirle confianza, me haces razonar.

Aquello pareció alegrarla, murmuró: cuando sé que te sirvo, me siento mejor. Poco después, en su esfuerzo por serme útil, pasó a unos razonamientos retorcidos e incoherentes. Se había puesto mucho colorete para disimular la palidez, y no parecía ella sino una máscara de carnaval con los pómulos muy rojos. A veces la seguía con interés, a veces solo reconocía los signos del malestar que tan bien conocía y me alarmaba. Por ejemplo, dijo riendo: durante un tiempo hice crecer dentro de mí un hijo de Nino, como hiciste tú con Imma, un hijo de carne y hueso; pero cuando ese hijo se convirtió en el hijo de Stefano, ¿adónde fue a parar el hijo de Nino, lo sigue llevando Gennaro dentro de él, lo llevo yo? Frases por el estilo: se perdía. Luego, con brusquedad, se puso a elogiar mis platos, dijo que había comido a gusto como no le ocurría desde hacía tiempo. Cuando le contesté que no eran obra mía, sino de Pinuccia, se ensombreció, rezongó que no quería nada de Pinuccia. Entonces Elsa me llamó desde el rellano, gritó que debía volver enseguida a casa, que Dede con fiebre era aún peor que Dede sana. Le rogué a Lila que me llamara en cualquier momento si me necesitaba, le dije que descansara, subí a toda prisa a mi apartamento.

Me pasé el resto del día esforzándome por olvidarme de ella, trabajé hasta bien entrada la madrugada. Las niñas se habían criado en la idea de que cuando me encontraba realmente con el agua al cuello debían arreglárselas solas y no molestarme. De hecho me dejaron en paz, trabajé bien. Normalmente me bastaba media frase de Lila y mi cerebro reconocía su aura, se activaba, liberaba inteligencia. Yo ya sabía que podía hacerlo bien sobre todo cuando ella, con unas cuantas palabras inconexas, garantizaba a la parte más insegura de mí que iba por buen camino. Encontré un orden compacto y elegante a su rezongo divagador. Escribí sobre mi cadera, sobre mi madre. Ahora que estaba rodeada de una aceptación cada vez mayor, admitía sin vergüenza que hablar con ella me suscitaba ideas, me impulsaba a establecer nexos entre cosas alejadas. En aquellos años de vecindad, yo en el piso de arriba, ella en el de abajo, ocurrió con frecuencia. Bastaba un leve impulso y la cabeza, que parecía vacía, se revelaba llena y muy vigorosa. Le atribuí a Lila una especie de vista aguda, se la atribuiría durante toda la vida, y no veía nada de malo en ello. Me decía que ser adultas era eso, reconocer que necesitaba los dos impulsos. Si en otros tiempos me ocultaba a mí misma esa especie de puesta en marcha a la que ella me inducía, ahora me enorgullecía, incluso había escrito al respecto en alguna parte. Yo era yo y por ese mismo motivo podía hacerle un hueco dentro de mí y darle una forma resistente. En cambio, ella no quería ser ella, por tanto, no sabía hacer lo mismo. La tragedia de

Tina, el físico debilitado, el cerebro a la deriva contribuían, sin duda, a sus crisis. Pero el malestar al que ella llamaba «desbordamiento» tenía esa razón de fondo. Me fui a la cama sobre las tres, me desperté a las nueve.

Dede ya no tenía fiebre; para compensar, Imma tenía tos. Ordené el apartamento, fui a ver cómo estaba Lila. Llamé un buen rato, no abría. Mantuve pulsado el timbre hasta que la oí arrastrar los pies y su voz rezongando insultos en dialecto. Las trenzas estaban medio deshechas, el maquillaje se había corrido, tenía la cara más pintarrajeada y el gesto más apenado que el día anterior.

—Pinuccia me ha envenenado —dijo convencida—, no he pegado ojo, se me está rompiendo la barriga.

Entré, tuve una sensación de abandono, de suciedad. En el suelo, al lado del lavabo, vi papel higiénico empapado en sangre.

—Comí lo mismo que tú y me encuentro bien —dije.

—Entonces dime qué tengo.

—¿La menstruación?

Se enfadó.

—La menstruación la tengo siempre.

—Entonces deberías ir a que te vea un médico.

—No dejo que nadie me vea la barriga.

—¿Tú qué crees que tienes?

—Ya lo sé yo.

—Voy a la farmacia a comprarte un calmante.

—¿No tienes algo en tu casa?

—No me hace falta.

—¿Y a Dede y a Elsa?

—Tampoco.

—Ah, vosotras sois perfectas, vosotras nunca necesitáis nada.

Resoplé; otra vez con lo mismo.

—¿Quieres pelea?

—La que quiere pelea eres tú, por eso dices que los dolores que tengo son de la menstruación. No soy una niña como tus hijas, ya sé si tengo esos dolores o de otro tipo.

No era cierto, no sabía nada de sí misma. En cuanto se trataba de las reacciones de su organismo se comportaba peor que Dede y Elsa. Me di cuenta de que sufría, se apretaba la barriga con las manos. Tal vez me había equivocado; sin duda estaba destrozada por la angustia, pero no a causa de sus antiguos miedos, tenía un mal real. Le preparé una manzanilla, la obligué a tomársela, me puse un abrigo y me fui corriendo a ver si la farmacia estaba abierta. El padre de Gino era un farmacéutico muy experto, seguramente me daría buenos consejos. Acababa de salir a la avenida, entre los tenderetes dominicales, cuando oí unas explosiones —pam, pam, pam, pam— similares a las que los chicos producen en Navidad cuando tiran petardos. Fueron cuatro muy seguidas, luego se oyó la quinta: pam.

Enfilé la calle de la farmacia. La gente parecía desorientada, faltaba bastante para Navidad, hubo quien apuró el paso, hubo quien echó a correr.

De golpe comenzó la letanía de las sirenas: la policía, una ambulancia. Pregunté a un viandante qué había pasado, negó con la cabeza, recriminó a su mujer por rezagarse y se alejó. Entonces vi a Carmen con su marido y sus dos hijos. Estaban en la otra acera, crucé. Antes de que pudiera preguntar, Carmen me dijo en dialecto: han matado a los dos Solara.

13

Hay momentos en que aquello que colocamos a los lados de nuestra vida y que parece que le servirá de marco eterno —un imperio, un partido político, una fe, un monumento, o también simplemente las personas que forman parte de nuestra cotidianidad— se desmorona de un modo por completo inesperado, en el preciso instante en que otras mil cosas nos apremian. Así fue esa época. Día tras día, mes tras mes, a una fatiga se sumó otra, a un estremecimiento se sumó otro. Durante una larga temporada me pareció ser como esos personajes de las novelas o de los cuadros que, inmóviles en lo alto de un peñasco o en la proa de un barco, se enfrentan a la tempestad que, sin embargo, no los arrolla, ni siquiera los roza. Mi teléfono no paró de sonar. El hecho de que residiera en el feudo de los Solara me obligó a una cadena infinita de palabras escritas y orales. Tras la muerte de su marido, mi hermana Elisa se convirtió en una niña aterrorizada, me quería a su lado día y noche, estaba segura de que los asesinos volverían para matarla a ella y a su hijo. Y sobre todo tuve que ocuparme de Lila, a la que ese mismo domingo arrancaron de golpe del barrio, de su hijo, de Enzo, del trabajo, para acabar en manos de los médicos porque estaba débil, veía cosas que parecían reales pero no lo eran, se estaba desangrando. Le encontraron un fibroma en el útero, la operaron y se lo quitaron. En cierta ocasión —cuando seguía hospitalizada— se despertó sobresaltada, exclamó que Tina había vuelto a salir de su vientre y ahora se estaba vengando de todos, de ella también. Por una fracción de segundo pareció convencida de que a los Solara los había matado su hija.

14

Marcello y Michele murieron un domingo de diciembre de 1986, frente a la iglesia donde habían sido bautizados. A los pocos minutos del asesinato, el barrio entero estaba al tanto de los detalles. A Michele le habían pegado dos tiros, a Marcello, tres. Gigliola había escapado, sus hijos habían corrido instintivamente detrás de su madre. Elisa había agarrado a Silvio, lo había apretado contra su pecho dándole la espalda a los asesinos. Michele murió en el acto, Marcello, no, se había sentado en un escalón y tratado de desabrocharse la chaqueta sin conseguirlo.

Quienes demostraron saberlo todo sobre la muerte de los hermanos Solara, cuando hubo que decir quién los había matado, cayeron en la cuenta de que apenas habían visto nada. Un hombre solo había hecho los disparos, luego se subió con calma a un Ford Fiesta rojo y se largó. No, habían sido dos, dos hombres, y al volante del Fiat 147 amarillo en el que huyeron iba una mujer. Ni hablar, los asesinos eran tres hombres con la cara cubierta con pasamontañas y habían huido a pie. En algunos casos daba la impresión de que nadie había disparado. En el relato que me hizo Carmen, por ejemplo, los Solara, mi hermana, mi sobrino, Gigliola y sus hijos se agitaban delante de la iglesia, como atacados por unos efectos sin causa: Michele caía al suelo de espaldas y se golpeaba con fuerza la cabeza en la piedra de lava; Marcello se acomodaba con cautela en un peldaño y como no conseguía cerrarse la chaqueta encima del jersey azul de cuello alto, maldecía y se tendía de lado; las esposas, los hijos no habían sufrido ni un rasguño y en apenas unos segundos habían llegado a la iglesia para esconderse.

Era como si los presentes solo hubiesen mirado a los asesinados y no a los asesinos.

En esas circunstancias, Armando me entrevistó otra vez para su televisión. No fue el único. Al momento dije y referí por escrito cuanto sabía y en distintos medios. Pero en los dos o tres días que siguieron me di cuenta de que, en especial los cronistas de los periódicos napolitanos, sabían mucho más que yo. Los datos, que hasta poco antes no se encontraban en ninguna parte, de repente se fueron difundiendo. Se atribuyó a los Solara una lista impresionante de empresas delictivas de las que jamás había oído hablar. Igual de impresionante fue la lista de sus bienes. Lo que había escrito con Lila, lo que había publicado cuando aún estaban vivos no era nada, casi nada comparado con lo que apareció en los diarios tras su muerte. En cambio, me percaté de que sabía otras cosas que todos desconocían y de las que nadie escribió, ni siquiera yo. Sabía que desde jovencitas los Solara nos habían parecido muy guapos, que se paseaban por el barrio en su Fiat 1100 como guerreros antiguos en sus carros de guerra, que una noche, en la piazza dei Martiri nos habían defendido de los jóvenes acomodados de Chiaia, que Marcello hubiera querido casarse con Lila, pero acabó casándose con mi hermana Elisa, que Michele había comprendido con mucha anticipación las cualidades extraordinarias de mi amiga y que la había amado durante años de un modo tan absoluto que había acabado perdiéndose a sí mismo. Y mientras me daba cuenta de que sabía esas cosas, descubrí que eran importantes. Indicaban cómo yo y otros miles de personas respetables de toda Nápoles habíamos formado parte del mundo de los Solara, habíamos participado en la inauguración de sus tiendas, habíamos comprado pasteles en su bar, habíamos celebrado sus bodas, habíamos comprado sus zapatos. Habíamos sido invitados a sus casas, habíamos comido a la misma mesa, directa o indirectamente, habíamos aceptado su dinero, habíamos sufrido su violencia, y habíamos hecho como si nada. Nos gustara o no, Marcello y Michele formaban parte de nosotros como Pasquale. Pero mientras que con Pasquale, incluso con mil salvedades, enseguida se había trazado una clara línea de separación, la línea de separación con personas como los Solara, en Nápoles y en Italia, había sido y seguía siendo imprecisa. Cuanto más retrocedíamos horrorizados, más nos incluía esa línea.

La concreción que esa inclusión había adquirido en el espacio reducido y archiconocido del barrio me deprimió. Para echarme barro encima, alguien escribió que estaba emparentada con los Solara y durante un tiempo evité ir a ver a mi hermana y a mi sobrino. Evité también a Lila. Sin duda, había sido la más acérrima enemiga de los dos hermanos, pero ¿acaso el dinero con el que había montado su pequeña empresa no lo había acumulado trabajando para Michele, tal vez sustrayéndoselo? Durante una temporada le di vueltas a ese tema. Después pasó el tiempo, y también los Solara se confundieron con muchos otros que a diario acababan en la lista de asesinados y, poco a poco, lo único que nos preocupó fue que en su lugar llegaría gente menos conocida y aún más feroz. Me olvidé de ellos hasta tal punto que, cuando un chico de unos quince años me entregó un paquete por cuenta de un joyero de Montesanto, no intuí enseguida qué contenía. Me sorprendió el estuche rojo, el sobre dirigido a la licenciada Elena Greco. Tuve que leer la notita para comprender de qué se trataba. Marcello se había limitado a escribir con una letra poco natural: disculpa, luego había firmado con una M toda bucles, la misma que antes nos enseñaban en la primaria. En el estuche estaba mi brazalete, tan pulido que parecía nuevo.

15

Cuando le hablé de aquel paquete a Lila y le enseñé el brazalete reluciente dijo: no te lo pongas más y tampoco dejes que se lo pongan tus hijas. Había vuelto a casa muy debilitada, apenas subía un tramo de escaleras, notaba que el aliento le partía el pecho. Tomaba pastillas y ella misma se ponía las inyecciones, pero con lo pálida que se había puesto, parecía haber estado en el reino de los muertos y hablaba del brazalete como si tuviera la certeza de que venía de ahí.

La muerte de los Solara se había solapado con su ingreso urgente en el hospital, la sangre que ella había derramado se había mezclado —también en mi sentimiento de aquel domingo caótico— con la de ellos. Sin embargo, las veces que intenté hablar de aquella especie de ejecución frente a la iglesia adoptó un aire contrariado, reaccionó con frases del tipo: era gente de mierda, Lenù, a quién carajo le importa nada de ellos; lo siento por tu hermana, pero si hubiese sido un poco más lista, no se habría casado con Marcello, ya se sabe que las personas como él mueren asesinadas.

En alguna ocasión traté de incluirla en el sentimiento de contigüidad que en ese momento me abochornaba, pensé que ella debía de sentirlo más que yo. Dije algo así como:

—Los conocíamos desde niños.

—Todos fuimos niños.

—Te dieron trabajo.

—Porque les convenía a ellos y me convenía a mí.

—Quizá Michele era un canalla, pero a veces tú no lo eras menos

—Tendría que haber sido peor.

Al hablar hacía el esfuerzo de limitarse al desprecio, pero su mirada se volvía malvada, entrelazaba los dedos con mucha fuerza y los nudillos se le ponían blancos. Yo notaba que detrás de aquellas palabras, de por sí feroces, había otras más feroces aún que evitaba decir, pero que tenía preparadas en la cabeza. Se las leía en la cara, las percibía gritadas: si a Tina me la quitaron ellos, entonces lo que les han hecho a los Solara es muy poco, tendrían que haberlos descuartizado, tendrían que haberles arrancado el corazón y esparcido sus vísceras en la calle; pero si no fueron ellos, quien los mató hizo bien igualmente, se merecían eso y más; si me hubiesen avisado, habría ido corriendo a echarles una mano.

No obstante, jamás llegó a expresarse de ese modo. En apariencia, la brusca salida de la escena de los dos hermanos influyó poco o nada en ella. Solo la animó, visto que ya no había posibilidades de cruzárselos, a pasear por el barrio con más frecuencia. Nunca acertó a retomar la actividad anterior a la desaparición de Tina, ni siquiera regresó a su vida dedicada a la casa y a la oficina. Prolongó la convalecencia durante semanas y semanas vagando entre el túnel, la avenida, los jardincillos. Caminaba con la cabeza gacha, no hablaba con nadie y, a causa de su aspecto descuidado, seguía pareciendo un peligro para sí misma y para los demás; nadie le dirigía la palabra.

A veces me obligaba a acompañarla y era difícil decirle que no. Pasábamos con frecuencia delante del bar pastelería, donde colgaba un cartel que advertía «cerrado por defunción». Nunca se recuperaron de aquella defunción, la tienda no volvió a abrir, el tiempo de los Solara había terminado. Pero siempre que pasábamos por allí Lila echaba un vistazo al cierre metálico, al cartel desteñido y comprobaba satisfecha: sigue cerrado. Aquello le parecía tan positivo que mientras seguíamos de largo podía llegar incluso a soltar una risita, una risita y basta, como si en aquel cierre hubiera algo ridículo.

En una sola ocasión nos detuvimos en la esquina como para asimilar su fealdad, ahora que carecía de los ornamentos habituales del bar. Allí habían estado las mesitas y las sillas de colores, el aroma de los pasteles y el café, el trajín de la gente, los tejemanejes secretos, los acuerdos honestos y los acuerdos infames. Ahora solo quedaba la pared grisácea desportillada. Cuando murió el abuelo, dijo Lila, cuando murió asesinada su madre, Marcello y Michele tapizaron el barrio de cruces y vírgenes, lloriquearon a más no poder; ahora que han muerto ellos, cero. Después se acordó de cuando seguía en la clínica y yo le había contado que, a juzgar por las palabras reticentes de la gente, nadie había disparado las balas que acabaron con los Solara. Nadie los mató —sonrió—, nadie los llora. Y se interrumpió, guardó silencio unos segundos. Después, sin nexo evidente, me confesó que no quería trabajar más.

16

No me pareció una manifestación ocasional de malhumor, seguramente lo venía pensando desde hacía tiempo, quizá desde cuando había salido de la clínica.

—Si Enzo se las arregla solo, bien, si no, vendemos.

—¿Quieres ceder Basic Sight? ¿Y qué vas a hacer?

—¿Es obligatorio hacer algo?

—Tienes que dedicar tu vida a algo.

—¿Como haces tú?

—¿Por qué no?

Rió, suspiró:

—Yo quiero perder el tiempo.

—Tienes a Gennaro, tienes a Enzo, debes pensar en ellos.

—Gennaro tiene veintitrés años, me he ocupado de él demasiado. Y a Enzo tengo que apartarlo de mí.

—¿Por qué?

—Quiero volver a dormir sola.

—Es feo dormir sola.

—¿No lo haces tú?

—Yo no tengo un hombre.

—¿Y por qué debería tenerlo yo?

—¿Ya no le tienes cariño a Enzo?

—No es eso, pero ya no tengo ganas de él ni de nadie. Me he hecho vieja y cuando duermo no quiero que nadie me moleste.

—Ve a ver al médico.

—Estoy harta de médicos.

—Te acompaño yo, son problemas que se resuelven.

Se puso seria.

—No, estoy bien así.

—Nadie está bien así.

—Yo sí. Follar está muy sobrevalorado.

—Estoy hablando de amor.

—Tengo otras cosas en la cabeza. Tú ya te has olvidado de Tina, yo no.

Oí que ella y Enzo reñían más a menudo. Mejor dicho, de Enzo me llegaba solo la voz gruesa, apenas algo más marcada que de costumbre, mientras que Lila no hacía otra cosa que chillar. En el piso de arriba, filtradas por el suelo, de él me llegaban unas pocas frases. No estaba enojado —nunca se enojaba con Lila—, sino desesperado. En esencia decía que todo se había estropeado —Tina, el trabajo, su relación—, pero ella no hacía nada por encauzar la situación, al contrario, quería que todo se siguiera estropeando. Habla tú con ella, me pidió una vez. Le contesté que no serviría de nada, que lo único que necesitaba Lila era más tiempo para recuperar cierto equilibrio. Por primera vez Enzo replicó con dureza: Lina nunca tuvo un equilibrio.

No era cierto. Cuando quería, Lila sabía ser tranquila, juiciosa, incluso en esa época de tensiones. Tenía días buenos en que se mostraba serena y muy afectuosa. Se ocupaba de mí y de mis hijas, se informaba sobre mis viajes, sobre lo que escribía, sobre la gente que conocía. A menudo escuchaba divertida, a veces indignada, los relatos sobre ineficiencias escolares, profesores locos, peleas, amores que hacían Dede, Elsa, incluso Imma. Y era generosa. Una tarde le pidió a Gennaro que la ayudara y los dos me subieron un viejo ordenador. Me enseñó cómo utilizarlo y concluyó: te lo regalo.

A partir del día siguiente lo usé para escribir. Me acostumbré enseguida, aunque me obsesionaba el miedo a que una bajada de tensión acabara con horas de trabajo. Por lo demás, me entusiasmaba esa máquina. En presencia de Lila les conté a mis hijas: imaginaos que aprendí a escribir con plumilla, luego pasé al bolígrafo, después a la máquina de escribir, trabajé incluso con las eléctricas, y ahora aquí me tenéis, le doy a las teclas y aparece esta escritura milagrosa; es magnífico, nunca más volveré atrás, adiós bolígrafo, escribiré siempre con el ordenador, venid, tocad el callo que tengo en el índice, notáis qué duro, lo tengo de toda la vida, pero desaparecerá.

Lila se divirtió con aquella alegría mía, tenía la expresión de quien se siente feliz de haber hecho un regalo bien recibido. Luego dijo: vuestra madre tiene el entusiasmo de quien no entiende nada, y se las llevó de ahí para dejarme trabajar. Aunque Lila sabía que había perdido la confianza de mis hijas, cuando estaba de buen humor se las llevaba a menudo a la oficina para enseñarles lo que eran capaces de hacer sus máquinas más nuevas y les explicaba cómo y por qué. Para reconquistarlas decía: la señora Elena Greco, no sé si la conocéis, tiene la atención de un hipopótamo que duerme en una charca, pero vosotras sí que estáis siempre atentas. Pero no consiguió recuperar su afecto, en especial el de Dede y Elsa. Cuando volvían a casa las niñas me decían: mamá, cualquiera entiende lo que tiene en la cabeza, primero nos anima a aprender y luego nos sale con que son máquinas que sirven para hacer muchísimo dinero y destruyen todas las formas antiguas de hacer dinero. Sin embargo, mientras yo solo sabía usar el ordenador para escribir, mis hijas, incluida Imma, no tardaron en adquirir conocimientos y competencias que me enorgullecían. Ante el menor problema empecé a depender sobre todo de Elsa, que siempre sabía qué hacer y luego se jactaba con la tía Lina: he arreglado esto así y así, ¿qué opinas, lo he hecho bien?

Las cosas mejoraron todavía más cuando Dede consiguió animar a Rino. Él, que nunca había querido rozar siquiera esos objetos de Enzo y Lila, empezó a mostrar algo de interés, aunque solo fuera para que las chicas no se metieran con él. Una mañana Lila me dijo riendo:

—Dede me está cambiando a Gennaro.

—Rino solo necesita un poco de confianza —le contesté.

Ella replicó con manifiesta vulgaridad:

—Ya sé yo qué confianza necesita.

17

Esos eran los días buenos. Pronto llegaron los malos: tenía calor, tenía frío, se ponía amarilla, luego roja como un tomate, luego chillaba, luego exigía, luego se cubría de sudor, luego se peleaba con Carmen, a la que tachaba de estúpida y llorona. Tras la operación su organismo parecía más sumido en el caos. De repente, cortaba en seco la amabilidad y encontraba insoportable a Elsa, regañaba a Dede, trataba mal a Imma; mientras yo le hablaba, de buenas a primeras me daba la espalda y se marchaba. En esas épocas negras no aguantaba en casa y mucho menos resistía en la oficina. Tomaba un autobús o el metro y se iba.

—¿Qué haces? —le preguntaba.

—Paseo por Nápoles.

—Sí, pero ¿dónde?

—¿Tengo que darte cuenta a ti?

Toda ocasión era buena para llegar al enfrentamiento, bastaba bien poco. Se peleaba principalmente con su hijo, pero le echaba la culpa de sus desavenencias a Dede y a Elsa. De hecho, tenía razón. Mi hija mayor se sentía a gusto en compañía de Rino y se veían a menudo, y ahora, su hermana, para no sentirse aislada, se obligaba a aceptar al muchacho y pasaba bastante tiempo con ellos. La consecuencia fue que ambas le estaban inoculando una especie de insubordinación permanente, actitud que, mientras en el caso de mis hijas era un apasionado ejercicio verbal, para Rino era una charla confusa y autoindulgente que Lila no soportaba. Esas dos, le gritaba al hijo, le ponen inteligencia, tú repites tonterías como un loro. En esos días era intolerante, no aceptaba las frases hechas, las expresiones patéticas, toda forma de sentimentalismo, y sobre todo el espíritu rebelde alimentado por antiguos eslóganes. Sin embargo, en el momento oportuno, ella misma exhibía un anarquismo convencional que a mí me parecía fuera de lugar. Tuvimos una fuerte discusión cuando, a pocos días de la campaña electoral de 1987, leímos que Nadia Galiani había sido detenida en Chiasso.

Carmen vino a mi casa corriendo, presa de un ataque de pánico, no conseguía razonar, decía: ahora agarrarán también a Pasquale, ya lo veréis, se salvó de los Solara pero me lo matarán los carabineros. Lila le contestó: a Nadia no la han detenido los carabineros, se ha entregado ella solita para pactar una pena menor. Ese supuesto me pareció sensato. Los periódicos apenas publicaron unas líneas, no se hablaba de persecuciones, tiroteos, capturas. Para tranquilizar a Carmen volví a aconsejarle: Pasquale haría bien en entregarse, ya sabes lo que pienso. Se armó la de Dios es Cristo, Lila se enfureció, empezó a gritar.

—Entregarse a quién.

—Al Estado.

—¿Al Estado?

Me hizo una nutrida lista de los latrocinios y connivencias criminales antiguas y nuevas de ministros, simples parlamentarios, policías, magistrados, servicios secretos desde 1945 hasta ese momento, mostrándose más informada de cuanto yo podía imaginar. Y chilló:

—Eso es el Estado, ¿para qué mierda quieres entregarle a Pasquale? —Y me azuzó—: ¿Te apuestas algo a que Nadia pasa unos meses entre rejas y sale, mientras a Pasquale, si lo agarran, lo encierran en una celda y tiran la llave? —Casi se me echó encima, repitiendo de forma cada vez más agresiva—: ¿Te apuestas algo?

No contesté. Estaba preocupada, a Carmen no le hacían bien esos comentarios. Tras la muerte de los Solara había retirado enseguida la querella contra mí, se había deshecho en atenciones conmigo, se mostraba siempre disponible con mis hijas, pese a estar cargada de ocupaciones y ansiedades. Me sabía mal que en vez de tranquilizarla la estuviéramos atormentando. Temblaba, y dirigiéndose a mí pero invocando la autoridad de Lila dijo: si Nadia se ha dejado detener, Lenù, quiere decir que se ha arrepentido, que ahora le echará la culpa de todo a Pasquale y ella la sacará barata, ¿es así, Lina? Pero después le habló a Lila con hostilidad, invocando mi autoridad: ya no se trata de una cuestión de principios, Lina, debemos pensar en el bien de Pasquale, debemos hacerle saber que es mejor vivir en la cárcel que dejarse matar, ¿no es así, Lenù?

Sin embargo, al llegar a ese punto, Lila nos cubrió de insultos a las dos y, aunque estábamos en su casa, se fue dando un portazo.

18

Para ella salir, vagar se había convertido en la solución a todas las tensiones y los problemas en los que se debatía. Cada vez con mayor frecuencia salía por la mañana y regresaba por la noche, sin preocuparse por Enzo, que no sabía cómo manejar a los clientes, por Rino, por los compromisos que asumía incluso conmigo cuando me iba de viaje y le dejaba a mis hijas. Ya no se podía confiar en ella, bastaba una contrariedad y lo dejaba todo plantado sin pararse a pensar en las consecuencias.

En una ocasión, Carmen sugirió que Lila se refugiaba en el viejo cementerio de la Doganella, donde había elegido una tumba de niña para pensar en Tina, que no tenía tumba, luego paseaba entre los senderos arbolados, las plantas, los viejos nichos, y se detenía delante de las fotos más desteñidas. Los muertos —me dijo— son una seguridad, tienen su lápida, su fecha de nacimiento y de muerte, mientras que su hija, no, su hija se quedará para siempre solo con la fecha de nacimiento, y eso es feo, esa pobre niña nunca tendrá una conclusión, un punto fijo donde su madre pueda sentarse y calmarse. Pero Carmen tenía cierta propensión a las fantasías mortuorias y por eso le hacía poco caso. Yo imaginaba que Lila recorría la ciudad a pie sin prestar atención a nada, solo para aturdir el dolor que la seguía envenenando después de tantos años. O suponía que, con su estilo siempre exagerado, había decidido de veras no dedicarse a nada ni a nadie más. Y como yo sabía que su cabeza necesitaba justamente lo contrario, temía que perdiera los nervios, que a la primera ocasión se desfogara con Enzo, con Rino, conmigo, con mis hijas, con un viandante que la importunara, con quien la mirase con demasiada fijeza. En casa podía pelearme con ella, calmarla, controlarla. Pero ¿en la calle? Cada vez que salía temía que se metiese en líos. Sin embargo, con mayor frecuencia, cuando estaba ocupada y oía un portazo en el piso de abajo y sus pasos en la escalera y luego en la calle, lanzaba un suspiro de alivio. No subiría a mi apartamento, no se presentaría en mi casa con palabras provocadoras, no pincharía a las chicas, no subestimaría a Imma, no buscaría hacerme daño por todos los medios.

Pensé otra vez con insistencia en que era hora de marcharme.

Era una insensatez para mí, para Dede, para Elsa, para Imma seguir en el barrio. Por otra parte, la propia Lila, después de su ingreso en el hospital, de la operación, de los desequilibrios de su cuerpo, había empezado a decir más a menudo aquello que antes decía de vez en cuando: vete, Lenù, qué haces aquí, mírate, es como si te quedaras porque has hecho una promesa a la Virgen. Quería recordarme que no había estado a la altura de sus expectativas, que mi residencia en el barrio no era más que una puesta en escena para intelectuales, que de hecho a ella, al lugar donde habíamos nacido —con todos mis estudios, con todos mis libros— yo no le había servido y no le servía. Me irritaba y pensaba: me trata como si quisiera despedirme por bajo rendimiento.

19

Empezó una época en la que fantaseaba sin cesar sobre qué hacer. Mis hijas necesitaban estabilidad, y sobre todo debía ingeniármelas para que sus padres se ocuparan de ellas. Nino era el problema más grave. A veces telefoneaba, le soltaba alguna zalamería a Imma por teléfono, ella contestaba con monosílabos, y se acabó. Hacía poco había dado un paso a fin de cuentas previsible, conociendo sus ambiciones: se había presentado a las elecciones en las listas del Partido Socialista. Aprovechó la ocasión para enviarme una cartita en la que me pedía que lo votara y que pidiera que lo votaran. En la carta, que terminaba con un «¡Díselo también a Lina!», había incluido una octavilla en la que salía una cautivadora foto de él con una nota biográfica. En la nota había una línea subrayada en bolígrafo en la que declaraba a los electores que tenía tres hijos: Albertino, Lidia e Imma. En el margen había escrito: «Por favor, haz que la niña lea esta línea».

No lo voté y no hice nada para que lo votaran, pero le enseñé la octavilla a Imma y ella me pidió si se la podía quedar. Cuando su padre salió elegido, le expliqué por encima el significado de pueblo, elecciones, representación, Parlamento. Ahora él se había establecido en Roma. Tras su éxito electoral dio señales de vida una sola vez con una carta tan apresurada como exultante que me pidió que diera a leer a su hija, a Dede, a Elsa; no había ni número de teléfono, ni dirección, solo palabras cuyo sentido era una oferta de protección a distancia («Tened por seguro que velaré por vosotras»). Pero Imma quiso guardarse también esa prueba a favor de la existencia de su padre. Y cuando Elsa le decía frases como: eres una pesada, por eso te llamas Sarratore y nosotras Airota, se mostraba menos desorientada, quizá menos preocupada, de que su apellido fuera distinto del de sus hermanas. En cierta ocasión la maestra le preguntó: ¿eres hija del diputado Sarratore?; al día siguiente ella le llevó como prueba la octavilla que guardaba para cualquier eventualidad. Me alegraba ese orgullo de mi hija y planeaba poner todo mi empeño por que se consolidara. ¿Que Nino llevaba, como siempre, una vida ajetreada y turbulenta? Bien. Pero su hija no era una escarapela que pudiera exhibir y luego volver a guardar en un cajón a la espera de una nueva ocasión.

En los últimos años nunca había tenido problemas con Pietro. Pagaba la pensión para la manutención de sus hijas (de Nino nunca había recibido ni una lira) con puntualidad y dentro de los límites de lo posible era un padre que estaba presente. No obstante, desde hacía poco había roto con Doriana, estaba harto de Florencia, quería marcharse a Estados Unidos. Con lo tozudo que era, lo conseguiría. Eso me alarmaba. Le decía: así abandonas a tus hijas; él contestaba: ahora parece una deserción, pero ya verás como pronto se beneficiarán, sobre todo ellas. Era probable, en eso sus palabras tenían algo en común con las de Nino («Tened por seguro que velaré por vosotras»). Pero, de hecho, Dede y Elsa también se quedarían sin padre. Y si Imma desde siempre se las había arreglado sin padre, Dede y Elsa tenían a Pietro, estaban acostumbradas a recurrir a él cuando querían. Su marcha las pondría tristes, las limitaría, de eso estaba segura. Claro que ya eran bastante mayores, Dede tenía casi dieciocho años, Elsa casi quince. Iban a buenos colegios, las dos tenían buenos profesores. Sin embargo, ¿era suficiente? Nunca conseguían integrarse de veras, ninguna de las dos se fiaba de sus compañeros de clase y de sus amigos, daban la impresión de estar bien solo cuando veían a Rino. Pero ¿qué tenían realmente en común con ese muchacho mucho mayor y al mismo tiempo más infantil que ellas?

No, debía irme de Nápoles. Podía tratar de vivir en Roma, por ejemplo, y por amor a Imma retomar la relación con Nino, naturalmente solo en un plano amistoso. O regresar a Florencia, apuntar a un mayor contacto de Pietro con sus hijas, esperando que así no se fuera al otro lado del océano. La decisión me pareció particularmente urgente cuando una noche Lila subió a mi casa con ánimo pendenciero, y en un estado de evidente malestar me preguntó:

—¿Es cierto que le has dicho a Dede que deje de ver a Gennaro?

Me sentí incómoda. Solo le había aclarado a mi hija que no debía estar siempre pegada a él.

—Puede verlo cuanto le dé la gana, lo único que temo es que Gennaro se harte, él es mayor, ella es una chiquilla.

—Lenù, habla con claridad. ¿Piensas que mi hijo no es adecuado para tu hija?

La miré perpleja y le pregunté:

—¿Adecuado en qué sentido?

—Sabes muy bien que ella se ha enamorado de él.

Me eché a reír.

—¿Dede? ¿De Rino?

—¿Por qué, a ti te parece que no es posible que tu hija haya perdido la cabeza por el mío?

20

Hasta ese momento no le había dado demasiada importancia al hecho de que Dede, a diferencia de su hermana que cambiaba alegremente de galán cada mes, nunca hubiese tenido una pasión declarada y manifiesta. Acabé atribuyendo esa actitud esquiva en parte al hecho de que no se sentía guapa, en parte a su rigor; de vez en cuando le tomaba el pelo («¿No te interesa ninguno de tus compañeros?»). Era una chica que no le perdonaba a nadie la frivolidad, ante todo a ella misma, pero sobre todo a mí. Las veces que me había visto no digo coquetear, sino solo reír con un hombre —o no sé, mostrarme hospitalaria con algún amigo de ella que la había acompañado a casa—, me había manifestado su reprobación, y en una ocasión desagradable de unos meses antes llegó incluso a soltarme una vulgaridad en dialecto que me hizo enojar.

Pero quizá no fuera cuestión de declarar la guerra a la frivolidad. Después del comentario de Lila me dediqué a observar a Dede con atención y me di cuenta de que su actitud protectora hacia el hijo de Lila no podía atribuirse, como había pensado hasta entonces, a un prolongado afecto de niña o a una acalorada defensa adolescente de los humillados y los ofendidos. Comprobé que su ascetismo era el efecto de un vínculo intenso y exclusivo con Rino que duraba desde la primera infancia. Eso me asustó. Pensé en la larga duración de mi amor por Nino y me dije alarmada: Dede está yendo por el mismo camino, pero con el agravante de que si Nino era un muchacho extraordinario y se convirtió en un hombre apuesto, inteligente, de éxito, Rino es un joven inseguro, inculto, carente de atractivo, sin futuro, y, pensándolo bien, más que a Stefano, recuerda físicamente a don Achille, su abuelo.

Decidí hablar con ella. Le faltaban pocos meses para el examen de bachillerato, estaba muy atareada, le hubiera resultado sencillo decirme: estoy ocupada, ya hablaremos. Pero Dede no era como Elsa, que sabía rechazarme, que sabía fingir. A mi hija mayor bastaba con preguntarle y estaba segura de que ella, en cualquier momento, sin importar lo que estuviera haciendo, contestaría con la mayor franqueza. Le pregunté:

—¿Estás enamorada de Rino?

—Sí.

—¿Y él?

—No lo sé.

—¿Desde cuándo sientes esto por él?

—Desde siempre.

—¿Y si él no te corresponde?

—Mi vida ya no tendrá sentido.

—¿Qué piensas hacer?

—Te lo diré cuando me haya examinado.

—Dímelo ahora.

—Si él me quiere, nos marcharemos.

—¿Adónde?

—No lo sé, pero seguro que lejos de aquí.

—¿Él también odia Nápoles?

—Sí, quiere ir a Bolonia.

—¿Por qué?

—Es un sitio donde hay libertad.

La miré con afecto.

—Dede, sabes que ni tu padre ni yo te dejaremos ir.

—No me hace falta vuestro permiso. Me voy y punto.

—¿Con qué dinero?

—Trabajaré.

—¿Y tus hermanas? ¿Y yo?

—Mamá, tarde o temprano, nos separaremos de todos modos.

Salí de esa conversación sin fuerzas. Aunque ella me había expuesto con orden cosas irrazonables, me esforcé por comportarme como si estuviera diciendo cosas la mar de razonables.

Después, con gran aprensión, traté de pensar qué hacer. Dede solo era una adolescente enamorada, por las buenas o por las malas la metería en cintura. El problema era Lila, la temía, y no tardé en darme cuenta de que el enfrentamiento con ella sería duro. Había perdido a Tina, Rino era su único hijo. Ella y Enzo lo habían apartado a tiempo de la droga con métodos muy duros. No aceptaría que yo también lo hiciera sufrir. Máxime cuando la compañía de mis hijas le estaba haciendo bien, por aquella época incluso trabajaba un poco con Enzo, y quizá alejarlo de ellas hiciera que se desviase del buen camino. Ese posible retroceso de Rino me preocupaba a mí también. Le tenía cariño, había sido un niño infeliz y era un joven infeliz. Seguro que quería a Dede desde siempre, seguro que renunciar a ella le resultaría insoportable. Pero qué hacer. Me mostré más afectuosa, quería que no hubiese equívocos; lo apreciaba, siempre trataría de ayudarlo en todo, bastaba con que me lo pidiera; pero saltaba a la vista de cualquiera que él y Dede eran muy distintos y que cualquier solución que barajaran, al cabo de muy poco tiempo resultaría un desastre. Me comporté de ese modo y Rino también se volvió más amable, arregló persianas rotas, grifos que goteaban, mientras las tres hermanas le hacían de ayudantes. Pero Lila no apreció esa disponibilidad de su hijo. Si se entretenía demasiado en nuestra casa, lo llamaba desde abajo con un grito imperioso.

21

No me limité a esa estrategia, telefoneé a Pietro. Su traslado a Boston era inminente, parecía decidido. Estaba enfadado con Doriana que —me dijo disgustado— resultó ser una persona de poco fiar, carente por completo de ética. Después me escuchó con mucha atención. Conocía bien a Rino, se acordaba de cómo era de niño y sabía en qué se había convertido de mayor. Un par de veces preguntó, para estar seguro de no equivocarse: ¿no tiene problemas con la droga? Y una sola vez: ¿trabaja? Al final dijo: esto no tiene ni pies ni cabeza. Teniendo en cuenta la sensibilidad de nuestra hija, estuvimos de acuerdo en que había que descartar que fuera un simple flirteo.

Me alegré de que viéramos las cosas del mismo modo, le pedí que viniera a Nápoles y hablara con Dede. Prometió hacerlo, pero tenía mil compromisos y apareció poco antes de los exámenes de Dede, en esencia para despedirse de sus hijas antes de marcharse a Estados Unidos. Hacía tiempo que no nos veíamos. Conservaba el aire distraído de siempre. Tenía el pelo entrecano, su cuerpo se había vuelto más pesado. Como no veía a Lila y a Enzo desde antes de la desaparición de Tina —las veces que había venido por sus hijas apenas se había quedado unas horas o se las había llevado de viaje— se dedicó mucho a los dos. Pietro era un hombre amable, procuraba no causar incomodidad con su papel de profesor prestigioso. Cuchicheó largo rato con ellos asumiendo ese aire serio e interesado que yo conocía bien y que en el pasado me había irritado, pero que hoy apreciaba porque no era ficticio, tanto era así que a Dede le salía espontáneamente. No sé qué dijo de Tina, pero mientras que Enzo se quedó impasible, Lila se apaciguó, le agradeció su hermosa carta de años antes, dijo que la había ayudado mucho. Justo entonces me enteré de que Pietro le había escrito por la pérdida de la hija y me maravilló la genuina gratitud de Lila. Él le restó importancia, ella excluyó por completo a Enzo de la conversación y se puso a charlar con mi ex marido de cosas de Nápoles. Él habló mucho del palacio Cellamare, del que yo apenas sabía que estaba en la via Chiaia, mientras que ella —descubrí en esa ocasión— conocía con detalle su estructura, su historia, sus tesoros. Pietro la escuchó con interés. Yo estaba que me subía por las paredes, quería que él estuviera con sus hijas, y sobre todo que abordara a Dede.

Cuando por fin Lila lo dejó libre y Pietro, tras haberse dedicado a Elsa e Imma, encontró la manera de apartarse con Dede, padre e hija hablaron mucho, con calma. Los observé desde la ventana mientras iban y venían por la avenida. Me sorprendió, creo que por primera vez, cuánto se parecían físicamente. Dede no tenía la tupida cabellera de su padre sino sus huesos grandes y algo de su forma desmañada de andar. Era una muchacha de dieciocho años, tenía cierta delicadeza femenina, pero a cada paso, a cada gesto, parecía entrar y salir del cuerpo de Pietro como si fuese su morada ideal. Me quedé en la ventana hipnotizada por los dos. El tiempo se dilató, conversaron tanto que Elsa e Imma empezaron a impacientarse. Yo también quiero contarle mis cosas a papá, dijo Elsa, y si se marcha, ¿cuándo se las cuento? Imma murmuró: ha dicho que después hablará también conmigo.

Por fin Pietro y Dede regresaron, me parecieron de buen humor. Por la noche las tres chicas lo rodearon para escucharlo. Él les contó que se iba a trabajar a un edificio de ladrillos rojos muy grande, muy hermoso, en cuya entrada había una estatua. La estatua representaba a un señor con la cara y el traje oscuros, excepto un zapatito que, por superstición, los alumnos tocaban a diario, y por eso estaba muy reluciente, brillaba al sol como si fuera de oro. Los cuatro se divirtieron y me excluyeron. Pensé, como siempre en esas ocasiones: ahora que no debe ejercer a diario es un magnífico padre, hasta Imma lo adora; tal vez con los hombres las cosas solo pueden funcionar de este modo: vives con ellos un tiempo, tienes hijos y fuera. Si eran superficiales como Nino, se marchaban sin sentir ningún tipo de obligación; si eran serios como Pietro, no faltaban a ninguno de sus deberes, y en caso necesario daban lo mejor de sí mismos. Sin embargo, el tiempo de las fidelidades y las convivencias sólidas había pasado tanto para los hombres como para las mujeres. Pero ¿entonces por qué veíamos al pobre Gennaro, llamado Rino, como una amenaza? Dede viviría su pasión, la consumaría y seguiría su camino. Quizá volvería a verlo de vez en cuando, intercambiaría con él alguna palabra afectuosa. Esa era la evolución, ¿por qué quería algo distinto para mi hija?

La pregunta me incomodó; con mi mejor tono autoritario, decidí que era hora de irse a la cama. Elsa acababa de jurar que dentro de pocos años, en cuanto se sacara el título de bachillerato, se iría a vivir a Estados Unidos con su padre, e Imma tironeaba a Pietro del brazo, quería atención, seguramente estaba a punto de preguntarle si, dado el caso, ella también podía irse con él. Dede callaba perpleja. Quizá, pensé, las cosas se han resuelto, Rino ha quedado relegado a un rincón, ahora le dirá a Elsa: tú tienes que esperar cuatro años, pero yo termino el bachillerato ya mismo y como mucho dentro de un mes me reuniré con papá.

22

En cuanto Pietro y yo nos quedamos solos me bastó con mirarlo a la cara para comprender que estaba muy preocupado.

—No hay nada que hacer —dijo.

—¿Cómo?

—Dede funciona por teoremas.

—¿Qué te ha dicho?

—Lo importante no es lo que ha dicho, sino lo que sin duda hará.

—¿Se acostará con él?

—Sí. Tiene un programa muy estricto, con etapas rigurosamente pautadas. En cuanto termine los exámenes, se declarará a Rino, perderá la virginidad, se marcharán juntos, y para cuestionar la ética del trabajo, vivirán de la mendicidad.

—No bromees.

—No bromeo, te estoy refiriendo palabra por palabra su proyecto.

—Es fácil ser sarcástico, tú ahuecas el ala y me dejas a mí en el papel de madre malvada.

—Dede cuenta conmigo. Me ha dicho que en cuanto el muchacho quiera, irá a Boston con él.

—Le rompo las piernas.

—O quizá ellos te las rompan a ti de varios disparos.

Hablamos hasta bien entrada la noche, al principio sobre Dede, después también sobre Elsa e Imma, y al final de política, literatura, los libros que yo escribía, mis artículos en los periódicos, un nuevo ensayo que él estaba preparando. Hacía muchísimo tiempo que no hablábamos tanto. Me tomó afablemente el pelo por mi empeño, según él, de mantener siempre posturas intermedias. Ironizó sobre mi medio feminismo, mi medio marxismo, mi medio freudismo, mi medio foucaultismo, mi medio subversivismo. Solo conmigo, dijo con un tono algo más áspero, nunca usaste términos medios. Suspiró: nunca estabas contenta con nada, yo era inadecuado en todo. En cambio, el otro era perfecto. ¿Y ahora? Se hacía pasar por persona rigurosa y acabó en la cuadrilla socialista. Elena, Elena, cómo me atormentaste. La tomaste conmigo incluso cuando me apuntaron con una pistola. Y llevaste a casa amigos de tu infancia que eran dos asesinos. ¿Te acuerdas? Pero paciencia, eres Elena, te quise mucho, tenemos dos hijas, cómo voy a dejar de quererte.

Lo dejé hablar. Después reconocí que a menudo había sostenido posturas sin sentido. Reconocí también que tenía razón en cuanto a Nino, había sido un gran fiasco. Y traté de volver a Dede y Rino. Estaba preocupada, no sabía cómo manejar la situación.

Le dije que alejar al muchacho de nuestra hija, entre otras cosas, me causaría muchos problemas con Lila y me sentiría culpable, sabía que ella lo consideraría una ofensa. Asintió.

—Tienes que ayudarla.

—No sé cómo.

—Está tratando por todos los medios de mantener la cabeza ocupada y salir del dolor, pero no lo consigue.

—No es cierto, le ha ocurrido otras veces, ahora ni siquiera trabaja, no hace nada.

—Te equivocas.

Lila le había contado que se pasaba todo el día encerrada en la Biblioteca Nacional, quería saberlo todo sobre Nápoles. Lo miré indecisa. ¿Lila de nuevo en una biblioteca, no la del barrio de los años cincuenta, sino en la prestigiosa e ineficiente Biblioteca Nacional? ¿Eso hacía cuando desaparecía del barrio? ¿Tenía ese nuevo afán? ¿Y por qué me lo había ocultado? ¿O acaso se lo había contado a Pietro para que él me lo dijera?

—¿Te lo ha ocultado?

—Ya me lo dirá cuando sienta la necesidad.

—Anímala a seguir. Es inaceptable que una persona tan dotada haya dejado los estudios en quinto de primaria.

—Lila solo hace lo que le gusta.

—Así es como quieres verla tú.

—La conozco desde que tenía seis años.

—Quizá por eso te detesta.

—No me detesta.

—Resulta difícil constatar a diario que tú eres libre y ella está presa. Si hay un infierno, está dentro de su cabeza insatisfecha, no me gustaría entrar en él ni un segundo.

Pietro utilizó esas palabras «entrar en él» y el tono era de horror, de fascinación, de pena.

—Lina no me detesta para nada —recalqué.

Se rió.

—De acuerdo, como quieras.

—Vamos a dormir.

Me miró indeciso. No le había preparado el catre como de costumbre.

—¿Juntos?

Hacía una docena de años que ni nos tocábamos. Me pasé toda la noche con el temor de que las chicas se despertaran y nos encontraran en la misma cama. Me quedé mirando en la penumbra a aquel hombre grueso, despeinado, que roncaba con discreción. Cuando estábamos casados, rara vez dormía tanto tiempo conmigo. Por lo general me atormentaba largo rato con su sexo de orgasmo arduo, se adormilaba, después se levantaba e iba a estudiar. Esta vez fue agradable hacer el amor, un coito de despedida, los dos sabíamos que no volvería a ocurrir más y por eso estuvimos bien. Pietro había aprendido de Doriana eso que yo no había sabido o no había querido enseñarle, e hizo de todo para hacérmelo notar.

Sobre las seis lo desperté, le dije: es hora de marchar. Lo acompañé al coche, me encomendó por enésima vez a sus hijas, sobre todo a Dede. Nos estrechamos la mano, nos besamos en la mejilla, partió.

Me acerqué sin ganas al quiosco, el quiosquero estaba desempaquetando los periódicos. Regresé a casa como siempre, con tres diarios de los que solo leería los titulares. Me estaba preparando el desayuno, pensaba en Pietro, en nuestra charla. Hubiera podido detenerme en cualquier cosa —en su leve resentimiento, en Dede, en su psicologismo un tanto simple sobre Lila—, sin embargo, a veces se establece una misteriosa conexión entre nuestros circuitos mentales y los acontecimientos cuyo eco está por llegarnos. Me quedó grabado que hubiera definido a Pasquale y a Nadia —ellos eran los amigos de mi infancia a los que había aludido de forma polémica— como dos asesinos. A Nadia —lo comprendí entonces— ya le aplicaba la palabra «asesina» con naturalidad, a Pasquale, no, seguía negándome. Me preguntaba una vez más por qué cuando sonó el teléfono. Era Lila que me llamaba desde el piso de abajo. Me había oído al salir con Pietro y al regresar. Quería saber si había comprado los periódicos. En la radio acababan de anunciar que habían detenido a Pasquale.

23

Esa noticia nos absorbió por completo durante semanas y, lo reconozco, me ocupé más de nuestro amigo que de los exámenes de Dede. Lila y yo corrimos enseguida a casa de Carmen, pero ya lo sabía todo, o al menos lo esencial, y nos pareció tranquila. A Pasquale lo habían detenido en las montañas de Serino, en Avellino. Los carabineros habían rodeado la casa rural donde se había refugiado y él se comportó de forma razonable, no reaccionó con violencia, no intentó huir. Ahora —dijo Carmen—, solo espero que no me lo hagan morir en la cárcel como pasó con papá. Continuaba sosteniendo que su hermano era una buena persona, es más, llevada por la emoción, llegó a decir que nosotras tres —ella, Lila y yo— llevábamos dentro una dosis de maldad muy superior a la de Pasquale. Nosotras no hicimos más que ir a la nuestra —murmuró llorando a lágrima viva—, Pasquale no, Pasquale creció como lo educó nuestro padre.

Gracias al sufrimiento sincero de sus palabras, Carmen consiguió, quizá por primera vez desde que nos conocíamos, imponerse a Lila y a mí. Lila, por ejemplo, no le objetó nada; en cuanto a mí, frente a esos comentarios me sentí incómoda. Los dos hermanos Peluso, con su pura y simple existencia en el fondo de mi vida, me confundían. Descarté por completo que su padre, que era carpintero, les hubiese enseñado a ellos, como había hecho Franco con Dede, a poner en tela de juicio la parábola inconsistente de Menenio Agripa; pero los dos —Carmen menos, Pasquale más— habían sabido siempre por instinto que los miembros de un hombre no se nutren cuando se llena la barriga de otro y que quienes quieren que te lo creas tarde o temprano deben recibir su merecido. Pese a ser tan distintos en todo, con su historia formaban un bloque que yo no quería asimilar ni a mí ni a Lila, y que, sin embargo, no conseguía dejar atrás. Tal vez por eso un día le decía a Carmen: debes estar contenta ahora que Pasquale está en manos de la ley, sabremos mejor cómo ayudarlo; y otro día le decía a Lila, completamente de acuerdo con ella: las leyes y las garantías carecen de todo valor cuando se trata de tutelar a quien no tiene poder, en la cárcel acabarán con él. Y a veces reconocía con las dos que, aunque la violencia que habíamos experimentado desde el nacimiento me disgustaba, para enfrentarnos al mundo feroz en el que vivíamos era necesaria cierta dosis de ella. En esa línea confusa me comprometí a hacer todo lo posible a favor de Pasquale. No quería que se sintiera —a diferencia de su compañera Nadia, que había sido tratada con consideración— un don nadie que no le importaba a nadie.

24

Busqué abogados de confianza; a fuerza de llamadas telefónicas, decidí incluso localizar a Nino, el único parlamentario que conocía personalmente. No logré hablar con él, pero después de largas negociaciones una de sus secretarias me consiguió una cita. Coméntele —dije gélida— que llevaré conmigo a nuestra hija. Al otro lado del aparato se produjo una larga vacilación. Se lo comentaré, dijo al final la mujer.

Minutos más tarde sonó el teléfono. Era otra vez la secretaria: el diputado Sarratore estaría encantado de recibirnos en su despacho de la piazza Risorgimento. Pero en los días sucesivos el lugar y la hora de la cita cambiaron a menudo: el diputado había salido de viaje, el diputado había regresado pero estaba ocupado, el diputado se encontraba en una sesión ininterrumpida del Parlamento. Yo misma me sorprendí de lo difícil que era ponerse en contacto directo con un representante del pueblo, pese a mi discreta notoriedad, pese a mi carnet de periodista, pese a ser la madre de su hija. Cuando por fin se definió todo —el lugar de la cita era nada menos que el palacio de Montecitorio—, Imma y yo nos pusimos guapas y nos fuimos para Roma. Ella me preguntó si podía llevar su preciada octavilla electoral, le dije que sí. En el tren no hizo otra cosa que mirarla, como si se preparara para un enfrentamiento entre la foto y la realidad. Al llegar a la capital tomamos un taxi, nos presentamos en Montecitorio. Ante cada tropiezo enseñaba documentos y decía, sobre todo para que Imma me oyera: nos espera el diputado Sarratore, esta es su hija Imma, Imma Sarratore.

Esperamos mucho, en un momento dado, presa de la ansiedad la niña dijo: ¿y si el pueblo lo entretiene? La tranquilicé: no lo entretendrá. En efecto, al final Nino llegó, precedido de su secretaria, una joven muy atractiva. Elegantísimo, radiante, abrazó y besó a su hija con gran fervor, la levantó en brazos, la tuvo así todo el tiempo, como si todavía fuera pequeña. Lo que me asombró fue la inmediata confianza con la que Imma le echó los brazos al cuello y le dijo feliz, agitando la octavilla: eres más guapo que en esta foto, ¿sabes que mi maestra te ha votado?

Nino le prestó mucha atención, le pidió que le hablara del colegio, de sus compañeras, de sus asignaturas preferidas. A mí no me hizo demasiado caso, yo ya pertenecía a otra vida suya —una vida inferior— y le pareció inútil malgastar energías. Le hablé de Pasquale, él me escuchó sin desatender a su hija, se limitó a indicarle a su secretaria que tomara nota. Al final de mi exposición, me preguntó serio:

—¿Qué esperas de mí?

—Que compruebes si está bien de salud y si cuenta con todas las garantías legales.

—¿Está colaborando con la justicia?

—No y dudo que llegue a colaborar.

—Le convendría hacerlo.

—¿Como Nadia?

Soltó una risita incómoda.

—Nadia se está comportando de la única forma posible, si su intención es no pasarse el resto de su vida entre rejas.

—Nadia es una chica malcriada; Pasquale, no.

No contestó enseguida, le apretó la nariz a Imma como si fuera un pulsador e imitó el sonido de un timbre. Se rieron, luego me dijo:

—Veré cuál es la situación de tu amigo, estoy aquí para vigilar que se tutelen los derechos de todos. Pero te diré que los parientes de las personas que asesinó también tienen derechos. No se juega a ser rebeldes y se derrama sangre real para después gritar: tenemos derechos. ¿Has entendido, Imma?

—Sí.

—Sí, papá.

—Sí, papá.

—Y si la maestra te trata mal, me llamas.

—Si la maestra la trata mal —intervine—, se las arreglará sola.

—¿Como se las arregló Pasquale Peluso?

—Pasquale nunca tuvo a nadie a quien pedirle el favor de protegerlo.

—¿Y eso lo justifica?

—No, pero resulta significativo que si Imma quiere hacer valer un derecho tú le digas llámame.

—¿Y por lo de tu amigo Pasquale no me estás llamando a mí?

Me marché muy nerviosa e infeliz, aunque para Imma fue el día más importante de sus primeros siete años de vida.

Pasaron los días. Pensé que había sido una pérdida de tiempo, pero Nino mantuvo su palabra, se ocupó de Pasquale. A través de él más tarde me enteré de detalles que los abogados o no sabían o nos ocultaban. La participación de nuestro amigo en algunos crímenes políticos muy conocidos que habían devastado la región de Campania estaba, sin duda, en el centro de las confesiones detalladas de Nadia, aunque eso ya se sabía desde hacía tiempo. El nuevo hecho era que ella ahora tendía a atribuirle todo, incluso las acciones de menor resonancia. Así, en la larga lista de las fechorías de Pasquale asomaron también el asesinato de Gino, el de

Bruno Soccavo, la muerte de Manuela Solara y, por último, la de sus dos hijos, Marcello y Michele.

—¿Qué acuerdo tiene con los carabineros tu ex novia? —le pregunté a Nino la última vez que lo vi.

—No lo sé.

—Nadia está contando una sarta de mentiras.

—No lo descarto. Pero de una cosa estoy seguro: está arruinando a mucha gente que se consideraba segura. Por eso dile a Lina que tenga cuidado, Nadia la detesta desde siempre.

25

Habían pasado muchos años, sin embargo, Nino no perdía ocasión para nombrar a Lila, para mostrarse solícito con ella incluso en la distancia. Yo estaba frente a él, lo había amado, a mi lado estaba su hija comiéndose un helado de chocolate. Pero no me consideraba más que una amiga de la juventud ante la cual escenificar su extraordinaria carrera, desde los pupitres del instituto hasta el escaño en el Parlamento. En ese último encuentro nuestro, su mayor elogio fue ponerme a su misma altura. No recuerdo a raíz de qué dijo: nosotros dos sí que hemos llegado muy lejos. Pero ya mientras pronunciaba esa frase vi en su mirada que esa expresión de igualdad era un truco. Se consideraba mucho mejor que yo y la prueba era que, pese a mis libros de éxito, me encontraba ante él en calidad de postulante. Sus ojos me sonreían con cordialidad sugiriéndome: fíjate lo que te has perdido al perderme.

Me alejé deprisa con la niña. Estaba segura de que él habría tenido una actitud muy distinta de haber estado presente Lila.

Habría balbuceado, se habría sentido misteriosamente aplastado, puede que incluso un tanto ridículo con su pavoneo. Cuando llegamos al aparcamiento donde había dejado el coche —en esa ocasión no fuimos a Roma en tren— recordé un dato al que nunca había prestado atención: solo con ella Nino había puesto en peligro sus ambiciones. En Ischia, y después, durante todo el año siguiente, se había abandonado a una aventura que no podía causarle más que problemas. Una anomalía en su proyecto de vida. Por entonces ya era un estudiante universitario muy conocido y prometedor. Era novio de Nadia —hoy yo lo tenía bien claro— porque era la hija de la profesora Galiani, porque la consideraba la llave de acceso a lo que entonces nos parecía una clase superior. Sus elecciones siempre habían sido coherentes con sus ambiciones. ¿Acaso no se había casado con Eleonora por interés? Y yo misma, cuando abandoné a Pietro para irme con él, ¿acaso no era una mujer con contactos, una escritora de cierto éxito, vinculada a una editorial importante, en una palabra, útil para su carrera? ¿Y todas las demás mujeres que lo habían ayudado no entraban en esa misma lógica? Nino amaba a las mujeres, sin duda, pero por encima de todo cultivaba las relaciones útiles. Sin la red de poder que había tejido desde jovencito, el producto de su inteligencia jamás habría tenido por sí solo la energía suficiente para imponerse. Pero ¿cómo encajaba Lila entonces? Apenas había cursado hasta quinto de primaria, era la jovencísima esposa de un tendero, si Stefano se hubiese enterado de su relación, habría podido matarlos a los dos. ¿Por qué en ese caso Nino puso en juego todo su futuro?

Senté a Imma en el coche, la regañé por cómo se había manchado el vestido con el helado comprado para la ocasión. Arranqué y salí de Roma. Tal vez lo que había atraído a Nino era la impresión de haber encontrado en Lila eso que él también había supuesto tener y que ahora, efectuada la comparación, descubría no tener. Ella poseía inteligencia y no le sacaba partido, al contrario, la desperdiciaba como una gran señora para quien las riquezas del mundo solo son un signo de vulgaridad. Ese era el hecho innegable que debió de embelesar a Nino: la gratuidad de la inteligencia de Lila. Ella destacaba entre tantas porque con naturalidad no se doblegaba a ningún adiestramiento, a ningún uso y a ningún fin. Todos nosotros nos habíamos doblegado y ese doblegarnos, a través de pruebas, errores, éxitos, nos había redimensionado. Nada ni nadie parecía redimensionar a Lila. Es más, a pesar de que con los años se había vuelto estúpida e intratable como cualquiera, las cualidades que le habíamos atribuido se mantenían intactas, puede incluso que se hubiesen agigantado. Incluso cuando la odiábamos terminábamos por respetarla y temerla. Pensándolo bien, no me sorprendía que Nadia, aunque la había visto en pocas ocasiones, la detestara y quisiera hacerle daño. Lila le había quitado a Nino. Lila la había humillado en sus creencias revolucionarias. Lila era mala y sabía golpear antes de ser golpeada. Lila era plebe pero rechazaba toda redención. En una palabra, Lila era una enemiga honorable, y perjudicarla podía ser una pura satisfacción, sin el añadido de los sentimientos de culpa que, sin duda, despertaba una víctima nata como Pasquale. Nadia podía pensar realmente de ese modo. Cómo se había envilecido todo con los años: la profesora Galiani, su casa con vistas al golfo, sus miles de libros, sus cuadros, las conversaciones cultas, Armando, Nadia precisamente. Qué graciosa, qué educada era cuando la vi frente a la escuela, al lado de Nino, cuando me recibió en la fiesta en casa de sus padres. Y seguía conservando algo de inigualable tras despojarse de todo privilegio con la idea de que, en un mundo radicalmente nuevo, adquiriría un aspecto mucho más cautivador. ¿Y ahora? Los nobles motivos de aquel desvelarse se habían desvanecido por completo. Quedaba el horror de tanta sangre derramada obtusamente y la infamia de ese echarle la culpa al ex albañil que en otros tiempos le había parecido la vanguardia de una humanidad nueva, y que ahora, junto a tantos otros, le servía para reducir a casi nada sus propias responsabilidades.

Me inquieté. Mientras conducía rumbo a Nápoles pensé en Dede. Sentí que estaba próxima a cometer un error parecido al cometido por Nadia, parecido a todos los errores que te arrastraban lejos de ti misma. Estábamos a finales de julio. Justo el día anterior Dede había sacado la nota máxima en el examen de bachillerato. Era una Airota, era mi hija, su brillante inteligencia solo podía dar óptimos frutos. Pronto podría hacer las cosas mucho mejor que yo y que su padre. Lo que yo había conquistado con esfuerzo diligente y mucha suerte, ella lo había tomado y seguiría tomándolo después con desenvoltura, como por derecho de nacimiento. Pero ¿cuál era su proyecto? Declararse a Rino. Hundirse con él, alejar de sí toda ventaja, perderse por espíritu de solidaridad y justicia, por la fascinación hacia aquello que no se nos asemeja, porque en los gruñidos de ese muchacho veía a saber qué mente fuera de lo común. De repente le pregunté a Imma, mirándola por el retrovisor:

—¿A ti te gusta Rino?

—A mí no, pero a Dede sí le gusta.

—¿Cómo lo sabes?

—Me lo ha dicho Elsa.

—¿Y a Elsa quién se lo ha dicho?

—Dede.

—¿Y por qué no te gusta Rino?

—Porque es muy feo.

—¿Y quién te gusta?

—Papá.

Vi en sus ojos la llama que en ese momento veía arder alrededor de su padre. Una luz —pensé— que Nino jamás habría tenido si se hubiese hundido con Lila; la misma luz que, en cambio, había perdido para siempre Nadia al hundirse con Pasquale; y que abandonaría a Dede si se extraviaba siguiendo a Rino. De repente sentí con vergüenza que comprendía y justificaba el fastidio de la profesora Galiani cuando vio a su hija sentada en las rodillas de Pasquale; comprendía y justificaba a Nino cuando, de un modo u otro, se apartó de Lila; y, por qué no, comprendía y justificaba a Adele cuando tuvo que poner al mal tiempo buena cara y aceptar que me casara con su hijo.

26

En cuanto regresé al barrio, llamé al timbre de Lila. La encontré desganada, distraída, pero ya era una característica suya y no me preocupé. Le expuse con todo detalle lo que me había dicho Nino y solo al final le hablé de esa frase amenazante referida a ella.

—¿De veras puede hacerte daño Nadia? —le pregunté.

Hizo una mueca displicente.

—Una persona solo puede hacerte daño si la quieres. Yo ya no quiero a nadie.

—¿Y Rino?

—Rino se ha ido.

Pensé enseguida en Dede y sus planes, me asusté.

—¿Adónde?

Cogió una notita de la mesa y me la tendió murmurando:

—Con lo bien que escribía cuando era niño, fíjate ahora, se ha vuelto analfabeto.

Leí la notita. De un modo muy forzado, Rino decía estar harto de todo, cubría de insultos a Enzo, anunciaba que se iba a Bolonia a casa de un amigo que había conocido en el servicio militar. Seis líneas en total. De Dede ni una palabra. El corazón me latía con fuerza en el pecho. Esa letra, esa ortografía, esa sintaxis, ¿qué tenían que ver con mi hija? Hasta su madre lo sentía como una promesa malograda, como una derrota, puede incluso que como una profecía: he ahí lo que le habría pasado a Tina si no se la hubieran llevado.

—¿Se ha ido solo? —pregunté.

—¿Con quién iba a irse?

Negué con la cabeza, insegura. Ella me leyó en los ojos el motivo de mi preocupación, sonrió.

—¿Tienes miedo de que se haya ido con Dede?

27

Corrí a casa con Imma pisándome los talones. Entré, llamé a Dede, llamé a Elsa. No hubo respuesta. Me precipité hacia la habitación donde dormían y estudiaban mis hijas mayores. Encontré a Dede, estaba tirada en la cama, tenía los ojos enrojecidos por el llanto. Sentí alivio. Pensé que le había hablado a Rino de su amor y que el muchacho la había rechazado.

No me dio tiempo a hablar, porque Imma, que quizá no se había dado cuenta del estado de su hermana, se puso a hablarle con entusiasmo de su padre. Pero Dede la rechazó con un insulto en dialecto, se levantó, se echó a llorar. Le indiqué por señas a Imma que no se lo tuviera en cuenta, le dije a mi hija mayor con dulzura: ya sé que es terrible, lo sé muy bien, pero se te pasará. La reacción fue violenta. Como le estaba acariciando el pelo, ella se apartó con un movimiento brusco de la cabeza, gritó: qué dices, no sabes nada, no entiendes nada, solo piensas en ti misma y en las mierdas que escribes. Después me pasó una hoja cuadriculada, mejor dicho, me la tiró a la cara y salió corriendo.

Cuando Imma comprendió que su hermana estaba desesperada se le empañaron los ojos. Para tenerla ocupada le murmuré: llama a Elsa, ve a ver dónde está, y recogí la hoja, era un día lleno de notitas. Reconocí enseguida la hermosa caligrafía de mi segunda hija. Elsa escribía extensamente a Dede. Le explicaba que los sentimientos no obedecen a razones, que Rino la quería desde hacía tiempo y que ella, poco a poco, se había enamorado. Por supuesto, sabía que le causaba un dolor y lo sentía, pero también sabía que su posible renuncia a la persona amada no habría arreglado las cosas. Luego se dirigía a mí con un tono casi divertido. Escribía que había decidido dejar la escuela, que mi culto al estudio siempre le había parecido una tontería, que no eran los libros lo que hacía buenas a las personas, sino las personas buenas las que hacían bueno algún libro. Subrayaba que Rino era bueno, y, sin embargo, nunca había leído un libro; subrayaba que su padre era bueno y que había hecho magníficos libros. El nexo entre libros, personas y bondad terminaba ahí, a mí no me mencionaba. Terminaba saludándome con afecto y me decía que no me enfadara demasiado: Dede e Imma me darían las satisfacciones que ella ya no se sentía con ánimo de darme. A su hermana menor le dedicaba un corazoncito con alas.

Me puse hecha una furia. Me enfadé con Dede por no darse cuenta de que su hermana, según su costumbre, tenía la intención de soplarle lo que apreciaba. Debiste verlo venir, le grité, debiste detenerla, tan inteligente y te dejas embaucar por una listilla vanidosa. Bajé corriendo a casa de Lila y le dije:

—Tu hijo no se ha ido solo, tu hijo se ha llevado a Elsa.

Ella me miró desorientada.

—¿Elsa?

—Sí. Y Elsa es menor, Rino tiene nueve años más, como hay Dios que voy a la policía y lo denuncio.

Se echó a reír. No era una carcajada maliciosa, sino incrédula. Reía y decía aludiendo a su hijo:

—Fíjate tú cuánto daño ha sido capaz de hacer, lo he subestimado. Ha hecho perder la cabeza a tus dos señoritas, no me lo puedo creer. Lenù, ven aquí, cálmate, siéntate. Si lo piensas, esto es más para reír que llorar.

Grité en dialecto que no encontraba nada de que reírme, que lo que Rino había hecho era gravísimo, que estaba a punto de ir de veras a la policía. Entonces cambió de tono e indicándome la puerta dijo:

—Anda, ve a la policía, ve, a qué esperas.

Me fui, pero por el momento renuncié a ir a la policía, regresé a mi casa subiendo los escalones de dos en dos. Le grité a Dede: quiero saber dónde coño han ido esos dos, dímelo enseguida. Se asustó, Imma se tapó las orejas con las manos, pero yo no me calmé hasta que Dede reconoció que Elsa había conocido al amigo boloñés de Rino una vez que había ido al barrio.

—¿Sabes cómo se llama?

—Sí.

—¿Tienes su dirección, su teléfono?

Ella se estremeció, estuvo a punto de pasarme la información que le pedía. Después, aunque ya odiaba más a su hermana que a Rino, debió de pensar que era una infamia colaborar y se calló. Me las arreglaré igual, grité, y puse patas arriba sus cosas, revolví por toda la casa. Luego me detuve. Mientras buscaba la enésima notita, un apunte en una agenda escolar, me di cuenta de que faltaba otra cosa bien distinta. Del cajón donde solía guardarlo había desaparecido todo el dinero, y sobre todo tampoco estaban mis joyas, ni siquiera el brazalete de mi madre. A Elsa siempre le había gustado mucho aquel brazalete. Decía medio en broma medio en serio que si la abuela hubiese hecho testamento, se lo habría dejado a ella y no a mí.

28

Ese descubrimiento me dio más decisión aún y al final Dede me pasó la dirección y el número de teléfono que buscaba. Cuando se decidió, despreciándose por haber cedido, me gritó que yo era idéntica a Elsa, que no respetábamos nada ni a nadie. La mandé callar y me puse al teléfono. El amigo de Rino se llamaba Moreno, lo amenacé. Le dije que sabía que trapicheaba con heroína, que le causaría tantos problemas que no saldría más de la cárcel.

No conseguí nada. Me juró que no sabía nada de Rino, que se acordaba de Dede, pero que a esta hija de la que le hablaba, Elsa, no la había conocido nunca.

Volví a casa de Lila. Me abrió ella, pero esta vez también estaba Enzo; hizo que me sentara y me trató con amabilidad. Dije que quería ir enseguida a Bolonia, le pedí a Lila con tono imperativo que me acompañara.

—No hace falta —contestó ella—, ya verás como cuando se queden sin dinero volverán.

—¿Cuánto dinero te ha quitado Rino?

—Nada. Sabe que si toca una sola lira, lo muelo a palos.

Me sentí humillada.

—Elsa me ha quitado el dinero y las joyas —murmuré.

—Porque no has sabido educarla.

—Basta ya —le dijo Enzo.

Ella se volvió hacia él de repente.

—Hablo cuando me da la gana. Mi hijo se droga, mi hijo no ha estudiado, mi hijo habla y escribe mal, mi hijo es un holgazán, mi hijo tiene todas las culpas. Pero, al final, la que roba es su hija, la que traiciona a la hermana es Elsa.

—Vamos, yo te acompaño a Bolonia —dijo Enzo.

Nos fuimos en coche, viajamos de noche. Yo acababa de regresar de Roma, cansada del trayecto en automóvil. El dolor y la furia que vinieron después habían absorbido mis fuerzas restantes y ahora que la tensión comenzaba a disminuir me sentía exhausta. Sentada al lado de Enzo, mientras salíamos de Nápoles y enfilábamos la autopista, comenzaron a imponerse la angustia por el estado en que había dejado a Dede, el miedo por lo que podía ocurrirle a Elsa, un poco de vergüenza por cómo había asustado a

Imma, por cómo le había hablado a Lila olvidándome de que Rino era su único hijo. No sabía si telefonear a Pietro a Estados Unidos y pedirle que regresara de inmediato, no sabía si ir de veras a la policía.

—Lo resolveremos todo nosotros —dijo Enzo, fingiendo seguridad—, no te preocupes, no tiene sentido que le hagas daño al muchacho.

—No quiero denunciar a Rino —le expliqué—, solo quiero que encuentren a Elsa.

Era verdad. Murmuré que deseaba recoger a mi hija, regresar a casa, hacer las maletas, no quedarme ni un minuto más en aquella casa, en el barrio, en Nápoles. No tiene sentido, le dije, ahora que Lila y yo nos peleemos por quién ha educado mejor a los hijos, y si lo que ocurrió solo es culpa del suyo o de la mía, no puedo más.

Enzo me escuchó largo rato en silencio, luego, pese a que desde hacía mucho tiempo lo notaba enfadado con Lila, comenzó a justificarla. Para hacerlo no habló de Rino, de los problemas que causaba a su madre, sino de Tina. Dijo: si una criatura de pocos años muere, está muerta, se ha acabado, tarde o temprano te resignas. Pero si desaparece, si no vuelves a saber de ella, no hay nada que quede en su sitio, en tu vida. ¿Volverá Tina o no volverá más? Y cuando vuelva, ¿estará viva o muerta? A cada instante —murmuró— te preguntas dónde estará. ¿Andará por la calle como una gitanilla? ¿Estará en casa de gente rica sin hijos? ¿La obligan a hacer cosas feas y luego comercian con las fotos y las películas? ¿La han descuartizado y vendido a un alto precio su corazón para ponérselo en el pecho a otro niño? ¿Y los demás pedazos estarán bajo tierra, los habrán quemado? ¿O bajo tierra está toda entera porque murió accidentalmente después de que la raptaran? Y si la tierra y el fuego no se la han llevado, y se está haciendo mayor quién sabe dónde, ¿qué aspecto tendrá ahora, cómo será más adelante, si la encontráramos en la calle, la reconoceríamos? Y si la reconociéramos, ¿quién nos devolverá todo lo que nos hemos perdido de ella, todo lo que pasó cuando no estábamos y Tina, que era pequeña, se sintió abandonada?

En un momento dado, mientras Enzo me hablaba con sus frases premiosas pero densas, vi sus lágrimas a la luz de los faros y comprendí que no estaba hablando solo de Lila, intentaba expresar también su propio sufrimiento. Aquel viaje con él fue importante, todavía hoy me cuesta imaginar a un hombre con una sensibilidad más refinada que la suya. Al principio me contó lo que Lila le había susurrado o gritado cada día y cada noche en esos cuatro años. Después me animó a hablarle de mi trabajo y de mis insatisfacciones. Le hablé de mis hijas, de los libros, de los hombres, de los resentimientos, de la necesidad de aprobación. Y me referí a mi afán por escribir, que ya se había convertido en algo obligatorio; me afanaba día y noche para sentirme presente, para no dejarme marginar, para luchar contra quien me consideraba una mujercita entrometida sin talento: perseguidores —murmuré— cuyo único fin es hacerme perder público, pero no lo hacen movidos a saber por qué motivos elevados, sino más bien por el gusto de impedirme mejorar, o de reservarse para ellos o para sus protegidos un poder miserable y perjudicarme. Dejó que me desahogara, alabó la energía que ponía en las cosas. Ves —dijo— cómo te apasionas. Esas fatigas te han permitido anclarte al mundo que elegiste, te han dado una competencia amplia y detallada, sobre todo te han comprometido en todos los sentimientos. Así, la vida te ha arrastrado y Tina para ti es sin duda un episodio atroz, pensar en ella te entristece, pero al mismo tiempo es también un hecho lejano. Para Lila, en cambio, en todos estos años el mundo se le ha caído encima de rebote para escurrirse en el vacío que dejó su hija, como la lluvia que se precipita por el alero. Ella se detuvo en Tina, y le entró un odio por todo aquello que siguió vivo, creciendo y prosperando. Claro, dijo, es fuerte, me trata muy mal, se enoja contigo, dice cosas feas. Pero no sabes la de veces que se ha desmayado cuando parecía tranquila, cuando lavaba los platos o estaba asomada a la ventana mirando la avenida.

29

En Bolonia no encontramos ni rastro de Rino y mi hija, aunque Moreno, asustado por la calma feroz de Enzo, nos llevó por calles y lugares de encuentro donde, según él, si estaban en la ciudad, seguramente ambos habrían sido bien recibidos. Enzo telefoneó a menudo a Lina, yo a Dede. Esperábamos que hubiera buenas noticias, pero no fue así. A esas alturas, tuve una nueva crisis, ya no sabía qué hacer.

—Voy a la policía —dije una vez más.

Enzo negó con la cabeza.

—Espera un poco.

—Rino me ha arruinado a Elsa.

—No puedes decir eso. Tienes que tratar de ver a tus hijas como son en realidad.

—Es lo que hago continuamente.

—Sí, pero no lo haces bien. Elsa haría cualquier cosa con tal de hacer sufrir a Dede, y las dos hacen buenas migas en un único punto: cuando se trata de atormentar a Imma.

—No me hagas decir cosas desagradables. Lila es quien las ve así y tú repites lo que ella dice.

—Lina te quiere, te admira, les tiene cariño a tus hijas. Soy yo quien piensa estas cosas, y hablo para ayudarte a razonar. Cálmate, ya verás como los encontramos.

No los encontramos, decidimos regresar a Nápoles. Pero cuando estábamos cerca de Florencia, Enzo quiso telefonear otra vez a Lila para saber si había noticias. Cuando colgó, me dijo perplejo:

—Dede necesita hablar contigo, pero Lina no sabe por qué.

—¿Está en vuestra casa?

—No, en la tuya.

Llamé enseguida, temía que Imma hubiese enfermado. Dede ni siquiera me dio tiempo a hablar.

—Mañana mismo me marcho a Estados Unidos, voy a estudiar allí —dijo.

Traté de no gritarle.

—Ahora no es el momento de plantear ese tema, en cuanto sea posible, lo hablaremos con papá.

—Mamá, que quede clara una cosa, Elsa solo regresará a esta casa cuando yo me haya ido.

—Por ahora lo más urgente es averiguar dónde está.

Ella me gritó en dialecto:

—La muy cabrona llamó hace un rato, está en casa de la abuela.

30

Naturalmente, la abuela era Adele, llamé a mis suegros. Contestó Guido que, con frialdad, me pasó con su mujer. Adele fue cordial, me dijo que Elsa estaba en su casa, añadió, y no está sola.

—¿Está también el muchacho?

—Sí.

—¿Te importa si voy a vuestra casa?

—Te esperamos.

Le pedí a Enzo que me dejara en la estación de Florencia. El viaje fue complicado, retrasos, esperas, contratiempos de todo tipo. Pensé en Elsa que, con su caprichosa astucia, había acabado por implicar a Adele. Si Dede era incapaz de engaños, Elsa estaba en su salsa cuando se trataba de inventar estrategias capaces de protegerla y, de paso, permitirle ganar. Estaba claro: había planeado imponerme a Rino en presencia de su abuela, una persona que —tanto ella como su hermana lo sabían bien— me había aceptado como nuera muy a regañadientes. Durante todo el viaje sentí alivio porque la sabía a salvo y la odié por la situación en la que me estaba poniendo.

Llegué a Génova dispuesta a un duro enfrentamiento. Pero encontré a Adele muy cordial y a Guido, amable. En cuanto a Elsa —vestida de fiesta, muy maquillada, con el brazalete de mi madre en la muñeca y bien visible el anillo que años antes me había regalado su padre—, fue afectuosa y desenvuelta como si encontrara inconcebible que pudiera estar molesta con ella. El único silencioso, siempre con los ojos gachos, me pareció Rino, hasta el punto de que me dio pena y acabé mostrándome más hostil con mi hija que con él. Tal vez Enzo tuviera razón, el muchacho había tenido escaso relieve en esa historia. No tenía nada de la dureza y la desfachatez de su madre, era Elsa quien lo había arrastrado con su embrujo y por el simple gusto de hacerle daño a Dede. Las raras ocasiones en que tuvo el coraje de levantar la vista, me lanzó miradas de perro fiel.

Comprendí enseguida que Adele había recibido a Elsa y a Rino como pareja: tenían su habitación, sus toallas, dormían juntos. Elsa exhibió sin problemas esa intimidad ratificada por su abuela, quizá incluso la exageró adrede para mí. Después de cenar, cuando los dos se retiraron de la mano, mi suegra trató de empujarme a que confesara mi aversión por Rino. Es una niña, dijo en un momento dado, la verdad, no sé qué le habrá visto a ese joven, hay que ayudarla a salir de esta. Me armé de valor, contesté: es un buen muchacho, pero aunque no lo fuera, ella está enamorada y hay poco que hacer. Le di las gracias por haberla recibido con afecto y amplitud de miras y me fui a dormir.

Sin embargo, me pasé toda la noche dándole vueltas a la situación. Si hubiese dicho media frase fuera de lugar, quizá habría arruinado a mis dos hijas. No podía separar con un corte neto a Elsa y Rino. No podía obligar a las dos hermanas a una convivencia, en ese momento imposible; lo que había ocurrido era grave, y durante un tiempo las dos muchachas no habrían podido vivir bajo el mismo techo. Pensar en mudarnos a otra ciudad solo habría complicado las cosas, Elsa se habría sentido obligada a quedarse con Rino. No tardé en darme cuenta de que si quería llevarme a Elsa de vuelta a casa y conseguir que completara al menos sus estudios de bachillerato, debía privarme de Dede, enviarla con su padre. Por ello, al día siguiente, aconsejada por Adele sobre el mejor horario para telefonear (su hijo y ella, según descubrí, se llamaban con frecuencia), hablé con Pietro. Su madre lo había informado con todo lujo de detalles sobre lo ocurrido, y por su mal humor deduje que el verdadero sentimiento de Adele en todo aquel asunto seguramente no era el que a mí me mostraba. Pietro me dijo serio:

—Debemos tratar de entender qué clase de padres somos y de qué hemos privado a nuestras hijas.

—¿Me estás diciendo que no he sido ni soy una buena madre?

—Te estoy diciendo que es necesaria una continuidad en los afectos y que ni tú ni yo hemos sabido asegurársela a Dede y a Elsa.

Lo interrumpí, le anuncié que tendría ocasión de ejercer de padre a tiempo completo al menos con una de sus hijas: Dede quería irse a vivir con él y marcharse lo antes posible.

No recibió bien la noticia, guardó silencio, dio largas, dijo que todavía se encontraba en la fase de adaptación y necesitaba tiempo. Le contesté: conoces a Dede, sois idénticos, aunque le digas que no, te la encontrarás allí.

Ese mismo día, en cuanto tuve ocasión de hablar con Elsa cara a cara, me enfrenté a ella sin tener en cuenta en absoluto sus zalamerías. La obligué a devolverme el dinero, las joyas, el brazalete de mi madre, que me puse enseguida destacando: nunca más vuelvas a tocar mis cosas.

Ella empleó tonos conciliadores, yo no; masculló que no dudaría ni un instante en poner una denuncia primero contra Rino y luego contra ella. En cuanto intentó replicar, la empujé contra una pared, levanté la mano para golpearla. Debía de tener una expresión terrible, ya que estalló en llanto, aterrorizada.

—Te odio —sollozó—, no quiero verte más, no volveré a ese sitio de mierda donde nos has obligado a vivir.

—De acuerdo, te dejaré aquí todo el verano, si tus abuelos no te echan antes.

—¿Y después?

—En septiembre volverás a casa, irás a la escuela, estudiarás, vivirás con Rino en nuestro apartamento hasta que te canses.

Me miró estupefacta, siguió un largo instante de incredulidad. Yo había pronunciado aquellas palabras como si anunciaran el más terrible de los castigos, ella las recibió con un gesto sorprendente de generosidad.

—¿En serio?

—Sí.

—No me cansaré nunca.

—Ya veremos.

—¿Y la tía Lina?

—La tía Lina estará de acuerdo.

—No quería hacerle daño a Dede, mamá, yo amo a Rino, ha ocurrido.

—Ocurrirá mil veces más.

—No es cierto.

—Peor para ti. Significa que amarás a Rino toda la vida.

—Me tomas el pelo.

Dije que no, solo sentía lo ridículo de ese verbo en boca de una muchachita.

31

Regresé al barrio, comuniqué a Lila mi propuesta a los dos chicos. Fue un intercambio frío, casi una negociación.

—¿Te los quedas en tu casa?

—Sí.

—Si te va bien a ti, a mí también.

—En los gastos iremos a medias.

—Puedo pagarlo todo yo.

—Por ahora tengo dinero.

—Por ahora yo también tengo.

—Estamos de acuerdo entonces.

—¿Cómo se lo ha tomado Dede?

—Bien. Dentro de un par de semanas se marcha, irá a ver a su padre.

—Dile que venga a saludarme.

—No creo que lo haga.

—Entonces dile que le mande mis recuerdos a Pietro.

—Así lo haré.

De repente sentí un gran dolor.

—En pocos días he perdido a dos hijas —dije.

—No uses esa expresión, no has perdido nada, es más, has conseguido un hijo varón.

—Eres tú la que ha empujado todo en esta dirección.

Frunció la frente, pareció desorientada.

—No sé de qué me hablas.

—Siempre tienes que soliviantar, fastidiar, incitar.

—¿Ahora quieres tomarla conmigo también por lo que hacen tus hijas?

Murmuré: estoy cansada, y me fui.

En realidad, durante días, semanas no pude dejar de pensar que Lila no soportaba los equilibrios de mi vida y por eso tendía a romperlos. Siempre había sido así, pero tras la desaparición de

Tina había empeorado: daba un paso, observaba las consecuencias, daba otro paso. ¿El objetivo? Quizá ni siquiera ella lo conocía. Lo cierto es que las dos hermanas habían echado a perder su relación, Elsa estaba metida en un problema serio, Dede se marchaba y yo seguiría en el barrio quién sabe por cuánto tiempo más.

32

Me ocupé del viaje de Dede. De vez en cuando le decía: quédate, me causas un gran dolor. Ella contestaba: tienes mil ocupaciones, ni siquiera te darás cuenta de que me he ido. Yo insistía: Imma te adora y también Elsa, os aclararéis, pasará. Pero Dede no quería ni oír el nombre de su hermana; en cuanto yo la mencionaba, ella asumía una expresión disgustada y salía dando un portazo.

Unas noches antes de su partida, de repente se puso muy pálida —estábamos cenando— y empezó a temblar. Murmuró: me cuesta respirar. Rápidamente, Imma le sirvió agua. Dede tomó un sorbo, se levantó de su sitio y vino a sentarse en mis rodillas. Fue un hecho del todo nuevo. Era corpulenta, más alta que yo, hacía tiempo que había dejado de establecer el menor contacto entre nuestros cuerpos, si de casualidad nos rozábamos, se apartaba de un salto como con repulsión. Me sorprendió su peso, su calor, sus caderas abundantes. La ceñí por la cintura, me echó los brazos al cuello, lloró con feos sollozos. Imma dejó su sitio en la mesa, se acercó, trató de ser incluida en aquel abrazo. Debió de pensar que su hermana ya no se iría y en los días siguientes se mostró alegre, se comportó como si todo se hubiese arreglado. Pero Dede se marchó de todos modos; es más, después de aquel quebranto se mostró cada vez más dura y explícita. Con Imma fue afectuosa, la besó cien veces, le dijo: quiero por lo menos una carta semanal. Se dejó besar y abrazar por mí, pero sin corresponderme. La rondé, me afané por adelantarme a su menor deseo, fue inútil. Cuando me quejé de su frialdad, dijo: contigo no existe posibilidad de entablar una verdadera relación, para ti las únicas cosas que cuentan son el trabajo y la tía Lina, no hay nada que no acabe tragado por eso; para Elsa, el verdadero castigo es quedarse aquí, adiós, mamá.

Lo único positivo era que volvía a llamar a su hermana por el nombre.

33

A principios de septiembre de 1988, cuando Elsa regresó a casa esperé que con su vivacidad borrara la impresión de que Lila había conseguido de veras hundirme en su vacío. Pero no fue así. La presencia de Rino en casa, en lugar de dar nueva vida a las habitaciones, las convirtió en sórdidas. Era un muchacho afectuoso, por completo sometido a Elsa e Imma, que lo trataban como su criado. Yo misma, debo decir, tomé por costumbre confiarle mil tareas tediosas —en primer lugar, las largas colas en correos—, liberarme de ellas me dejó tiempo para trabajar. Pero me deprimía ver por casa aquel corpachón lento, disponible a la menor señal y, sin embargo, abatido, siempre obediente salvo cuando se trataba de respetar reglas fundamentales como levantar el asiento del inodoro antes de hacer pis, dejar la bañera limpia, no dejar tirados en el suelo los calcetines y calzoncillos sucios.

Elsa no movía un dedo para mejorar la situación, al contrario, la complicaba de buena gana. No me gustaban las zalamerías que empleaba con Rino delante de Imma, detestaba su actitud de mujer desinhibida cuando, de hecho, era una chica de quince años. Sobre todo, no toleraba el estado en el que dejaba el dormitorio donde antes había dormido con Dede y que ahora ocupaba con Rino. Se levantaba de la cama soñolienta para ir al colegio, desayunaba deprisa, se marchaba corriendo. Al cabo de un rato aparecía Rino, se pasaba más de una hora comiendo de todo, se encerraba en el cuarto de baño por lo menos otra media hora más, se vestía, zanganeaba, salía, iba a recoger a Elsa al colegio. Al regresar, comían alegremente y se encerraban enseguida en el dormitorio.

Aquella habitación era como la escena de un delito, Elsa no quería que se tocara nada. Pero ninguno de los dos se ocupaba de abrir las ventanas, de ordenar un poco. Lo hacía yo antes de que llegara Pinuccia, me molestaba que notara el olor a sexo, que encontrara rastros de sus relaciones.

A Pinuccia le desagradaba aquella situación. Cuando se trataba de ropa, zapatos, maquillaje, peinados, se mostraba asombrada por lo que llamaba mi modernidad, pero en ese caso específico me dio a entender enseguida y por todos los medios que había tomado una decisión demasiado moderna, opinión que, por lo demás, debía de estar muy difundida en el barrio. Una mañana, mientras yo intentaba trabajar resultó muy desagradable encontrármela enfrente con un periódico en el que destacaba un preservativo anudado para evitar que se derramase el esperma. Lo he encontrado a los pies de la cama, me dijo muy disgustada. Hice como si nada. No hace falta que me lo enseñes, comenté sin dejar de trabajar en el ordenador, el cubo de la basura está para eso.

En realidad no sabía cómo comportarme. En un principio pensé que con el tiempo todo mejoraría. Pero las cosas no hicieron más que complicarse. A diario se producían enfrentamientos con Elsa, si bien trataba de no pasarme, todavía sentía la herida de la marcha de Dede y no quería perderla a ella también. De modo que fui a ver a Lila con más frecuencia para decirle: habla con Rino, es un buen chico, trata de explicarle que debe ser un poco más ordenado. Me parecía que ella no esperaba otra cosa que mis quejas para armarla.

—Mándamelo de vuelta —se enfadó una mañana—, basta con esta chorrada de vivir en tu casa. Te digo más, hagamos una cosa, aquí hay sitio; cuando tu hija quiera venir a verlo, baja, llama a la puerta y si quiere, duerme aquí.

Me harté. ¿Mi hija debía llamar a la puerta y pedirle si podía dormir con el suyo?

—No, ya está bien así —refunfuñé.

—Si está bien así, ¿de qué estamos hablando?

—Lila, solo te pido que hables con Rino —bufé—, tiene veinticuatro años, dile que se comporte como un adulto. No quiero pasarme el día peleándome con Elsa, porque si llego a perder la calma, la echo de casa.

—Entonces el problema es tu hija, no el mío.

En esas ocasiones la tensión subía rápidamente, pero quedaba en un punto muerto, ella ironizaba, yo me volvía a mi casa frustrada. Una noche estábamos cenando cuando desde las escaleras nos llegó su grito intransigente, quería que Rino fuera enseguida a su casa. Él se puso nervioso, Elsa se ofreció a acompañarlo. Pero en cuanto la vio, Lila dijo: son cosas nuestras, tú te vas a tu casa. Mi hija subió desanimada; mientras tanto, abajo estalló una discusión violentísima. Gritaba Lila, gritaba Enzo, gritaba Rino. Yo sufría por Elsa, que se retorcía las manos, estaba intranquila, decía: mamá, haz algo, ¿qué está pasando, por qué lo tratan así?

No dije nada, no hice nada. La discusión terminó, pasó un poco de tiempo, Rino no volvió a subir. Entonces Elsa me exigió que fuera a ver qué había pasado. Bajé; no me abrió Lila, sino Enzo. Estaba cansado, deprimido, no me invitó a entrar.

—Lila me ha dicho que el muchacho no se comporta bien, por eso ahora se queda aquí —dijo.

—Déjame hablar con ella.

Discutí con Lila hasta las tantas, Enzo se encerró taciturno en una habitación. Comprendí casi enseguida que ella quería hacerse rogar. Había intervenido, había recuperado a su muchachote, lo había humillado. Ahora deseaba que le dijera: tu hijo es como si fuera mío, me parece estupendo que se quede en mi casa, que duerma con Elsa, no vendré más a quejarme. Me resistí largo rato, después me doblegué y me llevé a Rino a casa. En cuanto dejamos el apartamento oí que ella y Enzo discutían otra vez.

34

Rino me lo agradeció mucho.

—Te lo debo todo, tía Lenù, eres la persona más buena que conozco y siempre te querré.

—Rino, yo no tengo nada de buena. Tú solo hazme el favor de acordarte de que tenemos un único baño y de que ese baño, además de Elsa, lo utilizamos también Imma y yo.

—Tienes razón, discúlpame, alguna vez se me pasa, no lo haré más.

Se disculpaba sin cesar, se distraía sin cesar. A su manera, actuaba de buena fe. Declaró mil veces que quería buscarse un trabajo, que quería contribuir a los gastos de la casa, que pondría muchísima atención en no causarme molestias de ningún tipo, que tenía por mí una estima infinita. Pero no encontró trabajo y la vida, en todos los aspectos más desalentadores de la cotidianidad, siguió como antes o quizá peor. Sin embargo, dejé de hablar con Lila, a ella le decía: va todo bien.

Cada vez tenía más claro que la tensión entre Enzo y ella iba en aumento y no quería servir de detonante a sus broncas. Lo que me preocupaba desde hacía un tiempo era que la naturaleza de sus peleas había cambiado. En el pasado, Lila gritaba y Enzo casi siempre callaba. Pero desde hacía un tiempo ya no era así. Ella chillaba, se oía con frecuencia el nombre de Tina, y su voz filtrada por el suelo parecía una especie de gemido enfermo. Después, de súbito estallaba Enzo. Gritaba y su grito se prolongaba en un tumultuoso torrente de palabras exasperadas, todas en un dialecto violento. Entonces Lila se callaba de golpe, y mientras Enzo gritaba ya no se la oía más. En cuanto él enmudecía, se oía un portazo. Yo prestaba atención a las zancadas de Lila en las escaleras, en el vestíbulo. Después sus pasos desaparecían entre los ruidos del tráfico de la avenida.

Hasta poco tiempo antes Enzo habría salido corriendo tras ella, pero ahora ya no lo hacía. Yo pensaba: quizá debería bajar, hablar con él, decirle: tú mismo me contaste cuánto sigue sufriendo Lina, sé comprensivo. Pero renunciaba a hacerlo y esperaba que ella regresara pronto. Sin embargo, pasaba fuera el día entero y a veces también la noche. ¿Qué hacía? La imaginaba refugiada en la biblioteca, como me había contado Pietro. O vagando por Nápoles, fijándose en cada edificio, cada iglesia, cada monumento, cada lápida. O combinando las dos cosas: primero exploraba la ciudad, luego rebuscaba en los libros para informarse. Superada por los acontecimientos, nunca tuve ganas ni tiempo de hablar de ese nuevo deseo de su cabeza, por otra parte, ella tampoco me contó nada. Pero sabía cuánto podía llegar a concentrarse obsesivamente cuando algo le interesaba y no me sorprendía que pudiera dedicarle tanto tiempo y energías. Pensaba en ello con cierta preocupación solo cuando sus desapariciones seguían a esos gritos, y la sombra de Tina se unía a ese perderse por la ciudad también de noche. Entonces me venían a la cabeza las galerías de toba en el subsuelo de la ciudad, las catacumbas con sus cabezas de muertos apiladas, las calaveras de bronce ennegrecido que sirven de guía a las almas infelices de la iglesia de Purgatorio ad Arco. Y a veces me quedaba despierta hasta que oía golpear el portón y sus pasos subiendo las escaleras.

En uno de esos días negros se presentó la policía. Se había producido una pelea y ella se había largado. Me asomé a la ventana; alarmada, vi a los agentes dirigiéndose hacia nuestro edificio. Me asusté, pensé que le había pasado algo a Lila. Salí corriendo al rellano. Los policías buscaban a Enzo, habían ido a detenerlo. Intenté entrometerme, averiguar algo. Me mandaron callar de malos modos, se lo llevaron esposado. Mientras bajaba las escaleras, Enzo me gritó en dialecto: cuando vuelva Lina, dile que no se preocupe, es una tontería.

35

Durante bastante tiempo fue difícil entender de qué lo acusaban. Lila cesó toda actitud hostil hacia Enzo, hizo acopio de fuerzas, se ocupó solo de él. En esa nueva prueba se mostró callada y decidida. Solo se enfadó cuando descubrió que el Estado —como ella no tenía con Enzo ningún vínculo oficial, y, para colmo, nunca se había separado de Stefano— no quería reconocerle una condición equivalente a la de esposa, y, por tanto, la posibilidad de verlo. Empezó entonces a gastar bastante dinero para hacerle notar su proximidad y su apoyo a través de canales no oficiales.

Mientras tanto, me puse de nuevo en contacto con Nino. Sabía por Marisa que esperar de él una ayuda era totalmente inútil, no movía un dedo ni siquiera por su padre, su madre ni sus hermanos. Pero conmigo se comprometió otra vez y con rapidez, quizá por quedar bien con Imma, quizá porque se trataba de mostrarle a Lila, aunque fuera de un modo indirecto, su poder. Pero él tampoco pudo enterarse con exactitud de cuál era la situación de Enzo, y, en momentos distintos, me dio versiones distintas a las que él mismo casi no daba credibilidad. ¿Qué había pasado? Seguramente, en el curso de sus confesiones sollozantes, Nadia había mencionado el nombre de Enzo. Seguramente desenterró la época en que Enzo había frecuentado con Pasquale el colectivo de obreros y estudiantes de la via dei Tribunali. Seguramente había atribuido a los dos pequeñas acciones de distracción llevadas a cabo en años ya lejanos contra los bienes de oficiales de la OTAN residentes en la via Manzoni. Seguramente los investigadores intentaban implicar también a Enzo en muchos de los delitos que habían atribuido a Pasquale. Pero al llegar a ese punto, terminaban las certezas y empezaban las suposiciones. Tal vez Nadia había afirmado que Enzo había recurrido a Pasquale para delitos de naturaleza no política. Tal vez Nadia había sostenido que algunos de esos hechos de sangre —en particular el asesinato de Bruno Soccavo— habían sido perpetrados por Pasquale y planificados por Enzo. Tal vez Nadia había dicho que el propio Pasquale le había contado que habían sido tres quienes mataron a los hermanos Solara: él, Antonio Cappuccio, Enzo Scanno, amigos de infancia, decididos a cometer ese delito movidos por una solidaridad y un rencor que venían de muy lejos.

Eran años complicados. El orden del mundo en el que habíamos crecido se estaba disolviendo. Las antiguas competencias debidas al estudio prolongado y a la ciencia de la justa línea política de pronto parecían una forma insensata de emplear el tiempo. Anarquista, marxista, gramsciano, comunista, leninista, trotskista, maoísta, obrerista se estaban convirtiendo a toda velocidad en etiquetas tardías, o, algo peor, en una marca de bestialidad. La explotación del hombre por el hombre y la lógica del máximo beneficio, antes consideradas una abominación, volvían a ser en todas partes las bases de la libertad y la democracia. Entretanto, por la vía legal e ilegal, las cuentas que quedaron pendientes dentro del Estado y de las organizaciones revolucionarias se estaban saldando con mano dura. Era fácil acabar asesinado o en la cárcel, y entre la gente común había empezado la desbandada. Los que eran como Nino —con un escaño en el Parlamento—, o como Armando Galiani —que ya gozaba de cierta fama gracias a la televisión— habían intuido hacía tiempo que el clima estaba cambiando y rápidamente se habían adaptado a la nueva época. En cuanto a la gente como Nadia, sin duda habían sido bien aconsejados y se lavaban la conciencia con un goteo de delaciones. Pero las personas como Pasquale y Enzo, no. Imagino que ellos siguieron pensando, expresándose, atacando, defendiéndose, inspirándose en consignas que habían aprendido en los años sesenta y setenta. La verdad es que Pasquale continuó con su guerra también en la cárcel y a los servidores del Estado no les dijo una sola palabra, ni para acusar ni para disculparse. Enzo, en cambio, seguramente habló. En su forma premiosa de siempre, midiendo con cuidado cada palabra, expuso sus sentimientos de comunista pero al mismo tiempo rechazó todas las acusaciones que se le imputaban.

Por su parte, Lila concentró su ingenio, su pésimo carácter y a unos abogados carísimos en la lucha para sacarlo del apuro. ¿Enzo estratega? ¿Combatiente? ¿Cuándo, si desde hacía años trabajaba de la mañana a la noche en Basic Sight? ¿Cómo habría podido matar a los Solara junto con Antonio y Pasquale, si en esas mismas horas él se encontraba en Avellino y Antonio en Alemania? Además, suponiendo que hubiese sido posible, los tres amigos eran archiconocidos en el barrio y, enmascarados o no, los habrían reconocido.

Pero no hubo nada que hacer; como se suele decir, la maquinaria de la justicia siguió adelante, y en un momento dado llegué a temer que detuvieran también a Lila. Nadia cantaba un nombre tras otro. Detuvieron a algunos de los que habían formado parte del colectivo de la via dei Tribunali —uno trabajaba en la FAO, otro era empleado de banca—, y también le tocó a la ex mujer de Armando, Isabella, una tranquila ama de casa casada con un técnico de la Enel. Nadia perdonó solamente a dos personas: a su hermano y, pese a los temores difundidos, a Lila. Quizá la hija de la profesora Galiani debió de pensar que con implicar a Enzo ya la había golpeado en lo más hondo. O quizá la odiaba y la respetaba al mismo tiempo, hasta el punto de que después de mucho dudarlo decidió mantenerla al margen. O quizá la temía y no quería arriesgarse a un enfrentamiento directo con ella. Pero yo prefiero la hipótesis de que se enteró de la historia de Tina y sintió pena, o, mejor todavía, pensó que si a una madre le toca una experiencia así ya no hay nada capaz de herirla de veras.

Mientras tanto, poco a poco, las acusaciones contra Enzo resultaron infundadas, la justicia perdió impulso, se cansó. En resumidas cuentas, al cabo de muchos meses quedó muy poco en su contra: la antigua amistad con Pasquale, la militancia en el comité de obreros y estudiantes en la época de San Giovanni a Teduccio, el hecho de que la casa de campo medio en ruinas de las montañas de Serino, esa donde se había escondido Pasquale, la tenía alquilada uno de sus parientes de Avellino. De una instancia judicial a otra quien había sido considerado jefe peligroso, ideólogo y ejecutor de crímenes feroces fue degradado a simpatizante por la lucha armada. Cuando al fin también esas simpatías resultaron ser opiniones genéricas que jamás habían llegado a convertirse en acciones criminales, Enzo regresó a casa.

Pero ya habían pasado casi dos años desde su detención, y en el barrio se había consolidado su fama de terrorista muchísimo más peligroso que Pasquale Peluso. A Pasquale —decía la gente en la calle y en las tiendas— lo conocemos desde niño, siempre ha trabajado, su única culpa ha sido esa coherencia de hombre íntegro que, incluso después de la caída del muro de Berlín, con tal de no quitarse el uniforme comunista que le cosió al cuerpo su padre, ha cargado con las culpas de otros y no se rendirá nunca. En cambio, Enzo —decían— es muy inteligente, se ha camuflado con sus silencios y los millones de Basic Sight, y sobre todo, a sus espaldas, la que lo guiaba era Lina Cerullo, su alma negra, más inteligente y más peligrosa que él: esos dos sí que debieron de hacer cosas horribles. Y así, de charla resentida en charla resentida, les quedó grabado a los dos el estigma de quien no solo había derramado sangre, sino que había sido tan listo como para irse de rositas.

En ese ambiente su empresa, ya en dificultades por la apatía de Lila y por todo el dinero que ella se había gastado en abogados y demás, no consiguió remontar. La vendieron de común acuerdo y, aunque Enzo hubiese calculado a menudo que valía mil millones de liras, a duras penas lograron reunir un par de cientos de millones. En la primavera de 1992, cuando ya dejaron de pelearse, se separaron como socios en el negocio y como pareja de hecho. Enzo le dejó una buena parte del dinero a Lina y se fue a Milán a buscar trabajo. A mí me dijo una tarde: quédate a su lado, es una mujer que no está a gusto consigo misma, tendrá una mala vejez. Durante un tiempo me escribió con asiduidad, yo le contesté. Me telefoneó en un par de ocasiones. Después nunca más.

36

Más o menos por esa época otra pareja naufragó: Elsa y Rino. Anduvieron en perfecta armonía durante cinco o seis meses, después mi hija me llamó aparte y me confesó que se sentía atraída por un joven profesor de matemáticas, enseñaba en otro curso y ni siquiera estaba enterado de su existencia.

—¿Y Rino? —le pregunté.

—Él es mi gran amor —contestó.

Mientras sumaba suspiros lánguidos a sus ocurrencias, comprendí que establecía una distinción entre amor y atracción, y que su amor por Rino no se veía en absoluto dañado por su atracción por el profesor.

Dado que, como de costumbre, me sentía agobiada —escribía mucho, publicaba mucho, viajaba mucho—, fue Imma la que se convirtió en confidente tanto de Elsa como de Rino. Mi hija menor, que respetaba los sentimientos de uno y otro, se ganó la confianza de ambos y se convirtió para mí en una fuente fiable de información. Por ella supe que Elsa había tenido éxito en su intento de seducir al profesor. Al cabo de un tiempo, por ella supe que Rino había empezado a sospechar que las cosas con Elsa ya no iban bien. Por ella supe que Elsa había abandonado al profesor para que Rino no sufriera. Por ella supe que, tras una pausa de un mes, no había aguantado y había vuelto a las andadas. Por ella supe que Rino, que llevaba un año padeciendo, al final la había encarado llorando y le había suplicado que le dijera si todavía lo amaba. Por ella supe que Elsa le había gritado: no te quiero más, quiero a otro. Por ella supe que Rino le había dado una bofetada, pero apenas con la punta de los dedos, solo para demostrar que era hombre. Por ella supe que Elsa había corrido a la cocina a buscar la escoba y lo había apaleado con furia sin que él reaccionara.

Por Lila supe que Rino —en mi ausencia y cuando Elsa no regresaba del colegio y pasaba fuera incluso toda la noche— iba a verla para desahogarse. Ocúpate un poco de tu hija, me dijo una noche, trata de averiguar qué quiere hacer. Pero me lo dijo con desgana, sin aprensión ni por el destino de Elsa ni por el de Rino. De hecho, añadió: por lo demás, si estás ocupada y no quieres hacer nada, da igual. Después dijo entre dientes: nosotras no estamos hechas para tener hijos. Quise replicar que yo me sentía una buena madre y que me deslomaba como la que más para ocuparme de mi trabajo sin quitarle nada a Dede, Elsa e Imma. Pero no lo hice, percibí que en ese momento no la tenía tomada ni conmigo, ni con mi hija, solo trataba de dar cierta normalidad a su desamor por Rino.

Las cosas cambiaron cuando Elsa dejó al profesor, se comprometió con el compañero de su clase con el que estudiaba para los exámenes de bachillerato y se lo dijo enseguida a Rino para que entendiera que habían terminado. Entonces Lila subió a mi casa y, aprovechando que yo estaba en Turín, le montó un escándalo. Qué te ha metido en la cabeza tu madre, le dijo en dialecto, no tienes sensibilidad, haces daño a las personas y no te das cuenta. Después le gritó: querida mía, tú te creerás que eres quién sabe qué pero eres una zorra. O al menos eso me contó Elsa, apoyada completamente por Imma, que me dijo: es verdad, mamá, la ha llamado zorra.

Con independencia de lo que Lila le dijera, mi segunda hija quedó marcada. Perdió su ligereza. Dejó también al compañero con el que estudiaba, se volvió amable con Rino, pero lo dejó solo en la cama y se trasladó al cuarto de Imma. Tras aprobar el examen de bachillerato decidió ir a ver a su padre y a Dede, a pesar de que Dede no había dado señales de querer reconciliarse. Se marchó a Boston y allí las dos hermanas, ayudadas por Pietro, estuvieron de acuerdo en el hecho de que, al enamorarse de Rino, ambas habían cometido un error. Después de hacer las paces, emprendieron con gran alegría un largo viaje por Estados Unidos, y cuando Elsa regresó a Nápoles me pareció más tranquila. Pero no se quedó mucho conmigo. Se matriculó en física, volvió a ser frívola y mordaz, cambiaba a menudo de novio. Dado que la perseguían el compañero de colegio, el joven profesor de matemáticas y, por supuesto, Rino, no se examinó, regresó a los antiguos amores, los mezcló con los nuevos, no pegó golpe. Al final se marchó volando otra vez a Estados Unidos, decidida a estudiar allí. Como Dede, ella también se fue sin despedirse de Lila, aunque de una forma por completo inesperada me habló bien de ella. Dijo que entendía por qué yo era su amiga desde hacía tantos años y la definió sin ninguna ironía como la mejor persona que había conocido jamás.

37

Rino no opinaba lo mismo. Por sorprendente que pueda parecer, la marcha de Elsa no le impidió seguir viviendo en mi casa. La desesperación le duró mucho, temía hundirse de nuevo en la miseria física y moral de la que yo —embargado por la devoción me atribuía este y muchos otros méritos— lo había arrancado. Y siguió ocupando el dormitorio que había sido de Dede y Elsa. Naturalmente, me hacía mil recados. Cuando me iba de viaje, me llevaba en coche a la estación y cargaba con mi maleta, a mi regreso hacía lo mismo. Se convirtió en mi chófer, mi recadero, mi factótum. Si necesitaba dinero, me lo pedía con amabilidad, con afecto, y sin el menor escrúpulo.

A veces, cuando me ponía nerviosa, le recordaba que tenía obligaciones con su madre. Él comprendía y desaparecía por una temporada. Pero tarde o temprano o bien regresaba desalentado murmurando que Lila nunca estaba en casa, que el apartamento vacío lo entristecía, o decía entre dientes: ni hola me ha dicho, está sentada delante del ordenador y escribe.

¿Lila escribía? ¿Y qué escribía?

Al principio, la curiosidad fue débil, el equivalente de una constatación distraída. Por entonces yo tenía casi cincuenta años, me encontraba en mi época de mayor éxito, publicaba hasta dos libros al año, vendía bastante. Leer y escribir se habían convertido en un oficio que, como todos los oficios, comenzaba a pesarme. Recuerdo que pensé: yo en su lugar me iría a una playa a tomar el sol. Después me dije: si escribe, le hace bien, mejor así. Y pasé a otra cosa, me olvidé.

38

La marcha de Dede y después la de Elsa fueron un gran dolor. Me deprimió que, al final, las dos hubiesen preferido estar con el padre y no conmigo. Seguramente me querían, seguramente me echaban de menos. Yo no paraba de mandarles cartas, en los momentos de melancolía telefoneaba sin reparar en gastos. Y me gustaba la voz de Dede cuando me decía: sueño contigo a menudo; cómo me conmovía si Elsa me escribía: estoy buscado tu perfume por todas partes, yo también quiero usarlo. Pero el hecho innegable era que se habían marchado, que las había perdido. Cada una de sus cartas, cada una de sus llamadas telefónicas demostraban que, aunque sufrían por nuestra separación, con su padre no tenían los conflictos que habían tenido conmigo, él era el punto de acceso a su verdadero mundo.

Una mañana, Lila me dijo con un tono difícil de descifrar: no tiene sentido que sigas manteniendo a Imma aquí, en el barrio, mándala a Roma con Nino, se nota a la legua que quiere decirle a sus hermanas: he hecho como vosotras. Esas palabras tuvieron en mí un efecto desagradable. Como si me diera un consejo desapasionado, me estaba sugiriendo que me separase también de mi tercera hija. Parecía decir: Imma estaría mejor y tú estarías mejor. Repliqué: si Imma también me deja, mi vida ya no tendrá sentido. Pero ella sonrió: ¿dónde está escrito que las vidas deban tener sentido? Acto seguido, pasó a subestimar mi preocupación por escribir. Dijo divertida: ¿el sentido es ese hilo de segmentos negros como la caca de un insecto? Me invitó a tomarme un descanso, exclamó: qué necesidad hay de esforzarse tanto, basta.

Pasé por una larga temporada de malestar. Por una parte pensaba: quiere que me prive de Imma; por la otra me decía: tiene razón, debo acercar a Imma a su padre. No sabía si aferrarme al afecto de la única hija que me había quedado o, por su bien, tratar de fortalecer el vínculo con Nino.

Esto último no era nada fácil, y las recientes elecciones habían sido una prueba. Imma tenía once años pero igualmente se encendió de pasión política. Recuerdo que escribió a su padre, lo llamó por teléfono, se ofreció de mil maneras a hacer campaña electoral por él y quiso que yo la ayudara. Yo detestaba a los socialistas aún más que en el pasado. Las veces que había coincidido con Nino le había soltado frases del estilo: cómo te has vuelto, ya no te reconozco. Llegué a decir con cierta exageración retórica: nacimos en la miseria y en la violencia, los Solara eran criminales que arramblaban con todo, pero vosotros sois peores, vosotros sois bandas de saqueadores que dictan leyes contra el saqueo de los otros. Él me contestó alegremente: nunca has entendido nada de política ni entenderás, juega con la literatura y no hables de lo que no sabes.

Pero después la situación sufrió un vuelco. Una corrupción que venía de lejos —generalmente practicada y generalmente padecida a todos los niveles como norma no escrita pero siempre vigente y de las más respetadas— salió a relucir gracias a un súbito arrebato de la magistratura. Los granujas de altos vuelos, que al principio parecían pocos y tan ineptos como para dejarse pescar con las manos en la masa, se multiplicaron, pasaron a ser la verdadera cara de la gestión de la cosa pública. Al acercarse las elecciones, vi a Nino menos despreocupado. Como yo tenía mi propia notoriedad y cierto prestigio, se sirvió de Imma para pedirme que me pronunciara públicamente a su favor. Dije que sí a la niña para no afligirla, aunque después, cuando llegó el momento, me eché atrás. Imma se enfadó, reafirmó el apoyo a su padre y cuando él le pidió que estuviera a su lado en un anuncio electoral, se entusiasmó. Me opuse y me vi en una pésima situación. Por una parte, no le negué a Imma el permiso —era imposible sin llegar a una ruptura—; por la otra, le grité a Nino por teléfono: pon a Albertino, pon a Lidia en tu anuncio, y ni se te ocurra usar a mi hija de esta manera. Él insistió, vaciló, al final se dio por vencido. Lo obligué a decirle a Imma que se había informado y que en los anuncios no se permitía la participación de niños. Pero ella comprendió que quien la privaba del placer de verse públicamente al lado de su padre había sido yo y me dijo: tú no me quieres, mamá, a Dede y a Elsa las mandas con Pietro, y yo ni siquiera puedo estar cinco minutos con papá. Cuando Nino no fue reelegido, Imma se deshizo en lágrimas, entre sollozos murmuró que yo tenía la culpa.

En fin, todo era complicado. Nino se amargó, se volvió intratable. Durante un tiempo nos pareció la única víctima de aquellas elecciones, pero no fue así, el sistema de partidos completo no tardó en venirse abajo y a Nino le perdimos el rastro. Los electores la tomaron con los viejos, con los nuevos y con los novísimos. Si la gente se había retirado horrorizada ante quien quería derribar al Estado, ahora se apartaba de un salto disgustada ante quien, fingiendo servirlo con variados motivos, lo había devorado como el grueso gusano en una manzana. Una ola negra, primero oculta bajo fastuosas escenografías de poder y una logorrea tan desvergonzada como proterva, se tornaba cada vez más visible y se extendía hasta el último rincón de Italia. El barrio de mi infancia no era el único lugar no tocado por ninguna gracia, no era Nápoles la única ciudad irredimible. Una mañana me crucé con Lila en la escalera, parecía alegre. Me enseñó el ejemplar de *La Repubblica* que acababa de comprar. Salía una foto del profesor Guido Airota. El fotógrafo había captado en su cara, no sé cuándo, una expresión despavorida que lo hacía casi irreconocible. El artículo, plagado de «se dice» y «quizá», planteaba el supuesto de que también el ilustre estudioso y además anciano dirigente político podía ser citado en breve por los magistrados por estar bien informado sobre la podredumbre de Italia.

39

Guido Airota nunca compareció ante los magistrados, pero durante días y días los periódicos y semanarios trazaron mapas de la corrupción en los que él también figuraba. En esas circunstancias me alegré de que Pietro estuviera en Estados Unidos, de que Dede y Elsa ya tuvieran su vida al otro lado del océano. Sin embargo, me preocupé por Adele, pensé que al menos debía llamarla. Aunque vacilé, me dije: creerá que me alegro, y será difícil convencerla de lo contrario.

Telefoneé entonces a Mariarosa, me pareció el camino más fácil. Me equivoqué. Hacía años que no la veía y no sabía nada de ella, me contestó fría. Dijo con una pizca de sarcasmo: qué carrera has hecho, querida mía, ya se te lee por todas partes, no hay modo de abrir un diario o una revista sin encontrar tu firma. Después habló sin parar de sí misma, algo que en el pasado nunca había hecho. Citó libros, citó artículos, citó viajes. Lo que más me sorprendió fue que había dejado la universidad.

—¿Por qué? —pregunté.

—Me disgustaba.

—¿Y ahora?

—¿Ahora qué?

—¿Cómo vives?

—Soy de familia rica.

Pero se arrepintió de esa frase en cuanto la pronunció, se rió incómoda, y fue ella quien habló inmediatamente después de su padre. Dijo: tenía que pasar. Y citó a Franco, murmuró que había estado entre los primeros en comprender que o se cambiaba todo deprisa o llegarían tiempos cada vez más duros y después ya no habría esperanza. Mi padre, dijo con rabia, pensó que se podía cambiar una cosita por aquí, otra por allá, meditadamente. Pero cuando cambias poco o nada te ves obligado a entrar en el sistema de mentiras, y, una de dos, o mientes como los demás, o te eliminan.

—¿Guido es culpable, se ha embolsado dinero? —le pregunté.

Se rió nerviosa.

—Sí. Pero es inocente, en toda su vida no se ha metido en el bolsillo ni una sola lira que no fuera legítima.

Luego se puso a hablar otra vez de mí con un tono casi ofensivo. Insistió: escribes demasiado, ya no me sorprendes. Y a pesar de que yo la había llamado, fue ella quien me dijo adiós y colgó.

El doble juicio contradictorio que Mariarosa había formulado sobre su padre resultó cierto. Poco a poco, el clamor mediático en torno a Guido se fue apagando y él se encerró de nuevo en su estudio, pero como inocente seguramente culpable y, si se quiere, como culpable seguramente inocente. A esas alturas me pareció que podía telefonear a Adele. Ella me agradeció con ironía la atención, se mostró más informada que yo sobre la vida y los estudios de Dede y Elsa, pronunció frases del estilo: en este país se está expuesto a todo tipo de injurias, las personas respetables deberían darse prisa por emigrar. Cuando le pregunté si podía saludar a Guido, me dijo: lo saludaré de tu parte, ahora está descansando. Luego exclamó con amargura: su única culpa fue rodearse de neoalfabetizados sin ninguna ética, jóvenes arribistas dispuestos a todo, gentuza.

Esa misma noche, la televisión mostró la imagen particularmente alegre del ex diputado socialista Giovanni Sarratore —en aquella época, con cincuenta años, no tenía nada de joven— y lo incluyó en la lista cada vez más nutrida de corruptores y corruptos.

40

Esa noticia conmocionó sobre todo a Imma. En sus escasos años de vida consciente había visto muy poco a su padre y, sin embargo, lo había convertido en su ídolo. Presumía con sus compañeros del colegio, presumía con los maestros, le enseñaba a todos una foto publicada en los periódicos en la que los dos estaban cogidos de la mano a la entrada de Montecitorio. Si debía imaginar al hombre con el que se casaría, decía: seguramente será altísimo, moreno y guapo. Cuando se enteró de que su padre había acabado en la cárcel como cualquier vecino del barrio —lugar que ella consideraba horrible: ahora que estaba creciendo decía sin medias tintas que pasaba miedo, y cada vez estaba más en lo cierto— perdió la poca serenidad que yo había conseguido asegurarle. Sollozaba en sueños, se despertaba en mitad de la noche y quería venir a mi cama.

En cierta ocasión nos cruzamos con Marisa, destrozada, mal vestida, más furiosa de lo habitual. Dijo sin prestar atención a Imma: Nino se lo tiene merecido, siempre ha pensado en sí mismo y tú lo sabes bien, nunca ha querido echarnos una mano, se hacía el hombre honrado solo con sus parientes, es un mierda. Mi hija no soportó ni una sola palabra, nos dejó plantadas en la avenida y salió corriendo. Me despedí de Marisa a toda prisa, perseguí a Imma, traté de consolarla: no debes hacer caso, tu padre y su hermana nunca se llevaron bien. Pero a partir de ese momento dejé de criticar a Nino delante de ella. Es más, dejé de criticarlo delante de todo el mundo. Me acordé de cuando recurría a él para conseguir noticias de Pasquale y Enzo. Siempre se necesitaba tener un padrino en las santas esferas para orientarse en la calculada opacidad del mundo de abajo y Nino, aunque ajeno a toda santidad, me había prestado ayuda. Ahora que los santos se estaban yendo de cabeza al infierno, no tenía a quién recurrir para saber de él. Me llegaron noticias poco dignas de confianza solo del foso donde se encontraban sus numerosos abogados.

41

Debo decir que Lila no se mostró interesada por la suerte de Nino. Al enterarse de sus problemas con la justicia reaccionó como si se tratara de algo digno de risa. Dijo con el aire de quien acaba de acordarse de un detalle que lo explicaba todo: cada vez que necesitaba dinero, se lo pedía a Bruno Soccavo, y seguramente nunca se lo devolvió. Después masculló que ya se imaginaba lo que le había pasado. Había sonreído, había estrechado manos, se había sentido el mejor de todos, había querido demostrar una y otra vez que estaba a la altura de todo tipo de situaciones. Si había hecho algo malo lo había hecho por el deseo de gustar más y más, de parecer el más inteligente, de escalar cada vez más alto. Y punto. Después hizo como si Nino ya no existiera. Así como se había comprometido a favor de Pasquale y de Enzo, del mismo modo se mostró completamente indiferente a los problemas del ex diputado Sarratore. Es probable que siguiera su caso por los periódicos y la televisión, donde Nino aparecía a menudo, pálido, de repente canoso, con la mirada de un niño enfurruñado que murmura: juro que yo no he sido. Lo cierto es que nunca me preguntó qué sabía de él, si había conseguido verlo, qué le esperaba, cómo habían reaccionado su padre, su madre, los hermanos. En cambio, sin un motivo claro, se despertó otra vez su interés por Imma, volvió a ocuparse de ella.

Mientras a su hijo Rino lo había abandonado como al perrito que se ha encariñado con otra dueña y por la anterior ya no mueve el rabo, con mi hija Imma, siempre ávida de afecto, estrechó un fuerte vínculo, volvió a quererla. Las veía charlar a las dos, a menudo salían juntas, Lila me decía: le enseño el Jardín Botánico, el museo, Capodimonte.

En la última época de nuestra estancia en Nápoles, a fuerza de llevársela de paseo le transmitió una curiosidad por la ciudad que después ha conservado. La tía Lina sabe muchísimas cosas, me decía Imma, admirada. Y yo estaba contenta, porque Lila, al llevársela en sus vagabundeos consiguió atenuar su angustia por el padre, las rabias por los insultos feroces de los compañeros del colegio, sugeridos por los padres, la pérdida de la relevancia que los maestros le habían dado gracias al apellido. Pero eso no fue todo. A través de los relatos de Imma comprendí, y siempre con mayor precisión, que el objeto al que Lila dedicaba su atención, sobre el que escribía tal vez durante horas y horas inclinada sobre el ordenador, no era este o aquel monumento, sino Nápoles en su totalidad. Un programa disparatado del que jamás me habló. El tiempo en que tendía a implicarme en sus pasiones había pasado, había elegido a mi hija como confidente. A ella le repetía las cosas que aprendía, o la arrastraba a ver aquello que la entusiasmaba o despertaba su curiosidad.

42

Imma era muy receptiva, lo memorizaba todo a gran velocidad. Fue ella quien me lo enseñó todo sobre la piazza dei Martiri, tan importante para Lila y para mí en el pasado. Yo no sabía nada, en cambio Lila había estudiado su historia y se la había contado. Imma me la repitió en la misma plaza una mañana en que fuimos de compras, mezclando, creo, datos, fantasías suyas, fantasías de

Lila. Todo esto de aquí, mamá, en el siglo XVIII era campo. Aquí había árboles, las casas de los campesinos, tabernas, y una calle que bajaba hasta el mar y se llamaba Calata Santa Caterina a Chiaia, por el nombre de la iglesia de esa esquina de ahí, que es antigua pero feúcha. Después de que el 15 de mayo de 1848 mataran justo aquí a muchos patriotas que reclamaban una Constitución y un Parlamento, el rey Fernando II de las Dos Sicilias, para hacer ver que había vuelto la paz, decidió construir una calle della Pace y levantar en la plaza una columna y ponerle encima una Virgen. Pero cuando se proclamó la anexión de Nápoles al reino de Italia y echaron al rey Borbón, el alcalde Giuseppe Colonna di Stigliano le encargó al escultor Enrico Alvino que transformara la columna con la Madonna della Pace en columna en memoria de los napolitanos muertos por la libertad. Entonces, en el pedestal de la columna colocó estos cuatro leones que simbolizan los grandes momentos de la revolución de Nápoles: el león de 1799, mortalmente herido; el león de los movimientos de 1820, traspasado por la espada pero que sigue soltando dentelladas al aire; el león de 1848 que representa la fuerza de los patriotas doblegados pero no vencidos; y por último, el león de 1859, amenazante y vengativo. Después, mamá, allá arriba, en lugar de la Madonna della Pace, pusieron la estatua en bronce de una joven y hermosa señora, o sea la Victoria que se cierne sobre el mundo; esta Victoria empuña en la izquierda la espada y en la derecha una corona para los ciudadanos napolitanos, mártires de la libertad que, caídos en la lucha y en el patíbulo reivindicaron con su sangre al pueblo etcétera, etcétera.

A menudo tenía la impresión de que Lila utilizaba el pasado para normalizar el presente borrascoso de Imma. En el origen de las cosas napolitanas que le contaba había siempre algo feo, destrozado, que luego cobraba la forma de un hermoso edificio, de una calle, de un monumento, para perder después memoria y sentido, empeorar, mejorar, empeorar, siguiendo un flujo imprevisible por naturaleza, compuesto por completo de olas, calma chicha, reveses, caídas. En el esquema de Lila lo esencial era hacerse preguntas. Quiénes eran los mártires, qué significaban los leones y cuándo habían existido las luchas y los patíbulos, y la via della Pace, y la Madonna, y la Victoria. Los relatos eran una alineación de los antes, los después, los por tanto. Antes de la Chiaia elegante, barrio de señores, estaba la playa citada en las epístolas de san Gregorio Magno, los pantanos que llegaban hasta la playa y el mar, el bosque salvaje que se encaramaba hasta el Vomero. Antes de las obras de saneamiento de finales del siglo xix, antes de las cooperativas de ferroviarios, había una zona insalubre contaminada hasta la última piedra, pero también no pocos monumentos espléndidos derribados luego por el afán de derruir con el pretexto de sanear. Y una de las zonas por sanear recibía el nombre de Vasto desde hacía muchísimo tiempo. Vasto era un topónimo que indicaba el terreno entre la zona de Porta Capuana y Porta Nolana, de modo que el barrio, una vez saneado, había conservado el nombre. Lila insistía en esa denominación, Vasto, le gustaba, y también le gustaba a Imma: Vasto y saneamiento, ruina y buena salud, ansias de derruir, saquear, desfigurar, arrancar las entrañas, y ansias de edificar, ordenar, diseñar nuevas calles o rebautizar las viejas, con el fin de consolidar mundos nuevos y esconder males antiguos que, no obstante, siempre estaban dispuestos a tomarse la revancha.

En efecto, antes de que el Vasto se llamara Vasto, y, en esencia, estuviera en ruinas —según contaba la tía Lina— en ese lugar había villas, jardines, fuentes. Nada menos que ahí el marqués de Vico había mandado construir un palacio con un jardín llamado el Paraíso. El jardín del Paraíso estaba lleno de juegos de agua ocultos, mamá. El más famoso era una enorme morera blanca en la que se habían distribuido pequeños canales casi invisibles por los que fluía agua que caía en forma de lluvia de las ramas o bajaba en cascada por el tronco. ¿Te das cuenta? Del Paraíso del marqués de Vico al Vasto del marqués del Vasto, al saneamiento del alcalde Nicola Amore, de nuevo al Vasto, a ulteriores renacimientos y así sucesivamente.

Ah, qué ciudad, le decía la tía Lina a mi hija, qué ciudad tan espléndida y significativa; aquí se han hablado todas las lenguas, Imma, aquí se ha construido de todo y se ha destrozado de todo, aquí la gente no se fía de ninguna charla y es muy charlatana, aquí está el Vesubio que todos los días te recuerda que la más grande empresa de los hombres poderosos, la obra más espléndida, en segundos, el fuego, el terremoto, las cenizas y el mar te la pueden dejar en nada.

Yo la escuchaba, pero a veces me sentía perpleja. Sí, Imma se había calmado, pero solo porque Lila la estaba introduciendo a una afluencia permanente de esplendores y miserias, dentro de una Nápoles cíclica donde todo era maravilloso y todo se volvía gris y descabellado y todo volvía a resplandecer, como cuando una nube va corriendo y tapa el sol y parece que sea el sol el que huye, un disco que se ha vuelto tímido, pálido, próximo a la extinción pero que, de pronto, al disolverse la nube, vuelve a ser cegador y hay que hacer visera con la mano ante tanto resplandor. Los palacios con jardines paradisíacos de los cuentos de Lila se convertían en ruinas, se asilvestraban y a veces iban a habitarlos ninfas, dríades, sátiros y faunos, a veces las almas de los muertos, a veces demonios que Dios enviaba a los castillos y también a las casas de la gente común para expiar sus pecados o poner a prueba a los inquilinos de alma buena, a los que premiar después de muertos. Lo que era hermoso y sólido y radiante se poblaba de fantasías nocturnas, y los cuentos de sombras gustaban a las dos. Imma me informaba de que en el cabo de Posillipo, a unos pasos del mar y frente a la Gajóla, justo encima de la Gruta de las hadas, había un famoso edificio habitado por espíritus. Los espíritus, me decía, se encontraban también en los palacios de vico San Mandato y vico Mondragone. Lila le había prometido que irían juntas a buscar en las callejuelas de Santa Lucia un espíritu llamado Carota porque tenía la cara ancha, pero que era peligroso, tiraba piedras grandes a quien lo molestaba. También vivían en Pizzofalcone y otras localidades —le había dicho— los espíritus de muchos niños muertos. Por las noches una niña solía sentarse en la zona de Porta Nolana. ¿Existían de veras, no existían? La tía Lina decía que los espíritus existían, si bien no en los palacios, en las callejuelas y cerca de las puertas antiguas del Vasto. Existían en los oídos de las personas, en los ojos cuando los ojos miraban dentro y no fuera, en la voz cuando se comienza a hablar, en la cabeza cuando se piensa, porque las palabras pero también las imágenes están repletas de fantasmas. ¿No es así, mamá?

Sí, contestaba yo, tal vez sí, si la tía Lina lo dice, puede ser. Esta ciudad está llena de hechos grandes y pequeños —le había contado Lila—, ves espíritus incluso cuando vas al museo, a la pinacoteca y sobre todo a la Biblioteca Nacional, en los libros hay muchísimos. Abres uno y te sale, por ejemplo, Masaniello. Masaniello es un espíritu divertido y terrible, hacía reír a los pobres y temblar a los ricos. A Imma le gustaba sobre todo cuando con la espada mataba no al duque de Maddaloni, no al padre del duque de Maddaloni, sino sus retratos, zas, zas, zas. Es más, según ella, el momento más divertido venía cuando Masaniello les cortaba la cabeza a los retratos del duque y de su padre, o mandaba ahorcar a los de otros nobles feroces. Le cortaba la cabeza a los retratos —reía Imma, incrédula—, mandaba ahorcar a los retratos. Y tras esas decapitaciones y ahorcamientos Masaniello vestía un traje de seda azul con bordados de plata, se colgaba del cuello una cadena de oro, colocaba en el sombrero una aguja de diamantes y se iba al mercado. Iba así, mamá, todo emperifollado de marqués, duque y príncipe, él que era plebeyo, él que era pescador y no sabía leer ni escribir. La tía Lina le había dicho que en Nápoles podía ocurrir eso y más, abiertamente, sin fingir que se hacían leyes y decretos y estados enteros mejores que los anteriores. En Nápoles se exageraba sin subterfugios, con claridad y plena satisfacción.

La había impresionado mucho el caso de un ministro, en el que estaban implicados el museo de nuestra ciudad y Pompeya. Imma me dijo con tono grave: ¿sabías, mamá, que un ministro de Educación, el diputado Nasi, un representante del pueblo de hace casi un siglo, aceptó como regalo de las personas encargadas de las excavaciones de Pompeya una estatuilla de gran valor que acaban de encontrar? ¿Sabías que mandó hacer copias de las mejores obras de arte halladas en Pompeya para adornar su villa de Trapani? El tal Nasi, mamá, aunque era ministro del Reino de Italia, obró por instinto, le llevaron una hermosa estatuilla de regalo y la aceptó, le pareció que en su casa quedaría de maravilla. A veces te equivocas, pero cuando de pequeño no te han enseñado lo que es el bien público, ni siquiera te enteras de que es un delito.

No sé si esta última frase la dijo porque repetía las palabras de la tía Lina, o porque había hecho sus propios razonamientos. De todos modos, esas palabras no me gustaron y decidí intervenir. Le solté un discurso cauto, pero explícito: la tía Lina te cuenta muchas cosas bonitas y me alegro, cuando ella se apasiona no hay quien la detenga. Sin embargo, no debes creer que cuando la gente comete malas acciones lo hace a la ligera. No debes creer eso, Imma, sobre todo si se trata de diputados, ministros, senadores, banqueros y camorristas. Tampoco debes creer que el mundo se muerde la cola, ahora está bien, ahora está mal, ahora está de nuevo bien. Hay que trabajar con constancia, con disciplina, paso a paso, sin importar cómo funcionan las cosas a nuestro alrededor, y procurando no cometer errores, porque los errores se pagan.

A Imma le tembló el labio inferior.

—¿Papá no irá más al Parlamento? —me preguntó.

No supe qué decirle y ella se dio cuenta. Como para animarme a darle una respuesta positiva, murmuró:

—La tía Lina cree que sí, que volverá.

Yo dudé mucho, luego me decidí.

—No, Imma, yo creo que no. Pero no hace falta que papá sea una persona importante para quererlo.

43

Fue una respuesta del todo errada. Con su habilidad de siempre, Nino se zafó de la trampa en la que había acabado. Imma se enteró y se puso muy contenta. Pidió verlo, pero él se eclipsó durante un tiempo, fue difícil localizarlo. Cuando conseguimos una cita nos llevó a una pizzería de Mergellina, aunque sin su vivacidad de siempre. Estaba nervioso, distraído, a Imma le dijo que no se fiara nunca de las coaliciones políticas, se definió como víctima de una izquierda que no era izquierda, mejor dicho, era peor que los fascistas. Verás como papá —la tranquilizó— lo arreglará todo.

Más tarde leí sus artículos agresivos en los que retomaba una tesis que ya había abrazado en el pasado: el poder judicial debía estar sometido al ejecutivo. Escribía indignado: no es posible que un día los magistrados combatan a quien quiere golpear el corazón del Estado y al día siguiente hagan creer al ciudadano que ese corazón está enfermo y hay que desecharlo. Él se batió para que no lo desecharan. Pasó por los viejos partidos en desmantelamiento desplazándose cada vez más hacia la derecha y en 1994 volvió radiante a sentarse en el Parlamento.

Imma se enteró con alegría de que su padre era otra vez el diputado Sarratore y que Nápoles le había dado un altísimo número de votos preferentes. En cuanto se enteró de la noticia vino a decirme: tú escribes libros pero no sabes ver más allá como sabe ver la tía Lina.

44

No me lo tomé a mal; en síntesis, mi hija solo había querido hacerme notar que había sido mala con su padre, que no había comprendido lo bueno que era. Sin embargo, esas palabras («Tú escribes libros pero no sabes ver más allá como sabe ver la tía Lina») cumplieron una función inesperada: me impulsaron a tomar nota de que Lila, la mujer que según Imma sabía ver más allá, a los cincuenta años había vuelto oficialmente a los libros, a estudiar, incluso a escribir. Pietro ya había presagiado que con esa elección Lila se había autoimpuesto una especie de terapia para luchar contra la angustiosa ausencia de Tina. Pero en el último año de mi estancia en el barrio ya no me conformé con la sensibilidad de Pietro ni la mediación de Imma; en cuanto podía, pegaba la hebra y sacaba ese tema, hacía preguntas.

—¿A qué viene todo ese interés por Nápoles?

—¿Qué tiene de malo?

—Nada, al contrario, te envidio. Estudias por placer, mientras que yo ahora leo y escribo solo por trabajo.

—No estudio. Me limito a ver un edificio, una calle, un monumento, y después, si es necesario, me paso un tiempo buscando datos, es todo.

—Eso es estudiar.

—¿Te parece?

Se iba por la tangente, conmigo no quería abrirse. Algunas veces se entusiasmaba como sabía hacer ella y se ponía a hablar de la ciudad como si no estuviese compuesta por las calles de siempre, por la normalidad de los lugares de todos los días, sino que le hubiese desvelado solo a ella un destello secreto. Así, con unos giros breves, la transformaba en el lugar más memorable del mundo, en el más rico de significado, hasta tal punto que tras unas cuantas conversaciones volvía a mi trabajo con la cabeza ardiendo. Qué grave negligencia había sido nacer y vivir en Nápoles sin esforzarme por conocerla. Me disponía a abandonar la ciudad por segunda vez, en total había estado en ella treinta años completos de mi vida y, sin embargo, no sabía gran cosa del lugar donde había nacido. En el pasado, Pietro ya me había reprendido por mi ignorancia, ahora yo misma me reprendía. Escuchaba a Lila y advertía mi inconsistencia.

Entretanto ella, que aprendía con su velocidad sin esfuerzo, parecía estar en condiciones de dar a cada monumento, a cada piedra, una densidad de significado, una relevancia fantástica tan grande que de mil amores yo hubiera soltado las tonterías de las que me ocupaba para ponerme a estudiar también. No obstante, «las tonterías» absorbían todas mis energías, gracias a ellas vivía con desahogo; en general, trabajaba también de noche. A veces, en el apartamento en silencio, me detenía a pensar que quizá en ese momento Lila también estaba despierta, quizá escribía como yo, quizá resumía textos leídos en la biblioteca, quizá apuntaba sus reflexiones, quizá se basaba en eso para contar cosas suyas, quizá no le interesaba la verdad histórica sino que buscaba sugerencias para fantasear.

Seguramente procedía con su habitual modo improvisado, con súbitas curiosidades que después perdían fuelle y desaparecían. Ahora, por lo que yo entendía, se ocupaba de la fábrica de porcelana cerca del Palazzo Reale. Ahora acumulaba información sobre San Pietro a Maiella. Ahora buscaba testimonios de viajeros extranjeros en los que le parecía distinguir una mezcla de encanto y repulsión. Todos, decía, todos, de siglo en siglo, elogiaron el gran puerto, el mar, los barcos, los castillos, el Vesubio alto y negro con sus llamas indignadas, la ciudad en anfiteatro, los jardines, los huertos y los palacios. Pero después, siempre de siglo en siglo, pasaron a quejarse de la ineficiencia, de la corrupción, de la miseria física y moral. No había institución que tras su fachada, tras el nombre pomposo y los numerosos empleados, funcionara de verdad. No había un orden descifrable, solo un gentío desordenado e incontenible por las calles repletas de vendedores de todo tipo imaginable de mercancías, gente que habla a voz en grito, granujillas, pordioseros. Ah, no hay ciudad que produzca tanto ruido y tanto estrépito como Nápoles.

Una vez me habló de la violencia. Nosotras creíamos, dijo, que era un rasgo del barrio. Hemos estada rodeadas de violencia desde el nacimiento, nos ha rozado y tocado toda la vida, pensábamos: hemos tenido mala suerte. ¿Te acuerdas de cómo usábamos las palabras para hacer sufrir y de cuántas inventábamos para humillar? ¿Te acuerdas de las palizas que daban y recibían Antonio, Enzo, Pasquale, mi hermano, los Solara, y yo también, y tú también? ¿Te acuerdas de cuando mi padre me lanzó por la ventana? Ahora estoy leyendo un artículo antiguo sobre San Giovanni a Carbonara, en el que explican qué era la Carbonara o el Carboneto. Yo creía que antes ahí había carbón, que había carboneros. Pero no, era el lugar de las inmundicias, en todas las ciudades había uno. Se llamaba *foso carbonero*, ahí iban a parar las aguas residuales, ahí tiraban a los animales muertos. Y desde tiempos antiguos, el foso carbonero de Nápoles se encontraba donde hoy está la iglesia de San Giovanni a Carbonara. En esa zona llamada piazza di Carbonara, el poeta Virgilio había ordenado que todos los años se organizara el *ioco de Carbonara*, juegos de gladiadores no con *morte de homini come de po è facto* —le gustaba ese italiano antiguo, la divertía, me lo citaba con visible placer—, sino para ejercitar a *li homini ali facti de l'arme*. Pronto dejó de tratarse de *ioco* o de ejercicio. En ese lugar donde lanzaban los cadáveres de animales y las inmundicias se empezó a derramar también mucha sangre humana. Parece que allí fue donde se inventó el juego de cascar con las *prete*, las petreras que hacíamos también nosotras de niñas, te acuerdas, cuando Enzo me dio una pedrada en la frente —todavía conservo la cicatriz— y se desesperó y me regaló una guirnalda de serbas. Pero después, en la piazza di Carbonara, de las piedras se pasó a las armas, y se convirtió en el lugar donde la gente se batía a muerte. Acudían mendigos y señores y príncipes a ver cómo la gente se mataba por venganza. Cuando algún gallardo mancebo caía traspasado por cuchillas batidas sobre el yunque de la muerte, de inmediato, pordioseros, burgueses, reyes y reinas prorrumpían en aplausos que llegaban a las estrellas. Ah, la violencia: desgarrar, matar, arrancar. Entre la fascinación y el horror, Lila me hablaba mezclando dialecto, italiano y citas cultísimas que había encontrado quién sabe dónde y recordaba de memoria. El planeta entero, decía, es un gran foso carbonero. A veces pensaba que Lila habría podido fascinar a salas repletas de público, pero después la devolvía a su dimensión real. Es una mujer de cincuenta años apenas escolarizada, no sabe cómo se hace una investigación, no sabe qué es la verdad documental: lee, se apasiona, mezcla lo verdadero con lo falso, fantasea. Nada más. Lo que parecía interesarla y divertirla era sobre todo que toda esa podredumbre, toda esa masacre de miembros quebrados y ojos sacados y cabezas partidas después quedaba cubierto, literalmente cubierto, por una iglesia consagrada a san Juan Bautista y por un monasterio de frailes ermitaños de san Agustín dotado de una riquísima biblioteca. Ja, ja, ja —reía—, abajo había sangre y arriba estaban Dios, la paz, la oración y los libros. Así había nacido la conexión de San Giovanni con el foso carbonero, es decir, el topónimo de San Giovanni a Carbonara; una calle por la que pasamos mil veces, Lenù, está a unos pasos de la estación, de la via Forcella y la via dei Tribunali.

Sabía dónde estaba la calle de San Giovanni a Carbonara, lo sabía a la perfección, pero desconocía esas historias. Me habló mucho de ellas. Habló para que sintiera —sospeché— que esas cosas que me contaba verbalmente, en esencia, ya las había escrito y pertenecían a un texto amplio cuya estructura, sin embargo, se me escapaba. Me pregunté: ¿qué tiene en mente, cuáles son sus intenciones? ¿Se limita a ordenar sus vagabundeos y sus lecturas o planea escribir un libro sobre curiosidades napolitanas, un libro que, naturalmente, jamás acabará, pero que le servirá para seguir adelante día tras día, ahora que no solo Tina ha desaparecido sino también Enzo y los Solara, y yo también desaparezco llevándome a Imma, que a trancas y barrancas la ha ayudado a sobrevivir?

45

Poco antes de marcharme a Turín pasé con ella mucho tiempo, fue un adiós afectuoso. Era un día del verano de 1995. Hablamos de todo durante horas, pero al final ella se concentró en Imma, que entonces tenía catorce años; era guapa, era vivaracha, acababa de terminar la secundaria obligatoria. La elogió sin imprevistas perfidias y me quedé escuchando sus elogios, le di las gracias por cómo la había ayudado en una época difícil. Ella me miró perpleja, me corrigió.

—Ayudo a Imma desde siempre, no solo ahora.

—Sí, pero después de los problemas que tuvo Nino, siempre le fuiste de mucha ayuda.

Tampoco le gustaron esas palabras, fue un momento confuso. No quería que relacionara a Nino con la atención que había dedicado a Imma, me recordó que se había ocupado de la niña desde el principio, dijo que lo había hecho porque Tina la había querido mucho, y añadió: tal vez Tina quiso a Imma mucho más que yo. Después movió la cabeza contrariada.

—No te entiendo —dijo.

—¿Qué no entiendes?

Se puso nerviosa, tenía en mente algo que quería decirme pero se contenía.

—No entiendo cómo es posible que en todo este tiempo no lo hayas pensado ni una vez.

—¿El qué, Lila?

Se calló unos segundos, después habló bajando la vista.

—¿Te acuerdas de la foto de *Panorama*?

—¿Cuál?

—Esa donde salías con Tina y se decía que era tu hija.

—Claro que me acuerdo.

—Muchas veces pensé que a Tina me la quitaron por culpa de esa foto.

—¿Cómo?

—Creían que te robaban a tu hija, y en cambio me robaron a la mía.

Eso dijo y esa mañana tuve la prueba de que de las mil hipótesis, de las fantasías, las obsesiones que la habían atormentado, que todavía la atormentaban, yo no había percibido casi nada. Diez años no habían servido para calmarla, su cerebro no lograba encontrar un rincón tranquilo para su hija.

—Salías siempre en los diarios y en la televisión, muy guapa, muy elegante, muy rubia —murmuró, y añadió—: A lo mejor querían sacarte dinero a ti y no a mí, quién sabe, hoy ya no sé nada, las cosas van en un sentido y después cambian de dirección.

Dijo que Enzo se lo había comentado a la policía, que ella se lo había comentado a Antonio, pero que ni la policía ni Antonio se habían tomado en serio esa posibilidad. Sin embargo, me la planteó como si en ese momento estuviese otra vez segura de que las cosas habían sido de ese modo. A saber cuántos otros sentimientos había abrigado y abrigaba de los que yo jamás me había percatado. ¿Se habían llevado a Nunziatina en lugar de mi Immacolata? ¿Mi éxito era el responsable del secuestro de su hija? ¿Y ese vínculo suyo con Imma era un ansia, una protección, una salvaguarda? ¿Se había imaginado que los secuestradores, tras deshacerse de la niña equivocada, podían regresar para llevarse a la correcta? ¿O qué más? ¿Qué le había pasado y le pasaba por la cabeza? ¿Por qué había esperado hasta entonces para hablarme de esa hipótesis? ¿Quería inocularme un último veneno para castigarme porque estaba a punto de dejarla? Ah, comprendía por qué Enzo se había ido. Vivir con ella se había vuelto demasiado desgarrador.

Se dio cuenta de que la miraba con preocupación y, como para ponerse a salvo, empezó a hablar de sus lecturas. Pero esta vez de un modo muy confuso, la desazón le crispaba la cara. Farfulló entre risas que el mal toma caminos imprevistos. Le pones encima iglesias, conventos, libros —parecen tan importantes, los libros, dijo con sarcasmo, tú les has dedicado toda tu vida— y el mal desfonda el pavimento y reaparece donde menos te lo esperas. Después se tranquilizó, volvió a hablar de Tina, de Imma, de mí, pero conciliadora, casi disculpándose por lo que me había dicho. Cuando hay demasiado silencio, dijo, me vienen muchas ideas a la cabeza, no hagas caso. Solo en las malas novelas la gente piensa siempre lo correcto, dice siempre lo correcto, todo efecto tiene su causa, hay simpáticos y antipáticos, buenos y malos, al final todo te consuela. Murmuró: puede ser que Tina regrese esta noche y entonces a quién le importa cómo pasó, lo esencial será que ella esté otra vez aquí y me perdone por la distracción. Perdóname tú también, dijo, me abrazó y concluyó: vete, vete, haz cosas aún más hermosas de las que ya has hecho hasta ahora. He estado cerca de Imma también por miedo a que alguien se la llevara, y tú quisiste de verdad a mi hijo incluso cuando tu hija lo dejó. Cuántas cosas has soportado por él, gracias. Estoy muy contenta de que hayamos sido amigas durante tanto tiempo y lo sigamos siendo.

46

Esa idea de que se habían llevado a Tina creyendo que era mi hija me conmocionó, pero no porque considerase que tuviera algún fundamento. Pensé más bien en el nudo de sentimientos oscuros que la había generado y traté de poner orden. Incluso después de tanto tiempo me volvió a la cabeza el hecho de que, por motivos por completo casuales —debajo de las casualidades más nimias se ocultan extensiones de arenas movedizas—, Lila había acabado llamando a su hija con el nombre de mi queridísima muñeca, esa que, de pequeña, ella misma había lanzado al fondo de un sótano. Recuerdo que fue la primera vez que fantaseé con ello, pero no aguanté mucho, me asomé a un pozo oscuro con algún destello de luz y me aparté. Toda relación intensa entre seres humanos está plagada de cepos y si se quiere que dure hay que aprender a esquivarlos. Lo hice también en esa circunstancia y al final tuve la sensación de haberme topado con una enésima prueba de lo espléndida y tenebrosa que era nuestra amistad, de lo largo y complicado que había sido el dolor de Lila, de que ese dolor aún duraba y duraría siempre. Sin embargo, me marché a Turín convencida de que Enzo tenía razón: Lila distaba mucho de una vejez tranquila dentro de los límites que se había impuesto. La última imagen que me ofreció de sí misma fue la de una mujer de cincuenta y un años que aparentaba diez más y que, de vez en cuando, mientras hablaba, la asaltaban fastidiosas oleadas de calor, se ponía roja como el fuego. El cuello también se le cubría de manchas, se le extraviaba la mirada, se agarraba el dobladillo del vestido con las manos y se abanicaba enseñándonos las bragas a Imma y a mí.

47

En Turín todo estaba dispuesto: había encontrado casa por la zona de Ponte Isabella y me esforcé en trasladar gran parte de mis cosas y de las de Imma. Partimos. Recuerdo que el tren acababa de salir de Nápoles, mi hija estaba sentada frente a mí y por primera vez parecía melancólica por lo que dejaba atrás. Yo estaba muy cansada por el trajín de los últimos meses, por las mil cosas de las que había tenido que ocuparme, por lo que había hecho, por lo que había olvidado hacer. Me dejé caer en el asiento, por la ventanilla vi alejarse los suburbios de la ciudad y el Vesubio. Fue en ese momento cuando asomó de pronto, como una boya que ya no está comprimida bajo el agua, la certeza de que al escribir sobre Nápoles Lila escribiría sobre Tina, y que el texto —precisamente porque se nutría del esfuerzo de contar un dolor inenarrable— resultaría fuera de lo común.

Esa certeza tomó cuerpo con fuerza y no se debilitó nunca. En los años de Turín —mientras dirigí la pequeña pero prometedora editorial que me había contratado, mientras me sentí, con gran diferencia, más estimada, diría incluso que más poderosa de lo que había sido a mis ojos Adele décadas antes— la certeza cobró la forma de un augurio, de una esperanza. Me hubiera gustado que un día Lila me telefoneara para decirme: tengo un manuscrito, un cartapacio, un mamotreto, en fin, un texto mío que me gustaría que leyeras y me ayudaras a ordenar. Lo habría leído enseguida. Le habría metido mano para darle una forma aceptable, probablemente de párrafo en párrafo habría acabado reescribiéndolo. Pese a su vivacidad intelectual, su extraordinaria memoria, las lecturas que debía de haber hecho durante toda la vida, a veces me había hablado de ellas, más a menudo me las había ocultado, Lila tenía una formación básica por completo insuficiente y ninguna competencia como narradora. Temía que fuese una acumulación desordenada de cosas buenas mal formuladas, de cosas espléndidas colocadas en el sitio equivocado. Pero nunca —nunca— se me pasó por la cabeza que ella pudiera haber escrito una historia insulsa, plagada de lugares comunes, al contrario, siempre tuve la plena certeza de que se trataría de un texto digno. En las épocas en que a duras penas conseguía organizar un plan editorial de buen nivel, llegué incluso a interrogar con insistencia a Rino que, por otra parte, se presentaba con frecuencia en mi casa; llegaba sin telefonear antes, decía he venido a saludar y se quedaba al menos un par de semanas. Le preguntaba: ¿tu madre sigue escribiendo?, ¿por casualidad nunca le has echado un vistazo, nunca has visto de qué se trata? Pero el contestaba sí, no, no me acuerdo, son cosas suyas, no sé. Yo insistía. Fantaseaba con la colección en la que habría incluido ese texto fantasma, con lo que habría hecho para darle la máxima visibilidad y obtener honores yo también. A veces telefoneaba a la propia Lila, me interesaba por cómo estaba, le preguntaba con discreción, hablando en general: ¿aún te dura la pasión por Nápoles, tomas siempre muchos apuntes? Matemáticamente ella respondía: pero qué pasión, qué apuntes, soy una vieja loca como Melina, te acuerdas de Melina, quién sabe si seguirá viva. Entonces yo dejaba estar el tema, pasaba a otra cosa.

48

Durante esas conversaciones telefónicas cada vez con mayor frecuencia hablábamos de muertos que, no obstante, eran una ocasión para referirnos también a los vivos.

Se había muerto Fernando, su padre, y a los pocos meses había muerto Nunzia. Lila se había mudado con Rino al viejo apartamento donde había nacido, el que había comprado tiempo atrás con su dinero. Pero ahora los otros hermanos sostenían que era propiedad de los padres y la martirizaban reclamando el derecho a tener una parte para cada uno.

Se había muerto Stefano después de un nuevo infarto —ni siquiera les había dado tiempo a llamar la ambulancia, había caído de bruces de un modo fulminante— y Marisa se había marchado del barrio con sus hijos. Por fin Nino había hecho algo por ella; no solo le había encontrado un puesto de secretaria en un bufete de abogados de la via Crispi, sino que le pasaba dinero para mantener a sus hijos en la universidad.

Se había muerto un tipo al que nunca había conocido, si bien se sabía que era el amante de mi hermana Elisa. Se había marchado del barrio, pero ni ella, ni mi padre, ni mis hermanos me habían avisado. Me enteré por Lila de que se había ido a Caserta, había conocido a un abogado que era también concejal y se volvió a casar, aunque no me invitó a la boda.

En nuestras charlas hablábamos de estas cosas, ella me mantenía al tanto de todas las novedades. Yo le contaba de mis hijas, de Pietro, que se había casado con una colega cinco años mayor que él, de lo que yo estaba escribiendo, de cómo iba mi experiencia editorial. Solo en un par de ocasiones llegué a hacerle preguntas algo más explícitas sobre el tema que me interesaba.

—Si tú, pongamos por caso, llegaras a escribir algo, e, insisto, es una suposición, ¿me dejarías que lo leyera?

—¿Algo de qué tipo?

—Algo. Rino dice que estás siempre delante del ordenador.

—Rino dice tonterías. Navego por internet. Me informo sobre las novedades de la electrónica. Eso hago cuando estoy delante del ordenador. No escribo.

—¿Seguro?

—Seguro. ¿Alguna vez contesto tus correos electrónicos?

—No, y no sabes la rabia que me da. Yo te escribo siempre y tú nada.

—¿Lo ves? No escribo nada a nadie, a ti tampoco.

—De acuerdo. Pero en el caso de que escribieras algo, ¿me lo dejarías leer, me lo dejarías publicar?

—La escritora eres tú.

—No me has contestado.

—Te he contestado, pero tú te haces la que no entiende. Para escribir hay que desear que algo te sobreviva. Yo ni siquiera tengo ganas de vivir, nunca las he tenido tan fuertes como tú. Si pudiera borrarme ahora, mientras hablamos, estaría más que contenta. Como para ponerme a escribir estoy.

Había expresado a menudo esa idea de borrarse, pero desde finales de los años noventa, sobre todo a partir de 2000, se convirtió en una cantilena burlona. Era una metáfora, por supuesto. Le gustaba, había recurrido a ella en las circunstancias más variadas, y nunca en los muchos años de nuestra amistad, ni siquiera en los momentos más terribles tras la desaparición de Tina, me había pasado por la cabeza que pensara en suicidarse. Borrarse era una especie de proyecto estético. Esto no hay quien lo aguante, decía, la electrónica parece tan limpia pero no, ensucia, ensucia muchísimo, y te obliga a dejarte a ti misma por todas partes, como si te cagaras y mearas encima sin parar; pero de mí no quiero dejar nada, mi tecla preferida es la que sirve para borrar.

En algunas épocas ese afán había sido más real, en otras, menos. Recuerdo una parrafada pérfida motivada por mi notoriedad. Vaya, dijo cierta vez, cuánto lío por un nombre, famoso o no, no es más que un lacito alrededor de un saco rellenado al buen tuntún de sangre, carne, palabras, mierda y pensamientos. Me tomó el pelo un buen rato sobre ese punto: desato el lacito —Elena Greco— y el saco queda ahí, funciona igual, sin ton ni son, claro, sin méritos ni deméritos, hasta que se rompe. En sus días más negros decía con una carcajada ronca: quiero desatarme el nombre, quitármelo, deshacerme de él, olvidarme. Pero en otras ocasiones estaba más relajada. Ocurría, pongamos, que la llamaba esperando convencerla para que me hablara de su texto y, aunque ella negaba con fuerza su existencia sin dejar de mostrarse esquiva, yo notaba como si mi llamada telefónica la hubiese sorprendido en pleno momento creativo. Una noche la encontré felizmente aturdida. Soltó sus discursos habituales de aniquilación de las jerarquías —tanto cuento sobre la grandeza de esto y de lo otro, pero qué merito tiene haber nacido con ciertas cualidades, es como admirar la cesta del bingo cuando la agitas y salen los números buenos—, si bien se expresó con fantasía y al mismo tiempo con precisión, percibí el placer de inventar imágenes. Ah, cómo sabía usar las palabras cuando quería. Parecía custodiar un sentido secreto propio que restaba sentido a todo lo demás. Quizá fue eso lo que empezó a entristecerme.

49

La crisis llegó el invierno de 2002. Entonces, a pesar de los altibajos, aún me sentía realizada. Todos los años Dede y Elsa regresaban de Estados Unidos, a veces solas, a veces con novios por completo provisionales. La primera se dedicaba a las mismas cosas que su padre, la segunda había conseguido precozmente una cátedra en un sector misteriosísimo del álgebra. Cuando regresaban sus hermanas, Imma se liberaba de todas sus obligaciones y pasaba todo el tiempo con ellas. La familia se recomponía, las cuatro mujeres nos quedábamos en la casa de Turín, o nos íbamos a pasear por la ciudad, felices de estar juntas al menos durante un breve período, atentas unas con otras, afectuosas. Las miraba y me decía: qué suerte he tenido.

Pero en la Navidad de 2002 ocurrió algo que me deprimió. Las tres muchachas regresaron para pasar una larga temporada. Dede acababa de casarse con un ingeniero muy serio de origen iraní, hacía un par de años había tenido un varoncito muy movido llamado Hamid. Elsa llegó acompañada de un colega suyo de Boston, matemático como ella, y todavía más chiquillo que ella, muy bullicioso. Imma también regresó de París, donde llevaba dos años estudiando filosofía, y vino con su compañero de curso, un francés altísimo, feúcho y casi mudo. Qué agradable fue ese diciembre. Yo tenía cincuenta y ocho años, era abuela, mimaba a Hamid. Recuerdo que la Nochebuena, sentada en un rincón con el niño, me quedé contemplando con serenidad los cuerpos jóvenes y cargados de energía de mis hijas. Todas y al mismo tiempo ninguna se parecían a mí; su vida estaba muy lejos de la mía y, sin embargo, las sentía como partes indisociables de mí. Pensé: cuánto esfuerzo y qué largo camino recorrí. Podía abandonar a cada paso, pero no lo hice. Me fui del barrio, regresé, logré irme de nuevo. Nada, nada pudo hundirme junto con estas muchachas que he engendrado. Nos pusimos a salvo, las puse a todas a salvo. Ay, ellas ya pertenecen a otros lugares y a otras lenguas. Consideran Italia un rincón espléndido del planeta, y a la vez una provincia insignificante e inútil, solo habitable durante unas breves vacaciones. Dede me dice a menudo: por qué no te vienes a vivir a mi casa, puedes hacer tu trabajo desde allí. Yo digo que sí, que tarde o temprano lo haré. Están orgullosas de mí y, sin embargo, sé que ninguna de ellas me soportaría mucho tiempo, y ahora ni siquiera Imma. El mundo está prodigiosamente cambiado y les pertenece cada vez más a ellas, cada vez menos a mí. Ya me va bien —me dije, haciéndole mimos a Hamid—, al final, lo que cuenta son estas muchachas tan competentes que no se han encontrado ni una de las dificultades con las que yo he tenido que vérmelas. Tienen unos modales, unas voces, unas exigencias, unas pretensiones, una conciencia de sí mismas que yo ni siquiera hoy me atrevo a permitirme. Otros, otras no tienen esa suerte. En los países con cierto bienestar ha predominado una medianía que oculta los horrores del resto del mundo. Cuando de esos horrores se desprende una violencia que llega hasta el interior de nuestras ciudades y nuestras costumbres nos sobresaltamos, nos alarmamos. El año pasado me morí de miedo y mantuve largas conversaciones telefónicas con Dede, con Elsa y también con Pietro, cuando en la televisión vi unos aviones encender las torres de Nueva York como quien enciende con un ligero roce la cabeza de un fósforo. En el mundo de abajo está el infierno. Mis hijas lo saben pero solo de palabra, y se indignan y entretanto disfrutan de las alegrías de la existencia mientras dure. Atribuyen su bienestar y sus éxitos a su padre. Pero yo —yo que no tenía privilegios— soy la base de sus privilegios.

Mientras razonaba de este modo, algo me desanimó. Tal vez ocurrió cuando las tres muchachas llevaron festivamente a sus compañeros hasta el estante con mis libros. Tal vez ninguna de ellas había leído ni uno solo, sin duda nunca las había visto hacerlo; en cualquier caso, nunca me habían hecho ningún comentario. Pero ahora hojeaban alguno, leían incluso frases en voz alta. Esos libros nacían del ambiente en que yo había vivido, de lo que me había fascinado, de las ideas que me habían influido. Había seguido paso a paso mi tiempo, inventando historias, reflexionando. Había identificado males, los había puesto en escena. Había prefigurado no sé cuántas veces cambios salvíficos que, sin embargo, nunca habían llegado. Había utilizado la lengua de todos los días para indicar cosas de todos los días. Había hecho hincapié en algunos temas: el trabajo, los conflictos de clase, el feminismo, los marginados. Ahora oía frases mías elegidas al azar y me resultaban embarazosas. Elsa —Dede era más respetuosa, Imma, más cau- ta— leía con tono irónico pasajes de mi primera novela, de mi relato sobre la invención de las mujeres por parte de los hombres, de libros con múltiples premios. Su voz ponía hábilmente de re- lieve defectos, excesos, tonos demasiado exclamativos, la vejez de ideologías que yo había defendido como verdades indiscutibles. Sobre todo se detenía divertida en el léxico, repetía dos o tres ve- ces palabras que desde hacía tiempo estaban pasadas de moda o sonaban insensatas. ¿A qué estaba asistiendo? ¿A una burla afec- tuosa como los que hacían en Nápoles —seguramente mi hija había aprendido allí el tono— que, sin embargo, de línea en línea, se estaba convirtiendo en una demostración del escaso valor de todos esos volúmenes alineados junto con sus traducciones?

El joven matemático, compañero de Elsa, fue el único, creo, en notar que mi hija me estaba haciendo daño y la interrumpió, le quitó el libro, me hizo preguntas sobre Nápoles como si se tratara de una ciudad imaginaria, similar a aquellas desde las que en otros tiempos traían noticias los exploradores más audaces. El día de fiesta pasó volando. Pero desde entonces algo me cambió por den- tro. De vez en cuando cogía uno de mis libros, leía alguna página, notaba su fragilidad. Mis incertidumbres de siempre se potencia- ron. Dudé cada vez más de la calidad de mis obras. En cambio, el texto hipotético de Lila adquirió, en paralelo, un valor imprevis- to. Si antes había pensado en él como en una materia en bruto en la que habría podido trabajar con ella y conseguir un buen libro para mi editorial, ahora se transformó en una obra terminada y, por tanto, en una posible piedra de toque. Me sorprendí pregun- tándome: ¿y si tarde o temprano de sus archivos sale un relato mucho mejor que los míos? ¿Y si en verdad yo nunca he escrito una novela memorable y ella, ella en cambio, hace años que la está escribiendo y reescribiendo? ¿Y si el genio que Lila había manifestado de niña con *El hada azul*, turbando a la maestra Oliviero, ahora, en la vejez, se manifiesta en toda su potencia? En ese caso, su libro se convertiría —aunque solo para mí— en la prueba de mi fracaso, y al leerlo entendería cómo debería haber escrito y no fui capaz de hacerlo. Así las cosas, la tozuda autodisciplina, los estudios tan arduos, cada página o línea que había publicado con éxito se habrían disuelto como en el mar cuando la tempestad inminente choca contra el hilo violeta del horizonte y lo cubre todo. Mi imagen de escritora oriunda de un lugar degradado que había conseguido un resultado difusamente valorado desvelaría su propia inconsistencia. Se atenuaría la satisfacción por mis hijas bien criadas, por la notoriedad, incluso por mi último amante, un profesor del Politécnico, ocho años menor que yo, con un hijo, divorciado dos veces, al que veía una vez por semana en su casa de la colina. Mi vida entera quedaría apenas reducida a una batalla mezquina por cambiar de clase social.

50

Mantuve a raya la depresión, telefoneé menos a Lila. Ahora ya no esperaba, sino que temía, temía que me dijera: quieres leer estas páginas que he escrito, hace años que trabajo en ellas, te las mando por correo electrónico. No tenía dudas sobre cómo habría reaccionado si hubiese descubierto que ella había irrumpido de verdad en mi mismo oficio, vaciándolo. Seguramente me quedaría admirada como había hecho ante *El hada azul*. Habría publicado su texto sin dudarlo. Me habría empleado a fondo para imponer por todos los medios su valor. Pero yo ya no era el ser de pocos años que había tenido que descubrir las cualidades extraordinarias de su compañera de pupitre. Ahora era una mujer madura con una fisonomía consolidada. Era eso que la propia Lila, a veces en broma, a veces en serio, había repetido a menudo: Elena Greco, la amiga estupenda de Raffaella Cerullo. De ese repentino giro de la suerte yo saldría aniquilada.

Pero en esa época las cosas todavía me iban bien. La vida plena, el aspecto todavía joven, los encargos de trabajo, una tranquilizadora notoriedad dejaron poco espacio a esos pensamientos, los redujeron a una vaga insatisfacción. Después llegaron los años malos. Mis libros se vendían cada vez menos. Perdí mi puesto en la editorial. Engordé, me deformé, me sentía vieja y asustada por la posibilidad de una vejez pobre y sin prestigio. Tuve que reconocer que, mientras trabajaba según la forma mental que me había construido décadas antes, ya todo había cambiado, yo incluida.

En 2005 fui a Nápoles, vi a Lila. Fue un día difícil. Ella había cambiado todavía más, se esforzaba por mostrarse sociable, saludaba neuróticamente a todo el mundo, hablaba en exceso. Al ver africanos, asiáticos hasta en el último rincón del barrio, al notar aromas de cocinas desconocidas, se entusiasmaba y decía: yo no he viajado por el mundo como has hecho tú, pero ya lo ves, el mundo ha venido a mi casa. En Turín ocurría otro tanto y la invasión de lo exótico, su reducción a la cotidianidad, me gustaba. Pero solo en el barrio me di cuenta de cómo se había modificado el paisaje antrópico. Siguiendo una tradición consolidada, el viejo dialecto había acogido enseguida lenguas misteriosas, y mientras tanto se estaba enfrentando con habilidades fonatorias distintas, con sintaxis y sentimientos en otros tiempos muy alejados. La piedra gris de los edificios lucía letreros imprevistos, los viejos intercambios legales e ilegales se mezclaban con los nuevos, el ejercicio de la violencia se abría a nuevas culturas.

Fue cuando se difundió la noticia de que el cadáver de Gigliola estaba en los jardincillos. Entonces todavía no se sabía que había muerto de un infarto, pensé que la habían matado. Su cuerpo en el suelo, tirado boca abajo, era enorme. Cómo debió de padecer con esa transformación suya, ella que había sido hermosa y se había quedado con Michele Solara, el más guapo de todos. Yo todavía sigo viva —pensé— y, sin embargo, ya no consigo sentirme distinta de este cuerpo grande que yace sin vida en este lugar sórdido, de esta forma sórdida. Era así. Pese a cuidarme obsesivamente, yo tampoco me reconocía, tenía unos andares cada vez más vacilantes, ninguna de mis expresiones era ya como esas a las que estaba acostumbrada desde hacía décadas. De jovencita me había sentido tan distinta, y ahora me daba cuenta de que era como Gigliola.

En cambio, Lila no parecía prestar atención a la vejez. Gesticulaba con energía, chillaba, hacía grandes ademanes de saludo. No le pregunté por enésima vez sobre su posible texto. Me dijera lo que me dijese estaba segura de que yo no me tranquilizaría. Ya no sabía cómo salir de la depresión, a qué aferrarme. El problema ya no era la obra de Lila, su calidad, o al menos yo no tenía necesidad de notar esa amenaza para sentir que lo que había escrito desde finales de los años sesenta hasta ese momento había perdido peso y fuerza, ya no le hablaba a un público como me parecía que había hecho durante años, no tenía lectores. En cambio, en esa ocasión tristísima de muerte me percaté de que la propia naturaleza de mi angustia se había modificado. Ahora lo que me angustiaba era que nada de mí perduraría en el tiempo. Mis libros habían visto la luz en poco tiempo y con su pequeña fortuna me habían dado durante años la ilusión de estar haciendo un trabajo importante. Pero de pronto la ilusión se había debilitado, ahora ya no lograba creer en la relevancia de mi obra. Por otra parte, también para Lila todo había pasado: llevaba una vida oscura, encerrada en el pequeño apartamento de sus padres, llenaba el ordenador de a saber qué impresiones y pensamientos. Sin embargo, yo imaginaba que existía la posibilidad de que su nombre —lacito o lo que fuera— justamente ahora que ella era una mujer vieja, o incluso después de muerta, quedaría ligado a una obra única de gran relieve: no las miles de páginas que yo había escrito, sino un libro de cuyo éxito nunca disfrutaría como yo había hecho con los míos, y que, no obstante, perduraría en el tiempo, sería leído y releído durante cientos de años. Lila tenía esa posibilidad, yo la había desperdiciado. Mi destino no era distinto del de Gigliola, el suyo quizá sí.

51

Durante un tiempo me abandoné. Trabajaba muy poco; por otra parte, en la editorial y en los demás sitios ya no me pedían que trabajara más. No veía a nadie, me limitaba a mantener largas conversaciones telefónicas con mis hijas, insistía para que me pasaran con mis nietos, con los que hablaba como una niña. Ahora también Elsa tenía un varoncito llamado Conrad, y Dede le había dado una hermanita a Hamid, a la que había llamado Elena.

Esas voces infantiles que se expresaban con gran precisión me recordaban a Tina. En los momentos de mayor oscuridad estaba cada vez más segura de que Lila había escrito la historia detallada de su hija, estaba cada vez más segura de que la había mezclado con la de Nápoles con la ingenuidad perversa de la persona inculta que, sin embargo, precisamente por eso, terminaba consiguiendo resultados prodigiosos. Después comprendía que eran fantasías mías. Sin querer sumaba aprensión, envidia, rencor, afecto. Lila no tenía ese tipo de ambición, nunca había tenido ambiciones. Para poner en marcha cualquier proyecto al que unir el propio nombre era necesario quererse y ella me lo había dicho, no se amaba, no amaba nada de sí misma. En las noches de mayor depresión llegué a imaginar que había perdido a su hija para no verse reproducida en toda su antipatía, en toda su malvada capacidad de reacción, en toda su inteligencia sin objeto. Quería borrarse porque no se aguantaba. Lo había hecho sin cesar durante toda su existencia, empezando por su encierro en un perímetro sofocante, limitándose de forma creciente justo cuando el planeta ya no quería tener fronteras. Jamás se había subido a un tren, ni para ir a Roma. Jamás había tomado un avión. Su experiencia era muy reducida y, cuando lo pensaba, lo lamentaba por ella, me reía, me ponía de pie soltando algún gemido, iba al ordenador, le escribía el enésimo correo electrónico para decirle: ven a verme, pasaremos un tiempo juntas. En esos momentos daba por hecho que no había, que nunca habría un manuscrito de Lila. Siempre la había sobrevalorado, de ella no saldría nada memorable, lo que me sosegaba y aun así lo lamentaba sinceramente. Yo amaba a Lila. Quería que ella perdurara. Pero quería ser yo quien la hiciera perdurar. Lo consideraba mi obligación. Estaba convencida de que ella misma, de jovencita, me la había impuesto.

52

El relato que después titulé *Una amistad* nació en ese estado de dulce extenuación, en Nápoles, una semana lluviosa. Sabía muy bien que estaba violando un pacto no escrito entre Lila y yo, sabía también que ella no lo soportaría. Pero creía que si el resultado llegaba a ser bueno, al final me diría: te estoy agradecida, eran cosas que no tenía el valor de decirme ni siquiera a mí misma y tú las has dicho en mi nombre. Existe esta presunción en quien se siente destinado a las artes, y sobre todo a la literatura; se trabaja como si se hubiese recibido una investidura, pero, de hecho, nadie nos ha investido nunca de nada, nosotros mismos nos hemos otorgado la autorización para ser autores y, con todo, nos amargamos si nos dicen: esta cosita que has hecho no me interesa, es más, me aburre, quién te ha dado a ti el derecho. Yo escribí en pocos días una historia que durante años, con el temor y la esperanza de que la estuviese escribiendo Lila, había terminado por imaginar con todo detalle. Lo hice porque todo aquello que venía de ella, o que yo le atribuía, desde niñas me había parecido más significativo, más prometedor de lo que venía de mí.

Cuando terminé el primer borrador me encontraba en la habitación de un hotel con un balconcito que tenía una bonita vista del Vesubio y del hemiciclo grisáceo de la ciudad. Habría podido llamar a Lila al móvil, decirle: he escrito sobre mí, sobre ti, sobre Tina, sobre Imma, quieres leerlo, son apenas ochenta páginas, paso por tu casa, te las leo en voz alta. Por temor no lo hice. Me había prohibido expresamente no solo que escribiera sobre ella, sino que usara personas y sucesos del barrio. Las veces que había ocurrido, tarde o temprano había encontrado la manera de decirme —con dolor incluso— que el libro era feo, que o se es capaz de contar las cosas tal como ocurrieron, en su acumulación sin orden, o se echa mano de la imaginación y se inventa un hilo, y yo no había sabido hacer ni lo uno ni lo otro. De modo que lo dejé estar, me tranquilicé diciéndome: ocurrirá lo de siempre, el relato no le gustará, hará como si nada, dentro de unos años me dará a entender, o me dirá con claridad, que debo aspirar a mejores resultados. En realidad, pensé, si hubiera sido por ella, nunca debería haber publicado una sola línea.

El libro se publicó, me vi desbordada por una aprobación que hacía tiempo no notaba a mi alrededor, y como la necesitaba, me sentí feliz. *Una amistad* me evitó entrar en la lista de escritores que todos consideran muertos a pesar de seguir vivos. Mis otros libros se vendieron otra vez, se avivó el interés por mi persona, y a pesar de la vejez incipiente, mi vida regresó a su plenitud. Al principio consideré ese libro como el más hermoso que había escrito, pero después dejé de amarlo. Lila es quien hizo que lo detestara al negarse por todos los medios a verme, a discutirlo conmigo, incluso a insultarme y a darme bofetadas. La he llamado por teléfono infinidad de veces, le he escrito numerosos correos electrónicos, he ido al barrio, he hablado con Rino. Nunca se dejó ver el pelo. Por otra parte, su hijo nunca me ha dicho: mi madre se porta así porque no quiere verte. Como de costumbre se mostró vago, masculló: ya sabes cómo es, anda siempre por ahí, y el móvil o lo tiene apagado o se lo olvida en casa, a veces ni siquiera viene a dormir. Así, tuve que reconocer que nuestra amistad había terminado.

53

De hecho, no sé qué pudo ofenderla, si fue un detalle o toda la historia. A mi modo de ver, lo bueno de *Una amistad* es que era lineal. Relataba en síntesis, con todos los enmascaramientos del caso, nuestras dos vidas, desde la pérdida de las muñecas a la pérdida de Tina. ¿En qué me había equivocado? Durante mucho tiempo pensé que se había enfadado porque en la parte final, pese a recurrir a la fantasía más que en otros puntos de la historia, contaba lo que de hecho había ocurrido en la realidad: Lila había ensalzado a Imma a los ojos de Nino, al hacerlo se había distraído, y en consecuencia había perdido a Tina. Pero evidentemente aquello que en la ficción del relato sirve, con toda inocencia, para llegar al corazón de los lectores, se convierte en una infamia para quien percibe el eco de los hechos que realmente vivió. En fin, que durante mucho tiempo creí que lo que había asegurado el éxito del libro era también lo que más daño había causado a Lila.

Sin embargo, más tarde cambié de opinión. Me convencí de que la razón de su retiro estaba en otra parte, en mi forma de contar el episodio de las muñecas. Había exagerado a propósito el momento en que desaparecieron en la oscuridad del sótano, había potenciado el trauma de la pérdida, y para conseguir efectos conmovedores había utilizado el hecho de que una de las muñecas y la niña desaparecida llevaban el mismo nombre. Todo ello había inducido deliberadamente a los lectores a conectar la pérdida infantil de las hijas postizas a la pérdida adulta de la hija real. Lila debía de haber encontrado cínico, deshonesto, que para complacer a mi público, yo hubiese recurrido a un momento importante de nuestra infancia, a su niña, a su dolor.

Pero no hago más que reunir supuestos, necesitaría verla cara a cara, escuchar sus quejas, explicarme. Por momentos me siento culpable y la entiendo. Por momentos la detesto por esta decisión suya de apartarme de su vida de forma tan tajante precisamente ahora, en la vejez, cuando necesitaríamos cercanía y solidaridad. Siempre hizo lo mismo: cuando no me doblego, me excluye, me castiga, me arrebata el placer mismo de haber escrito un buen libro. Estoy exasperada. Incluso la puesta en escena de su propio borrarse, además de preocuparme me irrita. Quizá la pequeña Tina no viene al caso, quizá tampoco viene al caso su fantasma, que sigue obsesionándola tanto en la forma de la niña de casi cuatro años, la más resistente, como en la forma frágil de la mujer que hoy, como Imma, tendría treinta años. Venimos al caso siempre y únicamente nosotras dos: ella que quiere que yo dé eso que su naturaleza y las circunstancias le han impedido dar, yo que no consigo dar eso que ella pretende; ella que se enfada por mi insuficiencia, y que, por fastidiar, quiere reducirme a nada, como ha hecho con ella misma, yo que me he pasado meses y meses escribiendo para darle una forma que no se desborde, y vencerla, y calmarla, y así, a mi vez, calmarme.

Epílogo
Restitución

1

Ni yo misma me lo creo. He terminado este relato que me parecía que no se terminaría nunca. Lo he terminado y lo he releído con paciencia, no tanto para cuidar un poco la calidad de la escritura como para comprobar si, aunque sea en una sola línea, es posible localizar la prueba de que Lila entró en mi texto y decidió contribuir a escribirlo. He tenido que reconocer que todas estas páginas son solo mías. Eso que Lila amenazó hacer con frecuencia —entrar en mi ordenador— no lo hizo, quizá ni siquiera era capaz de hacerlo, quizá fue durante mucho tiempo una fantasía mía de anciana, en ayunas de lo que son las redes, los cables, las conexiones, los duendes de la electrónica. Lila no está en estas palabras. Solo está aquello que yo he sido capaz de fijar. A menos que, a fuerza de imaginarme qué habría escrito ella y cómo, yo ya no esté en condiciones de distinguir lo mío de lo suyo.

A menudo, durante este esfuerzo, llamé a Rino, le pregunté por su madre. No se sabe nada de ella, la policía se limitó a citarlo tres o cuatro veces para enseñarle los cadáveres de mujeres ancianas sin nombre, desaparecen muchas. En un par de ocasiones tuve que ir a Nápoles, lo vi en el viejo apartamento del barrio, un espacio más oscuro, más decrépito de lo habitual. De Lila en realidad no quedaba nada, faltaba precisamente todo aquello que había sido suyo. En cuanto a su hijo, me pareció más despistado de lo habitual, como si su madre también se hubiese ido de su cabeza.

Dos funerales me hicieron regresar a la ciudad, primero el de mi padre, después el de Lidia, la madre de Nino. Pero no asistí al funeral de Donato, no por rencor, sino porque me encontraba en el extranjero. Cuando fui al barrio por lo de mi padre, reinaba un gran nerviosismo porque acababan de asesinar a un joven a la entrada de la biblioteca. Fue entonces cuando pensé que esta historia mía podría continuar hasta el infinito, narrando a veces el esfuerzo de los jóvenes sin privilegios por mejorar pescando libros entre viejas estanterías, como hacíamos Lila y yo de jovencitas, y otras el camino de charlas seductoras, promesas, engaños, sangre que impide a mi ciudad y al mundo una verdadera mejora.

Cuando regresé para asistir al funeral de Lidia el día estaba nublado, la ciudad parecía tranquila, yo también me sentía tranquila. Después llegó Nino y no hizo más que hablar en voz alta, bromear, reír incluso, como si no estuviéramos en las exequias de su madre. Lo vi gordo, hinchado, un hombretón rubicundo con el pelo muy ralo que se daba autobombo sin parar. Cuando terminó el funeral me costó librarme de él. No quería escucharlo, ni tenerlo delante. Me daba la sensación de tiempo malgastado, de esfuerzo inútil, temía que se me quedara en la cabeza y se extendiera sobre mí, sobre todo.

Con motivo de los dos funerales me organicé con antelación para ir a visitar a Pasquale. En estos años lo he hecho todas las veces que he podido. En la cárcel ha estudiado mucho, se sacó el bachiller, hace poco obtuvo la licenciatura en geografía astronómica.

—De haber sabido que para sacarme el bachillerato y una licenciatura bastaba con tener tiempo libre, estar encerrado en un lugar sin preocuparse por ganarse el jornal y aprender disciplinadamente de memoria páginas y páginas de algunos libros, lo habría hecho antes —me dijo una vez con sorna.

Hoy es un señor anciano, se expresa de forma tranquila, se conserva mucho mejor que Nino. Conmigo rara vez recurre al dialecto. Pero no ha modificado ni una coma del círculo de ideas donde lo encerró desde jovencito su padre. Cuando lo vi después de los funerales de Lidia y le conté lo de Lila, se echó a reír. Estará en alguna parte, haciendo sus cosas inteligentes y fantasiosas, murmuró. Y se conmovió al recordar aquella vez en que nos habíamos encontrado en la biblioteca del barrio, cuando el maestro entregaba los premios a los lectores más asiduos y la más asidua resultó ser Lila, seguida de todos los suyos, de modo que era siempre Lila la que sacaba libros ilegalmente con los carnets de su familia. Ah, Lila, la zapatera; Lila que imitaba a la mujer de Kennedy; Lila, la artista y decoradora; Lila, la obrera; Lila, la programadora; Lila siempre en el mismo lugar y siempre fuera de lugar.

—¿Quién le robó a Tina? —le pregunté.

—Los Solara.

—¿Seguro?

Sonrió con sus dientes estropeados. Comprendí que no me estaba diciendo la verdad —quizá no la supiera y ni siquiera le interesara—, sino que estaba proclamando una fe suya indiscutible, basada en la experiencia primordial del atropello, la experiencia del barrio que, pese a las lecturas que había hecho, la licenciatura que había obtenido, los viajes clandestinos por aquí y por allá, los crímenes que había cometido o con los que había cargado, seguía siendo el troquel de todas sus certezas.

—¿Quieres que te diga también quién mató a esos dos cabrones de mierda? —me preguntó.

De pronto leí en su mirada algo que me causó horror —un rencor inextinguible— y dije que no. Negó con la cabeza conservando un momento la sonrisa.

—Ya lo verás, cuando Lila se decida, dará señales de vida —murmuró.

Pero de ella ya no quedaba rastro. En esas dos ocasiones luctuosas paseé por el barrio, pregunté aquí y allá por curiosidad; nadie se acordaba o quizá fingían. Ni siquiera pude hablar de ella con Carmen. Roberto murió, ella dejó el surtidor de gasolina, se fue a vivir a Formia con uno de sus hijos.

Para qué habrán servido entonces todas estas páginas. Me proponía aferrarla, tenerla otra vez a mi lado, y me moriré sin saber si lo he conseguido. A veces me pregunto dónde se habrá desvanecido. En el fondo del mar. Dentro de una grieta o en una galería subterránea cuya existencia solo ella conoce. En una vieja bañera repleta de un potente ácido. Dentro de un foso carbonero de otros tiempos, de esos a los que dedicaba tantas palabras. En la cripta de una pequeña iglesia de montaña abandonada. En una de las tantas dimensiones que nosotros todavía no conocemos pero Lila sí, y ahora está ahí con su hija.

¿Regresará?

¿Regresarán juntas, Lila vieja, Tina mujer madura?

Esta mañana, sentada en el balconcito que da al Po, estoy esperando.

2

Desayuno todos los días a las siete, voy al quiosco en compañía del labrador que me he comprado hace poco, paso buena parte de la mañana en el parque Valentino jugando con el perro, hojeando los periódicos. Ayer, al volver a casa, encima de mi buzón encontré un paquete mal envuelto con papel de diario. Lo cogí perpleja. Nada probaba que lo hubiesen dejado para mí y no para cualquier otro inquilino. No llevaba nota adjunta, tampoco mi apellido escrito en bolígrafo por alguna parte.

Abrí con cautela un costado del cartón y con eso bastó. Tina y Nu surgieron de la memoria incluso antes de que las liberase por completo del papel de diario. Reconocí enseguida las muñecas que, una después de la otra, casi seis décadas antes, habían sido lanzadas —la mía por Lila, la de Lila por mí— a un sótano del barrio. Eran las mismas muñecas que nunca habíamos recuperado, pese a haber ido a buscarlas bajo tierra. Eran las mismas que Lila me había obligado a recuperar llevándome hasta la casa de don Achille, ogro y ladrón. Don Achille había sostenido no haberlas tocado, tal vez imaginando que su hijo Alfonso las había robado, y por eso nos había resarcido con dinero para que compráramos otras. Pero con ese dinero nosotras no nos compramos muñecas —¿cómo hubiéramos podido sustituir a Tina y a Nu?— sino *Mujercitas*, la novela que incitó a Lila a escribir *El hada azul* y a mí a convertirme en lo que era hoy, la autora de muchos libros y sobre todo de un relato de notable éxito titulado *Una amistad*.

El vestíbulo del edificio estaba en silencio, de los pisos no llegaban voces ni ruidos. Miré a mi alrededor angustiada. Quería que Lila apareciera por la escalera A o la B o de la garita desierta del portero, flaca, gris, la espalda encorvada. Lo deseé más que cualquier otra cosa, lo deseé más que un regreso inesperado de mis hijas con mis nietos. Esperaba que dijera con su sorna habitual: ¿te gusta el regalo? Pero no ocurrió y me eché a llorar. Fíjate lo que había hecho: me había engañado, me había llevado por donde quería ella, desde el comienzo de nuestra amistad. Durante toda la vida había contado su propia historia de rescate, usando mi cuerpo vivo y mi existencia.

O tal vez no. Tal vez esas dos muñecas que habían recorrido más de medio siglo para llegar hasta Turín significaban únicamente que ella estaba bien y me quería, que había ido más allá de sus límites y por fin tenía la intención de viajar por el mundo, ahora menos pequeño que el suyo, viviendo en la vejez, según una nueva verdad, la vida que en la juventud le habían prohibido y se había prohibido.

Subí en ascensor, me encerré en mi apartamento. Examiné con cuidado las dos muñecas, aspiré su olor a moho, las apoyé en los dorsos de mis libros. Al comprobar que eran pobres y feas me sentí confusa. A diferencia de lo que narran los cuentos, la vida real, cuando ha pasado, no se asoma a la claridad sino a la oscuridad. Pensé: ahora que Lila se ha dejado ver así de clara, debo resignarme a no verla nunca más.

Índice

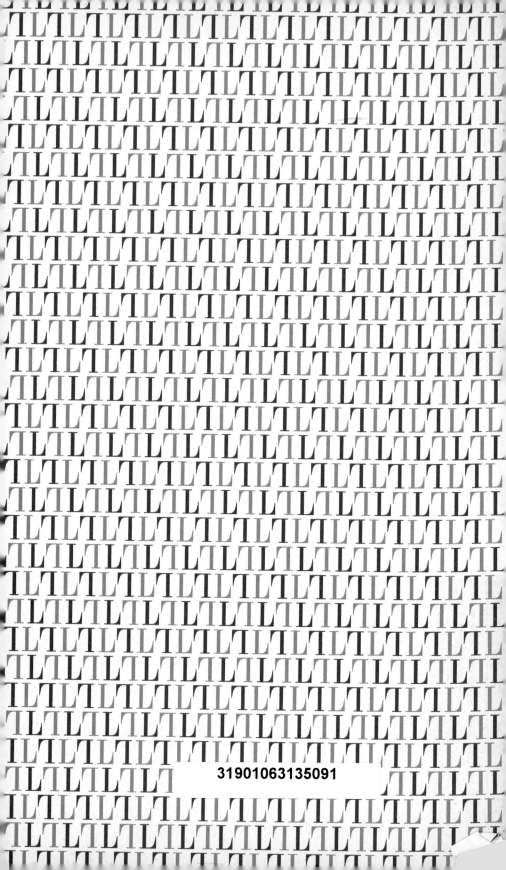

31901063135091